Karl Bartsch

Sagen, Märchen und Gebräuche aus Mecklenburg

Karl Bartsch

Sagen, Märchen und Gebräuche aus Mecklenburg

ISBN/EAN: 9783741105142

Manufactured in Europe, USA, Canada, Australia, Japa

Cover: Foto ©Andreas Hilbeck / pixelio.de

Karl Bartsch

Sagen, Märchen und Gebräuche aus Mecklenburg

Karl Bartsch

Sagen, Märchen und Gebräuche aus Mecklenburg

Sagen,

Märchen und Gebräuche

aus Meklenburg.

Gesammelt und herausgegeben

von

Karl Bartsch.

Zweiter Band:

Gebräuche und Aberglaube.

Wien 1880.

Im Verlage von

Wilhelm Braumüller, k. k. Hof- und Universitäts-Buchhändler in Wien

sind erschienen:

Von demselben Verfasser:

Sagen, Märchen und Gebräuche aus Meklenburg. 1. Band: Sagen und Märchen. 8. 1879. 4 fl. — 8 M.

Untersuchungen über das Nibelungenlied. gr. 8. 1865. 4 fl. — 8 M.

Herzog Ernst. gr. 8. 1869. 6 fl. — 12 M.

Konrad's von Würzburg Partonopier und Meliur. — Turnei von Nantheiz. — Sant Nicolaus. — Lieder und Sprüche. Aus dem Nachlasse von Franz Pfeiffer und Franz Roth. gr. 8. 1871. 5 fl. 50 kr. — 11 M.

Franzisci, Franz. Culturstudien über Volksleben, Sitten und Bräuche in Kärnten. Nebst einem Anhang: Märchen aus Kärnten. Mit einem Geleitbrief von P. K. Rosegger. Herausgegeben vom Grillparzer-Literatur-Verein in Wien. gr. 8. 1879. 1 fl. — 2 M.

Dies Werk des verdienstvollen Ethnographen macht, wie Rosegger sagt, den Eindruck voller Wahrheit und Gediegenheit. Denn der Verfasser war überall durch Selbstschau die Scenerie und Figuren aufzufassen bemüht gewesen, daher die Unmittelbarkeit der Schilderung, localtreue Zeichnung und farbenfrische Wiedergabe der dramatisch bewegten Handlungen. Ohne aus Breite und Umständliche sich zu ergehen, glänzt der Verfasser durch treffende Kürze, deren reicher, stofflicher Inhalt um so ursprünglicher den Leser anmuthet, da er sich gleich nach den ersten Zeilen mitten in die Handlung versetzt sieht. Franzisci gilt als Schöpfer dieser volksthümlichen Literatur-Richtung in seiner Alpenheimat, in welche alljährlich der hochsommerliche Strom der Touristenwelt sich lenkt. Auch die dem Text eingefügten Verse sind als origineller Beitrag zur alpenländischen Volkspoesie Süd-Oesterreichs zu betrachten. Der Eintheilung nach Thälern entsprechend, finden wir lebensvolle Darstellungen der Volksspiele auf dem Möll-, Drau-, Metniz-, Gurk-, Gian- und Gailthale und den Schluß bildet ein halbes Dutzend anerkannt reizender, dem Volksmunde getreu nacherzählter Märchen aus Kärnten, wahre Goldkörner der Lebens-Philosophie des schlichten Volkes.

Schlossar, Dr. Anton. Oesterreichische Cultur- und Literaturbilder mit besonderer Berücksichtigung der Steiermark. gr. 8. 1879. 4 fl. — 8 M.

Inhalt: Die Wiener Musen-Almanache im 18. Jahrhundert. — Ziegler's „Asiatische Banise" auf der Bühne. — Zur Geschichte des Grazer Theaters im 18. Jahrhundert. — Goethe und zwei unterösterreichische Theater-Directoren im 18. Jahrhundert. — Der Schwerttanz in Obersteiermark. — Die deutschen Volkslieder in Steiermark.

Sagen,

Märchen und Gebräuche

aus Meklenburg.

Gesammelt und herausgegeben

von

Karl Bartsch.

Zweiter Band:
Gebräuche und Aberglaube.

Wien, 1880.

Wilhelm Braumüller

k. k. Hof- und Universitätsbuchhändler

Vorwort.

Seit Veröffentlichung des ersten Bandes sind mir noch einige Nachträge zugegangen, hauptsächlich von Bürgermeister Ahlers in Neubrandenburg, Herrn Burmeister in Körkwitz, Lehrer Jacoby in Neubrandenburg, Lehrer Schwartz in Klockenhagen, früher Küster in Bellin, einem meiner fleißigsten Mitarbeiter, und vom Steuerbeamten Ziegler in Rostock. Auch hat Nerger, der um den zweiten Band sich in gleicher Weise wie um den ersten verdient gemacht, während der Correctur bei den Gebräuchen manches hinzugefügt.

In dem vorliegenden zweiten Bande ist ohne Frage die Abtheilung der Segensformeln und Besprechungen diejenige, die dem Fachmanne das meiste Neue bieten wird. Ich war selbst über die Reichhaltigkeit der hier fließenden Quellen erstaunt. Zugleich ermöglicht die Heranziehung älterer Quellen, wie sie aus den Hexenprotokollen des sechzehnten Jahrhunderts, S. 5 ff., mitgetheilt sind, in diesem Falle das treue Festhalten des Wortlautes zu veranschaulichen, der während eines dreihundertjährigen Bestehens sich fast gar nicht verändert hat, was uns wieder Rückschlüsse auf noch frühere Zeiten gestattet.

Nicht aufgenommen habe ich die Kinderspiele und Kinderreime; nur Einiges daraus ist bei Gelegenheit einzelner Thiere und Feste mitgetheilt worden. Ich behalte mir vor, das hiefür gesammelte Material ein andermal zu veröffentlichen.

Die Sammlung ist in Meklenburg von allen Seiten freudig begrüßt worden. Keinen schöneren Lohn meiner Arbeit konnte ich mir wünschen. Möchte sie recht zahlreiche Nachträge hervorlocken; ich will mir gern gefallen lassen, daß mein Buch dadurch unvollständig wird, wenn es nur das erreicht, daß auf seine Veranlassung Alles zu Tage kommt, was an Volksüberlieferung im Meklenburger Lande noch lebendig ist.

Heidelberg, 24. September 1879.

K. Bartsch.

Inhalt.

Gebräuche und Aberglaube.

Alp, Mahre.

1ª. Gegen den Alpdruck, 'dat Moriden' (Günther in den Meklenburgischen Jahrbüchern VIII, 206 und Beyer daselbst XX, 162) meint man sich schützen zu können, wenn man das Schlüsselloch verstopft, das ausgezogene Schuhzeug so stellt, daß die Spitzen nach der Thür hinweisen und dann rücklings ins Bett steigt (Saubert im Meklenburger Schulblatt 1862, S. 341).

Schiller 5, 36. 308. 387 — Quid sit die Moere, welche die Leude reitet, cornat omnes, quibus non ignotus sunt fabulae.   Seboria jurid Rostock VI, 43 (1759)

1ᵇ. Lege einen stählernen Gegenstand, etwa eine alte Schere, in das Bettstroh; oder setze beim Hineinsteigen ins Bett die Pantoffeln verkehrt, mit der Spitze vom Bett abgekehrt, vor dasselbe.

Warend, Lehrer Kreutzer, Lehrer Lübstorf

1ᶜ. Der Leidende lasse seinen Urin in eine neue reine Flasche, hänge diese drei Tage lang in die Sonne, trage sie dann stillschweigend an ein fließendes Wasser und werfe sie rücklings in dasselbe hinein.

JS. 434.

2 Morentacken Viscum album.

3. P. Schmidt im Rostocker Weihnachts-Programm vom Jahre 1743, S. 2 u 4: 'Takken s. Zacken ramos significat. Et per Maren, Marr vel spectrum intelligitur, quasi diceres ramum magicum, s magica vi, quam nullibi fere non illi tribuunt, vel verbum maren i. e. impedire, quia hi rami moratorii s. ligatorii sunt, ex quibus gluten fit aves detinens.'

Schiller 5, 87

1*

Irrlichter.

3. Die Irrlichter sind die Seelen ungetaufter Kinder.

Küster Schwartz in Bellin Bd. ...

Kinder, die vor der Taufe gestorben sind, finden keine Ruhe, sondern werden Irrlichter.

Behm in Parchim

4. De Irrlichter sünd Landmeters, bei gegen de armen Buren falsch meten hebben un bei nu tau Straf mit 'ne glöhendige Met-ked rümlopen möten.

Raabe, Volksbuch ...

Teufel.

5. Der Teufel geht als schwarzer Hund mit feurigen Augen um.

6. Der Teufel hat Pferdefüße.

Lüders.

7a. Wer mit Licht in den Spiegel sieht, dem guckt der Teufel (anderswo der Tod) über die Schultern.

Allgemein Secretär Fromm.

7b. Abends darf man nicht in den Spiegel sehen, sonst steht der Teufel hinter einem und guckt auch hinein.

Allgemein

8a. Abends darf man nicht 'fleuten' (pfeifen), sonst tanzt der Teufel danach.

Küster Schwartz in Bellin

8b. Wenn 'n in 'n Düstern fleutt, so fleutt de Düwel mit.

H Schmidt aus Gadebusch

8c. Wer am Abend im Freien flötet, ruft den Teufel.

Cant. Koller.

8d. Am Abend darf man nicht flöten, denn 'ils freut sik de Düwel'; Mädchen dürfen überhaupt nicht floten, denn 'fleuten Dierns dögen nich, fleuten Dierns krigen keinen Mann' Volksbuch in Parchim.

9. Bei Regen und Sonnenschein zugleich stattet der Teufel seine Töchter aus.

Monatsschrift 1731, S. 441

9a. Warum man Niesenden Gesundheit wünscht?

Der Teufel hat ein groß Register, in dem die Namen aller Menschen stehen. Darin liest er, wenn schlecht Wetter ist und sonst aus langer Weile, und jedesmal, wenn er den Namen eines Menschen ausspricht, muß der Betreffende 'prusten'. Deshalb wünscht man ihm Glück.

Aus Gadebusch und Rehna, Secretär E. Fromm.

10. Dat bi be Drahß hahle, dicunt plebeji patrii, male cupientes.

Selecta jurit Kantzow V, 48 Hier auf Teufel gedeutet Vgl. Beyer in den Mecklenburg. Jahrbüchern 23. 171. Anm. 1

Hexen.

11. Auszüge aus dem Rostocker Criminal-Protokoll-Gerichts-
buch (16. Jahrhundert).

Anna XLIII (1543) des Frigdages na Anthaniz qwam Annke
Ratken borbig ta Lubeke vor gerichte umme erer thaverie willen
Tham ersten hefft Annke Ratken openbare bekant, dat se Clawes
Bocharias frawen alse der Eggerschen hir to Rastock eynen göthe
in duffent duvel namen vor de bören gegaten hefft; dat hebbe se
darumme gedan, dat de Bacharioſche se umme eynen gulben, den se
er nach wat ſchulbich gebleven, alse se in der laftöver ftraten in der
potterie tho der tibt nach wanende was, er ftracks webber to gevende
gemant hefft, und is inth beffte jar barleven.

Item beoßen göthe to makembe hefft se van eyner lynnen-
wewerschen mit namen de Labrowsche bynnen Bützow wamafftich
geleret, de de nu wal II jar fanck doth gewesen is, vnd ſcholbe
ene so maken wa valget. Sze ſcholde ere eghene water III barre-
bage na malckander ta hape ſammelen vnd ſniben denne up jeder ſibt
ere eghene negele van henden vnd böten in bat water vnd waſchen
banne de hembe vnd böte balwert bre male in dem ſulbigen water,
dat se ſa bre bouretage na malckander geſammelt hebbe, vnd geten
benne dat ſulvige water in duffent dubel namen vor de bören, den
se ibt gunde vnb be er wes ta leibe gedan hebbe, wa ack geſchen is.

Thom anderen hefft A. R. bekant dat se up be ſulbige tibt
1 benſchen witten, den se ack in duffent dubel namen ta ſick geweſſelt
hebbe, welckeren se in ehm böteken gebunden vnb der bargemellten
Bacharieschen uuder bat bruggenbreth by 1 ften geſteken hebbe, in
ber menunge dat se ja keine koplube krygen ſcholde vnd ere vöbinge
ebber neringe mochte entagen vnd verringert werden.

1543: bekennt Clawes Lubaw: bat se van der Geweſchen to
bem Wilenhagen gelert hefft, se ſcholde eynen luns in brier dubel
namen uth dem wagen nemen, bar de man up eynem ſunbag mit
tha der molen geweſen were, vnb den ſulvigen luns ſchole se den
luben, den se wat qwades gunde, in brier dubel namen vor bat bore
efftrr bören in be erbe flan, alſo bat bat be bar aver ginge; ſa

schołbe den luben err qwick vnd ve geȷch alße de dach vorgan vnd ummekamen. Item dith sulvige hefft he Hans Molcken tho Warstorpe up eȷn mall gedan vnd be luns ein ock noch in der erben gefunden worden.

Thom drubben male hefft he belant, dat he dat korne up dem stucke, dar Jacob Schillinges alße ßines nabers perde van gegeten vnd beßabbet hebben, hefft affgesneden vnd dat sulvige in drier duvel namen in eȷnen rhoheden wademen gebunden vnd in den rock gehenget vnd gelick alße dat korne na der hant verdorrede, ßint ock ßynes nabers perde verdorret vnd vorgan vnd tham ladesten gestorven.

Thom vifften hefft Cl. L. belant, dat he den luben, de dar gelt ebber anders wes vorlaren hebben, gelert hefft, ße schołben III eȷnstemmetinge up III sondage na malckander baven to hope boghen vnd be sulvige in drier duvel namen to hope binden vnd dar eȷnen groten ßen in den drim sonbagen tusken up be tinge leggen, vnd gelick alße de ßen die stemmen beswaret, alßo scholbe ock des minschen herthe, de dat gelt ebber anders wes hebbe, besweret vnd bange werden, dat he nicht rowen schołde, er he dat jene webber to der stede brochte: dit hebbe he ock van der vorgeß. Gevesschen gelerct.

Thom soften hefft Clawes Lubow belant, dat he Pawel Wilten tho Wieghemdorpe, dem ßyne perde krank vnd im bele aff gestorven weren, gelert vnd radt gegeven hefft, he scholbe nemen eȷnen perdekop van den gestorven perden vnd graven den in den perdestall in drier duvel namen, vnd ßo de jene, de idt ßynen perden angedan vnd betovert hebbe, dar inth huß qweme, scholbe doff vnd blinth werden, wo ock der frawen, be dar im dorpe up dem tarckhave plach to wanende, webbervaren is vnd is II jare vorleden.

Thom soveden hefft C. L. belant, dat he Hinrich Negebenr tho Nienhußen dorch ßyne geistere den gevel van ßynem hutze hefft bale werpen laten, darumme he ene im pingesten vor eȷnen toverer geschuldet hebbe.

Thom achten hefft he belant, dat Clawes Ranter tho Glaßow im lande tho Wenden, dem ßin korne up dem acker vordorven was, gelert hefft, he scholbe van ßynem acker III hantfull erde nemen vnd

in synen rechteren scho gethen und dat sulvige extrike in brief duvel
nomen up synes naberts acker geten, dat korne scholde ock so vorderven alse sin vorderven was. Hir vor hefft he em XIIII ß sund.
gegeven und is geweßen in der vorgangen vasten.

Anno 1556: Cathorina Witten bekennt, dat er Jacobus Lieden-
berp hebbe gheeten und bevalen, se scholde enen niem poth van
enem stovelen groth kopen in aller duvel namen; darna hebbe se ock
dre kale natelen kopen mothen ock in aller duvel namen, und deße
kopenschop mit dem potthe und natelen is geschen up enen sonn-
avende avent, und folgendes des sondage morgens bar na hebbe
se den poth genamen unde ginck dar mit hen by de fagemolen,
und hebbe dar dat water jegen den strom in den pot gefullet in
olle der namen, de de macht hebben Hans Stollenkoppe und syne
frowen tho S. Jurgen wanende tho beloverende. Darna hebbe se
dar sulvest under dem trage by der molen dre flinthstene in aller
duvel namen genamen, alse er Jacobus ock bevalen hebbe.

Item se bekent wider, dat se des sulvigen dages den poth
mit dem water stenen und natelen up dat fur geßettet und aver
II stunde lanck hebbe seden laten, dar tho hebbe se ene meßforcke
II male in dat fur gesteken und de thunde glonzich gemaket und de
darna upgerichtet by dem fure und aver ende geßettet, dar na weren
dar wol by enem fige kreghen baden den poth slegende kamen, alßo
dat ere thom latesten was gruwende worden, und vorleth den
poth und ginck hen in Stollenkoppes borneßen, dar Jacobus sat,
und alse se nhu wedder in den hoff qwom, dont was de poth alle-
wege. — Jacobus Liedenborp bekennt sich zu diesem Zauber und sagt,
er habe dies Stück in einem Buche, das er von Carin Molken bekommen, gefunden. Er muß darauf die Stadt Rostock und ihr Gebiet gänzlich verschworen, er ist aus Meßwinge in Prußen gebürtig.

1560 bekennt Catharina Wolgemodesche, bordich van Hamborch,
dat se enen poth ful tages van abberen vnd slangen, de se thom
ersten up der rösten gebraden hebbe und melk dartho gedan hebbe,
is aller duvel namen tho gemaket, und uth bevel eres mannes hebbe
se dat sulvige thogemakede tuch der Arnt Peterschen der hakeschen in

aller buvel namen vor ere doren gegaten. Auch hat sie mit dem Teufel Beelzebub gebuhlt, der in Gestalt eines jungen Mannes sie besuchte.

1568, 9. August, bekennt Tilsk, aus Rostock: daß sie goete gegossen; den ersten ghoet aus Wasser, welches sie gefüllet gegen den Strom, und Mehl darin eingerunkt in dusent buvel namen, auch schapsonge für 1 Witten, und von der galgen tho Güstrow, und von dem Rabe vor S. Peters Thor, Erde von einem Grabe, wo einer todtgeschlagen, und von einer Pogge, und als sie den Guß hingegossen, sagte sie: lieg da in dusent buvel namen. — Einmal kam der Teufel zu ihr und sagte: du mußt auch ein Mal up Blakesberge; sie wollte nicht, da drohte er ihr den Hals entzwei zu brechen. Er besahl ihr, auf den Besen zu sitzen. So kam sie hin, hat dort gegessen und getrunken, viele Frauen und Jungfrauen waren da, die sie nicht kannte; denn es war düstre Nacht. Auch hatte sie getanzt, und der Teufel tanzte mit seiner Braut voran, er hatte ihr einen goldenen Rock gegeben; im Tanze fielen viele hin, und eine fiel über einen Block. Da lachte der Teufel und sagte: alle, die gefallen, seien sein.

1569, 2. August, Theina Bleken bekennt, daß sie zaubern von der Schüttschen und von der Hans Millerschen gelernt; die gaben ihr einen Teufel, der heiß be Jochim. Den ersten Ghöt hat ihr die Schüttsche gemacht in einem irdnen Pott von Whait, Ghalle, Brunssylle, Rhöbe weitenklye und von dem Wasser, daraus die Färber ihre Laken waschen. Sie könne die Leute bezaubern, wenn sie nur sesekn hebbe uht ehren Rocken, unde boende die sulvige tho pulver, und gäbe es den Leuten zu trinken, die müßten ihr dann folgen, wohin sie wollte. Auf S. Walburgs-Nacht sei sie auf dem Blocksberge gewesen; die Schilderung fast ganz so wie vorher.

1570, 13 October, bekennt Paul Kröger: er habe in die Kristalle zu sehen gelernt; wenn er des Menschen Namen wußte, die whor mit verdacht wher, so nahm er die Kristalle, und sprach darüber folgende Worte: Der hillige licham, dat hillige testament, dat sacrament und der leve vader im hemmel, do dat up, im namen deß

vaterß, des sohns und des hilligen geistes. Dann sähe man einen
weißen Engel, und der Mensch käme auch darin zu stehen, und der
Engel weise den Schuldigen. Ferner bekennt er, daß er up Blocks
Berge gewesen, der Böse kam zu ihm, er sagte: Du schalt mit nha
der Blehe; er habe geantwortet: was ist die Blehe, worauf jener
erwiderte: dat schaltu wol balde sehen; und so sei er dort gewesen
und habe dort gute Kast gegessen und schön Beer aus Gläsern getrunken. Einer von den Bösen, Kulen Eiß genannt, tanzte vor mit
einer Beckerschen vom Sande, Meyersche genannt, Paul tanzte hinter
ihr her mit einer Frau Gesele Ryemans genannt, van Barte, er und
die Frauen wären gefallen, und jeder mußte Namen und Zunamen
nennen, und ward aufgeschrieben. — Weiter bekennt er, daß er Hans
Kedingen ther Sulte die Kuh bezaubert, biß Jahr im Sommer,
daß sie keine Milch geben sollte, das hatte er gethan mit Tobten
Erde, die er geholt in aller Teufel Namen, und in derselben Namen
vor die Thür gegossen, da die Kuh über gehen mußte. — Ebenso
habe er einem andern die Pferde mit Tobten Erde bezaubert, einem
andern zwei Pferde zu Tode gezaubert, dazu brauchte er Menschen
Haar, Wolfs-, Hasen-, Fuchs-Haar und Hundes Dreck. Dies habe
er in aller Teufel Namen in einen Pott gethan und in die Erde
gegraben, wo die Pferde über giengen. — Ferner hatte er einen
Kerl, Jacob, bezaubert, weil er Austin van de Lue thom Schulen-
berge ein Perdt weg gereben: er nahm den selen (Siel), dar dat
perde den dag in getrecket, und den swet darut geschrapet, dreimall
in aller meister name der duvelen und uth seur geworfen und gesecht 'Jacob du schalt tösen in aller duvel name' drie mhal, herna
henge hie den selen up einen ketten balken, aber ein span dul
waters. — Auch habe er mehreren einen goet gegaten

1576, 9. März, bekennt Telna Kempen, sie habe von einem
Kerl, Diedrich, gelernt: sie sollte brechen neunerlei Holz in aller Teufel
Namen und holen drei Steine in derselbigen Namen, und einen
neuen Pott kaufen ungedinget, in derselbigen Namen, und lassen un-
vernahet weß bitten in dren unterschedlichen malen umb Gottes willen
unbt in den poth wegk machen und nhemen den Sohm von des
Minschen hembde und maken ein licht davon und stickens ahn in aller

busel nanten und lassen sich bvierley müntze geben. Sie bekannte ferner, daß sie die Fischbeckesche und der Kupperschmedeschen Kinder und ander mer gebadet in solchem Holtz, so ir in aller busel nanten gebrochen, zu dem ende, das sie inen damit helffen wollen. Bekande das der böme, davon solch holtz gebrochen, barnach verdunden, wen den Leuten die kranckheit verginge; wen inen aber die kranckheit nicht verginge, so blesen sie groen.

1576, 28. Marz. Margretha Gudowen bekannt, sie sei in S. Walpurges nacht auf Blocksberge gewesen, habe mit dem Teufel hintenan getanzt, sie sei gefallen, da habe er gelacht und gesagt 'nun mußt du sterben'. Der Spielmann hieß Kölicke. Der Teufel kam zu ihr wie ein schwarzer Bär und fragte: willst du mein sein? Sie antwortete: Soll ich dein sein, so magst du mich nehmen und hinführen. Er führte sie in der Nacht dahin, eine Stunde lang, sie war eine Stunde da, hat auf Bänken gesessen, und gegessen 'von dem Tische so mit grese bestrowet, die grapenbrade wer swartz gekochet gewesen, mit peyer, und hette swartz broth gegessen, wer süße gewesen, und hetten roth bier getrunken uth glesern, und die kock hette Ruße gehiessen, die die kost aufgetragen, und wer roth gekleidet gewesen, und hette ein swartz hoeth aufgehabt.' Als sie gegessen, führte er sie fort und setzte sie bei ihrem Keller ab. Sie lernte das Zaubern vor neunzehn Jahren von einem Weibe, Trina Grabow, bei Wolgast bortig, die vor drei Jahren daselbst gebrannt worden. Sie that es einer Frau an mit ihrem eignen und mit Fischwasser, worin sie den Teufel gebadet, daß sie an allen ihren Gliedern leiden sollte, den sie solchen goeth gegossen auf einen Donnerstag Abend vor die Thür. Bekandt das sie diese Frauwe widerumb geböteth, den sie hette sie auf einen Mittwochen Abend auf den Weshop gebracht und ir befolen, das sie müssen ires Mans rock umbhengen, do hette sie also gesprochen:

Ich böthe deß,
ich weiß nicht weß,
so lauter und klar,
als Ihesus Christus warth geboren von der reinen junckfer Maria,
so war sol dir geholffen werden,

und ferner hatte sie der Frawen ein pfund' vor die augen gebunden und wedder inß haus gebracht und in Jhesus namen zu bedde gelegt, und inen verbotten, daß sie den abend solten kein licht anstricken, damit sie den dusel nicht sehen solten, den sie den dusel dahin gehalten, das er müssen die kranckheit von der frauwen wenden auf den ochsen. — — Bekande das des Jungen bruder sie gebrowet, er wölle sie bernen lassen, do hette sie den jungen wibergeböteth und gesagt:

Harbrabe, schame dy,

Jhesus Christus die jaget dy,

im namen des vaters und des sons und des heiligen geistes Amen. Hirbei hatt diß weib vermeldet, das der dusel zu ir gesagt, sie solte Jhesum harbrabe hießen, den das wer ein dusel. — Bekandt, wen sie die undererschen verdrebe, so spreche sie:

Horstu wol, du dusel und duselinne,

du schalt nicht mer aberwinnen,

sonder Jhesus Christus[1]),

so war alß die geboren ist

von der heiligen junckfer Maria,

so war solstu uns hir verlaßen

— — Bekandt das ir jungicken fast drei jar kranck gelegen und das ire künste an irem eigen kinde nicht wolten helffen, do hette Dirke Trina demselbigen wollen rath geben und ir befolen, sie solte wasser holen in gottes namen und legen negemberlei holz und 9 steine von den velde in taußen büsel namen, und do sie die kalten steine inß warme waßer, so uber dem feur gehangen, geworffen, hetten dieselbigen gezischet, und das kindt hette sie oben in dem frathem gehalten und gesagt: so mennig stein alß zischede, so mennig underedesche keme von im, irem kinde aber wer damit nicht geholffen, diß weib hette mennigen betrogen.

Anna Lünenborges, Jost Wulfes Hausfrau, bekennt, das sie Thim vor dem Höllendor zu seinen agen gebuteth und gesagt, dor weren drei selige junckfern, die be fillig und selig weren, hörden gerne gades warth, die eine bötede des mall von den oghen, die under das stoff, die brubbe den Stoth, in den namen des vaters, des sons und des heiligen geistes,

---

herbran, schame dy,
die kagen sierth zaget dy,
schamestu dy nicht weg,
die kalten sierth jaget dy beth,

und uheme den ein levendige katte und strese mit dem sierte crutzweiß uber das ogke. 2. Bekandt, when sie die zenen bußebe, so sagette sie, wen die newe Mon kheme:

willkom du hillige newe liebe gottes licht,
auß dem werden heiligen Jorden,
mit der benheme ich den zenen die werme und die gicht,
das sie mit nichten sellen,
nicht swellen,
esken oder stesken,

in dem namen des vatern, des sons und des heiligen geistes. 3. Bekandt, das sie also in der froneri vor den hern unrecht umbgangen, do sie aus der their gehen wollen und die heren angesehen, hette sie darumb gethan das sie ir günstig sein solten und hatte gesagt:

Ir heren, ich sehe euch ahn,
ir seith mir ghram,
das benheme euch der Man,
der den tod ahn dem fronen creutz nham,

im namen des vatern, des sons und des heiligen geistes amen. — Ferner, sie sei auf Blocksberg gewesen an S. Walpurgsnacht, vom Teufel hingeführt, habe Grapenbraten gegessen, von ungebedten Tischen gegessen, nur Kraut war drauf gestreuet, habe getanzt nach der 'Lüllepeiffe', mit ihrem Teufel Matties, sie sei gefallen, er habe gelacht, sie habe Bier getrunken aus Kannen und Gläsern. Von einem alten Weibe habe sie das Zaubern gelernt.

1577, 17. Jun. Gretha Apts bekennt, daß sie von einem alten Weibe vor 15 Jahren zaubern gelernt. Dieselbe gab ihr einen Teufel bei, Kolstrunk genannt. Sie war zweimal auf Blocksberg, von einer Scheune aus, der Sathanas in Bocksgestalt kam zu ihr. Auf dem Blocksberg war ein Burn, ein Stig darum. Es wurde getanzt, der Vortänzer hieß Wippe, er war schwarz gekleidet, hatte einen gestickten Hut mit zwei Buntstreifen, einen Federbusch auf dem

Hut. Sie selbst tanzte hinten an, ihr Tänzer war grün gekleidet, sie sei zweimal gefallen, worauf ihr Teufel lachte. Zwei blau gekleidete Spielleute waren da, die ein Bemmith aufgehabt, hetten mit zwen hummelchen gespilet, so mit weißen knochen belacht gewesen. Der Koch war grün gekleidet. Es wurden zwei Ochsen, ein Bulle und etliche Schafe geschlachtet, Eier und Butter gegessen, an Tafeln, die mit bunten Laken gedeckt, man habe auf Bänken gesessen, aus Gläsern Wein und Magdeburgisches auch Garlebesches Bier getrunken. Zu S. Wolbrechts-Nacht habe sie beim Teufel geschlafen. Er kam zu ihr als ein swarz Kerken, und war immer kalt. Ferner habe sie einem ein goeth gegoßen Donnerstag Abend, das Wasser dazu habe sie gefüllt aus seinem Abell-Pißl in aller Teufel Namen. Ferner habe sie die Leute gebadet in neunerlei Kräutern und noch anders daran.

1582, 24. September. Hans Schwarthen Hausfrau bekennt, daß ihr die Engefersche befohlen, Wasser zu holen und zu füllen gegen den Strom in aller Teufel Namen, und Hans Seborp bei einer Krankheit desselben dreimal Hände und Füße zu waschen zwei Donnerstage und Dienstag Abend 'recht sidet umb', und es dann wegzugießen. Bei der Krankheit einer Frau nahm sie einen unbenutzten Pott, füllte Wasser drein, und machte unbenutzt Wachs drin weich, worauf sie den Saum von der Frau Hemde genommen, ein Licht davon gemacht, es angesteckt und umgekehrt niederwärts abbrennen lassen, daß die Tropfen auf unbenutzten Stal gefallen.

1582, 2. October. Anncke Engefers bekennt, daß sie Wasser gefüllt gegen den Strom in aller Teufel Namen, den Seborp damit gewaschen, drei Donnerstage und drei Dienstage Abends, dann das Wasser weggegossen an einen Ort, wo kein Mensch ginge. — 3. Bekannt des, wenn sie die Lade gesegnet und den Kopff gezogen, hette sie gesagt:

Den sunth den ich finde,
die mus verschwinden,
als des tobemans haupt,
die die wede wandt,
dar die hillige Christ mit gebunden warth,

die verschwandt beth in die erde:

so muß das wehe nimmermer wieder werden.

In dem nahmen des vatters und des sons und des heiligen geistes Amen. Noch ferner pluchte sie zu sagen: So wahr als die her christ vun dem hilligen geist empfangen wurth, von Marien der Moder Gades geboren wurth, und leibt vor uns den bittern todt, so warhafftig als er vor uns den todt leith an dem from des creutzes, so war schalt ablaßen von dießem menschen. Noch bruckede sie tho diesem water negenberlei krüber, erstlich wormübe, poppel, unvoriroeben, Mater, Abermonie, Glatthe Hinrichl, Spicknarden, Eueruth, Regenkrafft, od nehme sie dartho negenberlei holz, Eicken, Boicken, Ellern, Dorne, Daihen, Alhorn, und sonsten Filtenholz und tweierlei Dorne. Noch müste man holen 9 Steine uth dren velthscheiden stilschweigen. Sie habe von einem Weibe zaubern gelernt, sei viermal auf Blocksberg gewesen, der Teufel sei als Ziegenbock zu ihr gekommen, auf dem sie gesessen.

In einen Grapen hinter dem Feuer hätte sie eine quade pogge, die sie aus dem Felde geholt, und eine Schlange, die der Böse geholet, und Waßer gegen den Strom in aller Düsel nahmen gefüllet gethan, darmit sie den Düsel 9male auf den Donnerstag Abendt gebadet als ein klein kindt, hette ihn bei dem fure gedroget und zu bedde gelegt. Darnach wer ehr gros geworden, und hette mit ihr gebulet, den ehr künde sich klein und gros machen wan ehr wolte. Auch habe sie Göth vor die Thür gegoßen.

1583, 5. September. Claus Krüger aus Güstrow bekennt, daß ihn ein altes Weib zaubern gelehrt — so z. B. den Pferden zu helfen — er sollte Pferdemist nehmen von dem Folte, und Dackstro an dem Ort, wo das Pferd den Schwantz hat, den Mist und das Stroh entzweischneiden und den Pferden zu essen geben, und Waßer gegen den Strom fallen in aller † Namen und den andern vor den Thorweg gießen. — Er habe in Wulfershagen 9 Pferden die Füße gewaschen und gesagt:

Düsel, help help in deinem nahmen,

das es diesem Man vergehet

und dem andern bestehet

und dies Wasser auf den Landweg gegossen mit einem alten Span in der Nacht. Er sei viermal auf Blocksberg gewesen in S. Walburges Nacht, der Teufel kam hinter einem Fliederbusch zu ihm in einer schwarzen Säge, in einem schwarzen Pferde, und wie er sich drauf setzte, sagte er:

> ich hebbe my glath geschmeret,
> dat my niemandt begripe,
> help mi düsel in diesser pypen
> auf und darvan
> und nergends ahn.

und hatte sich zuvor geschmieret mit dem fette, so ehr von dem fittsche gefüllet und gekochet in aller † nhamen, und in dem wer ehr dahin gewesen, hette nichts sehen kounen, allein das es gebruset ob der winth seer gewehet. Er aß grapenbrade und schaffsleisch, man saß auf Grasbänken, die in die Erde gegraben gewesen; die Teufel waren roth gekleidet, sie trugen auf, unter den Augen roth wie Feuer, die Hände und Füße krumm 'als einer guß' (Gans) und wulfesklawen, und auf den koppf weren sie gewesen als löchen vom fewer. Beelzebub Dulcio und noch einer saßen bei der Küche und geboten den andern Teufeln. Es wurde aus hölzernen Schüsseln und Schalen gegessen, sie tranken einander zu. Es waren wol aber zwei Stige Teufel, die spielten mit humelcken und süßen pheissen. Sie hatten einen Vortänzer und tanzten einer an des andern. Ienn Seitens des Berges war ein langer See, drin kleine Fische, je länger man sie ansah, desto größer wurden sie. Auch lange rothagebe epffel waren dein, aber davon durfte man keinen nehmen, sonst mußte man dort bleiben.

1584, 21. Juni. Bekenntnus Annek Duissen Hinrich Duissen ehefraw von Krißow unter den leisten dartig.

Bekandt, wan sie die leute butede so sproche sie:
Twe quaden haben dir angesehen,
drei gaben sehen dich widder ahn,
hatt dir die büsel angesehen
mit seinen rolden ogen,
unser her Gott sehe dich wieder an

mit den rechten Christen glauben.

Die leve Jungfer Maria

gingk vor einen gromen wolt,

wat mudede er dar? ein Satanas.

So sprack Maria und tr leve kindt:

fleg von den minschen ab tu dat wiedeholth,

dar du keinen creaturen aber minschen auf erden hinderst ader schaden deist

in nahmen des vattern, des sons und des heiligen geistes Amen.
Bekandt dat ihr die olde Schmedesche, so vorlengst gestorben, solchs
gelert ungefehr vor zehn jahren und hetter alle jhar und sonderlich
bei dem Balbirer beim Marckede monde gebrauchet und der Schmedeschen, das sie ihr solchs gelernt hatte, sie ein butken gegeben.

Die Schmedesche wies ihr den Teufel Beelzebub zu, derselbe
erschien in Gestalt eines schwartzen Hundes. Sie badete den Balbirer beim Markte in folgenden neun Kräutern: Mater, Wermuth,
Balsem, Paler, Beifuß, Rude, S. Johans Kraut, Eserich,
Kattensterth

4. Juli bekennt dieselbe, sie habe von der Schmedeschen auf
ein Donnertag zaubern gelernt. Dieselbe kam dreimal zu ihr, da
war auch der Satanas 'alß ein hunt'. Sie war auf dem Blocks
berg in S. Wolbrechtsnacht und wurde Klock 1 wiedergebracht;
dort wurde gepfiffen und posaunt, schwarze Teufel tanzten, sie auch
mit ihrem Teufel hintenan, sie war beim Tanzen gefallen. Ferner
habe sie goth vor die Thür gegossen, auf einen Donnerstag Abend,
dazu habe sie Wasser aus dem Marcksode in Teufels Namen gefüllet,
Quade Poggen, Schlange, Eggetiß darein gethan, die sie mit einem
Stein entzweigeschlagen.

6. Juli 1584. Margretha Bensius bekennt, daß die Brot-
hufesche ihr gelehrt Trünke zu geben, sie habe von der Apotheke
Zeinspleder geholt und Swetschen gebraucht zum Stolgange, und
Hertspanskraut in einer Kanne Bier gesotten gegen Schwulst
    Wen sie gebötet so hette sie gesagt:

    Zwei Bösen haben dir angesehen,

    drei guten sehen dich wieder an,

ber ein ist ber vatter,
ber anber ist bie sohn,
ber britte ist bie hillige geist,
Christus Jhesu helptu thm allermeist. Amen.

Donnerstag Abend kam Beelzebub zu ihr und sagte, er wolle ihr weisen, wo sie graben solle. — Er führte sie aus dem Kröpelinschen Thore auf einen Berg auf der Damerow bei dem Pfahle, und zeigte ihr ein Kraut: 'bas heißt Teufelskraut'. Er grub es aus und hatte 'ihr 4 schwarze Körner gethan', die sie dem andern Weibe gebracht in aller Teufel Namen, und sie sollte es dem Barbirer in deren Namen eingeben, er sollte gepeinigt und geplagt werden und sollte vergehen wie der Tag vergeht. — Der Teufel kam zu ihr in Sammt und Seiden. Sie habe fünf Jahre bei ihm gelegen, und während der Zeit nicht bei ihrem Manne. — Dreimal sei sie auf Blocksberg gewesen; es wurden Ochsen geschlachtet, Wein getrunken, Spielleute spielten auf, sie habe vorangetanzt, und sei in die Knie gefallen. — 11. Bekandt das sie ben Satanas bar zu gehabt, das er von bem Krillen in der hege sollen har halen, bo hette hie ihr von seiner frawen har gebracht, und hette mit sie wieder hingewesen und die Blomen gegraben, so baben geelt weren, und unten von ben worteln bie körner genommen, und dieselbigen in aller teufel namen in bie har gewickelt und mit ben haren in aller † namen ins sewr geworssen, und ber man heite solchß haben sollen; aber weil ber man nicht ein gewesen und bie fraw bei das sewr gegangen und bas sewr zuscharren wollen bie kost ghar zu laken, wer ihr bie qwalm in ben halß geschlagen

Einem Manne hatte sie ein goeth vor seinen bebbewinckel gegoßen, von Wasser gegen ben Strom gefüllt. Der Teufel sei wie ein Mensch, habe aber Füße wie Barenklauen, und sei kalt wie Eis gewesen.

Sie habe Wasser in brei Potten aus der Junckser dicke gefüllt gegen ben Strom, in aller 4 Namen, und neun Kräuter bran gethan: Camillen, Huder, Polley, Chermonie, Niboreth, Lumeke, Boruekes, Lubbestock und Lönenholt; diese in ben Kessel gethan, übers Feuer gehängt, und ben Teufel brin gebadet. Von diesem Wasser habe sie einen goß gethan.

7. Juli, 1584. Anna Gerdes (aus Rügen) bekennt, wen sie segenede und bötede, so spreche sie, und sonderlich gegen den wantworm:

Ich verbiete es dy im nahmen gades
bei Sontageschen evangelien,
du schalt den knochen nicht gnagen
und die andern (adern?) nicht quasen,
das bloeth nicht trincken,
er du die worth speckest die Johannes sprack
do hie sein kleith umbschwanck
do he den heiligen Christ teuffte,
das was das heilige vatter unser so war soltu sterben.

Ein alter Mann lehrte sie das, und büßte ihr den 'harworme' im Knochen. Bekandt, wen sie das Bluth stillede, so spreche sie:

Zu Hierusalem im Dhome
dar steith ein rosenen blome:
so stil als die steith,
so schal dith bluth.

Im nahmen des vattern, des sons und des heiligen geistes amen.

27. Juli, 1584. Agnetha Thuren bekennt, sie habe ein Kind gebötet und gesagt:

Haken dir zwei angesehen,
so benehmens dirs drei wedder,
die vatter, der son und der heilige geist!

und habe es gebadet in neun Kräutern: Unslethkraut, Austnuelkraut, Mater, Hundeblomen, Bitterknok, Camillen, Fennelol, Perdemunte, Abeten.

Bekandt, das sie Thomas des Spilemans Kindt in den hoff getragen und unter ein apffelbom gelecht, in einem bischlaken, und hette ein botterbroth und ein meßer dabei gelecht und das kindt liggen laßen, und weil das volck aufgehen müßen, hette sie in dem megenerlei arbeit gethan und darnach das kindt wieder zu bedde gelecht.

Sie hat den Satanas etliche mal in der Molde beim Feuer gebadet, er sah aus wie ein Kind, Hände und Füße wie 'Kronefüße'. Sie sei auf dem Blocksberg gewesen, sie hätten sich 'mit Swingen geschlagen' und getanzt. Das Wasser, worin sie den Satan gebadet, sei aus der 'grufen' gefüllt gegen den Strom in aller Teufel namen, sie habe es im grapen aus Feuer gesetzt, und davon genommen, wenn sie ein goeth gemacht; dazu habe sie gethan Hundedreck, Eggetissen, Ottern, Schlangen, qwade poggen, gehackt und zu Pulver gebrannt.

30. August 1584. Dortka Bremers bekennt, sie habe zaubern gelernt von einer Nachbarin, habe mit dem Teufel gebuhlt, denselben gebadet am Donnerstag Abend; er war wie ein Hündchen. Sie habe Wasser gegen den Strom aus der Warnow gefüllt, dreingethan qwade Poggen, Eidechsen, Ottern, Schlangen. Sie habe Goeth gegossen und sei auf Blocksberg gewesen. Der Satan kam zu ihr wie ein schwarzes Hündchen.

3. August 1584. Margretha Detlofes bekennt, der Teufel, gestaltet wie ein Mann, an Händen und Füßen Kuhpfoten, habe mit ihr gebuhlt. Sie sei auf Blocksberg auf dem Besen gefahren in S. Wolbrechtsnacht; die Füße habe sie geschmiert mit einem schwarzen Zeuge, das der Satan gebracht, und sagte den:

Auf und darvon
und nergens an.

Ein Teich sei auf dem Blocksberg mit Cornsen und Schlle, da stünden Kerßberen, Eppfel, Beren. Pipers und Bungers spielten auf, Pilatus tanzte voran. Sie habe den Satan gebadet am Donnerstag; er war wie ein Hund. Auch habe sie Goeth gegossen.

13. August 1584. Anneke Schrepkowen bekennt, sie habe von einer Frau zaubern gelernt, dieselbe habe ihr einen Geist zugewiesen, Claus, der wie ein Junker ausgesehen, einen Menschenfuß und einen Fuß 'als ein geiß', Hände wie kattenklawen gehabt. Sie sei auf Blocksberg gewesen, dort war eine große thule (Teich), drin Fische; man saß auf Grasbänken, die in die Erde gegraben waren. Sie habe mit dem Teufel gebuhlt am Donnerstag, den Teufel Donnerstags citirt und am Donnerstag gebadet. Er sei wie ein kleines Kind

2*

gewesen, an Händen und Füßen krawel. Sie habe Goeth gegossen, 'daß er sollte arm werden und die Frau verquinen und verderben'.

4. August 1584. Cersten Brandes[1]) bekennt, sie habe von einem alten Weibe zaubern gelernt. Sie war auf Blocksberg, der Satanas führte sie dahin auf einem Besen; ihr ward Schwarzes gebracht, womit sie sich unter Augen schmiert. Auf dem Berg war ein Teich mit Carußen; man aß Grapenbrade und trank Bier; der Böse habe das Essen aufgetragen, er war schwarz gekleidet, Hände schwarz und kalt und wie Gänsefüße, ebenso die Füße. Sie hätten getanzt, sie sei gefallen, worauf er gesagt 'Du wirst dies Jahr brennen.' Sie habe beim Satan gelegen, habe ihn am Donnerstag citirt und am Donnerstag gebadet; habe Wasser gegen den Strom gefüllt, Poggen und Schlangen drein gethan, Goeth gegossen, auf Donnerstag Abend des Mannes Namen dazu genannt, das er verquinen und endlich sterben sollte.

5. August 1584. Cathrin Dancen bekennt, sie habe von einem Weibe zaubern gelernt. Sie habe einen Teufel gehabt, Hans Düsel, der Hände und Füße wie Poten gehabt, mit ihm habe sie gebuhlt. Sie sei auf Blocksberg gewesen, der Satanas setzte sie auf ein schwarzes Pferd; auf dem Berg war ein Rhol, wo sie und die andern gefallen. Beim Goethgießen sagte der Satan: Das Kind soll verquinen wie die Tage die vergehen. Sie habe einem Manne den Satanas ins Leib gesteckt, und ferner gesagt, ein schloß dafür, nimmer wieder aus, bißolang du my vergeßt.

10. August 1584. Grette Jessen bekennt, sie habe zaubern gelernt von dem Papen zu Blankenhagen. Ein Satanas, Jennek, ward ihr zugewiesen, wie ein schwarzer Hund, die Füße wie Hundsfüße, Hände wie Kuhpfoten, mit Klauen. Sie fuhr auf Blocksberg auf einem Besen mit den Worten:

Auf und davon
in der dufel nahmen.

---

1) Abgedruckt Wöchentliche Nachrichten 1829, Nr. 10.

12. August 1584. Thies Lindeman, Kuhhirt in Warnemünde, bekennt, ihm wurde ein Teufel, Chim, zugewiesen, mit Klauen an Händen und Füßen. Auf einem schwarzen Bock ritt er auf den Blocksberg.

18. August 1584. Geseke Hagenmeisters bekennt, sie habe von einem Weibe gelernt, das man solle ins korne stechen ellern loff, glaß und posen in den acker, den mans gonnette in tausent † nahmen, das der donner hagel und ungewitter solte das korn dal schlau. Sie habe von einem Weibe zaubern gelernt, drei Teufel wurden ihr zugewiesen, sie habe gebuhlt mit dem Teufel. Sie sei auf Blocksberg geritten auf einer molde; auf dem Berge sei gekocht gewesen wie zu einer brudtlacht. Sie habe drei Bissen Brot gebissen von dem Brode, das Donnerstag gebacken in tausend † namen, habe Wasser gefüllt in deren Namen, die Bissen auf das Wasser aus dem Munde fallen lassen, den Satan beschworen, er solle ihr sagen bei dem Brote und Wasser, ob der abwesende lebend oder tobt sei; wenn lebend, so liefe das Brot rund umher, wenn tobt, giengen die Bissen zu Grunde. Wenn man den Leuten sagen wolle, ob die Schiffe umgekommen, nehme man ein flotten vom wasser und lege es auf das Wasser in des † namen; wenn es umschlägt, sind die Leute tobt; wenn die Leute leben, fließen die Bissen Brot um das Flotten umher. Wenn sie den Sturmwind habe erregen wollen, habe sie von dem Wasser, worin sie den Satan gebadet, in den Strand gegossen in tausend † namen, und den Teufel gezwungen, Brausen und Sturmwinde zu erregen, und den Namen des Schiffes genannt, doch sollte er die Leute nur schrecken, nicht umbringen.

19 August 1584. Anneke Mehlinges bekennt, sie habe den Knochen, in dem ein Wurm war, gebätet mit den Worten:

Du worm in diesem fleische,
in dem werden heiligen geiste,
du sollest den knaken,
das fleisch nicht ethen,
und das bloeth nicht brincken,
und die sehnen nicht tagen,

sondern du solst gehen nach Jherusalem

und keren dich dreimal umb und sterben crenen todes
im nahmen des vatters, des sons und des heiligen geistes. Amen.

Wenn sie Kinder im Munde gesegnet und gebötet, so nahm sie
den senf und kesselhaken und sagte.

Schörbuck und schwam, schafe by,

das hitze fewr,

das steckende fewr,

das breckende das blawe fewr und grawe fewr,

du solst so stille sthan,

als die ebbele jungfer Maria.

im namen des vatters, des sons und des heiligen geistes.

Gegen den Schörbuck habe sie gebraucht den quast vom rettich
und zu Pulver gebrannt und Alaun in ein Pöttchen gethan und
gesotten und den Kindern den Mund gewaschen.

Wenn sie den Kindern den Hals gezogen, habe sie gesagt: Die
halß in den haken in den namen des vattern und des sohns und
des heiligen geistes. Amen.

Wenn einer 'auf unsleben' gewesen, habe sie gesagt:

Zwey hebben by angesehen,

das weren die weißen frawen gewesen,

den sehen dich wedder an,

der ein ist der vater,

der ander der sohn,

der dritte die heilige geist

Wenn den Rayen die zenen los gewesen und den stenthworm
gehabt, so hette sie gesagt:

insthoth und stentworm, schafe by,

den her Christus die jaget by,

hie jaget by nicht so sehr,

hie jaget by noch vielemehr.

im nahmen des vatters und des sons und des heiligen geistes Amen

Belaubt, wen das viehe von der herbe abgekommen, das es
der jage nicht auffressen solte, so spreche sie:

mein vieh geith in der weihe,

die heilige Gerst die muße es leiben,

das es muße wandern
von der einen sonnen zu der andern.
Liberuns, seine mich ein schlüssel,
aus dem hoen himel,
das ich beschlute dem veldhunde
seine thenen in dem munthe,
das er mich seine knochen gnecht,
nein blueth entbrecht,
nein fleisch entrith.
unser her got dorbe auf seine milde handt,
die stilde den velthundt seinen munth.

in den nahmen des vattern, des sohns und des heiligen geistes. Amen.

Bekandt, wen man den wulff wolte von der veltmarck wisen auf ein ander veltmarck, so nehme man das aaß, dar der wulff von gefressen, und hilbe das in ein eickenbom auf ein ander veltmarck, so liese der wulff dahin und frieße das viehe auff, bißolange das fleisch verwesede, sie aber hette es nicht gethan. Als sie vor zwanzig Jahren das Viehe zu Tottkendorp gehütet, wäre der Liberuns an dem Felde gelaufen, wie ein schwarzer Fuchs, da hätte ihre Mithüterin ihn zu den Heerden eines benachbarten Dorfes gewiesen. — Donnerstag Abends habe sie den Teufel gebadet, dazu Wasser aus der Grube gefüllt gegen den Strom in der Duxiers[1] namen. Der Satan brachte ihr giftige Würme, Schnebeworme, Hegetißen, Duadespennen, Poggen, Schniggen, Wassermuse, Grawe Rabbicken, Sonnenwurme, gingen gegen die Sonne, und große schwarze wilde hornts, alles dies warb in einem neuen Pott zu Mus gekocht — Wenn sie den Teufeln sonst nichts habe zu thun geben können, habe sie sie ins Wideholtz geschickt, um Bäume zu entwurzeln. — Sie sei auf Blocksberg gewesen, mit gelbem Fett eingeschmiert, auf dem Satanas sitzend; auf dem Berge war ein große und foeth, daraus holetten sie das grütz wüß. — Die Teufel hätten ihr einen langen Haarstrick um den Kopf geflochten und schwarze Körner drein gemacht und also durcheinandergeschürzt, und gesagt, so lange sie den Strick um den Kopf habe, könne ihr der Büttel nichts abfragen. — Zu einem goeth

---

[1] Auch Dxmioes geschrieben.

habe sie gehobt 3½ bose pogge, 1½ hegetiß, 1½ bose schmake,
ein geow worme, wer ruwe, hette viele süße, hieß der kroup in die
erbe, wer die böseste wurm ouf erden, und der Mensche, die ihn
umbbrechte, do ihm Got sonderlich nicht beworte, müste er abslinen
olß ein gusehieth, ein schworz worme hette lange hörner ouf dem
kopffe, würde sonsten schmede worme gehießen. Alles dies hobe sie
in einen unbenutzten pott gethon, hobe Wosser gegen den Strom
gefüllt rc. — Der Hons Brenschen hobe sie ein goeth gegossen, die
Fron hätte ihn hoben sollen, ober die Jungfer Cothrin wäre zuerst
drüber gegangen, dos sie sol verquinen und vergohn; es wäre nur
der dritte Theil gewesen, sonst wäre sie umgekommen.

19. August 1584. Trina Benckens bekaubt, wen sie ein geba-
chet, dorouf 'nisieben' gewesen, so spreche sie:

> Drei miteben,
> drey boteben,
> der ein ist der vater,
> der onder ist der sohn,
> der dritte wer der heilig geist.

Wenn sie den Kindern den halß gezogen, so hette sie gesagt:

> Rein flech sebeloß,
> rein kindt voberloß,
> sondern der heilig Cerst allein.

Wenn sie den sebendigen wurm gebötet, so hette sie gesagt:

> der wurme sind 9,
> den bloen und growen,
> den eken, den steken,
> den kellen, den schwellen,
> den erden, den spliten,
> den sopen und ronbenden,
> du scholt dich blueth nicht suegen,
> biße knaken nicht gwven,
> die schuen nicht thonen,
> dein ongel schol in diesem fleische stilstohn
> olß ich hob in mutterleib gestohn,

und hette drumb geschlogen zehr und knobbelock.

Wenn sie den zagen wegk gewifet, so hette sie gesagt:

> Diß fleisch solstu nicht bißen,
> diese knoken solstu nicht gnagen,
> dein mundt sol[1] stil sthan
> alß Christus am creutze stundt;

und wen ers im munde gehebt, so hette sie gesagt:

> Die hillige viff wunden
> segen dir das alß aus dem munde.

Auf Blocksberg sei sie auf einem Ziegenbock geritten mit den Worten:

> auf und davon
> und nergens an,
> auf und der nebber,
> unnd der dritten stundt hir webber.

Auf dem Berge wäre ein Teich, drin stunde mitten ein roth mummelken bloth, und wenn man das herauskriegen könnte, 'so muste der büfel drauf kein thunt mehr haben'. Sie hätten nach der luicken pfeiffe getanzt. Ferner habe sie den Satan gebadet, dazu Wasser gegen den Strom gefüllt, er sah aus wie ein Kind, der eine Fuß wie ein Gänsefuß, der andre wie eine Ochsenklawe, an den Händen hatte er Krowel. Einem habe sie ein goeth vor die Thür gegossen, ihm dann aber wieder gebötet und hatte gesagt: der gennig, der die es gethan, der benehm es dir wieder in der büfel nahmen und führe es in abgrundt der hellen. — Bekandt, das sie Meister Clawessen dem zimmerman zugesagt, er solte bei seinem dienste zu Warnemünde wol pleiben, und sie hette ihm derenthalben gelehret, das er des morgens die hende waschen solte und sagen:

> Ich nehme wasser auf meine hende:
> Gott und die ware werde hillig lichnam
> kome my zu hulpe an meinem lesten ende.
> ich sach blöden 3 gesellen
> in allen seinen wapen,
> das alle meine vienbe schlapen
> und wesen doff und blindt.

---

[1] Bf so.

Solchs hette sie ihm wol vor ½ fige Jhar geleret, und er hette ihr wol ein par kannen bier davor gegeben. — Bekandt, das ein edelman ungefer vor 6 jaren zu sie gekommen und rath bei sie gesucht, das er verdorrete und verquene, den ehr hette ein krügersche verdacht, das ihm solchs angethan, den ehr ihr tochter beschlapen; do hette dies weib gesagt: Die Krügersche hette erde auß seinem suethsparen genommen und in den Namen gehenget und gedroget, nun solte ehr wieder erde nehmen auß der Krügerschen suethsporen in aller † namen und in den rock hengen, so soltet dem weib bestahn und ihm vergahn, davor hette ihr der ebbelman gegeben 21 sch. 158.

Bekandt, das sie Hans Sauren zum Robertshagen im Uberhagen, wen man nach Ribnitz zieht an die sincke handt, den pferden die fuße gewaschen auf den donnerstag in aller büsel nahmen, das dieselbigen wieder gedien solten, die Quajar hetten ihr das wasser gebracht, darnach hette Hans Saure das wasser bei einen dorenbusch gegossen, die davon verdorret bei dem Sekenhanse. — See habe einem Pferd, 'so twerschlaget gewesen', mit einem neuen Besen über den Leib gefegt, in aller † namen, und es wäre wieder aufgestanden. — Sie habe den Pferden Salz und Brod übergeworfen und den Satanas davon in Abgrund der Hellen gewiesen. — Endlich, das sie Peter Lüchten ein Poth zugerichtet, den er unter den sül vor der hußthür gegraben, das er guden bege krigen und sein broth wol verkeuffen solte.

8. September 1584. Brigitta Gouwen bekennt, sie habe von einem blinden Weibe zaubern gelernt auf S. Wolbrechts-Abend, ein Teufel wurde ihr zugewiesen, der erschien als Bulle, dann als Mann, er habe bei ihr gelegen. Sie habe ihn Donnerstags citirt und gebadet. — Auf Blocksberg sei ein Teich mit Karpfen, man habe Bullenfleisch gegessen, Güstrower Bier, Knisenack, auch Barsche Bier getrunken. — Zu dem Bade brachte ihr der Satan eines Diebes Gemächte, das er vom Galgen abgerissen, Ottern, Schlangen, Lindwürme, Quabepoggen, Haare von allerlei Thieren, Erde auß dem Gerichte, alles zu Pulver gebrannt, in einen neuen Pott gethan, und den Leuten vor die Thür gegossen. — Sie habe einem ein goeth gegossen, aber ein Hund sei drüber gegangen, der davon krank geworden. In einem

andern Falle habe sie gießen wollen, sei aber gefallen und über den poeth zu liegen gekommen und sei krank geworden.

10. September 1584. Eljebete Schulten bekennt, die alte Pral-sche in der Bluethstraten hätte ihr gesagt, wenn sie den Kindern 'den halß in den haken toge', so solte sie sprechen:

> Es stände kein sich sebeloß,
> und wer kein kind vaderloß,
> sonder die werde hillige Crist,
> der ein ist der vatter,
> der ander ist der son,
> der dritte ist der heilige geist.

Von einem Manne habe sie zaubern, von ihrer Mutter mit zwölf Jahren segnen und bösen gelernt. Mit dem Satan habe sie gebuhlt, ihn gebadet Donnerstags Abends, er war wie ein Kind, an Händen und Füßen mit Hundeklawen. Auf Blocksberg ritt sie auf einem schwarzen Bock.

11. September 1584. Anneke Swarten bekennt, sie sei auf einem weißen Ziegenbock auf Blocksberg geritten, habe sich vorher mit schwarzem Zeug aus einem unbenüßten Pott geschmiert und gesagt'

> Auf und davon
> und nirgens ahn.

Ein Teich geht um den Berg, mit grünem Wasser, 'und dar flosse an krone drauf', aber es wer nhur des düfels trog. Beim Tanze war ein altes blindes Weib, das konnte nicht weiter, da hätten die Teufel sie auf den Kopf gesetzt, und ihr einen Besenstiel zwischen die Beine gesteckt, und drei brennende Lichter oben in den Besenstiel gesteckt, und die andern tanzten drum herum. — Belaubt, wen sie den leuten den halß in den haken getragen, so hette sie gesagt:

> Ich ziehe dich den halß in den haken,
> das dich die düfel nicht naken,

in namen des vatters, sons und des heiligen geistes. Amen

11. September 1584. Anneke Tengels bekennt, sie habe von einer Frau zaubern gelernt, ihr ward ein Teufel, Claus, zugewiesen,

er erschien in Gestalt einer schwarzen Katze. Auf Blocksberg ritt sie auf einem schwarzen Hund, hatte sich mit schwarzem Zeug geschmieret und gesagt

> Auf und davon
> und nergens an,
> und hir wieder hero.

Ein Weib aus Rostock spielte auf einer gestohlenen Zither. Zum Baden des Teufels verwendete sie: drei Steine, schwarze Katzen, Knochen von Menschen, so auf dem Rade gelegen, breide Steinwürme, quadepoggen, quälßere die so stincken. — Bekandt, das Dorothea (ein junges Mädchen) zu sie gekommen und sie gebeden, das sie möchte mit ihr ghan nach S. Jürgen, den sie wol er gehort, wen sich zwei haben wollen, das man sal nehmen erde von dem, so der kopff abgehawen, und schmitens creutzweis uber sie hero, so müsten sie sich wol nehmen. Bekandt, da wer sie mit sie gegangen, und hette auf Hans Schreders seine begrefnus erst mal Dorothea mit dem forderfuße creutzweis auf die erde getreden, und dis weib hette in Curth Wedigen nahmen auch creutzweis auf dieselbig erde getreden, darnach hette Dorothea ein wenig erde aus der trede genommen, und ihr in den schot gelecht, darnach hette diß weib auß derselbigen trede auch erde in des satanäs nahmen genommen, und hettes dornach in ihrem hause Wedigen und Dorotheen in des düfels nahmen creutzweis uber den kopff geschmeten. — Bekandt, das Anneke Ferckens maget ihr müll gebracht uth Jacob Netelnblades fußsporen, das sie in einer kiste von ihm gekregen, und gesagt, das sie solche verwaren solte, biß Netelnblath in ihre hauß keme. Bekandt, das sie Jacob Netelnblath kurtz vor seiner koste den fußdreck in des düfels nahmen uber den kopf geschmeten und den düfel dartogehalten, das ehr sollen seiner brauth viend und Ferckens tochter gut werden, und solte von dieser lauffen und die ander nehmen. Bekandt, das sie den Satanas dahin geholten, das er müssen 2 messer aus dem schappe bei dem sewere nehmen, und dem breutigam ins bedde zu gade leggen, das er seine brauth damit umbbrengen solte. Bekandt, das der Satanas noch grimmig gewesen auf Jacob Netelnbloth, do er mit der brauth in die kirche gegangen, das ehr die frie nicht wehren konnen, und als sie zusamende geben, hette ehr von beiderseits socth-

sparen erbe genommen, und alß sie die braudt schenken wollen und
beide auß einer kanne getrunken, hette der düfel solchs in die
kanne gemacht, das er mit ihr nicht kunnen zu thunde haben
12 wochen langk. — Bekandt, das der Satanas die Bötische auf den
kopf gesetzet mitten manckent den hauffen auff Blocksberge und ihr
ein groß licht inß leib gestochen, und die andern hetten drumb
herogetanzet. — Von einem Bauern habe sie Waster genommen und
durch ein wagen oven und barnach durch den ring an der kerken
gegossen und hette klockenseth darzu gehabt, und hettes Meister Hans
des Raths Barbirer vor die thür gegossen, das ehr nicht solte mit
keinem weib zuthunde haben. — Ferner, das ihr die alte Badi-
stösersche auf dem Molebam offte den kopff gezogen und gesagt:

Zwei düfel haben dir angesehen,
drei haben dich wieder angesehen,
der eine ist der vatter,
der ander der sohn,
der dritte ist die heilige geist.

so bötte ich dich.

22. März 1586. Cersten Saste (20 Jahr alt) bekennt, daß
als er in Kurland gedient, ein toller Hund einen Mann gebißen,
und 'ein edder junckfer' hätte ihm raiten wollen, da sie blind gewesen, habe sie ihm befohlen, 'er solte im schappe, das sie auf-
geschlossen, suchen nach einem buche, drin stünde, wie man dem man
helffen künde. Der hette er alba ein ander Buch von der swarken
kunst gefunden, das hette er zu sich genommen und ein woche oder
drei bei sich behalten, und ein stück oder acht brauß geschrieben'.
So schrieb er brauß: 'Wen man sich unsichtig machen wolte, so solte
man ein jungen swarken Raben auß dem neste nehmen, und denselbigen solte man in einen roden siden sabem daben dem nest hengen,
so kheme der alte hero und holete einen stein auß dem mere und
stecke denselbigen dem jungen in die mumbt, auf das er denselbigen
nicht sehen kunnte, sonsten schwellete sich der alte, das er zu den
ander jungen nicht fliegen dürfte, und wann man alßban brauß war-
tede, so krege man den stein, und wer denselbigen bei sich truge in
aller teuffel nahmen, der wer unsichtig'. Bekandt, auch solte man

acht haben des morgens auf des jungste swalefen, dem die elffte aufm morgen zum ersten die speise bröchte, dem solte man den kopff abschneiden, dar fünde man einen stein ein, und wen man denselbigen in goldt fassen liesze, und an ein schloth hielte, so sprüngen die schlosser auff, und solchs müste man auch thun in aller † nahmen. Bekandt, das man solte ein turteltauben schieszen in aller † nahmen und die zunge davon in unbenuzet wachs machen und leggens unter die zunge, und da man ein junckfer begerde zur unzucht, so solte man die junckfer oder die frawe anreden, mit sie scherhen oder sie anblasen, so künde sie es ihm nicht versagen. — Bekandt, wen man ein senlein knechte wolte ausbrengen, so solte man einer swarhen kahen den kopff abschlan in aller † nam, und mit dem blode solte man in des † namen ein stock anstrichen und ein tuch anbinden, und solte alsdan sagen:

Ich lade den düsel mit reuter und pferden, mit harnisch und büchsen wol staffirt, das sie mir nachfolgen dieser shane, und thun was ich ihnen befehle;

und wen man stormen oder etwas nehmen wolte, so solte man also thun, und wen sie die kriges leute wieder wegten solten, so solte man die shane wieder achter ein berg oder graben schmieszen und lauffen davon und sagen:

Bleibt da du unrein geist und kum nicht ee wieder, ee ich die stange wieder aufhebe.

Bekandt, wen man die buchsen besprechen wolte, so solte man also sagen: •

Ich besprech dy, büchse, mit krauth und loth, im nahmen Ihesu Christi und sein viff wunden roth, bastu nicht ee los gehest, ee die Moder Ihesu ihren andern sohn geberet.

Und wen man sie losssprechen wolte, so sagete man:

Ich spreche dich los, du verbundene büchse, bastu mast wieder schieszen und treffen, ee ein augenblick aus vergahn, in aller † namen.

Bekandt, das man ein wedehoppen kopff sol bei sich tragen, so würde man im handel und wandel nicht betrogen. Bekandt, das er Daniel Wulffen geleret, das er solte ein crucifix machen und solle es unter ein altar leggen und drei sontag den segen des herrn drüber sprechen laffen, und wen solchs geschehen, so solte er dan darburchschießen und sagen:

Ich swere mich dem † das ich moge schießen und treffen, un stegende stahnde gahnde und lauffen, und wil es in seben jahr wieder von mir lehren oder ich wil deine sein.

Bekandt, das er ein messer in Bertold Banen hause verloren, do hette ehr einen schlüßel, der nicht schließen kunnen, in ein Buch an den orth dar S. Johans Evangelien gestanden verschloßen, und aller der genunigen nahmen, so im hause gewesen, drin gelegt in aller † namen, da wer das buch als die frawe genömpt worden, und-geschlauffen und die frawe hette das messer auch gehabt und ihm darnach wieder zugestellet. — Er habe einen die Kunst von dem freischöß geleret; habe etliche Fenster aus der alten Schule auf S. Jacobs Kirchhofe gebrochen und von dem Blei Hagel und Kugeln gegossen.

22. März 1586. Bekentniß Daniel Wulfes, sonsten Gleitzman: in sieben Jahren müße man die Kunst wieder einen andern lehren, sonst ist man des Teufels.

Hans Kröpelin (1586) bekennt, daß ihm Cersten Saße gesagt von dem freien Schuß, man müße ein Krewz machen und es unter dem Altar legen zwei bis drei Meßen lang, und dann nehme man 'ein erbrhor und dasselbige durchschießen sagend das ers nicht noder schonen wolte als wan Got daselbst stünde, und darnach solte mans wieder weck nehmen und bei sich tragen', und sich dem Teufel sieben Jahre lang ergeben, und während der Zeit es einen andern lehren. — Um sich unsichtig zu machen, 'so solte man machen ein vierkantie schrein und leggen ein lebendige katze drin, auch zwei schwarke donen und grabens in aller † namen auf ein freitag in die erde, und laffens 9 tage in die erde liggen und darnach solte mans wieder aufgraben, so funde man ein gulben rinck dabei, wen man denselbigen bei sich trüge, so würde man unsichtig; auch solte man nehmen ein swalke und steken derselbigen die augen aus und leggen sie wiederumb in dem nest drei tag, so fünde man daselbst im nehest ein stein, wer denselbigen bei sich trüge, so kündte er unsichtig gehen. Bekandt, das man solte nehmen hasenbloth und streichen es auf ein haseln stock und schmießen den stock einer maget für, und wen die drüber ginge, so müste sie sich ausboren wo sie unehrlich wehr, und solche stücke hette ehr aus einem Buch gelernet. — Auch habe er ein Fenster ausgeschlagen, und von dem Blei Kugeln gemacht

Hans Holste (1586) bekennt, das er aus Tersten Saßen Buch gelesen, wie man die rore besprechen solte, so solte man sagen:

Ich bespreche dich büchse, krauth und loth, das du nicht abgaest, ee Maria einen andern sohn geboret, im nahmen des vaters und des sons und des heiligen gästes amen,

und wan man die büchse wolle wieder loßsprechen, so müste man sagen:

Du Büchse ich spreche dich weder los, die du zuvorn gebunden werest, dastu loß gaest und schießest im augenblick und röckest.

Doben Buch. 1586.[1]

21. April 1587: Herman Schultze, aus Hamburg, bekennt, Heinrich ein Krusesticker, so einen schewen wundt hette unnd in Franckreichen zu Haus gehörte, hette ihme eine eisenn kettenn unnd die handt gemacht, in Jasper Spyringes Hause, inn der hundestraßen zu Lubeck, unndt gesagt, die soll ehr seint halben tragenn, und wen ehr die umb die handt hette, so kundt er gewinnen auf dem spiele, ebenso trug er S. Johannes Evangelium und Creutzbohm bei sich, zu diesem Zwecke; einem Windeworff habe er den Fuß abgebißen und ihn bei sich getragen.

23. December 1587. Bekenntniß Gertrudt Schwarthen: wenn sie Leute badete, so nehme sie neunerlei Kräuter (Witten munte, Zesenbrahm oder Krusen Balsam, Beliskom, Unsteden kruth, Polei, Sölbeke, Krutznede, Huederbluthbrecke Kraut, Sma) das lebe sie ins wasser und wrefe den luden die glieder damit, darnach nehme sie schmer und alte putter und schmelze das aufs wasser,

---

nehm es wider ab, unnd thette gestoßen gelen schweffel, schaffonnie gestoffenn, Lebebernen und Quickfilber zusamen unnd machte eine salbe darvoun, damit schmerbe sie die sude. Belant, wen sie zu den leuten thome, so spriche sie:

Des welbe gobt der vatter der sohne und der werdige heilige geist! hofft dich alle die feinde angeblasen, die brun ebber blauw, schwarze, rode oder grune, so böhthe dich gott min hemmelsche vater, bie vorlöse dich uth diesen bösen bandenn damit du gebunden best in namen des vaters des sons und des heilligen geistes amen.

Bekandt, das sie bie beiden wester ruben von haßeln, so bei ihr nebenst der christallenn gefundenn, gebru케de, wen sie bei den kranken wolte erkunden, ob es ein böse oder guethe stunde wehr aber nicht. Bekandt, das Marcks ein ungeborn, so ein küster zue Görcke vor Anclam gewesen, ihr solchs gelerth. Bekant, das sie bei Hinrich Bützow nicht mehr gethan, alß das sie ihm gesegnet und geschweret mit salwen, unnd hette bie nagell von seinen fueßen und henden genohmen, auch das somicken von dem hembbe vor der rechter handt, unbenutzet wachs, und hette von ihm genohmen ehliche har voun beiden dumigen ahm haupte, auch von dem barthe under beide armen und vom schöte, hiruan hette sie ein licht gemacht, wehr vor ihr sitzen gangen, und hette unsern gott beköret, das ehr ihm helffen solte, darnach hette sie wasser genohmen und ihm crrutzweiß uber das leib gesprengt und gesagt.

> Gott er diese stette,
>   diesen armen sunder har mede

in namen beß vaters beß sohns und beß heilligen geistes, amen.

Darnach spriche sie nach dem segen uber dem menschen und das liecht unnd sagte:

Als ich dieß licht geschet unnd vorkeret hebbe durch gott almechtig und beß minschen nahmen, das ihn unser her gott muchte erlösenn von den bösen banden damit ehr gebunden ist durch Jhesum Christum seinen einig gebornen sohn.

28. December 1587 bezeugt Anna Khole in dieser Sache: ihr Mann sei krank gewesen, da habe ihr Gertrud Schwarten gesagt,

er hobe es von bösen Leuten, und auf ihre bitte ihr zu melden, wie es gethon, hobe sie zwe stockschenn inn die hondt genohmen, und ein corollenn auf den schoot gelegt, und dieselb beschworenn unnd hette ferner gesogt, sie solte nehmen Donnernettel, Poppeln und Schorfflabbicke und alt bier unnd loßen es seine woel sieden, unnd bunden ihm das kraut auf dem ohrm, bos hette sie etzliche mahl gethon, er sei nun besser, er könne die Arme rühren und besser sprechen. — Ferner sollte sie aus Eferich, Erdgrube, hilligen rowen, olt botter und schmer eine Salbe mochen. [1]

12. Aus einer Verhandlung der medicinischen Facultät in Rostock 1681.

Ilse Penziens hat berichtet, daß, wie sie das mit olten Fett beschmierte Brodt, so ihr ein altes Weib gegeben, aufgegessen, es ihr in dem Leibe angefangen zu rummeln als ein Wogen, es wäre ihr ouch sehr übel geworden, und hätte ihr wehe gethon. Wenn der Teuffel essen wollte, mochte er sich so klein, kräche ihr in den Mund, welches sie dobey merckte, doß sie so einen wunderlichen Geschmack in dem Munde kriegte und es kniepe ihr so lange im Leibe, bis sie ihm was Essen kämete, dann gäbe er sich zufrieden, und wenn sie solch Essen käuen mußte, hungerte ihr so sehr. Wenn er Eyerdack oder Stuten essen wollte, rieffe er ihr aus dem Leibe zu 'Stuten! Eyerdack!' und wenn er nicht mehr wollte, sagte er 'Hör auf!' und denn könnte sie nichts mehr unterkriegen. Wenn sie einen Fuß in die Kirche setzte, wäre ihr der Leib so leicht und der Teuffel hätte sich müssen an einer Seiten der Kirche stellen, in Gestolt eines kleinen Hundchens.

Schein jurid Rostock V, 22 § (1748)

13. (1735.) Es beschweren sich P. R. und dessen Frou, so auch N. und S. Frou, doß H. W. ihnen nochgeredet, als wären sie von ihnen in der Wolbrechts-Nacht nach dem Blocksberge reitend gesehen worden. H. W., dorüber befragt, gesteht, doß er mit H. R. zusammen in der Moinacht eine Kette um R. gezogen. Sie hatten zwei Ketten aus des J. D. Schwibbogen, welche derselbe ererbet, also eine Erbkette wäre, in die Länge on einander gemacht, zuvor

aber das Vater Unser und das Gebet 'Mit Gottes Hülff fang alles
an' gebetet, und darauf beyde vorne an die Kette gefasset und solche
nachschleppen lassen. Den Anfang hätten sie gemacht zur Rechten des
Weges auf N. nach G. rechts und das Dorf biß an denselben Weg
zur Lincken. Den Weg hätten sie offen gelassen und nicht mit der
Kette überzogen, auf daß die Hexen, aus dem Dorfe, über den Weg
heraus kommen können. Auch hätten sie, auf der lincken Seite des
Weges, mit solchen Ketten einen Crantz, und in dem Crantz mit der
Ketten ein Creutz gezogen, sich auf das Creutz in dem Crantz nieder-
gesetzet, und die Kette, wie sie bey einander gesessen, über ihre
Schultern, und ihre Hälse gehangen, und wie sie sich gesetzet, hätten
sie das Vater Unser gebetet und sich eingesegnet, dabey sagend 'Es
walte Gott.' Und zwar wäre dieses alles, wie es schummer geworden,
angefangen. Nach einer Stunde sahen sie P. R. auf einer Schwinge,
da das Handgriff vorgewesen, reiten, die Füße von der Erde, unter
der Schwinge waren Füße an der Erde. Danach des P. R. Frau
auf einem Hahn, der die Füße auf der Erde gehabt; des S. Frau
auf einem schwarzen rauhen Hund, der ihr eigener gewesen, auch
sie die Füße über der Erde; zuletzt des Herrn N. Bruder-Frau auf
einem schwarzen rauhen Köterhund, die Füße über der Erde, alle
vier mit Stangenzäumen, Sattel und Steigbügeln. Wie sie auf den
Gedanken gekommen? Sie hätten gehört, daß die Dragouer auch
also mit einem selbenen Faden und Siebe und S. gezogen. Ob er
mehr Örter wisse, wo solches geschehe? Antwort 'Umb Bolgin bey
Wittenburg hätten zwei Knechte einen blauen und einen rothen Stein
umb das Dorff getragen; wie aber des einen seine Mutter zureiten
kommen, wäre der weggelauffen. Dieselben hatten auch Crantze und
Creutze gemacht und sich darin gesetzet' — Weiter berichtet der eine,
er hätte gehört, der Teufel könne machen, daß anstatt derer Weiber
die Männer alte Stubben im Boot hatten (während die Weiber auf
dem Blocksberg reiten).   Acta Jurid. Rostoch. V, 43 ff.

14. Aus einem Hexenprotokoll zu Dömitz, 17. März 1586.
Danach seien die beiden gefangenen Personen, die S. und H., nach
allen Umbständen genauer zu fragen, sonderlich aber was betrifft
das Chimken, dem die H. das Honig und die Medtwürste auf dem
Boden sol gebracht haben, auch das Poltern und die bunte Katze,

3*

auch ob die lange Gese, so sich aufgehoben und das Weib, Marenz,
Personen oder Gespenster gewesen. Item, wie das zugegangen, daß
die S. bei nächtlicher Zeit aus ihrer Haft und Helden zu der H.
kommen, und was sie mit einander geredet und zu schaffen gehabt:
wie sie denn auch anzuzeigen und zu melden haben, was sie ihrem
Bekäntniß nach, mit denen Beht-Wurzeln zu machen pflegen.

Seleeta juridica Rostochiensis 1741, S. 150.

15. Hexe in Wismar 1425. Gretke, Clawes Stuuen wyf,
vorsworet de stad up der heren gnade, de hadde dat brot lopen laten.

Liber proscriptionum in Wismar p. 105. Mitheilung von Dr. Crull.

16ᵃ. Wenn eine Hexe der andern ihre Künste mittheilen will,
so nimmt sie einen weißen Stock von der Straße beim Zaune, thut
ihn ihr in die Hand und sagt, sie sollte 'an den witten stock griepen
unde Gott vorleten'.

Aus Wittenburger Hexenprocessacten von 1689. Zacher's Zeitschrift 6. 141.

16ᵇ. In einem Hexenprocesse der Stadt Wittenburg von 1689
bekannte die Hexe 'den Huf wüste sie auch zu stillen. Sie nehme
einen Kesselhaken, vsn Feuerherde hengende, in die Handt, ließ
den Athem darüber gehen vndt japete darüber und sagte 'Dode-
jobuth! Ick kan den Ketelhaken nicht upschluken. Im Namen
Gottes ꝛc.'

Ebds in den Wittenburg. Inschtbüchern 6. 141. Schiller 2, 85. Huf = Zäpfchen am
Halse; de Huf is mi dal schaten = das Zäpfchen ist mir geschwollen.

17. Daß ein Weibesbild könne einen Abwesenden durch einen
ans Feuer gesetzten Topf herkochen, daß, so wie sie denselben ab-
oder ansehet, der, auch 100 Meilen entfernter, geängstiget oder besänf-
tiget werde; daß man könne einen Geliebten mit dem Haspel aus
der Ferne herziehen; ist ebenso lächerlich, als wenn man pflegte zu
glauben, die Liebhaber setzten sich auf Böcken herführen.

Seleeta Jurid. Rostoch. VI, 84 (1752)

18. Alle Krankheiten, besonders länger dauernde, sind ein
Werk der Hexen; daher wird stets Hülfe bei Teufelsbannern (Leuten,
die Rath wissen, klugen Leuten, die auch Sympathien kennen) gesucht.

Ritter.

19. Kranke, die an einem langwierigen oder räthselhaften Uebel
leiden, sind gewöhnlich verhext. Dies zu erforschen, durchsucht man
die Kleidungsstücke, die Betten, besonders aber das Bettstroh des
Kranken. Ist Hexerei vorgekommen, so findet man bei diesem

Nachsuchen irgendwo einen langen Faden oder ein Band, vielfach ineinander gewirrt und verknüpft. Dann muß sorgfältig diese Verwirrung sammt allen Knoten gelöst werden. In demselben Verhältnisse wie dies geschieht, verliert sich die Krankheit. Hagmem. Fräulein Kräger.

20. Manche Leute, wenn sie etwas finden, spuken dreimal drauf, ehe sie es aufnehmen; denn 'dor is mennigmal wat an verbruft'; spukt man aber dreimal drauf, 'denn hackt einen dat noch an', d. h. man bekommt nicht die Krankheit, die dran gehext ist. Küster Schwarz in Belkin.

21. Das Gehien crepirter Katzen geben die Hexen Denjenigen ein, welche sie wahnsinnig machen wollen J G. sen.

22. Ist Jemand behext, so nehme man eines lebenden Maulwurfs Blut und gebe es dem Behexten ein. Eine Hand, in der ein Maulwurf todtgeblieben, heilet zauberische Schäden, denn des Maulwurfs Geist dringet hoch und bewältigt den zauberischen Geist. Lehrer Lüddorf in Rathendorf Thl. 929 225.

23. Die Mauerraute (lunaria) gesammelt, Morgens vor Sonnenaufgang, wenn die Sonne im Krebs ist und getrocknet, daß sie Niemand sehe, und dem Behexten eingegeben, bewältigt den zauberischen Geist. Haselnußbaumblüte thut desgleichen, indessen nach Sonnenaufgang gesammelt, stärket sie die Hexerei. Die Pulverisirung muß ohne Feuer, Eisen, Stahl, Kupfer, Stein ic. geschehen; denn diese Dinge haben ein hartes Wesen und Natur und stärken somit die Zauberei. Lehrer Lüddorf in Rathendorf.

24. Mittel gegen Hexen.

Für 2 Schilling Teufelsabbißwurzel,

für ½ Sch. Witten Urand,

für 2 Sch. Allermannsharnischwurzel,

für ½ Sch. Teufelsdreck,

für ½ Dreiling schwarzen Kümmel zu räuchern, und auch drei Messerspitzen voll einzunehmen. Lehrer Lüddorf in Rathendorf.

25. In den Ställen hängt man oft an einem Nagel Baldrian oder Wirbeldost auf, um die Hexen fern zu halten. Küster Schwarz in Belkin.

26*. Die Tagelöhner mögen nicht, daß ein Fremder in den Stall hineinschaut, dann wird das Vieh behext. Egeren.

26[b]. Manche Leute zeigen ihr Vieh nicht gern einem Fremden; denn es kann 'verraupen' werden. Verrufen wird es durch Ansehen, indem die Freßlust sich verringert und es daher nicht zunehmen will. Bei dem Behexen ist ein böser Wille, das Verrufen aber geschieht absichtslos, indem Derjenige, der das Vieh verruft, es selbst nicht weiß.

Küster Schwarz in Zettin.

27 Ein gewisses Mittel, daß keine Hexe dir ins Haus oder in den Stall kommen kann. Mache dir Zapfen von Ahornholz oder von Kreuzdorn und schlage in alle Thüren oder in die Schwellen welche ein. Dann kann dir keine Hexe ins Haus oder in den Stall kommen, und wenn noch eine Hexe im Hause ist, so kann sie nicht wieder herauskommen.

F. Klotmann aus Hanstorf.

28. Um den bösen Geist, der ein Thier in einer Krankheit behext hat, unschädlich zu machen, wendet man folgendes Mittel an. Man schlachtet das Thier, schneidet das Herz heraus und klemmt es in einen Spalt oder ein Loch eines Standers ein; dann treibt man einen Keil nach. Hat man nun den Keil bis zu einem gewissen Grade nachgetrieben, so wird die Person (gewöhnlich eine Frau), die das Thier behext hat, blind; treibt man den Keil noch weiter, so fällt dieselbe um und stirbt.

Hagenow. Primaner Kahle.

29. Am Weihnachts- und Neujahrsmorgen wird zuerst ein Hund oder eine Katze aus der Thür gejagt, damit die das treffe, was die Hexen dem Hause vielleicht angethan haben.

Von einem Seminaristen in Neukloster.

30. Hexen sind triefäugig und haben rothentzündete Augenlider.

Eggers Spethmann.

31. Hexen haben die Fähigkeit, sich in Hasen zu verwandeln, aber auch in andere Thiere, namentlich Gänse und Hühner.

32. Wenn am Abend ein Hund, eine Katze, eine Gans sich sehen lassen, wo man dergleichen zu treffen nicht erwartet hatte, so ist es eine Hexe. Gehört das gespenstische Wesen zu den vierfüßigen Thieren, so zeigt es sich gewöhnlich mit nur drei Beinen.

Hagenow. Bekolnius Krüger Bd. III 2, 30, Nr. 40

33. Wenn eine Hexe begraben wird, so wirft man, wenn sie aus dem Hause getragen wird, mit einer Schaufel voll brennender Kohlen hinter ihr her, damit der Böse nicht wieder in das Haus zurückkehrt.

Von einem Seminaristen in Neukloster.

34. Einer Hexe darf man weder etwas schenken noch verkaufen, denn dann erst, wenn sie etwas von Jemandem im Besitze hat, kann sie ihre Macht über ihn und das Seinige ausüben. *Ritter.*

35. Die Hexen können den Kühen die Milch nehmen, indem sie einen hölzernen Nagel in die Wand schlagen und daraus melken. *Cyrus Spethmann.*

36. Ist eine Hexe einer Kuh an den Leib gekommen dadurch, daß sie dieselbe vielleicht gemolken, so zieht die Kuh allemal die Milch weg. Gibt man ihr dann Morgens nüchtern ihre eigenen paar Tropfen Milch, die man mit Mühe aus den Sitzen gestrippt hat, mit frischem Menschenkoth vermischt, der aber vom Manne sein muß, so kommt die Milch wieder und die Hexe kommt einem dann mit Gewalt ins Haus. Man hüte sich aber, ihr Milch zu verkaufen, sonst steht die Kuh gleich wieder. Eine Geschichte zum Belege hierfür ist bei meinen Großeltern in Zepelin bei Bützow passirt. Meine Mutter hat sie mir oft erzählt. *H. Klockmann aus Hanstorf.*

37. Die Butterhasen sind Hexen, welche in Gestalt dreibeiniger Hasen in die Kuhställe hineinschleichen und die Kühe ausmelken, so daß sie den Besitzern keine Milch geben. *Amalie Krüger. Allgemein.*

38. Hexen behexen das Butterfaß, so daß der Rahm keine Butter gibt, indem sie die Reise des Fasses von unten auf zählen; desgleichen behexen sie die Kühe, daß sie blind werden dadurch, daß sie ihre Augen zählen. Um dem vorzubeugen, binde man einen ganz dünnen Faden um's Butterfaß, welchen sie übersehen und nicht mitzählen werden; ebenso stecke man eine Nähnadel in den Kuhstall, wenn jene die Augen zählen, werden sie das Nadelauge übersehen und ihr Zauber wird wirkungslos. *Aus Gnoschdorf, Rehna, Schwerin u. s. w. Das Zählen wird bestätigt durch Zeugnisse aus den verschiedensten Theilen des Landes, hinzugesetzt wird, daß das Zählen stillschweigend geschieht, und daß die Reise nur von unten nach oben, nicht wieder zurück erzählt werden.*

39ª. Inquisitiones antiquas adversus sagas memorant passim die alrunken; indagabantur enim, ob sie ein Alrünken, h. e. spiritum familiarem, hätten. *Selecta jurid. Rostoch. III, 26 (1746.)*

39ᵇ. Manche wurde als Hexe verbrannt, weil sie ein Alrünken gehabt, d. h. eine kleine aus einer Wurzel geschnitzte Puppe, die man des Nachts unters Hauptkissen legte, und dadurch im Traum Offenbarungen erwartete. Zweck, altes und neues Mecklenburg, I, 134.

40. Wenn eine Hexe der andern 'Tidingen' (Nachrichten) hinterbringen, oder wenn sie was ausfindig machen will, verwandelt sie sich in einen dreibeinigen Hasen. Schlägt oder schmeißt man nach einem solchen, so prallt Schlag oder Schmiß auf einen selbst zurück; schießt man, so trifft einen selbst die Kugel. Hat man aber einen Knüppel vom Kreuzborn und schlägt ihn damit, so trifft man ihn; und will man ihn beim Schießen treffen, so muß man einen silbernen Erbknopf in die Flinte laden. Lüder Schwarz in Berlin.

41. Wenn di 'ne Hex na wat frögt, so antwurt nich, sünst kann se di di wat andaun. Roocke 42.

42. Kocht man das Herz eines von Hexen getödteten Pferdes in des Teufels Namen, so zwingt man jene dadurch, daß sie kommen und sich selbst anklagen müssen. J. S. 503.

43. Man mache sich eine Maschine von Holz, in der Mitte mit einem nicht völlig durchgehenden Loche von der Größe, die man angemessen findet, mit einem dazu passenden Stöpsel, allenfalls mit einem † bezeichnet. Nun nehme man von dem auf solche Weise getödteten Thiere das Herz, lege es in die Oeffnung, setze den Stöpsel darauf und presse oder schlage es derb zusammen. Die übrigen Handgriffe, ob es bei Tage oder Nacht, laut oder stillschweigend geschehen müsse, weiß ich zwar zur Zeit nicht, denke aber, daß die intendirte Wirkung dabei immer einigermaßen erfolgen muß. Monatsschrift von und für Mecklenburg 1790, S. 611 f.

44. Die gleiche Wirkung, Hexen durch die dem Thier gegebenen Stöße zu quälen, wird erreicht, wenn man von dem Thiere einige Haare u. dgl. nimmt. Diese kocht man unter gewissen Anstalten und Künsten. Der Thäter soll dadurch so gequält werden können, daß er kommen und sich melden muß. Oft gebraucht er die List, daß er kommt und etwas aus dem Hause leihen will; dann darf man ihm ja nichts geben, sonst ist alle Mühe vergeblich. Ebendo 1791, S. 459.

Geburt, Taufe.

45. Schwangere dürfen nicht Gevatter stehen, sonst stirbt eines der Kinder.
Pastor Behm in Rolz bei Röbel. Vgl. WS 2, 35. Nr. 100 Engelien S. 206 BS. 641.

46. Zur Zeit ihrer Schwangerschaft darf eine Frau keine Leiche ansehen, weil das Kind einen leichenähnlichen Teint bekommt und auch behält. Trifft es sich aber zufällig, und die Frau erschrickt darüber, so muß sie den Todten so lange ansehen, bis sie ganz ruhig geworden ist. Dann schadets dem Kind nicht.

Küster Schröder in Siebern bei Röbel.

47ᵃ. Wenn 'ne Mutter vör be Entbindung vör 't Brotschapp steit und ett ehn bot Schopp tautaumoten, so krigt bat Kind den Heißhunger. Denn möt be Mutter bat Kind dreimal, fif Minuten lang in 't Brotschapp sluten un will des jedesmal de Welg maken.

Rat Bärtini Thorn

47ᵇ. Eine Wöchnerin darf vor keinem offenen Schranke essen, so wie die Speisen nicht aus Kelle und Löffeln vorkosten, denn sonst wird das Kind heißhungerig und schreit beständig nach Nahrung, ohne die gebotene zu nehmen.

Küster J. Peters; durch Pastor Dolberg

48. Legt man vor der Geburt des Kindes schon Geld für dasselbe zurück, so wird das Kind ein Geizhals oder ein Dieb.

§G. 543.

49. Der jüngste von sieben in unmittelbarer Folge gebornen Söhnen ist ein geborner Apotheker (so nennt das Volk den Arzt) und hat nicht erst nöthig, diese Kunst zu lernen. Allen Schaden kann er mit Berührung der Hand heilen, und alles was er anfaßt, gedeiht.

Monatsschrift von und für Mecklenburg 1791, S. 441 f. Vgl. ebenda S. 223 f. und §G. 542.

50. Wenn söben Jungens odder Dierns na einanner geburen warden, so is bor ümmer ein Nachtmahrt ünner.

Raabe 230. Vgl. Müllenhoff S. 243

51. Wenn eine Frau an einem Tage geboren hat, auf welchem im Kalender noch mehrere Tage mit gleichem Himmelszeichen folgen, so zeigt die Zahl dieser Tage die Zahl der Kinder gleichen Geschlechtes, welche sie noch erhalten wird.

§G. 541.

52ᵃ. Ackermann in der Monatsschrift 1792, S. 345: 'Ein eben gebornes Kind setzt man nackt auf ein Pferd und führt es mit demselben auf dem Hofe herum: dadurch haben alle Pferde, die ein solcher Knabe besteigen wird, den besten Dägen (bestes Gedeihen), und selbst kranke Pferde curirt er, wenn er sie reitet.' Ähnlich Franz Wessel 16: 'Item wen nu de kinder van der döpe tho hus quemen, so weren woll etlike, de de knechteken mit dem christdoken up de perde setteden, alle tho einer sundrigen töwerye.' Schiller 2, 2.

52ᵇ. Ist bei einem Bauern ein Knabe geboren, so wird sogleich ein mit einer Decke belegtes Pferd in die Stube geführt und der Knabe einige Augenblicke darauf gesetzt. Er bekommt dadurch die Kraft, Pferde, welche Kolik haben, damit zu curiren, daß er dieselben reitet. Pastor M. Jenssen, Dambeck bei Grabow. Vgl. JS. 542.

52ᶜ. Wenn man einen neugebornen Knaben stillschweigend auf ein Pferd setzt, und es dann ein paar Mal im Kreise herumführt, so wird dieser Knabe nachher, wenn er stellt oder nur den Namen Gottes spricht, stets den erwünschten Erfolg haben. Aus Karstädt bei Grabow. Seminarist Arndt.

53. Ist ein Mädchen geboren, so wird ein Butterfaß in die Stube gebracht, die Händchen des Kindes an den Butterstab gelegt und derselbe so einige Male auf und nieder geführt. Dann bekommt das Kind im spätern Leben immer schnell und leicht Butter. Pastor Jenssen in Dambeck bei Grabow.

54. Wenn ein neugebornes Kind eine blaue Ader auf der Stirn (zwischen den Augen quer über die Nase) hat, so lebt es nicht lange. JS. 541.

55. Nach dem ersten Wickeln eines neugebornen Kindes kreuzt die Hebamme oder auch eine andere Person die Arme dreimal über das Kind, indem sie dazu das 'Walte Gott Vater, Sohn und heiliger Geist' spricht. Präpositus Schencke in Picher bei Schwerin.

56. Ein neugebornes Mädchen darf der Vater nicht zuerst küssen, sonst wächst ihm später ein Bart, den Knaben dagegen nicht die Mutter, sonst bleibt er bartlos. Aus der Gegend von Parchim (Lehrer Kreutzer) und Rostock (Domänenrath Behm.) Nach anderer Mittheilung (Stuhlmann in Schwaan) bekommt er sonst ein weibisches Wesen Vgl. JS. 561.

57. Ein neugebornes Kind darf nicht von einem Kinde geküßt werden, das noch nicht sprechen kann, sonst lernt es schwer sprechen. JS. 541.

58. Damit einer Wöchnerin nicht während der Wochen oder nachher durch böse Leute oder durch Zufälle Schaden geschehe, leitet man sie, während das Kind am dritten oder fünften Tage zur Taufe getragen wird, durch das ganze Haus in alle Gemächer. JS. 541.

59. Tritt Jemand zu einer Wöchnerin ins Zimmer, so soll er zuerst das Kind segnen ('Gott segen em' oder 'ehr'), ehe er die Mutter anredet.   JS. 541.

60. Ein Beinkleid, welches auf das Bett der Wöchnerin gelegt wird, schützt dieselbe vor Nachwehen   JS. 541.

61. Damit die Brust gesund bleibe, bestreicht man die Brustwarzen, anderswo die Brust und das Gesicht der Mutter, mit der Nachgeburt, ohne diese Körpertheile wieder abzutrocknen. (Man verbrennt auch letztere und gibt die Asche Kranken ein, vorzugsweise gegen Fieber.)   JS. 541.

62. Wenn die Nachgeburt nicht kommen will, soll sich der Mann den Bart abscheeren und ihn nebst der Seife der Wöchnerin eingeben.   JS. 541.

63. Man soll die Nachgeburt an die Wurzel eines jungen Baumes schütten; dann wächst das Kind mit dem Baume.   JS. 541.

64. Eine Wöchnerin geht in den ersten vierzehn Tagen nach ihrer Niederkunft nicht vor den Brotschrank und öffnet überhaupt nicht verschlossene Gegenstände, sonst wird das Kind heißhungrig   Gegend von Parchim Lehrer Greuser Bd. Nr. 42.

65ᵃ. So lange ein Kind nicht getauft ist, muß ein Nachtlicht brennen, sonst kamen de Unnerirdschen ('wat de Swarten sünd') und halen dat Kind weg[1] un leggen ein von er Kinner dorhen.   Allgem. Bd. DS 2, 33 Nr. 61, 92 Engelien 248 JS. 541.

65ᵇ. Viele Eltern lassen deshalb ihre Kinder so bald als möglich taufen, weil sie dann nachher des Nachts nicht mehr brauchen Licht brennen zu lassen.   Pastor Krüdener in Alt-Strelitz bei Neustrelitz.

65ᶜ. Et fäht uht an een wegnahmen Spok. Quid est? respondemus ex responso anno 1594 verbiegue: Daß sie der Kindelbetterin eingebildet, daß ihr Kind von den Unterirdischen vorwechselt.   Selecta jurid. Rostoch 3, 184.

65ᵈ. Die Redensart 'He fäht ut, as'n wegnamen Spok' hat nach Manzel Selecta jurid. Rostock III, 184 und Büß. Ruhest. XXIV, 53 ihren Grund 'in alter Fabeley, daß die Hexen und Gespenster die Kinder umtauscheten.' Der Zeit hatte man auch viel

---

[1] 'schuiren dat Kind ut.' Behm in Parchim.

mit benen Kielekröpschen Kindern, die durch Weihwasser entweiet würden, zu thun. Es ist noch ein alter Bers übrig:

'Kielekrop! wo wiltu hen?
Ik wil hen na —
un wil mi baten wehen,
dat ik mag gedyen.'

Schiller 2, 39

66. Bor der Taufe eines Kindes darf man nichts ausleihen, sonst werden dem Kinde Schelmenstücke angethan.

Pastor Behm in Neß bei Röbel. Bgl. DS. 2, 34, Nr 20 MS 430, Nr 283

67. Das Zeug, das ein Kind vor seiner Taufe trägt, darf nach Sonnenuntergang nicht draußen hängen, sonst wird das Kind 'betöwert'.

Aus Treven. Seminarist Rehr

68. Mit 'n Kind, dat noch nich döft is, dörwt men nich in 'n anner Hus gan, sünst bringt men Unglück dor in 't Hus.

Raabe 279

69. Geht eine Wöchnerin aus, bevor sie ihren Kirchgang gehalten, so haben böse Frauen Gewalt über das Kind.

FS 541

70. Wenn 't me Nothfal is, dat ei Mudder vör den Kirchgang utgeit, so möt sei irst na be Kirch lopen un bor dreimal an be Kirchendör kloppen.

Raabe 279 Bgl KS 277

71. Bor der Taufe muß das Kind mit der Mutter das 'Staff' (Stöpsel am Butterfaß, mit dem gebuttert wird) anfassen, dann hat das Kind immer Butter.

Aus Parchim

72. Ein Kind, welches am Sonntag geboren ist, darf nicht am Donnerstag, und ein Kind, welches am Donnerstag[1]) geboren ist, nicht am Sonntage getauft werden, sonst kann das Kind 'allens', d. h. Geister[2]) seh'n; oder: sie werden 'Hellseher'.

Allgemein

73a. Kleine Kinder müssen vor der Taufe in die Sonne gucken, sonst werden sie gelb.

Aus Parchim. Dr Crophe.

73b. In anderer Fassung: Sie müssen vorher zur Thür hinaus sehen, damit sie eine weiße Gesichtsfarbe bekommen.

Aus Grabaß. Hülfsprediger Timmermann.

---

1) Am Donnerstag Mittags.

Aus Röbel, Pastor Behm. Aus Brütz, Pastor Bassewitz. Ober: In der Nacht vom Donnerstag auf Freitag zwischen 12 und 1 Uhr, Seminarist Fehland.

2) Alles Uebernatürliche, was ihm in seinem Leben begegnet.

Aus Plate bei Schwerin

74. Dem Täufling wird das Gewand verkehrt angezogen, so kann ihm der Böse nicht schaden. Rechewrok Masch in Dewern.

75. Hält die Wöchnerin ihren Kirchgang, und es begegnet ihr auf demselben zuerst ein Mann, so wird das nächste Kind ein Knabe, ein Mädchen aber, wenn ihr zuerst eine Frau begegnet.
F©. 541.

76ᵃ. Wird das Kind zur Taufe gebracht, so legt man ein Blatt Papier aus dem Gesangbuch[1]) in das Taufkleid[2]), damit das Kind späterhin gut lerne[3]). Wtzrnow.

76ᵇ. Bei der Taufe muß man einem Kinde ein Blatt aus dem Gesangbuche auf die Brust binden, dann lernt es leicht.
Küster J Priters Durch Pastor Dolberg.

76ᶜ. Wird ein Kind zur Taufe gebracht, so wird in das Tauf-kleid ein beschriebenes Blatt Papier gesteckt oder genäht; dadurch erhält das Kind ein gutes Gedächtniß. Seminarist W Röhen.

77. In der Gemeinde Dreveskirchen findet sich noch vielfach der Gebrauch, daß Frauen, wenn sie ihren Kirchgang halten, ein Stück von dem Nabelstrang des Kindes in Leinwand wickeln, und wenn sie um den Altar gehen, dasselbe hinter demselben niederlegen; dann soll das Kind recht fromm und gottesfürchtig werden und einen klaren Verstand bekommen. Seminarist F. Schröder.

78. Nach Verstorbenen darf man die Kinder nicht benennen, sonst holen sie sie nach. Rengen. F©. 542.

79. Unter den — drei — Taufzeugen muß derjenige das Kind bei der Taufe halten, welcher dem Geschlechte nach allein steht.
F©. 542.

80ᵃ. Ehe die Mutter nach der Kirche geht, beugt sie sich über die Wiege nieder und betet leise ein Vater Unser über dem Kinde.

---

[1]) Oder: ein Blatt aus der Bibel (Elbgegend, Lehrer Kreutzer); aus dem Katechismus (Gegend von Ratzeburg, Gegend von Zarrentin); 'ein Stück Gottes Wort' oder 'Gottes Wort' (Gegend von Grabow und Ludwigslust, Pastor Ziemssen, Seminarist Zengel).

[2]) Oder: in die Kissen (Elbgegend, Lehrer Kreutzer, Gegend von Zarrentin, Gegend von Grabow, Pastor Ziemssen); unter das Kopfkissen (Mummendorf, Timmermann).

[3]) Und fromm werde (Elbgegend, Lehrer Kreutzer); damit es flug werde (aus Müllberg, Unterofficier Westendorf); damit es während der Kirch-zeit ruhig bleibe (Mummendorf, Hülfsprediger Timmermann).

Wenn sie dann aus dem Hause tritt, sieht sie sich um nach einem Steine (gewöhnlich wird ein solcher vor die Thür gelegt) und diesen stößt sie mit dem Fuß über den Weg, um von dem Kinde alles Unglück abzuwenden. Nach der Taufe geht sie mit den Gevatterinnen dreimal um den Altar, giebt darauf dem Prediger einen Pegel Branntwein und eine Semmel und ebenso geben ihm die Gevatterinnen einen halben Pegel und einen Hülling Semmel und dann gehts nach Hause. Hier zieht sie ihr Sonntagskleid aus und legt es über die Wiege, wodurch sie alles Unheil von dem Kinde abwendet. Gegend von Walrott RO 262.

80b. Diejenige Person, die das Kind zur Taufe trägt, betet beim Heraustreten aus dem Hause des Kindes ein Vater Unser, wenn sie in die Kirche tritt, ebenfalls, so auch, wenn sie dieselbe verläßt. Das Kind soll dann gut lernen können.
Gegend von Dömitz, Seminarist J. Oster. Vgl. RS 425, Nr 202.

81. Einem Kinde, das getauft werden soll, pflegt man vorher ein Vater Unser in den Mund zu sprechen, dann wird es fromm.
Gegend von Schwerin, Oberlehrer R. Brandt.

82. Unner be Döp möt be Mutter negnerlei Arbeit daun, denn ward dat Kind fling.
Aus Karstädt bei Ludwigslust, Thema. Vgl. RS 431, Nr 203.

83a. Wenn ein Kind bei der Taufe Geld bei sich trägt, wird es ihm nie daran fehlen. Allgemein.

83b. Man bindet (legt) ihm daher ein Geldstück in das Taufkleid (Elbgegend, Lehrer Kreutzer, Seminarist Lübben); man legt ihm ein Vierschillingsstück auf die Brust (Gegend von Suckow und Banzkow, Präpositus Schencke); man giebt ihm einen Schilling mit (Archivrath Masch in Demern). Dann 'kann dat Kind nasten gaud Geld hegen' (Gegend von Grabow, Pastor Ziemßen); 'et wart mal rik' (Gegend von Ludwigslust, Seminarist Zengel), es wird sparsam (Seminarist W. Lübben).

84. Wird das Geldstück in ein Bibel- oder Gesangbuchblatt eingewickelt, so wird das Kind mit Leichtigkeit auswendig lernen.
Elbgegend, Lehrer Kreutzer.

85. Während der Taufe muß die Mutter lesen, sonst lernt das Kind schwer lesen[*).
Parchim bei Parchim, Oberlehrer Burmeister.

[*) In 'n Gesangbauk lesen, denn ward dat Kind gaut lir'n; süs liist dat Kind ümmer bustig.
Parchim, Schm.

86. Wenn ein Kind bei der Taufe unruhig ist und schreit, darf man es nicht schütteln, sonst hält ihm in seinem Leben das Zeug nicht (oder: es zerreißt viel Zeug). Allgemein Bsl. R.S. 452. Nr. 272 Engellen 246.

87. Während der Taufe eines Kindes darf die Mutter nicht trinken, sonst wird das Kind dem Trunk sich ergeben.

Aus Doberan Seminarist Rohr

88 Bei der Taufe soll der Prediger der Thür den Rücken zukehren, damit der Segen nicht zur Thür hinausgeht. JS. 542

89. Auch darf man nach der Taufe nicht rückwärts mit dem Kinde aus der Thür gehen, sonst wird es bald aus der Thür getragen (stirbt). JS. 542.

90ᵃ. Mit dem Wasser, womit ein Knabe getauft ist, darf kein Mädchen getauft werden, sonst bekommt dasselbe einen Bart.

Allgemein. Bgl Engellen 247.

90ᵇ. Wenn daher der Prediger mehrere Kinder, Knaben und Mädchen, zugleich zu taufen hat, und will dazu Ein Taufwasser benützen, so leiden die Leute nicht, daß die Knaben zuerst getauft werden (Gegend von Grabow, Seminarist Bencke). Anderswo: Knaben, in Wasser getauft, mit dem Mädchen getauft sind, bleiben bartlos (Seminardirector Kliefoth in Neukloster). Umgekehrt wird das Mädchen, das mit dem Taufwasser eines Knaben getauft wird, bösartig (JS 542).

91. Zwei oder mehrere Kinder dürfen nicht aus demselben Taufwasser getauft werden, weil es dem einen Unglück bringt.

Pelzpositius Schencke in Pinnow.

92. Das Wasser, in dem ein Kind getauft worden, heilt viele kleine Leiden[1].

Oberamtmann Brockmann aus Pröseken.

93. Taufwasser muß nach dem Gebrauche unter einen Rosenbusch gegossen werden, wenn der Täufling gedeihen soll.

Seminarist Angerstein.

94. Wenn die Wöchnerin Kirchgang hält, muß sie sich den Hauptgesang merken und zu Hause das dort aufgeschlagene Gesangbuch dem Kinde unter den Kopf legen, dann wird es fromm.

C. W. Stuhlmann in Schwaan

95. Will die Mutter, daß dereinst aus dem Kinde ein frommer Mensch wird, so legt sie beim Nachhausekommen vom ersten Kirch-

---

[1] 'Allerlei Krankheiten' Pastor Behm in Wrez bei Röbel.

gange stillschweigend das Gesangbuch auf die Wiege, in der
es liegt.   *Hagenow Fräulein Krüger.*

96. Nach der Taufe muß die heimkehrende Mutter das Gesangbuch, das sie in der Kirche gehabt, dem Kinde unter den Kopf legen,
dann lernt es gut.   *Küster Schwartz in Gessin.*

97. Nach der Taufe muß das Kind mit Taufkleid und Mütze
in die Wiege gelegt werden. Würde man beides ihm sofort abziehen,
würde der Taufsegen nicht sitzen bleiben.   *J. W. Stuhlmann in Schwaan.*

98. Eine Kirchgängerin nimmt auf dem Heimwege stillschweigend
ein Stöcklein oder eine Ruthe auf und legt es dem Kinde schweigend
in die Wiege, dann wird es ein ruhiges Kind.
                                                Wßgegend Lehrer Krüger.

99. Vor der Thür des elterlichen Hauses wird das übergedeckte
Tuch einmal zurückgeschlagen, so daß das Gesicht von der freien
Luft berührt wird. Dann behält das Kind immer weiße Hautfarbe
und brennt sich im Sommer nicht ein.
                         Pastor Zimmßen in Dambeck bei Grabow. Vgl. Nr. 78.

100. Wenn dat Kind, dat döft warden sall, en Jung is, so
möt en Frugensminsch em hollen, süs krigt hei kein Fru; is dat ne
Diern, so möt en Mannsminsch er hollen, süs krigt sei keinen Mann.
Gewöhnlich bei einem Jungen zwei Männer und eine Frau als
Pathen, bei einem Mädchen zwei Frauen und ein Mann.
                                      Allerwelin Vgl. S.S. 482, Nr 273.

101. Wenn in Volksdorf ein Kind getauft wird, geben ihm
die Pathen 4 Schilling (damit es ihm im Leben nie an Geld fehle),
Gottes Wort, nämlich ein Blatt aus der heiligen Schrift (damit
es fromm werde), und ein Messer oder (bei Mädchen) Nadel und
Fingerhut (damit es fleißig werde). Dann legt jeder Pathe ein
Vierschillingsstück 'för den Dörst' hin, wofür Warmbier getrunken
wird. Später findet ein Kindtaufschmaus statt. Es mag in den
übrigen Ortschaften des Dassower Kirchspiels ebenso gehalten werden.
                                                        P. Fromm.

102. Wenn man als Gevatter zur Kindtaufe geht, so darf
man nicht seine Stiefel schmieren, sondern nur trocken abwischen, da
sonst das Kind schmierig wird[1].   *Gegend von Grabow. Seminarist Lenck.*

---

[1] Oder: beim Schmuh nicht aus dem Wege geht.
                                          Gegend von Zarrentin.

103ᵃ. Wenn Einer, mit einem Gevatterbriefe in der Tasche, eine Treppe, oder Leiter, oder über einen Zaun steigt, so wird aus dem Kinde, bei dem er Gevatter stehen soll, ein 'Lattenklabberer' (Mondsüchtiger, der bei Nacht auf dem Hausdache umhergeht) (Hagenow, Fräulein Krüger); sie heißen auch 'Deckenkletterer' (Pastor Behm in Retz bei Röbel); oder 'Lattenstiger' (Küster Schwartz in Bellin).

103ᵇ. Der Pathe muß daher, wenn er unterwegs über einen Zaun steigt, das Pathengeld von sich legen. Küster Schwartz in Bellin

104. Sind die zu einer Taufe gebetenen Gevattern falsche Leute, so können sie dem Kinde etwas Böses anthun, und zwar auf folgende Weise. Richtet der Pastor die Fragen an sie, welche sie für das Kind bejahen müssen, so fragen sie sich selbst 'Wat will'n wi ut dat Kind maken: 'n Morrider, 'n Lattenklabberer odder 'n Inpisser?' (Einen, der vom Alpdrücken zu leiden hat, einen Mondsüchtigen oder einen Einpisser?) Statt auf die Fragen des Pastors mit 'Ja' zu antworten, bejahen sie einen Theil ihrer eigenen Fragen, und in Folge dessen ist das Kind mit dem Fehler behaftet, den die bösen Gevattern ihm angewünscht haben. Seminarist Sölke

105ᵃ. Ist Einer zu Gevatter gebeten und auf dem Wege zur Taufe des Kindes, dann muß er, wenn er das Bedürfniß fühlt den Urin zu lassen, das Geld, das er zum Geschenk für den Täufling bei sich trägt, so lange von sich legen, bis er den Urin gelassen hat. Thut er das nicht, dann wird das Kind ein Bettnässer. Altwein Bd. III 2, 14, Nr. 20

105ᵇ. Die Gevattern dürfen das Pathengeld nach der Taufe nicht bei sich tragen, sondern müssen es gleich nach der heiligen Handlung an die Eltern des Kindes abgeben. Denn lassen sie nach der Taufhandlung ihren Urin und haben das Geld dabei bei sich, so kann das Kind später nicht trocken liegen. Seminarist Sölke.

105ᶜ. Während der Taufe darf der Pathe das Pathengeld nicht bei sich tragen, das ist nicht gut. Rechtswalt Masch in Dreveskirchen

106. Der Pathe darf während der Taufe keine Handschuhe anhaben, sonst bekommt das Kind weichliche Finger. Von einem Seminaristen in Neukloster

107. Wenn einer der Pathen, während der Priester bei der Taufe das Vaterunser betet, das Kind dreimal anstößt und sagt 'Beb' mit, dat gelt di!' dann lernt das Kind gut. Gegend von Ludwigslust. Seminarist Zenzel

108. Sobald die Taufhandlung in der Kirche oder im Prediger-hause beendigt ist, muß der jüngste unter den Pathen[1] mit dem Kinde so schnell als möglich nach Hause laufen und das Kind hier der Mutter zuwerfen, weil es dann zeitig[2] laufen lernt[3]

Wismar. Vgl. R.S. 430, Nr. 900

109. Eine Schäferfrau in Hohenschwarfs hat am obern Augen-lid einen kleinen rothen Auswuchs. Auf die Frage, ob das nicht ab-geschnitten werden könne, hieß es 'Den Düwel ok, dat is 'r Göden schuld.' Auch von einem kleinen Kinde, das viel weint, hieß es 'Dat is sin Göden schuld' (Göde = Pathe).   Aus Hohenschwarfs Capern

110. Inter homines infans subsellii in Mekl. moris est, quod patrini, extemplo, ubi baptizatus infans, reduces, reddentesque infantem matri, dicunt.

Een Heydsken hebben wy juw weggnamen,
een Christsken bringen wy juw wedder.

Selecta juridi Rostoch II, 120

111. Dicitur convivium, die puerperii inter intimiores con-suetam, apud nos: De Kindes-Fool; epulum ferale designatur per phrasim: De Huel verlehren.   Selecta juridi Rostoch III, 48 (1740)

112. Wenn bei dem Kindtaufschmaus die Frau, die das Tischtuch abnimmt, dieses einem Gast über den Kopf wirft, so wird bei diesem die nächste Kindtaufe gefeiert werden.

Gegend von Grabow. Seminarist Siewert.

113. Kinder, welche beim Saugen den Daumen in die Hand kneifen, zahnen schwer (gedeihen nicht).   § § 549

114. Kinder, denen man das Fußzeug schon ausgezogen hat, darf man nicht mehr auf den Tisch stellen, sonst gibt es Zank im Hause.   § § 618

115. Auch darf man Kindern im ersten Lebensjahre außer dem Pathengeschenk nichts schenken (auch nicht zu Weihnacht, Nörger), sonst gedeihen sie nicht.   § § 543

116ᵃ. Wenn man einem Kinde einen Besen in die Wiege legt, hat es gute Deg (Gedeihen).   Demminplätter Besen b. Kienhagen

---

[1] Die jüngste der Pathinnen (Pastor Behm in Rehna bei Lübsel); oder anderwärts einer der Gevattern

[2] Oder: In Jahresfrist.

[3] Oder: Sonst wird es faul und langsam.

116b. In de Weig möt unnen 'n Bessen leggt warrn, denn kennen bei Unnerirdschen dat Kind nich nehmen.

Gegend von Ludwigslust. Seminarist Hensel

117. Kinder darf man nicht mit der Elle messen, sie werden sonst Ellen lang.

Domkenpächter Böhm in Mühlhagen

118a. Ein Kind darf man nicht durchs Fenster hinausreichen, sonst wächst es nicht; oder auch: es darf kein erst wachsender Mensch durch ein Fenster aus- oder einsteigen, er nehme denn denselben Rückweg.

Allgemein

118b. Wenn ein Kind durchs Fenster hinaussteigt, wächst es nicht, ausgenommen wenn es wieder durchs Fenster zurücksteigt.

Domkenpächter Böhm in Rüschhagen. Parchim, Thoms

118c. Reicht Jemand einer andern Person das Kind zu durch eine Oeffnung, welche zu niedrig ist, als daß ein erwachsener Mensch in derselben stehen könnte — durch ein Fenster oder eine Luke — so muß dasselbe durch eben diese Oeffnung zurückgegeben werden, sonst erreicht es später nicht die Größe eines erwachsenen Menschen.

Hagenow Fräulein Krüger Vgl JS 548

119. Im ersten Lebensjahre des Kindes hüte man sich, dem Kinde das Haar abzuschneiden.

Gegend von Parchim und von Frauenmark

120. Kinder, denen im ersten Jahr die Nägel beschnitten werden, fangen das Stehlen an

Gegend von Röbel (Küster Schröder in Gletem, Lehrer Peckel in Röbel).

131. Kindern, die noch nicht vierteljährig sind, werden die Nägel der Finger nicht abgeschnitten, sondern von der Mutter abgebissen.

Frauenmark, Elbgegend, Lehrer Krenher; Gegend von Parchim (Thoms). Vgl. JS. 548

122. Veranlaßt man Kinder, die noch nicht rein aussprechen können, einander zu küssen, so bekommen sie nie den Gebrauch der Sprache.

Frauenmark, Elbgegend, Lehrer Krenher Vgl Nr 57.

123. Hat das Kind einen Fall gethan, und man fürchtet, es könne verwachsen, so steckt man es dreimal zwischen Leitersprossen durch.

Hagenow. Fräulein Krüger

124. Wenn 'n Kind wat anbahn is, möt men 't dreimal dörch Twölften-Gorn (Garn, das in den Zwölften gesponnen ist) oder dörch Ledderspraten (Leitersprossen) stillswigens dörchstäken.

Aus Parchim Thoms

4*

125. Die Wäsche eines Kindes darf man im ersten Lebensjahre nicht nach Sonnenuntergang im Freien hängen lassen, sonst
stirbt das Kind.

JG. 545

126. Die Bezeichnung 'Ding', die Berührung mit einem Besen
oder Besenstiel, oder der Ausdruck 'Geschrei', für 'Weinen' machen,
daß das Kind neun Tage hindurch kein Gedeihen hat.

Hagenow, Fräulein Krüger.

127a. Man darf nicht gestatten, daß Kinder zu sehr von
Fremden gelobt werden. Geschieht es dennoch, so muß die Mutter
bei sich sagen, während sie dreimal ausspuckt 'Lick mi in 'n Ors; is
ueverropen!'

J. W. Stühlmann in Schwaan. Das dreimalige Ausspucken auch auf Hagenow
(Fräulein Krüger)

127b. Sprechen andere lobend von deinem Kinde, so denke
schnell an etwas Anderes, damit sie jenes nicht berufen. Oder sprich
'Gott Lob und Dank!' Oder 'Steen und Been to klagen.'

JG. 545

128. Dem Kinde steckt man eine Nadel in die Kleidung, ebenso
auch der Wöchnerin; beide haben so mehr Augen oder Köpfe, als zu
sehen sind, und sind deshalb sicher vor bösen Leuten.

Aus Lange Seminarist Carmzin

129. Weint ein Kind häufig ohne besondere Ursachen, so ist
es verhext oder 'verschiert'. Dies wird bewirkt auf verschiedene Weise.
So durch den bösen Blick, den auch die besten Menschen haben können. Man bekommt ihn, wenn man beim Empfang des Abendmahls
sich zerstreut umsieht oder rückwärts blickt. Nochmaliges Communicieren
ohne solche Zerstreutheit hebt den bösen Blick wieder auf.

Ein Mittel gegen das Verschieren besteht darin, daß man zwei
neue Reisbesen kreuzweis unter die Wiegenkissen legt und die Wiege
selbst sowie die Kleider des Kindes mit dem Dampfe von neunerlei
Kräutern durchräuchert. Eines derselben heißt 'ta up und ga weg'.
Auch kann man von jeder Thürschwelle im Hause sowie von der
untersten Treppenstufe einen Span nehmen und dem Räucherwerke
beifügen. Es muß aber Alles stillschweigend geschehen.

Hagenow, Amalie Krüger.

130. Bi'n Sommerregen, am besten bi'n Mairegen, möten de
Kinner ahn Mütz in'n Regen gahn, denn warden sei gaud grot.

Klocow

131. Mit einem noch nicht einjährigen Kinde soll man nicht beim Regen hinausgehen, es bekommt sonst Sommersprossen.

Schwester Schwarz in Berlin.

132. Kinder, welche noch kein Jahr alt sind, dürfen keinen Kranz aufsetzen, sonst sterben sie.

JS. 543.

133. Läßt man ein noch nicht einjähriges Kind in einen Spiegel blicken, so bekommt es eine schwere Sprache.

Bürgerschullehrer Krohn. JS. 543.

134. Wenn ein kleines Kind viel in den Spiegel guckt, so wird es stolz.

Von einem Seminaristen in Neukloster.

135. Wenn man 'n Kind, wat noch kein Jahr olt is, mit in 'n Keller nimmt, so ward et furchtsam un wenn man sonn' Kind in 'n Spiegel kiken lett, so ward et stolz.

Raabe. 35.

136. Wenn Kinner dat Spreken nich lihren könen, so möt man sei von Bödelbrod eten laten.

Raabe. 35.

137. Lernt das Kind zuerst den Namen Mutter sprechen, so werd das nächstfolgende Kind ein Mädchen, wenn jenes zuerst den Namen des Vaters lernt, ein Knabe.

JS. 543.

138. Wenn ein Kind viel schreit, lege man es in die unterste Borte des Küchenschrankes und mache die Thür zu, dann hört es auf zu schreien.

Domänenpächter Behm in Rienshagen.

139. Wenn ein kleines Kind viel weint und unruhig schläft, legt man ihm eine Eulenfeder ins Kopfkissen. Wie die Eule gern schläft, so dann auch das Kind.

Karstädt bei Grabow. Seminarist Strack.

140. Wenn die Wiege sich von selbst bewegt, so wird das Kind von unruhigem Charakter.

Domänenpächter Behm in Rienshagen.

141ᵃ. Wenn de Weig anstött ward ahn' dat dat Kind dorin liggt, so krigt dat Kind Wehdag un kann nich slapen.

Aus Parchim Thema Bgl. MS 2, 35, Nr 27 JS 543 Engelien 340

141ᵇ. Eine leere Wiege darf man nicht schaukeln, sonst hat das Kind keine Ruhe (stirbt). Auch darf man in eine leere, neue Wiege kein anderes Kind legen als dasjenige, für welches sie bestimmt ist, sonst stirbt letzteres.

JS. 543.

142. Man darf das Kind nicht 'Ding', oder 'Kröt', oder 'Krupp' nennen, sonst nimmt man ihm auf neun Tage das Gedeihen.

J. W. Stuhlmann in Schwaan JS 543 Vgl Nr 126.

143. Ein Kind muß nicht im Winter, wenn Schnee liegt, entwöhnt werden, weil es dann frühzeitig graues Haar bekommt.

Küster Schwarz in Berlin. Vgl. Engelien 247

144. Kinder, welche mit Feuer spielen, nässen ihr Bett.

F.S. 542

145. Kinder, welche zwei Wirbel haben, werden gescheute oder berühmte Leute.

Sagen.

146. Gescheite Kinder werden nicht alt. Sagen F.S. 542.

147. Kinder, welche drei stille Freitage (also drei Jahre) die Brust haben, können alles verrufen und 'Unbäg' bringen, Menschen und Vieh, wenn sie's ansehen, ohne daß sie es wissen. Ein alter Stehknecht sagte immer, wenn dem Jungvieh was fehlte 'hier sünd böf' Ogen west.'

Aus Brüz. Pastor Bassewitz.

148. Wenn Kinder kein 'Dägen' haben, so curirt man sie an manchen Orten dadurch, daß man sie vor Sonnenaufgang durch eine wachsende, eigens hierzu in der Mitte gespaltene und mit Keilen auseinander gesperrte junge Eiche zieht, und hernach den Spalt wieder fest zusammenbindet. Wenn eine solche Eiche abgehauen wird, bringt es dem Kinde Gefahr.

Monatsschrift von und für Mecklenburg 1791, S. 430 f. Vgl. F.S. 542.

149ᵃ. Wenn ein Kind einen Milchzahn verliert, soll es ihn rückwärts über den Kopf werfen und sprechen:

'Mus, dar hest 'n knœkern Tähn,
gif mi 'n isern wedder.'

Tagelöhnertöchter Behm in Nienhagen. Vgl. MtS. 2, 54. Nr. 34. F.S. 442.

149ᵇ Wenn die Kinder schichten, muß man die ausgefallenen Zähne in ein Mauseloch werfen und sprechen:

Mäuschen, ik gew di en Knœkeltœn,
gif mir latt N. en Tœnken.

Archdeacon Wersch in Doberan, auch von K. Eggers in Hohenschwerin F.S. 542

150. Sehr häufig geschieht es auch, daß man einer lebendigen Maus durch ein Tuch den Kopf abbeißt, und diesen dem zahnenden Kinde um den Hals bindet.

Schiller 3, 2

151. Daß die Kinder leicht Zähne bekommen.

Ein Jäger geht stillschweigend zu dem Säugling, langt ihm mit dem Vorderfinger der rechten Hand (mit dem er das Wild auszuweilen pflegt) in den Mund, bestreicht und betastet damit das Zahnfleisch und entfernt sich dann wieder.

Holdorf, Fischermeierschüler Lehrer Lüdtdorf.

152. Gegen Zahnschmerzen und Zähneausfallen vor der Entwöhnung, wenn der Säugling zum letztenmal gestillt werden soll, laufe die Mutter stillschweigend vor Sonnenaufgang mit ihm hinaus zu einem Steine, setze sich darauf und reiche dem Kinde die Brust: so wird derselbe Mensch alle seine Zähne gesund bis ins Grab bringen.

Rahbendorf, Lehrer Lüdtdorf. Ebenso Küster Schwartz in Bellin Bd. §S 542

153. Wo kleine Kinder sind, dürfen keine jungen Hausthiere, wie Hunde, Katzen rc., aufgezogen werden, denn nur eins gedeiht ('en Deil hett man Degg'). Allgemein, Bgl. RS. 481, Nr. 874.

154. Ein Stück Garn, von einem siebenjährigen Kinde gesponnen, wird aufgehoben. Alles Vieh, welches durch solch ein Stück Garn gesteckt wird, Gössel, Küken u. s. w., hat gute 'Degg' (Art).

Aus Röbel Pastor Behm

155. Ein solch Stück Garn wird in die Wiege eines Kindes gelegt, um dem Schreien desselben zu wehren. Derselbe.

Confirmation.

156ᵃ. Die Kinder, welche zur Confirmation an den Altar treten, dürfen sich nicht umsehen; sie sehen sonst den Teufel (Meister Urjahn).

Mummendorf (Hilfsprediger Zimmermann). Röbel (Pastor Behm) Oder: sie sehen Gespenster oder Geister (Gymnasiast Brandt aus Kl.-Nogehn). Rißt man sich das, denn kann 's all's verrappen (Küster Schwartz in Bellin)

156ᵇ. Wer sich beim Empfang des heiligen Abendmahls umsieht, 'verschiert' dasjenige (thut demjenigen Böses an), was er ansieht. Seminarist Stüde

156ᶜ. In Dreveskirchen sagt man, daß Leute, die zum heiligen Abendmahl gehen und sich während der Zeit, daß der Pastor den Segen über sie spricht, umsehen, böse oder schlechte Augen bekommen. Diese werden sie solange behalten, bis sie wieder zum heiligen Abendmahl gehen. Alles, was sie in dieser Zwischenzeit mit ihren bösen Augen ansehen, soll keinen Segen haben. Seminarist Schröder. Bd. Nr 189.

157. Wenn während der Confirmation eines der Altarlichter erlischt, stirbt in dem Jahre eines der Kinder, und zwar eines von denen, die auf der Seite des Altars stehen, wo das Licht verlöschte.

Aus Cleuna, Nummendorf, Hilfsprediger Timmermann. Aus Parchim, Gymnasiast Behm.

158. Wenn man beim heiligen Abendmahl eine lädirte Oblate bekommt, bedeutet das etwas Schlimmes. Aus Röbitz Capitän A. R.

159. Wird die Oblate, die man bei der Confirmation bekommt, aufgehoben, an einen Baum geheftet und durchschossen, so trifft man jedes Wild, auch wenn man es nicht zu Gesicht bekommt.

Küster Schwarz in Bellin.

Liebe, Verlobung, Hochzeit, Ehe.

160. Wer Glück im Spiel (Kartenspiel) hat, hat Unglück in der Ehe (Liebe). F.S. 540.

161. Wenn ein Mädchen das Essen versalzt, ist sie verliebt; wenn sie zu salzen vergißt, ist sie fromm. F.S. 540.

162. Wo Spinnengewebe an der Stubendecke flattert, da findet bald eine Hochzeit statt. F.S. 541.

163. Wenn ein Mädchen zu erfahren wünscht, wer ihr künftiger Mann werde, so steckt sie vom Kraute der Fumaria officinalis (Erdrauch), die sie bei der Arbeit — etwa beim Jäten — gefunden hat, etwas in den Busen; dann begegnet ihr künftiger Mann ihr auf dem Heimwege (die erste Person, welche ihr darauf begegnet, ist ihr künftiger Mann). F.S. 540.

164. Wenn ein Mädchen erfahren will, ob sie ihren Bräutigam (Geliebten) zum Manne bekommen werde, so muß sie zwei Kohlpflanzen, die eine kreuzweise durch die andere gesteckt, auf einem in den Grund der Grube gelegten Stein in die Erde pflanzen. Kommen beide Pflanzen fort, so erhält sie ihren Geliebten zum Manne, wo nicht, so erfolgt Untreue oder Tod. F.S. 540.

165. Wenn zufällig drei brennende Lichter in einer Stube sind und das längste in der Mitte steht, so ist eine heimliche Braut im Zimmer. Dornbreuspähler Behm in Nienhagen. Vgl. F.S. 540.

166ª. Junge Leute dürfen niemals Speisen, Brod, Butter, Kuchen, Käse 2c., anschneiden, weil sie dann noch sieben Jahre ledig bleiben müssen. Allgemein, namentlich bezüglich der Butter Vgl. Engelien 245

166ᵇ. Wenn ein Junggeselle über das Ohr weg aus der Schale (Schüssel) ißt, Butter anschneidet oder dergleichen thut, so bleibt er noch sieben Jahre unverheiratet; ebenso wenn Jungfrauen dies thun ('he möt noch söben Johr ümsünst frigen').

Aus Gabebusch, Secretär Brown.

167. Wenn ein Unverheirateter an eine Ecke des Tisches zu sitzen kommt, kann er in den nächsten sieben Jahren noch nicht heiraten.

Allgemein.

168. Wird beim Nähen eines Kleidungsstückes eine Nadel in drei Stücke gebrochen, so wird sich der Inhaber desselben in dem Kleidungsstücke verloben.

Demmerspächer Behm in Neuhagen.

169. Wer die Schale eines harten Eies löst, ohne das Ei selbst zu verletzen, bekommt einen glatten Ehegatten (d. h. freundlichen, glatten, umgekehrt aber rauhen Charakters). H S 540.

170. Einen stattlichen Mann bekommt jede Jungfrau, welche ein Ei glatt abpellen kann; auch diejenige, welche recht gleichmäßig Sand zu streuen versteht.

Demmerspächer Behm in Neuhagen.

171. Die Mädchen, welche beim Waschen sich die Schürze stets naß machen, bekommen einen Trunkenbold zum Manne.

Aus Wittenburg, Gymnasiast Reinhardt Vgl. H S 540.

172. Geht einem Mädchen das Schürzenband auf, so denkt sie an den Geliebten. H S. 540.

173. Geht einem Mädchen das Strumpfband auf, dann denkt der Bräutigam an sie. H S. 540.

174. Jeder Finger, welcher bei einem Mädchen, wenn er gezogen wird, im Gelenk knackt, bedeutet einen Freier. H S. 550.

175. Wenn Eines von einer Leiche träumt, bedeutet es baldige Hochzeit.

Eggert. Vgl. H S. 540.

176. Man glaubt, daß ein Mann derjenigen Frau unterthänig wird, welche einige ihm abgeschnittene Haare unter ihre Thürschwelle legt.

Aus Hagenow, Fräulein Krüger.

177. In der Gegend von Priestäß bei Grabow herrscht die Meinung, daß ein Freiersmann, wenn er auf die Freite geht, dann

von seiner Erwählten keinen Korb bekommen werde, wenn er das Gerippe eines Laubfrosches in der Tasche trägt, den er am Abend vorher mit verstopften Ohren, damit er nichts höre, in einen Ameisenhaufen geworfen und dort von den Ameisen hat verzehren lassen.

Hilfsprediger Timmermann

178. Löst sich das Schürzenband einer Braut von selbst, so verliert sie die Liebe ihres Verlobten; ereignet sich dasselbe jedoch bei einer unverlobten Jungfrau, so wird sich dieselbe bald für's Leben binden.

Demmin's Hilfsprediger Bohn in Nienhagen

179. Wer den Verlobungsring verliert, verliert den oder die Verlobte durch Untreue oder Tod.

Derselbe

180. Wenn die Ehe eine glückliche sein soll, so darf an den Sonntagen, an welchen das Aufgebot geschieht, das Brautpaar nicht die Kirche besuchen.

Wamckendorf Hilfsprediger Timmermann.

181. Wer ein eben ausgegangenes Licht, dessen Docht noch glimmt, nicht wieder anblasen kann, ist kein Junggeselle (Jungfrau) mehr.

H S 540.

182. Fallen einem Mädchen drei Blutstropfen aus der Nase, so ist der Schatz untreu.

H S 540.

183. Wenn ein Mädchen ihrem Geliebten heimlich von ihrem Ohrenschmalz auf sein Brod streicht, und läßt ihn dies essen, so erwirbt sie seine Liebe für alle Zeiten.

H S 540.

184. Personen, welche man liebt, darf man nichts schenken, was eine gelbe Farbe hat. Desgleichen kein schnarrendes oder stechendes Instrument.

H S 540 Bei Engelien 244, Nr 7²

185. Verlobte dürfen nicht Brautführer sein, sonst heiraten sie in langer Zeit nicht.

H S 540

186*. In einigen Dörfern Mecklenburgs, z. B. in Groß-Tessin, herrschte seither die Sitte, die sich zum Theil noch erhalten hat, daß kurz vor der Hochzeit von den Brautleuten ein Mann aus dem Dorfe ausgewählt wurde, 'de Hochtitsbidder', der alle Bekannten und Verwandten zur Hochzeit einladen mußte. Mit einem bunten Blumenstrauß an der Mütze und einer Hebetwiete in der Hand, ging er bei den Leuten herum und nachdem er die Einladung beendet hatte, hielt er seine Hebetwiete hin, auf die jeder Eingeladene einen Knaul Flachs stecken mußte, damit die Braut sich ein schönes Brautlaken

nochen Wane. So ging er heim und brachte nach vollendeter Einladung
der Braut den erhaltenen Flachs. Stud. Scholz aus Darkow

186*. In Zarnewenz im Fürstenthum Ratzeburg unweit Dassow
und den umliegenden Bauerndörfern herrscht bei Hochzeiten der Gebrauch, daß die Braut einige Tage vor der Hochzeit mit einem Siebe
bei den Bauern herumgeht und von jedem dasselbe voll Bettfedern
erhält. Aus diesen muß sie sich dann ihre Betten stopfen, damit sie
beim jedesmaligen Gebrauch derselben erinnert werde, daß sie bitten
und ihrem Mann gehorsam sein soll. In einigen Dörfern wird auch
statt des Siebes ein Spinnrad genommen und bestehen dann auch
natürlich die Geschenke in andern Dingen. Gymnasiast Ihlefeld.

187. Wenn den Abend vor der Hochzeit viel 'pultert' wird,
hat die Braut Glück in der Ehe. Aus Parchim. Thoms

188. Wer sich während der Zeit der Zwölften oder in einem
Schaltjahr in die Ehe begibt, hat in derselben kein Glück. F.S. 541.

189. Die Hochzeiten werden meist am Freitag gehalten. Am
Sonntag danach ist Kirchgang. Thormein.

190. Den Freitag hält man in Mecklenburg, namentlich auf dem
Lande, sobald er nicht auf den 13. oder 17. des Monats fällt, für den
geeignetsten Hochzeitstag. (Fromm Mecklenburg 103.)

Schiller 4, 5. Thl. dagegen F.S. 4, Nr. 102. Bartsch 245.

191. Hochzeiten dürfen nur am Freitag und Dienstag gefeiert werden. Gegend von Serrahn. Seminarist Brunner

192. Zu Hochzeiten sind nur Montag, Dienstag und Freitag günstig. Aus Dömitz. Seminarist Kreutzer

193. Hochzeiten am Mittwoch bedeutet eine Ehe, die getrennt
wird, am Donnerstag Unfrieden. Aus Nienhagen. Dorfverspächter Brehm

194. Einer, der in der Ehe nicht vorwärts kam, entschuldigte
sich vor Gericht damit 'Wat he darvör kunde, dat he mich fort kāme,
se schöllen em nich hebben im nauen Mahn (decrescente tune, im letzten
Viertel) Hochtiedt bohn laten. Gerwein Juchh. Rostock IV, 169 (1747)

195. Zu einer glücklichen Ehe gehört, daß eine Braut nicht selbst
ihr Brautkleid fertigt. Aus Proseken. Gymnasiast Brockmann. Bgl. Engelien 245.

196. Das Hemd, das ein Bräutigam bei seiner Trauung
trägt, darf nicht von seiner Braut gemacht sein, weil sonst Hader
und Unfrieden in der Ehe entsteht. Von einem Seminaristen in Neukloster

197. Die Braut, welche sich das Brauthemd im Gänsestall anzieht, hat viel Glück mit den Gänsen. Aus Plötz. Begge

198. Sturm bei der Brautwäsche bedeutet Unfrieden in der Ehe. F. S. 540

199. Der Brautkranz muß mit Fröhlichkeit gebunden werden, wenn die Ehe Gedeihen haben soll. C. W. Stahlmann in Schwaan

200. Der Brautkranz muß ja recht frisch der Braut im Haar sitzen. Welker Kranz verursacht zeitiges Hinwelken eines Theils. C. W. Stahlmann in Schwaan.

201ᵃ. In den Brautkranz (die 'Krone') müssen Kornähren, besonders aber Lein, gebunden werden und der Bräutigam muß dergleichen in die Tasche stecken, dann gibt es eine glückliche Ehe. Dreilgatt. Holsteckziger Zimmermann

201ᵇ. Bi de Tru möt de Brut von all Korn wat in de Kron hebben, denn hett s' gaud'n Deg dormit. Gegend von Ludwigslust Bengel.

202ᵃ. Wenn die Braut zwei Brautkränze erhält, so darf sie nicht von einem Gebrauch machen und den andern bei Seite legen, sondern sie muß aus beiden Kränzen einen neuen machen. Die Nichtbeachtung dieser Vorschrift bringt der Ehe Unheil. C. W. Stahlmann in Schwaan.

202ᵇ. Wenn die Braut zwei Kränze geschenkt bekommt, bedeutet es ihre baldige Wittwenschaft. Derselbe.

203. Nach der Trauung darf die Braut ein Reis ihres Kranzes als Steckling einpflanzen. Es wird leicht gedeihen. Unglück würde es bringen, wollte sie vor der Trauung ein Reis dem Kranz entnehmen. Derselbe

204. Wenn eine junge Frau nach der Trauung ihren Brautkranz[1]) in den Hut ihres Mannes legt, so bekommt sie die Herrschaft über ihren Mann. Aus Teterow Seminarist Mahr

205. Bei der Hochzeit darf die Braut keine Perlen tragen, denn diese bedeuten Thränen. Aus Dömitz Kreutzer

206. In den Brautkranz muß ein Stück Silbergeld mit eingebunden werden, dann wird Geld auch in der Ehe nie fehlen. C. W. Stahlmann in Schwaan.

---

¹) Des Nachts die Krone, die man ihr beim Tanz abnimmt und mit der Haube vertauscht. Aus Goldberg Bohm.

207. Der Braut wird vor der Trauung in den Kranz ein Thalerstück und etwas Leinsamen gelegt, dann hat sie nachher Glück und guten Flachsbau in ihrer Wirthschaft.

Aus Korshörst bei Grabow. Seminarist Siewed.

208ᵃ. Wird ein Brautpaar getraut, so muß es Geld bei sich tragen, damit es ihm im Ehestand nie an Geld mangelt.

Aus Röbel Lehrer Pröhl Küster Schröder.

208ᵇ. Wenn eine Braut zur Trauung geht oder fährt, muß sie sich ein Stück Geld in jeden Schuh legen; dann wird ihr das Geld in der Ehe nicht knapp.

Böhm. 560

208ᶜ. In dem Dorfe P. bei Lübz ist es ein gewöhnlicher Gebrauch, daß sich die Braut an ihrem Trauungstage alle Taschen voll klingender Münze steckt und dabei der guten Zuversicht ist, daß das Geld dem nicht mangeln wird, dem es in vollen Taschen angetraut ist.

Von einem Seminaristen in Neukloster

208ᵈ. Wenn die Brautleute zur Trauung nach der Kirche gehen, so bittet die Braut den Bräutigam um etwas Geld mit dem Vorgeben, es auf den Altar zu legen. Erfüllt der Bräutigam die Bitte, so bekommt die Braut nachher die Kasse.

Aus Korshörst bei Grabow. Seminarist Siewed. Vgl. Engelien 144

209. Bei Hochzeiten steckt man der Braut stillschweigend und ohne ihr Wissen ein Stück Stahl an den Leib; so soll ihr nichts Schlimmes angethan werden können.

Gamehlin und Umgegend von Hagenow. Seminarist Estorse

210. Dem Bräutigam wird vor der Trauung von jeder Art der Hausthiere ein Haar und eine Feder, auch etwas Brod und Fleisch in sein Zeug gesteckt, denn dann wird er hieran keinen Mangel leiden.

Gegend von Serrahn. Seminarist Brümmer

211ᵃ. Wie sich der Wind am Hochzeitstage regiert, so wird auch das eheliche Leben verlaufen. Ist am Hochzeitsmorgen stürmisches Wetter, so wird in der ersten Hälfte der Ehe Unfrieden, Zank und Streit herrschen. Beginnt das stürmische Wetter erst am Hochzeitsabend, so wird der Lebensabend der Eheleute getrübt werden durch Leiden und Trübsal mancherlei Art.

Gegend von Goldberg. Seminarist Bohßin.

211ᵇ. Soll das eheliche Leben ein glückliches sein, so muß das Wetter am Hochzeitstage auch still und ruhig sein.

Derselbe.

212ᵃ. Wenn es am Hochzeitstage auf dem Wege zur Kirche regnet (in die Krone, in den Brautkranz regnet), so bringt es Glück in der Ehe. *Allgemein*

212ᵇ. Warmer Regenfall in den Brautkranz bedeutet eine fruchtbare Ehe. *G. D. Stuhlmann in Schwaan.*

212ᶜ. Die Brautleute dürfen auf dem Wege zur Kirche, wenn es regnet, keinen Schirm und kein Tuch über den Kopf halten, denn das Glück muß ihnen in die Krone regnen. *Aus Rübel. Pastor Behm.*

213. Ein Gewitter während der Hochzeit bedeutet eine fruchtbare Ehe. *Beyer in den Meklenburg. Jahrbüchern 22, 170 §S. 539*

214. Während des ersten Gewitters, welches nach der Hochzeit eintritt, soll die junge Frau ein schweres Gewicht heben; das verleiht ihr Gesundheit und Kraft und erleichtert die Lasten des Ehestandes. *§S. 539*

215. Wenn dat regent, wenn de Brut na de Tru henführt, regent 't er Glück in de Kron, æwer bi'n na Hus Führen, regent 't er Unglück in de Kron. *Erzählt von Mariel Boeteld. Vgl. §S. 540.*

216ᵃ. Wenn die Mädchen die Katzen immer gut füttern, so bekommen sie eine gute Ehe[1]. *Aus Kurzstäb bei Grabow. Seminarist Rienck. — Einen guten Herrn Haushof Seminarist Rickmann*

216ᵇ. Wenn die Braut die Katzen gut füttert, so hat sie einen schönen, sonnigen Hochzeitstag. *Allgemein Vgl. Schiller 2, 8*

216ᶜ. Wenn am Hochzeitstage schlechtes Wetter ist, heißt es, die Braut habe die Katzen schlecht gefüttert. *Aus Rübel. Pastor Behm in Melz*

217. Wenn die Brautleute zur Kirche fahren, wird Branntwein mitgenommen. Die Brautjungfern verabreichen jedem Begegnenden davon, entweder ein Glas, oder häufiger wird eine Flasche zu beliebigem Gebrauch gereicht. Hurrah und Jauchzen der Begegnenden und Fahrenden ist üblich. *Domänenpächter Behm zu Rienhagen bei Rostock*

---

[1] So regnet es ihnen nicht in die Krone. Aus Rienhagen, Behm. Oder: Wer seine Katzen hungern läßt, an dessen Hochzeitstage wird es regnen. Aus Parchim, Behm. Aus Wittenburg, Gymnasiast Reinhardt.

218. Der Wagen, in welchem die Brautleute zur Trauung fahren, darf vor der Kirche nicht umwenden; andernfalls wird die Ehe eine unglückliche. H.S. 541.

219. Wenn ein Brautpaar zur Trauung geht, darf sich keines von Beiden umsehen, sonst stirbt es noch dasselbe Jahr.
Aus Parchim Behm. Vgl. W.S. 2, 43, Nr 116 Angeden 344 Oder: sonst haben sie kein Glück in der Ehe, oder leben nicht lange zusammen Aus Röbel. Pastor Behm.

220. Wer von den beiden Brautleuten zuerst vor den Altar tritt, hat das Regiment in der Ehe. Aus Parchim Thams Vgl. HS 540

221. Wenn Braut und Bräutigam sich vor dem Altare die Hände reichen, bekommt der, welcher den Daumen oben hat, die Herrschaft. Präpositus Schrade in Plauen bei Schwerin

222. Wenn die Braut bei der Trauung¹) dem Bräutigam auf den Fuß²) tritt, dann bekommt sie die Herrschaft.

223. Wenn der Bräutigam der Braut während der Trauung auf die Zehen tritt, so bekommt er die Herrschaft im Hause.
Aus Teterow Mahe

224. Wenn während des Ringewechsels ein Ring zur Erde fällt, ist es ein böses Zeichen. Professor Hülfsprediger Zimmermann

225. Wenn während der Trauung die Hühner kakeln, oder kleine Kinder schreien, dann wird die Ehe keine glückliche.
Gegend von Ludwigslust Hengel.

226. Stehen bei der Trauung Braut und Bräutigam so weit auseinander, daß man zwischen ihnen hindurch sehen kann, so gibt es eine kühle Ehe. HS 540

227. Wenn man der Braut am Hochzeitstage während der Trauung eine Puppe ins Bett legt, welche man aus Zeug zusammengebunden hat, wird sie fruchtbar, wenn aus Stroh, unfruchtbar.
HS 540

228ª. Wenn ein Paar getraut wird, so müssen Braut und Bräutigam vor dem Altare so dicht zusammenstehen, daß man nicht zwischen Beiden durchsehen kann. Stehen sie nicht so dicht zusammen,

---

¹) Während sie das Jawort abgibt (Karstädt bei Grabow. Lienck). Wenn bei der Trauung der Prediger zu der Braut das Wort spricht 'und er soll dein Herr sein' (Cand. theol. Ritter).

²) Auf den linken Fuß (Karstädt bei Grabow. Lienck), auf die Zehen (Teterow Mahe). — Allgemein Vgl. HS 541. Dasselbe; aber beim Hochzeitsschmause (Hanstorf bei Doberan. Klockmann).

so kann ein bösgesinnter Mensch unter den Anwesenden ihnen was zufügen. Er hält sich ein Vorhängeschloß in Bereitschaft. So wie nun der Prediger den Segen über das Ehepaar spricht, schließt jeder Mensch das Schloß zu, trägt es von dannen und wirft es in einen Brunnen. Dadurch wird der Ehestand kinderlos. Ein Ehepaar war auf diese Weise bezaubert worden. Man reinigte darauf den Brunnen auf dem Hofe und fand ein Schloß. Als man es aufschloß, fielen drei Blutstropfen heraus. Nun wurde die Ehefrau schwanger und gebar noch mehrere Kinder. Küster Schwarz in Cöllin

228ᵃ. Wenn bei der Trauung Jemand ein Schloß bei den Worte des Predigers 'Seid fruchtbar und mehret Euch', heimlich zuschließt und nachher in einen Brunnen wirft, so bleibt die Ehe kinderlos. Cand. Ritter

228ᵇ. Wenn Jemand bei der Trauung ein Schloß oder Messer in der Tasche hat und zuklappt, bleibt die Ehe unfruchtbar, oder wenn man ein offenes Messer an die Thürschwelle legt, die das Brautpaar überschreitet. Der Orig. Pastor Basserwitz.

229. Wenn bei der Trauung ein Tisch vor dem Brautpaar steht, so darf derselbe keine zugeschlossene Schublade haben. Ist solches der Fall, so wird die Ehe unfruchtbar. C. M. Stahlmann in Schwaan

230. Eine Braut bei der Trauung unfruchtbar zu machen. Man suche etwas von den Monses der Braut zu bekommen, z. B. einen Lappen aus ihrem Hemde mit den blutigen Flecken. Dann schaffe man sich ein neues Vorhängeschloß an und stecke den Lappen in das Loch, durch welches der Bügel geht. In demselben Augenblicke, in welchem die Braut mit ihrem Bräutigam bei der Trauung eingesegnet wird, drücke man das Schloß zu und werfe es in den Brunnen, aus dem die jungen Eheleute ihr Kochwasser holen. Von Zauberworten bei diesem Verfahren konnte Referent nicht vernehmen; sie scheinen dabei ganz zu fehlen.

Zu Gr.-Methling ward vor vielen Jahren ein junges Mädchen an einen Hauswirth verheiratet. Sie hatte in ihrem letzten Hemde ein mit Fleiß geschnittenes Loch bemerkt und weigerte sich deshalb wochenlang mit vielen Thränen mit ihrem Manne zu Bett zu gehen. Man säuberte endlich den Brunnen aus und fand in demselben ein neues Vorhängeschloß, in welchem der Lappen von dem Hemde war.

Die junge Frau gab sich hierauf ihrem Manne hin und gebar viele Kinder.
Mecklenburg. Jahrbücher S. 118.

231. Weint die Braut nicht vor dem Altare, so weint sie in der Ehe.
JS 540

232ᵃ. Am Hochzeitstage darf die Braut vor der Trauung nicht weinen, denn das bedeutet eine thränenreiche Ehe.
Domkowspächter Behm in Kienhagen

232ᵇ. Brautleute dürfen vor dem Altar nicht weinen, sonst müssen sie in der Ehe viel weinen.
Gegend von Sternberg Brümmer

233. Begegnet einem Brautpaare, wenn es nach der Trauung aus der Kirche heimkehrt, ein Leichenzug, so wird die Ehe eine unglückliche.
JS 540. Vgl. Engelien 245.

234. Im Dorfe Banzkow, Amt Schwerin, ist es Sitte, daß bei größeren Hochzeiten Bauern, die als Gäste geladen sind, sich als Kosaken verkleiden. Sie haben eine Art Nachtmütze auf, tragen ein sonderbares Obergewand, lange Piken, und feuern mit kleinen Pistolen. Vom Platze, wo die Trauung stattfindet, reiten sie bis Banzkow neben dem Hochzeitswagen her.
Student ist C. P.

235. Wenn das Brautpaar nach der Trauung von der Kirche zurückkommt, wird die Thür im Hochzeitshause zugeschlossen, und die Braut muß erst sagen 'dat sei gaud dann will', sonst wird sie nicht eingelassen.
Aus Parchim Behm

236. Wenn die Braut nach der Trauung beim Eintritt ins Haus betet:

'Help Herr Gott!
Wenn ik bru, so hew ik Bier,
Wenn ik back, so hew ik Brot,
Wenn ik starw, so bün ik dot;'

so wird ihr Alles gelingen beim Brauen und Backen.
Aus Karsbeck bei Grabow. Kreut

237. Wenn der Hochzeitszug aus der Kirche zurückgekehrt ist, so darf Niemand die Schwelle betreten, der nicht vorher einen Bissen Schwarzbrot und einen Schluck Wasser zu sich genommen hat, den ihm Jemand aus dem Hause darbietet.
Aus Raguhn bei Schwerin Gymnasiast Brandt

238. In der Landgemeinde von Grevismühlen war es noch vor 50 Jahren Sitte, daß den von der Trauung heimkehrenden jungen

Eheleuten, ehe sie in das Hochzeitshaus traten, eine lange, eigens hiefür gebackene große Semmel dargeboten wurde, wovon jeder Theil einen möglichst großen Bissen nahm, jeder von der Spitze. Diese Bissen wurden gleich nach der Hochzeit noch einmal gebacken, um sie gegen Verschimmeln und Verderben zu schützen, und gegen manche Krankheiten wurde hievon etwas im Mörser feingestoßen und den Leidenden eingegeben, wie es in hiesiger Gegend oft genug vorkommt, daß von Pleurose oder nur von Stichen Geplagte fein gestoßenes Glas einnehmen. Ich erinnere mich, als Knabe von einer aus Raschendorf nach Gressow zu meiner seligen Mutter kommenden und gegen irgend eine Beschwerde eines Hausgenossen Rath suchenden Frau die Versicherung gehört zu haben, daß sie schon alles Mögliche, was Leute geriethen, angewendet und auch von einem Nachbar schon Pulver vom 'Hochzeitabendessen' bekommen hatte; aber alle Mittel wollten nicht helfen.

Pastor Stüdler in Klaberow bei Crivitz

239. **Fromm**, Mecklenburg 108 und 123 'Die Verehrung, welche dem Thor als Gotte der Fruchtbarkeit erwiesen wurde, zeigt sich noch bei bäuerlichen Hochzeiten, wo die Butter in Gestalt eines Hahnes auf den Tisch gesetzt wird.' - Wiechmann, Mecklenburgs niedersächs. Literatur I, 37 Anmerk. 'Noch jetzt ist es in Mecklenburg, z. B. in den Dörfern bei Goldberg, Sitte, daß die Brautjungfern der Braut einen früher aus Butter, jetzt aus Thonerde geformten, mit Federn und künstlichen Blumen gezierten Hahn bringen, während der Bräutigam von seinen Führern ein eben solches Huhn erhält.' — Auf Strelitzische Dörfer scheint sich zu beschränken, was W. Heyse De Meklenbörger Burhochtid, Berlin 1862, S. 89, bemerkt 'Brudhahn = Brauthahn: ein in Form eines Fasses aus Holz gefertigtes Gestelle, nach welchem ein Wettreiten stattfindet. Oben auf demselben steht ein Hahn, unten ist eine Stange angebracht, welche zum Tragen desselben dient. Rings herum befinden sich kleine Zapfen, daran Bänder, Tücher, Rauschgold und Schnüre mit Aepfeln und Nüssen hängen.' — Nach unseren Polizei- und Landordnungen aus dem 16. Jahrh. zu schließen, scheint der Name Brauthahn auch für die Collation üblich gewesen zu sein, mit welcher, wie mit dem Hahnenbier auf den Dörfern, die Ueberbringer des eigentlichen Brauthohns regalirt wurden. In der Policey- und Landordnunge v. J. 1562, S. 121, heißt es 'Es sol

auch hinfüro weder Braut noch Breutgam eines des andern Freunden,
noch jemandt anders keinerley Ringe, Hembder, Tücher noch andere
gaben schencken vnd geben. — Vnd dieweil bis anhero ein vnnotürff-
tiger gebrauch gewesen, das auff den Hochzeiten Brauthauen von Zucker,
Confect, Wein vnd anderm (in der Ordeninge v. J. 1516: tho
Brutlochten vele Brauthauen van Sucker vnd auergatener specerie)
gegeben sein worden, so ordenen wir, das sollichs nhun hinfürder auch
abgestellet, vnd keinerley Brauthauen gegeben werden sollen, es weren
den Epffel, Birn, Nüsse vnd dergl. geringschetzige dinge. In massen
wir dan auch gleicher gestalt das Hauenbier, bey wellichem die jungen
leute auff den Dörffern offtmals viel vnraths stiften vnd anrichten,
gantz vnd gar hiemit abgethan vnd verbotten haben wollen.' Schon
in J. 1339 gebot der Wismarsche Rath 'Sponso et sponse nullus
gallus aut gallina ob exteris de vespere portari debet, nisi in illa
domo sit devootus, in quo nupcie celebrantur' vnd wieder im
J. 1398 'Preterea de vespere cum sponsus et sponsa in lecto fuerint,
possunt ibi manere sex femine per istud pro comedendo et bibendo,
quae ipsis proponuntur, et non plures, nec eciam debebunt sponso
galli portari ab exteris, cuiuscunque speciei fuerint, s. p X mar-
carum argenti (Burmeister, Alterthümer des Wismar. Stadtrechts 18,
vnd Derselbe, Die Bürgersprachen und Bürgerverträge der Stadt
Wismar 28). Schiller 2, 17 Vgl Beyer in den Mecklenburg. Jahrb 20, 133

240. Auf einer Bauernhochzeit zu Gerdshagen schnitt die Braut
nach alter Sitte jedem Gaste bei Beginn des Hochzeitsschmauses eigen-
händig ein Stück Brot. Thiele 19 in Schwerin

241ᵃ. Beim Hochzeitsmahl kommt die Köchin mit einer Kelle
voll Salz (und einem verbrannten linnenen Lappen daran, fügt Behm
hinzu), in die jeder der Gäste ein Stück Geld hineinwerfen muss.
Parchim und Umgegend Burmeister Behm

241ᵇ. Wenn de Kœkschen bi de Hochtid mit de Kell un dat
Solt darin kamen, so seggen sei 'Ik bidd' üm Afbrand.' Denn mött
jeder wat in de Kell leggen, darmit de Kœkschen wedder wat för eren
Brandschaden hebben. Aus Spornitz Thome

242. Tänze, die auf den Bauernhochzeiten getanzt werden oder
wurden, sind der Katendanz, Ehrendanz, Rückelreih, Grotvadderdanz.
Hülseburger Timmermann

5*

213. Der Köchinnentanz. Bei den Hochzeiten auf dem Lande haben die Köchinnen und Drosten (Männer, die das Essen den Gästen vortragen) eine besondere Auszeichnung, indem ihnen ein Tanz bewilligt wird, an dem kein Anderer Theil nehmen darf. Dieser Tanz bringt das meiste Leben in die ganze Hochzeit hinein. Da die Bauernhochzeiten gewöhnlich drei Tage dauern, findet er am ersten Abend der Hochzeit gegen 11 Uhr statt (in einigen Dörfern gleich nach dem Abendessen). Alsdann erscheinen Köchinnen und Drosten in ihrem Anzuge und tanzen mit Kellen und Löffeln in der Hand einen Tanz. Andere Gäste holen dann Mulden, Körbe, Tannen u. s. w. herbei und werfen sie in das Tanzlocal hinein zum Aerger und Verdruß der Tanzenden. Aber sie müssen diesen Unfug mit großer Vorsicht ausführen, da, wenn sie dabei von einer Köchin oder einem Drost erlappt werden, sie gehörige Schläge mit der Kelle bekommen. Herausräumen dürfen sie vor Schluß des Tanzes, der gewöhnlich eine halbe Stunde dauert, nichts. Nach Beendigung des Köchinnentanzes wird Alles wieder geordnet und der Tanz der Gäste beginnt aufs neue.

Stud. W. Schulz aus Darkow.

244. Bi de Hochtit ward en Rückelreih danzt; denn treckt de ganze Gesellschaft ut den Hus' mit Musik börch dat ganze Dörp un börch alle Häuser, un in jeden Hus ward danzt. Wenn sei denn de Musikanten insluten in ēren Kreiß, denn krigen sei för den Danz nicks betalt. Wenn de Hochtidenlüd denn von den Rückelreih na Hus t'rög kamen, so is de Dör tauslaten un Alle möten irst verspreken, dat sei gaut daun willen, süs warden sei nich inlaten.

Aus Parchim. Rehberg.

245. Wenn bei jung' Fru von dei Rückelreih Nachts Klock twölben in dat Hus taurügg kümmt, denn stan all de verfrigten Frugens prat, üm ēr de Huw uptausetten, wenn ewer de jungen Dirne ēr noch īwer tau saten krigen, denn kann sei ēren Kranz noch bet an den Morgen upbihollen, süs ewer ward ēr de Mütz upsett't, un bei von de Frugens, dei dat deit, seggt tau ēr 'Ihrlich un braw hebb ik di de Mütz upsett't un 'n Dunnesott, wer sei di wedder afsleit.' Un denn bringt sei de jung' Fru na ēren Mann hen un seggt tau denn' dat sülwige un gift em dorbi ne dægte Mutschell.

Mündlich von einer Frau aus Parchim. Dehn.

246. Wenn der jungen Frau die Krone abgenommen werden soll, dann gehen mehrere Ehefrauen mit ihr beiseit. Nachdem ihr die Krone abgenommen und eine schwarze Mütze aufgesetzt worden ist, gibt eine der Frauen ihr drei Stöße an den Kopf und spricht 'Du hest mit Recht din ihrlich Mütz up, 'n Hunnsfott, bei ſ' di raffſelet.' Hierauf wird an die beiwohnenden Frauen ein eigens hiezu vom Bäcker gebackener Kuchen vertheilt. Gegend von Dobbertin Küſter Schwarz in Gallin

247. Des Nachts um 12 Uhr wird der Braut der Kranz abgenommen und ihr die Haube aufgesetzt, ein Akt, der bisweilen durch eifrige Schmauſerei ſeitens der Hochzeitsgäste gefeiert wird, die sogenannte 'Hüllenmahlzeit'. (Bresegard. Hilfsprediger Timmermann) Alle jungen Mädchen ſchließen dann einen Kreis um die Braut, die mit verbundenen Augen den Kranz haltend mitten inne steht. Während die Mädchen die Braut umtanzen, drückt diese einer derselben den Kranz auf den Kopf, und diese wird dann nächstes Jahr Hochzeit halten. In ähnlicher Weise gibt der Bräutigam ſeinen Strauß einem Burschen. Aus Eldena Hilfsprediger Timmermann Vgl. Bd. I, 42, Nr. 113

248ᵃ. Bei Hochzeiten wird des Nachts der Brautkranz abgetanzt, welches auf folgende Weiſe geschieht. Brautjungfern und Brautherren ſchließen einen Kreis um das Paar und, indem ſie einen Ringeltanz beginnen, verſuchen ſie, der jungen Frau den Kranz abzureißen. Hiergegen wehrt ſich der Mann; endlich gelingt es den Tänzern, und die Frau erhält nun die Haube. Dann werden ihr die Augen verbunden, und ſie ſetzt jetzt einem von den jungen Leuten den Kranz auf. Den es trifft, der wird zuerst heiraten. Gegend von Goorhof Schwemer

248ᵇ. Auf der Hochzeit wird die Krone abgetanzt. Die Braut ſteht im Kreiſe der Tanzenden, außerhalb deſſelben erst ein junger Mensch, darnach ein Mädchen mit verbundenen Augen, welche in den Kreis zu kommen und die Braut zu ergreifen ſuchen. Erhaſchen Beide dieſelbe, ſo wird aus ihnen ein Paar und ihre Hochzeit wird bis ihrs nächste Jahr stattfinden, erhaſcht nur Einer von ihnen die Braut, ſo trifft letzteres nur bei ihm allein zu. Nach dieſem Tanz zieht der Bräutigam die erſten drei Haarnadeln der Braut aus, legt dieſelben in ſeinen Hut und ſetzt ihr die Frauenmütze auf und tanzt zuerst mit ihr. Aus Röbel Paſtor Brehm

249. Einer jungen Frau muß zuerst die Haube von einer in glücklicher Ehe lebenden Frau aufgesetzt werden, wenn erstere auch glücklich werden soll. *Dienstmagd Schow in Niexhagen bei Rostock*

· 250. Die beiden Brautjungfern, welche bei dem Hochzeitsmahl unmittelbar an der Seite des Bräutigams und der Braut sitzen, sind die Ersten, welche sich von der Hochzeitsgesellschaft verheiraten. *Lehrer'n Semmert Rahe*

251. Bi weck Hochtiden maken de Brutdirns (Brautjungfern) en Brutlüchter. (Ein Leuchter aus Holz mit vier Armen, auf deren jedem ein Licht brennt. Der Leuchter ist außerdem mit allem möglichen Flitter und Putz behangen.) De Brutlüchter brennt den ganzen Abend an de Hochtit, un wenn de Brut danzt, denn danzt en Brutbirn un ein Brutknecht (Trautsthver) odder ok twei Brutdirns mit den Lüchter achter de Brut an. Wenn de Brut erwer nich danzt, denn steit de Lüchter ruhig uppen Disch un keiner döröt em anrögen, süst nich mal de Lichter afputzen, süs möt hei Straf betalen. *Mündlich aus Parchim von einer Frau aus Parkel Schow*

252. Wenn eins von den Brautleuten den Trauring verliert, so haben sie Unglück in der Ehe. *Aus Parchim & Schmidt. Bd XX 288 Gazellen 243*

253. Wenn drei Por Brutlüd up einen Dag trugt warden, so hebben sei kein Glück, ebenso, wenn twei gaude Frünn' in ein Stunn' trugt warden. *Aus Parchim Schow*

254. Geschwister dürfen nicht zugleich an demselben Tage heiraten, die Ehen werden sonst unglücklich. *Lund. Ritter Bd XX 2, 43 Nr. 116*

255. Wenn 'n Wittmann heirat't un hat is de verstorben Fru recht, so erschint sei up de Hochtit un danzt mit. Wenn ein Mann sin irst Fru lawt, so seggt men: hei sett't de tweit Fru den Dodenkopp uppen Disch. *Rozbe 233 Bd XX 285*

256. So viel senkrechte Falten sich beim Zusammenziehen der Augenbrauen zwischen denselben bilden, so oft heiratet man *JG 549*

257. Durch eine Trauung oder eine Kindtaufe, welche man in demselben vornimmt, kann man jeden Spuk aus einem Hause vertreiben. *JG 549*

258. Große Bauernhochzeit in Teschow, Gemeinde Selmsdorf im Fürstenthum Ratzeburg. Wenn ein Bauerssohn oder Tochter sich

verheiratet, so halten sie gewöhnlich eine größe 'Köst', meistens in der Woche vor Martini; ein halb Jahr vorher wurde 'Löp' (Ver-löbniß) gehalten, damit ein jeder sich dazu einrichten kann und die 'Spellüd' melden sich, um die Hochzeit anzuspielen.

Zur Hochzeit werden Alle im ganzen Dorf gebeten, Jung und Alt; ist eines der Brautleute aus einem andern Dorf, so wird auch das Dorf geladen und die Verwandten von nah und fern. Die Aus-wärtigen läßt der Hochzeitvater zwei oder drei Tage vorher durch den Hirten zur Köst bitten, daß sie sich dazu schicken und einen Brautstaten bestellen können, im Dorf aber muß der Großknecht das den Abend vor der Köst thun. Der 'Köstenbidder' trägt einen Kranz an dem Hut und einen Querbeutel auf dem Nacken und spricht:

Ik sal juch gun Dag (gun Abend) seggen van N. un fin Fru un van Brüdigam un van de Brud.

Hier komm ich hergeschritten,
Hätt ich ein Pferd, so käm ich geritten.
Hochzeit zu bitten is mein Begehr
Dem Bräutigam und der Braut zu Ehr.
Hier bin ich gekommen für Mann und Gesellen,
Daß sie sich mögen recht fleißig einstellen.
Schnüret den Beutel und stutzet euren Hut
Und habt einen unverzagten Muth.
Schmieret eure Stiefeln an Filzen und Schuh,
Gehet und reitet nach dem Bräutigam zu.
Ihr Frauen seid wacker und stellt euch auch ein,
Denn ohne euch kann keine Lustigkeit sein.
Die Jungfern die sitzen bei ihrem Kranz
Und sind bedacht auf einen lustigen Tanz.
Kamt all un helpt mit Freuden verteren,
Wat Gob, de Geber, ward Godes beschéren.
Etliche Kannen Bier recht tüchtig und gut,
Ein Köst Roggenbrot und Weizenstut,
Zwanzig fette Ochsen und zwanzig fette Schwein
Und zwanzig fette Hammel, die sollen da sein
Die Gänse und Hahnen die sitzen im Stall.
Ganz hoch uppen Wiemen und hebben kein Tall.

Der Hahn ſitzt bei der Hähn.

An Fiedel, an Flöten,

Stühl, Diſchen wie Bänken,

An Schaffens, an Schenken,

Sollt ihr nicht gedenken,

An Töller, an Dricken,

Da ward der Wirth ſik wol ſelbſt up ſchicken.

Eine Anbracht hebb ik noch an de jungen Diens:

Heſt ſe brav weke Appeln, Rat obber Bien,

Dat iſt des Hochzeitsbitters Begehren,

Sünd ſe dann ſo roſenroth,

So bringen ſie's her in ihren Jungfern-Schoß.

Sünd ſe brunplackt, das ſchadet auch nicht.

Ich begehr ein gut Gelach,

Und geh ſpazieren die ganze Nacht,

Bis ich mit ein wackeres Mädchen werd zu Bett gebracht.

Is de Bibb' wol ſchlecht von Wurden,

Mögt Ji 't beter andenken.

Heſt Ji brav Beer un Brannwin,

    Mægt Ji den Bidder in ſchenken.

Heſt Ji brav Appeln un Rat,

    Mægt Ji mi ok bedenken.

Melkt ok de ſwart Kon goob ut,

    Dat de Ris ward witt.

Die Jungfern ſitzen nun im Hochzeitshaus und putzen den Brautleuchter auf, die Muſikanten haben ſich ſchon eingeſtellt und nach dem Aufputzen wird manch Tänzchen gemacht.

Des Hochzeitsvaters Großdirn geht am andern Tag Abends 9 Uhr mit einem gelben Keſſel und eine weiße Schürze vor ins Dorf und ſammelt Milch und bittet die jungen Leute, die Brautleute zur Trau zu begleiten. Die alten Leute werden Nachmittags beſonders gebeten. Wenn die jungen Leute gegeſſen, da geht es über das Feld zur Trauung. Wenn der Bräutigam noch ein reiner Jüngling war, da hatte er einen Kranz an dem Hut und einen Degen auf dem Arm, mit roth und ſchwarzem Band aufgeputzt, und die Braut, wenn ſie noch Jungfer war, trug eine Krone auf dem Kopf, hatte ein schwarzes Kleid an und schwarzes und rothes Band um den Leib, das hinten bis an die Erde hing. Die Musikanten blasen über Feld.

Nach der Trauung wurde in dem Krug zu Selmsdorf eingekehrt und getanzt. Um 4 oder 5 Uhr gings nach Hause, aber nicht ins Hochzeitshaus, sondern in ein anderes, wo bis 8 oder 9 Uhr getanzt wurde, dann gings im Hochzeitshaus zu Tische, wo vier bis fünf Gerichte aufgetragen wurden und die Musikanten Musik dazu machten.

Nach dem Essen ward Geld gesammelt für die Musikanten und die Köchinnen, mit diesen ward dann ein Schenk- und Schaffertanz gethan, dann ging das Tanzen und Toben wieder los, es wurde Räckeräh getanzt, die junge Frau kommt in der Mütze zum Tanze und viele lustige Possen wurden getrieben.

Gegen Morgen ward 'ein Hahn ausgetragen', das heißt eine Dirne nahm einen zugestülpten Teller mit Aepfeln und Nüssen und rief 'De wat afhebben will, de folg mi na!' und ging, von dem Haufen gefolgt, ins Nachbarshaus.

Hier bettete man sich auf ein Strohlager, um nur kurze Zeit zu schlafen, dann gings zum Frühstücke und dann fing das Tanzen und der Wirrwarr wieder an. Abends gab es wieder eine Mahlzeit im Hochzeitshaus und es ward getanzt bis Mitternacht.

Dann kam des Bräutigamsvaters sein Knecht, mit vier oder sechs Pferden vor dem Wagen, um die 'Brutkist' zu fahren Auf dem Hofe macht er die Pferde los und die jungen Leute tragen den Wagen mit den Musikanten darauf ins Hochzeitshaus und laden die Brautkiste darauf. Der Jungmann und die junge Frau und die Musikanten setzen sich auch auf den Brautkistwagen und dann gings bei Nacht und Nebel mit Hurrah nach Jungmann sein Haus.

Sonntags halten die jungen Leute ihren Kirchgang. Der Jungmann hat einen anderen Mann und die junge Frau eine andere Frau als Begleiter bei sich.

Nachmittags und auch wohl Montags war noch Hochzeit in des Jungmanns Haus und Dienstags gings nach dem Dassower Markt.

'Dat wir eine grausame Toverie un de dat uthollen süll, de möß einen Wagen im Liw hebben.'

Im Ganzen sind diese Hochzeitsgebräuche überall gleich, einzelne kleine Abweichungen nach den verschiedenen Gemeinden sind Jahrbücher II, 152 angedeutet.

Kirchenrath Masch in Demern

259. Auf Bauernhochzeiten, die gewöhnlich ein paar Tage dauern, muß am ersten Tage der Pastor erscheinen, und spricht dann bei Tisch den Segen und bringt die Gesundheit des jungen Paares aus.

Aus Brütz. Pastor Saffewitz.

260. Hochzeitsbitterspruch.

Guten Tag ins Haus,
Ist der Herr und die Frau ein oder aus?
Wie gehts, wie stehts um ein friedliches, fröhliches, junges Leben?
Jetzt komm ich geritten:
Hab' ich kein Pferd, komm ich geschritten.
Hier zur Hochzeit zu bitten, ist mein Begehr,
Dem Bräutigam und der Braut zur Ehe.
Ich hab einen freundlichen Gruß anzubringen
Von dem Bräutigam und der Braut, die lassen bitten
Herr und Frau, Jungfrau und Gesellen nicht allein,
Sondern das ganze Hausgesinde.
Der Bräutigam und die Braut, die lassen freundlich bitten:
Daß ihr am Freitag um 8 Uhr euch fleißig einstellt.
Schnüret den Beutel und putzet den Hut,
Habt einen unverzagten Muth;
Schmieret die Stiefeln und putzet die Schuh,
Fahret oder reitet nach dem Bräutigam zu!
Ihr Mädchen setzet euch auf einen Kranz
Und seid bedacht auf einen fröhlichen Tanz!
Ihr Weiber seid wacker und stellet euch ein,
Denn ohne euch kann keine Lustigkeit sein
Etliche Faß Bier und etliche Faß Wein,
Die sollen auch auf der Hochzeit sein.
Die groten Fisch mit den'n breiden Stiert,
Dei sünd bei Vatter ok noch wiert.
Zwanzig feite Ochsen und zwanzig feite Schwein,
Zwanzig feite Hammel, die sollen da sein.

Die Hühner und die Gänse, die sitzen im Stall,
So hoch up den Wiemen und hab'n keine Tall.
Der Hahn sitzt bei der Henne, hat Sporen an den Föten,
Es soll auch nicht fehlen an Fiedeln und Flöten.
De Kruten (Korinthen) un Rosinen hadd' ik bald vergeten,
Da warr'n so gor mit 'n Scheppel meten.
Kannen und Krüge, Teller und Briken
Darauf wird der Wirth sich von selber schon schicken.
Der Bräutigam und die Braut lassen euch bitten,
Die Gesellen zu Pferd und die Jungfern auf dem Wagen.
Ich bin nicht hoch studirt,
Ich hab nicht viel gelernt,
Ich bin nur klein von Sachen,
Viel Complimente versteh ich nicht zu machen.
Ich begehr' ein gut Glas Bier oder Brantewein,
Dann werd ich noch ein wenig lustiger sein;
Oder ein Glas Wasser ganz rein,
Dann bleibt der Verstand darein   Aus Welß Paster Waßewig

261. Bei einer Bauernhochzeit im schwarzen und bunten Ort geht es hoch her. Den Tag vor der Hochzeit wird ein Hochzeitsbitter zu Pferde ausgeschickt, um die Gäste zu laden. Der Hut ist ganz und gar mit Blumen und seidenen Bändern umnäht, um den linken Arm trägt er seidene Bänder mit mehreren Schleifen. Vor der Brust darf ein Blumenstrauß nicht fehlen. Das Pferd trägt vor der Stirn ebenfalls einen prächtigen Blumenstrauß. Allenthalben, wo das Sielengeschirr durch Schnallen zusammengehalten wird, sind kleine seidene Bänder eingeschleift. Der Hochzeitsbitter reitet, wo er einladet, in die Stube hinein, ist die Thür zu klein, bleibt er vor derselben halten; absteigen darf er nicht eher, als bis er seinen Auftrag ausgerichtet hat. Im bunten und schwarzen Ort laden die Hochzeitsbitter auf folgende Weise ein[1]).

Hochzeitsbitterlied.
Gun Dag ins Haus,
Ist der Herr ein, oder ist er aus?
Wenn er aus ist, laß ihn hereinkommen.

[1]) Ob man sich in der blauen Gegend auch des nachstehenden Liedes bedient, habe ich nicht in Erfahrung bringen können.

Ich habe eine freundliche Bitte an den Herrn und an die Frau, an Jungfrauen und Gesellen nebst diesem ganzen Hause[1]).

Ich bin ausgesandt von meinem Herrn und abgesandt von Bräutigam und Braut (hier folgt der Name des Brautpaares), daß diese beiden christlichen Personen haben sich in die priesterliche Copulation eingelassen, derowegen habe ich Sie ganz freundlich zu grüßen und zu bitten, daß Sie von Ihren vorhabenden Geschäften sich so viel Zeit entziehn lassen und morgen, als am Freitag und Hochzeitstage, im Hochzeitshause um 9 Uhr allda erscheinen, und sich alsdann eine kleine Weile da verharren, bis die Versammlung zusammenkommt, und hören dann die christliche Traupredigt mit an und thun ein christliches Gebet für den Bräutigam und seine Braut, daß der liebe Gott sein Wohlgefallen daran habe, nicht allein an diesem, sondern auch an jenem Tage, und die Engel im Himmel sich darüber zu freuen haben. Und wenn alsdann die Ringe gewechselt sind und der Segen des Herrn gesprochen und die Opfer gebracht sind, dann geben Sie den jungen Leuten das Geleite und setzen sich zur Tafel nebst andern erbetenen Gästen. Nun, gute Freunde, noch einmal zu grüßen von meinem Herrn und von Bräutigam und Braut und wollen fürlieb nehmen, was der grundgütige Gott an Essen und Trinken bescheert hat, was die Marqueure auftrugen, was der Schenker einschenkt, was in Küche und Keller vermacht ist und was die jungen Brautleute zu ihrer Hochzeit haben bedacht.

Die Stiefel schwarz geschmiert,
Die Sporen blank geschürt,
Den Schilling lasset klingen,
Dann werden die jungen Gesellen mit den jungen Mädchen lustig
herumspringen.

Nun habe ich noch eine freundliche Bitte an das Mädchen hier im Hause und der Herrschaften Wille muß auch mit dabei sein: daß die bunte Kuh geschätzt werd, daß sie weiße Milch gibt, damit das erste Gericht gezert und vermehrt werd. Darum laß Küch und Koch ganz freundlich grüßen[2]).

---

[1]) Wird nur der Hausherr mit seiner Frau allein geladen, wird der Zusatz weggelassen und umgekehrt.

[2]) In manchen Dörfern schicken die eingeladenen Bauern Milch, Eier, Butter re. dem Brautpaar. Darauf bezieht sich dieß.

Ich habe nicht viel gelert,
Und bin auch nicht studirt,
Ich bin man schlecht von Sachen,
Viele Complimente weiß ich nicht zu machen.
Diesmal ist es mir so gelungen.
Kommts ein ander Mal,
Wirds besser geschehn
Und werde ich es viel lieber sehn.
Und habe ich meine Bitte nicht recht angebracht,
So wirds der Herr im Hause am besten wissen zu verstehn,
Und mich damit bedenken,
Und mir ein Gläschen Bier oder Branntwein einschenken.
Es kann aber auch ein Gläschen Wasser sein,
Dann bleibt gewiß der Verstand rein. Amen.

Wenn die Tafel in vollem Gange ist, schicken die Köchinnen einen Teller mit Salz und mit einer brennenden Lunte darauf hinein, was soviel bedeuten soll, als ihre Schürzen seien verbrannt, und sie bäten nun um einen kleinen Ersatz. Jeder Gast steckt denn auch ein Geldstück hinein, packt aber noch Pflaumensteine, Fischgräten u. dgl. mit auf den Teller, damit die Köchin nachher was zu suchen hat.

Jeder Gast wird mit Musik empfangen. Während der Fahrt nach der Kirche werfen die Brautzeugen und Brautjungfern, wenn sie Jemand begegnen, Kuchen, Pfeffernüsse, Zwieback u. dgl. vom Wagen. Auch wird still gehalten und die Punschflasche vom Wagen gereicht.

Im schwarzen Ort bestimmt die Braut die Geschenke, die sie von den einzelnen Gästen haben will.

Die Brautsachen werden unter Musik aufgeladen.

An dem Tage, wo die junge Frau aus dem Elternhause kommt, werden ihr zwei Frauen zugestellt, Brautfrauen genannt. Diese rauben im Interesse der jungen Frau im Elternhause Alles, was sie bekommen können, weil dies, wie sie sich ausdrücken, das Letzte ist, was die Braut mitbekommt. Deshalb werden an dem Tage, wo die Sachen aufgeladen werden, eigens Leute angestellt, die den Brautfrauen wehren, wo sie was nehmen wollen. Die Braut nimmt nichts. Es passiret aber doch, trotz aller Wachsamkeit vom Seiten der Eltern, daß die Brautfrauen Töpfe und Schalen u. dgl. ausführen.

Die Brautsachen werden unter Musik abgeladen.

Der Brautzug auf der Fahrt zur Kirche darf keine Richtwege einschlagen.

Als ein böses Vorzeichen gilt es, wenn der Brautzug einer Leiche begegnet. Eins von den Brautleuten stirbt dann in demselben Jahr.

Noch ist es Sitte, daß die junge Frau den ersten Abend früher als ihr Mann das Bett besteigt, damit er nicht sagen könne, sie sei zu ihm gekommen, sondern damit sie sagen könne, er sei zu ihr gekommen.

F. Kochmann aus Handorf.

262. Hochzeitsbitterspruch.

Hier komm ich her geschritten (geritten)
Hätt ich ein (kein) Pferd, so wäre ich geritten (geschritten).
Hochzeit zu bitten ist mein Begehr
Braut und Bräutigam zur Ehr.
Hier bin ich gekommen, ihr Mann und Gesellen,
Daß ihr euch möget alle einstellen.
Schnüret den Beutel und schmücket den Hut
Und habet einen unverzagten Muth.
Wetzet euer Schwert
Und sattelt das Pferd.
Schmieret die Stiefeln, die Füße und Schuh,
Reitet und gehet nach dem Bräutigam zu.
Ihr Frauen seid wacker und stellet euch ein,
Denn ohne euch kann keine Lustigkeit sein.
Ihr Jungfern setzt euch auf einen Kranz
Und seid bedacht auf einen lustigen Tanz.
Nun wollen die Gäste auch wohl aufmerken,
Was sie auf der Hochzeit zu erwarten haben werden:
Zwei Drömpt Roggen zu Mehl und Brod,
Da ist doch gewiß keine Noth.
Zwanzig Tonnen Bier
Ist Hochzeitsmanier.
Zwanzig fette Ochsen und zwanzig fette Schwein,
Zwanzig fette Hammel, die können da sein.

Hühner und Gänse die sitzen im Stall
Hoch auf dem Wiemen und haben kein Tall.
Der Hahn bei den Hennen, hat Sporen an den Föten.
Es soll nicht fehlen an Fiedeln und Flöten.
Eins habe ich mir nun noch bedacht,
Das nehmet Alle wohl in Acht:
Am Freitag stellet euch Alle ein
Mit Hochzeitskleidern hübsch und fein.
Der Trauung wohnet Alle mit bei
Und Gottes Segen mit ihnen sei.
Nachhero geht's zum Hochzeitshaus
Und helft verzehren den großen Schmaus.
Die Musikanten dann spielen auf
Und mit dem Tanz beginnt man drauß.
Zu bitten habe ich nun noch um eins.
Die jungen Mädchen mögen artig sein
Und bringen viel Aepfel und Nüsse mit,
Daß Braut und Bräutigam haben viel Glück.

Aus Plauw bei Schwerin. Secretär Freunn.

263. Hochzeitsbitterspruch.

Guten Tag ins Haus,
Sein die Herrn ein oder sein sie aus?
Wie geht's, wie steht's um euer frisch junges Leben?
Hier komm ich hergeritten,
Hab ich kein Pferd, so komm ich geschritten.
Nun hab ich ein Pferd, nun komm ich geritten.
Hochzeit zu bitten, ist mein Begehr.

Ich soll auch vielmal grüßen von (Namen der Eltern des Brautpaares), von dem Bräutigam und seiner Braut, an den Herrn und an die Frau nebst ihren Kindern, an Jungfern und Gesellen, nicht allein Jungfern und Gesellen, sondern an das ganze Hofgesinde, die Jungfern auf dem Brautwagen. Ich bin abgefertigt und ausgesandt als ein ehrbarer Geselle von dem Bräutigam N. N. und von seiner hochgeliebten Braut. Diese beiden jungen Brautleute haben sich zum christlichen Ehebündniß eingelassen, mit dem priesterlichen Abkommuniziren zu verzieren die große Wunderwegenheit, und Sie möchten so gut sein und stellen sich am nächstkommenden Freitag und Sonntag bei der N. N. in dem bestimmten Hochzeitshause ein und setzen sich allda zur Tafel als alle Freunde und gebetene Gäste, und Sie möchten es verlieb nehmen, was der liebe Gott uns an Essen und Trinken bescheret hat. Ich habe aber noch eine Bitte an das Mädchen im Hause, da muß aber der Frau ihr Wille auch mit dabei sein, daß sie die bunte Kuh von beiden Seiten streicht, daß sie weiße Milch gibt, damit daß das erste Gericht gezieret und gewirket wird, da laßt Koch und Köchinn sehr freundlich um bitten.

Schüttet den Beutel, stürzet den Hut,
Habet einen recht lustigen Muth.
Wetzet das Schwert,
Sattelt das Pferd,
Wichset die Stiefel und Schuh,
Reitet und fahret lustig nach dem Hochzeitshause hinzu.
Da werden die Musikanten die Musik recht rühren,
Daß man die Braut zum Tanze kann führen.
Endlich lassen wir die Thaler klingen,
Dann werden wir lustig mit den jungen Mädchen herumspringen.
Die Frauen sein wacker und stellen sich ein,
Denn ohne sie kann ja keine Lustigkeit sein;
Die Mädchen schmücken ihren Kranz
Und seien bedacht auf einen lustigen Tanz.
Kommt, helfet uns Alles mit Freuden verzehren,
Was Gott, der Geber, uns Gutes bescheret.
Die fetten Ochsen und fetten Schwein,
Die werden da sein;
Die Gänse und Hühner, die sitzen im Stall
Wohl hoch auf dem Wiemen, und haben kein Tal.
Der Hahn ist bei der Hand, hat Sporen an Füßen,
Es soll ja nicht fehlen an Fiedeln und Flöten.

Und hab ich meine Bitte nicht recht angebracht, so werden Sie es desto besser zu verstehen wissen und werden sich desto fleißiger in dem bestimmten Hochzeitshause einfinden.

An Stühl, Krystall, Teller und Bricken,
Da wird der Herr Wirth sich von selber ja schicken,

Und haben die jungen Mädchen brav Aepfel und Birn,

Seien sie rosenroth,

So bringet sie her in euren Schoß;

Seien sie braunfleckig, schadet ihm nicht;

Haben sie gar keine, muß ich auch zufrieden sein.

Ist da nun noch was vergessen, so ist es meine Schuld, aber dieser beiden jungen Brautleute Schuld nicht.

Ich bin nicht hoch studirt,

Drum sitt it up dat grote Pird;

Ich ben noch jung von Jahren,

Ich muß noch viel erfahren;

Ich bin noch jung von Sachen,

Viel Complimente versteh ich nicht zu machen.

Ich bin noch jung an Ehren,

Was ich nicht versteh, muß ich noch erst lernen.

So möchten die Herrn so gütig sein,

Und schenken mir ein Gläschen Bier oder Branntwein ein,

So werd ich noch viel lustiger sein.

Es kann auch ein Glas Wasser sein,

So bleibt gewiß Verstand darein.

Aus Parchim. Secretär Fromm. Vgl. auch Raabe, plattdeutsches Volksbuch S. 447.

264. Obgleich noch heut zu Tage zu den großen Bauernhochzeiten die Gäste durch einen sogenannten 'Hochtsbudbidder' eingeladen werden, so ist es doch schon gegen früher sehr außer Gebrauch gekommen, den Hochzeitsbitter zu seiner Einladungsreise noch besonders herauszuputzen. Er ist mit buntfarbigen Bändern, das Pferd ebenfalls mit Bändern geschmückt. Von den Kindern des Dorfes begleitet, tritt er in das Haus und hält vor den versammelten Hausgenossen seine Einladungsrede. In der Gegend der Dobbertiner Bauerdörfer ist der Hochzeitsbitter noch üblich, und man sagt dort 'ne Hochtit an' Hochtsbubidder is vör nig'. Bei der Hochzeit muß er mit aufwarten. Er sagt 'Ik sal veelmal grüßen von N. N. (Vater der Braut) un sin Fru, un denn sal ik ok noch veelmal grüßen von N. N. (Vater des Bräutigams) un ok von Brut un Brüdam. Sei laten tau Hochtit nödig'n, un de Hochtid'ngäst möcht'n so gaud sin un stellen sik an disse'n Fridag Middag tau de Hochtit in Un denn wat dor noch tau

anricht ward: 'n por fette Ossen, 'n por sette Swin, Hämter un Gäus
de sitt'n in 'n Stall, hebb'n kein Tall, K'rint'n un Rosinen ward'n
nich rekent, ward'n all in 'n Schepel meten. Of schöne sette Suppen.
Ein gaud Gericht Fisch kümmt of tau Disch. Of Botter un Brod,
Bir un Brannwin; 'n gaud Glas Bir is mi wol bewußt, 'n gaud
Glas Brannwin is mein beste Lust. Schöttel un Pött, Tellers un
Bricken, Disch'n un Bänk'n, dor ward unf Wirt sik woll up schick'n,
un nich vergét'n den Hochzidubidder flitig einen in tau schenk'n.
Wer dat nich hett recht verstan, den mött sik 'n bet'n nabenk'n.
Hewo ik min Sak nich gaud gemacht, möcht ik bidden dat ik nich
warb utlacht.   Kuster Schwarz in Göhlen.

265. Wie man vor vierzig Jahren in Techentin bei Ludwigslust die größeren Hochzeiten feierte.

Am Hochzeitsmorgen fuhr die Braut mit den Brautjungfern
nach Gr.-Laasch und ließ sich im Pfarrhause den Brautkranz aufsetzen. Getraut wurde das Brautpaar in der Kirche zu Ludwigslust.
Gleich nach Mittag gingen alle Hochzeitsleute nach Ludwigslust, nur
die beiden sogenannten Opferfrauen fuhren in einem Wagen. Auf
allen größeren Hochzeiten waren zwölf Brautjungfern. Jede Brautjungfer nahm zwei Leuchter mit auf die Hochzeit, die mit 'Buchsboom'
oder mit anderem Grün geschmückt waren. Auf jeden Leuchter wurde
im Hochzeitshause ein ziemlich dickes Licht gestellt. Wenn der Zug
aus dem Hochzeitshause nach der Kirche ging, so steckten die zwölf
Brautjungfern die vier und zwanzig Lichter an und trug je eine zwei
brennende Lichter. Wehte der Wind, oder ging sonst ein Licht aus,
so wurde es immer an einem andern wieder angesteckt. Hatten aber
alle vier und zwanzig Lichter das Unglück, von dem Winde ausge-
blasen zu werden, so wurden sie im ersten Hause am Kirchenplatze
wieder angesteckt. In der Kirche wurden sie auf das Geländer des
Altars gestellt, wo sie während der Trauung brannten. Der Rückweg
nach dem Hochzeitshause wurde in derselben Weise wie der Weg zur
Kirche gemacht. Kamen die Hochzeitsleute vor dem Hochzeitshause an,
so fanden sie alle Thüren desselben verschlossen. Das junge Paar
trat vor die Thür. Hinter der Thür stand ein Mann, der verschiedene
Fragen zuerst an den Mann, sodann auch an die Frau richtete.
Solche Fragen sind: Wollt ihr in Frieden und Eintracht in diesem

Hause wohnen? Walli ihr Vater und Mutter lieben? . . . Hatte das junge Paar Alles versprochen, so wurde das Haus geöffnet. Nachdem nun gegessen war, wurde getanzt. Der erste Tanz war der sogenannte Kellentanz. Dieser wurde der Küche zu Ehren gespielt, und die Hauptrolle während desselben spielten die Köchin und der Küchenjunge. Die Köchin hatte eine große Kelle, der Küchenjunge eine Axt in der Hand. Beide tanzten mit einander und schlugen mit ihrem Ehrenzeichen auf alle Sachen, die sie vom Tanzboden erreichen konnten, so lange los, bis die Kelle zerbrochen war.

Um Mitternacht wurde der jungen Frau der Brautkranz abgenommen und die Frauenhaube aufgesetzt. Sobald dieses geschehen war, spielten die Musikanten den 'Rückereih'. Bei diesem Tanze faßten sich alle Hochzeitsleute, oder doch wenigstens Alle, die tanzen konnten, hinter einander an, und der junge Mann mußte nun seine Frau, die sich mit in der Reihe befand, greifen. Nachdem er einige Zeit vergeblich im Hause nach seiner Frau gehascht hatte, tanzten Alle auf die Straße hinaus. Endlich gelang es dem Manne, seine Frau zu bekommen und nun tanzte man paarweise wieder ins Haus hinein.

Seminarist zu Oijen

266. Am Morgen des Trauungstages ging früher in Kues (bei Güstrow) die Braut mit ihren Jungfern nach dem Kirchdorfe Krißkow. Im Pfarrhause wird sie von der Frau Pfarrerin geschmückt, wofür sie 2 Thaler zahlen muß. Mittags kommt der Bräutigam mit seinen Gesellen zu Wagen an, Kutscher, Wagen und Pferde sind mit Blumen und Bändern geschmückt.

In der Kirche wird die Trauhandlung vollzogen. Darauf begibt sich der ganze Zug zu Wagen, um heimzukehren. An der Feldscheide zwischen Krißkow und Kues wird angehalten, denn es halten hier die eben aus Kues angekommenen 4 oder 5 Mann zu Pferde. Alles steigt ab, und es beginnt ein Mahl, zu dem die Speisen von den fünf Reitern mitgebracht sind. Es wird der große Kringel verzehrt, der fast so groß ist wie ein Wagenrad, den die Reiter auf Stöcken trugen, und es wird Bier und Branntwein getrunken. Das Getränk wird nicht in Flaschen oder Gläsern herumgereicht, sondern aus einer Brause, einer Gießkanne, wie sie der Gärtner hat, getrunken, und jeder gibt vor und nach dem Trinken dem, der die Brause herumreicht, die

6*

Hand. Ist das Mahl, an dem auch Vorübergehende Theil nehmen, beendet, so begibt sich die ganze Gesellschaft zurück nach Lues.

Seminarist Saemann.

267. In Broock bei Lübz ist es bei großen Hochzeiten Sitte, daß die Brautleute von den Musikanten nach einander zur Kirche geleitet werden. Zuerst wird der Bräutigam zur Kirche geführt, und bei diesem bleiben die Traupführer zur Bewachung zurück, während die Braut geholt wird.

Früher fand auch hier, wie dies sonst noch aller Orten üblich, die entgegengesetzte Reihenfolge bei dem Zuge zur Kirche statt. Nachstehende Sage gibt Kunde über die Entstehung dieses alten Branchs.

In einem Kathen, der zu dem jetzigen Hinzpeter'schen Gehöft gehört haben soll, hat ein angehender Tagelöhner Battram (Bertram) mit seiner Verlobten Hochzeit halten wollen. Während die sämmtlichen Gäste mit den Musikanten die Braut zur Kirche führten, macht sich Battram mit dem baaren Brautschatz auf und davon. Der Zug kehrt zurück; doch der Bräutigam ist nicht zu finden. Alle Ecken und Winkel des Hauses werden durchsucht, man verschont weder Böden, noch Keller, noch Ställe; denn man glaubt, der Spaßvogel will Scherz treiben. Da kommt die Kunde, Battram sei über den alten See, eine Wiesenfläche, gelaufen, als brenne ihn ein unsichtbares Feuer. Was hilft alles Weinen und Klagen über Bräutigam und Brautschatz? Der Mensch muß sich zu trösten wissen. Die Geigen werden gestimmt, der Musikanten streichen muntere Weisen, es wird getanzt, gegessen und getrunken und so eine trockne Hochzeit gehalten. Damit man jedoch nicht in die Lage komme, noch einmal solche Hochzeit zu feiern, wird beschlossen, von jetzt ab den Bräutigam zuerst in die Kirche zu führen.

Von einem Seminaristen in Neukloster.

268. Hochzeitsgebräuche in der Gegend von Hagenow.

Die Trauung findet immer in derjenigen Kirche statt, wohin die Dorfgemeinde eingepfarrt ist und wird die Reise dahin von dem Brautpaare, deren Angehörigen und Hochzeitsgästen von dem Hochzeitshause aus unternommen. Die Braut sitzt immer auf dem ersten Wagen (Leiterwagen) auf einem Mittelsitz, neben sich die beiden 'Truglebbers' (Traupführer) die übrigen unverheiratheten Personen nehmen die noch übrigen Plätze auf demselben Wagen ein. Der

Bräutigam sitzt immer auf dem zweiten Wagen auf dem Mittelsitz und hat zwei Brautjungfern neben sich, die übrigen Plätze werden von den begleitenden verheirateten Personen eingenommen. Meistentheils wird diese Reise mit Begleitung von Musik unternommen.

Nachdem die Reisegesellschaft in einem Wirthshause abgestiegen, gehen alle Theilnehmer in derselben Ordnung, wie sie auf dem Wagen gesessen haben, in die Kirche, manchmal auch mit Begleitung von Musik in die Nähe derselben.

Nach vollzogener Trauung auf dem Rückwege zum Wirthshause geht das junge Paar zusammen und voraus, die übrigen Begleiter gehen nicht in derselben Ordnung wie früher, sondern die verheirateten Personen voran, unmittelbar hinter dem Brautpaare, während die unverheirateten jetzt zuletzt kommen. Bei der Rückfahrt zum Hochzeitshause sitzt das junge Paar auf dem ersten Wagen, aber zum unter den verheirateten Personen, die unverheirateten fahren auf dem zweiten Wagen zurück.

Wenn die Gesellschaft zum Hochzeitshause zurückkommt, verschließen die zurückgebliebenen Bewohner das Haus dem jungen Paare, indem sie die Thüre zuhalten. Eine Person von den zurückgebliebenen tritt jetzt aus dem Hause heraus, dem jungen Paare entgegen, eine große hölzerne Kelle tragend, in welcher sich Schwarzbrod und Wasser befindet. Diese Person legt jetzt dem jungen Ehepaare die Frage vor, ob es im Ehestande gut thun, auch die etwa noch lebenden Eltern achten und gut behandeln wolle. Nachdem diese Frage mit 'Ja', welches durch verschiedene Scherze absichtlich verzögert wird, beantwortet worden, muß sowohl der junge Mann wie die junge Frau von dem Brode essen und von dem Wasser trinken; alsdann wird ihnen und den Gästen der Eintritt in das Haus gestattet.

Nachdem die üblichen Glückwünsche geschehen sind, beginnt das Hochzeitsmahl, welches 1 bis 2 Stunden dauert, und nach Beendigung desselben wird, falls Musik besorgt ist, getanzt. Während einer dann folgenden Pause wird Kaffee getrunken und darauf wieder getanzt. Später wird kalte Küche und Punsch geboten.

Gebrauer Kelle aus Hagenow

269. Leberreime.

a)

Auf Bauernhochzeiten sind (besonders unter den 'Grüsen') die Leberreime beliebt. In der Suppe, welche einer von den Brautjungfern zuerst präsentirt wird, befindet sich eine Hühnerleber. Die Brautjungfer reicht die Leber der Braut und sagt (jede gibt die Leber mit einem Reime weiter):

1. Dei Lewer is von 'n Haun un nich von 'n Tafellaken,
   Krieg ik 'nen bösen Mann, ik will em fram maken.
   Mit Diffel un Durn
   Hau ik em feindüftig üm be Ohren,
   Mit Haffel un Bäuken
   Will ik 't verstuken,
   Dat hei schrigt: Min hartleiw Wif,
   Lat mi doch minen Willen,
   Ik will ok girn min gottlos Maul stillen.

Diesen Reim sagt die Braut dem Bräutigam vor, oder:

2. Dei Lewer is von 'n Haun un nich von n' Eiteron,
   Hüt hevv ik up min Ehrenkron.
   Ik nem sei af, ik legg sei nedder,
   Ik glöw, ik krig s' min Dag' nich wedder.

3. Dei Lewer is von 'n Haun un nich von 'n Farken,
   Min Nawer hett Lüf un lett sik nicts marken.

4. Dei Lewer is von 'n Haun un nich von Knüttelstöcken,
   Dei büt Jor friet, will anner Jor Büchsen stöken.

5. Die Leber ist braun und auserkoren,
   Ich habe mein feins Liebchen im Schnee verloren;
   Ich habe sie gesucht und nicht gefunden,
   Ich wollt ihr ein rothseidnes Band verbinden,
   Und sie in meine Arme fassen
   Und nie aus meinem Herzen lassen.

6. Ik un min feins Leiwiken seten an 'n' Disch,
   Dei seg rot ut un ik witt,
   Wenn hei lacht, lacht ik mit.

7. Die Leber ist braun und lieblich,
   Junggesellen sind betrüglich,

Mit den Augen thun sie winken,
Mit dem Herzen thun sie schwenken,
Mit den Füßen thun sie scharren,
Damit haben sie manches junge Mädchen zum Narren.

8. Schlußreem:
Dei Lewer is rund,
Ick stęk s' in 'n Mund. Allgemein. Lehrer Kratzer

b)

1. De Lewer is von 'n Heſt un nich von ne Fleeg,
All de lütten Burjungs liggen inne Weeg,
Mit Mööh warden se grot,
Mit de Pitſch verdeenen se sik er Brod.
Gott ward er ok bordo verhelpen
Un ward er 'n lütten Jungen ſchenken.

2. De Lewer is von 'n Heſt un nich von 'n Steen,
Jk bün man noch lütt un keen,
Un doch mœgens mi girn uppen Danzplatz ſeen.

3. De Lewer is von 'n Heſt un nich von 'n Al,
Min Rock is mi all so kal;
Un wer mi will feigen,
De möt mi geben 'n nigen.
Un wer mi dat nich kann hollen,
Denn lat he mi gan in min'n ollen.

4. De Lewer is von 'n Heſt un nich von 'n Hoon,
Hütt drägt min Jungfer Swester de Ihrenkron,
Min Swoger is de Brüdegam,
Dorüm bün ik em ok nich gram.

5. De Lewer is von 'n Heſt un nich von ne Knôpnatel.
De dit Jor frig't, möt achter Jor böpen laten.

J Gotendorf in Frommanns Monatsheften S. 205 f.

270. Thiergeſpräch auf einer Bauernhochzeit, die in der Regel mehrere Tage dauert.

Kalb (vom Hunger gequält, ſchreit zum Stall heraus): Durt de Hochtit noch lang?

Hahn (auf dem Korn- oder Malzboden): Acht Dag ut-un-but.

Kalb: Denn möt'k starben.

Enterich auf der Mistpfütze (Adelpool): Dat 's 'n Snak.

Latendorf bei Frommann 5, 456.

Tod und Begräbniß.

271. In hiesiger Gegend und fast überall in Mecklenburg ist der Glaube beim Volke, jeder Sterbende begebe sich in der Nacht vor seinem Tode nach dem Kirchhofe, um seine Grabstätte zu besehen. Ein alter Nachtwächter in Peccatel will dies oft wahrgenommen haben. Er wußte daher immer, wer im Dorfe sterben würde, denn er sah dessen Gestalt stumm auf der Stätte seiner letzten Ruhe stehen.

Präpositus Schencke in Blanow bei Schwerin

272. Diejenigen, welchen der Tod nahe ist, gehen drei Tage vor dem Sterben, als Geist, nach dem Kirchhofe, um sich dort ihre Grabstätte auszusuchen. Nur Sonntagskinder und besonders Auserwählte besitzen, als angeborne Gabe, die Fähigkeit solche Geister zu sehen. In Hagenow gab es eine Frau, Aletta Wilken, der, ihrer eigenen Ueberzeugung nach, diese Gabe verliehen war. Ihre erste Vision war gewesen, als sie, ungefähr zwölf Jahre alt, im Elternhause eines Abends auf der Diele einen offenen Sarg erblickte mit der Leiche ihres Vaters darinliegend. Als sie, voll Schreck, dies ihrer Familie erzählen wollte, hieß man sie schweigen und ein Vaterunser beten. Am dritten Tage hiernach starb der Vater. Seit dieser Zeit sah sie nicht allein die vorerwähnten Geister, sondern auch die gespenstischen Leichenzüge, die, nur meistens ungesehen, jedem Todesfalle vorausgehen. Sie war einst auf der Straße einem solchen Leichenzuge begegnet und ihm ausgewichen, während ihre neben ihr gehende Nichte, die nichts von der Erscheinung sah, mitten durch den Zug und über den Sarg hinweg ging, ohne etwas Anderes zu bemerken, als daß sie heftig stolperte.

Eine andere Art Vorahnung besteht darin, daß die damit Begabten ungefähr neun Tage vor dem Tode einer Person um den Kopf derselben einen leichten, grauweißen Nebel erscheinen sehen, der von Tag zu Tag sich mehr verdichtet, bis er einem weißen Schleier gleicht, der den Kopf umhüllt. Dann ist die Todesstunde gekommen. Diejenigen, welche dies sehen, sind zugleich durch innere Nothwendigkeit gezwungen, solche Wahrnehmung irgend Jemandem mitzutheilen. Der Amtmann M. ließ seine älteste Tochter, die gesund und munter war, verreisen, um Verwandte zu besuchen. Eine Frau, welche sah, wie das junge Mädchen in den Wagen stieg, rief aus 'Diese Tochter werden die Eltern nicht wiedersehen!' Man glaubte ihr nicht. Nach wenigen Tagen kam die Nachricht, das junge Mädchen sei erkrankt. Sie starb, bevor die Eltern sie wiedergesehen.

Andere Arten von Vorahnungen, welche genau mit demjenigen übereinstimmen, was als das 'zweite Gesicht' schon anderweitig bekannt ist, sowie auch verschiedene Erzählungen von Doppelgängern und von der Wirkung, welche durch lebhafte Gedanken einer Person auf Entfernte ausgeübt wird, übergehe ich hier, weil diese Art des Aberglaubens in Hagenow nicht abweicht von den auch anderswa zum Theil noch gangbaren und allgemein bekannten Vorurtheilen.

Aus Hagenow. Fräulein Krüger

273. Kann Jemand nicht sterben, so legt man ihm sein Sterbehemd unters Kopfkissen. Wismar, Kriwow, Klüversbagen, Lehrer Wüstnees

274. Wenn man einen Sterbenden laut beklagt, erschwert man ihm das Sterben. FS. 543

275. Dem Sterbenden soll man einen Eimer mit Wasser neben das Bett stellen, damit die Seele sich nach der Trennung vom Körper waschen und gereinigt vor Gott treten kann. FS 544

276. Dem Sterbenden soll man das Kopfkissen wegziehen, damit er leichter sterbe. Hat ein Sterbender den Daumen eingekniffen, so stirbt er schwer, man muß ihm die Hand lösen; Kranke, welche den Daumen einkneifen, bekommen Krämpfe. FS 544.

277ᵃ. Stirbt ein Mensch, so sollen in dem Hause, wo es geschieht, alle Blumentöpfe mit Blumen gerückt werden, sonst vergehen diese. Sternwarte W Lübow

277ᵇ. In dem Hause, wo eben Jemand gestorben ist, müssen Vieh und Topfgewächse angerührt werden, sonst verkümmern diese. Aus Lehsen. Sternwarte Rohr. Vgl. WV 176. RG. 284.

278. Der Spiegel in dem Zimmer, worin eine Leiche liegt, muß sofort nach dem Tode verhängt werden, damit die Leiche durch Abspiegelung nicht doppelt sei; denn wenn dies der Fall, hält der Todte Jemand im Hause nach. Allgemein. Vgl FS 544 Engelien 150

279. Trägt man den Todten aus einem Zimmer ins andere, so verfährt man ebenso, denn wenn der Todte sich im Spiegel sieht, kommt er wieder. *J.-S. 544.*

280. Sobald Jemand gestorben ist, wird das Fenster geöffnet[1]. *Allgemein. Vgl. W.S. 2, 47, Nr. 129 R.S 435 Nr 295 Engelien Nr 115*

281ᵃ. Während des Sterbens oder gleich nach dem Sterben eines Menschen steht die Uhr in dem betreffenden Hause einen Augenblick still. *Semlower W. Loßen*

281ᵇ. Beim Sterben eines Hausgenossen werden die Uhren angehalten. *Allgemein. Vgl Engelien Nr 150*

282. Stirbt Jemand im Hause, so müssen sämmtliche Leute, namentlich Kinder, geweckt werden, weil sie sonst einen festen Schlaf bekommen; auch Thiere, namentlich Bienen, müssen aus ihrer Ruhe gestört werden, weil sie sonst bald aussterben. *Hagenow, Samtvetin, Rümnersdorf, Gr.-Laasch Vgl. W.S. 2, 47, Nr. 127, 128, 129 R.S 435 Nr 294*

283ᵃ. So lange eine Leiche im Hause ist, darf nichts, auch nicht ein alter Lappen gewaschen werden. Sonst liegt der Todte naß[2]. *Allgemein*

283ᵇ. Die Nässe theilt sich dem Todten mit, sobald er begraben worden, und dies zieht einen anderen Sterbefall in der Familie nach sich. *Hagenow. Fräulein Krüger.*

283ᶜ. Das Waschen muß außerhalb des Hauses geschehen, z. B. im Backschauer ꝛc., weil die Leute glauben, die Leiche würde sonst wieder im Grabe aufwachen. *Gegend von Hagenow A. Bievie.*

284. Ist in einem Hause eine Leiche, so soll man während der Zeit, daß die Leiche noch über der Erde steht, in dem Hause kein Brot backen. *Semlower W. Loßen Vgl R.S 435. Nr 296*

285. Sieht das Gesicht eines Gestorbenen freundlich aus, so wird er bald einen Anderen im Dorfe nach sich holen. *Allgemein*

286. Das Haar, das der Leiche ausgekämmt wird, kommt mit in den Sarg.

Eine Leiche darf nichts von dem Haar eines anderen noch lebenden Menschen mit in den Sarg bekommen. Vor ungefähr sechs Jahren kam in Hagenow folgender Fall vor. Ein junges Mädchen,

---

[1] Damit die Seele heraussliegen kann. Aus Hohenschönbergs Eggers.

[2] Oder: Sonst schwitzt der Todte. Schwerin Brahlstorff.

welches gestorben war, wurde begraben und behielt ein Halsband um, welches von dem Haare einer ihrer Freundinnen gemacht war. Dieses junge Mädchen erkrankte alsbald, und als alle Mittel nicht helfen wollten, erinnerte sie sich jenes Halsbandes. Sofort wurde die Leiche wieder herausgegraben, nachdem sie fast drei Vierteljahre in der Erde gelegen, und das junge Mädchen wurde von Stund an sichtlich besser.

Hagenow. Primaner Kahle.

287. Der Kamm, womit die Leiche gekämmt ist, muß in den Sarg gelegt werden. *Allgemein. Vgl. NS. 435. Nr. 705.*

288. Der Kamm wird entzwei gebrochen.
Aus Tessin bei Parchim. Bremeister.

289. Die Waschschale, womit ein Todter gewaschen worden, wird zerschlagen. *Aus Parchim und Umgegend. Weber. Burmeister.*

290. Die Seife, das Tuch, damit der Todte gewaschen worden, die Nadel, damit das Leichenzeug genäht ist, werden mit in den Sarg gelegt. Dagegen darf nichts in demselben gelegt werden, was ein Anderer getragen hat. *Aus Röbel. Pastor Behm.*

291. Die Schüssel, daraus, und das Wasser, damit der Todte gewaschen ist, wird so ausgegossen und hingeworfen, daß Niemand darüber geht, da weder Sonne noch Mond scheint, das nennt man 'in Gott gießen'. Wer etwa darüber geht, dem widerfährt großes Leid, oder er muß sterben.
Aus Röbel. Pastor Behm in Wolz. Vgl. RV. 545. Nr. 204.

292. Das Tuch, mit dem eine Leiche gewaschen ward, bewahren viele Leute auf, so daß weder Mond- noch Sonnenschein daran kommen kann, um, wenn ihnen ein Pferd, eine Kuh, ein Schwein u. s. w. krank wird, die Krankheit durch Berührung des Thieres mit dem Tuche zu vertreiben.
Aus Kl.-Rogahn bei Schwerin. Chausseekassen Adolf Brandt.

293ᵃ. Eine Leiche darf nichts von dem Eigenthum eines Lebenden mit in den Sarg nehmen, sonst zieht sie ihn nach.
Allgemein.

293ᵇ. Daher kommen heimliche Leichenausgrabungen vor, um solche Sachen wieder zu erlangen. *Tägert.*

293ᶜ. Daher pflegen die Weber von ihrem Leinen ein kleines Stück abzuschneiden; wenn es nun gestohlen wird, so legen sie heimlich das Stückchen in den Sarg eines Todten; dann muß der Dieb sterben, wenn er das Gestohlene nicht wiedergibt.

Senften bei Parchim. Gornmeister.

294. Gibt man ein Kleidungsstück oder auch nur einen Lappen von dem Kleide eines Menschen, woran noch dessen Schweiß klebt, mit in den Sarg eines Todten, so vergeht der Eigenthümer des Kleides, von dem der Lappen ist, wie dieser Lappen im Sarge vergeht.

Allgegend. Lehrer Krenzer. Auch anderwärts. Bel. Schiller 2, 23. Dagegen wenn die Kleidungsstücke frisch gewaschen werden, kann man sie dem Todten ohne Furcht mitgeben. AS 144.

295. Wenn eine Leiche ein Stück Zeug mit ins Grab bekommt, worin der Name eines Lebenden, so siecht dieser dahin, wie der Todte verwest.

Allgemein.

296ᵃ. Aus dem Hemd, das dem Todten angezogen wird, entfernt man den Namen des Verstorbenen, weil sonst die ganze Familie ausstirbt.

Gegend von Ludwigslust. Seminarist Brandt. Bel. Engelien Nr 118.

296ᵇ. Im Todtenhemde muß der Name herausgeschnitten sein, sonst stirbt der Name aus.

Gegend von Barkow. Seminarist Lange.

297. Der Knoten an dem Faden, womit das Zeug der Leiche genäht ist, darf nicht abgebissen werden.

Aus Hagenow. Primaner Kahle. Bel. MB 2, 53, Nr. 184.

298. In keinen Faden, den man in die Kleidung des Todten näht, soll ein Knoten geschlagen werden; den Grund dazu gibt man nicht an.

Seminarist W. Ohlen.

299ᵃ. Eine Leiche darf nichts von ihrem Todtenkleide in den Mund kriegen, sonst zieht sie die ganze Familie nach.

Aus Parchim. Thoms. Aus Lange. Lemmin.

299ᵇ. Bekommt der Todte etwas von seiner Kleidung in den Mund, so zieht er das ganze Kleid nach und es folgen ihm bald die Seinigen ins Grab. Man legt ihm deshalb ein Rasenstück oder einen Bogen Papier auf die Brust, um die Kleider fern zu halten.

Schiller 2, 23.

299ᶜ. Wird eine Leiche in den Sarg gelegt, so muß die Bekleidung sorgfältig befestigt werden; denn wenn der Todte irgend etwas davon in den Mund bekommt, so stirbt die ganze Familie aus.

Gegend von Barkow. Seminarist Lange.

300. Ehe die Leiche mit dem Sargdeckel bedeckt wird, steckt man ihr mit neuen, noch nicht gebrauchten Stecknadeln einen reinen

Bogen Papier unters Kinn, damit nicht die Feuchtigkeit, die bei der Verwesung der Leiche aus dem Munde hervorquillt, das Todtenkleid unmittelbar benetze. Unterläßt man dies, so zieht das Kleid sich ganz in den Mund des Todten hinein, und das Familienglied, das dem Entstorbenen am liebsten war, stirbt an Auszehrung.

Aus Hagenow Fräulein Krüger.

301. Aus einem Sarge darf von der Kleidung des Todten nichts herausfehen, das zieht einen Andern nach sich.

Präpositus Schenck in Pinnow bei Schwerin.

302. Wenn man von Büschen, als Rosmarin u. dgl., etwas mit dem Todten in den Sarg legt, so vertrocknen alle Stauden, von denen es genommen ist, auch wenn alle andern auf demselben Beete blühend bleiben.

Monatsschrift 1791, S 440.

303. De Doben kriegen öfters wat mit int Sark, wat em bi Lewdigen sihr leef west is.

Aus Parchim Hellberg.

304. Das Todtenhemd eines Bräutigams darf nicht von seiner Braut genäht werden, damit keine Thränen darauf fallen. Geschieht dieses, so stirbt die Braut auch bald.

Von einem Seminaristen in Neukloster.

305. Beim Nähen des Todtenzeuges dürfen keine Thränen darauf fallen. Die Stellen, auf welche Thränen gefallen sind, sowie die Namen, damit das Zeug gezeichnet, werden herausgeschnitten.

Aus Röbel. Pastor Brüm in Metz.

306. Wenn bestennig, bei de Inkleedung för ein'n Doben neiht, un den Doben weint un lett Thränen up dat Tüg fall'n, denn kann de Dod nich rangen.

Küster Schwarz in Berlin.

307ᵃ. Auf das Kleid des Gestorbenen, auf das Todtenhemd darf keine Thräne fallen, sonst stirbt auch der bald, dessen Thräne mit ins Grab genommen ist.

Allgemein Vgl Quellen Nr 150.

307ᵇ. Wer eine Thräne in den Sarg fallen läßt, in dem schon der Todte ruht, der stirbt bald.

Seminarist Stübe.

308. Die Kleider des Todten darf man nicht mit nassen Händen berühren.

Aus Hagenow Primaner Kahle.

309. Auf die Todtenbahre darf sich Niemand setzen, sonst holt ihn der Todte nach.

JB 544.

310. Wenn man dat Grugen sik verdrewen will, so mütt man einen Doben an de Neß' faten.

Raabe 320.

311. Wem die Haut schauert, dem läuft der Tod über das Grab. ZG 545

312. Bi den Doden hörwt keiner, bei bi sinen Lęben mit en sürçhen hätt, Nachts waken. Aus Parchim Heischl

313ᵃ. Allgemein ist der Gebrauch, daß bei einer Leiche die letzte Stunde vorher, ehe dieselbe nach dem Kirchhofe gebracht wird, ein paar Lichter angezündet werden. Diese Lichter dürfen nicht mit der Lichtscheere ausgelöscht, sondern müssen mit der Hand ausgeschlagen werden, weil dann die Diebe in dem Hause, wo dies geschehen, kein Licht anzünden können.

313ᵇ. Die Lichter, die am Beerdigungstage bei der Leiche brennen, müssen ganz ausbrennen, jedoch können sie auch nach Bestattung der Leiche und Rückkehr der Leidtragenden mit einem Tuche von der Todtenfrau ausgeweht werden, oder ja nicht darf man sie ausblasen. Aus Hagenow Primaner Köhle Vgl MB 2, 48, Nr 155

313ᶜ. Das Licht, welches bei der Beerdigung auf dem Sarge brennt, wird nicht eher gelöscht, bis die Leute vom Kirchhofe zurückkommen — oder (in Vilz) darf gar nicht ausgelöscht werden, sondern muß ausbrennen. Gegend von Ribel. Pastor Behm

314. Während am Beerdigungstage im Sterbehause ein Gesang gesungen wird, steht ein brennendes Lucht auf dem Sarge Der Rest dieses Lichtes wird wohl verwahrt; denn so lange er im Hause ist, können keine Diebe kommen. Pastor Fleussen in Damelof bei Graben

315. Wenn in Gischow bei Bützow eine Leiche im Hause ausgesungen wird, steht der Sargdeckel neben dem Sarg auf zwei Stühlen. Auf dem Deckel stehen zwei brennende Lichter. Wird nach dem Gesange der Deckel zugemacht, so werden die beiden Stühle umgeworfen und die Lichter danebengesetzt. Die Stühle werden nicht eher aufgehoben, und die Lichter nicht eher ausgelöscht, als bis die Leiche aus dem Dorfe ist. Von einem Seminaristen in Neukloster

316. Bei den Erbpächtern in Hohen-Luckow bei Rostock ist es Sitte, daß bei Leichenbeerdigungen zwei Lichter angezündet werden, die so lange brennen müssen, bis sie von selber erlöschen. Seminarist G Rußberg

317. Brennt der Docht des bei einem Todten gebrannten Lichtes noch lange fort, so stirbt in geraumer Zeit Keiner; ist er aber

loch aus, so stirbt bald Einer, und zwar, wenn der Rauch in die Höhe zieht, in demselben Hause, wenn nach der Seite, so aus der Nachbarschaft, und zwar in der Richtung, wohin der Rauch zieht.

Gegend von Ludwigslust Zeegel

318. Wenn ein Todter im Hause ist, wird eine Lampe angesteckt, die, so lange es dunkel ist, brennen muß, bis der Todte begraben ist.

Aus Polz. Pogge

319. Wenn ein Tischler einen Sarg zu machen bekommt, so weiß er dies gewöhnlich schon vorher, denn es rührt sich bei ihm, hackt am Holz oder klingt in Gläsern.

Präpositus Schencke in Picower bei Schwerin

320. Der Tischler darf beim Verfertigen eines Sarges nicht auf die zu demselben bestimmten Bretter spucken. Thut er das, so stirbt er auch bald.

Von einem Seminaristen in Neukloster.

321. In dem Hause, wo die Träger einen leeren Sarg niedersetzen, kommt der nächste Todesfall vor.

Aus Parchim Halldorf

322. Die Leiche muß so stehen mit dem Sarge, daß sie aus der Hausthür sieht, sonst kommt der Todte wieder.

Küster Schwartz in Bellin

323. Ein Todter im Hause ist nicht so zu stellen, daß die Füße zur Thür hinauszeigen; sonst folgt ihm bald ein anderer aus dem Hause

Präpositus Schencke in Picower bei Schwerin

324. Von dem Sarge bis zur Hausthür streut man Asche, da am Verbrannten nichts Lebendes mehr ist, und fegt die Flur gleich nach dem Hinaustragen der Leiche stillschweigend und rückwärtsgehend aus.

BS 544

325. Die Person, welche zur Leichenfolge bat, durfte nicht angeredet werden; in welchem Hause dies geschah, das hatte den ersten Todten aus dem Dorfe zu liefern.

Aus Zarrentin. Von einem Seminaristen

326. Klingen die Glocken bei der Beerdigung hell[*]), so stirbt in nächster Zeit wieder Einer.

Allgemein.

327. Wenn die Todtenglocke läutet, wo dann der Klöpfel (Knübel) zuletzt hin schlägt, in dem Ende des Dorfes stirbt zuerst Einer.

Küster Schwarz in Bellin

---

[*]) Oder: klingen sie lange nach

328. Wenn üm 'n Doden lübb't ward, bört man nich eten, sünst kriegt man Tähnweihdag. *Raabe 33*

329. Wirft man der Leiche, wenn sie aus dem Hause getragen wird, Feuer und Wasser nach, so wird sich der Geist des Gestorbenen nachher nicht rühren und nicht im Hause zeigen.
Aus Karstädt bei Grabow. Seminarist Borck. Vgl. D.S. s. 43 Nr 156, 157

330. Ist der Sarg zum Hause hinausgetragen, muß, sowie der Todtenwagen abfährt, die Hausthür zugemacht werden[1], sonst kann der Verstorbene wiederkommen und Jemand aus dem Hause nachholen. (Allgemein.) — Um dies noch sicherer zu verhindern, streut man hinterher Samen (meist Leinsamen) vor die Hausthür. Den Samen kann der Todte nicht überschreiten.
Aus Hagenow. Fräulein Krüger

331. Will man zum Nachfolgen einer Leiche gehen, so muß man sich kein frisches Hemd anziehen, da man sonst frische Trauer in der Verwandtschaft bekommt.
Aus Karstädt bei Grabow. Seminarist Borck

332ᵃ. Wer zu einem Leichengefolge geht, darf die Stiefel nicht schmieren, sonst liegt der Todte naß. *Allgemein*

332ᵇ. Wer einen Todten zur Grabstätte begleitet, muß seine Stiefel so wieder anziehen, wie er sie am Abend ausgezogen hat und sie nicht dazu putzen, sonst hat der Todte keine Ruhe im Grabe.
T. v. Oertzhausen in Brahlstorf

333ᵃ. Wer bi 'n Doden folgen will, möt vörher, wenn he int Truerhus kümt, dat Sark stillswigens anrögen.
Aus Parchim. Helldorf

334. Früher wurde über den Sarg, auf dem Wege nach dem Kirchhof, ein weißes Laken gedeckt. *Aus Lübz. Voss.*

335. Di de Liekenfolg gan ümmer twei un twei; is dat ne ungrade Tal, so gan tauletzt drei un von disse drei starwt bald ein. In de sülwig Ort is dat bi Kindböpen un Hochtiden.
Aus Turloff. Behm

336. War der Todte verheiratet, so übernahm auch ein Verheirateter das Fahren; war hingegen der Todte unverheiratet, so fuhr auch ein unverheirateter junger Mann.
Aus Zernien. Von einem Seminaristen in Neukloster.

---

[1] Mit möglichst großem Knall. Mummendorf. Timmermann

337. Wenn 'ne Lik nich wider furt will, so brukt men blot an den Wagen, up den 'n sei steit, en Rad ümtautrecken, denn kann sei wider fürt warden. Aus Parchim. Dehm.

338ᵃ. Vor einen Leichenwagen darf man keine Stute spannen, von der man Füllen ziehen will; sie wird sonst nicht wieder tragend. Dominialvögter Dehm in Rienhagen.

338ᵇ. Manche glauben, wenn eine trächtige Stute vor einem Leichenwagen ziehe, verwerfe dieselbe. Küster Schwarz in Bellin.

339. Derjenige, der den Leichenwagen führt, darf sich, während die Leiche herabgehoben wird, nicht umsehen, sonst ist er der nächste, der stirbt. Aus Warnemdorf. Hilfsprediger Zimmermann.

340. Wenn eine Leiche über Feld von einer Ortschaft zur anderen zur Beerdigung gefahren wird, so wirft aus dem Gefolge Jemand auf der Rückfahrt das Stroh auf der Feldmark vom Wagen und stoßen sie es dort an die Seite, so daß es nicht auf der Feldmark liegt, von wo der Verstorbene war, dann soll der Todte nicht wieder über die Feldmark können, Niemand von den Angehörigen erscheinen und nach sich holen[1]. Allgemein.

341. Wird eine Leiche beerdigt, so darf keiner von denjenigen, die der Leiche folgen, sich nach der Länge des Leichengefolges umsehen; sonst stirbt noch Jemand von den Bewohnern des Trauerhauses in demselben Jahr. Aus Neustadt. Von einem Seminaristen aus Crivitz. Aus Carstädt bei Grabow. Seminarist Tienck.

342. Wenn 'ne Lik ut en Dörp kümt un begegent denn glik Einen, starwt bald wedder Einer. Von einem Soldaten aus der Gegend von Schönberg Dehm. Vgl. M.S. 2, 84, Nr 145

343. Mit einer Leiche, die zu Grabe gebracht wird, dürfen keine Nebenwege eingeschlagen werden. Präpositus Schencke in Pinnow bei Schwerin.

344. Von Leichenbegängnissen muß man denselben Weg wieder zurückkehren, den man gekommen. Seminarist Angerstein

345. Wenn bei der Beerdigung die Grube auf einer Seite einfällt, so wird von der Seite her der erste Todte wieder aus dem Dorfe oder der Gemeinde kommen. Aus Carstädt bei Grabow. Seminarist Tienck. Vgl. M.S. 426 Nr 305.

---

[1] Wenn unterlassen, kommt die ganze Familie des Verstorbenen ins Unglück und 'heit kein Deg'. Aus Parchim Dehm

346. Kein Angehöriger des Verstorbenen darf beim Graben der Grube oder beim Zuwerfen derselben, beim Tragen der Leiche ꝛc. beschäftigt sein.

Aus Brüß. Erste Bossewitz

347. Auf den Dörfern ist es ziemlich allgemein Brauch, daß man an den Begräbnissen zum Häupten einen Flins-Stein legt.

Frand I, 116

348. Die Landleute bedecken die Kränze auf Gräbern häufig mit einem Topfe, doch darf derselbe noch nicht gebraucht sein.

Aus Hagenow. Permaner Kahle

349. Stehen auf einem Grabe beim Leichenstein Karthäusernelken und man pflückt eine davon, dann hört man, wenn man den Kopf auf den Grabhügel legt, in der Erde ein dumpfes dreimaliges Klopfen.

Küster Schwarz in Beßlin

350ᵃ. Die Schaufeln und Spaten werden nach der Beerdigung kreuzweis aufs Grab gelegt. Hieraus wollen die Leute abnehmen, ob das nächstemal ein weiblicher oder männlicher Todte kommt. Sie sagen: Ist zuerst eine Schaufel auf das Grab gelegt worden, so stirbt zum ersten eine Frauensperson; ist aber ein Spaten (oder Gräber) hingelegt worden, so stirbt zum ersten eine Mannsperson. Es hängt also nach ihrem Glauben davon ab, ob das zuerst hingelegte Stück Geschirr männlichen oder weiblichen Geschlechts ist.

Küster Schwarz in Beßlin. Archivrath Bosch in Demern. Ein Seminarist in Neukloster Kgl. Engellen Nr. 116.

350ᵇ. Dagegen umgekehrt: Wenn bi en Gräfnis tauirst de Schüffel dalleggt wart, is be irste Dobe en Mannsminsch, wenn tauirst be Gräwer, so is bat en Frugensminsch.

Aus Parchim Behm Aus Prötz. Pogge Kgl MB 9, 81, Nr. 146, 147 MB 490, Nr. 808.

350ᶜ. Wenn bi 'n Begräfnis tauirst 'ne isern Schüffel dalleggt wart, denn starwt tauirst 'n Mannsminsch, un wenn 'ne hölten, denn 'n Frugensminsch.

Gegend von Ludwigslust Zemart.

351. Noch zu Nicolaus Marschalds Zeit (1520) war es bei den Bewohnern von Jabel üblich, bei den Beerdigungen zu singen und zu tanzen und die Gräber mit Getränk zu benetzen.

Frand I, 180

352. Die Todtenschmäuse waren zu Francks Zeiten noch allgemein üblich.

Vgl. Frand I, 180.

353. In der Gegend von Neustadt und Parchim herrscht bei Begräbnissen folgender Gebrauch: Ist Jemand gestorben, und soll er eine 'große Folge' haben, wie die Leute das nennen, so müssen nothwendig als Essen dicke Erbsen da sein, und selbst zu einer Jahreszeit, wie z. B. um Johannis, wenn sie oft kaum noch zu haben sind und nicht besonders mehr schmecken sollen. Gewöhnlich aber sind immer Einige im Dorfe, die für solche Fälle, um nicht in Verlegenheit zu kommen, Erbsen aufbewahren. Außer der sauren Speckfauce, die über die Erbsen gegossen wird, wenn sie aufgetragen werden, muß ebenso nothwendig Hering da sein.

354. Beim Begräbniß heißt es von dem nachfolgenden Mahl 'das Fell versaufen'. Domänenpächter Behm zu Kirschagen Bgl. Nr 111.

355. Den Doden mütt en an 'n groten Ten faten, denn wart einem nich vör em grugen. Gegend von Ludwigslust Gemäninist Zengel Bgl. MS 455, Nr 282

356. Von Leuten, die eine weiße Milz haben sollen, behauptet man, daß sie immer wieder aufs neue heiraten und ihre Frauen jedesmal sehr früh sterben (Rest des Vampyrglaubens: der Vampyr saugt den Frauen das Blut aus und erhält sich dadurch die Kraft). Dammscher Kengfeld in Rostock. Bgl. MS v. St. Nr 154b

357. Wenn Verstorbene wiederkommen und die Hinterbliebenen ängstigen, muß man einen Geisterbanner zu Hilfe rufen. Dieser backt zwölf Pfannkuchen, schüttet sie in einen Sack, geht damit im Hause umher und spricht 'krup in, krup in, slab Pannkooken in.' Ist der Geist hineingekrochen, so wird der Sack geschlossen und man trägt ihn fort, am besten an einen Kreuzweg, wo er herausgelassen und festgebannt wird. Geht Jemand über den Kreuzweg, ohne ein Vaterunser zu beten, so hockt ihm der Geist auf. Dann muß die Beschwörung erneuert werden.

In Hagenow hatte sich ein alter Rathsherr im Fieberwahnsinn ertränkt. Er fand keine Ruhe im Grabe und kam allnächtlich an die Betten seiner Angehörigen, zupfte am Kopfkissen und rief 'Natt, natt.' Da mußte der alte Kohnert ihn bannen, es half aber erst beim drittenmale, wo er in ein Buschwerk gebannt wurde, das von da an Jeder mied. Rosalie Seliger

7*

358. Bei der Wiederkehr von Verstorbenen gilt das Gesetz, daß sie genöthigt sind, auf demselben Wege zu kommen, auf dem die Leiche (die stets auf der Hauptstraße nach dem Kirchhof gebracht wird) aus dem Hause geschafft ist. In den Dörfern Picher, Brestgarb re hatte man früher an den Hausthüren bewegliche Schwellen, die, auf beiden Seiten in die Pfosten eingefügt, sich in die Höhe schieben ließen. Die Leiche ward dann unter der Schwelle durch aus dem Hause getragen und konnte daher über dieselbe nicht zurückkehren.

Gegend von Hagenow Fräulein Krüger.

359. Wenn ein im Sarge fertig angezogen liegender Todte durch Wasser oder eine andere Flüssigkeit naß wird, so wird er später im Hause erscheinen und spuken.

Aus Kl.-Regost bei Schwerin A. Brandt.

360. Wer einem Sterbenden etwas verspricht, es aber nicht hält, zu dem wird nachher der Todte kommen. Sternberg A. Stahl.

361. Das Wiedererscheinen Verstorbener kann veranlaßt werden durch einen unerfüllt gebliebenen Wunsch, den sie mit ins Grab genommen, oder durch ein Geheimniß, das vor dem Sterben zu offenbaren sie nicht mehr Zeit hatten. Sie kommen dann wieder als Gespenst, um sich hierüber auszusprechen. Sie können dies aber nur, wenn Jemand sie fragt nach ihrem Begehr. Unaufgefordert dürfen sie nicht reden. Durch die Frage, die sie beantworten, werden sie zugleich vom Umherwandern erlöst. Will man von einem Geist wissen, ob er ein guter oder böser ist, so sagt man 'Alle guten Geister loben Gott, den Herrn!' Ein guter Geist antwortet hierauf 'Ja all!' Ein böser will dieselbe Antwort geben, kann dieselbe aber nicht herausbringen, sondern sagt nur 'Alo!' und verschwindet.

Aus Hagenow Fräulein Krüger.

362. De irste Nacht na dat Gräfnis sal be Lik wedder trügg kamen. Aus Parchim Behm.

363. Dormit en Sülfstmürder kin Rooh hett, stött men mit 'n Pal up sin Sark. Aus Zvenck G. Schmidt.

Krankheiten.[1]

364. Einen Kranken, dem der Arzt nicht mehr helfen kann, muß man an drei auf einander folgenden Freitagen, bei Nacht zwischen 12 und 1 Uhr, dreimal um die Kirche tragen.

Gymnasiast Brockmann aus Proseken

365. Man trägt noch auf dem Lande wohl hie und da Kranke bei Sonnenaufgang unter einen Apfelbaum. *De Tochen in Wismar*

366. Herrscht im Orte eine ansteckende Krankheit und sind von einer Familie schon einige Mitglieder gestorben, so suchen die übrigen sich durch Eiverstecken zu schützen. Ein (Hühner- oder Tauben-) Ei wird zur Kirche getragen und auf den Kirchenboden oder in die Gerüstlöcher des Thurmes oder auch in den Schutt bei der Kirche gelegt. Es braucht nicht einer von der Familie das Ei hinzutragen, oft thut es der Glockenzieher, wenn er zum Läuten geht.

Brunshaupten, Seminarist G. Susemihl

367. Um eine Krankheit zu vertreiben, legt man einen Lappen, mit dem der Kranke zuvor überstrichen, in den Sarg eines Todten. Wie der Todte allmälig im Grabe vermodert, so nimmt auch die Krankheit ab.

Gymnasiast Reinhardt aus Wittenburg

368. Urin aus dem linken Schuh getrunken, hilft bei vielen Krankheiten. *Archivrath Masch in Demern*

369. Zum Einreiben für alle Schmerzen: Seifen-Spiritus für 2 Schill., Spiekerol für 2 Schill.

370. Hausmittel gegen äußerlichen Schaden ist 'Mabbikenöl' (Regenwurmöl); letzteres wird gewonnen, indem man eine Menge Regenwürmer in eine Flasche steckt und sich darin zu Tode laufen läßt, der Schleim, mit dem sich dieselben im Laufen umgeben, ist das besagte Oel. *Der Krenpächter Behm in Kleeshagen*

371. Leute, die sich operiren lassen wollen, gehen zuerst in die Apotheke und nehmen für ½ Schill. Schlangenfett ein, um den Schmerz nicht so sehr zu fühlen. *Subd. Fr. Hahn Ribel, Lehrer Prösel*

372. Für den Fehler der Augen. Nimm den Kopf von einer schwarzen Katze und verbrenne ihn in einem neuen Topf zu Pulver und blase dem Menschen, der nicht sehen kann, das Pulver in die Augen,

---

[1] Vgl. hiezu die Abschnitte Segen und Zauber.

so gehen die Fehler weg und er wird wieder sehend. Ob er schon zuvor lange Zeit blind gewesen wäre, hilft dies doch.

Heft eines Tagelöhners in Neukloster

373. Manche glauben, die Augenübel durch Bähen der Augen mit Thau zur Zeit des zunehmenden Mondes heilen zu können.

Auch ein Krebsstein, den man durch die Augen unter den Lidern hindurchgehen läßt, heilt die Leiden, welche auf den Augen eine hautartige Decke verursachen.

J. G. 506

374. Gegen Ausschlag. Man gehe vor Sonnenaufgang auf eine Wiese, nehme Kukukspeichel (den Schaum der Cicada spumaria) und wische denselben stillschweigend über den Ausschlag, so vergeht er.

J. G. 504

375ª. Gegen die Auszehrung. Der Kranke ziehe an drei Freitagen Morgens vor Sonnenaufgang stillschweigend sein Hemd aus, und vergrabe es unter einem Hollunderbaum. So wie dieses dann vergeht, vergeht die Auszehrung.

Küberhagen. Lehrer Lübbert.

375ᵇ. Wenn en Kind de Utterung hett, so möt men dreimal stillswigens dormit üm de Kirch gan.

Aus Spernitz. Thems.

376ª. Gegen das Bettnässen. Wer den Urin nicht halten kann, dem gebe man einen Fisch ein, der in des Hechts Bauch gefunden worden, so wird er unfehlbar genesen.

Pastorius Schrecke in Picnow. Aus einem alten Manuskript.

376ᵇ. Man lege den vom Hecht verschluckten Fisch an die Sonne, pulverisire ihn, wenn er hart geworden, und gebe dem Menschen drei Messerspitzen voll in Wasser.

Kaufmann Lembke in Teßin.

377. Greife Dir eine lebendige Maus, brate sie zu Pulver, und gib dem Menschen das Mausepulver mit warmem Bier ein.

Kaufmann Lembke in Teßin.

378. Wenn Einer des Nachts einpissen thut und es nicht nach lassen kann, so nimmt man den Pescher von einem Schwein, wenn's eine Mannsperson ist, so muß es Seborg sein; bei Frauenzimmern ein Rabelborg, macht eine Wurst davon, und müssen das aufessen und dann einen Stein haben, da ein Loch durch ist, der Stein aber muß gefunden werden, und dadurch pissen drei Freitage Morgens vor der Sonne bei abnehmendem Mond.

Aus dem Heft eines Tagelöhners in Neukloster.

379. Wer mit dem nächtlichen Bettnässen behaftet ist, der gehe stillschweigend an einem Freitage vor Sonnenaufgang nach der Kirchenthüre und blase dreimal in das Schlüsselloch; oder er lasse, während der Prediger den Segen spricht, dreimal seinen Urin kreuzweis an die Kirchenthüre.

Küster Schwarz in Berlin

380. Gegen Bleichsucht. Eine Weibsperson, die stark mit der Bleichsucht behaftet ist, gehe vor Sonnenaufgang in einen Baumgarten oder in eine grasreiche Wiese, steche einen grasreichen Wasen heraus, lasse ihren Urin in das Loch, wo der Wasen gewesen und ausgestochen worden; alsdann lege sie denselben verkehrt, nämlich das Gras unten und die Erde oben, drücke ihn wohl ein und gehe davon.

Präpositus Schröder in Pinnow 'aus einem alten Manuscript' Bgl § S. 590

381. Gegen die Bräune. Der Kranke muß seinen Urin in den linken Schuh oder Stiefel pissen und trinken.

Heilbach Lehrer Lüddecke

382 Man nehme einen carmoisinrothen Faden von Seide, mit welchem man eine Natter erdrosselt hat und binde ihn dem Kinde mehrmals um den Hals.

§ S. 526

383. Gegen Bruch. Berühre in drei Freitagen den Bruch mit der eisernen Zinke einer Egge, wickle dann die Egge in Stücke reiner ungebleichter Leinwand, stecke sie zu dir und gehe, ohne dich umzusehen, hinweg.

Elbgegend Lehrer Kreuzer Bgl Nr. 596.

384. Nimm ein Ei, gieße das Weiße davon ab und laß den Kranken in das Ei harnen. Dann vergrabe es unter eine Schwelle, worüber der Kranke oft geht. Mit dem Ei vertrocknet auch der Bruch.

Elbgegend Lehrer Kreuzer

385. Gegen Bruchschäden. Man nimmt drei frische Eier, läßt sie auslaufen, füllt zwei mit Nachtharn, deckt die Hälfte des dritten als Deckel darauf, nimmt aus dem Feuerherd einen Stein, legt das eine Ei hinein, deckt es wieder zu und unterhält fortwährend Feuer darauf; das andere hängt man mit einem kreuzweis gebundenen Faden an einem neuen Nagel im Schornsteine auf. Wenn der Harn vertrocknet, verschwindet auch der Bruch.

Heft von Dr Weihner

386. Wenn ein Erwachsener mit einem Bruch behaftet ist, der schneide sich einen Weidenstock und alsdann bohre er ein Loch in den Fußboden, gerade auf der Stelle, wo er geboren ist, schlage da diesen

kleinen Stock, der ein oder zwei Zoll lang sein muß, hinein. Alles stillschweigend und ja auch im Namen Gottes des Vaters ⁊c. Amen.

F. Stockmann aus Hausdorf

387. **Gegen Nabelbruch.** Man gehe zu einem jungen kräftigen Eichbaum, der gerade junge Blätter hat, und 'magnetisire' diesen. Dies geschieht dadurch, daß man sich drei Schritte weit von seiner Südseite hinstellt, eine rechte und eine linke Seite bildet, welche die Pole sind, und in der Mitte eine Scheidelinie als Aequator gezogen denkt. Nun nimmt man einen neuen Nagel von drei Zoll Länge ohne Kopf in die rechte Hand und beschreibt mit ihm von den Blättern an allen Neben- und Hauptzweigen des Baumes nach, in der Richtung zum Stamme hin, Linien in der Luft, welche man bis zur Wurzel des Baumes niederführt. Hienach verfährt man mit der Nord-, der Ost- und der Westseite des Baumes ebenso. Alsdann, wenn der Baum 'magnetisirt' ist, führt man den Kranken (das Kind) in der Weise rückwärts zum Baume, daß sein Gesicht nach Süden gerichtet ist, und lehnt ihn mit dem Rücken an dessen südliche Seite. Hiedurch wird der Bruch geheilt, doch muß Alles natürlich stillschweigend geschehen.

Man schlage drei Nägel, mit welchen der Bruch kreuzweise überstrichen worden, an drei aufeinanderfolgenden Freitagen, jedesmal einen, stillschweigend in eine junge Buche oder Eiche.

Man berühre mit dem Kopfe eines Sargnagels den Bruch in der Mitte, lasse den Leidenden sich barfuß an einen Baum stellen, und schlage den Nagel dicht über dessen Kopfe stillschweigend in den Baum. So wie der Nagel verwächst, soll auch der Bruch vergehen.

Man berühre an drei aufeinander folgenden Freitagen den Bruch mit einem eisernen Eggezahn, wickle diesen dann jedesmal in reine Leinwand und stecke ihn zu sich. Bgl. Nr. 388

Man nehme einen eisernen Ring von der Größe des Bruches, lasse ihn eine Stunde lang auf dem Bruch liegen, wickle ihn darauf in reine Leinwand und trage ihn an einen Ort, wohin weder Sonne noch Mond scheint und weder Zug noch Staub kommt. Dies muß man bei Vollmond beginnen und an drei Freitagen nacheinander wiederholen. BS 388

388. **Um Simparti einen Bruch zu stillen wenn er nicht mit aufs die Welt gebracht ist.** Gehe des Morgen früh vor Sonnen-

aufgang in den Wald, schneide dir einen kleinen Stock von einer jungen Labe, so in einem Jahr gewachsen ist, einen Finger lang aufwärts ab, lege den Zopf beim Stamm und gehe damit in das Hauß und drücke es auff den Bruch dreymall ins Kreutz auff, alsdann trage den Stock wieder in den Wald und lege ihn grade so, wo du ihn abgeschnitten hast; laß ihn verdorren, so wird der Bruch auch vertrocknen, und segne ihm mit dem heiligen Kreutz; aber man muß vor Auffgang der Sonnen wieder zu Hause sein.

Legnewitz-Bruch für Menschen und Vieh.

389. Fieber werden 'abgeschrieben', indem man Worte auf einen Streifen Papier schreibt, und diese in Brod gelegt dann den Kranken verzehren läßt. Mir ist ein Fall bekannt, daß man Verse einer horazischen Ode dazu verwendete. *Krummendorf Hülfeprediger Zimmermann*

390. Man nimmt eine Nuß, halbirt dieselbe, nimmt den Kern heraus und setzt darein eine Spinne. Man umbindet nun die beiden Nußschalen mit der Spinne mit einem Faden, den man mit drei Knoten versieht. Dies hängt man so um den Hals, daß die Nuß mit der Spinne auf der Herzgrube liegt, schlägt abermals, wenn man den Faden um den Hals befestigt, drei Knoten und läßt es so zweimal 24 Stunden hängen. Dann bringt man den Faden sammt der Nuß noch vor Sonnenaufgang nach einem fließenden Wasser und läßt es mit dem Strom fortschwimmen.

Sommelin, Hagenow Seminarist A. Sitzke.

391. Man trägt Apollatus(?) neun Tage um den Hals und wirft es dann ins fließende Wasser. (Vielleicht aus Absinthus corrumpirt.)

Aus einem Gut in Ga.-Dahlen Cand. theol. Hoffmann.

392. Wenn dir das Fieber antritt, so nimm in beide Hände Roggen, laß dir die Hände mit einem Tuch verbinden, damit du keinen verlierest, indessen dir das Fieber übergehet, laß dir Erde graben, welche die Sonne nicht beschienen hat, und zwar auf die Art: mache ein Loch in die Erde, nimm daraus welche, lege sie auf einen Teller, streue dann auf diese Erde den Roggen und stelle den Teller unter dein Bett, es muß aber Keiner eher dazu kommen, ehe das Fieber ganz weg ist. *Kaufmann Lembke in Tessin Vol. IV. 223.*

393 Gegen Epilepsie. Man nehme sieben Hasensprünge (das ist die kleinen im Gelenke der Hinterfüße liegenden Knochen), sieben

Krebssteine, sieben Hechtsaugen, sieben Hechtskiemen, Muskatnuß und Schwarzwurzel (Symphytum officinale), trockne und pulverisire dies, ziehe es über Muskatwein oder Branntwein ab und sethe es durch ein schwarzes Flortuch. Den Rückstand lasse den Kranken auf der Brust tragen, den Trank gebe man ihm ein, so verschwinden die epileptischen Zufälle. — Auch glaubt man, daß die epileptischen Zustände verschwinden, wenn man am Goldfinger einen Ring trägt, der aus einem Sargnagel gemacht worden ist. Gegen Epilepsie war früher das allgemeine Heilmittel in der Volksmedicin der Rabenkoth und der Hasenkoth, welchen man über Branntwein abzog. Bei Anfällen soll man dem Kranken das Innere eines warm getragenen, noch schwitzigen Schuhes vor die Nase halten, bei Kindern den After mit dem After einer Taube berühren. *J. G. 357.*

394ᵃ. **Gegen Fieber.** Man schneide dem Kranken bei abnehmendem Monde von allen Nägeln an Händen und Füßen Stückchen ab, schiebe diese einem lebenden Krebse unter den Schwanz und werfe den Krebs mit dem Strom (nicht gegen denselben) wieder ins Wasser.

Schreibe die Anfangsbuchstaben von dem vollen Namen des Kranken auf eine bittere Mandel und lasse ihn dieselbe stillschweigend verzehren.

Das Fieber kann man ferner vertreiben, wenn man eine in den Zwölften geschossene Elster zu Pulver verbrennt und dies dem Kranken eingibt (vgl. Schiller a. a. O. I, 10). Ferner, wenn man Brod und Salz in einen Leinwandlappen bindet, drei Vaterunser darüber betet und zugleich das Zeichen des heiligen Kreuzes darüber macht und es alsdann rücklings in fließendes Wasser wirft, so vergeht das Fieber. Pulverisirte oder zu Pulver gebrannte Muschelschalen, desgleichen abgeschabte Theile vom Donnerkeil in Branntwein gegeben, vertreiben das Fieber; ebenso Spinnengewebe auf Butterbrod gegessen.

Ebenso, wenn man eine Eierschale, die man zufällig findet, mit Wasser füllt, dies austrinkt und es dreimal stillschweigend wiederholt. *J. G. 383.*

394ᵇ. Wer Fieber hat, muß einen Knoten in eine Weidenruthe schlagen, durch denselben blasen, ihn dann zuziehen und fortwerfen, Alles schweigend. *Domainenpächter Behm in Rierhagen.*

395. Umwinde den kleinen Finger an der linken Hand mit dem Häutlein, das in der Eierschale befindlich, und laß es vierundzwanzig Stunden liegen.

Polizeirath Dr. Schende in Plönow 'Aus einem alten Manuscript'

396. Man nimmt drei Stangen von grünen Donnernesseln (urtica urens L.), stößt sie etwas klein, thut sie in ein reines Läppchen, hält dies einige Minuten in Branntwein, preßt dann den Saft und trinkt ihn, wenn man fühlt, daß das Fieber im Anzuge ist oder die Nägel an den Fingern blau werden.

Monatsschrift 1790. S. 440 f

397. Flechten werden 'weggetragen', indem man den mit der in ihnen enthaltenen Flüssigkeit befeuchteten Lappen auf einen Kreuzweg trägt.

Benediciwerwerk Hülfsprediger Timmermann

398. An dreien aufeinander folgenden Freitagen vor Aufgang der Sonne gehe man stillschweigend zu einem Baume oder Busche, der weiches Holz hat, z. B. Weiden, Erlen, Apfelbäume, aber nicht Kirsch- und Pflaumenbäume, weil sie in ihren Früchten Steine haben, was auf harte und trockene Natur deutet — fasse einen Zweig, drücke, reibe und knicke ihn, und bestreiche sich damit die grindigen und kranken Stellen. Dann lasse man den Zweig wieder los. Wie der Zweig gesundet und verwächst, so gesundet auch das trockene Glied des Menschen.

Streitkirchen, Hagenow, Sehen Lüdersdorf

399. Flechten werden 'abgeschrieben', indem man die kranke Stelle mit einer Nadel kreuzweise ritzt, bis Blut kommt. Die Nadel wird nach dem Gebrauch rückwärts über den Kopf geworfen.

Hülfsprediger Timmermann in Rumnersdorf.

400. Um böse Flechten zu vertreiben, ritze man drei Kreuze hinein mit einer Nadel, die nachher verborgen wird, wo weder Sonne noch Mond hinscheint.

Seminarist Engelien

401. Stillschweigend wird ein Stück Speck gestohlen, dreimal damit von oben nach unten über die Flechte gestrichen und dann einem Hunde gegeben.

Pastor Dolberg in Ribnitz.

402a. Wenn man Warzen oder Flechten mit einer Todtenhand bestreicht, so vergehen sie.

Barkow, Waserin Seminarist Lange.

402b. Mit einer Todtenhand überstreicht man dreimal Flechten und andere unheilbare Wunden, so wird man geheilt.

Gegend von Hagenow Seminarist Wiese. Vgl. DS 444. Nr. 841

402ᵇ. Man speie bei abnehmendem Monde seinen Speichel nüchtern auf die Flechten und streiche mit einem Messerrücken über sie hin.

F.S. 582.

403. Gegen Gelbsucht wende man an das Kraut von Iris Pseudacorus (vulgo Adebarsblom, früher Gel-lilgen), die gelb färbende Wurzel der Curcuma longa L. (Gurkelmei), wegen seines gelben Saftes das Chelidonium majus (Schinnwat), dessen Blätter man in Eierkuchen backt, und andere ähnliche Pflanzen. Auch das öftere Hineinsehen in eine Theertonne soll die Gelbsucht vertreiben. (Schiller I. 13, 22, 29.)

F.S. 554.

404ᵃ. Gegen Gerstenkörner am Auge. Stillschweigend werden mit einem Trauringe über dieselben drei Kreuze gemacht.

Pastor Dolberg in Ribnitz

404ᵇ. Saubert im Meklenb. Schuldl. 1862 S. 342 'Mit einem Trauringe Gerstenkorn und Geschwüre am Auge bestrichen nimmt das Uebel weg.'

Schiller 3. 33.

405. Geschwüre wegbringen und andern Leuten zuwenden. Man nehme ein Stück Geld und einen neuen leinenen Lappen und lege es stillschweigend auf das offene Geschwür, daß Eiter dran komme und werfe das Ganze an einen belebten Ort. Derjenige, der es findet und aufnimmt, wird voller Schwären und weiß doch nicht, woher er sie hat. Man kann auch das Stück Geld oder den Lappen unter eines Andern Thürschwelle stecken, oder auf Wagen, Acker werfen, wer dann zum ersten über die Thürschwelle geht, oder auf den Wagen steigt oder Acker tritt, bekommt die Geschwüre. Item, man nehme stillschweigend eine Nadel, thue sie in die Eiterbeule, daß von der Materie etwas dranklebe und gehe vor Aufgang oder nach Niedergang der Sonne hinaus und stecke sie in einen Baum. Der erste Vogel, der auf den Baum kommt, erhält das Uebel und da er es nicht wieder wegbringen kann, stirbt er davon.

Gegend von Neukloster, Wismar, Dömitz Lehrer Schütze[?]

406. Geschwüre werden 'weggetragen', indem man den mit Eiter bestrichenen Lappen in die Kirche trägt und hinter dem Altare niederlegt, oder ihn zu einem Todten in den Sarg legt. Letzteres thun die Leute aber nicht gern, aus Furcht, es könne dem Todten irgend etwas geschehen.

Hülfsprediger Zimmermann in Warnemünde[?]

407. Die sogenannten 'blinden Dinger', kleine Hautgeschwüre, werden weggefahren. Man wischt von dem in ihnen enthaltenen Saft auf einen leinenen Lappen und wickelt letzteren um eine Wagenachse. Derjenige, welcher zuerst den betreffenden Wagen fährt, bekommt die Krankheit. Oder man kann auch den Lappen in ein fließendes Wasser werfen, so daß der Lappen und damit die Krankheit fortschwimmt.

Hilfsprediger Zimmermann in Mummendorf.

408. Schlimme Geschwüre wird man los durch Uebertragung auf Andere, wenn man stillschweigend das Pflaster vom Geschwür abnimmt, indem ein Wagen vorbeifährt und es auf diesen Wagen wirft.

Dominenpächter Behm in Nienhagen.

409. Man verschafft sich 'witten Isterjahn' (so nennt man den zwischen Maria Reinigung und Maria Verkündigung fallenden Hundedreck, der weiß sein soll), kocht ihn in Milch und trinkt davon jeden Morgen drei Tassen voll.

Helldorf Lehrer Lüssdorf.

410. Um Stichschwären ('Hunds- und Schweinspuden') und andere Hautgeschwüre zu entfernen, nehme man drei Nadeln, mache mit jeder einen Umkreis und ein Kreuz über das Geschwür, werfe sie dann rücküber fort; spucke dreimal dabei aus und entferne sich, ohne sich an dem Orte umzusehen. Oder man fasse das Geschwür dreimal kreuzweise zwischen Daumen und Zeigefinger und drücke es in der gleichen Haltung der Finger dreimal kreuzweise an eine scharfe Ecke. Oder man drücke die Finger, mit welchen man es ebenso gefaßt hat, schnell an das Rad eines vorbeifahrenden Wagens, so geht es mit fort. Oder man mache neben einem fließenden Wasser die Bewegung, als wolle man es hineinwerfen, so fließt es mit. Bei allen diesen Handlungen muß man stillschweigend verfahren. ℈ 620

411. Drüsen- und andere Halsgeschwülste verschwinden nach dem Volksglauben sofort, wenn man sie im Namen der heiligen Dreifaltigkeit mit der Hand eines Todten überstreicht. ℈ 580

412. Scropheln heilt man dadurch, daß man einen lebenden Maulwurf in einem wohlverdeckten Topfe zu Asche verbrennt und diese dem Kranken eingibt. ℈ 580

413. Gegen die Gicht. An einem Freitage vor Aufgang oder nach Niedergang der Sonne schabe und schneide sich der Kranke von den bresthaften Theilen oder Gliedern etwas ab, und zwar kreuzweis

(d. h. fängt er etwa an zu schaben oder zu schneiden an einem Nagel oder Finger der rechten Hand, so soll er sich von da zu einem Nagel oder Zehen des linken Fußes wenden, von hier zurück zu einem Nagel oder Finger der linken Hand und von dort zu einem Zehen oder Nagel des rechten Fußes absteigen. Also ist auch zu verfahren, wenn er etwas von den Knien oder Ellbogen ꝛc. schaben oder schneiden will). Dieses Abschabsel und Abschnitzel thue er in ein neu rein Stück Linnen (so in fließend Wasser gewaschen ist, ohne Lauge, sie sei denn von Lindenholz) und stecke es in einen grünen, d. h. noch im Wachsthum begriffenen Eichbaum, daß es weder Sonne noch Mond bescheinet. Wenn die Natur nicht für ein solch Loch gesorget, kann man auch jedweden beliebigen Eichbaum anbohren, da hinein das Gedachte thun und dann mittelst eines Pflockes gut verschließen. Alles stillschweigend. Rellloster Levo-Moos lehre Lübbert

Auch gegen Zahnschmerzen von einem Mädchen aus Rendorf bei Dömitz angewandt und für probat befunden. Lehrer Lübbert

414. Man gehe zum letzten frischen Grabhügel, nehme stillschweigend Erde von demselben, erhitze sie am Feuer, stecke sie in einen reinen leinenen Beutel und trage diesen um oder auf dem gichtkranken Gliede, bis der Schmerz verschwunden ist. Alsdann vergrabt man die Erde nebst dem Beutel an einem dunklen Orte stillschweigend.

415. Man fange einen lebenden Maulwurf, stecke ihn in einen wohlverdeckten Topf, verbrenne ihn in demselben zu Asche und nehme letztere ein, so verschwindet die Gicht. Eine geschossene Elster (vulgo Heister) soll man mit Haut und Haaren kochen, in die Brühe etwas Rhamnus frangula L. (Gichtholz) hineinthun und dies dem Kranken eingeben, so verschwindet die Gicht. (Schiller a. a. O. I, S. 10.)

416. Man fange eine lebende Kröte, hänge sie irgendwo auf, lasse sie sterben und ganz abtrocknen, nähe sie dann in einen Leinwandbeutel und trage sie auf dem bloßen Leibe. (Schiller a. a. O. I, S. Eine solche Mumie befindet sich in unserer Sammlung.)

417. Man trage Strümpfe oder Sohlen von Hundshaaren.

418. Man krieche bei abnehmendem Monde an drei auf einander folgenden Sonntagen vor Sonnenaufgang stillschweigend rückwärts durch einen Lochbaum. 414—418 ꝛc. 518

419. Gegen Halsweh. Wenn man am Abend zu Bette geht, binde man den Strumpf um den Hals, welchen man an dem Tage auf dem linken Fuße trug.

Dornbusepächter Behm in Menzhagen Bgl §§ 180.

420. Auch ein Schwalbennest um den Hals gebunden hilft gegen Halsübel. Archivrath Balck in Doberan.

421. Gegen Hämorrhoiden. Nimm die Wurzel vom Sedum Telephium (knallige Heilallewunden), beschneide sie so, daß ebenso viele Knoten an ihr bleiben, wie sich am Mastdarm befinden und trage sie in der Achselgrube. Sobald die Wurzel vertrocknet, vergehen auch die Knoten.

Oder man wasche die Hämorrhoiden-Knoten bei abnehmendem Monde, Morgens vor Sonnenaufgang, mit Thauwasser.

Oder man suche neunundneunzig Kräuter, wie sie hier zu Lande wachsen, zusammen, trockne und pulverisire sie und gebe sie dem Kranken ein. Bgl 180.

422. Gegen Harthörigkeit. Trockne einen im Hechtmagen gefundenen Fisch, stoß ihn zu Pulver und gib ihn dem Leidenden auf zwei Morgen nüchtern ein. Wolfenbürg. Jahrbücher 5, 185.

423. Wer am Knirrband (im Handgelenk, wenn dasselbe beim Bewegen ein knirrendes oder knirschendes Geräusch hervorbringt) leidet, soll dreimal[1]) durch ein Katzenloch[2]) greifen.

Gadebusch u. Schwerin Oberin Küster Schwarz in Berlin.

424. Hat Jemand den Knirrband, so 'wart he afhaug'n', d. h. der Kranke legt seine Hand auf den Hauklotz, und ein Anderer nimmt ein Beil. Dann sagt der mit dem Beil 'Ik hau, ik hau'. Der Kranke fragt 'Wat haugst du?' Antwort 'Denn' Knirrband.' Darauf zieht der Kranke seine Hand fort, und der Andere haut mit dem Beil in den Hauklotz. Dies geschieht dreimal und der Knirrband verschwindet.

Von Küster Schwarz in Berlin, erlauscht von einem Seminaristen Bgl RS 443, Nr 337.

425. Man läßt sich von einer Frau, die zuletzt Zwillinge gebaren hat, stillschweigend einen Wollfaden spinnen und vor Sonnen-

---

[1]) Dreimal im Kreuz stillschweigend, K. Schwarz.

[2]) Ein Loch in der Wand oder in der Thür, durch welches die Katzen öfters durchkriechen, K. Schwarz. — Das Greifen hilft gegen Verrenkung der Hand.

auf- oder nach Sonnenuntergang um die Hand binden. Dies nennt man 'ben Knierrband afbinn'n.' Küster Schwarz in Belin.

126. **Gegen Kolik.** An dem Tage, da die Sonne in den Scorpion geht, steige ein Mann auf einen starken mit Eicheln wohl versehenen Baum, zwicke die Eicheln ab und stecke sie in einen Sack, denn sie müssen die Erde nicht berühren. Wenn nun Einer von der Kolik auf's heftigste ergriffen wird, so gebe man ihm einen gestoßnen Eichelkern, von welchem die Hülsen geschieden sind, in Wein, so wird es bald helfen.

Präpositus Dr Schenke in Plauen Aus einem alten Manuscript

427. So ein Mensch die Kolica oder Reißen im Leibe hat, der presse drei Tropfen aus dem Pferdedreck, dieselben in Branntwein eingenommen und sich warm gehalten.

Aus einem Buch in Gr-Luckow Cand theol Hoffmann

428. **Gegen Bauchweh** gibt man drei Messerspitzen voll von zu Pulver gebrannten Schweinepfoten ein; oder abgeschälte Theile von Donnerkeilen in Branntwein, was auch gegen Fieber hilft.

F S 395.

429. **Gegen Krämpfe.** Stillschweigend werden von einer Person anderen Geschlechtes als das des Kranken, Haare aus der Gegend des Unterleibes abgeschnitten und, zu Asche verbrannt, dem Leidenden mit Wasser eingegeben. Pastor Dolberg in Kitroh

430. Erdsilber geschabt hilft gegen Krämpfe.

Rümmerhorf Silow bei Schwerin Hilfsprediger Zimmermann

431. Von den Altarkerzen herabgeträufeltes Wachs, innerlich angewendet, hilft gegen Krämpfe. Altena Hilfsprediger Zimmermann

432. **Gegen Krebs.** Man nehme einen lebendigen Krebs, binde ihm beide Scheeren zu, damit er nicht kneifen kann und binde ihn dann mittelst eines Tuches über den Schaden, auf welchem er so lange liegen bleiben muß, bis er gestorben ist. F S 391.

433. **Gegen Kropf.** Man gehe an einem Freitage vor Sonnenaufgang zu einer Weide, die an einem fließenden Bache steht, mache in die junge Rinde einen Längsschnitt und darüber einen Querschnitt, klappe die Rinde zurück, löse etwas Holz ab und reibe mit diesem den Kropf so lange kreuzweise, bis derselbe durch das Reiben warm geworden ist. Nun setze man das Stück Holz schnell wieder an seine

Stülle und binde die Rinde wieder darüber — Alles stillschweigend. Sobald die Rinde wieder angewachsen ist, soll der Kropf verschwinden.

S. 533

434. Vom Magenkrampf kann man sich befreien, indem man, ohne daß es Jemand sieht, einen Todten im Sarge aufrichtet und dreimal stillschweigend unter ihn speit.

Gemeinarzt Glade

435. Gegen Milz und Lungenstiche wird fein gestoßenes Glas eingenommen, auch Siegellack.

Domänenpächter Behm in Wiershagen

436. Ein wunderbarer Aberglaube ist der von den 'Mitessern' (Mit-eßern). Sind Kinder kränklich, bleich, wollen nicht wachsen, ohne daß man eine bestimmte Krankheit anzugeben wüßte (Zwinen sei, haben sei kein Degl), so sollen 'Mitesser', das heißt Würmer, die unsichtbar in der Haut und tiefer innen leben, die Nahrungsstoffe aber dem Kinde entziehen, daran schuld sein. Die stammen von bösen Leuten, die dem Kind 'etwas angethan' haben. Die Landfrau geht dann zu einer Betrügerin, bei was gegen die Mit-eßers weiß. Diese badet das Kind, beräuchert es mit irgend einem Kraut, was die Mitesser veranlassen soll, zum Vorschein zu kommen, und reibt es dann mit Mehl und Honig ab. Die 'Wribbels', die dabei entstehen, gelten dann zum Theil für die Würmer. Wird von Monat zu Monat erneuert.

H. Schmidt

437. Gegen Nasenbluten. Will das Blut nicht stehen, so muß eine fremde, der Familie nicht angehörende Frau einen Faden unrecht spinnen, und auf einen Zettel mit dem Blute den Vor- und Hauptnamen des Blutenden schreiben, und diesen Zettel mit dem gesponnenen Faden so um den Hals des Kranken hängen, daß der Zettel, blutet die rechte Nase, unter die linke Achselhöhle kommt, und umgekehrt.

Ellegaard Lehrer Krempel

438ª. Man lege aus zwei Strohhalmen ein Kreuz und lasse stillschweigend drei Tropfen Blut aus der blutenden Nase auf dasselbe fallen.

Domänenpächter Behm aus Wiershagen Archivrath Raisch in Doberan Fol 14S 2, S. Nr 369

438ᵇ. Man legt zwei Strohhalme kreuzweis übereinander und bringt dreimal hinüber.

Aus Hoberschwerth Eggers

439. Für den Ramm an Händen und Füßen ist der Faden gut, womit der Schweinschneider das Loch in der Seite zugenähet.

Kaufmann Tempke in Tessin.

440. Gegen die Rose. Sehr häufig heilt man die Rose dadurch, daß man über ihr mit Stahl und Feuerstein Funken schlägt, wobei man sie abwechselnd anhaucht und zuletzt die Geschwulst mit Papier bedeckt, in welchem sich Bleiweiß befunden hat. Hiebei hält man ängstlich jede Nässe von dem Kranken fern, weil sie den Gegensatz zu dem heilenden Feuer bildet. Dies Funkenschlagen über der Rose ist sehr verbreitet; wir haben auch gesehen, daß man in einen Eßlöffel Asche legte, auf diese eine Kohle, und nun mit der Rückseite des Löffels um die Rose fuhr. Hiebei wird die Geschwulst gleichfalls abwechselnd angehaucht und schließlich ein Segen gesprochen.

J. G. Schw.

441. Ein vortreffliches Geheimniß für die rothe Ruhr. Wenn dem Kranken Blut durch den Stuhlgang geht, so tunke ein kleines Hölzchen drein, daß das Eiter und Blut sich an dasselbe hänge, dann stecke das Hölzchen in ein Stück Speck und lasse es darin fortweg stecken, laß auch ein wenig Speck von einem geschnittenen Born auf dem Feuer zergehen. Ist der Patient ein Kind, so gib ihm einen Löffel warm ohne Grieben, einer alten Person aber zwei Löffel.

Präpositus Schencke in Plauen. 'Aus einem alten Manuscript.'

442. Gegen rothe Ruhr. Nimm Blut aus des Patienten Stuhlgang und tunke ein breit Hölzlein darein, dann stecke das Hölzlein in ein Stück Speck und laß es darin stecken.

Heft von Dr. Weldner.

443. Erbsilber eingenommen, hilft gegen den bösen Schaden.

Archivrath Walch in Dessau.

444. Für den Schlag bei einem Menschen. Suche dir einen lebendigen Maulwurf, reiße ihm Herz, Lunge und Leber aus, brät und pulverisire dies und gib es dem Menschen für den Schlag ein, es wird mit Gottes Hilfe sich bessern.

Kaufmann Tempke in Tessin.

445. Wer sich durch eine Erkältung den Schnupfen zugezogen hat, der muß, um wieder davon frei zu werden, dreimal stillschweigend in den Strumpf riechen, den er auf dem linken Fuße getragen hat.

Seminarist M. Sölbe. Vergl. Nr. 419.

446. Für den Schwindel zu schneiden. Man sucht den Theil des Körpers, wo das Fleisch abgenommen hat; auf selbigem Fleck schneide man eine Wunde von oben nach unten zu, daß soviel Blut wie ein Nadelknopf oder etwas mehr kommt; selbiges fasse auf etwas Baumwolle, stich mit Herunterschneiden den Schnitt in einen jungen tragbaren Baum in dieser Form 🜹 die Barke sauber aus, nimm selbige zwischen die Finger, daß selbiges so eingesetzt, wie es gewesen; alsdann bohre ein Loch auf dem Fleck, wo diese Barke ausgestochen, so tief du willst. Schneide von selbigem Baum einen Zweig, wo du selbiges Loch fest mit zupfropfen kannst, alsdann die zwischen den Fingern habende Barke, so wie sie ausgenommen, fest wieder eingesetzt. Und am Freitage vor Sonnenaufgang muß dies geschehen. *Heft von Dr Weltner*

447. Für den Schwindel. Den Samstag vor dem Vollmond vor der Sonne, dann sucht man sich des Abends vorher einen jungen Pflaumenbaum, mache ein Loch an die Nordseite, und mache ein Loch, wo der Schwindel ist, daß da Blut herauskommt; das Blut sauge in Baumwolle und thue es in das Loch des Baumes. Von dem Reis des Baumes machst du einen Pfropfen und machst das Loch damit zu. Man muß aber ein wenig Baumwachs oder Lehm darauf schmieren. *Aus einem Buch in Gr.-Luckow. Cand. theol. Hoffmann*

448. So bei einem Menschen die Schwindsucht ansetzen will. Geriebene Fuchslunge und Leber in etwas warme Suppen eingenommen und den Trank mit Menschen- oder Hundsschmalz vermischt. *Aus einem Buch in Gr.-Luckow. Cand. theol. Hoffmann*

449 Gegen Seitenstechen wurde früher Silybum marianum L. (vulgo Rahlkürn) cultivirt, findet sich jetzt aber nur noch wenig verwildert und wird wohl selten noch angewandt. Dagegen findet man hie und da die schädlichen Körner von Datura stramonium (Stechapfel) noch gegen dies Leiden angewandt. Es geschieht dies und Aehnliches nach der im Volke allgemein herrschenden Ansicht, daß man die 'Geister' — die inneren heilenden Eigenschaften — der Pflanzen an ihren charakteristischen äußeren Eigenschaften, an ihrer Form, erkenne und — similia similibus — Gleiches mit Gleichem heilen könne, das Stechende also mit Stechendem; wie denn E. Boll (Archiv XIV, S. 137, Anmerk.) mehrere Fälle aufführt, daß man

8*

das Seitenstechen durch Eingeben zerstoßenen Glases habe heilen wollen.

B. Cl. 625

450. Für Sodbrennen. Wenn du gehst und findest im Wege ein Stück dicken Theer, welcher vom Wagen abgefallen, hebe denselben auf, spucke dreimal in aller Stille auf denselben und lege ihn auf einen Baum.

Kaufmann Lemcke in Tessin

451. Suchtenprobe. Die Länge des Menschen von der Fußsohle bis zum Scheitel ist gleich der Ausdehnung von einer Fingerspitze zur anderen der ausgebreiteten Arme. Ist jene Ausdehnung kürzer, so leidet der Mensch an den Suchten, womit eine Art schleichendes Fieber gemeint ist; doch gibt es der Suchten neunundneunzig. Der damit behaftete Mensch lege sich mit ausgebreiteten Armen platt auf die Erde. Man nehme einen Hollunderstab und messe ihn von der Sohle bis zum Scheitel und von der Fingerspitze des Mittelfingers einer Hand bis zur Fingerspitze der anderen. Ist jene Länge kürzer als diese, so ist der Mensch krank, und dann wird der Stab in einen Rauchfang gehängt, mit dem Vertrocknen desselben schwindet die Krankheit. Beträgt jedoch die Länge mehr als von der Fingerspitze bis zum Ellenbogen, so ist die Krankheit unheilbar.

Allgemeine Lehrer Kreuzer.

452. Suchten zu stillen. Man schneidet einen Fliederstock (Hollunder), mißt den Menschen vom Fuß bis zum Scheitel, sowie von der einen Hand zur anderen, schneidet dann bei den ersten drei Schüssen je drei Kerben, also neun, und sagt dabei: Help Gott! In Namen Gottes des Vaters (eine Kerbe), des Sohnes (zweite Kerbe) und des heiligen Geistes (dritte Kerbe). Beim zweiten Messen schneidet man fünfzehn Kerben und beim dritten Messen neunzehn und spricht jedesmal dieselben Worte. Die Kerben müssen aber bei den Worten: im Namen Gottes ꝛc. eingeschnitten werden.

Tagelöhner Dau in Brütz Durch Pastor Basseroit

453. Gegen die Suchten. Am Freitag Abend und während der Nacht harne in ein Gefäß, wirf in dasselbe vor dem Schlafengehen von neun verschiedenen Fruchtbäumen (am besten: Pflaumen, Kirschen, Aepfel, Birnen, Flieder, Johannisbeeren, Stachelbeeren, Brombeeren, Himbeeren) einen Zweig, woran noch die Frucht oder Blattknoten sind. Diejenigen, die Morgens am Grunde liegen, gießt

mit dem Harne aus, die schwimmenden Zweige zeigen die Zahl der Suchten an, diese nimm und hänge sie in den Schwibbogen.

454. Um zu erfahren, von wie vielen Suchten man geplagt wird, muß man neun Arten Holz nehmen, von jeder Art ein Stäbchen, und diese ins Wasser werfen. Die Zahl der schwimmenden Stäbe ist die Zahl der Suchten; diese Stäbe müssen nun in den Schornstein gehängt werden; die untergegangenen wirft man weg.

455. Es gibt neunerlei Suchten. Sie zu erkennen, muß man von neunerlei Art Holz Stäbe brechen und diese unter allerlei Sprüchen in einen Eimer mit fließendem Wasser thun. So viel Stäbe auf dem Wasser schwimmen, so viel Suchten hat man und die müssen gebrochen werden; stehen die Stäbe im Wasser Kopf, so sind die Suchten erst halb gebrochen.

456. Suchten brechen. Wenn der Mensch sieben oder mehr Suchten zu gleicher Zeit hat, so können sie nicht gebrochen werden, er muß dann sterben. Welche Suchten der Mensch hat, das wird herausgebracht, indem man verschiedene Stöcke, von denen jeder eine Sucht bedeutet, ins Wasser wirft. Aus der Art und Weise des Schwimmens ist zu ersehen, welche Suchten vorhanden sind. Diese werden dann 'gebrochen', worüber das Nähere mir unbekannt ist. — Die Gärtnersfrau Dahmke in Kl.-Luckow betreibt diese Kunst.

457. Suchten abzählen. Der Patient wird, bei abnehmendem Monde, mit dem Rücken auf fruchttragende Erde gelegt, beide Arme ausgestreckt, in der Stellung eines Gekreuzigten. Dann geht ein Anderer neunmal um ihn herum, unter Hersagung einer Formel, welche nur den Eingeweihten bekannt ist, deren Hauptinhalt aber aus neunundzwanzig Krankheitsnamen besteht, deren jede mit dem Worte 'Sucht' endet, z. B. Bungensucht (Wind- oder Trommelsucht), Eßsucht (Eßsucht), Metelsucht (Milzsucht). Jedesmal, wenn der Herumgehende am Kopfe, an einem der Arme, oder an den Füßen des Liegenden vorüber kommt, steckt er einige Getreidekörner in die Erde. Hierauf wird der Kranke stillschweigend ins Bett zurückgetragen.

458. Das Suchtenmessen. Man nimmt einen beliebigen Faden, mißt damit den Kranken, theilt den Faden in drei Theile und hängt ihn an einen Obstbaum; es muß aber nach Sonnenuntergang geschehen.

Sammelie Unnegend von Hagenow Seminarist K. Sitense

459. Andere lassen den Kranken während der vierzehn Tage vom Vollmond bis zum Neumond ein ihm um Gottes Willen geschenktes Hemd tragen, welches, wenn jener ein Mann ist, von einer Frau sein muß, und umgekehrt. Nach Ablauf dieser Zeit wird das Hemd stillschweigend ausgezogen und vor Sonnenaufgang in einen Ameisenhaufen vergraben. Wenn der Geber und der Empfänger an einem und demselben Tage geboren sind, was eigentliche Bedingung, aber nicht immer zu erfüllen ist, hilft es jedesmal, sonst 'kann man wenigstens versuchen'. Der Kranke muß aber vorsichtig sein, er darf beim An- und Ausziehen des Hembes, ebenso beim Gange nach und von dem Ameisenhaufen nicht sprechen.

Man kann nach der Volksmeinung die Abzehrung auch dadurch heilen, daß man dem Kranken Morgens nüchtern etwas Bier trinken läßt, welches über eine 'Adder, einen Schweinigel und eine Kröte abgezogen wurde, ferner durch Bier, welches über Urtica dioica gestanden hat (hilft auch gegen Würmer).

Die Abzehrung ist übrigens eine Krankheit, welche sowohl dem Menschen wie dem Vieh gewöhnlich durch Boswilligkeit feindlich gesinnter Dritter beigebracht wird. Solches geschieht z. B., wenn sie das Rasenstück, auf dem Jemand mit bloßen Füßen gestanden oder ein Vieh gelegen hat (vgl. die Mittel gegen Diebe) an eine heiße Stelle bringen und eintrocknen lassen, oder wenn sie in die Fußspur eines Menschen Buchsbaum pflanzen, mit dessen Gedeihen jener abzehrt, oder wenn sie etwas von einem Dritten, Blut oder ein Stück vom Nagel oder ein Stück des mit Schweiß getränkten Hembes in den Schornstein hängen u. dgl. m. Durch feindselige Handlungen dieser Art suchen Hexen theils aus bloßer Lust am Bösen, theils aus Rache und anderen Leidenschaften dem Nächsten zu schaden.

H. W.!

460. Gegen Warzen. Beim Anblick einer Leiche spricht man (leise) 'Nimm mit, nimm mit, nimm mit min Wrat int Graf, und die Hand stillschweigend dreimal bekreuzt.

Ludwigslust Lehrer Lübstorf

461. Man geht dreimal in ein Leichenhaus und bestreicht bei jedem Gange die kranke Stelle dreimal mit einer Todtenhand, natürlich stillschweigend, oder mit den auf den Särgen stehenden Lichtkerzen, oder mit dem Tuch, mit welchem man dem Todten den Schweiß abgetrocknet hat. *Aus Wammelsdorf Hülfspretiger Zimmermann.*

462. Wer die Warzen eines Andern zählt, der zählt sie ihm ab und sich zu. *Archivrath Masch in Demern*

463. Wenn man in einen Zwirnsfaden soviel Knoten macht, als man Warzen hat, und dann diesen Faden an einen abgelegenen Ort wirft, wo er verfaulen kann, in der Zeit, in welcher er verfault, verschwinden auch die Warzen. *Hülfspretiger Zimmermann*

464. Gegen Warzen. Man nimmt eine Speckschwarte und streicht dreimal im Kreuz über die Warze, und legt die Speckschwarte stillschweigend hin, wo nicht Sonne noch Mond scheint.
Maria Kellnagel in Drüll. Durch Pastor Bassewitz. Andere Mittheilung aus Brunshaupten durch Hülfspretiger Zimmermann, danach legt man die Speckschwarte unter den Schwinestoben, worauf dann die Warzen in der Zeit vergehen, in welcher die Speckschwarte vergeht.

465. Hier. Bock Fol. 200: 'Etliche halten, wann man die Warzen, eine jede mit einer sondern Erweissen anrühre auff die stund, so sich der Mon entzündet und new würt, vnnd folgende die selben Erweissen alle in ein büchlin bind vnd hinder sich zurück wirfft, sollen die warzen abfallen.' Diese Sympathie wird auch jetzt noch häufig im Volke angewendet, ebenso wie die folgende, welche Simon Paulli 264 erwähnt: 'Jubentur, ut filum duplarii tot in nodos constringent, quot verrucae foedent manus, eaeque singulae singulis nodis perfricentur, quod volunt sub limen harae, in quo sues saginentur, esse tumulandum. Sic fieri, ut ubi in filo duplarii constricti nodi, quibus antea verrucae perfrictae fuere, putrefacti sunt, verrucae quoque tabescant omnes.' *Schiller 2, 25*

466. Gegen die Warzen auf den Händen. Nimm eine Haberstange, schneide davon das unterste oder das zweite Knie ab, reibe die Warze damit, daß sie schäbigt oder rauh wird; dann lege das Ende, wo du die Warze mit gerieben hast, unter einen Schweintrog, alsdann vergehen sie. *Kaufmann Brocke in Teßin*

467. Wenn Einer eine Warze hat, so geht er nach dem Schweinstall und scheuert sie da, wo sich ein Schwein gescheuert hat; dann verschwindet sie.
Von einem Seebnarzten.

468. Schneide einem Aal den Kopf ab, bestreiche mit dem Blut des Kopfes die Warze und vergrabe alsdann den Kopf. Sobald dieser verfault, so vergeht die Warze. Auch vergehen die Leichdörner darnach.
Heft von Dr Werbarn

469. Wenn man jede Warze mit einer Erbse anrührt, in der Stunde, wenn sich der Mond entzündet und neu wird, hernach selbe Erbse oder Erbsen zusammenbindet und rückwärts weg wirft.
Heft des Tagelöhners in Neukloster

470. Wenn man eine Krähenpose findet, die Warzen damit dreimal bestreicht, dreimal die Pose dann bespuckt und sie über den Kopf wegwirft, daß man sie nicht wieder sieht. Mit einem Seil oder Stück davon, das man findet, kann man ebenso verfahren.
Küterhagen Scheer Lübsdorf

471. Wenn man mit der zufällig gefundenen Öse eines schon benutzten Zugstranges seine Warzen bestreicht und jene dann hinterrücks von sich wirft, so verschwinden die Warzen.
Gabebuch L. Fromm

472. Warzen an den Händen los zu werden. Wenn zwei Pferde zwei hinter-einander gebundene Wagen ziehen, so sieht man dies Fuhrwerk an, bekreuzt die Warzen dreimal und spricht jedesmal dabei 'Nimm den Dritten mit'.
Domänenpächter Behm in Klevhagen

473. Ein in ganz Mecklenburg gebräuchliches natürliches Mittel gegen Warzen ist das Bestreichen derselben mit dem gelben ätzenden Saft des Schöllkrautes (Chelidonium majus), oder mit dem des Teufelsabbisses.
Hülfsprediger Timmermann

474. Warzen vertreibt man (und in der That mit immer sicherem Erfolge) durch folgende Sympathien

Man nimmt eine Schnecke mit Haus, erfaßt das letztere und streicht mit ersterer je dreimal kreuzweise (also im Ganzen sechsmal) über jede einzelne Wunde. Dann wirft man die Schnecke in eine eben gegrabene Todtengruft. Sobald sie verschüttet ist, stirbt und zu faulen beginnt, schwindet auch die Warze. Bei der Operation darf aber nicht gesprochen werden.
D Schmidt.

475. Man zerschneidet einen Apfel in ein paar Stücke, streicht mit einem derselben in obiger Weise über die Warzen, legt dann den Apfel wieder zusammen, knüpft ein Band herum, damit die Theile nicht auseinander fallen, und wirft ihn an einen Ort, 'wo weder Sünn' noch Man' schint'. In dem Grabe wie er vermodert, schwinden die Warzen   H Schmidt

476. Warzen vertreibt man auch dadurch, daß man sie stillschweigend mit der Schnittseite eines durchschnittenen sauren Apfels überstreicht und diesen an einen Ort bringt, wohin weder Sonne noch Mond scheint, und wo er bald in Fäulniß übergeht. Sowie letzteres geschieht, verschwinden auch die Warzen. Man kann sie auch dadurch vertreiben, daß man mit einem Faden über ihnen einen Knoten schlägt, als wolle man sie abbinden, den Faden dann unter den Tropfenfall oder an einen dunklen Ort legt, wo er bald vergeht. Auch wenn Einer eines Anderen Warzen zählt, oder aus diesen Blut auf seine Hände tröpfeln läßt, nimmt er sie ihm ab, bekommt sie alsdann aber selbst.   HS 534

477. Gegen Wasserscheu gebrauche man den weißen Enzian, den man bei sich trägt und hin und wieder ein Stück abbeißt.   HS 534

478. Gegen Wassersucht. Man verschaffe sich eine Elster, bringe sie, so wie sie ist, in einen Topf, stülpe diesen wohl zu und lasse sie drei Stunden kochen im fließenden Wasser und trinke solche Abkochung.   Alterhagen Lehrer Lüdekop

479. So ein Mensch geschwollene Beine hat, daß es scheint, als ob die Wassersucht daraus werden wollte, der mache einen Ziegelstein heiß und lege quer über'm Faß in Löcher einen Stecken, daß man die Füße darauf setzen kann, darnach Kümmelstroh auf den heißen Stein gelegt, Wasser darauf gegossen, den Leib umhenget, des Tages zweimal.   Aus einem Buch in Gr.-Lucken Cand theol Hoffmann

480. Gegen Würmer. Goldschmidt 144: Die Hauptwurmmittel sind: Wurmkraut (Tanacet. vulg.) und Sewersaat (Zitwersamen), und zwar mit Syrup zum Brei angerührt (in der allerneuesten Zeit haben die Wurmkuchen, die den wirksamen Bestandtheil des Zitwersamen enthalten und leicht zu nehmen sind, allgemein Eingang gefunden); und dann Thran und Lederthran innerlich und äußerlich

um den Nabel eingerieben. Alle Wurmmittel müssen aber bei abnehmendem Mond angewendet werden, sonst bleiben sie wirkungslos. Es ist
nämlich eine allgemein verbreitete Ansicht, daß, wo es gilt, Lebendes
zu ertödten, z. B. Warzen absprechen, Holz fällen, dies bei Vollmond oder abnehmendem Mond geschehen müsse; so gilt es auch für
ein sicheres Mittel, um Bruchschäden bei Kindern zu heilen, daß
man dieselben beim Scheine des Vollmondes, den man zum abnehmenden Mond rechnet, mit stillem Wasser wäscht, wo es hingegen gilt, das
Leben zu fördern, wie z. B. das Abschneiden der Spitzen des Haupt-
haars, damit dies stärker wachse, so muß es im zunehmenden Monde
vorgenommen werden. Wenn man im Lauf des März die Würmer
abtreibt, dann bleibt man das ganze Jahr verschont. Neuere Er-
fahrungen hinsichtlich der Brütezeit der Eingeweidewürmer scheinen es
zu bestätigen, daß dieser Ausspruch der Volksmedicin nicht aus der
Luft gegriffen ist. Der passendste Tag zum Abtreiben der Würmer ist
der Freitag oder der Samstag; dann wirken die Mittel am sichersten,
da an diesen Tagen das Wurmhaus offen ist.'   Schiller S. 31.

481. Die Meinung, daß der Zahnschmerz durch an der Zahn-
wurzel fressende Würmer verursacht werde, ist noch allgemein. Der
Kranke hält deshalb einen Löffel mit siedendem Wasser unter den
schmerzenden Zahn in den Mund und läßt die Dämpfe hineinziehen.
Dadurch werden die Würmer betäubt, lassen den Zahn los und
fallen in den Löffel, so daß man sie 'deutlich im Wasser liegen
sehen kann'.   ZS 440.

482. Gegen Zahnweh schützt man sich ferner, wenn man an
jedem Freitage seine Nägel beschneidet, oder wenn man im Namen
der heiligen Dreifaltigkeit einen rostigen Nagel, mit welchem der
Zahn berührt worden, in eine Thür schlägt. Oder man nehme einen
neuen Nagel, berühre mit ihm den schmerzenden Zahn und schlage
ihn mit drei Schlägen in die Thür. Beim ersten Schlage spreche man
'Im Namen Gottes des Vaters' und frage den Leidenden 'Hast noch
Zahnweh?' Sagt er Ja, so erfolgt der zweite Schlag im Namen
des Sohnes und die gleiche Frage, dann der dritte Schlag im
Namen des heiligen Geistes.   ZS 440 Vgl. XIX 455 Engelien S. 262.

483. Man nehme vor Sonnenaufgang und nach Sonnenuntergang stillschweigend einen neuen Nagel, bohre sich damit in den

kranken Zahn, bis Blut an dem Nagel haftet und thue den Nagel dann an einen Ort, wohin weder Sonne noch Mond scheint.

Raddenforst, Lehrer Lüddorf

484. Ein Sargnagel, den man auf dem Kirchhof findet, hilft gegen Zahnweh.

Kirchweih Walsh in Dranen

485. Für wehe Zähne zu gebrauchen. Wenn du gehst und findst einen Schweinskinnbacken, mache dir einen Zahn da raus, trage selbigen Zahn beständig bei dir in deinem Zeuge, so wirst du nie Zahnweh verspüren.

Kaufmann Semde in Tessin

486. Wenn man Zahnweh hat und findet auf dem Felde eine an der Egge verlorne Eggzinke (von Holz), so soll man dieselbe mit den Zähnen aufnehmen und so in den Wald tragen, wo man sie fallen läßt. Dann vergeht der Zahnschmerz und kommt nicht wieder.

Domänenpächter Behm in Nienhagen

487. Man schneide aus dem Stamm eines jungen Baumes einen keilartigen Splitter, stochere damit den kranken Zahn so lange, bis etwas Blut an dem Splitter haftet; dann füge man den Splitter wieder genau in den Baumstamm ein und umwickle die Stelle mit einem Faden zur größeren Haltbarkeit. Von der Zeit an, wo der Splitter mit dem Stamm zu verwachsen beginnt, hört der Zahnschmerz auf. Das Ganze muß stillschweigend geschehen.

Domänenpächter Behm in Nienhagen

488. Das Huk uptrecken. Wenn Einem das Zäpfchen angeschwollen ist, werden drei Haare aus der Mitte der Kopfplatte um die Hand gewunden und stark daran gezogen. Viel verbreitetes Mittel.

Domänenpächter Behm in Nienhagen

Vorzeichen, Erscheinungen, Ausgang.

489. Die Probe, ob ein Schwerkranker hergestellt wird oder nicht, besteht darin, daß man Salz in die Hand nimmt und damit stillschweigend in das Krankenzimmer tritt. Wird das Salz feucht in der Hand, so stirbt der Kranke, bleibt es trocken, so wird er genesen.

Aus Hagenow. Fräulein Krüger

490. Wenn Jemand einem Anderen, der im Fortgehen begriffen ist, ein Kranksein klagt, so muß der Fortgehende als letztes Wort entgegnen 'Morgen wird es besser.' Dieses Wort erfüllt sich dann.

Ist aber der folgende Tag ein Sonntag, so wird gesagt 'Uebermorgen', denn der Sonntag ist Kranken ungünstig. Eine Besserung im Befinden, die, nach längerem Unwohlsein, zuerst an einem Sonntage eintritt, ist von schlimmer Vorbedeutung.   Aus Hagenow Fräulein Selzer

491. Will man erforschen, ob ein Kranker sterben werde, so nehme man die Milch von einer Mutter, welche einen Knaben säugt, und mische dieselbe unter den Urin des Kranken. Gerinnt die Milch, so wird der Kranke gesund, wo nicht, so stirbt er.   BB. 545

492. Wenn ein Prediger einem Kranken das heilige Abendmahl reicht, so soll er aus dem gefüllten Kelche sehen können, ob der Kranke sterben oder wiedergenesen werde.
                          Grebegardt bei Elbena. Hülfsprediger Timmermann.

493ᵃ. Erlischt während der Abendmahlshandlung eins der Lichter auf dem Altar, so stirbt in dem Jahre eine der das Nachtmahl nehmenden Personen.   Allgemein

493ᵇ. Das Ausgehen der Altarlichter (oder eines Altarlichtes) am Neujahrstage (oder überhaupt) zeigt den Tod des Predigers oder Küsters an.   Gegend von Schwerin Prilpostum Scherdr

493ᶜ. Wenn am Neujahrstag eins der Lichter auf dem Altare verlöscht, so stirbt der Pastor.   Aus Kummerdorf Hülfsprediger Timmermann.

494ᵃ. Wenn eine Kriechbohnenpflanze mit weißen Blättern vertrocknet, so stirbt im Hause Desjenigen, dem die Bohnen gehören, Jemand; schlägt die Bohne aber wieder aus, so bleibt er am Leben.   Aus Hagenow Primaner Suhle.

494ᵇ. Wächst aus einer gepflanzten großen Bohne statt einer grünen eine weiße Staude hervor, so bedeutet das einen Sterbefall in der Familie des Gartenbesitzers. Man kann aber den Sterbefall verhüten, wenn man das Wachsthum der Bohne stört.
                          Aus Grammenort Lehrer Kreuzer

495. Wenn im Garten eine Kohlpflanze weiße Blätter bekommt, so gibts in der Familie eine Leiche.
                          Dreikronpächter Behm in Nienhagen bei Rostock

496. Ist ein Brot in der Mitte von oben nach unten geborsten, so meinen manche Leute, in dem Hause, wo dies der Fall ist, gibt es bald einen Todten.   Seminarist W Stüdr. Vgl. Aℳ. 456, Nr. 656.

497. Wenn bei Nacht (oder Abends; Pastor Bassewitz in Britz) die Eule (das Käuzchen, der Leichenvogel, die Ohreule) schreit, so

stirbt bald Jemand. Der Ruf lautet 'Kumm mit, kumm mit, mi gruget!' Allgemein.

498. Wenn ein Heimchen zirpt, so stirbt bald Einer.
Aus Parchim Witte F.S. 544.

499. Ein Hobelspan am Lichte bedeutet den baldigen Tod eines Angehörigen. H.S. 544.

500. Wenn der Holzwurm klopft, so stirbt bald Jemand im Hause. Eggers H.S. 544.

501. Wenn ein Huhn vom Wiemen fällt oder wenn es kräht, gibt es einen Todten. Aus Ribitz. Pastor Behm Bgl. H.S. 445.

502ᵃ. Wenn die Hunde in einem Dorfe des Nachts lange heulen, so wird im Dorfe bald ein Todesfall vorkommen.
Allgemein. Bgl. F.S. 545.

502ᵇ. Wenn die Hunde des Abends auf einem Hofe heulen, so kommt bald eine Leiche *).
Delpdkluß Schende in Blumow bei Schwerin Bgl. DS I, 51, Nr 141. Engelien Nr 254.

502ᶜ. Wenn die Hunde vor dem Hause eines Schwerkranken heulen, so wird dieser sterben. Allgemein.

502ᵈ. Wenn die Hunde ohne Ursache bei Tage heulen oder wenn sie den Mond anbellen, gibts in dem Hause einen Todten.
Aus Brüz. Pastor Bassewitz.

503ᵃ. Bricht ein Maulwurf im Hause durch das Fundament hervor, so folgt ein Todesfall. Allgemein Bgl. Engelien Nr. 255.

503ᵇ. Wenn im Hause der Maulwurf hervorbricht oder wenn die Hahn kräht, so stirbt im selben Jahre Einer im Hause.
Aus Frauenmark Lehrer Dreyer Bgl. H.S. 544.

504. Viele halten darauf, daß nicht drei Lichter zugleich auf den Tisch gestellt werden. Nach Einigen gibts dann in dem Jahre einen Todten, nach Anderen aber auch wohl eine heimliche Braut im Hause. Aus Brüz. Pastor Bassewitz.

505. Wenn Pferde vor einem Hause scheuen, so stirbt bald darauf Jemand in demselben. H.S. 544.

506. Viele halten strenge darauf, daß nicht dreizehn Personen zu Tische sitzen. Der Erste, welcher aufsteht, nach Anderen überhaupt eine Person von der Gesellschaft, soll in dem Jahre sterben. (Dieser

---

*) So stirbt bald Jemand in der Nachbarschaft Eggers.

Aberglaube ist mehr in den höheren Ständen verbreitet.) Oder: der sich zuletzt gesetzt hat. *JG 545*

507. Ein Vorzeichen, daß in einem Hause ein Sterbefall vorkommen wird, ist es, wenn Kinder, die auf der Straße spielen, zu einem Zuge geordnet und choralartig singend, von dem Hause ab, oder daran vorüber gehen. *Aus Hagenow Fräulein Fritzer Vgl. BV 2, 41, Nr 342*

508. Ein weißes Meerrettigblatt im Garten bedeutet eine Leiche im Hause. *Seulvaarst Augenstein*

509. Wenn ein weißer Rosenstock im Garten in einem Jahre zweimal blüht, so bedeutet dies für die Familie Trauer.
Sommerest Küth Vgl. BV 168.

510. Beliebtes Gesellschaftsspiel ist: Ein brennendes Schwefelholz umher reichen, bei wem es erlischt, der wird zuerst mit Tode abgehen. *Doctorandächter Behm zu Wisbuben*

511. Wer sein eigenes Bild zeichnet, stirbt bald. *JG 544*

512. Wenn zwei Personen denselben Gedanken haben und sich darauf ertappen, stirbt eine von ihnen binnen Jahresfrist (nach Anderen: so bleiben sie noch ein Jahr lang zusammen). *JG 545*

513. Es herrscht in der Gegend von Friedrichsdorf der Glaube, daß Derjenige, welchem Nachts ein gewisser Reiter auf einem ganz weißen Schimmel begegnet, bald sterben müsse. Als Beleg hiefür ist mir folgende Geschichte erzählt worden: Ein alter Tagelöhner, Ahrens mit Namen, muß einmal eine Nacht beim Raps wachen. Mitten in derselben kommt in den bei dem Raps befindlichen Weg ein Reiter auf einem Schimmel in voller Carriere dahergesaust, der Mann, indem er in demselben einen in der Gegend bekannten Herrn zu erkennen glaubt, redet ihn mit einem 'guten Abend' an, als er aber keine Antwort erhält und der Schimmel in gleichem Tempo zu laufen fortfährt, wird es ihm unheimlich, er eilt so schnell wie möglich nach Hause, kommt daselbst krank an und stirbt nach einigen Tagen. *Primaner Ihlefeld, nach Mittheilung des Vogts Egxert in Friedrichsdorf Vgl. BV 2, 37, Nr. 162.*

514. Will man wissen, ob ein Verwandter, von welchem man lange keine Kunde hatte, noch am Leben oder schon todt sei, so nehme man Sedum Telephium (knolliges Heilallewunden) und lege es unter das Dach des Hauses, wobei man unverwandt jener Person gedenken muß. Wächst die Pflanze fort, so lebt dieselbe noch. *JG 545*

515. Ist Jemand ertrunken, so läßt man in dem Wasser ein kleines Brett schwimmen, auf welchem man ein brennendes Licht befestigt hat. Wo dies Brettchen stehen bleibt, da liegt der Todte. (Das brennende Licht ist eine Erinnerung an die geweihten Kerzen der katholischen Zeit.) Man nimmt auch, wie wir selbst gesehen haben, ein blaßes kleines Brett zu diesem Zwecke. *GS. 545*

516. Wenn Jemand nach langerer Abwesenheit zu Hause erwartet wird, so hört man oft ein Geräusch, als ob Einer in das Haus träte oder im Zimmer sich bewege. Zeigt sich keine sichtbare Ursache des Geräusches, so ist es der sogenannte Varpuk und bald hernach kommt der Erwartete. *Aus Hagenow Fräulein Krüger*

517. Wenn Einem ein Geist begegnet, bekommt man einen geschwollenen Kopf. *Lagerd. Spethmann.*

518. Wenn man zu einem umgehenden Geiste sagt 'Alle guten Geister loben Gott den Herrn', so kann Einem nichts Uebles von ihm geschehen. *Allgemein*

519. Das Gespenst der kleinen Kinder heißt 'Bule', im Osten des Landes 'Buleklas', im Westen 'Bulemann'. Außerdem schreckt man die Kleinen mit dem 'Bullkater', d. h. der heraufziehenden Wetterwolke. Man schlägt, um den in der Ferne grollenden Donner nachzuahmen, so gegen die Thür, daß es ein dumpfes Geräusch gibt, aber ruft ein langgezogenes 'bu', indem man hinzusetzt 'Hörst du, de Bullkater kummt.' *Reeger.*

520. Gespenster werden von den Bauern in Säcken gewöhnlich in einen Ellernbruch als den geheimen Aufenthalt der Kröten und anderer Wunder getragen, worauf auch ein Sprichwort hindeutet wenn 'er ist beim lieben Gott im Ellernbruch (hei is bi'n lewen Herrgott in't Ellernbrauk), d. h. er ist gestorben'. *Schiller I, 19*

521ᵃ. Wenn Einem beim Ausgehen oder Antritt einer Reise oder einer wichtigen Unternehmung ein Hase über den Weg läuft, bedeutet es Unglück. *Allgemein Vgl. NS. 400*

521ᵇ. Wenn dem Reisenden am Morgen ein Hase über den Weg läuft, so hat er an dem Tage kein Glück. *Aus Wöbel Küster Schröder in Bützow*

521ᶜ. Läuft der Hase über den Weg von der linken zur rechten Seite, so hat der Reisende kein Glück auf der Reise; dagegen von der rechten zur linken Seite, dann hat er Glück. *Allgemein*

522ᵃ. Begegnet man beim Ausfahren einer Schafherde, so ist man da willkommen, wo man hin will; wenn aber Schweinen, im Gegentheil. Aus der Gegend von Parchim. Gymnasiast Burmeister

522ᵇ. Stößt man auf der Reise zuerst auf Hausthiere, so wird das Vorhaben sicherlich gelingen. Gegend von Goldberg. Bohnn

523ᵃ. Begegnet man beim Ausgehen oder Antritt einer Reise zuerst einer alten Frau, so verfehlt man seinen Zweck oder hat Unglück. Allgemein. Vgl. MS 175

523ᵇ. Ein Tagelöhner wollte seine Sau zum Eber bringen; vor dem Hofthor begegnet ihm eine alte Frau, da kehrt er um, weil doch nichts nützt. Aus Hohenschwarfs. Tegel

523ᶜ. Begegnen Einem oder gar noch mehrere auf demselben Gange, so kann man auf ein Unglück gefaßt sein. Ganz entgegengesetzter Art dagegen sind die Erfolge, wenn einem Männer oder gar Mädchen begegnen. Aus Zlanow bei Ludwigslust. Zengel

524. Begegnung eines Kindes bedeutet Glück; von Männern wenigstens kein Unglück. D. Schmidt

525ᵃ. Wenn man von Hause fortgeht und es begegnet Einem ein junges Mädchen, so hat man Glück. Allgemein. Vgl. MS 175. Nr. 465

525ᵇ. Begegnet Einem, wenn man an einen neuen Wohnort kommt, zuerst ein junges Mädchen, so bedeutet das Glück und Segen. Aus Ribek. Küster Schröder in Slaten

526ᵃ. Wenn ein Mensch aus dem Hause geht und er hat etwas vergessen, und er geht zurück, um es zu holen, so passirt ihm ein Unglück. Aus Brahlstorf. E. v. Oertzenhausen.

526ᵇ. Wer wat seggen will un hat vergeten hett, bei mütt œwern Dörensüll herut und wedder herin schriden, sa fällt em dat wedder in. Raabe 36

527. Einem Jäger, welcher auf die Jagd geht, darf man kein Glück wünschen; man wünscht ihm damit Unglück. Der Wunsch ist 'Nimm den Düwel in den Nacken!' J. S. 547

528. Der Jäger darf seine Flinte nicht neben einer Küchenschürze oder einem Besenstiel aufhängen oder hinstellen, dann trifft sie (in neun Tagen) nicht. J. S. 547

529. Auch darf ein ordentlicher Jäger den Hasen nicht in seinem Lager schießen, denn 'man soll Niemand sein Haus in Brand stecken'.

J. S. 517

530. Der Jäger darf kein Pulver und Blei verschenken, sonst trifft er an dem Tage nichts.

Domänenpächter Behm

531. Der Jäger sagt bei der Suche: Wenn der Hund einem in die Tasche dreht (d. h. wenn er bei Verrichtung eines Bedürfnisses dem Jäger das Hintertheil zuwendet), so findet man Wild; wenn er aber abdreht, ist die Suche vergebens.

Aus Hohenschwarfs Jagerei.

Haus und Hof.

532. Wenn beim ersten Axthiebe[1] beim Bau eines neuen Hauses sich Funken zeigen, so wird das Haus abbrennen.

Allgemein

533. In eine neue Wohnung muß man zuerst Brot und Salz hineinbringen.

Aus Schwaan S. W. Stahlmann Bgl. MB 848

534. Wenn man eine neue Wohnung bezieht, soll man eine Katze voran in das Haus setzen. Steht ein Unglück in dem Hause bevor, so trifft es die Katze.

Beyer in den Meklenb. Jahrb 9, 272, 105, 110 Schiller 8, 7

535. Wenn man das erstemal in einem neu erbauten Hause schläft, so soll man die Balken an der Decke zählen, alsdann geht das, was man in dieser Nacht träumt, in Erfüllung.

J. S. 500

536. Das Holz des Hollunders muß man nur draußen im Backofen, nicht im Hause verbrennen, denn wenn man es thut, dann wird das Haus vom Blitz getroffen

Küster Schwartz in Berlin

537ᵃ. An den Giebeln vieler Bauernhäuser sind zwei aus Holz geschnittene Pferdeköpfe.

Allgemein

537ᵇ. Auf unsern alten Bauernhäusern sieht man noch jetzt allgemein auf der Spitze beider Giebel, über dem sogenannten Eulenloch, zwei ausgeschnitzte Pferdeköpfe, welche das Haus gegen Zauberei schützen sollen.

Beyer in den Meklenb Jahrb 10, 168 f

538. Viele machen mit der Hand ein Kreuz vor dem Eingange zum Stall, nachdem die Kühe fortgetrieben sind.

Aus Hagenow Leutnant Koske

---

[1] Bei den drei ersten Schlägen Archidvoth Musch in Demern.

9

539. Nach Sonnenuntergang soll kein Stall ausgebängt werden, sonst wirft man den Segen aus dem Stall. *Allgemein Vgl RB 570.*

540. Wer nach Sonnenuntergang aus seines Nachbars Brunnen stillschweigend Wasser schöpft, der nimmt ihm alles Glück mit weg. *JS 550*

541ᵃ. Wenn das Feuer auf dem Herde oder im Ofen bullert (oder blubbert), so bedeutet es Lärm (Zank) im Hause. *Allgemein*

541ᵇ. Man pflegt dann zu sagen 'Dat Für schellt; hät verkörn un schelln sik noch 'n Por in 'n Hus'. Damit nun das nicht geschieht, spuckt die Köchin dreimal ins Feuer und spricht dazu 'Düwel, wist rut!' *Küster Schmarß in Berlin*

541ᶜ. Wenn bat Für schellt, denn möt man dreimal in spuden, süs gift 't Larm in 'n Hus'. Wenn man mit einem Feuerstahl Feuer schlägt, so weicht der Spuk. *Gegend von Serrahn Seminarist Brümmer*

541ᵈ. Wenn das Holz beim Brennen auf dem Herde knackt, gibts ein Unglück. Man spuckt daher dreimal ins Feuer oder wirft Eierschalen oder Salz hinein. *Aus Schwaan E W Stuhlmann*

542. Knisterndes Feuer verkündet Freude. *JS 556*

543. Man soll nicht mit einem Stock durchs Feuer schlagen. Der Grund war nicht zu erfahren. *Aus Hohenschwarfs Eggers*

544. Wer ins Feuer spuckt, bekommt Blattern (Blasen) auf der Zunge. *Archivrath Raabe in Demern*

545. Wer ins Feuer pißt, bekommt schneidendes Wasser. *JS 547*

546. Für Feuer und Wasser, welches ein Anderer Einem gibt, soll man ihm nicht danken, sondern nur für die Mühe ('vör de Möh'). *JS 740*

547. Kocht das Spülwasser über, so kommt die Köchin bald aus dem Hause fort. *JS 550*

548. Bei Zurichtung des Opfers warfen die Wenden etwas von der Speise ins Feuer, 'welches annoch etliche Köche thun, unter dem Vorwand, daß alsbann das Fleisch eher mürbe werde'. *Franck, altes und neues Meklenb I, 170 Vgl Beyer zu den Jahrb 20, 175*

549. Wenn lüdd't ward un de Klock schleit bartwischen, so gift bat Für *Raabe 21*

550. Wie der Herd, wird auch der Ofen heilig gehalten. Bekannt ist die früherhin sehr ernsthaft gemeinte Anbetung des Ofens in dem Pfänderspiel junger Leute:

'Aben, Aben, il będ' bi an,
gif mi enen goden Mann,
gifst du mi kenen goden Mann,
so będ' bi de Düvel an.'

Auf diesen mythischen Zusammenhang des Feuers und der Liebe weisen auch die Scherzreden hin, daß nur ein Junggeselle das erloschene Licht wieder anzublasen vermöge, und daß der keine Kinder zu hoffen habe, dem das Anschlagen des Feuers mit Stahl und Stein nicht gelingen will. Beyer in den Jahrb. 29, 178.

551. Knechte und Mädchen gehen, wenn sie umziehen, erst Abends nach ihrer neuen Stelle, weil ihnen dann das Jahr nicht lang wird. Allgemein.

552. Kümmt ein Knecht odder Mäten in 'n nien Deinst, so mötn sei in dat Hus ein lütt Stück Holt nehmen, dat in 'n Lappen wickeln un drei Dag ünner'n Arm dregen. Raabe 130 Bgl. Nr. 276

553. Beim Besuch muß man sich niedersetzen, sonst nimmt man die Ruhe mit. Allgemein. Bgl. Engellen Nr. 109.

554. Bildet sich am Lichtdochte eine feurige Schnuppe, so bekommt diejenige Person, welche dieselbe zuerst sieht (nach welcher hin sie gerichtet ist oder welche sie mit der Lichtscheere abnimmt) von einer abwesenden Person bald Nachricht (einen Brief), und zwar eine angenehme, wenn die Schnuppe rund, eine unangenehme, wenn sie spitz ist. J.S. 550. Bgl. Engelien Nr. 107.

555. Ebenso wenn den Frauenzimmern der in der Hinterseite der Kleider befindliche Schlitz offen steht. Desgleichen ein Bienenschwarm, welcher sich in ein Haus setzt. J.S. 550.

556ᵃ. Wenn die Katze sich putzt, gibes Besuch. Allgemein.

556ᵇ. Wenn die Katze die Pfoten putzt, so bedeutet dies einen Besuch oder Neuigkeiten. Aus Hohenschwarz Eggers.

556ᶜ. Wäscht sie das Gesicht, so kommt eine Frauensperson. Aus Röbel Pastor Behm.

557. Wenn eine Scheere mit der Spitze auffällt und im Boden stecken bleibt, kommt bald ein Besuch. Aus Hohenschwarz Eggers.

558ᵃ. Bleibt Morgens beim Auskegen ein Strohhalm¹) in der Stube²) liegen, so kommt Besuch. *Allgemein Bei ... 140*

558ᵇ. Strohhalm mit Aehre bedeutet vornehmen Besuch³). *Dömitzerpächter Behm*

559. Wer am Abend 'Müll' (Haus- und Stubenkehricht, Torf-müll u. dgl) aus dem Hause trägt, der trägt Glück und Segen mit hinaus Man darf diesen Müll nur bei hellem Tage aus dem Hause schaffen und wer Abends gereinigt hat, muß ihn bis zum nächsten Tage liegen lassen. *Allgemein Bei Quaßlin Nr. 160*

560. Ein unbenutzter Besen im Kuhstall schützt die Kuh vor bösen Leuten. *Aus Lange Grenzwisch Kammin*

561. Wenn ein Besen unten in der Wiege liegt, soll man dem Kinde kein Schelmenstück anthun, es nicht behexen können. *Aus Köbel Pastor Behm in Metz*

562ᵃ. Wer Besen verbrennt, verbrennt sein Glück. *Aus Gadebusch Secretär Fromm*

562ᵇ. Wer einen selbst schon abgebrauchten Besen verbrennt, hat in langer Zeit kein Gedeihen (Deg). *Cand Boll Kotler*

562ᶜ. Alte Besen soll man nicht verbrennen, damit die Hexen keine Macht bekommen. *Aus Eldena Hilfsprediger Timmermann*

562ᵈ. Wenn 'n 'n stuw'n Bessen (abgenutzten Besen) verbrennt, denn kriegt 'n denn' Dag noch Besäuk von vel Fruenslüüd. *Küster Schmuck in Vellin*

563. Eine Harke darf nicht auf dem Rücken liegen, d. h. die Zähne nach oben gerichtet. *Cand Kister*

564. Die Heugabel muß man nie so tragen, daß die beiden Zinken grade in die Höhe stehen, dann heißt es, daß man dem lieben Herrgott die Augen ausstößt *Aus Hohenschwarz Eggert*

565. Handwerkszeug darf nicht aufs Bett gelegt werden, das vertreibt die Nahrung. *Aus Schwaan C. W. Stuhlmann*

566. Wenn eine Harke auf dem Rücken, so daß die Zinken in die Höhe stehn, und ein Kind im Brunnen liegt, muß man zuvor die Harke herumlegen, ehe man das Kind rettet. *Monatsschrift 1791, S 443*

---

¹) oder ein Besenreis. (Dömitzenpächter Behm in Rhenhagen.)

²) oder auf dem Bett (Aus Parchim Thoms)

³) mit Aehre weiblichen, ohne Aehre männlichen Gast. (Nerger)

567ª. Man soll kein Messer auf den Rücken legen oder so liegen lassen, sonst bekommt man Leibschmerzen.   Allgemein.

567ᵇ. Dat Metz darf nich up 'n Rüggen mit de Snid' na baben leggen, sünst sniden sik de Engel darin.   Raabe 24.

568. Auch darf man nicht mit einem Messer in Milch schneiden.   Aus Dömitz Seminarist Krenzer.

569. Nadeln, Scheren, Messer darf man nicht verschenken, sie zerstechen und zerschneiden die Freundschaft. Wer dergleichen erhält, darf nicht dafür danken.   Allgemein.

570. Mit Hühnerfedern muß man keine Betten stopfen, weil Niemand auf ihnen ruhig sterben kann.   Aus Professen bei Wismar Gymnasiast Brockmann.

571. Wer nicht rückwärts ins Bett steigt, bekommt Alpdrücken.   Aus Ragahn bei Schwerin Gymnasiast Brandt Sek Nr 1.

572. Wenn man Morgens mit dem linken Fuße zuerst aus dem Bette steigt, bedeutet es Unglück für diesen Tag; auch daß man an dem Tage übel gelaunt ist.   Allgemein.

Daher sagt man von einem Uebelgelaunten 'Er ist heut mit dem linken Fuß aus dem Bette aufgestanden.'   Allgemein.

573. Wenn die Knechte einen Wagen schmieren, so stellen sie sich dabei hinter die Are, denn wenn sie vor derselben stehen, sagen sie, schmieren sie den Pferden das Fett in die Augen, dieselben erblinden dann.   Dom Wenzelslehrer Rehm in Dornhagen.

574. Während des Essens darf man die Beine nicht kreuzen; man bekommt sonst Leibschmerzen.   H S. 547.

575. Fällt einem Essenden die Gabel oder der Löffel aus der Hand, so ist Jemand am Tische, der ihm das Essen nicht gönnt. Er soll dann aufhören, denn wenn er Mißgunst mit isset, bekommt er leicht Leibschmerzen.   H S. 550.

576. Wer nichts Heißes essen und trinken kann, der kann auch nicht schweigen.   H S. 551.

577. Wer ein Getränk mit dem Messer umrührt und dann trinkt, bekommt Leibschneiden.   H S. 547.

578. Damit das Bier nicht breche (sauer werde), soll man 'Gibbenettel' (Urtica urens), welche dem Donner widersteht, dahinein legen.   H S. 542.

579. Wer beim Essen liest, wird gedankenlos.

Aus Lange Seminarist Cremer

580. Beim Brotbacken wird der Teig bekreuzt, und vor dem Backofen ein Kreuz gezeichnet. Aus Grütz Pastor Boßewitz

581. Wer bi 'n Brotbacken dat Brot mit Boßten (Borsten) makt, kricht einen rugen Mann, wer den Teig glatt makt, kricht einen schüren

Erzählt von Marret Bartels

582. Kommen, wenn der Backofen zum Brotbacken geheizt worden ist, beim Herausholen der Glut noch nicht ganz verkohlte Brände mit heraus, dann sagen manche Landleute 'Wir bekommen noch Gäste, die das Brot mit verzehren helfen.' So viele Brände als herauskommen, so viele Gäste werden auch das Brot mit verzehren helfen. Sind die Brände dünn und lang, dann werden auch die kommenden Gäste groß und schlank sein. Sind die Brände dick, dann kommen auch corpulente Gäste. Sind die Brände klein, dann sind die zu erwartenden Gäste kleine Kinder. Küster Schwarz in Beßlin

583. Wenn man Brot in den Backofen geschoben hat, ist nicht gut, über den Schieber (eine Art Schaufel, mit der man das Brot in den Ofen bringt) zu treten, weil es dann nicht aufgeht. Empfehlenswerth dagegen ist, den Schieber hochzuheben.

Gesagt von Rudolf Küster Schröder in Sietow. Vgl Engelien Nr 205

584. Wenn das Brot in den Ofen geschoben und derselbe zugemacht ist, so schlägt man vor dem Ofen ein Kreuz), gewöhnlich mit dem Einschieber, und spricht dazu die Worte:

> Dat Brot is in 'n Aben,
>
> De leiw Gott is unnen un baben.
>
> All bei horvon eten,
>
> Ward be leiw Gott nich vergeten. Allgemein.

Z. 1. Dat leiw Brot (Küster Schwarz)

Z. 2. Uns Herrgott (Küster Schwarz, Seminarist Fehlandt, Cand. Ritter) — is der baben (Seminarist Fehlandt, Seminarist Lüth).

Z. 3. Un all (Seminarist Fehlandt, Anonymus) — von dat Brot (Seminarist Lüth).

Z. 4. Warn leiw'n Gott (Küster Schwarz), Warn denn' leiw Gott (Seminarist Lüth); Ward de leiw Herrgott (Cand. Ritter); Wart uns' Herrgott (Seminarist Fehlandt); De wart he (Anonymus).

---

¹) Drei Kreuze (Küster Schwarz in Beßlin.)

585. Bevor das Brot angeschnitten wird, macht man mit dem Messerrücken zuvor ein Kreuz (oder drei Kreuze) auf die untere Seite (Herbseite). Allgemein Vgl. N₂ᵇ, 250. MG, 345

Gründe: Damit es nicht behext werde.
Aus Weidersdorf Lehrerschüler Wilkens

Sonst bekommt man Mitesser (Diebe).
Domänenpächter Behm in Nienhagen.

Damit es den Genießenden zum Segen gereiche.
Präpositus Scheele

586. Beim Brotanschneiden ist's gut, dem Hunde etwas von der ersten Scheibe zu geben. Archivrath Walch in Demern.

587ᵃ. 'Kein Knust ut 'n Hus'! Der Knust vom Brode darf nicht verschenkt oder weggeworfen werden, es hängt Glück an ihm. Hausfrauen, welche in der Lage sind, ihn weggeben zu müssen, schneiden zuvor ein kleines Stück aus ihm kreuzweise heraus und nehmen es in den Mund, wenn sie ihn weggeben. Allgemein

587ᵇ. Vom Brote heißt es 'Vergiß nich den Knust, süs gist du 'n Segen ut 't Hus.' Gebrb von Gerrahn Brümmer

587ᶜ. Der Knust, der Anschnitt, wird nicht an Reisende oder Bettler vergeben. Gebrb von Hagenow. Seminarist A. Strenz.

588. Die Landleute geben nicht gern frischgebackenes Brot aus dem Hause, weil dadurch der Segen aus dem Hause geht.
Küster Schwarz in Berlin

589. Schimmel am Brot bedeutet Segen im Haus.
Aus Lübek Pastor Behm.

590. Wenn man ein sogenanntes Probebrot anschneidet, um zu sehen, wie es gerathen ist, so darf man die erste Scheibe nicht ganz abschneiden, sondern man muß sie zuletzt abbrechen, weil das noch im Ofen befindliche Brot sonst abbackt, oder man macht auch vorher drei Kreuze darüber. Aus Holz bei Dömitz. Seminarist Offen.

591. Das Brot darf nie auf den Rücken gelegt werden.
Allgemein.

Gründe: Up 'n Rücken kann Keiner Brot verdeinen.
Aus Gerrahn. Seminarist Brümmer.

Sonst wird man nicht satt. Aus Laage. Seminarist Camm in.

Dadurch kommt Unglück in das Haus.
Seminarist Lüth Vgl. Angellen Nr 296

Der Segen geht dann aus dem Hause. Seminarist Offen.

592. Wenn man das Brot mit der verkehrten Seite auf den Tisch legt, so bekommt die Frau das Regiment im Hause; wenn man die angeschnittene Seite nach der Thür hin legt, geht der Segen aus dem Hause. *Gegend von Parchim. Gymnasiast Burmeister.*

593. Wer auf dem Kirchwege essend Brotkrumen fallen läßt, muß dieselben nach seinem Tode wieder aufsammeln. Andere sagen auch, dem werde, wenn er gestorben sei, der Mund offen stehen. *Aus Zl-Roosen bei Schwerin. Gymnasiast Brockt.*

594. Man soll recht oft angeschimmeltes Brot essen, dann lebt man lange. *H.S. 348.*

595. Bläst man in den Backofen, wenn Brot darin liegt, so backt es ab. *H.S. 347.*

596. Will die Butter nicht werden, so wirft man einen Erbschlüssel ins Butterfaß und buttert ihn mit der Sahne durch, fehlt ein solcher, so kann man auch einen Feuerstahl unter das Butterfaß legen. In beiden Fällen bekommt man schnell gute Butter. *Von einem Seminaristen zu Neukloster.*

597. Wenn 'n kein'n Deg hett mit Melk un Botter, denn möten Maidag- un Johannsnacht ne Schal mit Melk na 'n Krüzweg dreg'n un 'n Kreis mit drei Kritzen dor rüm maken, denn wart 't beter. *Aus Barkow bei Ludwigslust. Seminarist Jungel.*

598. Wenn die Butter nicht gerathen will, so mache in den Butterstab drei Löcher und thue Menschenkoth hinein und mache die Löcher wieder zu.

Oder: Gib der Kuh ein wenig Menschenkoth ein und Kreuzkümmel und Teufelsdreck. *Aus Parkow bei Doberan H. Flehmann*

599. Wer schielt ('kein gut Auge hat'), darf nicht beim Buttern zugegen sein; sonst bekommt man keine Butter. *Aus Röbel. Pastor Behm in Welz.*

600. Beim Butterpfunden werden, wenn das Pfundmaß vollgestrichen ist, auf die Butterfläche zwei kreuzweise Eindrücke mit der Kelle gemacht. (Die Meierin zu Hohenschwarfs konnte oder wollte kein Präjudiz für die Bekreuzung angeben, erklärte jedoch, daß dieser Gebrauch durch ganz Mecklenburg ginge, sie kannte es wenigstens nicht anders.) *Eggers.*

601ᵃ. Eierwasser (Wasser, in welchem Eier gekocht sind) muß man hingießen, wo weder Sonne noch Mond hinscheint, sonst bekommt man das Fieber. *Seminarist Rayenstein.*

601ᵇ. Die Schalen gegessener gekochter Eier soll man zerdrücken, sonst bekommt man das Fieber (wird man unfruchtbar, legen die Hühner nicht). *FS. 540.*

602. Hat die Milch einen Grundfall, so müssen drei Löffel davon stillschweigend ins Feuer geschüttet oder sie muß durch Geisblatt geseiht werden. *Domänenpächter Behm in Rienhagen.*

603. Soll die Milch nicht zu Butter werden, so muß man, ehe daß es wer sieht, ein Geldstück hineinwerfen. *Aus Parchim Gymnasiast Burmeister.*

604. Wenn Einer von dem Andern Milch holt, streut man Salz in die Milch, sonst kann Einer Einem etwas durch die Milch anthun, z. B. daß man nicht abbuttern kann. *Gegend von Hagenow Seminarist Dröse. Vgl. Engelien Nr 221.*

605ᵃ. So viel Salzkörner man umkommen läßt, so viel Stunden muß man vor dem Himmel warten. *Gegend von Schwerin. Gymnasiast Brandt. Schon Monatsschrift 1791, S 440*

606ᵇ. Man darf kein Salz verschütten, sonst muß man für jedes Korn einen Tag in der Hölle sitzen. *Aus Parchim Holldorf Vgl Engelien Nr 200*

606. Das Salzfaß umstoßen bedeutet Streit. *Domänenpächter Behm in Rienhagen*

607. Wenn die Köchin die Speisen versalzt, ist sie verliebt. *Eggers.*

608. Damit die Wurst nicht auskocht, darf man an dem Feuer unter dem Wurstkessel keine Pfeife oder Cigarre anzünden. *Aus Bresegard Hülfsprediger Timmermann*

609. Ein schwarzer Hund, eine schwarze Katze oder ein schwarzer Hahn im Hause oder auf dem Hofe sollen Glück (Deg) bringen. *Allgemein*

610. Um einen Hund an seinen neuen Herrn rasch zu gewöhnen, schneidet man ihm etwas Haar ab und trägt solches bei sich im Stiefel oder Schuh. Auch schneidet man sich ein paar Haare aus der Achselhöhle und läßt diese den Hund im Butterbrot verzehren. Oder man legt ein Stück Brot in die Achselhöhle, daß es mit Schweiß durchzieht und gibt es dem Hund dann zum Fressen. *Domänenpächter Behm in Rienhagen Vgl. FS. 533.*

611. Damit junge Hunde die Seuche nicht bekommen, wird ihnen ein Stückchen eines Kupferdreiers im Butterbrot zu verzehren gegeben. *Derselbe.*

612. Wenn ein Hund im Begriff ist, seinen Koth abzulassen, so können zwei Menschen, jeder einen Finger krumm biegen und in einander haken; in dem Maße als sie stark anziehen, wird es dem Hunde schwer, den Koth los zu werden. *Derselbe*

613ᵃ. Ist man von einem Hunde gebissen, so läßt man die Wunde von ihm lecken, schneidet ihm dann Haare aus seinem Pelz und legt diese auf die Wunde; letztere soll in diesem Falle sehr rasch heilen. *Aus Damlin bei Zarrentin Seminarist Burmeister*

613ᵇ. Wenn man von einem Hund gebissen ist, muß man Haare aus dem Nacken schneiden und auf den Biß legen. *Aus Parchim Bgl. Schiller 3, 5.*

614. Wenn ein Mensch oder ein Thier von einem tollen Hunde gebissen ist, nehme man ein Stück Papier und schreibe darauf die Worte 'Herr du hilfst beiden, Mensch und Vieh.' (Ps. 36, 7). Das so beschriebene Papier wird zusammengelegt und auf Butterbrot dem Kranken zu essen gegeben. *Küster Schwartz zu Zellin*

615. Colerus I, 479: 'Die Mekelburger Bawren geben ihren Hunden auff Weihnachten, auff newen Jahrs vnd H. Drei König Abend geschabet Silber auff einem Butter Brodt, so sollen sie nicht dolle werden.' Als Präservativ galt namentlich das Schneiden des sogenannten 'Dullworms', des wurmähnlichen muskulösen Zungenbandes, welches den Hunden und verwandten Thieren eigen ist und schon im Alterthum (s. Plinius XXIX, 5, 32) als Ursache der Wuth der Thiere angesehen wurde. Vgl. Schiller 3, 5 und die dort gegebenen Nachweise — Raabe 37: 'Wer den Dumen utschleit, kann nich von Hunn'n beten werden.' Man glaubt die Wunde am schnellsten heilen zu können, wenn man von den Haaren des Hundes darauf legt. Sch. 3, 5. — K. Stein II, 247: 'Ein Mittel, welches unsere Hirten u. s. w. gewöhnlich gegen die Seuche der Hunde anwenden, besteht darin, daß sie neun Ellen blaue, mit Indigo gefärbte, gesponnene Wolle in drei Enden schneiden und je eins mit Butter vermischt dem Thiere zu drei verschiedenen Zeiten eines und desselben Tages eingeben.' — W. Schmidt: 'Manche

Schäfer und Kuhhirten ziehen für ihre Zwecke gern solche Hunde groß, die ''n swarten Bæn in't Mul (einen schwarzen Gaumen) und Globklaben' (recht runde, volle Ballen) haben.' Vgl. Colerus I, 474. — Wiechmann: 'Hundehaare zwischen Strumpfwolle verarbeitet, schützen gegen Podagra' Vgl. Osiander 72, 5. — Gegen Schwindsucht nimmt man Hundefett in warmem Bier. Schiller 3, 6

616ᵃ Diese Hunde auf dem Lande heißen 'Wasser' oder 'Strom'; ein so heißender Hund kann von Dieben nicht besprochen werden, was die Diebe gern thun, indem sie durch eine Bannformel das Bellen verhindern. Daher sind jene Namen beliebt. Küster Schwarz in Bölzin Bei Schillers 3, Nr 340

616ᵇ. Hunde, die vom Fließenden den Namen haben (Wasser, Strom) sind geschützt gegen Hexerei. Rennzer zu Eggers Tremsen S 379

617. Läuft ein Hund unruhig auf der Straße hin und her und es ist Niemand in der Nähe, so wird es an der Stelle bald Lärm (Zank) geben. Seminarist Stöhr

618ᵃ. Wenn ein Hund heult und steckt die Schnauze in die Erde, so gibts einen Todten, hält er sie in die Höhe, so gibts eine Braut, oder einen Dieb. Aus Röbel Pastor Behm in Melz

618ᵇ. Wenn bei Unwetter ein Hund heult und er hält den Kopf nach oben, so gibt es Feuer, wenn nach unten, einen Todten. Aus Lütz. Fr. Lühr. Bgl. Schiller 3, 5. Engelien Nr 216

619. Auf Hundeopfer, im Julfeste gebracht, hat vielleicht die Redensart Bezug 'he geit as de Hund in de Twölften', womit der Bauer bei Güstrow Jemanden bezeichnet, der still und trübselig umherschleicht und die Gesellschaft der Menschen meidet. Das früher übliche Schlagen der Hunde um Fastnacht soll dagegen aus Italien stammen. Geijer in den Meckl. Jahrbüchern 20, 143

620. Wer eine Katze auswärts gekauft hat, der muß sie über die Feldscheide nicht tragen, sondern schleppen, weil man sonst vor Gericht nie Recht bekommt. Seminarist H. Stöhr.

621. Wer eine Katze todtschlägt, gewinnt keinen Proceß. Monatsschrift 1785. S. 440

622ᵃ. Katzen müssen im Sack ins Haus gebracht und da vor einem Spiegel gehalten werden. Aus Röbel Pastor Behm.

622ᵇ. Wenn eine Katze in eine neue Wohnung gebracht wird, läßt man sie dreimal in den Spiegel schauen; dann kehrt sie nicht nach der alten zurück. Küster Schwarz in Bölzin.

622³. Katzen und Hunde läßt man, wenn man sie gekauft hat, neben sich in den Spiegel sehen. Dann sind sie ihrem neuen Herrn zugethan und laufen nicht zu ihrer alten Herrschaft zurück.

Aus Bantin bei Zarrentin. Seminarist Brrweister.

622⁴. Wenn man sich eine Katze anschafft, so muß man sie in einen Spiegel sehen lassen; dann entläuft sie nicht. Ein anderes Mittel ist: man zieht ihr drei Haare aus dem Nacken und verbirgt diese an einem dunklen Ort. Dieses kann man auch bei einem Hund und bei einem Huhn thun, nur muß man dem Huhn drei Federn aus dem linken Flügel ziehen.

Aus Dömitz. Seminarist Krenzer.

623. Wenn einer ein Katzenhaar verschluckt, bekommt er die Abzehrung.

Sprichmann.

624. Schwarzen Katzen trauen die Leute nicht, das sind verwandelte Hexen.

Aus Bechelsdorf. C. v. Oertzhausen.

625. Ackermann in der Monatsschrift 1792, S. 346. Ein Schuster, der sich in höchst bedrängter Lage befand, entdeckte Jemanden ganz treuherzig, daß er nur noch ein Mittel wisse, sich zu helfen, womit es schon Manchem geglückt sei, nur könne er es des Gewissens halber noch nicht übers Herz bringen. Dies bestehe darin: man müsse eine schwarze Katze nehmen, mit derselben Nachts um 12 Uhr in die Kirche schleichen, dann dreimal den Teufel anrufen und ihm sich geloben. Beim Herausgehen sei der Teufel da und bringe einen Wechsel-thaler, den müsse man annehmen und ihm dafür die Katze überliefern. So oft man auch diesen Thaler ausgebe, komme er doch jedesmal wieder zurück. Vgl. Raabe 231 und Kuhn und Schwartz, Norddt Sagen S. 470, 24.

Schiller 2, 7

626. Wenn die Katzen ihren Kopf mit den Vorderpfoten sonderlich über den Ohren streichen und sich am Leibe belecken, so kommt Regen.

Schiller 2, 7 f

627. Die Katze sagt: Ik sitt so nau.

Dialog zwischen Katzen.

A. Mießen,
   Ik sall di ok grüßen von Tießen.

B. Wur waste (was-he)?

A. Achtern Durnbusch satte (satt-he).

B. Denn mö 't furt.

Salesdorf bei Frommans 2, 214

628ᵃ. Wenn die Kühe im Frühjahr zum erstenmal auf die Bade getrieben werden, so legt man ein Beil vor die Schwelle des Stalles. (Allgemein.) Es nimmt dann keinen Schaden. (Aus Neuklostr.) Dann geht dem Vieh alles Scharfe aus dem Wege. (Aus Bantin bei Zarrentin. Seminarist Burmeister.)

628ᵇ. Wird das Vieh zum erstenmale auf die Weide getrieben, so muß unter die Thürschwelle des Stalles eine Axt gelegt werden, damit die Kälber keinen 'Fieck' (schlimme Beine) bekommen, und ein Mensch muß rückwärts vor dem Vieh her auf die Weide gehen, damit das Vieh nicht 'dick wird'.

Aus Warnkenhorf Hülfsprediger Timmermann Bd. XIII 272. 309. 100

628ᶜ Wenn im Frühjahr zuerst das Vieh ausgetrieben wird, so muß vor die Stallthürschwelle ein scharfes Beil gelegt werden, dessen Schneide oben liegt. Ueber dieses Beil muß das Vieh hinwegschreiten, dann wird es auf der Weide keinen Schaden erleiden, da es bereits über eine Gefahr hinweggegangen ist.

Aus Dömitz Seminarist Kreutzer

628ᵈ. Wenn das Vieh zum erstenmale auf die Weide kommt, wird vor die Sohle des Stalles ein Beil, ein rothes Tuch und ein Besen (aus dem Gebrauch) gelegt, damit das Vieh hinübergehe und in Folge dessen geschützt sei vor rothem Wasser.

Von einem Seminaristen in Neukloster

628ᵉ. Beim Viehaustreiben wird vor die Sohle eine Axt, gewickelt in ein Stück scharlachrothes Zeug, gelegt, damit das Vieh das rothe Wasser nicht bekommt. Aus Tessin bei Salpenburg. Seminarist Ahrens

628ᶠ. Wenn die Pferde oder Kühe Frühjahrs ins Gras gejagt werden, so wird ein Beil mit einem rothen Lappen umwunden vor die Thüre gelegt und das Vieh darüber getrieben. Im Herbst müssen sie nicht eher in den Stall getrieben werden, als bis drei Kreuze in die Schwelle gehauen sind, damit die Hexen nicht mit in den Stall kommen. Archivrath Roth in Tessin.

628ᵍ. Beim Austreiben muß das Vieh über ein Beil und einen rothen Lappen gehen, dann wird es nicht lahm und bekommt das sogenannte rothe Wasser nicht. Aus Warsow bei Ludwigslust Zemel

628ʰ. Wenn zum erstenmal das Vieh ausgetrieben wird, legt man entweder einen rothen Faden oder ein Stück Stahl, z. B. Axt, Beil, vor die Schwelle, über welche die Kühe gehen, oder man treibt das Vieh mit einem Zweig vom Kirschbaum aus dem Stall, läßt aber den Zweig im Stall stecken; dadurch sollen die Kühe vor dem 'rothen Wasser' geschützt sein. Gegend von Hagenow. Seminarist Briese.

628^{l}. Beim erstmaligen Austreiben der Kühe auf die Weide sollen diese über ein vor die Thür gelegtes rothes seidenes Tuch treten. Dann stoßen sie sich nicht und bekommen auch das 'rothe Wasser' ('Rügg'bloot') nicht.
Aus Gaderbusch. Secretär Bramm. Man legt einen rothen Lappen vor die Thür (innerhalb des Stalles). Aus Hagenow. Primaner Kahle.

628^{k}. Beim Austreiben der Kühe muß vor die Stallthür ein Beil mit einem rothen Tuche gelegt werden, so daß die Kühe darüber weggehen, das Beil mit der Schneide der Schwelle zugekehrt; dann haben die Kühe 'gad'n Deg' und sind vor dem rothen Wasser geschützt. Auch bestreut man sie mit Salz, damit sie nicht verschrieen (behext) werden. Seminarist Siebie.

628^{l}. Beim Austreiben des Viehes muß ein Stück rothen Scharlach auf die Schwelle (Süll) des Stalles und ein Kreuzdornstock oder ein Beil davor gelegt werden; ersterer gegen rothes Wasser, letzteres gegen Hexen. Aus Röbel. Pastor Behm in Nelz.

628^{m}. Man pflegt auch jeder Kuh vor dem Austreiben der Hände voll Salz über den Rücken zu werfen, um sie vor dem Besaugen zu schützen. Aus Gorlin bei Goldberg. Seminarist Boldt.

628^{n}. Wenn das Vieh zum erstenmale auf die Weide getrieben wird, werden jedem Haupt drei Kügelchen in die Haare geklebt, und zwar in das Genick, auf den Widerrist und im Schwanze. Die Kügelchen werden bereitet aus Teufelsdreck und Fölzow-Pulver, und mit Theer umgeben zum Ankleben. Mit diesen Kügelchen versehen, bleibt das Vieh vor dem 'Berrufen' bewahrt, auch können ihm schlechte Augen (Hexenaugen) nichts anhaben.
Von einem Seminaristen in Neukloster.

628°. Wird das Vieh zuerst hinausgetrieben, so ist es gut, wenn man dem Vieh Salz auf den Rücken streut, denn das schützt vor bösen Augen. Aus Dömitz. Seminarist Krentzen.

628^{p}. Kühe dürfen im Frühling nicht zum erstenmal am Fleischtage ausgetrieben werden; sie setzen sonst viel Fleisch an, geben aber wenig Milch. (Fleischtage heißen die Tage in der Woche, an denen die Leute zu Mittag Fleisch bekommen. Jeden Donnerstag und Sonntag.)

Allgemein

628*. Zum Austreiben des Viehes wählt man gern einen Donnerstag oder Sonntag.　　　Allgemein Vgl. Capellen Nr 176.

629. Das kleine Vieh, Küken, Enten, Gössel werden am Mittwoch oder Sonnabend ausgetrieben; dann kann die Krähe sie nicht sehen, denn das sind keine Tage.　　Aus Löbel. Pastor Behm in Metz

630. Wenn man 'ne Schört up den Dörenfüll leggt, so kimt dat Veeh von sülwst na Hus.　　　Aus Parchim Behm

631. Ein Haupt Vieh darf man nicht 'Ding' nennen, sonst hat es kein 'Deeg'.　　　Allgemein

Die meisten Schäfer werden erzürnt, wenn man z. B. ein Lamm so nennt. Es soll das nicht gut sein.

Domänenpächter Behm in Röbelhagen.

632. Auch zu einem Schwein darf man nicht 'Ding' sagen, es hat sonst kein 'Deeg'.　　　Küster Schwarz in Bellin

633. Mit kleinen Lämmern, kleinen Hunden, überhaupt jungen Thieren muß man nicht viel 'rümmaltern, rüm-mattein', sonst haben sie kein 'Deeg'; auch darf man sie nicht 'Ding' nennen.　Aus Parchim.

634. Tritt Jemand in eines Anderen Stall, so soll er zuerst das Vieh segnen 'Gott help!'　　　JS. 543

635. Lobt Jemand ein Pferd oder ein anderes Thier über-mäßig, so daß man fürchtet, er möge es berufen, so sagt der Besitzer desselben leise für sich 'Lik em dreemal krüzwis in 'n Ors!' Oder man klopfe mit dem Zeigefinger dreimal auf einen Tisch, eine Bank u. dgl. und spreche jedesmal dazu 'Unverropen'.

JS. 543.

636. Am Weihnacht- und Neujahrheiligabend und am Maitag werden in die Pferdekrippen, Kuhkrippen, Viehwassereimer rc. eine Art, ein Beil oder Feuerstahl gelegt, damit das Vieh vor Unglück bewahrt bleibe.　　　Von einem Seminaristen in Neukloster

637. Wenn das Vieh am Weihnacht- und Neujahrheiligabend getränkt ist (vor Sonnenuntergang), so wird das Wasser aus dem Trog gegossen und der Trog sorgfältig gereinigt. Das Wasser, was

etwa darin bliebe, könnten die Schwarzkünstler oder Hexen gebrauchen zum Verrufen und Behexen des Viehes.

Von einem Seminaristen in Neukloster.

638. Soll das Vieh (vorzugsweise Rindvieh) Gedeihen haben, so muß man, ehe es in seinen Stall gebracht wird, dreierlei Stahl in demselben bringen, am besten eine Sense, ein Messer und einen Feuerstahl, und diese Gegenstände so befestigen, daß das Vieh über sie hinweg treten muß. *JE. 545.*

639. Wenn man ein gekauftes Thier zum erstenmale in seinen Stall bringt, muß man drei Kreuze von Salz stillschweigend auf die Schwelle streuen, dann bleibt es gesund.

Aus Prohsten bei Wismar. Gymnasiast Brockmann.

640. Wenn neugekaufte Kühe in den Stall gebracht werden, legt man ein Kreuz vom Kreuzdorn auf den Söll und Kreuzdorn davor und gibt dem Thiere zuerst drei Happen Brot als Mittel gegen Hexerei. *Aus Röbel Pastor Behm in Melz.*

641. Um das Vieh vor bösen Augen zu schützen, peitscht man es mit einem Kreuzdornstock und verriegelt die Viehställe mit Kreuzdorn. *Aus Dömitz Seminarist Kreutzer.*

642. Um die Kühe vor Krankheit zu bewahren, näht man ihnen mit Hilfe eines alten Lappens eine Nähnadel mit abgebrochener Spitze an den Schwanz. *Aus Hagenow Primaner Kahle.*

643ᵃ. Eine sorgsame Hausfrau speit vor dem Füttern der Schweine und Kälber dreimal auf das Futtermus, um sie vor dem Verfangen zu schützen. *Aus Frauenmark. Lehrer Kreuzer.*

643ᵇ. Wenn man jungen Thieren, besonders Kälbern und Ferkeln, ihre Nahrung gibt, so muß vorher dreimal über die Nahrungsmittel gespuckt werden. *Cand. theol. Ritter.*

644. Vieh[1], welches man mit dem Besen schlägt, hat in neun Tagen keinen 'Deg'. *Allgemein.*

645. Um das Vieh vor Krankheiten zu bewahren, legt man eine Wassertracht quer vor die Schwelle der Thür, aber innerhalb des Stalles. Auch stellt man, besonders in Schweineställen, in eine Ecke einen Besen, der aber noch nicht benutzt sein darf, auch muß er stillschweigend aus Reisern verfertigt sein, die in den Zwölften

---

[1] Vieh oder Mensch. (Küster Schwartz in Bellen.)

gesteckt sind. Ein Stiel braucht nicht daran zu sein. Auch ein an der Schwelle angenageltes Hufeisen, das gefunden sein muß, bewahrt das Vieh vor Krankheiten. Aus Hagenow Pulmaner Sagte

646. Macht das Vieh des Nachts in seinem Stalle Lärm, so ist eine Hexe darin. JG. 543.

647. Wenn man das Vieh umgeht, darf man keine Handschuhe anhaben, sonst hat es kein 'Deg'. Räher Schwach in Bellin.

648ᵃ. Wird eine Kuh zum Bollen geführt, so läßt man sie über eine offene Wassertracht gehen, kommt sie zurück, so muß sie eine geschlossene Tracht überschreiten. Aus Laage Seminarist Camerin

648ᵇ. Wenn die Kuh vom Bullen kommt, muß sie über eine Wassertracht gehen oder über dem Seil des Tränkeimers saufen, oder man schneidet ihr einen Schnitt ins Ohr, oder man nimmt den Border- und Hinterwagen auseinander und führt sie dazwischen hindurch, so wird sie tragend. Schäfer 3, 4.

648ᶜ. Hat eine Kuh gerindert, so soll sie über eine zusammengehalte Wassertrage in den Stall zurückgebracht werden oder man soll ihr ein Paar zusammengehalte 'Haken und Oesen' zwischen dem Futter geben. Aus Gnoebusch. Secretär Fromm.

649. Zieht man einer Stute (Kuh ꝛc.) beim Sprunge den Schweif nach links, so gibt es ein weißliches, wenn nach rechts, ein männliches Junges. JG. 543.

650. Wenn ein Bolle oder Hengst castrirt ist, so legen viele die Hoden an einen Ort, wo weder Sonne noch Mond scheint. Die Heilung schreitet vor, so wie jene vertrocknen und weder Entzündung noch starke Eiterung tritt ein. (Früher viel verbreitet.) Domänenpächter Behm in Rierhagen

651. Manche Operateure castriren die Ochsen stehend; man glaubt, daß sie es nur können, indem sie etwas gebrauchen (sie besprechen). Domänenpächter Behm in Rienhagen.

652. Der Bulle ist stets unvergnügt über sein Futter:

'Ik hebben mi verspraken,
Ik sall juch de Kälwer maken,
Ji wullen mi geben Brinkheu,
Ji geben mi rug Heu, rug Heu!'

Er spricht zum Bock:

'Lütten Kirl, groten Bübel!

Will'n tuschen, tuschen!' Schiller t. 4

653. Wenn eine junge Kuh das erstemal ein Kalb bekommt, so gib ihr ein Stück von ihrer eigenen Nachgeburt ein, so bekommst du eine gesunde Kuh und die Milch kann ihr alsdann nicht von Hexen und andern Leuten genommen werden.

Aus Hanstorf bei Doberan. Seminarist Kleekamp.

654. Eine Kuh, welche eben gekalbt hat, darf man nicht aus dem zum Wassertragen bestimmten Eimer saufen lassen; es muß aus dem Tränkeimer geschehen, und zwar über ein Seil weg, das man zwischen Kuh und Eimer hält.

Aus Rehna, Gadebusch, Schwerin, Doberan Secretär Fromm.

655. Die Milchmädchen kriechen unter den Starken durch, bevor sie zuerst gekalbt haben, damit sie beim Melken nachher gut stillstehen. Aus Hohenschwarfs Eggert.

656. Wenn die letzte Kuh im Jahre ein Kalb wirft, so bindet der Kuhhirt ihr ein rothes Band um den Schwanz, so bekommen alle die Kühe im nächsten Jahre Kälber. Aus Bartendorf Unterofficier Wüstberg.

657. Neugeborne Kälber soll man zum Schutze gegen Hexen mit Dill und Salz bestreuen. Wenn man sie zur Aufzucht ansetzt, soll man ihnen zum Schutz vor bösen Leuten ein Stückchen vom Ohr abschneiden, dasselbe zu Pulver brennen und mit dem ersten Saufen eingeben. Kälber mit weißen Schnauzen soll man nicht ansehen, sondern nur solche mit schwarzen Schnauzen. z. B. 646

658. Die erste Milch einer jungen Kuh soll man nicht verschenken; denn damit vergibt man den Segen.

Gegend von Hagenow. Seminarist Bülow.

659ᵃ. Kühe, die milchend werden sollen, müssen am Sonntag oder Donnerstag Morgen zuletzt gemolken werden; dann werfen sie ihr Kalb bei Tage. Seminarist Stüde

659ᵇ. Soll eine Kuh bei Tage milchend werden, so muß sie das letztemal vor dem Kalben am Sonntag gemelkt werden.

Küster Schwerdt in Belitz.

660. Wenn die Kuh beim Melken sehr unbändig ist und hinten ausschlägt, geht man stillschweigend ins Haus, nimmt die Schnur vom Spinnrade und bindet sie der Kuh um. Küster Schwerdt in Belitz

661ᵃ. Wenn die Kühe blaue oder lange Milch geben, muß eine Schale mit dieser Milch nach einem Kreuzwege getragen werden.

Gegend von Ludwigslust. Seminarist Brause.

661ᵇ. Wenn eine Kuh blaue Milch gibt, oder die Hausfrau kann aus der Milch keine Butter gewinnen; so muß sie einen Tuchlappen in die Milch tunken und dann den Lappen auf einen Kreuzweg legen. Die nächste Kuh, die dann über den Kreuzweg schreitet, wird jenen Fehler bekommen.

Aus Dömitz. Seminarist Kratzer Bgl NS 367 DS 790

662. Will man den Kühen das 'Bissen' abgewöhnen, so nimmt man ein Band und legt es quer vor den Eingang zum Gottesacker, so daß eine Leiche darüber weggetragen wird. Ist das geschehen, so nimmt man dasselbe Band und legt es quer vor die Schwelle der Stallthür, daß die Kühe, wenn sie zum erstenmal ins freie kommen, darüber hinwegschreiten müssen Kühe, mit denen solches vorgenommen, grasen selbst in heißen Tagen ruhig und laufen dem Hirten nie davon. Aus Bantin bei Zarrentin. Seminarist Burmeister.

663. Wer ein Thier, das geschlachtet wird, bedauert, erschwert dessen Ende.

Allgemein. Bgl JS 545. Engelien Nr 186

664. Damit sein 'Spann' vor Krankheit bewahrt bleibe, vergräbt mancher Knecht einen jungen noch blinden Hund lebendig unter der Krippe.

Schüler r, s.

665. Krankheiten der Kühe, blaue und lange Milch, Läuse u. s. w. hält auch unser Landvolk noch häufig genug für Folgen der Beherung und sucht diese durch Räucherungen und Sympathien zu beseitigen oder durch Einbohren von Mitteln in die Schwellen und Thüren der Ställe zu verhüten. Die für diese Zwecke aus den Officinen entlehnten Mittel sind: Rad. Victorialis long. et rotund. (Allermannsharnisch); Assa foetida (Düwelsdreck); Gummi Tacamahacae (Hack up'n Dack); Anethum graveolens (Dill); Nigella sativa (Swarten Kritz-Kram); Cortex Cascarillae (Schackerellen-Bork); Boswellia serrata Stackh. mit Balsamodendron Myrrha Ehbg. (Girr un Mirr), der Allem aber Pulvis aquorum griseus, ruber, viridis, welches unter den Namen: Rod un gris Sympetipulver, Grau Axen oder Aschenpulver, Berliner Freipulver, Excellenzenpulver, Fölterpulver, Helpulver, Hunu'pulver, Hexenpulver, Quadarenpulver, Sabendeils-

10*

pulver, Siebenunsiebziger- oder Hemmingspulver u. a. gefordert wird. Schiller u. s

666. Ein beliebtes Volksmittel gegen allerlei innere Krankheiten, in welchen der Urin sich dunkel färbt, besonders gegen Rückenblut und rothes Wasser, ist, daß man die Hand in den Mastdarm des kranken Viehes bringt und den Darm von innen mit den Nägeln kratzt, wobei man sich hüten muß, den Darm zu durchkratzen. Man nennt die Manipulation: das 'Rückenblut brechen'. Kühe, welche rothe Milch geben, melkt man durch einen Eichendopp, einen durchbohrten Eichenast. FG 518

667. Für ein tolles Wesen unter dem Hornvieh.

Schreibe diese lateinischen Wörter auf ein Stück Papier, wickle es zusammen und stecke es mit einem grünen Kohlblatt dem Vieh in den Hals. Es hilft.

Hominos et Jumenta salvabis Domine. Pueris admodum multis applicasti misericordiam tuam.

Und lasse es 2 bis 3 Stunden darauf fasten.
Kaufmann Lemcke in Tessin

668. Folgenden Spruch schreibe auf einen Zettel und wickle ihn in Teig und gib alles dem Vieh, nachher muß es aber etliche Stunden fasten. 'Die Gerechtigkeit stehet wie die Berge Gottes und dein Reich wie große Tiefe. Herr, du hilfst beyde Menschen und Vieh'.
Kaufmann Lemcke in Tessin

669. Zur Hebung des Sterzwurms bei Kühen steckt man zwei Nadeln in die Schwanzrübe, nahe am Kreuz. Zum Festmachen der Zähne bedient man sich einer Einreibung und Andrückung derselben von Salz mit einer blauen Schürze, drei Morgen hintereinander vor Sonnenaufgang. Schiller s. w.

670. Junge Stiere anzubändigen, daß sie nicht viel Umstände machen. Wenn du auf dem Lande in einen Kathen kommst, wo in der Stubenthüre ein Riemen oder ein Band angebunden ist, so ziehe denselben stillschweigend heraus, verwahre ihn, bis du junge Stiere anbändigen willst, dann binde dieses Band oder den Riemen vorn an die Peitsche und haue den Stier dreimal stillschweigend hinten vor die Ohren, dann wird er wohl gehen. Kaufmann Lemcke in Tessin

671. Man nehme die Angel einer Natter und stecke sie in das untere Ende des Hirtenstockes; wollen die Kühe bißen, so wird dieß sich sofort geben, wenn der Stock in die Erde gestoßen wird.

Von einer alten Bäuerinfrau zu Gr.-Wüstr. Pastor Deßberg.

672. Einer Kuh das Ausschlagen abzugewöhnen. Nimm ein Stück von einem Strick, womit eine Leiche ins Grab gesenkt ist, und schlage damit die Kuh.

Abgernd Lehrer Krempen.

673. Wenn 'n Beih wat an-dan is, möt men Holt von nggen Sülln (Thürschwellen) nemen und dormit dat Beih rökern.

Parchim. Thoms.

674. Wenn 'n Beih dörch 'bösen Blick' krank ward, möt man en Hor ut 'n Nacken sniden und dat mit 'n Nagel an 'ne Stell nagän, wo nich Sünn noch Man' henschint (am besten in 'n Stoll ünner de Krüvv) mit de Würd' 'Im Namen des Vaters, des Sohnes und des heiligen Geistes'.

Parchim. Thoms.

675. Nothfeuer. In Mecklenburg erschien unter dem Herzoge Gustav Adolph von Gülstrow unterm 13. September 1682 eine egene Verordnung wider die abergläubischen Viehcuren, namentlich das Nothfeuer, welches im fränkischen Reiche schon auf einer allgemeinen Kirchenversammlung im Jahre 742 verboten ward. Dessenungeachtet bezeugt Dav. Franck (a. a. O. I, S. 231), daß dasselbe zu seiner Zeit noch in vollem Gebrauche sei, ja ein in der Neuen Monatsschrift von und für Mecklenburg, Jahrg. 1792, Nr. 7, mitgetheiltes Beispiel beweist, daß diese merkwürdige Sitte noch am Ende des vorigen Jahrhunderts so allgemein verbreitet war, daß sich selbst größere Stadtgemeinden derselben nicht schämten. Zu Anfang des Julimonats eben dieses Jahres ward nämlich nach diesem Berichte 'die Sternberger Rindvichheerde von der sogenannten Feuerkrankheit befallen; verschiedene Häupter starben sehr schnell daran, und man beschloß, das übrige Vieh durch ein Nothfeuer zu treiben. Am 10. d. M. ließ der Magistrat daselbst öffentlich ausrufen, daß am folgenden Tage vor Sonnenaufgang ein Nothfeuer zum Besten der städtischen Rindviehzucht angemacht werden würde, und ermahnte zugleich jeden Einwohner, am Abende in den Küchen ja kein Feuer anzuzünden. Am 11. Morgens 2 Uhr war fast die ganze Bürgerschaft vor dem Luckower Thore versammelt und half mit vieler Mühe das schüchterne Vieh durch das

an drei verschiedenen Stellen brennende Nothfeuer jagen und glaubt noch ganz zuversichtlich, solches mit dieser Feuerprobe vom Tode errettet zu haben. Zur völligen Sicherheit hielt man es auch noch für rathsam, dem Rindvieh die rückständige Nothfeuerasche einzugeben. Die Art und Weise der Entzündung dieses Feuers wird in diesem Berichte als bekannt vorausgesetzt; aus den weiteren Verhandlungen über das Ereigniß, das natürlich Aufsehen erregte (Nr. 8 und 11 von 1792 und Nr. 6 von 1793 der gedachten Schrift) ergibt sich jedoch, daß dasselbe hier im Lande durch Reibung eines um einen eichenen Pfahl geschlungenen Strickes oder zweier Holzscheite gegen einander entzündet und durch siebenerlei Holz genährt ward. Ebenso beschreibt schon Franck 1, 231, die Art der Entzündung des Feuers, wobei er gleichfalls namentlich hervorhebt, daß der Pfahl, um welchen der Strick gewunden ward, vom Eichenholz genommen werden mußte. Die Asche des erloschenen Feuers ward nach Franck zu allerlei abergläubischen Dingen gemißbraucht; an andern Orten streuete man dieselbe z. B. über den Acker, um die Pflanzen gegen das Ungeziefer zu schützen. Interessant ist, daß man in neuester Zeit bei dem Erscheinen der Cholera zu der alten Sitte zurückkehren zu wollen schien, indem man an vielen Orten zur Reinigung der Luft öffentliche Feuer entzündete. Beyer in den Jahrb. 30, 175 f. Vgl. auch JG. 534.

676. Ich reiste im vorigen Monate durch ein, eine Meile von hier gelegenes schwerinsches Klosterdorf, in welchem etwa hundert Schritte hinter dem Hause eines Bauern auf der Wörde zwei junge Leute mit einer mir auffallenden Arbeit beschäftigt waren, was mich veranlaßte, den Beiden mich zu nahen. In einem in der Erde stehenden Pfahl nämlich befand oben sich ein Loch von etwa einem Zoll Durchmesser, worin eine, mit einem Stricke umwundene Welle steckte, welche mit Pech und anderen feuerfangenden Materien beschmiert war. Jeder dieser zwei Leute hatte ein Ende des Strickes gefaßt und arbeiteten die Welle in dem Pfahlloche dermaßen herum, daß der klare Schweiß ihnen von der Stirne troff. Auf meine Frage, zu welchem Zwecke solches geschehe, erhielt ich keine Antwort. Da endlich trat ein altes Mütterchen aus der hintern Hausthür, und ich wandte mit derselben Frage mich an diese. Die offenherzige Alte begann nun 'Je, sehn S', leiw' Herr, mang unf' Swin is dat Für (d. i. Bräune), un

dat is 'ne bös' Sak, as Sei woll weiten; dorüm süln min Söhns
ni Robfür anmaken; denn twei Bräuder möten 't so ümmer sin, ore
el twei, de enerlei Döpname hewwen, as Sei woll weiten. Dat
Holt dor in dat Pahllock müt nu so lang swinn herümbreigt warden,
bet dat Strick, wat min Söhns sat't hewwen, an tau brennen fangt.'
'Un dat,' fiel ich der Alten ins Wort, 'is dat Robfür?' 'J,
se doch, leiw' Herr,' fuhr sie weiter fort, indem sie auf einen in
der Nähe liegenden Haufen Strauchholz und Lumpen zeigte, 'sehn
S' dor! Wenn dat Strick brennt, denn ward dat in den Hümpel
Strük smeten.' 'Un wat schütt denn?' fragte ich weiter. 'Je,
nu, dörch dit Für warden de kranken Swin hendörch drewen, as
Sei woll weiten, leiw' Herr, wat äwerst woll Nix warden ward;
denn sit Sünn'nupgang hewwen s' all Weib vör Allgewalt arbeit't —
dörst in 't ganze Dörp so ok ken Für up 'n Hierd wesen, as Sei
woll weiten; äwerst de Lüd — — — —.' Rostocker Zeitung 21. Juli 1861.

677. Wenn das Vieh nicht gedeihen will, so nimmt man am
heiligen Christabend eine Axt oder Sense und steckt diese ins Futter,
von welchem das Vieh was zu fressen haben soll, läßt sie zwölf
Tage darin stecken; darnach nimmt man sie wieder heraus. Es hilft.
Oder. Schneide dem Vieh auf mehreren Stellen die Haare ab, nimm
dann einen scharfen Bohrer und bohre in den Ständer ein Loch,
stecke die Haare hinein und mache einen Pfropfen von Hagedorn und
schlage das Loch damit zu. Hilft auch gut. 〈G. Stockmann in Hanstorf.〉

678. Wenn das Vieh in Unordnung ist. Ueberwendisch-Wur-
zeln, Meister-Wurzeln und Ebermanus-Wurzeln; diese Pulver werden
angebohrt in Lagen und Krippen.

679. Wenn eine Kuh die Milch verzieht, so gib ihr des Morgens
nüchtern ihre eigene Milch ein, so findet sich die Milch wieder ein.
〈G. Stockmann in Hanstorf.〉

680. Für Milch und Butter. Für einen Schilling Penings-
Pulver in Brot eingegeben drei Messerspitzen voll.

681. Gegen rothe Milch der Kühe. Man schütte sie vor
Sonnenaufgang und nach Sonnenuntergang auf einen Kreuzweg.
〈Ludwigsluft. Lehrer Eichhoff.〉

682. Für das rothe Wasser.
Leite dein Rind auf einen grünen Rasen. Sobald es dann
pißt, so schneide den Fleck mit einem Messer aus und hänge es auf

einen Zaunpfahl, so daß die grüne Seite unten ist. Sobald der Rasen vertrocknet, vergeht das rothe Wasser.

Man holt einen Pott fettes Adelwasser und eine Handvoll Meerrettig auf einer Reide klein gerieben und gibt dem Pferde dreimal Abends und Morgens ein.

Dies ist probat für Blut, rothes Wasser und Weidsiegen.

Heft von Dr. Weihrer.

683. Hat eine Kuh die Läusekrankheit (große blaue Läuse), so nimmt man an einem beliebigen Donnerstag Morgen vor Sonnenaufgang stillschweigend drei von den Läusen, legt sie auf einen von den Steinen, die sich vor der Thür unter der Trause befinden, und schlägt sie mit einem andern Steine, der sich ebenfalls unter der Trause befindet, und den man herausgebrochen hat, todt. Dadurch wird das Thier gesund; den letzteren Stein muß man wieder an seine frühere Stelle legen.

Gegend von Hagenow. Gymnasiast Kahle Bgl. H.-S. 584.

684. Besiede das Vieh, so Läuse hat, mit gebrannter Zwölften-Buchenasche. Das ist aber nur für die kleinen Läuse; für die großen Läuse brenne Erbsenstroh zu Asche und besiede das Vieh damit, sie werden vergehen.

Kaufmann Lembcke in Teffin.

685. Gegen das Aufblähen des Viehes (de Pogg). Mittel gegen diese Krankheit sind: Man gebe dem Vieh einen lebenden Frosch (Pogg) ein; man zäume es mit einer gedrehten Weidenruthe oder einem gedrehten Strohbande auf, das man dreimal bespukt und mit Theer bestrichen hat, und jage das Vieh gegen den Wind an; man gebe dem Kuhhirten den Schwanz des Viehes in die Hand und hetze es nun mit dem Hunde gegen den Wind, so gehen durch das stoßweise Rücken am Schwanz und den ins Maul dringenden Wind die Blähungen ab.

H.-S. 551.

686. Aufblähen des Rindviehs heißt im Volksmunde 'De Pog hedden'. Mittel dagegen: Man hält dem kranken Vieh den Hut oder Mütze vor Maul und Nase; je schweißiger, desto besser.

Dominenpächter Dehn in Rienhagen.

687. Eine Kuh, welche ein schlimmes Euter hat, heilt man dadurch, daß man das Euter mit einer blauen Schürze überstreicht.

Gegend von Schwerin. Gymnasiast R. Brandt.

688. Gegen die Packen am Kuheuter. Jemand geht zu der Kuh und spricht 'De all Koo hett de Pocken.' Während dessen streicht ein Anderer die Asche auf dem Fewerherde zusammen, indem er einen Kreis um dieselbe schlägt. Also wird dreimal gethan in einem Augenblick, und die Kuh ist von der Plage befreit binnen einigen Tagen. Ist gewiß probat. Praßen. Altes Familienbuch von 1566

689. Gegen das Schwinden der Glieder beim Vieh. Grabe bei Klettenwurzeln an einem Freitage vor Sonnenaufgang aus, schneide von jeder Wurzel drei Scheiben, nähe sie in einen Lappen und binde sie über das schwindende Glied, lasse es 2 bis 3 Tage drauf liegen. Hilft es nicht, so fahre damit fort. Die Wurzeln können grün oder trocken sein, müssen aber zu bestimmter Zeit gegraben werden. Abgegend. Scheer Kreuher

690. Wenn das Rindvieh verstopft ist, läßt der Bauer an manchen Orten dasselbe rauchen. Es wird hiezu eine lange Pfeife angeraucht und die Spitze dem Thiere in den After gesteckt. Durch das Zwängen des Thieres bleibt die Pfeife lange in Brand, auch mag dies Mittel nicht ganz ohne Wirkung sein. Domänenpächter Behr in Nienhagen.

691. Wenn Thiere Maden haben oder dieselben im Speck sind. Die Anzeige hievon muß dem Schäfer Krackow gemacht werden, z. B. in der Weise 'Herr Pasturen sin rabe Koah (die Farbe muß angegeben werden) hett Maden.' 'Is gaod!' sagt der Schäfer. Dann nimmt er am andern Morgen vor Sonnenaufgang aus einem Besen ein Reis stillschweigend und steckt es in eine Thürhespe zwischen Hespe und Haken, woran die Thür geht, und spricht 'Heer Pastur sin rode Kooh hett Maden, de solen sitten bet awermorgen, denn solen sei herrute falln'. Im Namen Gottes ꝛc.' Dann fallen sie heraus, wie ichs beim Speck hier dam Hofe gehört habe. Pastor Bassewitz in Brütz. Vgl. NB 100

692. Wenn ein Schwein oder ander Vieh Maden hat. Kommt Jemand zu dir und sagt 'Mein Schwein hat Maden', so sage 'Laß sitzen bis Montag'. Man kann auch jeden andern Tag sagen, nur nicht Mittwoch oder Sonnabend (denn das sind keine Tage). Kaufmann Dancke in Tessin

693. Wenn die Schafe lammen sollen und sie werden noch auf die Weide getrieben, so wirft man die Heu- oder Strohhalme,

die sie beim Austreiben etwa mit aus dem Stalle zerren, wieder in denselben zurück; dann kommen sie nicht außerhalb des Stalles.

Aus Kabbensdorf. Lehrer Ehlebrecht

694. Wenn die Schafe viel springen, kommt Wind.

Allgemein.

695. Narrische Schafe (Schafe, welche die Drehkrankheit haben) darf man nicht schlachten; sobald man ein solches schlachtet, wird ein anderes von der Krankheit befallen. (Im Anfange dieses Jahrhunderts viel verbreiteter Aberglaube, jetzt abnehmend.)

Domänenpächter Behm in Kienhagen

696. Lamm. Wo is min Mömme (Mutter) bleben?

Bock. Is to Valken stegen.

Lamm. Kümmt's nich balt wedder?

Bock. Nä nä!

Esiendorf bei Frommann 1, 433

697. Greve in den Landwirthschaftlichen Annalen des mecklenburgischen patriotischen Vereins 1862, S. 216: 'Ich traf einmal auf einer Hofweide einen Ziegenbock, damit den Kühen nichts angethan werden könne, wie der alte Hirte berichtete.' — Günther in den Meklenburger Jahrbüchern VIII, 209. 'Das Ziegenvieh ist Lieblingsvieh der Hexen. Vormals hatten die Bauern um Eldena zwischen dem übrigen Viehe im Stalle immer auch eine Ziege oder lieber einen Ziegenbock als Präservativ gegen die Viehbehexung. Kam dann eine Hexe in den Stall, so wählte sie ihr Lieblingsthier, ritt darauf und ließ das übrige Vieh ungeschoren.'

Schiller a. o.

698. Eine gewisse Kunst, daß ein junges Roß bald frisch und muthig wird. Nimm von Haselstauden die Kätzchen, die im Winter sehr viel daran hängen, gib es dem Rosse ein mit dem Futter, so wird es fest und muthig werden.

Aus Hanstorf bei Doberan. Seminarist Eickmann

699. Damit ein Pferd nicht steif wird und sich nicht verfängt, hänge man ihm Wolfszähne um den Hals.

Ebendaher. Derselbe

700. Vielfach herrscht noch der Glaube, daß die Pferde dick und fett werden, wenn man sie mit einem Lappen von dem Zeuge eines Hingerichteten bestreicht.

Küster Schwarz in Prohn.

701. Früher (jetzt scheint es verschwunden) war der Pferdeknecht der Ansicht, seine Pferde hätten nur dann Gedeihen (Deg), wenn er

über Filzläufe hatte; ja er kaufte sich solche, wenn er sie nicht
schon hatte. Cand. theol. Müller.

702. Wenn man einen Sargnagel in die Hufspur eines Pferdes
steckt, so wird das Pferd lahm. P. P. 546.

703. Pferden soll man am Freitage nach Frühlings Tag- und
Nachtgleiche oder am zweiten Weihnachtstage zur Ader lassen.
F. W. 346.

704. Um dem Pferde die Mücken zu vertreiben, leitet man es
auf eine Wiese, schneidet den Fußtapfen mit einem Messer heraus,
wickelt das herausgeschnittene Grasstück vorsichtig in einen alten
Lappen von eines Mannes Hemde, und hängt denselben in den
Schornstein. Wenn das Gras vertrocknet ist, vergehen dem Pferde
die Mücken; man kann dann das Bein noch mit Leimöl schmieren,
es muß aber vor Sonnenaufgang geschehen.

705. Wenn ein Pferd stätisch ist, nimmt man eine Nadel,
womit ein Todtenhemde genäht ist, sticht zwei- oder dreimal hinten
unten auf den Wirbel, daß Blut herausläuft und reitet es dann
sofort. Die Nadel wird dann in einen Baum gesteckt.

706. Wenn ein unbändiges Pferd sich nicht beschlagen lassen
will, so steht es sofort still, sobald Jemand, der die schwarze Kunst
kann, es vom Kopf über Hals und Rücken streicht. Das Pferd wird
dabei von Angstschweiß triefend. Spethmann.

707. Wenn ein Hengst eine Stute decken soll, so gelingt das
nicht, sobald Jemand dabei steht, der die beiden Hände in die Hosen-
taschen gesteckt hat. Spethmann

708. Ein Pferdekopf unter dem Kopfkissen des Kranken ver-
scheucht nach Mustäus Fieber-Phantasien, und mit einem Pferdeherzen,
in des Teufels Namen gekocht, kann man die Hexen zwingen, sich
selbst anzuklagen. Beyer in den Wett. Jahrbüchern 20, 163 f

709. Wenn ein Pferd nicht fressen will.

Man nimmt drei Nägel von einem alten Sarge, schlägt sie in
die Krippe; hernach werden sie gleich fressen.

Man nimmt die Knospen von Knoblauch und Pfeffer, stößt
es zwischen einander klein und reibt ihm die Zähne damit aus;
gleich darnach wird es fressen.

Man geht nach der Schinderkuhle und holt sich einen Knochen von einem Pferde von der untersten Kinnlade, dann nimmt man eine neue Raspel, raspelt etwas davon ab und gibt es dem Pferde auf das Futter, darnach wird es fressen; das ist gewiß probat.

Heft von Dr. Wacker

710. Gegen Rotz der Pferde. Nimm Haare von einem Mutterfüllen und thue sie dem Pferde in den Hals, reite es scharf, immer im Trabe, laß es aber nicht rennen, so daß es überall schwitzt: so vergeht ihm der Rotz.

Ebenda

711. Wenn die Pferde an Kolik oder Harnverhaltung leiden, wendet man das sogenannte Feifel- oder Dingerbrechen an, d. h. man kneift die Ohrspeicheldrüse und schneidet sie 1 bis 2 Zoll lang an. Damit die Thiere jene Krankheit nicht bekommen, bricht man die Feifel im Frühling an einem Mittwoch, wodurch jedesmal ganz unnöthige Entzündungen, oft aber sogar auch Fisteln an den Ohrspeicheldrüsen entstehen.

SS 534

712. Wenn der Gaumen über die Schneidezähne gewachsen ist, was entweder Folge vom Zahnen oder vom verdorbenen Magen ist, brennt und sticht man in ganz unnützer Weise des Morgens nüchtern.

SS 534

713. Kauft man sich Ferkel, und es sollen aus diesen gute Sauen werden, so muß man zuerst ihren Kopf in den Sack, in dem man sie nach Hause bringt, stecken; in den Sack noch etwas Dung legen und ein kleines Loch hineinschneiden. Kommt man mit ihm nach Hause, so müssen sie mit dem Kopf zuerst in den Stall. Will man sie nicht zur Zucht haben, so steckt man das Hintertheil zuerst in den Sack und in den Stall.

Aus Zarrentin Seminarist Burmeister

714. Gekaufte Ferkel ziehen die Leute rückwärts in ihren Stall, dann, glauben sie, gedeihen sie gut.

Aus Woltersdorf Unteroffizier Bischow Bal. XIII 368 Angellen Nr. 166

Oder: dann werden sie nicht behext.

Lehrer Schwarz in Boltin

715. Wer ein Schwein von auswärts kauft, muß es auf der Feldscheide blutwunden, zum Schutz gegen böse Leute.

Aus Laupe. Seminarist Cammin

716. Wenn Jemand Ferkel kauft, so muß er diese schweigend durch eine Hose ziehen; dann liegen sie ruhig.

Aus Dömitz. Seminarist Kreutzer

717. Wenn die Schweine nicht ordentlich fressen wollen, so muß man stillschweigend Abends nach Sonnenuntergang nach dem Kirchhof gehen, eine Hand voll Erde vom Grabe des zuletzt Gestorbenen nehmen und sie den Schweinen unter den Trog legen.

Aus Hagenow Primaner Kahle.

718. Von einem schwarzen Schwein sagt man 'Dat 's 'n Swin för 'n Juden.'

Aus Lange, Seminarist Lemmin.

719. Wirft man eine lebende Schildkröte in die Tonne, aus welcher die Schweine gefüttert werden, so gedeihen dieselben besser.

S. W. 545

720. In den Trog, aus welchem die Schweine fressen, klopfe von einem Nagel im Namen der heiligen Dreifaltigkeit, damit die Thiere gedeihen und namentlich von hitzigen Krankheiten verschont bleiben.

S. W. 544.

721. Um Schweine von Läusen zu reinigen, nimmt man eine Federspule und setzt eine Laus von einem Schwein hinein. Dann geht man auf einen Kreuzweg und pustet in die Spule nach allen vier Winden, doch so, daß die Laus herausfliegt.

NB. Alles muß vor Sonnenaufgang gethan werden, und zwar stillschweigend.

Seminarist Engelstein

722. Aberglaube mit dem sogenannten Fangwasser. Ueber einen Schweinekoben wird Wasser gegossen und dasselbe aufgefangen, und zwar dreimal; dies Fangwasser wird den erkrankten Schweinen zum Saufen eingegeben, um sie wieder gesund zu machen.

Dr. Techen in Wismar

723. Das Verfangen der Schweine wird durch das Bestreichen mit einem Erbpantoffel curirt.

Archivrath Masch in Demern

724. Manche Leute haben die Gewohnheit, daß sie die kleinen jungen Gänse, bevor dieselben ins Freie kommen, durch das linke Bein einer Hose stecken, in dem Glauben, jetzt könne die Kräße sie nicht sehen und also auch nicht wegnehmen.

Küster Schwartz in Bellin. Vgl. Schiller 3, 11 und oben Nr. 679.

725. Mit einem Gänschen, das eben aus dem Ei gekrochen, muß man das Gesicht bestreichen, so wird man sich im Sommer nicht einbrennen.

Pastor Dolberg in Röbitz.

726. Raabe 38: Wer Sünnensproken hett, de möt stillswigens de ersten jungen Gäus nehmen, dormit sik arwer dat Gesicht striken

un se hinner sik lopen laten; Regenwater, wat up 'n Lekenstein steit, is ak goad darvör.

Schiller 1, 11.

727. Das erste Gänse-Ei im Jahr streicht man stillschweigend dreimal rings um das Gesicht, dann bleibt man so weiß, wie das Gänse-Ei ist.

Domänenpächter Behn in Rorahögen

728. Hat sich bei einer Gans das Ei festgesetzt, daß sie nicht legen kann, dann soll man sie vor Sonnenaufgang oder nach Sonnenuntergang dreimal stillschweigend um die Kirche tragen, dadurch löst sich das Ei.

Küster Schwartz in Behn

729. Peitschengeknall vor oder im Hause 'bedöwt' die Gänse-Eier.

Domänenpächter Behn in Rorahögen.

730. Die Gänse, die Martini nicht fett sind, werden es überall nicht mehr.

Aus Schwaan T. W. Stuhlmann

731. Beim Gänsebraten muß man auf das Brustbein achten; ist es weiß, so gibts einen strengen Winter, ist es roth, einen milden.

Aus Hohenschwerts Sagen Bgl. NS. 414

732. Gänse auf dem Marsch.

Zugschließende Gans: Elitsch, Elitsch, is de Kraog noch wit?

Zugführende Gans: Halv Mil, halv Mil.

Chorus: Ach Gott, ach Gott! Ach Gott, ach Gott!

Satenhorst bei Fromman 5, 184

Gänse auf der Haferstappel: Ditking nem ik mi un datking nimm du bi (in infinitum).

Ebenda

Junge Gänse vor Erbschaften (Brakkluten): Ach Gott Jesus, wo kam 't hir-rawer?

Ebenda

733ᵃ. Kauft man Hühner oder Küchlein, so lasse man sie dreimal in den Spiegel sehen, und dann thue man sie dreimal um den Kesselhaken herum, so laufen sie nicht fort.

Aus Neustadt. Von einem Seminaristen Bgl. Nr 622, 793.

733ᵇ. Damit ein gekaufter Hahn treu auf dem Hofe bleibe und ihn nicht verlasse, gehe man mit ihm in die Stube, drehe sich vor dem Spiegel dreimal stillschweigend um und lasse ihn bei jedem Umdrehen hinein sehen.

NS. 140.

734. Legen Hühner Eier ohne Schalen, so müssen sie durch einen Besen gefüttert werden, der in den Zwölften gebunden ist.

Aus Neustadt. Von einem Seminaristen

735. Wenn man einer Henne eine ungerade Zahl Eier unter-
legt, kommen viele Junge aus; legt man ihr eine gerade unter,
bekommt sie wenige.   Aus Hohenschwarte Agnes?

736. Ranke 35: 'Wenn dat Hohns gewen sall, so möt man
dat Nestsstroh for de Hänner von den Mann sin Sid ut dat Ehbedd
nemen, sünst von de Fru er Sid.' — 37: 'Ehleu börmen jo nich
von 'n Hushahn eten.' — 229: 'Wenn man Eier eten hett, mütt
man de Schell intwei drücken, sünst bekümmt man dat Fewer odder
kricht dat ok mit de Heren to daun (oder es legen die Hühner nicht
wieder, von denen jene Eier stammen).' Vgl. Montanus 176. —
231: 'Wenn ein Hauu kreiht, so gift 't den Dag Unglück, wenn
man nich dat Hauu in de Drauktonn' steckt odder ein glik den Hals
umdreiht.'   Schiller 3, 15. Vgl. JG 546.

737ᵃ. Ein krähendes Huhn ist der Wahrsager des Hauses.
Ein Bauer hatte ein krähendes Huhn und wollte, seine Frau sollte
dasselbe schlachten. Die aber wollte das sonst gute Huhn nicht missen.
Deßhalb wollte sie es auch ihrer Nachbarin, die darum bat, nicht
verkaufen und ließ es ihr erst, als sie einen hohen Preis (10 Groschen) dafür erhielt. Kaum hatte die Nachbarin das Huhn, so rupfte
sie es bei lebendigem Leibe und warf es in den Ofen. 'So,' sagte
sie, 'du sollst mich nicht mehr anzeigen, wenn ich kommen will.'
Denn sie war eine Heye, und das Huhn hatte allzeit ihr Kommen
in dem Hause angezeigt, so daß sie dadurch war abgehalten worden.
Am andern Morgen lag des Bauern Pferd todt im Stalle.
                                        Aus Nödel. Paster Behm in Mölz.

737ᵇ. Es kommt zuweilen vor, daß ein Huhn kräht; geschieht
dies am Abend, so bedeutet dies für das Haus Unglück; am Morgen
aber bedeutet es Glück und Segen.   Seminarist Uth.

738. Wirst man das erste Ei eines Huhnes auf ein Dach,
so legt es reichlicher. Auch legt ein Huhn fleißiger, wenn man es
mit Nesseln gepeitscht hat.   JG 546.

739. Hühnerfedern in dem Kopfkissen des Sterbenden erschweren
den Tod; das Nesselfieber wird auch Hühnerbad genannt, und man
glaubt, daß die Krankheit entstehe, wenn man sich an solchen Orten
aufhalte, wo die Hühner ein sogenanntes Sand- oder Staubbad

genommen haben. Zur Heilung des Uebels streut man den Hühnern
zwischen Hemd und Brust hindurch Brotkrumen.

Beyer in den Jahrb. 20. 185

740. Bekommt man ein fremdes Huhn, so muß man es, damit es nicht wegläuft, dreimal in einen Spiegel sehen lassen.

Aus Sülze. Flischprediger Zimmermann

741. Beyer IX, 224, 129: 'Ein siebenjähriger Hahn legt ein
Basilisken-Ei.'

Schiller S. 18.

742. Klashahnenort wird die flache Gegend zwischen Rostock,
Ribnitz und Marlow genannt. Der Name soll von Vögeln herrühren, die im Volksmunde 'Klashahn' genannt sind — vermuthlich
Kampfhahn. Jetzt wird vorzugsweise die Gegend damit bezeichnet,
wo der Ur (Fuchserde, eisenschüssiger Sand, Raseneisenstein) sich
vielfach findet und die Felder dadurch unfruchtbar werden.

Domänenpächter Behm in Wierhagen

743. Der Hahn schreit:

> Sla hirher,
>
> Luter rif Lüb!

Lutendorf bei Frommann 5, 426.

744. Stirbt der Hausvater in einer Familie[1], so begibt sich
in derselben Stunde einer der Angehörigen des Verstorbenen zu dem
Bienenstand desselben. Jeder einzelne Bienenkorb wird angestoßen
(angerührt) und dabei werden Worte des Inhalts, daß der Hausherr gestorben sei, gesprochen. Wenn dies nicht geschieht, sterben die
Bienen aus.

Allgemein Bgl. NM 264 WM. 137. Engelien Nr. 163.

745. Wer den Bienen Honig in einem Menschenschädel versetzt, sichert sie dadurch vor Raubbienen.

Archivrath Raich in Demern

746. Bienenzüchter, die gerne wollen, daß ihre Bienen rauben,
halten sich einen Fuchskopf im Schauer.

Aus Helm. Grevesmühl Güstrow

747. Zur Strafe, daß die Biene am Sonntag nicht feiert,
kann sie dem rothen Klee keinen Honig entnehmen.

Küster Schwartz in Bellin

Feld und Garten.

746. Des Herrn Fußtritt düngt den Acker; des Herrn Fußtritt mästet das Vieh.

§5. 560.

---

[1] Oder: beim Tode eines Imkers (Pastor Passewitz in Brütz.)

749. Beim ersten Spatenstich muß man etwas Unrath aus dem Hause einwerfen, dann kommen keine Erdflöhe.

Rechtsrath Rasch in Demern.

750. Dem Saatweizen pflegen Einige, bevor er gesäet wird, durch ein altes Beinkleid zu schütten.

Geyerd von Schwerin. Gymnasiast Brasch. Bgl. Oben 302.

751ᵃ. Beim Ausstreuen der Saat nimmt man drei Körner in den Mund und scheucht beim Säen mit 'püsch, püsch, püsch!'; ist das ganze Stück besäet, werden auf der Ecke, wo es ausgeht, die Körner verscharrt; dann fressen die Vögel nicht den Weizen oder Roggen.

Von einem Seminaristen in Neukloster.

751ᵇ. Beim Säen des Korns nimmt man auf jeder Ecke des Saatfeldes eines der eben ausgestreuten Körner wieder auf und steckt es in den Mund, so daß, wenn das Kornfeld besäet ist, man so viele Körner in dem Munde hat als das Feld Ecken. Die Körner legt man in den Rauchfang. Alles muß stillschweigend geschehen und baarhaupt.

Aus Heldorf und Rathensdorf, Hauswirth M., durch Lehrer Lüßdorf.

751ᶜ. Korn vor Vogelfraß zu schützen. In der Nacht vor Johannis geht man nackend in das Kornfeld und mäht auf jeder Ecke einige Halme ab. Anderes Mittel: Das Korn muß am Mittwoch oder Donnerstag gesäet werden, stillschweigend, während man so viel Körner im Munde hat, als das Ackerstück Ecken hat, nach dem Säen spuckt man auf jede Ecke ein Korn hin.

Seminarist Holzmüller.

751ᵈ. Um die Vögel von einem Weizenfelde abzuhalten. So wie der Säer aufsteht, geht er stillschweigend nach dem Acker. Wenn er anfängt zu säen, so nimmt er drei Körner Weizen in den Mund. Ist er mit dem Säen fertig, so speit er die drei Weizenkörner sich über die Schulter und geht darauf stillschweigend nach Hause.

Aus Neustadt. Von einer Seminaristen.

751ᵉ. Um Sperlinge und Vögel vom Aufpicken des gesäeten Korns, besonders Weizens, abzuhalten, hat man verschiedene Mittel.

a) Man schneidet am Johannistage an den vier Ecken des Kornfeldes vier Büschel des grünen Roggens oder Weizens ab, so aber, daß man von einer Ecke zur gegenüberliegenden auf der Diagonale quer über das Saatfeld geht; man geht somit ein Kreuz über das Feld hin. Das abgeschnittene Korn wird darauf in ein Bündel zusammengebunden und meist in den Schornstein gehängt oder an einen Ort, wo nicht Sonne noch Mond hinschaut.

Aus Eldena und Greifswald. Hospitalprediger Zimmermann.

b) Nimmt man beim Weizensäen drei Weizenkörner in den Mund und verhält man sich während des Säens still, so hält das die Sperlinge ab.

Aus Grabow a. B. Derselbe.

c) Es ist ein gutes Mittel, wenn man vom Scheidezaun, der zwischen dem eigenen und des Nachbars Gehöft steht und oben meistens mit Dorngesträpp belegt ist, drei Dornen abbricht, von diesen die Spitzen abbeißt, und die abgebissenen Dornspitzen während des Säens im Munde hält, natürlich ohne zu sprechen, und sie dann, wenn man mit dem Säen fertig ist, auf den Acker wirft.

Aus Grabow a. B. Derselbe.

752ª. Den Samen, den man früh vor Sonnenaufgang säet, lesen die Vögel nicht auf.

Küster Schwarz in Zettin.

752ᵇ. Wenn die Vögel das Korn nicht fressen sollen, so umgehe vor Sonnenaufgang, das Gesicht nach Osten gewendet, das Kornfeld, brich von jeder Ecke eine Aehre ab und vergrabe sie unter das Dach des Hauses, daß sie weder Sonne noch Mond bescheinen kann.

Altvorpommern. Lehrer Krüger.

752ᶜ. Um die Sperlinge vom Weizen fern zu halten, muß man vor Sonnenaufgang an jeder Ecke des Ackerstückes eine Aehre abbeißen und diese in den Schornstein hängen.

Schiller I, 14.

752ᵈ. Beim Weizensäen hält man es in der Gegend von Molzow für rathsam, dies vor Sonnenaufgang oder nach Sonnenuntergang zu thun, damit die Vögel nicht über das reifende Korn herfallen und die Aehren auspicken.

Cand. theol. Hoffmann.

753. Wenn Korn gesäet wird, muß man stillschweigend drei Körner von demselben in den nächsten Busch werfen, dann fressen die Vögel nicht von der Saat, noch von dem Korn vor der Ernte.

Aus Warlow bei Ludwigslust. Zengel.

754. Daß die Vögel das Korn am Dorf nicht auffressen Schmiere dir des Morgens und Nachmittags die Hände mit Hasenfett, und säe in Gottes Namen dein Korn aus, so werden es die Vögel dir lassen.

Kaufmann Brandt in Teßin.

755ᵃ. Für Aussaat des Wintergetreides ist ein allgemein verbreitetes Sprichwort 'Roggen in de Asch, Weiten in de Wasch.'

Dominenpächter Behm in Kornhagen.

755ᵇ Den Weiten in de Wasch, den Roggen in de Asch (d. i. den Weizen soll man in nasses, den Roggen in trockenes Land säen). H.S. 651

756. Die erste blühende Roggenähre stillschweigend dreimal durch den Mund gezogen, behütet vor kaltem Fieber.

Dominenpächter Behm in Kornhagen.

757. Wenn im Roggenfelde viel Aehren hoch über die andern ragen, sagt man, es sind viel Käufer im Roggen, der Roggen wird dann theuer. Derselbe.

758. Wer drei reise Kornähren im Namen des dreieinigen Gottes über den Spiegel steckt, hat reichen Kornsegen zu erwarten. H.S. 650

759. Die Gerste kann dreimal erfrieren und doch noch gut werden. Dominenpächter Behm in Kornhagen.

760. In der Roggensaat soll sich Maitag eine Krähe verstecken können. Derselbe. Vgl. Hr. Kruier, Stramird 33.

761. Weizen soll noch gut werden können, wenn man ihn Maitag auch noch mit der Laterne suchen muß. Derselbe.

762. Von der Brachbestellung gilt folgendes Sprichwort:

Wenn de Brak pipt,

De Wennacker schlipt,

De Saatacker stöwt,

Dat bringt Kurn, bat de Seß sik bögt. Derselbe

763. Wenn dat Kurn gedeiht up'n Sann' (Sand), wart diller Tit in 'n Sann'. H.S. 551

764. Wer Gerste und Roggen unterstäubt,

Den Hafer unterkleibt,

Den Weizen säet in Schollen,

Der hat Alles im Vollen. H.S. 551.

765. Lein muß aus einer blauen Schürze gesäet werden, wenn der Flachs gut werden soll. Allgemein.

766. Der Lein muß am hundertsten Tage im Jahr gesäet werden, und zwar aus einer blauen Schürze, damit er gut gedeiht. Demmariß Stäbr.

767. Nach Aussaat des Leins dürfen auf dem besäeten Felde keine Kluten geklopft werden, sonst wird das Lein taub.

'Sehr verbreitet.' Domänenpächter Behm

768. Beim Leinsamensäen steckt man an der Stelle, wo man die ersten Körner ausstreut, ein Messer ein, und da, wo man den letzten Samen hinwirft, mache man mit der Harke drei Kreuze, dann soll es gute Art haben.

Gr.-Lauch. Hilfsprediger Zimmermann.

769. Vierblättrigen Klee finden, bringt Glück.

Allgemein.

770. Bohnen muß man pflanzen, wenn der Zeiger der Uhr auf einer der größeren Zahlen steht, z. B. auf 7, 8, 9, 10, 11, 12.

Gegend von Schwerin. Obermusik. Brandt.

771. Hülsenfrüchte müssen gepflanzt werden, wenn die Uhr viel schlägt, damit viele Körner in den Schoten wachsen.

Aus Röbel. Küster Schröder in Sietow.

772. Bohnen tragen reichlicher, wenn man beim Pflanzen eine ungerade Zahl nimmt.

F.S. 651

773. Beim Erbsensäen nimmt man ein Taschenmesser und steckt es mit dem Griff in die Erde, daß die Schneide gegen den Wind gekehrt ist. Dann lassen die Erbsen sich gut brechen und kochen.

Von einem Seminaristen in Neukloster

774[a]. Um Erbsen gegen den Vogelfraß zu sichern, heißt es, säe man des Abends gegen Sonnenuntergang im Frühlinge, und zwar nach einem heitern Tage, wenn der Thau aus dem Boden zu steigen anfängt. Man lasse die Saat liegen, daß sie die Nacht hindurch ganz vom Thau benetzt werde. Früh Morgens, mit Anbruch des Tages, egge und walze man die Saat zu, so wird kein Vogel weder die Erbsen verzehren, noch der nachher entstehenden Hülsenfrucht schaden.

774[b]. Sollen die Vögel die Erbsenbeete verschonen, so müssen die Erbsen an einem Mittwoch oder Sonnabend vor Sonnenaufgang oder nach Sonnenuntergang gelegt werden.

Aus Grabow. Von einem Seminaristen. Vgl. Beyer in den Mekleub. Jahrb. 20. p. 305.

774[c]. Die Erbsen werden nicht von den Sperlingen aufgefressen, wenn man sie Sonnabends beim Stoßen der Betglocke legt.

Förthaus W. bei Röbel. Durch Pastor Dolberg.

774[d]. Werden Erbsen gelegt, so sollen zwei in den Mund genommen und zuletzt gelegt werden; alsdann werden die Erbsen nicht von den Vögeln gefressen werden.

Semmank Stübe

774ª. Wenn das Erbsenbeet soweit zugerichtet ist, daß die Saaterbsen gelegt werden können, so nimmt die Person, welche das Legen besorgt, zuvörderst vier Erbsen in dem Mund. Sie fängt das Legen damit an, daß sie eine Erbse aus dem Munde nimmt und damit die Reihe beginnt, auf diese folgen dann die gewöhnlichen Erbsen, die zur Saat bestimmt sind. Ist die Reihe zu Ende, so wird eine zweite Erbse aus dem Munde genommen und die Reihe damit geschlossen. Zu Anfang der zweiten Reihe wird wieder mit einer Erbse aus dem Munde begonnen und ist die Reihe zu Ende, so wird dieselbe mit der vierten Erbse aus dem Munde geschlossen.

Aus Gutow Pastor Bartsch.

774ᵇ. Erbsen muß man stillschweigend legen, indem man drei Erbsen unter der Zunge hält.

Aus Al-Nagatin bei Schwerin. Gymnasiast Brandt.

775. Raabe 38: Arwten mütt man seien, wenn de Wind at 'n Regenurt kümmt, denn bräken sei licht bi'n Kaken. Ders. 230: Arwten dörwt man blot des Dunnerdags eten, in de Twölften arwest gor nich.

Schiller a, 25

776. Greve in den Landwirthschaftlichen Annalen des meklenburgischen patriotischen Vereins 1862, Seite 119: Wenn bei Arwt söllt in 't Water, dat 't plumpt, denn gift dat 'n gauden Strunk.

Schiller a, 25

777. De Arwt wasst dörch ne Schoosahl. Schön-Blankenhagen.

778. Nörbsen möten leggt warden, wenn den Dag vör Himmelfaort de grot Klock geit. Aus Tessin Neger.

779. Beim Wurzelsaen ist es gut zu sagen 'Wöttel as 'n Arm dick.' Gegend von Schwerin Gymnasiast Brandt.

780. Wurzeln dürfen nicht mit einer eisernen Harke beharkt werden, weil sie sonst 'isenmatig' werden. Man nennt die harten Knoten, welche sich bisweilen in den Wurzeln finden, 'Eisenmale'.

Aus Warnemünde Hülfsprediger Timmermann.

781. Die Früchte, Knospen oder Blüthen eines Baumes darf man nicht zählen, sonst fallen sie ab. JB 651

782ª. Man muß im Herbste dem Baum nicht alle Früchte nehmen; sonst wird er träge. Allgemein Sgl. Böß. 320.

782ᵇ. Wenn man Obst abnimmt, soll man eine Frucht sitzen lassen. Dreilützower Schön in Klenhagen.

783ª. Wenn ein junger Baum im ersten Jahre, wo er trägt, bestohlen wird, so trägt er nicht wieder.

Domänenpächter Behn in Nienhagen.

783ᵇ. Wird einem jungen Apfelbaum seine erste Frucht gestohlen, so hat er keine Art.

Aus Lüage Sommerath Carmin.

784ª. Wenn ein Obstbaum nicht tragen will, so muß man ihm ein Geldstück an die Wurzel legen. Aus Demern, Archivrath Roth.

784ᵇ. Damit die Obstbäume gute Frucht tragen, werden sie mit Geld beschenkt; auch sollen sie dann reichlich tragen, wenn man die erste Frucht des Baumes in einem Sack dreimal um das Haus trägt und dann wieder beim Baum niederlegt.

Aus Ohr-Dausch Hülfsprediger Timmermann

Werden aber die ersten Früchte gestohlen, so wird der Baum in sieben Jahren nicht wieder tragen. Aus Eldena, Derselbe

785. Ellernholz voll Knöpfe, bedeutet volle Töpfe. Fromm

786. Die Cypressen mögen manche Leute nicht im Hause, weil sie glauben, es sterbe dann Jemand. Sie nennen sie 'bei Dobben' (Todtenbaum). Küster Schwartz in Hessen

787. Viel saure Kirschen, bedeutet ein lohnendes Roggenjahr.

Domänenpächter Behn in Nienhagen.

788. Quitschenbom (Sorbus aucuparia). Herzog Gustav Adolph schickte 1670 den 1. Mai Gerichtsdiener in seiner Residenz Güstrow umher, welche nachsehen sollten, ob die Thüren auch mit 'Kreuzen' bezeichnet, oder mit 'Quitzenstreuchen' besteckt seien. Ersteres war vielfältig der Fall, letzteres fand man nirgends. Aus einem späteren Verhör ergibt sich, daß man Walpurgis-Abend solche Quitzenstreuch' an die Stallthüren zu stecken und am andern Morgen das Vieh damit zu 'quitzen' oder zu streichen pflegte. Ein alter Schneider gesteht, daß seine Tochter einem Jungen, welcher solchen Busch in die Stadt gebracht, ein kleines Zweiglein abgenommen und ihren Bruder damit gequitzet habe. Vor dreißig Jahren, erzählt er, hätten die Kinder seines damaligen Meisters denselben auch gequitzet, worauf derselbe gesagt, er wisse schon, was sie wollten, und habe ihnen 3 Schillinge gegeben. Darauf seien sie auch zu ihm gekommen. Das Bestecken der Stallthüren mit Vogelbeer-Zweigen am Walpurgis-Abend, um die Hexen abzuhalten, und das Peitschen der Kühe am nächsten Morgen mit eben diesen Zweigen, damit sie reichliche Milch geben,

wie nach dem Obigen auch der gequälte Mensch ein Geschrei geben mußte, ist noch in diesem Jahrhundert im Amte Schwerin vorgekommen. Schiller 1, 24.

789. Wenn die alten Weiden glühen und olmen oder in Fäulniß übergehen, so sagen sie es brenne da Geld, und Einige graben sogar unter dem Baume nach. Aus Weltentorf. Unteroffizier Büsherg.

790. Die Weiden werden darum hohl, weil Judas sich an einer Weide erhängt hat. Paster Dolberg in Ribnitz.

791ᵃ. Will man Raupen vom Kohl entfernen, so nimmt man eine Todtenruthe und überstreicht damit vor Sonnenaufgang den Kohl, so sterben alle Raupen. Gegend von Hagenow. Seminarist Warncke.

791ᵇ. Um ein Beet von Raupen zu befreien, nehme man von jeder Ecke — oder kreuzweise — stillschweigend eine fort, thue sie in einen leinenen Lappen und hänge diesen in den Schornstein. Mit dem vergehen die Raupen auf dem Felde. §§ 861.

791ᶜ Wenn der Kohl geräth, verdirbt das Heu. Fromm.

792. Selleri (Zelleri Apium graveolens). Der Namen Mark (Siemß, Wred.) wird wohl kaum noch in Mecklenburg gehört. Jauth 213 nennt folgenden Vers unserer Vorfahren:

'Höre: Marck und Melde
Waffen beyd' im Velde.
Plücke Marck und laih Melde staen,
So kanstu wol mit Luyden umgaen,

i e Audi andianda, vide vidanda et taca tacenda' Vgl. Bützow. Ruhest. XXII, 76, und Körte, Sprichwörter Nr. 4203. Schiller 2, 30.

793. Knuffelock auf eine snede geröstet brot geriben vnd be jungen kelber, swine vnde Gosellen damit bestreken ehr man sehe in welde jaget, ist seher guett vor das vorropent.

In einem Exemplar der Pollerey- und Lanthtorbnung von 1579 im Archiv zu Neubrandenburg. Von Dr. Crull zu Wismar.

Thiere.

794. Der Storch wird allgemein Adebar, Arebar, Arebare und in der Gegend von Dömitz Aettebör genannt. Das Wort ist sehr verschieden erklärt; am nächsten scheint zu liegen die erste Sylbe auf den Stamm ôd, in dem allgemeinen Sinn von Glück (felicitas),

zurückzuführen. Odobar oder odobar ist also wörtlich Glücksbringer, welches genau dem Hetzebart entspricht, einem andern mittelhochdeutschen, noch jetzt in Lüneburg, Braunschweig und Hessen gebräuchlichen Namen desselben Vogels. In der Prignitz und einem kleinen Theile von Meklenburg heißt er Haimotte oder Hannotter, was ich nicht zu erklären weiß. Seine Verwandtschaft mit Thor ist aus vielen Zügen völlig klar. Sein Erscheinen ist im Allgemeinen Heil und Glück bringend, was nach dem Obigen schon sein Name sagt; man beobachtet aber, ob man den ersten Storch des Jahres fliegend, oder auf einem Neste sitzend gesehen hat; ersteres bedeutet zunehmenden Wohlstand, letzteres Eheglück. Vor Allem aber bringt er dem Hause, worauf er nistet, seinen Segen und schützt es namentlich gegen Feuer, besonders gegen den Blitz; sollte dasselbe aber dennoch vom Feuer bedroht werden, so bringt der vorahnende Vogel seine Brut Tags zuvor in Sicherheit, weshalb schon Attila aus dem Abziehen der Störche von dem belagerten Ravenna auf den Untergang der Stadt schloß. Um ihn zum Nisten auf einem Hause zu bewegen, baut man ihm in einigen Gegenden ein Nest auf dem Feuerherde. Das wichtigste Geschäft des Storches aber, welches unzweideutig auf Thor, den Gott der Liebe und der Ehe, hinweist, ist bekanntlich nach allgemein verbreiteter Kindersage die Zutragung der Kinder, die er nach der gewöhnlichsten Vorstellung aus dem Sumpfe holt (Kinderfoll), weshalb unsere Kinder noch fleißig singen 'Adebare Nester ꝛc.' Auch werden nach dem Storche verschiedene Pflanzen genannt.

Beyer in der WESt. Zahrb. VI. 179 f. Vgl. Schiller I, 2.

795. Ein Storchennest auf dem Hause bringt dem Hause Glück.
Allgemein. Vgl. Wolf, 209.

796. Wenn auf einem Hause das Storchennest muthwillig oder unabsichtlich zerstört wird, so bringt das Unsegen für das Haus.
Aus Warlin bei Fahrenholz. Zenger.

797. Das Gebäude, auf dem ein Storch sein Nest hat, wird nicht vom Blitz getroffen (allgemein), oder geschieht es doch, so zündet der Blitz nicht.
Seminarist Stüfe. Vgl. Engelien Nr. 237.

798ᵃ. Ein Storchnest auf dem Hause schützt das Haus vor Feuerschaden.
Aus Plate bei Schwerin. Von einem Seminaristen.

798ᵇ. Ein Storchnest auf dem Hause bringt Glück, und das Haus, worauf es steht, brennt nicht ab.
Rehberg. Raisch in Demern.

Damit nun der Storch um so eher sein Nest auf dem Hause baue, pflegen Menschenhände wohl den Anfang des Nestes zu machen.

Küster Schwarz in Bellin

799. Das Gegentheil ganz vereinzelt. Es ist nicht gut, wenn der Storch auf einem Hause sein Nest baut, denn dann schlägt der Blitz ein.

Aus Pütiz Pogge

800. Wenn die Störche ein Gebäude verlassen, das sie bewohnt haben, so brennt dasselbe ab, oder es geschieht ein anderes Unglück.

Gegend von Schwerin Präpositus Schencke

801. Sieht man im Frühjahr den ersten Storch gehen oder fliegen, so ist dies ein Zeichen, daß man im Laufe des Jahres flüzig sein wird; ruhig sitzen oder stehen desselben bedeutet Tragheit, hört man ihn klappern, so hat man viel Unglück im Zerbrechen von Geschirr, Schalen, Gläsern ꝛc.

Tidemann Bd. XII 800 XVII 207 u Engelien Nr 336 Fr Renter, Hanne Nüte 1c

Oder man wird sehr 'snackig'.

Küster Schwarz in Bellin

802. Wer den ersten Storch fliegen sieht, bleibt das ganze Jahr gesund, aber es ist nicht gewiß, daß er im Hause bleibt, das thut nur der, welcher ihn zuerst sitzend sah.

Rechtsrath Masch in Demern

803. Wer den ersten Storch stehen oder sitzen sieht, bleibt in dem Jahr an dem Orte, wer ihn fliegen sieht, muß fort vom Hause. Ueber dessen Haus der Storch hinzieht, der muß in dem Jahre Kindelbier geben; wenn die Hausfrau oder das Dienstmädchen ihn zuerst klappern hört, wirft sie in dem Jahre viel Geschier entzwei.

Ellgegend. Krenzer

804. Wenn man den ersten Storch im Frühling erblickt und hat Geld in der Tasche, so hat man im ganzen Jahre keinen Mangel daran; hat man keines in der Tasche, so wird man auch das ganze Jahr keines haben.

Allgemein

805ᵃ. Sind die Federn des Storchs bei seiner Ankunft schon weiß, so gibts ein trocknes, sind sie grau oder schmutzig weiß, ein nasses Jahr.

Allgemein

805ᵇ. Coler. I, 49 b: Was die Meckelburg. Bawren vor eine observation vom Storch haben Sobald der Storch kompt, sehen sie ihn nach dem Bauch, ist er weiß unter dem Bauch, so wills ein trager Sommer werden, darinnen es nicht sehr regnet. Ist er aber fahl oder schwärtzlich, so will ein nasser Sommer werden. Valentin

hae<s quantum possunt. Siemssen, Vögel 160: Unser Landmann befürchtet ein nasses Jahr, wenn er einen schwarzen Adebar zu Gesichte bekommt. Schiller I, 3

806. Der Storch wirft alljährlich Etwas aus seinem Neste So lange er eine Feder auswirft, bringt er Glück. Wenn er ein Ei auswirft, ist es bedenklich, wenn er aber in einem Jahre ein Ei und im nächsten ein Junges auswirft, bringt es sicher Unglück Dominenpächter Behm in Nienhagen

807. Wenn der Storch im Frühjahr viel klappert, so kommt ein warmer Frühling; und wenn er seine Jungen im Neste mit Moos und andern dergleichen Dingen zu bedecken anfängt, so folgt bald Regen. Schiller I, 3

808. Die Störche sind in dem Lande, wohin sie im Herbst ziehen, kleine Menschen. Cand. theol. Ritter.

809. Die Regenschauer des April nennt man in Stück und Straß bei Eldena nach dem Storch 'Hannotte-Schurn'. Hilfsprediger Timmermann

810ª. Der fliegende Storch wird angerufen von den Kindern

   Adebar du Goder,

   Bring mi 'n lütten Broder.

   Adebar du Bester[1]),

   Bring mi 'n lütt Schwester Allgemein. Vgl. Rüdenhoff S. 477

810ᵇ.   Adebabe rore[2]),

   Bring mi 'n lütten Brore.

   Adebabe nester,

   Bring mi 'n little Swester. Aus Grabow Lehrer Kreuzer

Z. 1. 3. Adebohr bei Rohre — Aderbohr du Nester. Behm in Nienhagen

810ᶜ.   Adebabe rore,

   Bring mi 'n lütten Brore,

   Ick will ok flitig weigen,

   Un will ok gor nich leigen. Elbargen Lehrer Kreuzer

---

[1]) Var. Nester.

[2]) rore Dömitz. Kreuzer

810ᵈ. Orebore Neſte,

Bring mi ein ſütt Sweſte.

Orebore Roure,

Bring mi 'n ſütten Broure.

Aus Gabebuſch. H. Schmidt. Vgl. nach Schiler I, 2 RG. 394 c

810ᵉ Adebor du Rau'rer (= Raud'rer, Ruderer),

Bring mi 'n ſütten Brauder!

Adebor du Neſter,

Bring mi 'ne ſütte Swoeſter! Aus dem Rockwythal Kerger.

811ᵃ. Adebabe lange Bein,

Wenn willſt du na Femen (Femarn?) teihn?

Wenn de Rogg rip is,

Wenn de Pogg pip ſeggt;

Wenn de gelen Biern

In be Kiſten giern (gähren),

Wenn de roden Appel

In be Kiſten klappen,

Wenn de blagen Plummen

An de Böm brummen.

Weyland Lehrer Kreuzer. Vgl. Müllenhoff S. 477 f. RG. 394 a

811ᵇ. Adebor du Langerbeen,

Wann ehr wiſt du weg teen?

Wann de ripen Bern

Unnern Bom gern,

Wann de ripen Appel

In de Kiſt klappern,

Wenn de blauen Plummen

Unnern Bom brummen. Weyland Lehrer Kreuzer.

812ᵃ. Orebore Langebein¹

Heſt min Fare nich hengen ſeihn?

Jo jo! — Wor?

Achte 't hoge Dor.

Aus Gabebuſch. H. Schmidt. Vgl. Müllenhoff S. 418

812ᵇ. Orebore Langebein,

Heſt minn Fare un Moure ſein?

'Dor buten in bei Heid'

Dor hengen ſei all beid.' Aus Gabebuſch. H. Schmidt.

813.   Storch Storch steine

Mit de langen Beine,

Mit de kurzen Knie,

Jungfrauen Marie

War ein Kind gefunden,

War in Gold gebunden.

Flieg übers Bäckers Haus,

Hol uns Weck heraus,

Dir eine, mir eine und ihr auch eine.

Elsgegend. Lehrer Kruger

814.   Adebade lange Been

Hast du min lütt Kind nich seen?

Is in hogen Himmel flagen

Wenn ir sal dat wedder kamen?

Wenn de Rogg rip is,

Wenn de Bogg pip is,

Wenn de gelen Appel

Vör de Dörn klappern,

Wenn de gelen Biern

Vör de Dörn smiern,

Wenn de gollen Wagen

Vör de Dörn jagen,

Wenn de gollen Ringen

Vör de Dörn klingen.

Gegend von Döritz. Lehrer Kerzge

815. Wenn Kraniche mit Geschrei ein Haus umkreisen, gibt's bald eine Braut drin. *Domänenpächter Behr in Wendhusen*

816. Nächst dem Storche ist die Schwalbe der am meisten geehrte Frühlingsvogel. In ihrem Zwitschern bei ihrer Ankunft hört das Volk die Klage: 'as it hir vörig Jahr was, denn wull hr Pof un Gras, dit Jahr is hir nix — nix — nix!' Nach Grimm wird sie des lieben Herrgotts Vogel genannt. Ueberall gilt sie für heilig und unverletzlich, wenn man eine Schwalbe tödtet, soll es vier Wochen regnen; ihr Nest bringt gleich dem Storchenneste Glück. An der Stelle, wo man im Frühling die erste Schwalbe sieht, soll man unter seinem Fuße eine Kohle finden, welche gegen das Fieber

schützt; wenn dagegen eine Schwalbe unter der Kuh hindurchfliegt, giebt diese rothe Milch (Blut), was nach dem Aberglauben anderer Länder die Strafe der Zerstörung eines Schwalben- oder Rothkehlchen-nestes ist, wogegen wieder Andere glauben, daß in dem letzteren Falle der Blitz das Haus des Frevlers treffen werde. Die See-schwalbe heißt auch Brandvogel. Wie der Bock und der Storch hat auch die Schwalbe wunderbare Heilkraft, namentlich das Herz und das Blut des Thieres, womit man die schwere Noth, Entzündung, Geschwüre und das böse Gesicht heilte, das Fieber und Melancholie vertrieb und das Gedächtniß stärkte. Ein angeblich im Magen der jungen Schwalbe gefundener Stein ward von Kindern und Erwachsenen als Amulett getragen zum Schutze gegen eben diese Uebel, und weil es den Trägern die Liebe der Menschen erwarb.

Beyer in den Jahrb. 20, 181.

817. Die Schwalben bringen dem Hause, in dem sie nisten, Glück. Daher darf man die Schwalbennester nicht zerstören.　　　Allgemein

818. Ein Haus, auf dem Schwalben nisten, trifft der Blitz nicht.

Allgemein. Vgl. WS. 214.

819. Die Schwalben singen: Wie wir fort sind, sind die Kisten, Kasten voll; wie wir kommen sind, sind die Kisten, Kasten leer.

Aus Hohenschwarz, Thaeret. Vgl. K. Müller in der Zeitschrift für deutsche Mythologie 2, 114 ff. WS. 216 ff. KM. 336 b

820. Wenn man im Frühjahr die erste Schwalbe sieht, so muß man sich stillschweigend dreimal von Osten nach Westen auf dem linken Fuß umdrehen. Man findet dann [a], wenn man die Erde lockert, eine Kohle, die, gepulvert, manche Thierkrankheit curirt.

Aus Rübel. Küster Schröder in Görzow.

821. Ein alter und ungemein festgewurzelter Glaube ist, daß die Schwalben im Winter erstarrt im Wasser liegen. Im Herbst, wenn ihre Zeit gekommen, pflegen sie sich bekanntlich schaarenweise auf dem Schilf an den Gewässern zu versammeln, daher der Glaube, daß die Rohrhalme, durch die Menge der Vögel beschwert, mit dieser lebenden Last sich in das Wasser senken. Im Frühlinge kommen dann die Schwalben wieder aus dem Wasser hervor.

Wirthschafter Thilo in Neuhereve.

[a] Wenn man beim Erblicken der ersten Schwalbe, da, wo man steht, nachgräbt. (Aus Helms. Seminarist Eckermann.)

822. Gegen Schwermuth, Besinnungslosigkeit und Kopfweh
Nähe einen rothen Schwalbenstein in Kalbleber und trage ihn unter
der linken Achsel. Die Schwalbensteine, deren es auch schwarze und
gesprenkelte gibt, werden in den Leibern der jungen Schwalben gewöhnlich in der Leber gefunden, jedoch nicht bei allen. Sind sie bei
jungen Schwalben vorhanden, so erkennt man sie daran, daß sie im
Nest mit den Schnäbeln gegen einander gekehrt sitzen. Sonst kehren
sie sich die Rücken zu. *Allgemein. Lehrer Kreutzer.*

823. De Hus-Swalk secht:
Dat Wiwer-Bolk, dat Wiwer-Bolk, dat beste Bolk up Erden.
De Rok-Swalk secht:
Wenn du sei kennst, as ik sei kenn, wo wirst du di verfeeren.
Aus Gnoienbusch. H. Schmidt. Bgl OG 219. OG 345

824. Wenn man den Kukuk im Frühjahr zum erstenmal rufen
hört, so sagt man:

Kukuk an[1] Heben,
Wo lang' sal ik[2] leben?

So oft er dann ruft, ohne eine längere Pause zu machen, so viel
Jahre wird man noch leben. *Allgemein. Bgl Müllenhoff S. 449 OG 224*

825. Wenn der Kukuk ruft, soll man keine Fausthandschuhe
mehr anziehen, man setzt sich sonst der Frage aus: Bist du gar nich
bang', dat de Kukuk di wat rin makt? *Aus Hohenschwarst. Tegens*

826ᵃ. Wer den Kukuk zum erstenmal rufen hört und hat Geld
bei sich, wird es das ganze Jahr hindurch haben.
Gegend von Ludwigslust. Zengel Stille Bgl OG 222 Engelien Nr 241

826ᵇ. Hat man zufällig nichts bei sich, so bringt man wenigstens
in dem Jahr nichts vor sich. *Zengel*

827. Des Kukuks Lachen ist Unglück bringend, sein Speichel
verkündet Regen. Bei der Verwünschung zum Kukuk vertritt er den
Teufel. Auch in der Fabel, daß er sein Ei in das Nest der Grad-
mücke lege, und der junge Wechselbalg demnächst der Pflegemutter
zum Danke den Kopf abbeiße, tritt seine dämonische Natur deutlich

---

[1] von. (Küster Schwartz in Bellin. Pastor Behm in Metz) in 'n
(Seminarist Kreutzer aus Dömitz.)

[2] ik noch (Aus Grevesmühlen. Seminarist Bannier)

hervor. Die Sage, daß er ein verzauberter Bäcker sei, ist in Mecklenburg gleichfalls bekannt, von der Versetzung seiner frommen Frau
und Töchter an den Himmel als Siebengestirn ist dagegen nur noch
das Sprichwort von uneinigen Eheleuten übrig, die einander gerne
aus dem Wege gehen 'se leben as Kukuk un Sebenstirn', welches
Gestirn nicht sichtbar ist, so lange der Kukuk ruft.

Hervor in den Mell Jahrb 20, 164.

828. Wer Morgens nüchtern den Kukuk rufen hört, wird nicht
von einem tollen Hunde gebissen.

Gegend von Ludwigslust. Seminarist Brandt.

829. Wenn der Kukuk ruft, ist der Speck rar.

Aus Kisel. Pastor Behm in Wotz.

830. Der Kukuk verwandelt sich den Winter über in einen
Habicht.

Gegend von Rostock. Pastor Eggert.

831. Kukuk un Sebenstern verdregen sik nich tosamen.

Ackerwerth Ratsch in Dersern.

832. Wiechmann: 'Der Kukuksspeichel hilft gegen Ausschlag,
er muß aber vor Sonnenaufgang schweigend aufgewischt werden.'
Futterkräuter verlieren durch ihn an Nahrungswerth. Schiller I, 20.

833. Wer einen Maulwurf in der Hand sterben läßt und
streicht mit derselben Hand über ein krankes Thier, so heilt es Kolik
und andere Uebel.

Gegend von Schwerin. Polizeirath Schenck Bgl Beyer in den Jahrb 2, 117
SO 245.

834. Mullworm, Mulworp, Mulwarp (Talpa Europaea).
Auch Wöhler, Wenworp, Winn'worp. Siemß. Monatsschrift 1790,
S. 635. Wirft der Maulwurf mehr Erde auf und höher als sonst,
so kommt Regen. Maulwurfshaufen im Hause bedeuten einen Todesfall. Del Geldbüdel von Mullwormsfell höllt immer Geld. Mittel
zur Vertreibung des Maulwurfs in der Monatsschrift 1794, S. 62.

Schiller I, 5 Bgl RSO 672

835. Räthsel vom Maulwurf

    a) Achter unsern Hus',
        Dor wahnt de Peter Krus'
        He hett nich Spaden, he hett nich Stalen,
        Un kann doch sin Hus wol maken.

    b) Hinner unsen Hus',
        Hakt Peter Krus',

Hett nich Isen odder Stahl,
Hakt liker up un dal.

c) Vom Maulwurfshaufen:

Unner uns' Hus,
Dor kem mal wat rut,
Dat künn doch nich gan,
Dat kem doch ta stan,
Dat kem ut dat Hus
Un künn dor so krut.

Schiller I, 81

836. Dem, der Abends mit unbedecktem Kopfe ins Freie geht, kommen Fledermäuse in die Haare. Aus Hohenschwarfs Agnes

837. Mäuse aus den Scheunen zu tilgen. Brenne einen todten stinkenden Krebs zu Pulver und räuchere damit, so müssen sie alle weichen. Aus Parkow bei Doberan. Seminarist Stockmann

838. Wenn man einen durch die Augen einer Maus gezogenen blutigen Faden einem zahnenden Kinde um den Hals bindet, erleichtert man ihm das Zahnen. Sebes in den Mekl. Jahrbüchern 20, 102

839. Maus und Krähe.

Krähe. Kumm rut.

Maus. Ne du bitst mi.

Krähe. Verwahre nich, verwahre nich.

So wiederholt, bis die Maus herauskommt und ihr Vertrauen mit dem Tode büßt.

Maus. Bedenk din Ed, bedenk din Ed!

Krähe. Dat acht ik nich! Eutendorf bei Feldmann A, 205

840. Wenn die Ratten, ohne daß man sie vertreibt, ein Haus verlassen, so bedeutet das ein nahe bevorstehendes Unglück. Aus Karstädt bei Grabow. Seminarist Arndt

841. Mittel gegen Ratten.

a) Wenn man in der Nacht vor St. Medardus dessen Namen an die Hausthür schreibt, laufen alle Ratten weg.

b) Man fange eine männliche Ratte, reiße ihr bei lebendigem Leibe den linken Hinterfuß aus und mache aus dem Knochen eine Flöte. Pfeift man darauf, so versammeln sich alle Ratten und man kann sie leicht todtschlagen. Aus Röbnitz. Capellan B. M

842. Unter 'Rattenkönig' wird verstanden: Viele Ratten, welche mit ihren Schwänzen zusammengewachsen sind. An die Existenz desselben wird vielfach geglaubt. *Domänenpächter Behn in Nienhagen.*

843. Ein weißes Wiesel, wenn es 'twischen de Marien' gefangen wird, besitzt Heilkräfte für manche Thierkrankheiten. J. B. aufgeblähten Kühen gibt man ein kleines Stück weißen Wieselfelles ein, wonach sich die Blähung geben soll. Auch Geschwulste an Thieren heilt man durch einfaches Bestreichen mit dem Fell des weißen Wiesels, die Hauptsache aber dabei ist, daß das Thier 'twischen de Marien' gefangen sein muß. *Wirthschafter Thile in Neuhelms*

844. Colerus I, 463 a: Wenn sich ein Schwein verfangen hat, das schneide man in die Ohren vnnd gebe ihm seines Bluts auff Butter vnnd Brod vnnd einem Wieselfell (vorio mustelao) ein. R. Stein V, 325: Wider das Verfangen der Pferde nahm man auch ein kleines Stück von einem Wieselfell, zerhackte es ganz fein und gab jenes dem Pferde in drei Malen unter dem Futter zum Fressen. Auch noch jetzt trägt mancher Fuhrmann zu solchem Zwecke ein Stück von einem Wieselfell bei sich, und soll dieses besonders heilkräftig sein, wenn es von einem zwischen dem 15. August und 8. September, den beiden Marientagen, getödteten Thiere genommen ist. *Schiller 2, 10*

845 a. Geht der Hirsch trocken auf die Brunst, geht er auch trocken wieder ab. *Aus Tessin bei Bützenburg Seminarist Ehmert*

845 b. Wie der Hirsch auf die Brunst geht (Egidi, 1. September), tritt er auch wieder heraus. *Bremer*

846 a. Die Kinder fragen:
 Kiwit, wur bliv it?
 In 'n Brummelberbusch,
 Dor sing it un spring it un hevv it min Lust.
Allgemein. Sch. Wilkenstoff S 479

846 b. Der Kibitz ruft 'Kiwitt, wo bliv it? In 'n Brummelbern-busch! dar spring it, dar danz it, dar hevv it min Lust!'
Beyer in der Meckl. Jahrb. 20, 186

847. Die Krähen sind die klügsten Vögel und riechen das Pulver. Deßhalb können sie so schwer geschossen werden.
Spießmann

848. Krähen.

A. Weet As, weet As.

B. Wur? Wur?

A. Achtern Barg, achtern Barg.

B. Iffe wat an? Iffe wat an?

oder: Knaken bi? Knaken bi?

A. Hut un Knaken, Hut un Knaken;

oder: Ja ja!

An Ort und Stelle:

B. Talg, Talg.

Beide: Klor Talg.

A. Pul af, pul af. Baiendorf bei Frommann 5, 754

849.   Wenn sich die Elstern zanken,
              So brechen die eisigen Schranken. Frommann

850. 'Dor hett ne Ul seten,' sagt man von einer fehl-geschlagenen Hoffnung.

'He is mit Ulensot beseit,' sagt man von Einem, dem nichts gelingt. Beyer in den Mekl. Jahrb. 20, 146

851. Heister, Hester, Häster, Hegester (Corvus Pica). Der Landmann pflegt diesen Vogel mit Haut und Haaren zu kochen, in diese Kraftbrühe etwas Gichtholz (Rhamnus frangula L.) hinein-zuthun und solche dem Gichtkranken einzugeben. Einen beweglichen Menschen pflegt man wohl 'Oll Heister!' zu schelten. Ferner hört man 'He is so klook as 'n Heister!' 'He kann snacken as 'n Heister' (Büg Kuhest. V, 38: Se heßt Hester-Eier freten) 'So bunt as 'n Heister' und von einer schwarz-weißen Kuh: Heisterbunt, Hester. Schiller I, 9 f

852. 'Trutenfru, Trutenfru', sagt der Tauber zur Taube. Demänenpächter Brhm in Dierkhagen

853. Weihe, Twelstirt (Falco milvus). Auch: Wih, Will Wih, Wih Hauer, Gösselwih, Kükewih. Kinderreim aus der Boitzenburger Gegend:

          'Wih Wih, Wih Hauer,
          Fleig erwer dat Mauer,
          Fleig hoch in den Heven,
          Lat mi Gössel man lewen"

auch unsere Jugend kennt das von Müllenhoff 488 beschriebene Spiel 'Kükewitt'. S. Musäus II, 123. Schiller 1, 10

854. Rollert die Rohrdommel zeitig
Werden die Schnitter nicht streitig. Fromm

855. Lerche. Friederich 74: So lange die Lerche vor Lichtmeß sich hören läßt, so lange muß sie hernach wieder schweigen. Wenn sie hoch in die Luft fliegt und eine lange Zeit oben in der Höhe singt, so kommt schönes Wetter. Schiller 1, 12.

856. Töppellerch, -lark (Alauda cristata). Auch: Schtilark und in und um Waren: Schoster von Giewitz. Ueber letzteren Namen wurde mir folgende Mittheilung: In Giewitz bei Waren lebte einmal ein Schuster, der stets eine an die Haube des Vogels erinnernde Mütze trug und immer nur im Sommer zur Stadt zu kommen pflegte. Da nun statt seiner im Winter der Vogel sich einstellte, so erhielt dieser jenen Namen. Schiller 2, 13

857. 'Flick de Bäck' ruft die Wachtel.
Allgemein Vgl. Schiller 2, 11

858. Der Rohrsperling soll seine Jungen taufen, wenn sie ausgebrütet sind, indem er einen kleinen Stein ins Nest legt, damit sind sie getauft. Man kann das Nest dann nicht sehen. Wenn man den Stein aus dem Nest erhält, dann ist man unsichtbar.

859. Grot Rurrsparling (Calamoherpe turdoides Boje). Im Holländischen: Karrakiet. Auch unsere Jugend nennt ihn nach seinem Geschrei: Karrakarrakikit, und im Volke hört man deuten 'Karl, Karl, Karl, Karl! Kikit, Kikit! Wecker, wecker, wecker, wecker! De dick, be dick, be dick!' S. Latendorf in den Mundarten V, 284 f. Schiller 2, 16.

Oder: Unßer Babber, kik, kik, kik!
Krav, krav, jæt, jæt.
Futer mi de Dirn, futer mi de Dirn.
Wecker, wecker?
De dick, be dick. Latendorf a. a. O. S. 285.

860. Wiedehopf Kukuksköster (Upupa epops). Colerus im Calendar. 83: Die Mekelburger sagen, der Widehopffe sey des Guckucks-Küster, Denn wenn sich der mit seinem Närrischen gelächter oder geschrey auff den Bewmen hören lest, so lest sich auch bald her-

12*

nach der andern Narr, der Gukguk hören: denn ich halte die zween vor Narren unter den Vögeln, das es ja war sey, Stultorum plena sunt omnia. *Schiller 2, 12.*

861ᵃ. Zaunkönig husch, husch, husch!
　　　Du hüpfest am Boden im dichten Busch
　　　'Ich sag dir, daß es Regen gibt.
　　　Ob dich es stört, ob dirs beliebt.' *Braun.*

861ᵇ. Zaunkönig klagt,
　　　Weils noch regnet am Tag. *Braun.*

862. Dr 't Angeln dörf man bei Fisch nich tell'n, süs fangt man nix mehr. *Aus Pordren Thaet.*

863. Wer ein Hechtkreuz in oder an seiner Kleidung trägt, welches an derselben ohne Vorwissen eines Dritten befestigt wurde, hat Glück in seinem Thun. *Aus Rehna und Gadebusch. Secretär Fromm.*

864. Rothauge. Sprichwort 'Roddog is of good Fisch, nämlich: wenne süs nich is.' S. Latendorf in den Mundarten V, 265, der weiter folgendes Gespräch zwischen Barsch und Rothauge mittheilt:

　　'Gun Abend, Fru Abendblank!'
　　Schönn Dank of, Herr Andres!
　　Herr Andres, dat is 'n Mann,
　　De Fru Abendblank nennen kann;
　　Gistern begegent mi be Stiker dörch't Rur (der Hecht?),
　　De schüll mi vör ne rotrückige H..,
　　Dat hett mi argert!'
Ober: 'Gu'n Abend, Jungfer Blanken!
　　Schünn Dank, Prinz Karl ut Engelland!
　　Dat is be Mann,
　　De de Jungfrau grüßen kann;
　　Newer de Langhals, de Smalback, de Kik-in't-Rur,
　　be schüll mi gistern Abend vör ne rotögte H..!'
Schiller 2, 36.

865ᵃ. Die Blindschleiche (be Hartworm) wird noch sehr eifrig von den Landleuten als ein sehr giftiges, gefährliches Thier verfolgt und getödtet; auch glauben die Alten noch, daß die Blindschleiche nicht sehen kann. Es heißt 'De Hartworm hett seggt 'wenn if ik

gaud feihn as hüren kunn, so wull if dat Kind in de Weeg nich
verschonen.'

Wirthschafter Thilo in Neustrelitz. Vgl. Latendorf bei Frommann 5, 384. Nach
Latendorf ebenda S. 420 auch, verschont it dat Kind kane ihren Weeg nich

865ᵇ. De Hartworm (Blindschleiche) secht:

> Kunn if blot hüren un sein,
>
> if beit dörch Isen un Stein.

De Abber (Ringelnatter) secht:

> If bit un bit ganz giern,
>
> un wat if bit let sik kurirn.

Dei Snak (Kreuzotter) secht:

> If bit, if bit unnod',
>
> doch wat if bit dat bit 't to Dod'.

Aus Gadebusch H. Schmidt

865ᶜ. Dei Snak (Ringelnatter) seggt:

> It stek, it stek so giern,
>
> Un wat if stek, is wedder tau kurirn.

Ober: It stek, it stek dörch Ledder,

> Un wat if stek, dat wart noch wedder¹).

Dei Abber (Kreuzotter) seggt:

> It stek, it stek unnod',
>
> Un wat if stek, dat kümt tau Dod'²).

Dei Hartworm (Blindschleiche) seggt: Wenn if so gaud seihn as
hüren künn, denn wull if dat Kind iune ihrn Weig nich verschonen.

Köster Schwartz in Berlin.

865ᵈ. Künn if hären, künn if seen,

> Biten wull if dörch 'n Flintensteen!

Ober: Hare if Ogen as min Broder Slang,

> Stek if dörch Isen un durch Stang!

Schiller I, 2. Vgl. Müllenhoff S. 475.

865ᵉ. De Snak:

> It stek so listig as 'ne Fedder,
>
> Un wat if stek, dat wart wol wedder.

Schiller I, 1

---

¹) Nach Schiller I, 1 und nach Latendorf bei Frommann 5, 384, von
der Abber; Z. 1: up Lerver. Lat. Z 2: dat wott nich wedder. Schiller.

²) Ebenso Schiller I, 1. Latendorf a. o. O. Wat if stik, dat stikt if
furts to Dod.

866. Die Meinung, daß Schlangen sich mit Enten paaren und daß sie den Kühen die Milch aussaugen, ist auch in unserem Volke verbreitet.
Schiller I, 1.

867. Mit einem Knechte, der an der Schwindsucht litt, wurde es trotz der schweren Arbeit, die er in der Erntezeit hatte, plötzlich besser. Man fand später in dem 'Pechel', aus welchem er zu trinken pflegte, das Gerippe einer Schlange, die durch das Spundloch hineingekrochen und durch das immer wieder aufgegossene Bier zersetzt war. Ein Säufer, meint man ferner, könne radical geheilt werden, wenn man ihm Branntwein zu trinken gäbe, in welchem sich eine Natter zu Tode gesoffen. Endlich wird auch jetzt noch häufig in unseren Officinen 'Schlangenfett' gefordert, um es den Schweinen gegen das sogenannte Feuer einzugeben.
Schiller I, 1.

868. So lange die Frösche am Maitag schreien, so lange hören sie vor Johannis auf.
Gegend von Schwerin. Präpositus Schenk.

869. Wer im Frühjahr als ersten einen todten Frosch sieht, stirbt in demselben Jahr noch.
Aus Röbel. Küster Schröder in Carow.

870. Die Frösche (Grön Jäger) sagen:
> Min Kind is dod.
> Min of.
> Un nu, un nu!
Latendorf bei Frommann 5, 284.

871. Pogg', Rana. Im Strelitz auch: Kahlhür, Hür. Rana esculenta nennt unser Volk auch: Grön Jäger; Rana arborea: Bagel Ratt. Die an diesen wie überhaupt an die Frösche und den Froschlaich geknüpften Wetterregeln siehe auch bei Friederich 51. 53. 73. Manche Theile von den Thieren wurden früher als Heilmittel verwendet; namentlich der Froschlaich, und noch jetzt wird Emplastrum album coctum Weißpflaster, nostr Harm Kook oder Empl. Cerussae unter dem Namen Poggenkullerplaster, Froschleikplaster in den Apotheken gefordert. Von sprichwörtlichen Wendungen hört man am häufigsten 'Dor süht mi Abebars as Poggen' und 'He geit as de Pogg' in 'n Mauschin'. Das von Latendorf in den Mundart. V, 284 angeführte: 'Min Kind is dod; — min of, — un nu, un nu —' oder ähnlich eignet mehr den Unken.
Schiller I, 4.

872. Quad Pogg' (Rana bufo). Auch Hür, Quaddux. Siehe Große Wien-Bibel 8c 1 und 10, Siemß. Mag. I, 172. 174 und

Ranzel in der Monatsschr. 1791, S. 337. Die Benennung Krœt ist in Meklenburg meist nur als Scheltwort üblich: Oll Krœt! Lütt Krœt! Krœtenbing! neben: Quaburz! Oll Quaburz! Lork! Krupp! Doch verbietet der Aberglaube, Kinder und junges Vieh so zu nennen, weil sie dann in neun Tagen keine 'Dœg' haben (Beyer in den Jahrb. IX, 216). Obgleich nun unser Volk dem Thier das Prædicat 'quab' gibt und in ihm auch jetzt noch ziemlich allgemein einen 'vörgistigen, schüßlixen worm' (Krüse) erblickt, legt es ihm dennoch manche Heilkräfte bei. So berichtet Ackermann: Ein Schneidersohn erzählte mir, daß er sein hartnäckiges Fieber nach vielen ihm angerathenen und vergebens gebrauchten Mitteln endlich dadurch gehaben habe, daß er, einem dieser Rathgeber zufolge, einen 'Quaburz' zu Pulver gebrannt in Essig habe verschlucken müssen, welches zwar wie der T— geschmeckt, aber gleich geholfen habe. Most 126. Ein sehr wirksames Mittel gegen die Gicht ist dieses: Man hänge eine Kröte auf, lasse sie von selbst absterben, zur Mumie vertrocknen und trage sie dann in Leinewand eingenäht auf bloßem Leibe. Schiller I, 4 f

873. Wird ein Krebs unter den Schweinetrog gesteckt und geht hier in Verwesung über, so muß mit ihm auch das Schwein verfaulen. Seminarist Schlacht.

874ª. Wo viel Spinnen sind, ist Glück im Hause. Allgemein.

874ᵇ. Eine Spinne in der Stube bedeutet Glück. Aus Dömitz. Seminarist Krenger

875ª. Die kleinen rothen Spinnen heißen Glücksspinnen. Allgemein.

875ᵇ. Die jungen Spinnen werden vom Volke für eine eigene Art gehalten und Glücks-Spinnen genannt. Wer sie tödtet, der tödtet sein Glück. Allgemein.

876ª. Wenn eine kleine Spinne aufs Zeug kriecht, der hat Glück. Allgemein.

876ᵇ. Eine schwarze Spinne, die einem Menschen zu Leibe kriecht, bringt Glück. Aus Laage. Seminarist Sammin.

877. Wenn eine schwarze Spinne sich spinnend herabläßt, bringt sie Glück; eine Kreuzspinne aber bringt Unglück. Gegend von Hagenow. Seminarist Bibow Bd. XV. usw.

878. Wenn Einem Morgens eine kleine Spinne über die Hand oder über den Leib kriecht, so bringt sie auf drei Tage Glück ins Haus, geschieht es aber am Abend, drei Tage Unglück.

Aus Röbel. Paster Behm in Wilz.

879. Spinnen am Morgen gesehen, namentlich kleine, bedeutet Glück; am Abend zeigt es Unglück an.

Gegend von Schwerin. Präpositus Schmidt.

880. Für Wetterpropheten hält man die Spinnen und gibt sie bei manchen Krankheiten dem Federvieh ein, namentlich den Canarienvögeln.

Aus Brüz. Pastor Bassewitz.

881. Spinnen und Podagra lebten früher in Streit. Die Spinne sagt 'Ich kehre lieber bei Armen ein, die haben nicht Zeit, mich zu stören durch Reinigen.' Das Podagra spricht 'Ich kehre lieber bei Reichen ein, denn die Armuth nährt mich nicht.'

Aus Brüz. Pastor Bassewitz.

882. Wenn die Kreuzspinne ihr Netz zerreißt, gibt es Sturm.

Freund.

883ᵃ. Marienkäfer und kleine Spinnen gelten als glückbringende Thiere, wenn man sie auf dem Anzuge eines Menschen sieht.

Gegend von Ludwigslust. Seminarist Zengel.

883ᵇ. Sonnenkäfer ('Sünnenwörmer, Herr-Gotts-Peerden') an den Kleidern bedeuten Glück; wer sie abschüttelt oder tödtet, dem steht Unglück bevor.

SS 567.

884ᵃ. Den Marienkäfer, auch Sonnenkäfer, Sonnenwurm, Sonnenpferd, Herrgottspferdchen, Gottspird (Gegend von Dömitz Kreuzer) genannt, singen die Kinder an, indem sie ihn von der Fingerspitze wegfliegen lassen.

> Sünnenworm, fleeg' awert Hus¹),
> Bring' mi morgen (morr'n) goob Wedder!

Allgemein. Bei Müllenhoff S. 502.

884ᵇ.   Sünnenworm, fleeg awer min Hus,
>   Bring mi morgen goob Wedder to Hus.

Gegend von Dömitz. Lehrer Kreuzer. Vgl. Schiller I, 11.

884ᶜ. Kinder lassen den Marienkäfer so lange auf ihren Händen herumkriechen, bis er auffliegt und singen dabei:

---

¹) Sünnenworm fleeg in de Luft. (Gegend von Dömitz. Kreuzer.) — Sünnenworm, fleeg weg (Aus Dömitz. Kreuzer. Aus Hohenschwarfs. Eggers.)

Sünnworm, fleg äwer 't Hus,
Bring uns morgen gaud Wäder in 't Hus.

Aus Serrahn. Brümmer

885ᵃ.   Sünnenworm, fleeg na Himmel,
Bring mi 'n Pott vull Eierkringel.

Gegend von Dömitz. Krenzer

885ᵇ.   Sünnenworm, fleeg von Himmel,
bring mi 'n Pott vull Kringel,
mit enen, bi enen,
unsen lewen Herrgott ok enen.

Aus Demern. Archidiaak. Raesch. Vgl. Müllenhoff S. 500

885ᶜ.   Sünnenworm, burr up,
Vuer up von hogen Himmel,
Bring mi 'n Sack vull Kringel,
Mi einen, di einen,
Vader un Mauder ok einen,
Anner Kinner gor keinen.

Dreiackerpächter Behm in Kieshagen

885ᵈ. Sünn'worm, Coccinella septempunctata. Auch Sünn'-
schinig, Herrgottspirbken. Kinderreime:

Heergottspirbken, fleeg na'n Himmel,
Bring mi 'n Korf vull Botter (Zucker, Bremer) Kringel!

Schiller I, 11. Vgl. Höfer 221

886.   Sünnenworm, fleg na'n Heben,
Dor sast du in Freuden leben.

Aus Gadebusch. H. Schmidt

887. Fritz Reuter Reis na Belligen 165: Kumm Sünnenschining, sett di dal, Kumm, Sünnenschining, plätt di mal, Wol
ip den gollen Durnbusch! Schiller I, 11.

888ᵃ. Zum Schmetterling sagen die Kinder:

Kätelblätel, sett di,
Mund un Nes blött di.

Umgegend Lehrer Krenzen. Vgl. NdS 505. 1004. 253

888ᵇ.   Ketel-böbbe, sett di,
Nes un Mund bei blött di.

Aus Gadebusch. H. Schmidt

888ᶜ.   Botterlicker, sett di,
Nes un Uren blött di.

Gegend von Dömitz. Lehrer Krenzer

888ᵃ. Ketelbeuter, sett di,
Kés un Brot smeckt di.

Ebenda. Derselbe. Vgl. Musikheft S. 500.

889. Von Kinderreimen hörte ich in Mecklenburg nur das bekannte 'Maikäwer flieg, Din Vader is im Krieg' u. s. w. Je nach Förbung der Schilder classificirt unsere Jugend die Maikäfer als Kaisers, Königs, Möllers, Schoosters oder Schosteinfegers.

Schiller I, 12

890. Zur Schnecke sagen die Kinder:
Snickemus (= Snick-im-Hus), kumm herut,
Stek din vierfach Hürn herut.
Wenn du dat nich daun wist,
Smit ik di in Graben,
Denn freten di de Raben.

Oder: Snickemus, kum herut,
Stek din vierfach Hürn herut.
Wenn du dat nich daun wist,
Tebrek ik di mit Isen und Stahl.

Gegend von Dömitz Lehrer Kreuger Vgl. Müllerhoff S. 500 N° 398

Oder: Fleddermus,
Kum herut,
Stek din vierfak Hören ut:
Wist dat nich utsteken,
So wil iks di utbreken.

Aus Gadebusch H. Schaller.

891ᵃ. Die letzten Fliegen im Winter sind den Leuten unantastbar und dürfen nicht getödtet werden; denn sie bedeuten Glück. Oder: Wer eine Fliege durchwintert, erhält hundert Thaler.

Allgemein

891ᵇ. So vel Fleigen as œverwintern, so vel Dalers wardn spart.

H. Schmidt.

892. Wenn de Müggen spelen im harb'n Maan,
Sall de Bur dat Ürt up de Hillen slaan.

Schiller 2, 20.

893. Im Summen der Mücke hört der Landmann die Worte: Fründ, Fründ, und wird im Schlafe gestört, 'wenn se so üm enen rümsründen'.

Calenhorf bei Frommann 5, 284.

894. Die Bremse sagt 'Hast du den Kuhhirten nicht vernommen?'

Ebenda

895. Wanzen werden aus den Betten vertrieben, indem man letztere mit Krähenfedern bestreicht. Die Federn müssen nach dem Gebrauch weggeworfen werden. Aus Gr.-Lanck Hilfspred. Zimmermann

896. Auf die Feuerschröter (Hirschkäfer) muß man wohl achten, denn diese tragen zwischen ihren Hörnern glühende Kohlen in die Häuser und verursachen dadurch oft Feuersbrünste. J.S. 683

897ᵃ. Scharnbull (Scarabaeus stercorarius). Auch: Scharpentull, Scharnwewer, Scharpenwewer, Bußkäwer, Meßkäwer. Der Scharnbull zeigt unsern Tagelöhnern die Feierabendzeit an und verkündigt ihnen zugleich auf den folgenden Tag durch sein Geschnurre heiteres Wetter. — Fliegen die Roßkäfer des Abends, so folgt gutes Wetter, fliegen sie aber des Morgens, so kommt bald Regen. Sitzen bei den Scharrenbullen ihre Läuse (Acarus coleoptratorum), dergleichen sie immer haben, nach vorn zu, so soll die frühe Saat im Herbste die beste sein; sitzen sie aber nach hinten zu, so die späte. — Wenn de Scharnbull 's Abends flüggt, denn bregt he Süerborn (Wasser zum Säuren); denn he will den annern Dag backen, d. i. es wird am folgenden heiß; flüggt he avers s'Morgens, denn will he brugen, d. i. es wird regnen. Von Jemandem, der erst am Abend zu arbeiten anfängt, sagt man wohl 'He krigt bat 's Abends as de Bußkäwer'. Schiller I, 13

897ᵇ. Die Milben, die man am Bauche des gemeinen Mistkäfers (plattdeutsch Scharpenwewer) findet, dienen manchem Landmanne zu einem Merkmale, wonach er sich mit der Aussaat richtet. Sind die Milben am Bauche nach vorn, so soll die frühe, sind sie nach hinten, dann soll die späte und sind sie in der Mitte, so soll die mittlere Winter- und Sommersaat die beste werden. Küster Schwarz in Bebin.

897ᶜ. Hat der Dungkäfer im Frühjahr die Läuse vorne, so muß der Buchweizen sehr frühe, hat er sie in der Mitte, zur gewöhnlichen Zeit, hat er sie hinten, spät gesäet werden, weil er dann gutes Korn bekommt. Aus Teſſin bei Vergrabung Gewinnart Ahrens

897ᵈ. Nach den Läusen der blauen Roßkäfer (Dungkäfer) schließt der Landmann auf seine Ernte. Sitzen die Läuse vorne, so wird die erste Saat gut; sitzen sie aber hinten, die zweite. Aus Zühlen Küster Schröder in Bietow.

898. Der Weberknecht soll Glück bringen, wenn er sich viel im Hause findet. *Aus Dröz, Pastor Bassewitz*

899. Wenn Würmer ins Korn kommen. Nimm Oelbirnholz (? Elhörn, Egelhörn) zu Pulver gebrannt und streue es über das Korn; so müssen alle sterben. *Aus Hanstorf bei Doberan. Seminarist Kirchmann.*

Pflanzen.

900. Abebarsbrot (Geranium Robertianum). Abebarsknabel, Grasseißen, Seißen, dagegen Abebarsbrot für die Frucht von der Pseudoaccr. und Ceratonia siliqua. Hort. San. c. 250: Abebarsknabel (Herba rubea). Welk mynsche an smeme blode bswaret alle syt brouch is, de nutte byt kruet (vnde od pellere vnde wynende iewelkes glyke vele) vnde puluere be vnde ete dat pulver mit brode dat sterket dat herte des mynschen vnde maket id vrölick. *Schiller I, 18*

901. Beifuß. Hort. San. c. 1. We byvort in sinem huse heft dem mach de duuel nenen Schaden doen. We byvort an sinem Halse brecht dem mach neen vorghiftich deerte schaden. We den byvort by sik brecht wen he wandert, de wert nich möde. We byuotes wortele ouer de döre des huses lecht effte henget, deme huse mach nicht quades effte vnlucke to geuoget werden. *Schiller I, 15.*

902. Buschbom, Bußbom (Buxus sempervirens). Hort San c. 77: Welk mynsche busch begheret tho wesende de dreghe boßbomen holt by sik. dath benympt em boße beyerstichkeit vnde maket ene busch Bußboem vorbrysst den duuel dat he neene stede hebben mach in deme huse. vnde darumme leth men an velen enden gemeynliken bußboem wygghen up dem Palmdach meer wen ander kruet. *Schiller 2, 83*

903. Bullerjan (Valeriana officinalis). Auch: Rattenkrut. Nach dem Volksglauben schützt die Pflanze gegen Hexen und Teufel. Rahm, der nicht buttern will, wird von manchen Meierinnen durch einen Kranz von Bullerjan gegossen. Jemandem, der Bullerjan bei sich trägt, droht der ihm begegnende Teufel:

> 'Seg if nich den Bullerjan,
> If mutt mit di hen Rarpflücken gan,
> Dat di de Ogen in 'n Nacken süll'n stan.'

Schiller 1, 16.

904. Dag un Nacht (Parietaria officinalis). Hort San. c. 384: Dach vnde Nacht. Etlike mestere spreken dat dit krut Paritaria of ghenömet sy Bitriola, bar vmme dat yd dat glaß suuert vn reyniget van d' scharpheyt de yd an sik hefft. — Dat sap van bessem sade gimenget mit blygwit, benimpt dat hillige vär, bar vp gelecht. Dit sap also temperert benimmt ok dat gebreck Perpetes effte Perpestiomenus genömet, dat is eyn swere de dat flesch an dem lichamme vorteret vnde kumpt van der vorbranden Colera vnd is arger wen de kruel (ok nömet me dat den wulff). Dit sap is ok gud podagricis mit tegen smolte gemenget vnde dar vp gelecht. Dat sap van ben leven ys gud ghenüttel vor den quaden hoest. Schiller I, 16.

905ᵃ. Dachlauch auf dem Dache schützt gegen Blitz.
Drentwerpschker Behm in Kienhagen

905ᵇ. Das Sempervivum tectorum (Huslok, Husgrön, Dunnerbort) soll man auf die Dächer der Häuser und Ställe pflanzen; damit schützt man sie gegen das Einschlagen des Blitzes. So lange nämlich die Pflanze grün bleibt, bleibt das Haus verschont. (Bei Rehm allgemein.) Auch schützt es das Vieh gegen Krankheiten und verleiht ihm Gedeihen. S̄ Ś 557

906. Dill (Anethum graveolens). Der Same der Dille schützt den, welcher ihn bei sich trägt, gegen Hexerei. Schiller I, 17.

907. Die Donnernessel hält man für ein Kraut, das dem Donner widersteht, und legt sie zum frischen Bier, daß es sich nicht brechen soll. Frank I, 50

908. Dresp, Drespel, Drest, Dreß (Bromus secalinus). Auch Dort wird gehört, z. B. um Neustadt und Parchim. Unser Landmann hat den Reim:

> Dresp un Drunt
> bringen den Buern in be Grund,
> Nadel un Ri
> bringen em up 't Nie. Schiller 2, 14.

909. Düwelsdreck (Ferula asa foetida) Hort San c. 37: Duuelsdreck. We benassen were mit der suke Epilencia ghenömet (dat ys de vallende suke) effte Apoplexia (dath ys de slach) de neme duuelsdreck eyn scrupel (dath is so vele als XI gersten korne weghen) vnde en quentyn semploorne vnde puluer dyt tho samende vnde nutthe dar

van twge in der welen nuchteren mit lawendelwater. We dyt alje brnket der darff fik der opghenömeden krankheyden bessulwen maewles nicht besorgen. Dyt schal scheen in deme ersten quartyre des maentes. We in der bornsen den luden eyne bouerte wil doen. de lege dunelßdreck in de lachelen wen de warm wert so kumpt de quadeste rote. dat in der bornsen nemant blîuen kan. Men dyt schaltu nicht vnten boen wente deme hauede groten schaden dar van kumpt. Dunelßdreck in deme munde gheholden maket vele spekelen dar yn. Pillen gemaket van dunelßdreck vnde be des auendes ghenuttet (mit deme syrop ghemaket van violen) benemen dat hymeut Asma ghenömet. vnde rumet de borst vnde maket bouen vth werpen wath quades in der maghen vnde in der borst ys.

Schiller 1, 14.

910. Feld-Kam (Thymus Serpyllum). Auch Marien-Bettstroh. Vgl. Montanus 140: Galium verum, von den Landleuten Marienbettstroh oder Liebfrauenbettstroh genannt, ist das zweite Erforderniß eines untadelhaften Krautwisches. Fromme Landleute erzählen, die Mutter Gottes habe ihr Lager aus diesem Kraute bereitet und auch das Wiegensäckleiu des Christkindchens damit gefüllt. Unser Volk kennt nur den medicinischen Gebrauch der Pflanze und namentlich trinken stillende Frauen beim Milchversatz (Juschott) Thee davon.

Schiller 2, 24.

911. Heid, Heidkrut (Calluna vulgaris Salisb. Erica vulg. L.). Friederich 60: Wenn die Haide gut und völlig ausblühet, so pflegt ein strenger Winter zu kommen. Je früher sie vor Jacobi zu blühen anfängt, und zwar von unten auf, desto früher soll auch der Winter kommen. Vgl. Archiv für Landeskunde 1857, S. 719 und Voebel 102.

Schiller 2, 25.

912. Ackermann in der Monatsschrift 1792, S. 344: Ein Mädchen steckt sich von dem Kraut Fumaria oder Erdrauch, das es etwa beim Gäten findet, etwas in den Busen, dann soll der künftige Bräutigam ihr auf dem Heimwege zuerst begegnen. Nach Montanus II, 145, bedienten sich die Hexen und Zauberer des Krauts, um Geister der Verstorbenen erscheinen zu lassen und sich selber unsichtbar zu machen.

Schiller 1, 20.

913. Kreuzdorn. Kreuzdorn, der in der Johannisnacht von 12 bis 1 Uhr oder am Johannistage Mittags von 12 bis 1 Uhr

geschnitten ist, schützt das Vieh vor Unglück. Als Thürstecken benutzt, verhindert er Hexen, dem Vieh und den Bewohnern des Hauses zu schaden. Mal geht ein Mann, der allerlei versteht, van Klütz nach Elmhorst. Unterwegs sieht er etwas wie ein Kalb an der Straße liegen. Er zieht mit seinem Kreuzdornstocke einen Kreis um sich, und von da aus schlägt er auf das Ding los, worauf dasselbe immer größer wird. Dabei zählt er immer 'eins, zwei'. Da sagt das Ding 'sag mal drei'. Davor hat er sich aber wohl gehütet, denn sonst kann es ihm was anhaben. Wie er dem Dinge eine Anzahl Hiebe gegeben, läuft er weg und hört, daß es ihn verfolgt. An seiner Hausthür angekommen, ist es dicht hinter ihm. Am andern Tage besucht er einen Bekannten in Grubenhagen und trifft da eine jämmerlich zerschlagene Frau; ihr ganzes Gesicht, mit Ausnahme der Nase, war zerhauen; denn die Nase hatte sie zwischen die Beine gesteckt gehabt. Ludwig Krüger aus Klütz, erzählt von Dorothea Werner in Klütz.

914. Lübstock (Ligusticum Levisticum). Nic. Gryse Spegel Bl. 3: Marien Hemmelfartes dach nömet men Marien Krudtwyhung, bewyle denn dat Krudt mit Wyhewater gewyhet wert. — Dar ock solck gewyhedes Krudt varhanden, hefft men gelövet, ydt vermochte allerley toverye thovardryvende, und were var dem bösen övel sehr gudt, triumpherede derwegen in der Procession mit gewyhedem Lübstocke, Hennipstengelen, Poppenrosen und andern Krude, glyck alse efft men den Düvel berede hedde in de flucht geslagen, varjaget und dat Veldt beholden. Franz Wessel 17: Marien Krudtwyginge quemen gemeinlich dth allen waningen eine mageth efte frowe, de hadden en bundt krudes tinne arme, schir alse eine garve grodt. Dar was ingebunden: smuckdill, bulberghan, hennip, arandt, appel, beren, voulfellet, manlennen lübbestack, wörmde, hoppen, hendeblomen, alandt, allerley arten van dem korne, botter, flaß, knuslock, ypollen, doll, fennip, fövenbom; dibt alles undt ein jeder tho sundriger toverye undt tha zwoelende behe undt minschen; dar einen windelbandt vmmeher, darmit nha dusse the; dar characterde de toverer undt beschwor dibt krudt, schir di eine frowen, den qwispell in de handt slogh water be fülle in dat krudt. Dinne gingen se duthen vm de hof, und dibt krudt so mit vmgedragen, water genoch dar manck geslagen, hadt de weghe in 2 efte 3 dagen den haupen (den Mantel) tume wedder tho stege (zurückt,

in Ordnung) krigen konden. Ibt geschach ol thor Wismar, dabi de
pape apenbhar den dudell vth dem krude schwor, also dadt ein junk
bove em bundt krudes thogerichtet habbe vnd dar ein kroß (Krug)
vull bußenkrudes (Schießpulver) darinne vorhullet, dar eine darnige
lunte (eine brennende Lunte) tho geleidet ꝛc. Schiller I, 15

915. **Mohn.** Mahn, Mahnblom (Papaver). Hort. San. c. 366:
Maensaet Papaver. Platearius spricht dat wit maensaet gepulvert vnde
gemenget mit vyolen ölye vnde den ruggenknaken dar mede gesmert
benimpt de sucht der lithwate vnde sterket de. Dat maensaet mit den
roden blomen is dar na dat beste. dar van maket me ölye de me
nuttet in der kost. We nicht slapen kan, de stöte maensaet (welkerleye
he hebben kan) vnde werme dat vnde brücke dat sap dar vth vnd
wassche dat antlaet dar mede, so kricht he ghude ruwwe. De blade
desses krudes in etyck ghesaden vnde vp sunte Anthonius vür ghelecht
benimpt dat tohant. Vgl. Nic. Gryse Spegel: S Antonii Officium
was, dat he alse ein Fürmeister muste vthlöschen dat kolde Für, vnde
stillen dat wilde Für, an allen de van S. Tünnies Für weren
angestecket. Schiller I, 15

916. **Mösch** (Asperula odorata). Auch Mösek̄e. Paulli 25·
Nostrates in Megapoli rustici pacis tempore solebant ex ea corollas
tergeminas nectere, quas ad acerem hypocaustorum corrigendam et
trabibus super mensas suspendebant. Auf dem Lande gehört es zu
den Hauptvergnügungen, im Frühjahr des Sonntags in den Wald
zu gehen und Mösch zu pflücken, um hiermit die Wohnungen zu
schmücken, worin die Kränze fast das ganze Jahr hängen. Mädchen
binden ihren Geliebten Möschkränze, und diese legen sie als Heilig-
thum in ihren Koffer, bis der neue Frühling ihnen neue Kränze
liefert. Schiller 1, 29 f.

917. Man soll die auf dem Wasser schwimmenden Mömmelken
(die Wasserblumen im Allgemeinen) nicht pflücken, sie gehören der
Watermöhm, welche den Störer ihres Besitzes ins Wasser zieht.
Gleiches thut sie auch gern mit Kindern, die in der Nähe des
Wassers spielen. H.S. 540

918. Orant Orchis bifolia L. Platanthera bifolia Rich
Simon: Paulli Quae herba perperam in Megapoli vocatur Orant,
antirrhinum non est, nec ad hujus aliquam speciem referri potest,

sed ad orchien referenda. — Orchis pumilio odoratus a triorchie
vel tetrorchis alba odorata major et minor Baahmi. Haec est illa
planta, quam populares mei Megapolitani 'Orandt', nescio quo
ingenti errore, cum nihil, formam si spectes, cum antirrhino
commune habeat, nominant. De qua Triorchi licet in commentariis
Medicorum reperiam nihil, tamen a vulgo in Megapoli mea saepicule
duobus curandis malis eam adhiberi observavi. Primo namque,
dum erysipelate infestantur mammae, creditur inermum eis mederi,
si illius fumus ad ipsas penetret. Secundo eadem ex canne vel ex
colle infantum in fasciculum constricta contra fascinationes aeque
ut a superiori Germania in Conyza coerulea usu venire accepimus
suspenditur. — Hort. San. c. 359: Orant Krut also genomet. De
meister der arstedtye spreken, dat dit krut vele dughede an sik hefft.
De Frouwen hebben dit krut gerne by sik, wen se telen schölen, up
dat es he bort beste lichter wert. We dit krut bi sik hefft (wen yd
gewiget is an vtser lewen Frouwen dach der krutwyginge), deme kan
vere tonerye schaden. — Ganz besonders aber schützt Orant die
ungetauften Säuglinge vor dem Verwechseltwerden. Schiller 2, 36

919. Paeonie. Wredow II, 529: (Paeon. off.), meckl. Buhr-
rose, ist bei uns eine allgemeine Zierpflanze in Blumengärten, selbst
in denen der Bauern, welche sich sehr oft damit putzen. Ehemals
schrieb man der Wurzel und auch dem Samen viele Wunderkräfte
zu und gebrauchte sie sogar als Amulet. Hin und wieder hat sich
dieser Aberglaube noch jetzt bei unsern gemeinen Landleuten erhalten.
Schiller 2, 36

920. Ribbersnibben (Delphinium Consolida). Auch Ribbersparn.
Hort. San. c. 108: Consolida regalis Rybberblomen. Dysse blomen
by sik gedreghen vnde in sunte Ottilien eere eyne mysse gheleszen.
offte dree almyssen vmme godes willen in erem namen ghewen. effte
der paternoster gode tho lowe vnde er tho eren andechtliken ghe-
spreken. Effte dysse godes denste alle dree er to eren ghedaen, bewaret
de ogen des mynschen ghesunt de wile dat he lewet. Dysse blomen
wlene an gheseen benemen dath wee der oghen. Dysse blomen hefft
de hillighe iuncfrouwe Ottilia sunderliken belewet dar van den sulle
beghet komen ys. Men schal ower den lowen nicht vaste vnde gentz-
liken allene vp dysse blomen setthen men vp de genade godes. also

dat alle dinck (dorch vorhyddinge vnd genade der leuen hylligen) schen
na synen gottliken wyllen vnd na der selen salicheyt. Schiller I, 14

921. Wer in der Tasche Roßkastanien trägt, nimmt bem
Fallen keinen Schaden. Baumeister Langsdorff in Roftock

922. Soffie, Smallen Saphie (Salvia officinalis). Auch So-
phie, Saffi, Salsi, Selv. Hier. Bock sal 17: Etlich habens darsür,
wann sie morgens nüchtern drei spitz Salbei blätlein mit Salz essen,
sie seien denselbigen tag vor gifft vnd bösem lufft behütet. Wredow I,
27: Als Hausmittel dienen die Blätter zur Reinigung der Zähne
vnd des Zahnfleisches vnd zur Vertreibung der Mundschwämmchen
der säugenden Kindern. Schiller I, 30

923. Wenn der Schlehborn schon vor dem Mai blüht, wird
der Roggen vor Jacobi reif. Fromm Dgl. Schiller 2, 21.

924. Der Rauch von dem Samen des schwarzen Kümmels vertreibt Hexereien. Gegend von Barkow Seminarist Lange.

925. Swarten Kürz-Korn (Nigella sativa). Reuter in den N
Annalen der Mekl. Landw.-Gesellsch. 1825, S. 67: Der aber-
gläubische Landmann verwendet Nig. sat. (gewöhnlich zusammen mit
Düwelsbreck und Schackerellen-Borck) gegen vermeintes Behexen seines
Viehes. Schiller 2, 22

926. Sewenbom, Sæbenbom (Juniperus Sabina). Nic. Groß
Spegel Bog. Bbb 1, wo er die Einweihung der Kirchen beschreibt:
Hyrup hefft der Bischop den wyhequast, vth Søuenbomen her
gemaket, genomen, den süluen in den wyheketel gebrucket vnd mit
dem wyhewater welches mit Solte vnd Asche ock mit weinich wyn
varmenget gewesen, vmmeher binnen in der Kercken allenthalven
negenmal gewyhet, darmede den Düuel vth der nyen Kercken tho
vorjagende. — Hier. Bock sal 351: Die pfaffen pflegen auff den
Palmtag den Seuenbaum mit anderen grünen gewächsen zu weihen,
geben für, der dander vnd Teuffel können nichts schaffen, wa solche
geweihete stengel inn heusern gefunden werden, dardurch müet ihr
opffer gemehret vnd der armen seckel geleert. Zu dem so haben die
alten Hexen acht auff die erste schüßling, so der Pfaff oder ander
von Seuenpalmen zu dem creutz werffen, geben für die selbige schüßling seien gut für hawen vnd stechen, für Zauberei, böß gespenst,
vnd treiben darmit vil abentheuer re. — Ein Beispiel, wie in Mekl-

burg gegen den bekannten weiteren Mißbrauch unseres Baumes 'ein scharpffer Inquisitor und Meister' (Hier. Bock l. l) in Anwendung kamen, erzählt Glöckler in den Mecl. Jahrb. XV, 114.

Schiller 2, 43

927 Sinngrön (Vinca minor). Hort. San. c. 85: Pervinca Syngroen. Dyth kruet schal ghesamelt werden twyschen den beyden unser leuen vrouwen daghen (krutwyginge vnde der bort) vnde schal ghebreghet werden in der lucht vnde nicht in der sonnen. We dyt kruet by sick drecht ouer den hefft de duuel neene walt. Bouen welcke husbure men dyt kruet hanget dar in kan neen touerye kommen. hanget se ouer dar in so wytlet se tho hant dar vth vmme boghet hefft krudes. — Mit syngrone bewerct men in welken mynschen de bosen getzste synt. wo de bewerynghe tho gett loet ys an staen ronne der korte willen. Men ane twiuel mach neen bosegeist walt in dem huse hebben. dar in dyt kruet ys. Vnde vele beter ys yd. wen men dath let wyghen mit anderen kruden up vnser leuen vrouwen dach — Wredow 1, 338 Den Abergläubischen diente die Pflanze vormals auch als Gegenmittel, wenn Kinder behext waren, und deswegen wurden auch diese und Jungfrauen noch nach dem Tode damit bekranzt.

Schiller 1, 30

928. Im Norddeutschen Corresp. 1860, Nr. 165, berichtet E. Struck: Vor einigen Jahren botanisirten wir in der Gegend von Rauch bei Ludwigslust, namentlich, um die dortigen Haide-Pflanzen zu sammeln. Als wir G. Pneumonanthe sammelten, bemerkte ein alter Bauer, welcher seine Wiese mähte, daß diese Pflanze von ihnen 'Sta up un ga weg' genannt würde. Auf unsere Frage, woher sie wohl den Namen erhalten, erzählte er, daß in seiner Jugend diese Pflanze als sympathisches Mittel gegen die Kolik der Pferde angewandt wäre. Man hätte dem kranken Pferde davon eingegeben, dann einen Spruch gemurmelt und zum Schluß laut die Worte gesprochen 'Sta up un ga weg', worauf das kranke Thier denn bald von seinen Schmerzen befreit wieder aufgestanden und weiter gegangen wäre.

Schiller 3, 34

929. Stiefmütterchen. Dat grot Blaumenblat bedüd't de Stiefmutter, bei sik sir breit makt un up twei Stäul (den beiden Kelchblättern) sitt. An er Siden sitten er beiden rechten Döchter, wur...

13*

van jůwer ein' gren Staul hett. De beiden letsten œwer dat sünd de
beiden Steifbökßter, de möten sik beib mit ein'n Staul bißelpen

Küster Schwarz in Berlin; aus dem Munde einer alten Frau

930. Tunrib, Tunri.

1. Galium Aparine Paulli 205: Plebeji cives in mea patria
aquam illius destillatam Thunrieben Water cottidie ex officina
poscunt contra eum pectoris eum hypochondrorum molestos labores

2. Bryonia alba. Colerus I, 464 a: Wer will, daß seine
Schweine vor Finnen geschert sein sollen, der lege ihnen zu hande-
weilen Bryoniam radicem in den Trank, das die Bawren Zaun-
rüben- oder Stickwurtz nennen, das hie an den Zäunen wächst oder
stehet, vnnd treff in der Erden stuft. Schiller 2. 16.

931. Wegbleder (Plantago major). Bred Wegbleder, Wegtritt,
Fisaberkrut, Aberkrut, Lögenblatt. Der corrumpirte Name Lügenblatt
hat zu einem Kinderspiele Veranlassung gegeben, indem die Kinder
aus der Anzahl der aus einem durchrissenen Blatte hervorragenden
Blattnerven die Anzahl der Lügen, die sie sich haben zu Schulden
kommen lassen, ermitteln wollen. Nach dem Hort. San. c 535 nehmen
die Frösche ihre Zuflucht zu dem Kraut Ynguiriali, Sterne- oder
Poggenkrut: Dit krut schinet in der nacht alse de sternen an dem
hemmele vnd schinet so lichte dat vaken de minschen menen yd si
eyn spökenisse este droch des düvels. Paulus spritt dat dit kru
langelasstige blade heft vnde yu de spissen hesst yd sternen. Galienus
tu deme bose Simplicium farmaciarum in deme cap. Aster spritt,
dat esstse dit krut nömen Bubonium dat is poggenkrut, wente bub-
het eyne pogge vnd dar van kümpt Bubonium, dat yd den poggen
eyne grote arstedye is. Darumme sint de poggen vnd andere vor-
gysstige beerte meinlyken gerne mank de sienen vme des krubes willen,
wente de poggen nemen vnder tyden van dem spennen den boet este
de spenne stift de poggen vnd de pogge werth machtloes, vnd wen
de spenne vaken de pogge slikt vnd de pogge sik nicht wreien kan,
so blest se sik vp dat se midden entwey berst. Vnde wen jodoch
Pogghe by dysseme krube is, so louwet se bath vnd wert wedder
heyl. Is yd auer sake dat de gheleyede pogghe by desseme krube
nicht kamen kan, so halet dat eyne ander pogge, vn ghisst yd der
geleyeven poggen. Desghelisten andere vorghysstighe beerte vorquicken

sik an bessene knbe vnde werden ghesunt. Ob die aus der Wurzel verfertigten Glücksmännchen (v. Chamissa 141) bei unserem Volke noch in Ansehen stehen, habe ich nicht erfahren. Schiller 1, 33

932. Wenn zwei Leute einen Wegerich auseinanderziehen, hat der mehr Glück, bei dessen Theil mehr Fäden herausstehen. Je länger die Fäden sind, desto größer das Glück. Aus Hohenschwarze Bayern

933. Witt Oschen (Anemone nemorosa). In Mellenburg ist der Glaube allgemein verbreitet, daß das Verschlucken von drei oder sieben Blüthen dieser Blume das kalte Fieber vertreibe.
Schiller 2, 21

934. Wöbenbunk, Wobenbung (Cicuta virosa). Aus Archivsarten theilt mir Beyer Folgendes mit: In einem Hexenprocesse zu Sahhof vom Jahre 1609 bezeichnet die Angeklagte ein Pflaster von Wobenbunds-Wurzeln' und unbenutztem Wachs als Heilmittel gegen die durch einen Zauberguß bewirkte Lähmung. — Bei Gelegenheit einer Untersuchung, welche auf unmittelbaren Befehl des Herzogs Gustav Adolph im Jahre 1660 über den Aberglauben in Betreff der Walpurgis-Nacht angestellt wurde, versichert eine Hirtenfrau auf Befragen, sie wisse nichts vom 'Bueten des Viehes'. Wenn das Vieh krank werde, gebe sie ihm 'Tyriack', oder wenn es 'Wuedenbunk' gefressen, süße Milch. — Bei einer anderen Gelegenheit äußert eine der Hexerei angeklagte Frau die Vermuthung, das Vieh ihres Nachbars, das sie durch ihren Teufel umgebracht zu haben beschuldigt ward, möge in der Koppel wohl 'Wobenbunk' gefressen haben. Schiller 1, 33

935. Wulverley (Arnica montana). Simon Paulli: Rustici in sua patria Megapoli arbitrantur Wullverley, Wollverley innumeris fere malis tollendis aptissimum, quod coctum ex cerevisia bibunt frequentissime, ubi ex alto deciderunt aut alias ex violentiori motu deterius valent: et certo experimento sanguinem satis valide discutere et ab iis malis ipsos praeservare, quae plerumque grumosicatem sanguinem comitari assolent, docti sunt. — In gratiam Medicinae Candidatorum hic loci noto, aum notum sit, per universam Europam venum ire cerevisias medicamentosas genus, Preussing dictum, cum ad alia corporis mala, tum maxime ubi quis ex alto decidit, contusus aut ossa fractus, apprime commen-

dabile, ut ab ejus haustu aegri sudent largiter, me ob Taberne-
montani authoritatem facile in eam adduci sententiam, ut credam,
Gedanenses Cerevisiarios hoc Chrysanthemum latifolium *** ***
cerevisiae Preussing dictae remiscere. Catal. Rost.: Cerevisiae
Dantiscana Preussing; Waldaum: Prüssint. Noch jetzt wird Prüs-
sing zuweilen in unseren Officinen gefordert und dann aus Flieber-
trüb', Flieberwater und Hirschhurnbtruppen oder einfach aus Flieber-
trüb' und Bier hergestellt. Wiechmann. Wulverley spielt auf dem
Lande eine nicht geringe Rolle. Es wird ein Decoct von der getrockneten Pflanze besonders gegen Rückenblut des Rindviehs angewendet. Vgl. Bock III, 530 und IV, 187. — Zur Heilung des
Sattel- oder Geschirrdruckes bei Pferden wird Arnica-Tinctur bei
R. Stein V, 188 und 237 besonders empfohlen. Schiller 3, 42

Sonne und Mond.

936. Jeden Abend vor dem Festtage setzen die Mädchen die
Spinnräder aus der Stube, weil sie glauben, sie kommen sonst
nicht in den Himmel, sondern in die Sonne. Sie glauben nämlich,
in der Sonne sitze eine Frau mit dem Spinnrade.
Aus Wellendorf Unteroffizier Willberg

937. Nach Sonnenuntergang wird kein Kehricht, Wasser ꝛc.
mehr aus der Thür gethan. *Von einem Seminaristen in Neukloster*

938. Kinderreim.

Leew Sünn, kumm wedder
Mit de blanke Fedder,
Mit dem gollen Strahl
Und noch vel busendmal. *Wiggeram. Lehrer Kreutzer*

939. Frömde Sünnen (Nebensonnen) bringen Drögniß.
Archivrath Masch in Demern

940. Wenn de Sünn summer in Wlaud kuntergeit, denn gift
dat bald vel Wlaudvergeit'n in de Welt.
Aus Wartow bei Ludwigslust Zergel

941. Wenn im Frühling eine Sonnenfinsterniß ist, gibt es
wenig Korn, aber Wein. *Krause*

942. Vor dem Festtage darf kein Mann bei Mondenschein
Holz hauen, sonst kommt er in den Mond. Das Uebrige ist bekannt.
Aus Wellendorf Unteroffizier Willberg

943. Bei abnehmendem Monde sind Sympathien gegen Warzen, Wenen, Muttermale ꝛc. zu brauchen. Paſtor Behm in Rolf.

944. Haare sind bei zunehmendem Monde zu schneiden.
Allgemein.

945ᵃ. Kälber müssen bei zunehmendem Monde angesetzt werden.
Aus Saage. Seminariſt Santow.

945ᵇ. Kälber, die bei zunehmendem Monde geboren sind,
nehmen gut zu. Küſter Schwarz in Bellin.

945ᶜ. Wenn 'n 'n Kalf upbörn'n will, denn möt 'n 't bi 'n
Bullman ansetten, denn helpt sik dat gaud, ebenso is 't mit de
Swin, bei sett makt warb'n sölln.
Aus Warlow bei Ludwigsluſt. Seminariſt Jenzel.

945ᵈ. Die besten Kälber in der Mülch sind die, welche drei
Tage vor oder drei Tage nach Vollmond geboren werden.
Aus Brütz. Paſtor Baſſewitz.

946. Werden Kälber angesetzt, die in der schwarzen Nacht
(Neumondsnacht) geboren sind, so werden sie nicht tragend.
Aus Saage. Seminariſt Santow. — Sie werden nämlich Aus Brütz. Paſtor
Baſſewitz

947. Swin möten bi afnehmen Man slacht warden, denn
hebbens man ne dünn' Speckswor. Aus Warlow bei Ludwigsluſt Jenzel.

948. Bei abnehmendem Monde muß man Schafe scheren, dann
kommen keine Motten in die Wolle. Aus Drewen. Hülfsprediger Timmermann

949. Hühner müssen beim Neumond, besser noch beim Vollmond
gesetzt werden. Aus Röbel. Paſtor Behm.

950. Dei sik ben Nimand in 'n leddigen Büdel schinen lett, bei
krigt bat ganze Mand kein Geld. Knabe St

951. Wenn bei Mand taunimmt, so gerätt Allens woll, wat
man benn ünnernimmt; wat man gegen Krankheiten deit, müßt man
æwest daun, wenn bei Mand afnimmt, benn nimmt bei Krankheit ok af.
Knabe ꝛꝛꝛ Vgl Nᵒ 411

952. Erbsen, im abnehmenden Mond gesäet, blühen schnell
ab; werden sie dagegen im Neumond gesäet, so finden sich gewöhnlich
Blüthen, grüne und reise Erbsen zusammengemischt
Aus Tessin bei Boizenburg. Seminariſt Ahrens

953. Das Korn, welches beim Mondwechsel gesäet wird,
geräth nicht. Gegend von Ludwigsluſt. Seminariſt Brandt

954 Getreide, bei zunehmendem Monde gesäet, gedeiht gut.
Ebendaher Derselbe

955. Pflanzen, deren Früchte über der Erde, sind bei zunehmendem Monde zu säen; solche, deren Früchte unter der Erde, bei abnehmendem.
Aus Grütz, Pastor Bassewitz

956. Bei abnehmendem Monde soll man alles das pflanzen und säen, dessen Früchte unter der Erde sich ansetzen, z. B. Kartoffeln, Rüben.
Spatzmann

957. Kartoffeln und Alles, was zunehmen soll, ist bei zunehmendem Monde zu pflanzen.
Aus Alterhagen, Lehrer Lübstorf

958. Rohr muß bei zunehmendem Mond geschnitten werden, sonst nimmt es ab.
Gegend von Schwerin, Präpositus Schencke

959. Holz ist beim abnehmenden Monde zu fällen, dann kommt kein Wurm und Schwamm hinein.
Aus Alterhagen, Lehrer Lübstorf

960. Buchenholz, im Neumonde gehauen, ist dauerhaft und wird vom Wurm nicht leicht gefressen; Eichen- und alles andere Laubholz, im abnehmenden Monde gehauen, verdirbt nicht leicht und frißt kein Wurm.
Aus Teschin bei Gadebusch, Seminarist Thurow

961. Mondwechsel bringt besseres Wetter.
Allgemein

962ª. Je nachdem die Mondstellung ausgießend ist oder nicht, gibt es nasses oder trockenes Wetter.
Aus Lange, Seminarist Sommer

962ᵇ. Wenn der Mond auf der Leche steht (d. h. wenn die Sichel dem Auge so ☾ oder so ☽ erscheint), ist regnerisches Wetter, liegt er auf dem Rücken, so ist trockenes Wetter, weil das Wasser nicht ablaufen kann.
Aus Hohenschwarfs, Cyrus

962ᶜ. Ligt de Mond uppen Rüggen, dat man en Tom (Zaum) daran hängen kann, so word dat long' drög.
Archdiacons Masch in Demern

963ª. Wenn der Mond einen Ring (Hof) hat, kommt Regen.
Allgemein

963ᵇ. Wenn der Mond einen Hof hat, gibt's Frostwetter.
Gegend von Serrahn, Seminarist Brückner

963ᶜ. Wenn de Man 'n groten Hof hett, denn wart Unweder.
Warlow bei Ludwigslust, Zengel.

964. Manring
    is keen Ding,
    Sünnring
    bringt mennich eenen üm Fru un Kind.
Pastor Dolberg in Ribnitz

965. Bleicher Mond kündigt Regen an, roth weissagt er Wind, und glänzend verspricht er schönes Wetter. Fromm.

966. Wenns im Winter eine Mondfinsterniß gibt, so kommt strenge Kälte Fromm

Gestirne, Wolken, Wetter, Wind.

967. Fuhrmann Düml (Dämmling) ist der große Bär.
Rechtsanwalt Masch in Dewern.

968. Der Abendstern wird auch Dümling (d. h. Dämmling, Zwerg) genannt.
Beyer in den Mekleub. Jahrb 21, 169. Aus der Gegend von Parchim. Vgl. Müllen heff S. 369 R§ 484 DS 273

969. Wer in der Nacht nach den Sternen mit dem Finger zeigt, sticht dem lieben Herrgott ein Auge aus.
Landrath Ritter Vgl. Engelien Nr 343, R§ 480

970. Wenn die Sterne sich putzen, wird der ganze Himmel rein
Fromm.

971ᵃ. Eine Sternschnuppe ist der Drache, der seinen Anhängern das anderswo gestohlene Gut, besonders Geld, bringt. Wer mit ihm im Bündniß steht, über dessen Hause verschwindet er und läßt sich im Schornsteine nieder. Eine Feuerkugel ist der mit reicher Beute beladene Drache. Man sagt von ihm 'De Drak treckt.' Wer ihn verspottet, dem bescheert er eine furchtbar stinkende Masse. Land Ritter

971ᵇ. 'De Drak tüt,' sagt man bei feurigen Lufterscheinungen; wo er sich niederläßt, wo die Erscheinung verschwindet, läßt er Glück zurück. Aus Röbel Pastor Behm in Metz

972. Sieht ein Fuhrmann den Drachen in ein Haus ziehen und zieht dann ein Rad vom Wagen und steckt dasselbe verkehrt auf die Achse, so brennt das Haus ab. Die Sage erzählt, daß auf diese Weise einstmals in Neustadt ein Haus abgebrannt sei.
Aus Neustadt Von einem Seminaristen.

973. Sal de Drak einen wat bringen, so möt man dat veert Rad von 'n Wagen trecken odder twei mütten stillswigend de Bein krüzwis œwer einanner stellen. Raabe 225.

974. Sternschnuppen bedeuten einen Todten.
Aus Röbel Pastor Behm in Metz

975. Beim Sternschießen (Sternschnuppen) denken sich die Leute, daß Gott einen Engel (Boten) sendet. Aus Dröß Pastor Dassow.

976ª. Wenn man, während man eine Sternschnuppe fallen sieht, einen Wunsch thut, geht er in Erfüllung.

Gegend von Rostock. Domänenpächter Behm. Eggers

976ᵇ. Will man den Drak festmachen und ihn zwingen, etwas von dem, was er mit sich führt, abzugeben, so müssen zwei stillschweigend die Beine kreuzweis über einander stellen oder das vierte Rad von einem Wagen ziehen, aber dann eilen, unter Dach und Fach zu kommen, sonst gehts ihnen schlecht. Mal hatte auch Einer das vierte Rad von einem Wagen gezogen und dabei diese Vorsicht versäumt. Da wurde er plötzlich von oben bis unten mit Läusen bedeckt, denn diese hatte der Drak mit sich geführt, um eine Viehkrankheit zu erzeugen. — Hat man den Drak zur Luke eines Hauses hineinziehen sehen und zieht das vierte Rad von einem Wagen, so brennt das Haus ab.

Aus Grabow. N.B. 219.

976ᶜ. In sumpfigen Gegenden (Poppendorf) sieht man bisweilen Feuersäulen horizontal über den Boden ziehen. Dann heißt es 'De Drak tüt.' Die Leute haben große Angst davor und rennen unter die Auken, sonst werden sie von ihm mit Koth beworfen. De Drak, heißt es, zieht in den Schornstein und bringt allerlei Lebensmittel, Mehl ꝛc.

Eggers Spehtmann

977. Wenn ein Komet erscheint, kommt Krieg. Allgemein.

978. Wer unterm Zeichen der Wage geboren ist, wird buk, wer unterm Steinbock, wird hart, Kinder 'hartnackt', d. h. sie lernen schwer, wer unterm Löwen, stark, wer unter den Zwillingen, schwächlich und stirbt bald. Küster Schwartz zu Berlin

979. Ein Kalb, das an einem Tage mit dem Jungfernzeichen im Kalender angesetzt wird, soll sterben.

Aus Behr. Wwe Lübbert. Aus Neu-Brütz. Kirchenjurat Schulz

980. Gänse setzt man gern im Zeichen des Löwen, des Steinbocks, des Scorpions und der Jungfrau.

Domänenpächter Behm in Nienhagen

981. Im Krebs soll man keine Bäume beschneiden, sonst bekommen sie den Krebs. Aus Behr. Pastor Bassewitz

982. Man darf kein Korn säen an den Tagen, an welchen das Krebszeichen im Kalender steht; es würde dann verkümmern.

Cand. theol. Ritter

983. Nur bei den Zeichen Wassermann, Jungfrau, Schütze und Fische darf man Korn säen; bei der Wage ist es schon unsicher, bei den übrigen schlecht. *Aus Prekeln bei Wismar. Gymnasiast Brockmann*

984. Alle Früchte, die über der Erde wachsen, dürfen nur in den Zeichen Widder, Stier, Zwilling, Löwe, Wage, Jungfrau gesäet werden. *Aus Dömitz. Kreuzer*

985. Alle Früchte unter der Erde dürfen nur in den Zeichen Krebs, Scorpion, Schütze, Steinbock, Wassermann, Fische gepflanzt werden; nur macht hier die Kartoffel eine Ausnahme, die in den oben erwähnten Zeichen gepflanzt werden muß. *Derselbe*

986. Kartoffeln am Krebstage gepflanzt, haben eine kranke Schale. *Aus Techin bei Boizenburg. Seminarist Thom*

987. Gute Kalenderzeichen zum Pflanzen und Säen sind Fische, Jungfrau, Wage (besonders für Bohnen), auch alte Maitag. *Aus Brütz. Pastor Bassewitz*

988. Alles Säen und Pflanzen gegen Vollmond und unter den Zeichen der Fische, Jungfrau, Wage, Zwillinge und Wassermann hat gutes Gedeihen. *Aus Plate bei Schwerin. Von einem Seminaristen*

989. Bohnen dürfen nur im Zeichen der Wage gepflanzt werden. *Aus Dömitz. Kreuzer*

990. Bohnen dürfen nicht unterm Zeichen des Krebses gelegt werden, sie bekommen sonst den Krebs. *Aus Wamemberf. Hilfsprediger Timmermann. Vgl. dagegen Ingeheu Nr. 985*

991. Gute Zeichen zum Kartoffelpflanzen sind: Löwe und Wage; schlechte Zeichen sind: Steinbock, Scorpion und Jungfrau. Kartoffeln, unterm Steinbock gepflanzt, werden nicht gar, unterm Scorpion gepflanzt, werden sie schorfig. *Gegend von Ludwigslust. Seminarist Brandt*

992. Löwe ist ein gutes Zeichen zum Säen des Leinsamens. Lein, im Steinbock gesäet, wird fest, wiegt dagegen schwer, wenn er beim Zeichen Wage gesäet wird. *Derselbe*

993. Leinsamen muß im Zeichen der Fische gesäet werden. *Pastor Dolberg in Reboltz*

994. Zum Wurzelsäen sind die Fische ein gutes Zeichen, die Zwillinge dagegen nicht. *Gegend von Ludwigslust. Seminarist Brandt*

995ᵃ. Im Krebs soll man keine Wurzeln säen; sie werden sonst eisenmalig. *Aus Bello. Pastor Bassewitz*

995^b. Wurzelsaat darf man nicht an einem Tage säen, bei dem im Kalender ein Krebszeichen steht.

Aus Rogahn bei Schwerin. Gymnasiast Brandt.

995^c. Wurzeln muß man unterm Zeichen der Fische säen; säet man sie unterm Krebs, werden sie sehr 'zwänzig' (d. h. verzweigt unter der Erde).

Küster Schwarz in Beßlin.

995^d. Up Fisch un Stier möt en Wörtel seigen, denn warden gaud lang un schier.

Aus Warlow bei Ludwigslust. Zengel.

996. Wenn de Wulken so dörch'nanner teiht und bat vel dann, denn gift 't bald Wirrworr inne Welt.

Aus Warlow bei Ludwigslust. Zengel.

997. Hehr-Rauch, du fauler Gauch!
    Hast nimmer Eil', leckst Honig ab.
    Die Immen leben gar zu knapp.

Frauen

998^a. Wenn die Obstbäume noch kein Laub haben und es donnert, so gibt es kein Steinobst.

Allgemein

998^b. Wenn es über den Blüthenknospen der Fruchtbäume donnert, gibt es im Jahr kein Obst.

Gegend von Schwerin. Präpositus Schmidt.

998^c. Wenn es über den kahlen Bäumen donnert, haben die Hexen kein gut Butterjahr, oder: keinen Butterbeg, oder: keinen Dag.

Allgemein.

998^d. Wenn dat ewer'n kahlen Bom dunnert, ward'n de Gössel nich grot.

Frauen

999. Es ist Hoffnung auf eine reiche Obsternte, 'wenn de Dunner æwer de Bleußen geiht', d. h. wenn es während der Blüthezeit donnert, wogegen ein Gewitter über unbelaubten Bäumen Obstmangel verkündet.

Beyer in den Beßliner Jahrb. 20, 170

1000. Wenn 'n 't irst Gewitter hürt in't Jahr, möten dreimal in 'n Brunn stillschwigens biten, denn krigt 'n kein Tegnweidag; ebenso ok nicht, wenn 'n bei Pip anmakt bi dat Licht, wat bi 'n Dobenn brennt hett.

Aus Warlow bei Ludwigslust. Zengel.

1001^a. Manche Hausfrauen machen beim Gewitter Feuer auf dem Herde an, weil sie glauben, daß dann das Haus nicht vom Blitz getroffen werde. *Küster Schwarz in Beßlin. Vgl. Nr. 400. Anders Engström Nr. 264*

1001b. Beim Gewitter zünden viele Feuer an und öffnen Fenster und Thüren. In Buchholz geschieht nur das erstere, doch nur Abends und Nachts, da Tags meist schon Feuer brennt.

Gegend von Röbel Pastor Behm in Melz

1002. Wenns blitzt, soll man alle Fenster und Thüren schließen.

Aus Hohenschwarfs Lauren

1003. Wenns blitzt, darf man nicht mit dem Finger hinweisen, sonst schlägt der Blitz nach Einem.

Ritter Schwartz in Dölitz

1004. Mit jedem in die Erde geschleuderten Blitzstrahl fliegt ein Donnerkeil mit hinein, welcher nach 9 Jahren (7 Jahren) wieder aus der Tiefe emporsteigt.

FS 540

1005. Donnerkeile, die man im Hause eingräbt, schützen dasselbe gegen Blitz. Desgleichen eine Eiche, welche man neben das Haus pflanzt.

FS 537. Vgl. NS. 411

1006. Während eines Gewitters soll man nicht essen.

FS 548

1007. Wenns donnert, schieben die Engel Kegel.

Aus Hohenschwarfs Lauren. Vgl. NS. 410

1008. Noch jetzt hört man häufig die Bekräftigung eines Gelübdes mit den Worten 'Dunner hal!' oder 'Dunner sla!', d. h. der Blitz soll mich treffen, wenn ich löge, für welchen Fall man sich sonst bekanntlich auch dem Teufel anheim gibt.

Beyer in dem Jahrb. 20, 178

1009.　　Bei Donner im Winter

　　　　Ist viel Kälte dahinter.

Secretär Fromm in Schwerin

1010.　　Donner im Winterquartal

　　　　Bringt uns Kälte ohne Zahl.

　　　　Bringt Eiszapfen ohne Zahl

Fromm

1011. Morgens Donner, Abends Regenschauer,

　　　　Wenn lang das Wetter droht,

　　　　Dann fürchtet's jeder Bauer.

Fromm

1012. Wetterprophezeiungen aus dem Hefte von Dr. Weidner. Werden die Pflastersteine nach langer trockener Witterung oder nach langem und schwerem Froste naß, so kommt feuchte Luft, Regen oder mildere Witterung. Ebenso wenn im Winter die Mauern feucht werden und riechen. Ebenso, wenn die Appartements stark riechen.

Ein Eichenschwamm schrumpft zusammen, wenn die Witterung trocken wird, wird sie feucht, so quillt er auf, nahet viel Regen, so bekommt er gelbe Tropfen.

Anagallis arvensis (Acker-Gauchheil.) Breitet sie am Morgen die Blüthen recht fröhlich aus, so regnet es in 24 Stunden nicht, versteckt sie dieselben halb unter die Blätter, so gibts einen Schauer, schließt sie sie gar nicht auf, dann fängt es bald stark an zu regnen.

Schließt der Klee seine Blüthen am Tage, so kommt bald ein Gewitter. Ebenso Oxalis stricta (Steifer Sauerklee). Tulpe und Königskerze schließen bei nahendem Regen ihre Blüthen.

Macht der Regenwurm in der Nacht Löcher und zeigt sich, so ist Regen nicht fern. Ist er im Herbst noch häufig nahe an der Oberfläche, so ist der Winter mild oder schneereich; wirft der Maulwurf im Frühling zeitig auf, so kommt milde Witterung. Der Laubfrosch sitzt oben, wenn das Wetter in den nächsten Tagen hell und gut ist; gibts Regen, so steigt er ins Wasser; kommt Sturm, so ist er im Wasser sehr unruhig. Ebenso der Blutegel sitzt oben bei trockenem Wetter, steigt ins Wasser bei nahendem Regen, liegt still auf dem Boden, wenns lange regnen wird, schlägt mit dem Leibe hin und her, wenn Sturm kommt.

Bauen die Wespen im Boden, in Gebüschen, so wird der Sommer trocken; bauen sie in Häusern, hohlen Bäumen, so wird er naß.

Sind die Ameisen im Herbst oben im Bau, so wird der Winter mild, liegen sie tief, so wird er kalt.

Sind die Stechfliegen ꝛc. am Morgen sehr blutdurstig, so kommt bald Regen, eventuell Gewitter.

Steigt der Floh dem Hunde an Kopf und Ohren, so gibts Regen.

Fliegen die Bienen Morgens hastig aus und kehren schnell wieder, so wetterts bald, sind sie zornmüthig und gereizt, so wird es heiß und bleibt einige Tage so.

Webt die Spinne Morgens fleißig, so wird das Wetter klar und warm, ebenso wenn sie das Netz bewacht. Sitzt sie mürrisch im Winkel, so gibts schlecht Wetter.

Wenn die Katzen sich viel putzen, gibts Regen; gewiß, wenn sie Gras fressen.

Wenn die Vögel, Hühner rc. früh mausern, so tritt ein früher, heftiger Winter ein; ebenso wenn die Zugvögel in geraden Linien, stark und frühe ziehen; ebenso wenn Strichvögel früh fortgehen. Rüsten sie noch spät, so wird der Herbst und Vorwinter mild.

Zeigen sich im Winter Spatzen, Finken, Ammern nahe bei der Wohnung mit struppigem Gefieder, so gibts strenge Kälte; wird dies aber glatt und entfernen sie sich, so wirds mild. Sitzen sie zusammengeschaart mit gesträubten Federn, so kommt Schnee mit Kälte. Kommt im Frühling noch einmal Schnee und die Staare und Lerchen singen lustig, so bleibt er nicht lange; sind sie traurig, zirpt die Lerche und der Finke schlägt nicht, so bleibt er liegen und es wird kalt; ebenso mit den andern Strichvögeln. Wenn wo Vögel im Frühling zusammenbleiben, sich nicht paarweis trennen, nur zirpen, so wird das Frühjahr ungünstig, stürmisch, regnerisch; ziehen bei nahem Frühling die Ackerkrähen nach Nordwest, so kommt bald Kälte oder viel Schnee, krähen sie viel und steigen in die Luft, so wirds stürmisch und rauh.

Singen die Vögel Morgens hell, gellend und anhaltend, so gibts am Tage ein Gewitter; ebenso der Hahn. Fliegt die Schwalbe Morgens hoch, so gibts einen hellen trockenen Tag und umgekehrt.

Ziehen Tauben, Häher, Enten die Federn häufig durch den Schnabel, so gibts bald Regen; ebenso wenn die Hühner im Staube baden.

Sitzt der Sperling Morgens plüschig da, so gibts Regen, ebenso wenn der Kanarienvogel sich am Morgen badet.

Brennt am eisernen Kochgeschirr der Ruß und steigt der Rauch nicht aus dem Schornstein, so gibts Regen.

Kommen auf alter Lohe gelbe Pilze, so gibts Regen, verschwinden sie, so wirds trocken.

1013. Wenn der Fuchs bellt, der Wolf heult, der Wendehals und Regenpfeifer rufen, die Hähne laut krähen, die Pfauen schreien, die Hühner in die Höhe fliegen, die Gänse schreien, der Laubfrosch ruft, der Wetterfisch das Wasser aufwühlt, viele Schnecken sich sehen lassen, der Sauerklee seine Blätter faltet, die Tannenzapfen zusammengehen, wenn die Sonne einen Bart hat, der Ruß herabfällt, dann gibt es bald Regen.

1014. Wenn die Tauben im Holze girren, die Schwalben hoch fliegen, die Raben in Schaaren sich versammeln, die Fledermäuse des Abends fliegen, dann gibt es gut Wetter. *Fromm*

1015. Wenn die Tauben sich baden und die Störche die Schnäbel unter die Flügel stecken, dann regnet es bald. *Fromm*

1016. Wenn man am nächsten Tage gutes Wetter haben will, soll man Mittags die Teller rein ab- und die Schüsseln leeressen (Sonst muß 'de Kuner' — bei Ludwigslust — den Rest essen). *B. G. 554*

1017. Wenn die Sonne Abends schön roseuroth und klar oder hell untergeht, so folgt ein guter Tag. Ebenso wenn die Mondshörner scharf nach oben stehen. Ebenso, wenn die Raben in der Luft spielen, wenn die Holztauben stark kirren, wenn die Schwalben hoch fliegen, wenn die Katzen sich putzen (die Pfoten belecken). *Nach Brütz, Pastor Bassewitz*

1018. Es erfolgt Unwetter oder Regen, wenn die Sonne in Wolken oder trübe untergeht, wenn die Mondshörner nach unten hängen, wenn die Pferde mit den Köpfen viel schütteln, wenn die Stechfliegen sehr stechen, wenn die Regenwürmer viel aus der Erde zum Vorschein kommen, wenn die Hähne häufig oder viel krähen, wenn die Krähen am Tage häufig an den Bäumen hängen, wenn es den Hunden im Bauche kollert und sie dabei Gras fressen. *Nach Brütz, Pastor Bassewitz*

1019. Wenn die Esel oft schreien, kommt schlechtes Wetter. *Aus Hohenschwarfs Eggers*

1020. Wenn die blinde Fliege die Pferde viel sticht, gibt es Regen. *Spethmann*

1021. Wenn der Fuchs braut, wird gutes Wetter. *Spethmann*

1022. Blümlein Gauchheil roth und blau
  Bei drohenden Wolken beschau!
  Will es regnen, so gehen sie zu.
  Hast du Gefahr, so eile du! *Fromm*

1023. Wenn die Glocken recht hell klingen, dann regnet es bald *Fromm*

1024. De Hahn kreit up'n Staul,
  Morgen regent 'n Paul *Fromm*

1025. Friederich 104: Wenn die Hähne zur ungewöhnlichen Zeit krähen, kommt Regen; ebenso, wenn die Hühner sich die Federn streichen und traurig umhergehen. Der Regen hält an, wenn die alten Hühner im Anfang desselben nicht bald unter Dach laufen; wenn sie sich im Staube wälzen. *Schiller s. ꝛc.*

1026. Wenn der Hahn beim Krähen hochsteigt, 'wenn hei tau Dömen krei't', so gibt es Regen.

Aus Serrahn. Seminarist Gehlmer. Aus Testin bei Doberan. Seminarist Arent.

1027. Wenn die Hennen früh schlafen gehn, wird am folgenden Tage gutes Wetter; im umgekehrten Fall schlechtes.

Aus Hohenschwarfs. Eggers.

1028ᵃ. Wenn die Hunde Gras fressen und wieder ausspeien, wird schlechtes Wetter; oder: gibts Regen. *Allgemein.*

1028ᵇ. Wenn die Hunde Gras fressen, die Frösche quaken und die Hähne schreien, gibt es Regen. *Aus Wettendorf Unteroffizier Müller.*

1029. Wenn das Fell der Hunde stark riecht, gibt es Regen.

Fromm.

1030. Wenn die glühenden Kohlen wenig Asche haben, gibt es bald Regen.

Fromm.

1031. Wenn sich die Krähen zusammenscharen, gibt es Regen.

Aus Demen Kirchrath Masch.

1032. Fliegen im Winter die Krähen schreiend zu Felde, so gibt es Thauwetter. *Gegend von Doberan. Seminarist Arent.*

1033. Wenn die Kreuzspinne bei Sonnenuntergang mitten im Netze sitzt, wird schön Wetter. *Aus Hohenschwarfs. Eggers.*

1034. Lacht der Kukuk, so gibt es Regen. *Seminarist Stübe.*

1035. Wenn der Laubfrosch schreit, wird schlechtes Wetter.

Allgemein.

1036. Wenn die Lerche steigt, gibts gut Wetter. *Fromm.*

1037. Wenn der Maulwurf die Erde aufwirft, wird schlechtes Wetter. *Aus Hohenschwarfs. Raabe.*

1038. Wenn die Mäuse laut pfeifen, so kommt Regen.

Schiller s, s

1039. Klappert der Möbelkrebs wenig und selse,
So ist der Regen noch auf der Reise.
Scharret er viel und laut zugleich,
So wird der Acker bald naß und weich. *Fromm.*

1040. Wenn die Mücken tanzen, gibts schön Wetter.

Aus Hohenschwarz Eggers

1041. Wenn der Rauch nicht aus dem Scharstein will, so folgt bald Regen.

Fromm

1042. Wenn die Regenwürmer aus der Erde kriechen, wird schlechtes Wetter.

Aus Hohenschwarz Eggers

1043. Wenn die Reiher hoch fliegen, vermuthet man einen Sturmwind. — Verläßt der Reiger sein Wasser, wo er sich sonst gewöhnlich aufhält, mit Schreien, setzt sich traurig aufs Feld und fliegt sehr hoch, so kommt Regen.

Schiller 2, 15

1044. Eine alte und bekannte Wetterregel, die ich als sehr zutreffend befunden habe, ist: wenn der Roßkäfer Abends viel fliegt, so wird es am folgenden Tage gutes, trockenes Wetter, fliegt er aber Morgens früh, so wird es am selbigen Tage noch regnen. Der Volksmund drückt diese Wetterregel also aus: Wenn de Scharpenmewer 's Abens brummt, drägt he Sürborm¹), denn will he 'n annern Dag backen, alsa ward drög Wedder. Brummt he ümst 's Morgens, so dröcht he Brugborm²), denn ward 't denn' Dag noch regen, wil he brugen will.

Oberschäfer Thilo in Brahlstorf Secretär Fromm.

1045. Fliegen die Schwalben hoch, bedeuten sie gutes Wetter. Fliegen sie nahe am Boden, kommt Regen.

Allgemein

1046. Wenn die Sonne in dicken Wolken untergeht (in 'n Sump geit), gibt es andern Tags Regen.

Aus Hohenschwarz Eggers

1047. De Sünne geit unner den Huddick,
      Morgen regent 't aus in de Fuddick (Tasche).

Schiller 5 7

1048ᵃ. Dei Sünn geit in 'n Sump, morgen regent dat 't so plumpt.

Aus Rökel, Pastor Behm in Mel;

1048ᵇ.   Dei Sünn geit unnern Sump,
      Morgen regent plump

Fromm

1049. Wenn de Sünn schint up dat natte Blatt,
      So gift dat noch van frischem wat.

Fromm

1050. Wenn die Sonne Wasser zieht, wird schlechtes Wetter

Spethmann

---

¹) Sürborm heißt Hefe zum Bratbacken.

²) Brugborm heißt Hefe zum Bierbrauen.

1051. Schreien und zirpen die Sperlinge übermäßig, sitzen faul und trage, so kommt ungestüme Witterung, im Winter wohl Schneegestöber. Schiller 2, 16.

1052. Wenn der Himmel wie gezupfte Wolle aussieht, gibt es Regen. Fromm.

1053. Ballt sich der Staub nach einem Schauer,
Die heit're Luft hat keine Dauer. Fromm.

1054. Staubregen ist ein sicherer Vorbote eines trockenen Wetters. Fromm.

1055. Wenn das Vieh sich den Hals reibt, gibt es bald Regen. Fromm.

1056. Wenn die Vögel sich mit ihrem Fette die Federn schmieren, gibt es schlecht Wetter. Fromm.

1057. Wasserblasen auf der Pfütze,
Drei Tag noch manche nasse Mütze. Fromm.

1058. Trübe Wassergalle!
Der Regen ist noch lang nicht alle. Fromm.

1059. Knarrt und schnarrt der Zaunkönig, so kommt festes Wetter; ist er aber im Fluge und Gesange lustig, so kommt Regen, sonderlich wenn er Morgens viel singt. Läßt er sich im Winter in den Mittagsstunden viel hören, so pflegt gemeiniglich festes Wetter und des Nachts darauf starker Frost zu kommen. Schiller 2, 17.

1060. Das Schmerzen der Leichdörner bedeutet Regenwetter. Aus Hohenschwarze Eggers.

1061. Fällt ein Butterbrot auf die Butterseite, so gibts Regen. Domänenpächter Behm in Kienhagen.

1062. Wenn der Schlehdorn und die saure Kirsche blühen, ists kaltes und stürmisches Wetter. Domänenpächter Behm in Kienhagen.

1063. Morgenrot bringt Water in Sod,
Abendrot goot Wäder blot. Pastor Dolberg in Sabnitz.

1064. Gut Wetter kündet Abendroth
Morgenroth bringt Wind und Koth. Fromm.

1065. Abendroth bringt heitern Tag;
Morgenroth nicht weilen mag. Fromm.

14*

1066. Wer im Morregen geht wird wachsen, selbst derjenige, der schon ausgewachsen ist. *Dermkompästler Behm in Nienhagen*

1067. Wenn dat regn't vör be Miß,
Regn't be ganze Woch gewiß. *Küster Schwarz in Brüel*

1068. Regen auf die Patten (Knospen),
Bringt volle Hatten (Traglörbe). *Fromm.*

1069. Ein Regen um Mittag dauert zwei Tage. *Fromm.*

1070. Wenn sich der Regenbogen Abends im Osten zeigt, gibt es den andern Tag schönes Wetter. *Pastor Dolberg in Rabnitz*

1071. Regenbogen am Morgen, des Hirten Sorgen;
Regenbogen am Abend, dem Hirten labend. *Gerichtsr. Fromm in Schwerin*

1072. Es befindet sich ein Schatz an der Stelle, wo der Regenbogen auf der Erde steht. *DG &c.*

1073. Thau bewahrt vor Sonnenstechen. *Gegend von Serrahn. Seminarist Brümmer*

1074. Wenn die Eiche vor der Esche grün wird, gibt es einen trockenen Sommer; wird aber die Esche früher grün, einen nassen. *Fromm*

1075. Ist Herbstanfang gut, so bleibt es lange gut. *Aus Brüz. Pastor Vosweig*

1076. So viel Nachtfröste man vor dem 21. September zählt, so viel werden auch in dem kommenden Mai erfolgen. *Aus Brüz. Pastor Vosweig.*

1077. De irst Frost bepißt sich. *Dermkompästler Behm in Nienhagen*

1078. Frost in der Milch und Sturm in der Blüthe thut der Saat weh. *Fromm.*

1079. Wenn die Goldammern in Scharen ziehen, gibt es Schnee. *Fromm.*

1080. Wenn das Ungeziefer (Mäuse und Ratten) sich zum Winter in die Häuser drängt, so ist ein strenger Winter zu erwarten. *Fromm.*

1081. Wenn sich die Schnecken früh bedeln, so gibts einen frühen Winter. *Fromm.*

1082. Je länger die Blätter an den Bäumen sitzen, um so strenger wird der Winter. *Fromm.*

1083. Nehmen im Winter bei Frostwetter die Bäume und Steine eine dunklere Farbe an, so stellt sich bald Thauwetter ein.

Fromm

1084. Viel Wind, viel Krieg.

Allgemein

1085. Wenn die Schafe viel springen, kommt Wind.

Allgemein

1086ᵃ. Manche Leute auf dem Lande sagen: In den Küselwind (Windwerbel) is bei Düwel. Wenn nu ein Küselwind is, denn möt man dörch den Handquarre an de Hembsmaug (den Querber vorne beim Handgelenk an dem Hembsärmel) kken, denn kann man den Düwel sehn.

Küster Schwarz zu Berlin Bgl. ADS 405

1086ᵇ. In jedem Wirbelwind befindet sich eine tanzende Hexe; man kann sie sehen, wenn man darnach unter dem linken Arme guckt.

Sand. Ritter.

1086ᶜ. Bi 'n Küselwind müßt man seggen: 'Gnädig Herr Düwel!' odder ok wat hennin schmiten, tum Bispill 'ne Müß

Raabe 251 Bgl. ADS 406. 1207 700

1086ᵈ. Den Wirbelwind (Küsel) hält das Volk für ein Werk des Teufels. Er wird sogar 'leewe Herr Düvel' angeredet und man opfert ihm, um ihn zu besänftigen, etwas von seinen Kleidungsstücken.

Beyer in den Jahrb 26, 177

1087ᵃ. Wenn ein harter Wind wehet, so darf man keine Kartoffeln oder Bohnen pflanzen, auch keine Erbsen säen, wenn sie weich kochen sollen, ebenso an Krebstagen (wo der Krebs im Kalender steht) nicht, auch darf kein Holz gehauen werden, denn dann kommt der Wurm darein.

Aus Trauern Archivrath Raabe

1087ᵇ. Erbsen, bei Nord- und Ostwind gesäet, werden nicht mürbe; dagegen werden sie mürbe, wenn sie bei Süd- und Westwind gesäet werden.

Aus Toitin bei Boizenburg Seminarist Ahrens

1088. Wenn man Wind maken will, so müßt man 'n ollen Bessen verbrennen.

Raabe 251 Bgl. ADS 404.

1089. Fensterblumen vom Morgenwind
　　　Die deuten auf Schnee, er kommt geschwind. Fromm

1090. Nebel im Winter bei Ostwind und Kälte deuten auf Thauwetter, bei Westwind auf Kälte.

Fromm

1091. Südwind kalt, wird selten drei Tage alt. Fromm

1092. Wie der Wind am dritten, besonders aber am vierten und fünften Tage nach dem Neumond ist, so weht er den ganzen Monat hindurch.

Fromm.

1093. Wind vom Niedergang, ist Regens Aufgang;
Wind vom Aufgang, schönen Wetters Anfang

Fromm.

1094. Bei stetem Ost der Schloßen viel,
Das gibt der Saat kein gutes Ziel.

Fromm.

1095. Sieht man weit entfernte Gegenstände sehr klar, so gibt es Sturm.

Fromm.

1096. Großer Wind ist selten ohne Regen.

Fromm.

1097. Viel Wirbelwind, der leise geht,
Den Regen auf lange Zeit verweht

Fromm.

Monate.

1098. Im Februar führen die Frauen das Regiment.

Aus Nebel. Pastor Sehn in Metz.

1099. Märzen-Schnee
Thut der Saat (aber den Saaten) weh.

Allgemein.

1100. Der März
Nimmt den Pflug beim Sterz,
Dann kommt der April
Und hält ihn wieder still.

Dorländer Pastor Sehn in Nentshagen.

1101ª. Fangen de Dag' sik an te lengen,
Fangt de Kül sik an ta strengen.

Aus Gadebusch, P. Schmidt.

1101ᵇ. Wenn de Dag' fang'n an tau lengen,
Fangt de Winter an tau strengen.

Fromm.

1102. Märzen-Grün soll man mit Halzschlägeln wieder in die Erde schlagen.

Fromm.

1103ª. Am ersten April schickt man einander in den April.

Allgemein.

1103ᵇ. Das Aprilschicken deuten in Brüz alte Leute von dem Senden des Herrn Jesu von Pilatus zu Herodes ꝛc. Das sei am ersten April gewesen.

Aus Brüz, Pastor Passow.

1104. Wenn de April is drög un de Mai is natt,
Dat füllt den Buern Hus un Fatt.

Aus Gabebusch H. Schmidt.

1105.   Warm Prill, kolt Mai,
Füllt Hus und Schün bei'.

Aus Demern Reformirt Nüsch.

1106. Was Juli und August nicht kochen, das kann der September nicht braten.

F.S. 555

1107. Wer im Heuet nicht gabelt (gavvelt),
In der Ernt' nicht zabelt (zavvelt),
Im Herbst nicht früh aufsteht,
Der schau, wie's ihm im Winter geht.

Fromm.

1108. Mariä Geburt (8. September)
Gan de Swalken furt.

F.S. 555

1109. Schnee fällt so lange vor und nach Weihnacht, als der Myrrhensommer vor und nach Michaelis fliegt.

F.S 555

1110. Wenn im sogenannten Wolfsmonat (8. November bis 7. December) der Schnee in den Dreck fällt, folgt ein schlechtes Jahr; fällt er aufs Trockene, ein fruchtbares. Wie die Witterung im Wolfsmonat, so ist sie auch im nächsten März.

Aus Brü{e}l Pastor Bassewitz

1111.   St. Lutzen (13. December),
Macht den Tag stutzen.

Berger. F.S. 555.

1112. Weihnacht im Klee, Ostern im Schnee.

F.S. 555

1113. Wenn die Quatember hoch im Monat stehen, wird das Getreide theuer; wenn niedrig, wohlfeil.

Allgemein.

1114. Wie der Wind am Quatember, so weht er ein Vierteljahr lang.

Allgemein

1115. Kommt der Wind am Quatembertage aus Osten oder Norden, so ist die gewöhnliche Witterung kalt und trocken; kommt er dagegen aus Süden oder Westen, so ist sie warm und feucht.

Aus Tessin bei Schwaan Seminarist Thamm

Wochentage.

1116*. Am Montag darf kein wichtiges Geschäft begonnen werden, weil dieser Tag als ein unglücklicher für das Gelingen desselben angesehen wird.

Allgemein.

1116ᵇ. Man darf keine neue Arbeit am Montag anfangen, z. B. keinen Bau; was zu dem Tage angefangen, wird nicht wochenalt. Nothwerth Rath in Demern. Nach H.S. 543 am Dienstag

1117. Montags darf kein Dienstbote zu einer Herrschaft ziehen, sonst wird ihm die Zeit im Dienste lang und schwer.
Allgemein Bgl. N° 420

1118. Am Montag darf Niemand reisen, namentlich kein Schiffer; sonst hat er Unglück und kommt verspätet aus Ziel. Aus Dömitz. Krüger

1119. Montag wird nicht wochenalt.
Aus Schwaan C. D. Stuhlmann

1120. Rauher Montag, glatte Woche. Aus Laage

1121. Dienstag und Freitag sind Wettertage; es ändert sich das Wetter. Aus Schwiesow Paarel

1122. Mittwoch und Sonnabend. Weil diese nicht für volle Tage gehalten werden, dürfen keine besonderen Angelegenheiten vorgenommen werden, auch darf man an diesen Tagen keine Schafe scheeren. Nothwerth Rath in Demern

1123ᵃ. Viele Weiber glauben, man müsse am Mittwoch an keinem Flachs arbeiten. Franck I, 56.

1123ᵇ. Am Aschermittwoch und überhaupt am Mittwoch darf man sich ebensowenig mit Flachsarbeit beschäftigen als in den Zwölften, nicht spinnen, nicht haspeln, nicht weben, nicht Leinsamen säen, weil sonst, wie Franck (altes und neues Meklenburg I) hinzufügt, Wodans Pferd den Flachs zertreten würde.
Bever in den Weismar Jahrb 20. 15ᵃ

1124. Mittwoch (und Sonnabend) sind die besten Sä- und Pflanztage. H.S. 546

1125ᵃ. Wenn das Korn blüht, geht der Bauer an einem Donnerstagabend nach Sonnenuntergang schweigend mit Handschuhen auf das Feld, schreitet rückwärts gegen den Lauf der Sonne um dasselbe, pflückt auf jeder Ecke einen Halm ab, bindet sie in ein Bündel und verwahrt es unterm Hausdache, so daß weder Sonne noch Mond drauf scheint; dann fressen die Vögel nicht von den Aehren.
Von einem Seminaristen

1125ᵇ. Daß keine Vögel (Sperlinge) ins Kornfeld kommen. Man geht an einem Donnerstagmorgen vor Sonnenaufgang stillschweigend dreimal um das Kornfeld, zieht auf jeder Ecke jedesmal

enen Kornhalw auf und hängt diese zwölf Halme im Rauchfang auf. Aus Helldorf und Rathenfort Lehrer Wüsthoff

1126ᵃ. Erbsen darf man nur am Donnerstag essen.
HS. 54ᵇ Bl NS. 557.

1126ᵇ. Der gemeine Mann hält für verwerflich, manche Arbeit
am Donnerstag vorzunehmen, so beim Hopfen, sonst werde Nesselhopfen daraus. Franck I, 59

1127. In Mecklenburg erließ der Herzog Gustav Adolph im
Jahre 1663 eine Circular-Verordnung an alle Prediger des Landes,
über den in ihrer Gemeinde herrschenden Aberglauben zu berichten,
zu welchem Zwecke ihnen ein weitläuftiges 'Inquisitions-Formular'
mitgetheilt ward. Das Formular war jedoch wenig zweckmäßig ab-
gefaßt, und das ganze Examen hatte natürlich geringen Erfolg, da
die Gefragten in ihren Antworten die eigentliche Frage zu umgehen
suchten. Die sechste Frage lautete z. B. 'Ob, was und warumb man
dieses oder jenes auf den Donnerstag, Freytag, Sonnabend thue
oder lasse?' Darauf antwortete die Gemeinde zu Cammin 'Wo sie
nicht spinnen am Donnerstage, dürfen sie am Freytage nicht haspeln',
und in Jördensdorf 'Sie hätten wohl gehört, daß man am Donnerstage nicht sollte ausmisten oder spinnen, sähen aber keinen Grund
davon.' Der Herzog erließ hierauf am 11 December 1681 ein
offenes Mandat an alle Beamte 'zur Ausrottung des Aberglaubens,
daß man am Donnerstage nicht spinnen dürfe'. Außerdem versichert
Franck (A. und N. M. 1, S. 59), daß auch die Beschäftigung mit
dem Hopfenbaue an diesem Tage bei dem Volke für unerlaubt galt,
indem man zur Strafe der Verletzung dieses Verbots die Ausartung
des Hopfens in Nesselhopfen fürchtete. Beyer in den Jahrb. 28, 123

1128. Alle am Freitage, 12 Uhr, geborenen Menschen können
mehr sehen als andere. Aus Serrahn Seminarist Brüsewer

1129. Wenn man sich alle Freitage die Nägel stillschweigend
beschneidet, bekommt man keine Zahnschmerzen. Allgemein.

1130. Freitag im Frühling soll man den Pferden zur Ader lassen.
HS. 558, 568.

1131. Das Waschen am Freitag bringt kein Glück.
HS. 568.

1132. Das Buttern am Freitag bringt die beste und schönste
Butter. Ottobd.

1133. Freitag ist ein Unglückstag. Deshalb soll man an ihm keine Reise (Seefahrt) antreten. *Aus Hohenschwarfs Laurel.*

1134. Das Wetter, das vorher schön war, wird am Freitag schlecht. *Chorstmann.*

Fridag hett sin eegen Lun *BG. 649.*

1135. Hennen müssen am Freitag gesetzt werden, dann brüten sie gut; ihr Nest muß aus dem Stroh von einem zweischläfrigen Bette genommen werden, und zwar je nachdem man Hennen oder Hähne haben will, von der Stelle, wo die Frau oder der Mann liegt. *Aus Warlow bei Ludwigslust. Jungel.*

1136. An drei Freitagabenden nach Sonnenuntergang muß der Kohl behackt werden, wenn er gut gedeihen soll. *Gegend von Grevesmühlen Seminarist Benner*

1137. Am Sonnabend muß der Wocken leer sein, sonst kommt der Daul hinein *Aus Belz Pastor Behm in Belz.*

1138. Spinnt und haspelt Einer am Sonnabend Abend oder am Sonntag, dann steht der Teufel hinter ihm *Ritter Schwartz in Belin bei Mützelloff S. 186. BG. 256, BG. 296.*

1139. Wenn man Sonnabend Abends oder Sonntag Wolle 'afwinnt', so bekommen die Schafe, von denen die Wolle ist, die Drehkrankheit (sei warden narrsch). *Derselbe Bel BG. 296.*

1140[a]. Der beste Tag zum Trocknen der Wäsche ist der Sonnabend, denn an diesem Tage läßt die Sonne, wenn auch nur auf kurze Zeit, sich sehen, weil Mutter Maria am Sonnabend die Wäsche des Jesuskindleins getrocknet hat. *Von einem Seminaristen in Neukloster.*

1140[b]. Sonnabends muß die Sonne scheinen, damit der Priester seinen Kragen trocknen kann. *Aus Belz Pastor Behm in Belz. Vgl. BG. 451 a.*

1140[c]. Dor is kein Saterdag so dick,
Dat de Sünn' nicht beit 'n Blick *Seminarist Lüth.*

1141. In Hohen-Luckow nehmen die ältesten Leute, wenn am Sonnabend die Kirchenglocke geläutet wird, den Hut ab und sagen 'Gott help'. Dies geschieht auch in Grubenhagen bei Teterow. *Seminarist Kühlbrey*

1142. Etlyke, alse de Sondages edder Sonnen Kinder, und ungeboren geboren Kinder, de hebben sonderlich Gelücke vor allen andern Minschen; de kamment balde (wo se seggen) im Angesichte esschen, esst de Minsche beseten sy mit dem Düvel, de können umme eer sonberlyken Gehorbt ebber Dögebe, bem besetenen helpen, unb ben Düvel von em offbrhven, bar to geben se bem besetenen etlyke Kröber, Gebrencke und Ethent, alse vyff Krollen, und wat des sonst mehr ys, bat de beseten moth up ethen, unbe mißbruken ok bar aver bes Namen Gobes.

Joachimus Schröber, Perdiger the Rostock (1563) bei Blochmann, Mellenburgs alt-...säsische Literatur 2, 43

1143. Wer an einem Sonntag geboren ist, ist ein Glückskind.
Aus Hohenschwarfe Eggert

1144ᵃ. Wer an einem Sonntage geboren ist, besitzt die Gabe, Geister zu sehen.
Cand. theol. Körner

1144ᵇ. Wird ein Kind Sonntags Nachts zwischen zwölf und ein Uhr geboren, so kann es alle Gespenster sehen.
Aus Tessin bei Stahenburg. Seminarist Ahrens

1144ᶜ. Man sagt von den an einem Sonntag geborenen Kindern 'sei sölen männigmol wat sehn'.
Aus Warnkenhof Timmermann

1144ᵈ. Sonntagskinder können am Johannistage Mittags eine goldene Schüssel auf der Tempelgrube in Rostock schwimmen sehen.
Mitgetheilt von Frl. J. Wallsen an Domänenpächter Behm in Kirchhagen

1145. Wer Sonntags während des Gottesdienstes das Haar kämmt, kommt in die Hölle.
Aus Warnkenhof Hilfsprediger Timmermann

1146. Näht man Sonntags Hemden oder Betttücher und hat man am Sterbetage von dem am Sonntag genähten Zeug an oder um sich, so kann man nicht sterben, bis es vertauscht ist. Dies thut man daher bei Menschen, die in langem Todeskampfe liegen.
Aus Warnkenhof Derselbe

1147. Sonntagsbesserung beim Kranken taugt nichts.
Domänenpächter Behm in Kirchhagen

1148. Wer am Feiertage eine verbotene Arbeit thut, muß sie nach dem Tode so lange fortthun, bis ihn eine mitleidige unschuldige Seele erlöst.
R.S. 548

1149. Wenn es am Sonntag vor der Predigt (Messe) regnet, regnet es die ganze Woche.
R.S. 546. Vgl. Nr. 1065

1150. Beim ersten Tone der Glocke, die zur Sonntagskirche läutet, nehmen alle vor der Kirche Versammelten den Hut ab.
Aus Prosten bei Wismar Gymnasiast Brockmann.

Michaelis.

1151. Michaelis-Tag werden den Kühen drei braune Kohlköpfe gegeben, damit sie nicht das rothe Wasser oder eine andere Krankheit bekommen.
Aus Zeblin bei Dolgenburg. Seminarist Thiers

1152. Michaelis muß man vor Sonnenuntergang mit den Pferden zu Hause sein, dann können die Hexen ihnen nichts anthun.
Aus Warlow bei Ludwigslust. Seminarist Zengel.

1153ᵃ. Am Tage vor Michaelis muß man Wurzeln ausnehmen, daß der Wurm nicht hineinkommt und sie nicht ihre Süße verlieren.
Aus Ruummerbork und Drosen Hilfsprediger Timmermann.

1153ᵇ. Wurzeln und Rüben, wenn sie nicht faulen sollen, müssen am Michaelis-Tage aus der Erde genommen werden.
Aus Schwaan. J. B. Stuhlmann

1154ᵃ. Weht am Michaelis-Tage der Wind stark, so wird in dem kommenden Jahre das Brotkorn theuer.
Gegend von Gnoienmühlen Seminarist Bannier.

1154ᵇ. Wenn am Michaelis-Tage der Wind in die See steht, wird das Korn theuer, kommt der Wind aus der See, so wird es billig.
Aus der Gegend von Ludwigslust. Seminarist Brandt

1155. Michaelis geht die Arbeit bei Lichte wieder an, deshalb bekommen die Gesellen um diese Zeit den Lichtbraten.
Aus Hohenschmerfs. Eggers

Gallus-Tag.

1156ᵃ. Gallus (16. October) und das ganze Jahr hindurch an solchen Tagen, an dem Gallus gewesen ist, muß man kein Schwein schlachten, sonst wird der Speck gelb und er verliert seinen Geschmack oder er wird, wie die Leute sagen, gallig (oder das Fleisch wird bitter).
Gegend von Ludwigslust

1156ᵇ. An einem Tage, auf welchen Gallus fällt, darf man das ganze Jahr hindurch kein Fleisch von einem Ort an den andern hängen oder legen, im andern Falle verdirbt dasselbe.
Aus Triwem Seminarist Mohr

1156ᶜ. Gallus-Tag darf man keine Schweine schlachten, weil sonst das Fleisch kein Salz annähme.
Hilfsprediger Timmermann

1157. In der Woche, wenn Gallus fällt, darf kein Korn gesäet werden.
Aus Dömitz. Kreyen

1158.   Auf St. Gall
              Muß die Kuh in'n Stall.   FS. 550

1159.   Auf St. Gallen-Tag
              Muß jeder Apfel in seinen Sack.   FS. 556.

Martini.

1160. Wenn die Gänse Martini auf dem Eise gehen, werden
sie Weihnachten im Dreck gehen.   Domherrpächter Behm in Kieshagen

1161ᵃ. Am 11. November wird die Martins-Gans gegessen.
                              Allgemein. Bgl. KO 121. WB 205

1161ᵇ. Am Martinstage mag man an der Farbe des Gansebeins
oder Bucks (b. i. des Rückenknochens an der Martins-Gans) erkennen,
ob es einen strengen oder gelinden Winter geben werde. Weiße Flecke
auf ihm bedeuten Schnee und mildes Wetter, rothe (braune)
aber Frost.   FS 540 Bgl. KO 424

1162. Am Martini-Tage (11. November) dürfen die Mädchen
nicht nähen. Ebenso nicht an alten Marientage.   FS. 542, 550.

1163. Tau Martensdag bibben bei Kinner sik wat baußam,
as sei ok bi annern Festtiden daum un singen dorbi dat Martensleid.
                                          Raabe 234

1164. Daß die Martini-Gebräuche zum Theil selbst in
protestantischen Ländern noch im Schwange blieben, erklärt sich
daraus, daß sie an Martin Luther's Geburtstag vom Volke angeknüpft und der Martini-Tag als Ablieferungstermin von Naturalien
aber des Geldwerthes derselben und als Umzugstermin der Dienstboten (in Mecklenburg noch jetzt der Schäfer) festgehalten wurde.
Wohl nirgends aber in Mecklenburg verlief der Tag fröhlicher, als
in Schwerin, wohin bis zum Jahre 1817, wie das Landestheilungs-
Inventarium vom Jahre 1610 dies ausdrückt, 'ein Hochweiser Rahkt
vonn Lübeck jehrlich auf Martini Abendt zwischen zwölff vnnd Einn
Uhr nach Mittage altem herkommen nach durch dero Diener vnnd
Rotrock Eine Ohme Newen Weinmost — später Firnewein, b. i. vor-
jähriger, dann überhaupt älterer Wein — auß fürstliche Hauß hatte
liefern lassenn.'   Schiller k. 39 f.

1165. Das Martini-Singen der Currentschüler war in Grabow
ein sehr alter Gebrauch. Die Currentschüler trugen alle einen Chor-

mantel; wer keinen befaß, der lieh sich einen, was oft seine großen Schwierigkeiten hatte. Der Cantor, der hier früher den Schulgesang leitete, suchte sechzehn bis zwanzig der besten Sänger unter den Rectorschülern heraus, die kaum an dem Martini-Tage anfingen, hier vor allen Thüren zu singen. Der Anfang wurde stets Morgens 7 Uhr auf hiesigem Amte — soweit ich mich erinnere — mit 'Gott segne Friedrich Franz' gemacht. Vor den Häusern, in denen sich zufällig eine Leiche befand, wurde stets 'Jesus meine Zuversicht' gesungen. Die Knaben führten zwei große verschlossene Sparbüchsen bei sich, deren Schlüssel — wie ich nicht — der Cantor während des Singens in Verwahrsam hatte. Einer von ihnen ging dann, nachdem sie, in der Regel, zwei Lieder vor der Thür gesungen, mit der Büchse ins Haus und erbat eine Gabe. Bei den Bäckern war es Sitte, daß ein Jeder für 2 bis 3 Schilling (respective acht bis zwölf Stück) Kringel gab; diese wurden draußen Demjenigen übergeben, der von ihnen der Unterste in der Schule war, dem sogenannten Schlußoffizier. Dieser hatte entweder einen dicken Bindfaden oder auch wohl einen ledernen Riemen über der Schulter, worauf er dann die Kringel zog und hiemit bis Mittags oder Abends umherging. Auf mehreren Stellen bekamen sie auch warmes Getränk, besonders bei den Eltern, die einen Knaben dabei hatten. Das Singen durch die ganze Stadt dauerte einundhalb bis zwei Tage. Nachdem es vorbei war, ging's zum Cantor, der das Geld nachzählte und unter die Schüler vertheilte, die sich dann schließlich noch einige Stunden in der Cantorclasse bei einem Glase Punsch oder einer Tasse Chocolade vergnügt hielten.

C. Martiensen in Grabow.

Weihnachten.

1166. Der Herzog Gustav Adolph erließ unterm 25. November 1682 ein strenges Edict, worin es namentlich heißt, daß am Weihnachtsfeste 'dem gemeinen Gebrauch nach allerlei vermummte Personen unter dem Namen des Christkindleins, Nicolai und Martini auff den Gassen umher lauffen, in die Häuser entweder willig eingerissen werden oder auch in dieselben sich hineindringen, dergestalt, daß den Kindern eingebildet wird, als wenn es das wahre Christkindlein, welches sie anzubeten angemahnet werden, Nicolaus

und Martinus auch als Intercessores bei demselben die Kinder zu
vertreten sich annehmen, auch sonsten andre nichtige, unchristliche,
muthwillige Dinge in Worten und Werken vornehmen und treiben'.
Diese Mummereien aber hätten 'aus dem abergläubischen und ab-
göttischen Papstthum, ja wohl gar mutatis nominibus et personis
aus dem stockfinsteren Heidenthume den Ursprung', weshalb dieselben
'bei willkürlicher und ernster Strafe gänzlich abgethan und durchaus
bei Adel und Unadel verboten sein sollen'. Die Art der Intercession
der gedachten beiden Heiligen wird nicht näher bezeichnet und auch
die Schriftsteller, welche dieser Mummereien gedenken, setzen dieselbe
als bekannt voraus. In einem Weihnachtsprogramme des Professors
Herrn Theost. Engelken in Rostock von 1727 führt dieser jedoch an,
daß das Christkind weiß gekleidet, sein Begleiter, der Rug' Klas,
dagegen in allerlei rauhe Felle gehüllt und daß beide noch von einer
Schaar jugendlicher Gestalten umgeben waren, welche Engel vor-
stellten. Der alte Franck aber, welcher gleichfalls heftig gegen diese
Sitte eifert, macht die merkwürdige Aeußerung, daß wir als Christen
für dergleichen Teufelsspiel billig einen Abscheu tragen und unsere
Kinder nicht mit Wodansgesichtern erschrecken sollten, wann wir sie
mit dem lieben Jesus-Kindlein erfreuen wollten; viel weniger sollte
man ihnen Christum und den Teufel zugleich zur Anbetung darstellen.

Boyer in den Mekleub Jahrb. 20, 192 f.

1167ᵃ. Auf dem Lande herrscht an vielen Orten der Gebrauch,
daß am Abend vor Weihnacht sich Knechte oder andere junge Leute
ganz in Erbsenstroh wickeln, oder Kleidungsstücke umkehren und sich
damit vermummen. So angethan gehen sie mit einer Ruthe und einem
Beutel mit Asche versehen in die Häuser und lassen sich von Kindern
und Dienstboten etwas vorbeten. Wer betet, erhält dafür Aepfel, Nüsse
und Pfeffernüsse. Wer nicht beten will, erhält vom 'Ruklas' (so
nennt man die verkleideten Personen) Streiche mit der Ruthe oder
dem Aschbeutel. Küster Schwarz in Sellin. Vgl. Norddeutsche Gebräuche Nr. 123 f.

1167ᵇ. In einem Dorfe hatten sich am Vorabende des
Weihnachtsfestes zwölf junge Leute als 'Ruhklas' verkleidet und
zogen tobend durch das Dorf. Auf dem Friedhof angekommen, be-
merkten sie plötzlich, daß ihrer dreizehn waren. Wie sie noch darüber
staunten, fing mit einemmale der eine Knecht, der tollste Schreier,

der sich in Erbsenstroh gewickelt hatte, lichterloh zu brennen an. Als es gelungen war, das Feuer endlich zu löschen, waren es jetzt nur wieder zwölf.

Lehrer H. Haase in Ruchow.

1167ᵃ. Am Christabend pflegt man den unartigen Kindern zu drohen, der 'Ruhklas' werde kommen und sie in den Sack stecken, während das 'Kind Ies' (auch 'Klingies') die artigen beschenkt.

<small>Beyer in den Meklenb. Jahrb. 20, 159 f. Vgl. Ruh-Klasen, welche die Kinder auf ziehen. Frommann R. und R. Wossenberg 1, 257.</small>

1167ᵇ. In Buchholz kommt noch am heiligen Abend der 'Rug-Klas', 'des heiligen Christ Vorposten', auf einem Schimmel reitend, mit Aschenbeutel und Ruthe, die Kinder peitschend. Ihn begleitet der 'Rumpsack', einen Ziegenbock leitend.

Pastor Behm in Welz.

1168ᵃ. Weihnachtsabend machen zwei Knechte einen Schimmel; der Draufreitende ist Klingklas (Ruhklas) und sammelt zum Festtrunk ein.

Aus Brüz. Pastor Bassewitz.

1168ᵇ. Es war früher im Lande allgemein gebräuchlich, und mag noch jetzt vorkommen, daß (auf dem Lande) Weihnacht der 'Schimmel' erschien. Die Leute machten aus zwei Personen durch Behängung und Umwicklung mit Tüchern, und vielleicht der Haut eines Pferdekopfes einen Schimmel nach. Dieser Schimmel ging in das herrschaftliche Zimmer und auf die Herrschaften los, um Gaben zu gewinnen.

Ebd.

1169. Rathespiel mit Nüssen. Eine Hand voll Nüsse wird hingehalten mit folgenden Versen:

> Hölten Redder! (= Ritter)
> Lat em draben!
> Kann nich draben,
> Is to schwer beladen.
> Is he brav stell?
> Ja wol, mit Kliwen un Speck.

Anders:

> Holten Redder,
> Swerbeladen,
> Kann nich draben;
> Nüschen, anklappen!
> Dat lat doon.
> Wo vel sölt herutkamen?

Anders: Hölten Rübder!

Lat em draben,

Lat en ranzeln,

Lat en klætern.

Oder: Hölten Rübder! — Lat en riden!

Kann nich riden.

Lat em draben!

Kann nich draben.

Lat en ankloppen! (es geschieht),

Lat en lopen! (es wird eine Zahl genannt),

ist diese zu groß, so wird hinzugelegt, ist sie zu klein, so wird abgenommen. Sehr verbreitetes Kinderspiel mit vielen Varianten in den Reimen, jedoch überall mit dem Höltenröbber, der aber nie als Ritter ausgesprochen wird. *Mechlwroth Rasch in Demern.*

1170. Am heiligen Abend darf man sich nicht umkleiden, überhaupt mit Verkleiden und Masken keinen Scherz treiben.
Aus Jegenstu Primaner Kähle.

1171. Am Weihnachtsabend muß vor Sonnenuntergang sämmtliches Geschirr, Feld- wie Hausgeräth unter Dach gebracht werden, damit Fru Waur denselben nichts thut. Auch müssen nach Sonnenuntergang sämmtliche Thüren von Haus und Stall verschlossen werden, sonst läßt Fru Waur einen schwarzen Hund hinein, der dort auf ein Jahr Wohnung nimmt und die Bewohner vielfach beunruhigt. *Aus Plate bei Schwerin. Von einem Seminaristen.*

1172. Eine alte Sitte ist das Weihnachtsgratuliren der Hirten bei unserem Landvolk. Diese Sitte fand ihre Begründung in den Verhältnissen unseres Landvolkes selbst. Denn da die Bauern der einzelnen Dorfschaften eine Communewirthschaft hatten, so stellten sie auch auf gemeinsame Kosten ihre Ochsen-, Kuh-, Schaf- und Schweinehirten an, die dann unter sich einen sogenannten Hirtenstand bildeten und in besonderen Häusern (Heerdkaten = Hirtenkaten) wohnten. In den meisten Dorfschaften hatte der Dorfschäfer auch zugleich für einen Schweinehirten zu sorgen. Im Anfang des Sommers, gewöhnlich gegen Ende des April, hatten sämmtliche Hirten ihre Heerden auf dem Felde und ihre Hütezeit dauerte gewöhnlich bis gegen Ende des October. Von dieser Zeit an gingen die Hirten sammt ihren Frauen auf Arbeit und verdienten sich Tagelohn. Kam Weihnacht heran, so gingen am Nachmittage vor Weihnacht die Frauen der Ochsen-, Kuh- und Schafhirten (Heirdfrugens = Hirtenfrauen) bei den einzelnen Bauern herum, gratulirten zu Weihnacht und erhielten von jedem Bauern als Weihnachtsgabe jede von ihnen ein Brot von zwölf Pfund und eine Spickgans. Sobald die Sonne untergegangen und es dunkel zu werden begann, versammelten sich die Hirten der Dorfschaft mit ihren Hörnern unter den Armen und einem Eimer in der Hand und machten die Runde bei den Bauern, indem sie gewöhnlich von einer großen Anzahl Dorfkinder begleitet wurden Traten sie ein in das erste Bauernhaus, stießen sie gewaltig in ihre Hörner, daß es durch das ganze Haus schallte. Darauf wünschten sie dem Hausherrn sammt seiner ganzen Familie ein fröhliches Fest, erhielten von der Bauernfrau jeder zwei Kannen Bier, stießen wiederum in ihre Hörner und verabschiedeten sich. So ging es bei jedem Bauern. Zuletzt gratulirten sie bei dem Bauern, der ihnen zunächst wohnte, und dessen Ochsen, Kühe, Schafe oder Schweine sie sich selbst hatten aus den Ställen lassen müssen und bekamen alsdann dafür bei ihm ein Abendessen. Diese Sitte hat sich unter unserm Landvolke in vielen Dörfern bis zur Mitte des neunzehnten Jahrhunderts erhalten.

Nach Carl Schulz aus Parkow.

1173. Heiligabend und Altjahrsabend blasen im Dorfe die Hirten und bekommen dabei von den Ortsbewohnern verschiedene Naturalien, als Grütze, Brot, Wurst u. s. w.

Gegend zwischen Ludwigslust und Lübtheen. Seminarist Brandt.

1174ᵃ. In Wustrow auf dem Fischlande wird in der Weihnachts- und Neujahrsnacht von 1 bis 2 Uhr gefeiert und mit der großen Glocke geläutet. Wenn die Leute dies hören, stehen sie auf und trinken Kaffee und essen Semmel (Stoll) dazu. Darauf legen sie sich wieder nieder.

Seminarist Nähberg.

1174ᵇ. In Buchholz wird zumal Weihnachten, auch Ostern und Pfingsten bis tief in die Nacht hinein geläutet.

Pastor Behm in Belitz.

1175. In vielen Gegenden ist es Sitte, am Christabend über einen Brunnen zu schießen

Gymnasiast Brandt.

1176. Weihnachten wird in der Gegend von Wismar grüner Kohl gekocht.

Pastor Behm in Belitz. Vgl. Kuhn, Gebräuche Nr. 235, 241.

1177. In de Winachtsnacht stan be Lüd' up un eten Schwartsuer.

Aus Hohenfelde. Gymnasiast Otto Mau.

1178ᵃ. Die 'Kinjes-Poppen' (Kind-Jesus-Puppen), ein Gebäck aus Honigkuchen- und Semmelteig, sind zur Weihnachtszeit bei allen Bäckern im ganzen Lande zu haben. Männer, Frauen, Hirsche, Pferde und vor allen Dingen Schweine stellt dies Gebäck dar.

Lehrer C. Struck in Waren.

1178ᵇ. Die gegen Weihnachten gebackenen sogenannten Kinner-ges-Poppen, Haf-Poppen, welche nach jetziger Deutung die Hirten von Bethlehem und deren Heerde darstellen sollen, ursprünglich aber Opfergaben gewesen sein mögen, die am Julfeste dargebracht wurden (Bezer in den Meckl. Jahrb. XX, 158), werden von manchen Bäckern mit Saffran bestrichen und heißen davon auch: Saffran-Pöppings.

Schiller 1, 25 f

1179. Am Weihnachtsabend wird ein Tisch gedeckt, ein Licht darauf gestellt, Haferloses (ungebundener Hafer) darauf gelegt und die Kühe einzeln davon gefüttert. (Früherer Gebrauch, den die Alten noch in der Erinnerung haben, der aber nicht mehr vorkommt.)

Archidiak. Walsch in Dömitz.

1180. Damit das Vieh im kommenden Jahre 'guden Degt' habe, muß es am Weihnachtsabend mit dem Besten von allen Arten abgeernteten Getreides, zu Häckerling geschnitten, gefüttert werden. (Aus Gr.-Laasch. Eldena. Mummendorf. Hilfsprediger Timmermann.) Auch wird in den Eimer, aus dem es säuft, ein Geldstück gelegt aus demselben Grunde.

Timmermann

1181. Hund und Katze müssen an diesem Tage von allen Gerichten, die auf den Tisch kommen, ihren Antheil haben.

Aus Eldena. Hilfsprediger Timmermann

1182. Bei den Bauern der Dörfer im Schwaaner Amte ist der Gebrauch vor etwa fünfzig Jahren noch sehr gewöhnlich gewesen, am heiligen Abend vor Weihnachten den Hunden statt ihrer gewöhnlichen Kost ein Butterbrot zu reichen und auch dem übrigen Vieh sein Futter reichlicher und besser zu geben, als sonst. Dieser Gebrauch ist mit der Zeit immer seltener geworden, doch ist er noch nicht gänzlich verschwunden.

Seminarist Rehloff

1183. Beim Geläute der Glocken am Weihnachtsabend müssen Birkenreiser geschnitten und zu einem Besen zusammengebunden werden.

Fegt man damit den Kühen den Rücken und steckt den Besen im Kuhstall hin, so sollen Läuse und Krankheiten vom Vieh fern bleiben. Dasselbe gilt auch von den Schweinen, nur daß die Birkenreiser auch 'in 'n Twölften' geschnitten werden können.

Gegend von Hagenow. Seminarist Garnit.

1184ª. Am Weihnachtsabend wird ein Hund in den 'Börmtrog' (Trog zum Tränken für das Vieh vor dem Brunnen) geworfen, um dadurch Krankheiten vom Vieh fernzuhalten.

Gegend von Hagenow. Seminarist Sitrup.

1184ᵇ. Beim Froste muß ein Hund in die Tränke geworfen werden, ehe die Pferde daraus getränkt werden.

Archivrath Raspe in Demern.

1185ª. Vielfach wird vom Hauswirth am Weihnachtsmorgen eine Silbermünze, früher ein Dreiling, neuerdings mehr ein Schilling, in die Tränke gelegt, und bleibt darin bis Neujahr. Von Weihnachten bis Neujahr werden die Pferde und Kühe zur Tränke, die dicht bei einem Brunnen ist, geführt, auch die, die sonst im Stalle getränkt werden. Neujahrsmorgen wird die Münze mit zur Kirche genommen und in den Klingelbeutel gegeben.

Aus Dassin bei Dargenburg. Seminarist Ahrens.

1185ᵇ. Sollen Kühe gut kalben, recht viele Milch geben, überhaupt gut gedeihen, so legt man ihnen am Weihnachtsmorgen ein Stück Geld in den Trog, gießt diesen dann voll Wasser und läßt die Kühe saufen.

Aus Bantin bei Zarrentin. Seminarist Burmeister.

1186. Am zweiten Weihnachtstag wird eine Axt vor die Stallthür gelegt und die Pferde darüber zur Tränke geführt. Dies schützt sie gegen jede Krankheit.

Archivrath Raspe in Demern.

1187. Kreuzdorn am Stephansmorgen in die Raufe gelegt, thut dieselben Dienste.

Derselbe.

1188. Wenn man am Weihnachtsabend die Bienenstöcke ein wenig schüttelt, dann sollen die Bienen im nächsten Jahr recht vielen Honig tragen.

Von einem Seminaristen in Neukloster.

1189ª. Am heiligen Abend legt man Strohseile unter den Tisch, ehe man sich zum Essen setzt. Nachdem darüber gebetet und dann gegessen worden, werden sie sogleich um die Obstbäume gebunden, damit dieselben reiche Frucht tragen.

Aus Friedrichsdorf. Selbst Sagen. aufgezeichnet von Gymnasiast Ahlers. Vgl. Anschau Nr. 63.

1189h. In Wölzow, einem Dorfe bei Wittenburg, ist es Brauch, daß die Leute am Weihnachtsabend ein Seil von 'Wurststroh' (Stroh, worauf die gekochte Wurst gelegen ist) um jeden Baum binden in der Meinung, daß die Bäume dann gut tragen.   Seminarist Oberste

1189i. Wurststroh um einen Baum gebunden, macht ihn fleißig, das Wurststroh und die letzte Frucht soll sich Wod' als Opfer holen, das Wurststroh statt der Wurst.
Aus Kuhdatorf und Alterhagen. Lehrer Löhlberf

1189k. Sollen die Obstbäume reiche Früchte tragen, so müssen sie mit Wurststroh, das ist Stroh, auf dem die Wurst nach dem Kochen gelegen hat, umbunden werden. Am besten ist es, wenn dies in den Zwölften geschieht.   Seminarist Stühe

Ein sehr tiefsinniger, auf feinster Naturverehrung beruhender Brauch, von dem ich gern wüßte, ob er sich nach irgend wo erhielt, war der, in der Christnacht nasse Strohbänder um die Obstbäume zu binden, damit sie fruchtbar werden. Von Thüringschen Bauern ist um das Jahr 1700 beobachtet worden, daß sie die Bäume mit Strohbändern zusammengebunden haben, vorgebend, daß sie dadurch copulirt würden. Uralt ist diese Sitte und Zeugniß ahnungsvoller Naturverehrung, die in der Pflanzenwelt und im Thierleben eine tiefe Verwandtschaft mit dem Menschenleben erblickt. Jacob Grimm spricht ausführlich (Kl. Schriften II, 373 ff) von dieser in hohes Alterthum zurückreichenden Vorstellung von wirklicher Ehe und Hierat, die zwischen einzelnen Pflanzen, ja zwischen Pflanzen, Thieren und selbst Sternen geglaubt, besungen und gefeiert ward. Noch heute vermählt der Hindu, der einen Mangobaum anlegt, einen der Stämme mit einer Tamarinde in der Nähe in feierlichster Weise. (Santroß in der Friedländischen Zeitung vom 18. Februar 1868.)

1190. Ist ein Obstbaum bestohlen, so muß ihm, wenn er wieder Früchte tragen soll, am heiligen Abend ein Schilling geschenkt werden. Dies geschieht, indem mit einem Messer in der Rinde ein Schnitt gemacht und in demselben der Schilling sorgfältig hineingesteckt wird. Die ganze Handlung muß stillschweigend geschehen, und der Schilling darf nur als Silbermünze geschenkt werden.
Seminarist Stühe

1191. Hängen am Weihnachtsmorgen Tropfen am Zaun, so gibts ein gutes Flachsjahr.   Seminarist Stühe

1192. Grüne Weihnacht, weiße Ostern.   Allgemein.

1193. Wenn der Christtag in zunehmendem Mond fällt, folgt ein gutes Jahr; sonst ein schlechtes.   Aus Crivitz. Pastor Bassewitz.

1194. In der Weihnachts- oder Neujahrsnacht geht ein Bipperawer Bauer nach dem Kirchhofe; er hat dann immer einen dicken Kopf, jeder geht ihm gern aus dem Wege, grüßt ihn und macht, daß er davon kommt. *Pastor Behm in Bietz bei Röbel*

Neujahr.

1195. In der Neujahrsnacht zieht 'der wilde Jäger' oder 'Fru Gauden' durch die Luft mit Peitschenknallen und schrecklichem Hundegeheul, aber ohne den Leuten zu schaden. *Das Lübz, Fr. Höhn*

1196. An den Olljorsdag möt man mit Sünnenünnergang de Husdör taumaken, süs kümt Fru Gauden. Mal treckt se ok in ein Hus un kümm nich mit all er twölf Hunn' dörch den Schosstein rut kamen, einer blew uppen Fürhird liggen un janterte dar dat ganze Jor dörch, bet Fru Gauden en ewern Jar mit-nem. *Aus Dambek bei Parchim, Behm*

1197ᵃ. Altjahrsabend müssen alle Hausbewohner und alle landwirthschaftlichen Geräthe unter Dach und Fach sein. Beim Eintritt der Dämmerung werden alle Haus- und Stallthüren sorgfältig geschlossen. Denn an diesem Abend fährt 'Fru Waur' durch die Luft und fügt jedem Hauswesen, das sich nicht in vorgenannter Weise verwahrt hat, Schaden zu. *Gegend von Ludwigslust und Grabow, Seminarist Brandt*

1197ᵇ. Nijarsabend mütt dat Gaffelgeschirr unnert Dak bröcht war'n, süs gerät 't Brot nich in dat Jar, un wenn dei Sothwaul an diss'n Abend nich anbunn'n oder int Hus hald wart, den'n kon'n dei leg'n Lüd' ein'n wat ant Water anbunn, dat dat Beih keen'n Dog hett. *Aus Warlow bei Ludwigslust, Seminarist Zengel*

1198. Während des Schlages Zwölf in der Neujahrsnacht ist das Wasser der Elde in Lübz in Wein verwandelt. Zwei Mädchen aus Lübz wollen dies untersuchen. Die Eine neckt die Andere paarmal vor Uhr zwölf, indem sie das Glas hineintaucht und nachdem sie es probirt, ihr zuruft 'Nu ist 't Win', und wenn die Andere es auch versucht, ist es nicht wahr. Als die Uhr nun zwölf schlägt, probirt sie es wieder, und als sie nun ruft 'nu is 't ewer Win', spricht eine Stimme aus dem Wasser 'und nu büst du min', und sie sinkt in die Fluten. *F. Höhn aus Lübz*

1199. Alles Geliehene muß vor Sonnenuntergang wieder zurückgegeben werden. Aus Rabbensdorf. Lehrer Lübstorf.

1200. In de Ollhorsnacht löpt en swarten Hund mit gleunigen Ogen uppen Kirchhof rüm. Aus Hohenfelde. Gymnasiast Otto Worm.

1201. Am Silvesterabend bestreuen die Mädchen den Feuerheerd mit Asche, um am andern Morgen zu sehen, was für Zeichen darauf sind. Wenn Schweinepfoten darauf zu sehen sind, dann ist bei Drak (Drache) dagewesen und bringt 'wat bi dei Husdör'. Aus Dreveskirchen? Pastor Bassewitz.

1202a. In der Neujahrsnacht um 12 Uhr holen die Leute sich Besenreis und binden sich Besen davon, dann sind sie das folgende Jahr hindurch vor Behexen geschützt. Fr. Köln aus Lübz, aufgeschrieben von Gymnasiast Schwiegerow aus Lübz.

1202b. Silvesterabend gehen die Leute in den Forst und holzen, haben sie für den Abend Glück, so haben sie es das ganze Jahr (im Forst). Aus Rabbensdorf. Lehrer Lübstorf.

1203. Kugeln, die in der Neujahrsnacht Schlag 12 Uhr gegossen werden, treffen alle ihr Ziel. Aus Brüelshorst E. v. Oertzhausen.

1204. Silvesterabend vor Sonnenuntergang holt man sich Wasser ein; denn vor Sonnenaufgang am andern Tag darf man nicht schöpfen. Sollten die bösen Geister etwas in den Brunnen gethan haben, so vernichtet es der Sonnenglanz des Neujahrstages. Aus Rabbensdorf. Lehrer Lübstorf.

1205. Am Silvesterabend sieht man in vielen Häusern einen schön geputzten Leuchter mit einem brennenden Licht darauf, das an diesem Abend von Keinem vom Tisch genommen werden darf; auch auf der Hausdiele brennt um diese Zeit den ganzen Abend eine Lampe. Bei der Abendmahlzeit wird laut gebetet und werden Neujahrslieder gesungen. Nachdem Alle gesättigt sind und Gott gedankt haben, wirft der Hausvater in größeren und kleineren Münzen Geld unter den Tisch, welches die Tischgenossen sogleich, ohne Licht mit unter den Tisch zu nehmen, aufsuchen. Aus Warlow bei Ludwigslust. Seminarist Zengel.

1206. Wenn man am Silvesterabend[1]) die Bäume im Garten schüttelt, so sollen sie im nächsten Jahr viel Obst tragen. Von einer Bäuerin in Neukloster.

[1]) Oder: am Neujahrsmorgen vor Sonnenaufgang. (Aus Warlow bei Ludwigslust. Seminarist Zengel.)

1207ᵃ. Am Neujahrsabend schießen die Leute in die Bäume, um sie fruchtbar zu machen. Aus Brütz. Paſtor Baſſewitz.

1207ᵇ. Am Silveſterabend werden in der Nähe des Hauſes einige Flintenſchüſſe abgeſchoſſen. Aus Teſſin bei Bützenburg. Seminariſt Thoms.

1207ᶜ. Zu Neujahr wird geſchoſſen, das heißen ſie: das neue Jahr anſchießen. Hinſtorffſcher Kalender 1866. Vgl. DGS. 2, 110, Nr. 298.

1207ᵈ. Silveſterabend wird fleißig geſchoſſen, denn der Knall und das Feuer verſcheucht die böſen Geiſter. Wer das Ding aber richtig verſteht, ſchießt nur ſiebenmal, nämlich dreimal in den Brunnen und einmal auf jeder Ecke des Hauſes. Was darüber iſt, das iſt von Uebel. Aus Robbenſerſt. Lehrer Süsdorf.

1208ᵃ. Legt man in der Neujahrsnacht[1] in die Krone oder auf den Zweig eines Baumes ein Geldſtück[2], ſo trägt er das nächſte Jahr viele Früchte. Aus Alt Som. Franz Nienberg.

1208ᵇ. Wenn Fruchtbäume gut tragen ſollen, muß das jüngſte Kind des Hausherrn in der Neujahrsnacht jedem Baum einen Dreier ſchenken, den man auf den Baum legt Gegend von Schwerin. Präpoſitus Schröck.

1208ᶜ. Man ſteckt einen Witten in eine Spalte, 'dann beſchenkt he uns wedder'. Paſtor Dolberg in Gülitz.

1208ᵈ. Die Leute ſagen: Wer in de Nijorsnacht den Autborn beſchenkt, denn' beſchenkt hei wedder. Lüſter Schwarz in Beſtin.

1209. Am Silveſterabend muß ein Seil von dem ſogenannten Wurſtſtroh, d. h. dem Stroh, worauf die Würſte gelegen haben, wenn ſie gekocht ſind, um die Obſtbäume gebunden werden, dann tragen ſie gut. Aus Müritz. Paſtor Dolberg. Aus Brütz. Paſtor Baſſewitz. Vgl. DGS. 2, 160. Nr. 377, und oben S. 228 f.

1210. In einem Bauerndorfe bei Stavenhagen glaubt man, wer in der Neujahrsnacht die Kirchhofsglocke zuerſt läute, baue im künftigen Jahre die größte Gerſte. Deshalb ſuchten ſich Viele darin zuvor zu thun, zuerſt mit der Glocke zu läuten. Lüſter Schwarz in Beſtin. — Derſelbe Gebrauch, aber vom Neujahrsmorgen, aus Buchholz. Paſtor Rehm in Nietz.

---

[1] Um 12 Uhr. (Aus Brütz. Paſtor Baſſewitz.)

[2] Bindet man einen Schilling oder Dreiling hinein. (Ebendaſer.)

1211. Nijorsnacht möt de Gaude (Gänserich) nich bi de Göus' in 'n Stall, süs kam'n kein Gössel ut in dat Jahr.
Aus Warlow bei Ludwigslust. Seminarist Zengel.

1212. Am Silvesterabend werden die Hühner mit Erbsen gefüttert, die zuvor gezählt sind, weil man dadurch erfährt, wie viele Eier die Hühner in dem folgenden Jahre legen werden; denn so viele Erbsen als ein Huhn an diesem Abend frißt, so viele Eier legt es im folgenden Jahre.
Aus dem Munde der Büdnerfrau Schuldt in Fischershäsen. Seminarist Fahlandt.

1213. In einem Dorfe bei Stavenhagen herrschte folgender Gebrauch. Kurz vor Mitternacht wurden stillschweigend Hafergarben auf einen Zaun auf dem Gebiete des Nachbars gesteckt und die Mitternachtsstunde daselbst gelassen. Dann wurden die Garben stillschweigend wieder weggenommen und allem Vieh etwas davon gegeben. Dadurch wird der Segen vom Vieh des Nachbars genommen und auf den Ausstellenden übertragen.
Küster Schwarz in Bellin.

1214. Nijarsabend möt'n de Kauh Bookweitenstroh to freten hebb'n, denn bullens' gaut tidig wedder.
Aus Warlow bei Ludwigslust. Seminarist Zengel.

1215. Wenn Neujahrsabend nach der Abendmahlzeit zuerst eine Mannsperson herausgeht, kriegen die Kühe alle Bullenkälber, wenn aber ein Frauensmensch, Starkenkälber.
Aus Warlow bei Ludwigslust. Zengel. Vgl. Engelien Nr. 50

1216. Neujahrsabends haut man ein Beil in die Schwelle und treibt die Kühe darüber, so ist das Vieh das ganze Jahr vor Hexen sicher. Zu eben der Zeit stößt man eine Sense in das Heu, um die Hexen zu verwunden oder sie von Haus und Scheuern fern zu halten.
Aus Rubkendorf. Lehrer Rüdbruch.

Das Beil oder die Sense legt man dem Vieh am Neujahrsabend in die Krippe. Alles geschieht selbstverständlich stillschweigend. Entfernen kann man die Gegenstände gelegentlich.
Aus Rubkendorf. Lehrer Rüdbruch.

1217. Wie am Weihnachtsabend auf dem Lande der 'Rullas' umhergeht, so am Silvesterabend 'de Nijarsbuck odder Schimmel'. Hiebei gehts auf folgende Weise zu: Zwei junge Leute stellen sich rückwärts zusammen und neigen sich Beide vorn über. Damit sie beim Gehen nicht auseinander kommen, stecken sie sich einen Stock zwischen die Füße durch und fassen denselben an den Enden an. Jetzt wird ein weißes Laken über Beide geschlagen, und ein Dritter setzt sich als Reiter darauf. Sein Gesicht ist mit einer Larve verdeckt, und auf seinem Arme trägt er einen Korb mit Aepfeln, Nüssen und Pfefferkuchen. So geht der Zug durchs Dorf und in die Häuser. Kinder müssen etwas vorbeten und bekommen dann geschenkt.

Küster Schwarz in Berlin.

1218. Am Altjahrsabend (Silvesterabend) wird auf die verschiedenste Weise die Zukunft, die Ereignisse des kommenden Jahres, erforscht. Man wirft Apfelschalen über den Kopf nach rückwärts, um aus der Form, welche sie beim Niederfallen bilden, die Zukunft zu erkennen. Aus Nurmersdorf. Hülfsprediger Zimmermann. Vgl. Engelien Nr 54.

1219. Wenn man sein Schicksal im neuen Jahre voraus wissen will, so muß man zwischen 11 und 12 Uhr geschmolzenes Blei in eine mit Wasser gefüllte Schüssel gießen. Die daraus entstandenen Figuren geben alsdann Aufschluß. Allgemein.

1220ᵃ. In der Mitternachtsstunde der Neujahrsnacht pflegt man, um die Anzahl der Jahre, die Einem noch zu leben bestimmt sind, zu erfahren, eine kleine Münze in ein mit Wasser gefülltes Gefäß zu werfen. Dieselbe wird alsdann in die Höhe aus dem Wasser herausspringen. Dies wiederholt man nun noch ein zweitesmal, kurz so lange, bis die Münze nicht mehr emporspringt, sondern am Grunde des Gefäßes liegen bleibt. So oft wie nun die Münze aus dem Wasser emporgeschnellt ist, so viel Jahre hat man noch zu leben. Aus Hagenow. Delmenov Sachse.

1220ᵇ. Man läßt ein Geldstück aus gewisser Entfernung ins Wasser fallen. So oft dies gelingt, ohne daß das Geldstück zurückspringt, so viele Jahre währt es bis zum Eintritt desjenigen Ereignisses (Tod, Heirat ꝛc.), an welches man dabei dachte.

1221ᵃ. In der Altjahrsnacht nimmt man das Gesangbuch mit ins Bett, legt es unters Kopfkissen, öffnet, wenn man Nachts erwacht, aufs Gerathewohl das Buch und merkt sich mittelst eines hineingelegten Zeichens oder indem man ein sogenanntes 'Eselsohr' hineinmacht, das aufgeschlagene Lied, um es am Morgen nachzulesen. In dem Liede ist das Schicksal des nächsten Jahres verkündet.

Allgemein. Vgl. Engelien Nr 47.

1221ᵇ. Sobald man am Neujahrsmorgen erwacht, schlägt man, ohne hinzusehen, einen Gesang auf, aus dem man sein künftiges Leben deuten kann. (Aus Röbel. Küster Schröder in Sietow. Lehrer Pechel.) Oft gehts auch nicht ohne Schreck ab; denn ist man in die Sterbelieder gerathen, so ist man gewiß, daß man dem nahen Tode entgegengeht. (Röbel. Küster Schröder in Sietow. Gadebusch. Gymnasiast Thiessenhusen.) Nach Mittheilung aus Hohenfelde durch Gymnasiast Otto Wien thun es besonders die Mädchen.

1222. Man befragt die Erbbibel mittelst des eingesteckten Erbschlüssels, aber das Erbsieb, wie lange es bis zu diesem aber jenem Ergebnisse dauern werde. Die Zahl der Drehungen gibt die Zahl der Jahre an. §§ 142.

1223. Ein Gebrauch in der Silvesternacht ist auch, Heede (Berg) aufstiegen zu lassen, um die Zukunft zu erforschen.
Aus Röbel Pastor Behm in Metz

1224. Wenn Jemand erfahren will, was im nächsten Jahre in seinem Hause geschehen wird, so muß er am Silvesterabend[1] nach dem Abendessen[2] aber in der Neujahrsnacht, um 12 Uhr[3], aber zwischen 12 und 1 Uhr[4], sich ein weißes Laken[5] aber das Tischlaken, das beim Abendessen aber den Tisch gedeckt war[6], umhängen[7], mit demselben rücklings zur Hausthür hinausgehen, indem er dabei

---

[1] Allgemein — Derselbe Brauch von der Weihnachtsnacht in der Monatsschrift von und für Mecklenburg 1791, S. 440.

[2] Gegend von Schwerin Schencke. — Indem er dann den Segen spricht (Aus Warlow. Zengel.)

[3] Aus Garnsehln und Umgegend von Hagenow Vitense. Aus Gadebusch Thiessenhusen. — Oder zwischen 11 und 12 Uhr (Aus Schönberg. Behm.)

[4] Aus Hagenow Kohle Aus Hohenschwarfs. Eggers. Aus Nummendorf Timmermann.

[5] Allgemein.

[6] Aus Warlow Zengel. Aus Boizenburg Ahrens. Aus der Schweriner Gegend Schencke.

[7] Man hält das Laken mit den Händen in die Höhe, so daß man darunter hervorsehen kann. (Domänenpächter Behm in Kiephagen.) — So daß ihr das Gesicht nicht zudeckt ist (Aus Schönberg Behm.)

das Vaterunser rückwärts betet[1]), und auf den First des Daches[2]) hinaufsehen. Sieht er auf demselben einen Sarg, so bedeutet es einen Todesfall, sieht er eine Wiege, die Geburt eines Kindes, sieht er eine Krone, eine Hochzeit[3]). Er muß aber wieder in dieselben Fußtapfen treten beim Zurückgehen, die er zuerst gemacht hat, wenn es keine schlimmen Folgen für ihn haben soll[4]).   Thyrens

1225. Wer in der Neujahrsnacht um zwölf rückwärts aus dem Dorfe geht und, in dieselben Fußtapfen tretend, wieder zurück, vermag Alles zu sehen, was sich in dem neuen Jahre im Dorfe ereignen wird: über dem Hause, aus dem man einen Todten tragen wird, erblickt er einen Sarg, da, wo ein Kind geboren wird, eine Wiege u. a. Trifft er aber auf dem Rückwege seine ersten Fußspuren nicht wieder, so wird er von bösen Geistern verfolgt und bestraft
    Gegend von Ludwigslust. Seminarist Brandt

1226. Wenn man mit dem Buche in der Hand rückwärts aus dem Hause geht und auf das Dach schauet, was man da sieht, widerfährt Einem im nächsten Jahr.   Archidiacon Masch in Demern

1227. In der Neujahrsnacht (am Silvesterabend) setzen sich die Knechte und Mägde[5]) in der Stube auf den Fußboden[6]) und werfen rücklings über den Kopf einen Holzpantoffel oder Schuh[7]). Kommt derselbe mit der Spitze nach der Thür hin zu stehen, so

---

[1]) Aus Warlow. Zengel.

[2]) Aus Schwerin. Schenck. Aus Gabebusch. Thiessenhusen. Oder allgemein: auf das Dach.

[3]) Oder im Allgemeinen: was in dem Jahre im Hause oder im Dorfe geschieht. (Aus Warlow. Zengel. Aus Boizenburg. Thyrens.)

[4]) Von einem Seminaristen in Neukloster. — Man muß sich breiter, ins Haus zurück zu kommen, sonst geschieht Einem was Böses. (Aus Ruthogen. Behm.) — Ohne sich umzudrehen, muß man zurückkehren (Aus Gabebusch. Thiessenhusen.)

[5]) Oder: die Hausgenossen überhaupt. (Aus Röbel. Küster Schröder in Sietow.)

[6]) Oder: sie stellen sich in die Thür, so daß sie ihr den Rücken kehren (Aus Vorchim. Holldorf.) — Die Mädchen setzen sich bei offener Stubenthür auf die Erde mit dem Rücken nach der Thür. (Wölk. Pastor Bossow?)

[7]) Oder: ein Paar Pantoffel. (Mummendorf. Timmermann.) — Der Holzpantoffel wird dreimal geworfen (Küster Schwartz in Bellin.) — Er muß vom rechten Fuße sein. (Gabebusch. Thiessenhusen.)

üssen sie im nächsten Jahre das Haus verlassen; steht er dagegen ins Zimmer hinein, so bleiben sie noch ein Jahr im Hause.

Allgemein Bei Engelien Nr 48.

1228. In der Neujahrsnacht wird für jedes Glied der Familie ein Fingerhut voll Salz auf den Tisch geschüttet. Wessen Salz am nächsten Morgen verleckt ist, der stirbt in dem neuen Jahr.

Aus Kernstedt. Von einem Seminaristen.

1229. Wenn man am Altjahrsabend mit dem Lichte ins Zimmer tritt, so wird derjenige der Anwesenden, dessen Schatten der Kopf fehlt, im Laufe des Jahres sterben.

Allgemein. Bei Bartsch Gebräuche Nr. 148.

1230. Man guckt in den Scharnstein, um das Schicksal des nächsten Jahres zu erfahren. Wamowdorf. Hülfsprediger Timmermann.

1231. In der Silvesternacht werden[1] drei Gefäße gefüllt[2], eins mit grünem Kohl[3], eins mit Sand (Erde), eins mit Wasser[4]. Man greift mit verbundenen Augen in eines[5]. Das erste bedeutet für den Greifenden oder seine Familie eine Braut, das zweite eine Leiche[6], das dritte eine Taufe[7]. Allgemein.

---

[1] Besonders thun dies Mädchen. (Rogahn bei Schwerin. A. Brandt. Gegend von Schwaan. Rabloff.)

[2] Drei verdeckte Schüsseln werden auf den Tisch gestellt. (Rogahn bei Schwerin. A. Brandt.) — Oder: drei Teller. (Gegend von Schwaan. Rabloff.)

[3] Oder: mit grünen Zweigen. (Parchim. Holldorf.) — Oder: mit Petersilienkraut. (Rogahn bei Schwerin. Brandt.) — Oder: mit Myrten oder Fichten (Brüstz. Pastor Vossberg.) — Oder: der erste Teller enthält eine Krone (Brautkrone). (Gegend von Schwaan. Rabloff.)

[4] Die dritte mit einem schwarzen Lappen. (Rogahn bei Schwerin. Brandt.)

[5] Man greift im Dunkeln eine. (Rogahn bei Schwerin. Brandt.) — Die andern Anwesenden verschieben die Teller fortwährend. (Gegend von Schwaan. Rabloff.)

[6] Der Sand bedeutet, daß die zugreifende Person selbst stirbt. (Rogahn bei Schwerin. Brandt.) — Ein Mädchen in Altona bei Elbew griff dreimal in die Schüssel mit Sand, wurde auch in dem Jahre sehr krank, starb aber nicht. (Hülfsprediger Timmermann.) — Das Wasser bedeutet, daß die Person ertrinken oder eines unnatürlichen Todes sterben wird. (Gegend von Schwaan. Rabloff.)

[7] Der schwarze Lappen bedeutet Trauer im Hause. (Rogahn bei Schwerin. Brandt.)

1232. Wenn man in der Silvesternacht in eine dunkle Stube geht und in den Spiegel sieht, kann man die Zukunft im nächsten Jahre erkennen. Aus Röbel. Pastor Behm in Nech

1233. Am Silvesterabend wandern die Geister der im neuen Jahr noch Sterbenden Hand in Hand auf den Kirchhof, um sich ihre Begräbnißstätte anzusehen. Aus Röbel. Küster Schröder in Gnoien

1234. Träume in der Neujahrsnacht gehen im neuen Jahre in Erfüllung. Stuwendorf. Timmermann. Röbel. Behm.

1235. In der Silvesternacht wird das Alphabet an die Stubenthür geschrieben. Mit verbundenen¹) Augen stößt man dann mit einem Stock gegen die Thür, zweimal. Der erste Buchstabe, welchen man trifft, ist der Anfangsbuchstabe des Taufnamens, der zweite des Vaternamens von der Braut oder dem Bräutigam des gegen die Thür stoßenden, welcher die Buchstaben traf. Domänenpächter Behm in Nienhagen bei Bützow.

1236ᵃ. Schaut ein Mädchen in der ersten Stunde des neuen Jahres in einen Backofen, in welchem drei Jahre lang kein Feuer gebrannt hat, so sieht es seinen zukünftigen Gatten; ein unverheirateter Mann sieht zu derselben Zeit seine zukünftige Gattin in solchem Ofen. (Aus Teterow. Seminarist Mohr.) — In einem Ofen, der rein gefegt ist; wenn sie rücklings herantritt. (Aus Röbel. Pastor Behm.) — Man muß stillschweigend in den Ofen sehen, nachdem zuvor die Asche ganz glatt gemacht ist. (Tagelöhnerfrau Paap in Nienhagen. Durch Domänenpächter Behm.)

1236ᵇ. In be Oljorsnacht kiken be jungen Manns un Dirns int Abenlock, denn sehn sei dor eren taukünftigen Mann oder Fru in. Aus der Gegend von Schönberg. Behm. Vgl. MS 2, 111, Nr. 230

1237. Wenn ein Mädchen in der Neujahrsnacht in einen Brunnen schaut, sieht sie ihren zukünftigen Bräutigam. Rehmswisch Busch in Dömern

1238. Ein Mädchen stellt am Silvesterabend auf einen gedeckten Tisch zwei Gläser, das eine mit Wein, das andere mit Wasser gefüllt, und wartet dann, bis in der Nacht der Erwartete kommt. Ist er ein Reicher, so wird er vom Wein trinken, andernfalls aus dem Wasserglase. Aus Stuwendorf. Hilfsprediger Timmermann

¹) Oder: mit abgewandten Augen. (Pastor Behm in Metz bei Röbel.)

1239ᵃ. Man setzt Nußschalen, in deren Höhlung Wachslichter in schräger Richtung geklebt sind, in eine Schüssel mit Wasser. Eins brennt und bedeutet das fragende Mädchen, die andern brennen nicht und erhalten die Namen erwünschter Freier. Wer sich am brennenden Licht anzündet, während das Wasser gerührt wird, wird das Mädchen heiraten.

Aus Hohenschwerin Eggert

1239ᵇ. Am Silvesterabend wird von zwei Personen verschiedenen Geschlechtes von jedem eine halbe Wallnußschale mit einem brennenden Wachslichtchen darin in eine Schüssel mit Wasser gestellt. Treiben die beiden Schalen gegeneinander, so daß sie sich berühren (sich küssen, wird gesagt) so werden sich die jungen Leute bekommen. Versinkt eine, so wird der Eine sterben.

Dreimonatstöchter Dohm in Neuhagen bei Rostock

1240. Wäscht sich ein Mädchen in der ersten Stunde des neuen Jahres und spricht dabei 'Water hevv' ik wol; wenn ik man Seip habb'[1])!' so kommt ihr zukünftiger Gatte[2]) und überreicht ihr Seife; wäscht sich zu derselben Zeit ein unverheirateter Mann und spricht dieselben Worte, so erscheint seine zukünftige Gattin mit Seife in der Hand.

Allgemein.

1241ᵃ. Wenn 'n Mäten Mjarönacht Klak twölw an to waschen fengt an' Seip, denn kümt, wenn dat Water an to schüln'n fengt, er taukünftig Mann und bringt er Seip un wenn sei noch so wit weg is. Sei dörwt em awer nich anfaten un ok nich mit em an to sprek'n feng'n, süs makt hei er bad.

Aus Marlow bei Ludwigslust. Seminarist Jörgel

1241ᵇ. Ein Mädchen hatte sich auf die vorhin beschriebene Weise Seife zum Waschen bringen lassen. Als nun der Ueberbringer wieder fortging, ließ er stillschweigend sein Taschenmesser zurück. Das Mädchen legte das Messer in ihre Lade. Sie bekam darauf den zum Manne, der ihr die Seife gebracht hatte. Als nun einstmal die Frau Leinwand aus der Lade holte, stand der Mann bei ihr. Da erblickte er das Messer und mit den Worten 'Also du bist Diejenige,

---

[1]) Oder: Ik will mi waschen, un ik hevv kein Seip. (Küster Schwarz in Beßen.)

[2]) d. h. der Geist ihres zukünftigen Gatten. (Gadebusch. Thyssenhusen)

die mich damals so gequält hat', erstach er die Frau mit dem
Messer.

Küster Schwartz in Berlin.

1242. Wenn ein junger Mann die sehen will, welche er einst
heiratet, so soll er in der Silvesternacht um 12 Uhr anfangen, sich
zu rasiren und dabei sprechen: Ik will mi rasiren, un ik hewv kein
Seik; so wird ihm seine künftige Gattin Seife bringen.

Küster Schwartz in Berlin.

1243. Wenn ein junges Mädchen gern wissen will, was für
einen Mann sie bekommen wird, dann stelle sie sich in der Silvesternacht um 12 Uhr vor den Spiegel, nehme Hafer, lasse sich den,
indem sie dabei in den Spiegel sieht, von oben in den Busen, an
dem blaßen Leib niederlaufen und spreche dazu:

Var dem Spiegel sieh' ich,

Meinen Hafer sä' ich.

Wer mein Liebster will sein,

Der stelle sich ein;

so wird sie in dem Spiegel ihren künftigen Ehegatten wahrnehmen.

Küster Schwartz in Berlin. Vgl. Engelien Nr. 45.

1244. Manche Mädchen haben am Silvesterabend die Gewohnheit, Sand und Staub aus allen vier Ecken ihrer Stube nach der
Mitte derselben zu fegen. Nachdem dieses geschehen, holen sie eine
Schüssel mit Wasser und setzen dieselbe in die Mitte des Zimmers.
Das herbeigeholte Wasser wird sodann zum Waschen verwendet.
Darauf legen sie sich ein festliches Gewand an. So geschmückt,
erwarten sie die zwölfte Stunde und schauen dann in das Wasser
der Schüssel, weil sie glauben, in dem Wasser das Bild ihres
zukünftigen Gatten zu sehen.

Aus Gatka bei Salzberg. Seminarist Dahse.

1245. An 'n Olljarsabend möten de jungen Diern's sich
waschen, denn kümt de taukünftige Brüdgam un bringt er dat
Handauk tau 'n Afdrögen.

Aus Parchim. Sehm.

1246. Of möten sei en Disch decken un Eten upbrögen, un
denn einen Platz frilaten, denn kümt ak de taukünftige Brüdgam un
sett sich up denn' un ett mit.

Aus Parchim. Sehm.

1247. Die Leute nehmen Leinsamen, streuen ihn beim Zu-
bettgehen kreuzweise dreimal in ihr Bett übereinander und beten dabei
folgenden Spruch 'Hir seie ik min Lin, hir seie ik min Saat Je

Jemand, der mich lieb hat, der stelle sich diese Nacht im Traume
bei mir ein.' Gegend von Gadebusch. Gymnasiast Thorstenhausen.

1248. Wer in der Neujahrsnacht zwischen 12 und 1 Uhr geboren ist,
kann den Tod anderer Menschen an Visionen vorhersagen, er sieht z. B.
den Menschen als Leiche vor sich liegen. C. v. Oertzhausen in Drahtstoff.

1249. Stellt man sich in der Neujahrsnacht auf einen Kreuzweg, so kann man in den Himmel hineinsehen.
Aus Wamnersdorf. Hilfsprediger Timmermann.

1250. Wer Nijorsmorg'n, wenn hei na de Kirch geit, 'n
Ei in de Tasch steckt, dat 'n Kük'n, wat tau'n irstenmal leggt, up
Njor leggt het, bei kann seihn, wer dat Jor noch dot blifft, denn
de 'Person'n hebb'n 'ne Kron up. Semlaucist Otto Drägmüller.

1251. Am Neujahrsmorgen darf ein Mensch nicht das erste
lebende Geschöpf sein, welches das Haus verläßt, weil er sonst im
kommenden Jahre sterben würde; es muß ein Hund oder eine Katze
vorangehen. Aus Eldena. Hilfsprediger Timmermann.

1252. Wenn man an den Nijorsmorgen Beih tau't Supent
na en Waterlock hendrift, möt man irst en anner Diert int Water
runne smiten ire man bei Kauh odder Pird supen lett.
Von einem alten Soldaten Bohm in Parchim.

1253ᵃ. Zu Neujahr haben die alten Leute ein kleines Brot
im Kachelofen gebacken, jedes Vieh hat ein kleines Stück gekriegt,
da war Segen dabei und hieß 'Neujährchen'. Aus Parchim. Dr. Zerche.

1253ᵇ. Wird in den Tagen vor Neujahr gebacken, so macht
die Hausfrau aus dem Teige ein 'Limbrot' (ein kleines ovales Brot),
einen 'Hörnstöter' (dreieckig) und ein Nest mit kleinen Kugeln (Eiern).
Diese Sachen werden am Neujahrsmorgen gebrockt und dem Vieh
unter das erste Futter gemengt, und zwar das Nest dem Federvieh,
Limbrot und Hörnstöter den übrigen Haustieren.
Gegend von Ludwigslust. Seminarist Brandt.

1253ᶜ. Von dat Utschrapels ut de Träg' von de Nijors-
back möt'n Brot back't ward'n, un von dit Brot möt all't Beih
wat van hebb'n Nijorsmorgen, denn hett 't gaud'n Deg.
Aus Warlow bei Ludwigslust. Seminarist Zengel.

1254. Wenn man beim Kirchgange am Neujahrstage Brot in
die Tasche steckt und es bei der Heimkehr dem Vieh zu fressen gibt,
so hat es in dem Jahre 'gauden Deg'. Küster Schwartz in Bellin.

1255. Wer am Neujahrstage Weißkohl ißt, dem wird im ganzen Jahr das Geld nicht knapp.

1256. Am Neujahrsmorgen legen einige Bauern in Techentin (bei Ludwigslust) einen Thaler in die Tränke, aus der die Kühe saufen. Es soll dann das Vieh theuer werden. (Seminarist Offen.) Der Bauer legt ein paar Thaler in den Wassertrog, gießt Wasser drauf und trinkt davon. Dann hat er blankes, fettes Vieh. (Aus Parchim. Dr. Freybe.)

1257. Am Neujahrsmorgen wird der Obstbaum beschenkt durch Umbinden eines Strohseils zc., damit er wieder reichlich Früchte schenke.

Seminarist Sammin. Aus Lange Bei DS 2, 108, Nr. 336 Ober S. 235 f. 332

1258. Wenn am Neujahrstage die Sonne unter rothen Wolken aufgeht, kommen in dem Jahre viele Gewitter.

Aus Brütz Pastor Passerin.

1259. Wenn Neujahr die Sonne auf den Altar scheint, gibts ein gutes Flachsjahr.

Gegend von Ludwigslust Seminarist Brandt.

1260. Starker Wind am Neujahrstage bringt viele Krankheiten.

Aus Brütz Pastor Passerin.

Die Zwölften.

1261. In den sogenannten Zwölften, besonders auch in der Silvesternacht, hält 'Fru Gor' ihren Umzug. Nach der Erzählung eines der Dienstmädchen im elterlichen Hause zu Eldena, einer jetzigen Handwirthsfrau in Göhren bei Eldena, spielt Fru Gar ungefähr die Rolle des schlesischen Rübezahl. Sie ist ein Wesen, welches, in der Luft sich herumtreibend, auch mancherlei Gestalten annehmend, den Menschen bald Glück bald Schaden zufügt. — In einer Silvesternacht brach einem Bauern auf der Rückfahrt in die Heimat die Deichsel des Wagens. Einige Splitter des Holzes fallen beim Brechen der Deichsel zur Erde und andre schneidet der Bauer ab, um desto besser die beiden Stücke der Deichsel wieder zusammenfügen zu können. Da erscheint ihm Fru Gar in Gestalt eines alten Weibes und befiehlt ihm, die herabgefallenen Holzspäne mit nach Hause zu nehmen. Der Bauer thuts und am nächsten Morgen sind die Späne in reines Gold verwandelt. — Ein Anderer geht zu Fuß mit einem großen Kessel auf dem Rücken. Die Nacht ist bitterkalt und die Ursache der

Kälte, meint der gute Mann, sei nichts Andres, als die Bosheit der Fru Gor. Während er nun weidlich auf sie schilt, kommt Etwas durch die Luft dahergerauscht, und er fühlt zwei große Flügel unbarmherzig auf sich losschlagen. Nur dadurch, daß er sich in seiner Todesangst schnell unter den Kessel verkriecht, rettet er sein Leben. — Auch pflegt Fru Gor, wie mir in Gr.-Laasch erzählt ward, wohl einen Stein in das Haus zu werfen, den man im ganzen folgenden Jahre nicht wieder herauszubringen vermag, weil er in Gestalt eines schwarzen Hundes immer wieder hereinkommt. Erst nach Ablauf des Jahres holt Fru Gor den Stein ab, und bringt statt dessen Geld ins Haus. (Vgl. Niederhöffer 2, 91.) — Zum Schutz gegen Fru Gor und die Hexen, welche in den Zwölften ihr Wesen treiben, muß irgend ein Gegenstand an einen Besen gebunden und dieser in der Küche aufgestellt werden; auch muß, damit das Wasser in den Brunnen nicht behext werde, in letztere hineingeschossen werden. (Eldena. Hülfsprediger Timmermann. Vgl. Nordd. Gebräuche Nr. 172 ff.) — Sonst ist zu beobachten in den Zwölften, daß man keinen Dung ausbringt, auch darf dann keine Wäsche gehalten werden, denn 'wer in de Twölften den Tun bekledt, de kledt in 'n sülwigen Jor den Kirchhof'. (Mummendorf.) — Wer in den Zwölften spinnt, kommt mit dem Spinnrad in den Mond (Mummendorf) und in der Silvesternacht darf kein Garn auf Spinnrad und Haspel stehen. (Bresegard.) — Stirbt Jemand in den Zwölften, so wird im folgenden Jahre die Erde 'viel offen sein'; es werden Viele sterben. (Mummendorf.) — Ein alter Elbenaer Kuhhirte pflegte nach dem in den Zwölften herrschenden Wetter einen Witterungskalender für das kommende Jahr zu machen. Timmermann.

1262ᵃ. Fru Gode zieht in den Zwölften um und besudelt die nicht abgesponnenen Wocken. Die Knechte stecken in der Regel, wenn sie am zwölften Tage noch Flachs auf dem Wocken finden, Pferdemist hinein. Neu-Sloven in Rebel No. 175.

1262ᵇ. In den Zwölften geht Fro Wauer umher und sieht nach, ob in den Häusern Alles in Ordnung ist. Wo er Wäsche über den Zaun hängen sieht, da stirbt Jemand im Laufe des Jahres. Wo man versäumt, den Hunden, die im Hause gehalten werden, ein besonderes Brot für die Dauer der Zwölften zu backen, da kommt

16*

Mißgeschick über das Haus oder ein Spuk, der bis zu den nächsten Zwölften anhält.

Fräulein A. Krüger in Rostock

1263. Damit Fru Gaur nicht die Futtervorräthe und das Wasser im Brunnen behext, werden bei Beginn der Zwölften allenthalben Eisenstücke, als alte Sensen, Heugabeln, Messer ꝛc., in Stroh und Heu gesteckt, in den Brunnen wird ein Feuerstahl gehängt und an den Festabenden besonders mit einer Pistole hineingeschossen. Während der Zwölften darf auch kein Dung aus den Ställen geworfen werden, sonst wird das Fundament bloß, und dann scharren sich Fru Gaurs Hunde hindurch und fügen dem Vieh Schaden zu. Sodann müssen zu den Zwölften alle geliehenen Gegenstände und Sachen zurückgegeben werden, wenn nicht Fru Gaur ihre Strafen schicken soll in das Haus des Säumigen.

Seminarist F. Jarß

1264. In den Zwölften dürfen Abends die Thüren nicht offen stehen, sonst zieht Fru Gor durch das Haus und läßt irgend ein Thier (Hund, Katze) zurück, das stets schreit, nichts frißt und nicht fortzuschaffen ist.

Aus der Gegend Lehrer Krause

1265. In den Zwölften zieht 'de Waul'; haben die Leute dann Wäsche draußen hängen, so setzt sich 'de Waul' darauf, und wer das Zeug dann später benutzt, bekommt den Krebsschaden.

Seminarist M. Ellße

1266. In den Zwölften muß man die Brunnen und Viehställe wohl bewachen, sonst thun es die bösen Geister den Brunnen an, indem sie das Wasser unrein und schädlich für Menschen und Vieh machen, insonderheit das Bier sauer und die Milch lang, den Viehställen, indem das Vieh stinkend wird, Läuse einziehen und das Futter nicht behülflich ist. Darum schießen vorsichtige Leute in der Christnacht und Altjahrsnacht ein Feuergewehr in den Brunnen ab, der Viehstall aber wird dadurch geschützt, daß der Dung in den Zwölften nicht ausgetragen wird, denn nur freiliegender 'Zwölften-Meß' giebt den Geistern Gewalt über Vieh, Läuse und Futter.

Pastor Günther in den Mekllenb. Jahrb. ꝛc. 203. Nro.

1267. Wer die Gebote der Zwölften übertritt, zieht sich Kröten und Frösche ins Haus oder Läuse in den Pelz.

Derbe in den Mekllenb. Jahrb. ꝛc. 183

1268ᵃ. In den Zwölften muß sämmtliches Ackergeräth, als Pflüge, Eggen, Wagen u dgl., unter Dach gebracht werden.

Allgemein. Vgl. WS. 2, 114, Nr. 345.

1268ᵇ. In den Zwölften läßt man das Ackergeräth nicht auf dem Felde stehen und am heiligen Weihnachtsabend vor dem Läuten wird dasselbe unters Dach gebracht. Die Backofengeräthe, als Brotschieber, Gassel ꝛc., werden ebenfalls während der Zwölften ins Haus genommen, um nicht gestohlen zu werden. Solches gestohlene Geräth wird in Pferdeställen vor der Krippe vergraben und sollen dann die Pferde trotz schlechten Futters sich gut halten und stets rund und schön wie frischgebackenes Brot sein.   Gegend von Schwerin Präpositus Schencke

1268ᶜ. Mehrere Bauern im Dorfe lassen in der Zeit vom 24. December Abends bis zum 6. Januar keine Pflüge, Eggen, Wagen, überhaupt kein Ackergeräth draußen auf ihrem Acker oder bei ihrem Nachbar, der es vielleicht geliehen hatte, sondern es wird auf den Hofplatz und alsdann irgendwie unter Dach und Fach gebracht, daß es nicht unter freiem Himmel liegen bleibt. Wird ein Wagen einmal gebraucht, an einem der Festtage etwa, so wird er doch nach der Benutzung gleich wieder an den Ort gestellt, der ihm für diese Zeit ist eingeräumt worden.

Aus Testin bei Boltzenburg Seminarist Ahrens

1269ᵃ. In den Zwölften wird nichts ausgeliehen und alles Ausgeliehene wird vor den Zwölften eingefordert.   Allgemein

1269ᵇ. In den Zwölften darf man kein Ackergeräth verleihen, sonst kann der Entleiher damit Sympathie gebrauchen und die Fehler seines Viehes damit auf das des Verleihers bringen.

Aus Hagenow Fräulein Krüger

1270ᵃ. In den Zwölften dürfen die Ställe nicht ausgedüngt werden.   Allgemein Vgl. WS 2, 113, Nr. 335 Norddd Gebräuche Nr. 181.

Motive: Sonst hat das Vieh im folgenden Jahre keine Art. (Gegend von Schwerin. Präpositus Schencke.) Sonst tritt Viehsterben ein. (Ebendaher.) Sonst nimmt das Vieh Schaden. (Aus Röbel ꝛc.) Sonst zieht 'Fru Gauden' mit ihren Hunden durch den Stall und läßt einen derselben fallen und dieser ist dann nicht wieder zu entfernen. (Aus Neustadt. Von einem Seminaristen.) Sonst kommt der Wolf. (Aus Grabow Pastor Ziemssen. Vgl. Norddd. Gebräuche Nr. 181.)

1270ᵇ. In Testorf bei Zarrentin erzählt man sich: In früheren Jahren herrschte hier in Meklenburg in den Zwölften eine ungeheure Kälte, so daß die Wölfe in die Dörfer kamen und in die Viehställe drangen. In diejenigen Ställe, aus denen kurz vorher der Dung entfernt war, gelangten die Wölfe leichter, als in die mit Dung gefüllten Ställe; denn hatten die Wölfe sich auch durch das Fundament hindurch gekratzt, so war es ihnen doch nicht möglich, durch den Dung zu kommen. Deshalb halten es viele Leute noch jetzt nicht für gut, wenn man in den Zwölften den Dung aus den Ställen bringt. Seminarist G. F. Thiele aus Rabbensort. Lehrer Schröder

1271ᵃ. In der Zeit der Zwölften darf man das Vieh weder aus dem Stalle bringen, noch es waschen. J. G. 545.

1271ᵇ. Während der Zwölften darf man kein fremdes Thier an sich locken, denn es könnte in demselben ein böser Geist stecken. J. G. 545.

1272. Wenn man in den Zwölften eine Elster schießt, sie zu Pulver verbrennt und dies einnimmt, so vergeht das kalte Fieber. J. G. 547.

1273. Früher wagte Niemand während der Zwölften den Namen des Wolfes zu nennen, aus Furcht, daß er auf den Ruf erscheinen möge, wie das Sprichwort 'wenn man vom Wolfe spricht, ist er nicht weit' beweist In dem Edicte des Herzogs Gustav Adolph vom 14. December 1683 wird dieser Aberglaube speciell hervorgehoben. Auch Franck (Altes und Neues Meklenburg I, 55) versichert, daß der Schäfer um diese Zeit lieber den Teufel nenne, als den Wolf, aus Furcht, daß er ihm sonst unter die Schafe fahre, und Mangel[1]) erzählt, daß ein Bauer selbst den Namen seines Amtmanns, welcher Wolf hieß, nicht auszusprechen gewagt, sondern ihn Herr Unbeert (Unthier) genannt habe. Das Thier aber hieß um diese Zeit 'der Graue'. Geyer in den Meklenb. Jahrb. 20, 161

1274. In Quaßow bei Mirow darf man in den Zwölften viele Thiere nicht beim rechten Namen nennen; statt Fuchs muß man Langschwanz, statt Maus Bornlöper sagen, wer das versieht, zahlt Strafe und nachher wird das Geld vertrunken. AG 182.

---

[1]) Bützow'sche Ruhestunden 21, 23.

1275ᵃ. In den Zwölften darf der Schmutz nicht aus dem Hause und der Dung nicht aus dem Stalle gebracht werden.

Seminarist Stüde Bgl. MS. 2, 113, Nr. 300

1275ᵇ. In den Zwölften dürfen weder Backgeräth noch Holz vor dem Backofen liegen bleiben.

Wredenhagen MS. 164.

1276. In den Zwölften darf kein Holz gespalten werden. Das scharfe Geschirr darf in diesen Tagen nicht draußen liegen. Auch die Bestellung des Feldes pflegen viele Bauern an diesen Tagen einzustellen, auch wenn die Witterung es erlaubt.

Aus Gallin bei Goldberg. Seminarist Bohpa.

1277ᵃ. Wird in den Zwölften das Vieh zur Tränke getrieben, so muß eine Axt vor die Stallthür gelegt werden, und zwar so, daß die Schneide dem Stalle zugekehrt ist.

Stüde

1277ᵇ. Soll das Vieh dann aus einer Wake (Loch im Eise) getränkt werden, so muß zuvor eine Feuerkohle in dieselbe geworfen werden; soll es aber aus einem Troge getränkt werden, so muß auch in diesen eine Feuerkohle geworfen, dann aber noch ein Hund darin entlang gezogen werden.

Aus Darkow und Woserin. Seminarist Lange.

1278ᵃ. Beim Beginn der Zwölften muß aller Flachs vom Spinnrocken herunter sein.

Kliewen Bgl. MS. 2, 113, Nr. 340

1278ᵇ. In den Zwölften darf nicht gesponnen werden; sonst verunreinigen die Hunde der 'Fru Gauden' den Flachs auf dem Spinnrocken.

Aus Neustadt. Von einem Seminaristen.

1278ᶜ. Der Wocken muß leer sein, sonst baut man im neuen Jahr keinen Flachs, oder man ist faul. (Aus Röbel. Pastor Behm.) Sonst soll der Flachs nicht wachsen und das Garn nicht halten. (Gegend von Hagenow. Seminarist Bitense.)

1279. Was in den Zwölften gesponnen ist, hilft gegen Hexen.

Aus Parchim.

1280. Nicht weit von Sternberg, in Stieten, spann früher eine Frau in den Zwölften jeden Tag einen einige Ellen langen Faden Flachs, den sie sorgfältig verwahrte. Sobald ihr in demselben Jahr ein Vieh erkrankte, hängte sie demselben einen von jenen Fäden um den Hals, worauf sofort Besserung eingetreten sein soll.

Von einem Seminaristen in Neukloster.

1281ᵃ. Garn, das schweigend in den Zwölften gesponnen, hilft bei behextem Vieh, indem das Vieh durch das Stück Garn gesteckt (gezogen) wird.

Demkenspöker Behm in Kienhagen Küster Schwach in Belin

1281ᵇ. Dasselbe Mittel wird auch angewendet, wenn ein Kind viel schreit. Demkenspöker Behm in Kienhagen Vgl. Nordd. Gebräuche Nr. 157

1282. In den Zwölften darf man keine Erbsen, auch kein Garn kochen.

Aus Kittel Pastor Behm in Welz Vgl DSG 2, 113, Nr 344 S. 115, Nr 355 Nordd Gebräuche Nr 159

1283ᵃ. Besen, die in den Zwölften gebunden sind, bringen Segen im Hause. (Allgemein.) — Futter, das durch solche Besen gegossen ist, heilt und sichert das Vieh vor Krankheiten. (Aus Plate bei Schwerin. Von einem Seminaristen. Vgl Nordd. Gebräuche Nr. 155.)

1283ᵇ. In den Zwölften werden Besen gebunden; die Reiser dazu werden stillschweigend zu Mitternacht geholt. Der sie holt, muß in derselben Spur zurückkehren. Vieh, mit solchen Besen bestrichen, bekommt keine Läuse, Kohl, damit bestrichen, keine Raupen

Aus Welz. Pastor Bessewitz.

1283ᶜ. Ein Besen in den Zwölften gebunden, doch so, daß an dem Besen in den zwölf Tagen gearbeitet, er also erst mit dem zwölften Tage fertig wird, hat die Kraft, eine Hexe aufzuhalten oder anzuzeigen. Auch hat er die Kraft, blaue Milch wieder weiß und gemeßbar zu machen. Von einem Seminaristen in Neukloster

1283ᵈ In den Zwölften binden die Leute Besen, Zwölftenbesen genannt. Das Wasser, welches durch diese Besen gegossen ist, wird dem Vieh zum Saufen gegeben, wenn es behext ist

Aus Kösel. Pastor Behm in Welz

1283ᵉ. In den Zwölften müssen Besen gebunden werden, die hernach zu mancherlei Sympathen, namentlich an Kühen, benutzt werden können; z. B.: Ist die Milch einer Kuh lang, so wird sie durch einen Zwölftenbesen gegossen, oder es werden neun Knospen von dem Zwölftenbesen abgepflückt und der Kuh eingegeben, oder die Kuh wird mit einem Zwölftenbesen dreimal stillschweigend längs dem Rücken gestrichen, worauf der Besen hinter die Kuh gestellt wird.

Seminarist Elder

1283ᶠ. Wenn man mit 'n Bessen, bei in de Twölften dunnen is, hat Hus utfegt, denn is man vör Hexen sicher. Lindhöfft

1283ᵍ. Wenn 'n so 'n Bessen bi Gewitter up Bier legt, denn warb 't Bier nich sur un denn sleit bei Blitz dor ok nich in.
Seminarist Lindhöfft

1283ʰ. Besen, in den Zwölften gekauft, bringen Glück.
Aus Parchim

1284. In den Zwölften darf man keine Erbsen essen.
ABS 110.

1285. In den Zwölften muß Licht gegessen werden; das Brennen solcher Lichter soll einen sehr hellen Schein verbreiten und die Menschen vor bösen und schlimmen Erscheinungen und Ereignissen schützen, wie z. B. Spuk u. dgl.
Aus Plate bei Schwerin Von einem Seminaristen.

1286. Wen hat in de Twölften glückt, tau stehlen, denn' glückt 't hat ganze Jor hendörch Seminarist Lindhöfft

1287. In der Weihnachts- oder Neujahrsnacht fährt ein alter Sepperower Bauer mit seinen Tagelöhnern in die Röbelschen Eichen, um dort eine Eiche zu stehlen. Sobald er sich eine ersehen hat, schlägt er dreimal dagegen; dann ist er, nach Aussage des ihn begleitenden Tagelöhners, etwa fünf Minuten lang fortgegangen, dann zurückgekommen und sie haben den Baum gefällt. Den hat dann das ganze Jahr hindurch Keiner bei seinen Diebereien kriegen können.
Pastor Behm in Melz bei Röbel

1288ᵃ. In den Zwölften darf nicht gewaschen, oder vielmehr keine Wäsche, kein Zeug zum Trocknen aufgehängt werden, sonst stirbt in dem folgenden Jahre Jemand aus der Familie. (Allgemein. Vgl. WS. 2, 112, Nr. 337, 341.) Man hütet sich sogar, nasse Scheuertücher draußen liegen zu lassen. (Aus Hagenow Primaner Kahle)

1288ᵇ. Wer solche Wäsche tragen würde, stürbe im Laufe des Jahres. C. W. Stühlmann in Schwaan

1288ᶜ. Wer in den Zwölften eine Zeugleine mit Wäsche behängt, hat in demselben Jahre eine Leiche einzukleiden.
Pastor Zienssen in Damseck bei Grabow Rogahn bei Schwerin. Adolf Brandt

1288ᵈ. Dei irst, bei denn Tun bekledt, mütt tauirst den Sarg bekled'n Gegend von Hagenow Seminarist Brinse

1288ᵉ. Wer in de Twölften de Tun bekledt, mütt in 'n negsten Jor de Bör bekled'n. Seminarist Lindhöfft

1288⁷. Wer ben Tun beſled't obber be Lining, möt ben Kirchhof beſleben. Aus Parchim. Sgl. Nerst. Gebränche Nr. 154. Cagellen Nr. 45.

1288⁸. Wer in be Twölften ben Tun beſled't, möt in bat
folgende Johr en Sarg beſleben. Als Grund wird angegeben, baß
Mutter Maria in biejen Tagen bie erſten Nachttücher bes Chriſt-
kinbleins gewaſchen unb getrocknet habe, unb man barum bieje Tage
als heilige Tage anjehen müſſe. (Aus Grubenhagen. Tagelöhner
Reymann.) — Die Wäſche würbe jonſt balb voll Löcher werben.
(Cand. theol Ritter.)

1289ᵃ. Wenn in ben Zwölften Jemand in einer Gemeinde
ſtirbt, folgen balb Elf bemjelben nach.
Aus ber Gegenb von Schwerin Polypoftvot Schenck

1289ᵇ. Stirbt in einem Dorfe Jemanb in 'ben Zwölften', jo
werben in biejem Orte im jelbigen Jahre noch zwölf Perjoen
ſterben. Wirthſchafter Thile in Nenheide.

1290. So viele Leute in ben Zwölften ſterben, jo vielmal
zwölf Leute ſterben im ganzen Jahr.
Gegenb von Grevesmühlen. Seminariſt Siemien.

1291 Steht in ben Zwölften bas Kirchhofsthor offen, jo
ſterben in bem Jahr viele Menſchen
Aus Nenſtabt Von einem Seminariſten

1292 Wie bas Wetter in ben Zwölften, jo iſt es im ganzen
Jahre, jo baß jeber ber zwölf Tage bas Wetter bes entjprechenben
Monats vorherjagt. Rauhreife in ben Zwölften bebeuten ein gutes
Jahr, Tropfen am Zaun ein gutes Flachsjahr.
Gegenb von Rebel Paſtor Böhm. Sgl Nerst. Gebränche Nr 163

1293. Iſt in ben Zwölften viel Nebel, jo gibts ein naſſes
Jahr; iſt es bagegen hell unb klar, ein trockenes.
Aus Teſſin bei Belgenburg Seminariſt Ahrens

1294. Wenn in be Twölften be Böm bucken, bat heit, wenn 't
bull ript, benn gift bat bat negſt Jor vel Awt. Seminariſt Einſtöpt

Dreikönigstag.

1295. In Laerz wird ber Dreikönigstag mit Schmauſereien
gefeiert. Paſtor Böhm in Mels

Fabian und Sebastian.

1296. Fabian Sebastian (20. Januar),
Lat den Saft in de Böm gan,
(aber: in't Holt rin gan).

Es darf darum nach demselben kein Nutzholz gehauen werden.

Archivrath Masch in Demern. Vgl. Archiv für Landeskunde 1864. S. 503.

Paulitag.

1297. Paulitag (25. Januar) hell und klar, bedeutet ein gut Jahr; regnets aber schneits, so gibts Blutvergießen unter Menschen, Vieh und Kind.

Gegend von Röbel. Pastor Behm in Melz.

Lichtmeß.

1298ᵃ. Wenn an Lichtmeß die Sonne in den Schafstall scheint, so wird es kein gutes Schafjahr.

Allgemein

1298ᵇ. Wenn Lichtmeß die Sonne in den Schafstall scheint, steigen im Frühling viele Schafe zu Balken, d. h. es sterben viele Schafe, deren Felle dann über dem Balken pflegen aufgehängt zu werden.

Dorfschmächter Behm in Kленhagen.

1298ᶜ. Scheint Lichtmeß die Sonne hell, kommt meist ein Nachwinter, den die Schäfer nicht lieben.

Aus Belitz Pastor Basserw

1299. Up Lichtmeß (2. Februar) möt nach dat hälft Fooder in 'n Stall sin, aber: zu Lichtmessen sieht der Schäfer lieber den Wolf im Schafstall, als die Sonne.

FS 550

1300. Lichtmissen hell un blank,
Denn ward den 'n Burn sin Flass good lang.

Seminarist Stübe

1301. Lichtmissen dunkel,
Denn ward de Bur 'n Junker.

Seminaristen Stübe und Zengel. Vgl. FS 557

1302. Lichtmissen hell un klar,
Ward'n Schap un Immen god fwar.

Seminarist Stübe

1303. Lichtmeß hell und klar,
Denn ward'n de Immen un de Gastgarw schwar[1]).

Aus Warlow bei Ludwigslust. Seminarist Zengel

---

[1]) Makt de Immen schwer (FS 552.)

1304. Lichtmissen hell un klar,
Gift (bringt) en goodes Flasjahr¹).
Rechtsrath Walch in Dreuern Pastor Behm u. Mels

1305. Lichtmissen hell und klar,
Gift en goodes Frühjahr   JS 560

1306. Wenns am Lichtmeß schneit,
Ist der Frühling nicht mehr weit;
Ist dagegen klar und hell,
Kommt der Frühling nicht so schnell.   Fromm

1307. Scheint zu Lichtmeß die Sonne auf den Mist,
So schließe der Bauer das Futter in die Kist.
                                                Fromm

1308. Lichtmeß im Klee,
Ostern im Schnee.   JS 561

1309 Scheint auf Lichtmeß die Sonne, so wird die Ernte gut.
                                                Fromm

1310. So lange die Lerche vor Lichtmeß singt, so lange schweigt
sie nach Lichtmeß still.   JS 560

1311. Lichtmeß, vor man bi Dag ett,
Un bi de Nacht das Spinnen vergett,
d. h. das Lichtbrennen nimmt ab.   JS 560

1312. Lichtmissen seggt: Holl still, Bur, morgen ward't beter,
Marten sprekt: Führ tau, Bur, morgen ward't länger,
d. h. die Wege werden schlechter.   JS 560

1313 De Lichtmissen-Stot
Bringt den ollen Pagen den Dot.   JS 560

1314ᵃ. Find't die Gans zu Lichtmeß (2. Februar) naß,
Hat das Schaf zu Marien (25. März) Gras.
                                                JS 560

1314ᵇ. Wenn 'n Lichtmeßmorgen Druppen an 'n Dau häng'n,
denn ward 'n gaud Kurnjahr. (Aus Warlow bei Ludwigslust. Zengel.) — Wenn de Gans Lichtmeß Water hett, hett de Rauh Mai-
bug Gras. (Derselbe.)

1315 Eine alte Vorschrift fordert, daß die Weiber am Licht-
meß-Tage beim Sonnenschein tanzen, damit ihnen der Flachs gerathe
Sandvoß. Freirläne Zeitung vom 18. Februar 1865.

---

¹) Oder: Bringt en böses Frühjahr (JS 562.)

Blasius.

1316. In früheren Zeiten herrschte bei den Pachtschäfern folgender Gebrauch. Blasius (am 3. Februar) nahm der Schäfer ein Bündel Erbsstroh und trug es auf eine Anhöhe. Trieb der Wind es weg, dann freute sich der Schäfer, weil er glaubte, es werde ein gutes Frühjahr. Blieb das Erbsenstroh liegen, dann nahm er es mit heim in dem Glauben, es würde kein guter Frühling und er müßte das Stroh noch gebrauchen. Küster Schwarz in Bellin

Peterstag.

1317. Der 22. Februar ist in dem Kalender mit Petri Stuhlf. bezeichnet, eine Abkürzung von Petri Stuhlfeier. Der gemeine Mann glaubt, diese Abkürzung heiße Petri Stuhlsege oder, wie er sich plattdeutsch ausdrückt 'Petri Staulsege' und meint, wenn das Wetter irgend darnach ist, müsse man die Bienenstöcke reinigen, d. h. mit einem Fieberwisch den Schmutz von dem Bodenbrette unter dem Bienenkorbe wegfegen. Küster Schwarz in Bellin

Matthias.

1318. Wie die Witterung am Matthiastage (25. Februar) ist, so bleibt sie 40 Tage. Aus Brütz Pastor Baßewitz

1319. Matthies (25. Februar) gift 't wat Rigs, wenn 't ok man 'n Goosei is.
Pastor Behm in Melz Domänenpächter Behm in Wrodhagen Bd JS 555

1320.   Mattis
         Brikt hat Js,
         Un finnt hei kein,
         Denn' makt hei ein.
                  Aus Gadebusch H. Schmidt Bd JS 555

1321. Nach Mathers
      Geht kein Fuchs mehr übers Eis   JS 555

Fastnacht.

1322. Vor Beginn der Fastenzeit wird 'Faßlabend' gefeiert. Das Fest dauert gewöhnlich zwei Tage. Am ersten Tage gehen die

jungen Dorfburschen, deren Mützen mit bunten Sträußen geschmückt
sind, unter Musikbegleitung von Haus zu Haus und erbetteln sich
Würste, Kartoffeln, Milch und andere eßbare Sachen. Diese werden
von den Mädchen zubereitet, und es wird ein gemeinschaftliches
Mahl gehalten. Die übrige Zeit wird getanzt.

Städtisches Wittenburg. Seminarist Bratrit Vgl. VGl. 2, 124, Nr 377

1323. Faſtnachtsabend (d. h. den Abend vor Faſtnacht) gehen
die Müllergeſellen mit Ruthen herum und peitſchen, wenn ihnen keine
Gaben gegeben werden.
Aus Brütz Paſtor Daſſewitz

1324. Am Faſtnachtsabend werden Ruthen gebunden und am
andern Morgen hat Derjenige, der zuerſt aus dem Bette kommt, das
Recht, den Schläfer mit denſelben aus dem Bette zu holen.
Gegend von Serrahn Seminariſt Brüsmer

1325. J. P. Schmidt, Faſtel-Abends-Sammlungen (1742),
S. 87 ff., bezeichnet als Faſtnachtseſſen Heetweggen, Schinken, Mett-
wurſt, geräuchert Ochſenfleiſch. Die Heetweggen beſchreibt er (S. 90)
als 'aus feinem Mehl und Milch, in Geſtalt eines Kreuzes, gebackene Bröbte, welche entweder trucken oder mit Butter beſchmieret,
oder aber in ſiedender Milch abgekocht, mit Eyern, Butter und
Gewürz wohl zugerichtet, zur Vorkoſt auf den Faſtel-Abends-
Schmäuſen verſpeiſet werden'. Auch pflegte man ſich 'mit grünen
Sträußen zu beſchenken, auch die Dannen-Bäume vor den Häuſern zu
pflanzen, und alſo, welches noch biß den heutigen Tag übergeblieben
iſt, ſich einen grünen Faſtel-Abend zu bringen'. (S. 136.) Arme Kinder
bringen den reicheren einen grünen Strauß ins Haus und ſagen dabei:

Ich bring zum Faſtel-Abend einen grünen Buſch,
Habt ihr nicht Eyer, ſo gebet uns Wurſt;

wofür ſie eine kleine Gabe empfangen. (S. 136 f.) Ferner gedenkt
er der 'Heetweggen-Abſtäupung' (S. 138) und bemerkt, daß in den
beſſeren Familien dies nur im Scherz vorkomme, wobei man einer
aus Silberdraht geflochtenen Ruthe ſich bediente, während in den
niedern Ständen die jungen Kerls den Wogden am Faſtel-Abends-
Morgen ganz frühe aus Bett kommen und dieſelben ſo lange mit
Ruthen ſchlagen, bis ſie durch Heetweggen ſich löſen. Weiter wird
das Maskiren erwähnt, und endlich (S. 149) 'das Hunde ſchlagen',
das aber in Mecklenburg nicht gebräuchlich ſei.

Jenes Heitweckenstülpen ist auf dem Lande noch jetzt vielfach in Gebrauch, und in Schwerin zogen die Müllergesellen noch bei Menschengedenken am Fastnachtsmorgen mit Sirlützen und einer mit Band gezierten Ruthe bei den Bäckern und ihren sonstigen Kunden umher, um ein Geschenk zu erbitten. (Beyer in den Jahrb. 20, 200.)

1326ᵃ. Zu Fastnacht ißt man Heitwecken, d. h. heiße Wecken, da man sie, mit Butter, Zucker und Gewürz gefüllt, heiß aufträgt und in heißer Milch genießt. Ihre Form ist in Mecklenburg viereckig.

Beyer in den Jahrb. 20, 200.

1326ᵇ. Heitwecken abklopfen. Das Heißweckenschlagen war zu Fastnacht in Wismar Sitte. Wir Kinder banden uns schon acht Tage vor Fastnacht Ruthen aus Birkenreisern, verzierten diese mit langen bunten Bändern und schlugen damit am Fasttagmorgen oft schon gegen fünf Uhr Heißwecken. Wir traten mit solchen Ruthen an die Betten der Eltern und schlugen diese zu Fußende und riefen 'Heitwecken her, Heitwecken her!' Aber auch zu den Großeltern, Tanten und Onkel ging es oftmals hin, selbst die kleineren Geschwister wurden wohl mitunter vom Dienstpersonal dahin getragen. Von jeder geschlagenen Person gabs dann Heißwecken als Geschenk, die wir verspeisten. Es war aber eine Schande, wenn Vettern und Cousinen uns zuvorkamen. C. Struck in Waren 'Heißwecken' in Stendal; Korth Geschlachte s

1326ᶜ. Am Fastnachtsmorgen peitschen sich die Leute gegenseitig aus dem Bette, das nennen sie dann 'Heitweckenpeitschen'.

Unterelbischer Wilberg und Wittenburg.

1326ᵈ. Am Fastnachtsmorgen wird aus dem Bette herausgepeitscht und Speck und Eier dafür gegeben; ohne das Peitschen gibts kein gut Flachsjahr. Aus Röbel Pastor Behm in Meez

1326ᵉ. Fastnacht ißt man Heitwecken und Schinken, das junge Volk holt einander mit Ruthen aus dem Bett. Auch kommt an vielen Orten dann der 'Schimmelrüter', wobei die Jungen unter einem weißen Laken einen Schimmel nachmachen.

Hinstorffscher Kalender von 1860. Bezüglich des Schimmelreitens vgl. MS 4, 141, Nr 205 Korth Geschlachte 1.

1327 Fastnacht muß auf dem Herde gebacken werden, sonst tanzen die Hexen drauf. Aus Röbel Pastor Behm in Meez

1328 Fastnacht ist allgemeiner Sauftag. Die Drescher nehmen Branntwein mit zur Scheune und betrinken sich.

Aus Röbel Pastor Behm in Meez

1329. Tau Fastnacht kümmt an vęlen Städten de Schimmelrüter, wobi bei Jungs immer 'n witt Laken 'nen Schimmel nennten.

Ranke 127

Aschermittwoch.

1330ᵃ. Wer am Aschermittwoch spinnt, dessen Lein fressen di Frösche ab.

Aus Neustadt. Von einem Seminaristen.

1330ᵇ. Aschermittwoch soll man nicht spinnen, sonst werden die Hühner blind.

Gegend von Hagenow. Seminarist Bührse

1330ᶜ. Aschermittwoch muß nicht gesponnen werden, sonst gedeiht der Flachs nicht.

Aus Warlow bei Ludwigslust. Zengel

1331. Wie die Witterung am Aschermittwoch, ist sie die ganze Fastenzeit.

Aus Grütz. Pastor Basserow

1332. Aschermittwoch muß Kohlsaat gesäet werden. Dieselbe muß mit Holzasche vermischt werden, welche in den Zwölften gebrannt ist, dann bleibt der Erdfloh fort.

Allgemein

1333. An den Bettagen muß man nicht nähen, sonst bekommt man schlimme Finger.

Küster Schwartz in Goldz

Gertrud.

1334. Gertrud (17. März)
Geit de Ploog ut.

Archivrath Masch in Demern

1335. Der Flachs, wenn er am Gertrudentage gesäet wird, gedeiht gut.

ZG 146

Ploog-Marien.

1336. Ploog-Marien (den 25. März) zieht der Pflug zu Felde.

Domänenpächter Brüns in Klenhausen. Ref. ZG 446.

1337. Eine reiche Ernte folgt, wenn es an Maria Verkündigung helle ist und auch die Tage darauf.

Aus Grütz. Pastor Basserow

Rupertstag.

1338. Am Rupertstage (27. März) werden die Obstbäume geschüttelt, weil sie dann keine Raupen bekommen.

Seminarist Zehlarte

Ostern.

1339. Am grünen Donnerstage muß man kein Brot backen, sagen die Landleute, 'sonst verbrennt der Rogen', d. h. es kommt kein Regen, oder die Regenschauer ziehen bereit von dem Dorfe weg, in welchem am grünen Donnerstage gebacken worden.

Allgemein.

1340. Wenn am Gründonnerstag gewaschen wird, ziehen im Sommer alle Gewitter von der Gegend weg.

Allgemein.

1341. An grünen Donnerstag muß nicht gebacken werden, damit die Leute des Hauses im Sommer keine Last haben mit dem schimmlichten Brot. Von einem Seminaristen in Neukloster Vgl. Engelien Nr. 10.

1342 Ein am grünen Donnerstage gelegtes Ei trägt man auf den Boden, um das Haus gegen den Blitz zu sichern.

Bezter in den Medlenb. Jahrb. 20, 136.

1343. Dav. Franck, Altes und Neues Meklenburg I, 58: 'Vom Thor kommt auch noch her, daß man am grünen Donnerstage sich einen grünen Kohl vornehmlich von jungen Nesseln kochet, und also des Thor's Abendmahl hält. Es ist sodann mancher der Meinung, wann er an diesem Tage, da Christus das heilige Abendmahl eingesetzt, nicht sollte Kohl mit Nesseln essen, daß es ihm sein Leben wohl so gefährlich stehen möge, als wie ihm die Seele beffen, der ein Verächter des heiligen Abendmahls.' Dieser Grünbonnerstagskohl ist auch jetzt noch hier und da üblich. Lehmeyer: 'Zu Herzfeld im Amte Neustadt nehmen die Dorsfrauen: Urtica dioica (Grot Nettel, Donnernettel); Aegopodium Podagr.; Brassica oler. oleracia (Brunen Kol); Ficaria ranunculoides (Fettbläder, Scharbuckkrut); die Keime von Humulus Lupulus (Hoppenknum); Chenopodium album und viride (Mell); Raphanus Raphanistrum und Sinapis arv. (Kübick, Sempkrut); Allium Porum (Burre, Burri) und Polygonum Convolvulus (Wahbwinn'; sonst Name für Convolv. arvensis). Fehlt eins von biesen Kräutern, so werden die Keime von Triticum repens (Qued) genommen. In der Schweriner Gegend bindet man sich nicht ängstlich an die Zahl Neun und nimmt, was von den genannten Kräutern zugänglich, auch wohl die Keime von Kartoffeln und großen Bohnen.' — C. Struck: 'Um Dargun sammelt man: Dunnernettel, Hibbenettel (Urtica urens); Downettel (Lamium), Mull (Fic. ranun.); Bötterblom (Tarax. off.); Sprutenkol (die an den Strünken des Braunkohls hervorsprießenden Triebe); Mell und Gesch.'

Schiller 3, 12 Vgl. Engelien Nr 12.

1344. Kohl, am grünen Donnerstag gepflanzt, geräth am besten.

H. Stg.

1345. Alles, was an diesem Tage gepflanzt wird, lassen die Erdflöhe unversehrt.

H. Stg.

1346. Früher, als die Feier des Gründonnerstags auf die Stunden von 10 bis 12 Uhr Vormittags festgesetzt war, sah man alle Bauern am Gründonnerstag Morgens um 6 Uhr mit Wagen, Pflug und Egge aufs Feld ziehen, wo sie bis 9 Uhr arbeiteten. Mochten nun die Pferde den ganzen Winter im Stalle zugebracht haben oder nicht, am Gründonnerstag holte sie der Bauer aus dem Stall und arbeitete mit ihnen. So war es noch vor etwa 12 bis 15 Jahren. Seitdem die Arbeit gesetzlich bis 12 Uhr Mittags verboten ist, ziehen die Bauern nach dem Gottesdienst mit ihren Pferden aufs Feld. Wer an dem Tage nichts auf seinem Acker thut, hat keinen Segen in dem Jahre; arbeitet er aber, so grünt nicht nur das Feld, sondern auch Menschen und Thiere sind gesegnet.

Aus Beiffern bei Ludwigslust, Seminarist Offen

1347. Wer mit einem Kreuzdornstabe, in der Charfreitagnacht geschnitten, geht, dem begegnet kein Gespenst. Solcher Dorn in die vier Ecken des Stalles oder in den Ständer geschlagen, heilt das dazwischen stehende kranke Vieh.

Aus Proseken bei Wismar, Gymnasiast Brockmann

1348. Charfreitagmorgen vor Sonnenaufgang peitscht man das Vieh stillschweigend mit Kreuzdornruthen; die Schläge treffen das Vieh, aber die Schmerzen haben die Hexen, die auf dem Vieh sind. Die Ruthen stecke man an einen heimlichen Ort, wohin weder Sonne noch Mond scheint.

Aus Rabbenfort, Lehrer Lübbert

1349. Charfreitagmorgen vor Sonnenaufgang wird die Wünschelruthe geschnitten mit den Worten:

Gott grüß dich, edles Reischen!

Im Namen Gottes des Vaters sucht ich dich,

Im Namen Gottes des Sohnes fand ich dich,

Im Namen Gottes des heiligen Geistes schneid ich dich.

Eine so geschnittene Ruthe heilt alle Krankheiten und hilft Schätze finden.

Aus Warlin bei Ludwigslust, Seminarist Zengel

1350. Wer am Charfreitag mit geputztem Schuhzeug geht, wird von Ottern und Nattern gebissen.

Aus Tetern, Seminarist Kohl

1351. Wer Stillfreitag kein Fleisch ißt, ben stechen im Sommer die Mücken nicht. Archivrath Masch in Demern.

1352. Was man am stillen Freitag näht, das hält nicht. Aus Kl.-Rogahn bei Schwerin. Gymnasiast Brandt.

1353. Am Stillfreitag Nachmittag müssen die Kinder zuerst zur Kirche gehen, damit sie klug werden. Archivrath Masch in Demern.

1354. Der Jäger geht am Charfreitag nicht auf Schnepfenjagd; denn an diesem Tage schießt man stets fehl. Aus Hohenschwarze Eggers.

1355. Regnet es am stillen Freitag, so geht die dritte Pflanze dem Acker. Aus Ribnitz, Pastor Dolberg.

1356*. Das Osterwasser, welches, weil es aus fließendem Wasser geschöpft wird, auch 'Fleitenwater' heißt[1]), wird in der Osternacht um 12 Uhr[2]), oder zwischen 12 und 1 Uhr[3]), oder vor Sonnenaufgang[4]), oder am Ostermorgen[5]) geschöpft Besonders thun dies gern junge Mädchen[6]). Es muß aus fließendem Wasser geschöpft werden[7]), und zwar wird das Gefäß gegen den Strom[8]), nach Andern mit dem Strom[9]), gefüllt. Dies muß stillschweigend geschehen[10]); auch auf dem Hin- und Rückwege darf man nicht sprechen[11]). Man muß vor Sonnenaufgang wieder zu Hause sein, sonst verliert es seine Kraft und die schöpfende Person bekommt eine schwarze Hautfarbe[12]). Brechen des Schweigens vernichtet ebenfalls die Wirkung[13]).

Ich habe hier sämmtliche in meinen Quellen verzeichneten Züge zusammengestellt und gebe in den nachfolgenden Anmerkungen die Belege. Vgl. WS. 2, 141 Engelien S. 229, Nr 4

[1]) Aus Serrahn, Bräsmer.

[2]) Aus Teterow, Mehr.

[3]) Aus Weitendorf, Unteroffizier Millberg

[4]) So fast allgemein

[5]) Archivrath Masch in Demern.

[6]) Domänenpächter Behm in Nienhagen Friedrichsdorf, Vogt Eggers.

[7]) Allgemein.

[8]) Aus Friedrichsdorf, Vogt Eggers. Seminarist Stübe. Aus Elbena, Timmermann.

[9]) Aus Lübz, Kröger Aus Warlow bei Ludwigslust, Zengel. Aus Rabbenfort, Lübsdorf.

[10]) Allgemein.

[11]) Aus Warlow bei Ludwigslust, Zengel.

[12]) Aus Warlow bei Ludwigslust, Zengel.

[13]) Allgemein

Man trinkt drei Schlucke davon[1]), oder wäscht sich am Ostermorgen[2]) vor Sonnenaufgang[3]) mit dem Wasser. Solches Wasser hält sich das ganze Jahr hindurch frisch und verdirbt nicht[4]). Es macht, wenn man sich damit wäscht, schön[5]) und hat Heilkraft[6]), es hilft gegen Krankheiten[7]), insbesondere gegen Hautkrankheiten[8]), auch gegen schlimme Augen[9]), gegen Ausschlag[10]), gegen Flechten[11]), vertilgt die Sommersprossen[12]), ist überhaupt zu vielen Dingen gut[13]). Auch wird man in dem Jahre von keiner Krankheit befallen[14]). Manche Leute kochen am Ostertage ihr Essen darin[15]).

1356[b]. Die Leute bewahren das am Ostermorgen schweigend geschöpfte Wasser sorgsam auf, in dem Glauben, daß es das ganze Jahr hindurch nicht verderbe und ein kräftiges Heilmittel sei, namentlich gegen das Fieber; und im Stargardischen endlich fängt man auch den in der Osternacht gefallenen Thau in leinenen Tüchern auf, mit welchen man sich am Morgen gleichfalls zur Heilung verschiedener Krankheiten zu waschen pflegt. Aehnliche Kraft schreibt man auch dem Märzschnee oder an andern Orten dem Märzregen zu[16]).

Bezer in den Mecklenb. Jahrb. 20, 198.

---

1) Aus Röbel, Pastor Behm in Pelz.
2) Seminarist Stübe.
3) Aus Teterow, Mahr.
4) Allgemein.
5) Allgemein.
6) Eggers.
7) Allgemein.
8) Archivrath Masch in Demern.
9) Seminarist Stübe.
10) Seminarist Stübe.
11) Aus Sertahn, Brümmer. Man muß sich öfter das Jahr hindurch waschen.
12) Aus Klütz, Krüger.
13) Präpositus Schencke in Vanzow.
14) Aus Teterow, Mahr.
15) Seminarist Stübe.
16) Die jährliche Wasserweihe der katholischen Kirche, d. h. die Einsegnung der mit Wasser gefüllten Taufbecken, fand nach Beyse am Grünendonnerstag statt, ward aber erst Ostern durch dreimaliges Eintauchen der geweihten Kerze vollendet, wodurch das Wasser wunderthätig ward.

1356[c]. Wenn man Märzenschnee in eine Flasche thut, diese fest zustopft, so bleibt solches Wasser das ganze Jahr gut, und wenn man sich damit wäscht, vertilgt es die Sommersprossen und macht das Gesicht schön. *Aus Rüh. Primaner Krüger.*

1357. In der Gegend von Woldegk breiten die Mädchen am Abend vor Ostern ein Linnen im Garten aus und waschen sich andern Morgens mit dem Thau, Regen oder Schnee, der darauf gefallen ist. Das bewahrt sie das ganze Jahr vor Krankheit. *RS. 20*

1358. Wer am ersten Ostermorgen vor Aufgang der Sonne nüchtern (oder: am Ostermorgen nüchtern) einen Apfel ißt, der bekommt während des ganzen Jahres nicht das kalte Fieber[1]. *Allgemein*

1359. Ißt man am Ostermorgen nüchtern mehrere Eier, so bekommt man kein Fieber. *Aus Neustadt. Von einem Seminaristen.*

1360. Wer am Ostermorgen nüchtern drei Veilchen ißt, bleibt das Jahr hindurch frei von kaltem Fieber.
Aus Teterow, Seminarist Rohr Gegend von Schwerin, Präpositus Schenck

1361[a]. Am Ostersonntage macht die aufgehende Sonne drei Freudensprünge. (Allgemein. Vgl. WS. 2, 142, Nr. 413. Engelien Nr. 14.) Sie freut sich, daß der Heiland auferstanden ist. (Küster Schwarz in Bellin.)

1361[b]. Wer zur selben Zeit durch einen Zaun sieht, kann es bemerken. *Seminarist Lüth*

1361[c]. Wer es nicht sehen kann, ist behext.
Carlow bei Dassow Barmeister.

1362. Wenn am Ostermorgen Thau (Tropfen) am Zaun hängt, giebt es ein gutes Flachsjahr. *Allgemein*

1363. Am Ostermorgen müssen alle Ecken im Hause mit einem in den Zwölften gebundenen Besen ausgefegt und der Kehricht vor eines Nachbarn Thür getragen werden; dann bleibt das Haus vom Ungeziefer verschont. *Aus Neustadt Von einem Seminaristen.*

1364. Zu Ostern werden Ostereier gegessen, aber ein Spiel mit denselben ist nicht gebräuchlich. *Allgemein.*

1365. Das Herumgehen der Hirtenjungen am zweiten Ostertage, um Eier einzusammeln und in die Sparbüchse Geld zur Osterfreude, hat jetzt aufgehört. *Pastor Bassewitz in Brütz*

---

[1] 'Ruh de Suchten'. (Barlow bei Ludwigslust. Zengel.)

1366. Regnet es am ersten Ostertage, so wird das Land im ganzen Jahre nicht satt. GS 543

1367ᵃ. Wie der Wind am ersten Ostertag Morgens weht, aus der Richtung wird er wehen 'bis unser Herr Christus seine Füße von der Erde nimmt' (bis Himmelfahrt). (Domänenpächter Behm in Neuhagen.) Oder: Daher wehet er bis Himmelfahrt. (Aus Demern. Mäsch.) Oder: Daher kommt er durch sieben Wochen. (Aus Tessin bei Boizenburg. Ahrens.)

1367ᵇ. Woher am Ostermorgen beim Aufgang der Sonne der Wind weht, daher weht er in den nächsten vier Wochen. Frau Ritter

1368. Regnet es am Ostertage, so soll es alle Sonntage bis Pfingsten regnen. Aus Grüß Pastor Saffenitz

1369. Tau Ostern ward up bei Osterburg bi bei Dörper bei Osterfür anstęken. Raabe, plattd Volksbuch 117

Der hunderste Tag.

1370ᵃ. Der hunderste Tag im Jahre (Mummendorf), der Danielstag (10. April), oder von Weihnachten ab gerechnet der 4. April, wie auch der Georgstag (23. April) sind gut zum Leinsäen. Aus Gr.-Laasch, Hülfsprediger Timmermann

1370ᵇ. Der Lein muß, wenn er gerathen soll, am hundersten Tage gesäet werden. Allgemein 'Am hundersten Tage nach Weihnacht'. GS 550

St. Georg. Marcus.

1371. Auf St. Görgen (23. April)
Soll man die Kühe von der Wiese schörgen (treiben)
GS 664

1372. St. Georg und Marks (25. April)
Dräuen oft viel Args.

1373. So lange die Frösche vor Marci schrieen,
So lange müssen sie nach Marci schweigen GS 144

Maitag. Frühling.

1374ᵃ. Wenn man die ersten drei Veilchen, die man findet, verzehrt, so bekommt man nicht das kalte Fieber. Aus Hohenschwarfs Lagers Gegend von Schwerin. Schmidt Vgl Nr 1340

1374^b. Die drei erſten Anemonen (Oeſchen) oder Veilchen, welche man findet, muß man ſtillſchweigend aufeſſen, dann bekommt man in dem Jahre das kalte Fieber nicht. Domänenpächter Behm in Neuhagen.

1374^c. Der Genuß der drei im Frühling zuerſt gefundenen Oſterblumen (Oeſchen, Anemone) ſchützt den Menſchen vor dem kalten Fieber. Aus Stuie bei Schwerin.

1375. Wenn die Knaben im Frühjahr ſich Weidenflöten machen, ſo ſprechen ſie dabei klopfend:

> Hubbud, Hubbud, Baſteljan,
> Lat de Fideln un Flöuten gan,
> Lat min gaut ward'n,
> Lat de Annern er verdarben.

Dann abſtreifend: Strik af, ſtrik af,
> Strik den Bur'n dat Fell af.
Aus Kl.-Rogahn bei Schwerin. Gymnaſiaſt Brandt.

Oder: Hop, pop, pop, pop, Baſterjan,
> Lat de Fideln un Flöuten gan,
> Lat ſ' al nich verdarben,
> Lat ſ' recht ornlich warben.
Aus Gadebuſch H. Schmidt — Z. 1 auch Hopp, Hopp, Hopp, Hopp Vgl. Müllenhoff S. 510

Oder: Maidach, Maidach!
> Wenn dei Rogg rip is,
> Wenn dei Bagel pip is,
> Wenn dei rode Rüſte künſt
> Mit 'n ſcharpen Metz,
> Wil den Jung dat Or afſniden:
> Jung blew behangen;
> Wil 'n ſir ſangen:
> Ein hürt mi tau,
> Anner hürt di tau,
> Drüdd' hürt 'n Köſter tau,
> Köſter hürt 'n Fader tau:
> Wenn 't man nich ſplitt,
> Wenn 't man nich ritt,
> Wenn 't man nich ſuf von achter af glitt.
Aus Gadebuſch. H. Schmidt.

1376. In der Mainacht ziehen die Hexen nach dem Blocksberg und feiern ihr Fest, wobei sie unter Anderem auch Wischtücher braten und essen. Sie reiten dahin auf Besenstielen, Schwingblöcken (hölzernen Geräthen, auf denen der Flachs von der Hede gereinigt wird), Hunden, auch Menschen. Wer des Nachts zwei geerbte Eggen kreuzweis gegen einander aufstellt und sich darunter setzt, kann sie reiten sehen. Sonntag nach dem 1. Mai müssen die Hexen zur Kirche gehn. Wenn man ein schwarzes Huhn vor Sonnenaufgang schlachtet und ihm das Ei nimmt und damit zur Kirche geht, kann man die Hexen erkennen; sie haben einen Bienenkorb oder den Rand von einem Siebe auf dem Kopfe. Er muß aber so früh aus der Kirche weggehn, daß er die Grenze des Pfarrdorfs erreicht, ehe der Pfarrer den Segen spricht, sonst geht es ihm übel.

C. Thiessenhusen aus Reserve bei Gadebusch — Das Sehen eines Siebrandes auch von Ihlefeld mitgetheilt.

1377. Die alte Hebamme Burchard in Talzin behauptete steif und fest, daß in 'der schwarzen Nacht' am Maitagsabend eine Hexe mit ihrer Kuh weggewesen sei. Als sie Morgens in den Stall wieder kam, hat die Kuh 'rifflagt', sei war 'mesönatt', und keinen Tropfen Milch hat sie in den Zitzen gehabt.

Der alte Möllerich in Pölitz durch Voge mitgetheilt

1378. Das Blocksbergreiten in Grabow. Am 30. April versahen sich fast alle Knaben in Grabow mit einem Stückchen Kreide und bemalten hiemit die Thüren, Fensterläden, Häuser, die Steine der Straßen aber sich gegenseitig die Röcke oder Jacken mit Kreuzen. Nachmittags um 4 Uhr nach Beendigung der Schule versammeln sie sich ausgekleidet und die Gesichter bemalt mit einem Besenstiel, worauf sie reiten, in der Regel auf hiesigem Marktplatze. Sobald eine kleine Anzahl zusammen ist, durchziehe sie so, auf ihrem Besenstiele reitend, schreiend 'Hett nach gor keen Bulen (Beulen) in 'n Hoot!' (in früheren Jahren 'Slag Hamann dot¹)!' die Straßen, wo sich nun überall immer mehr anschließen. Nachdem sie so ungefähr zwei Stunden in den Straßen umhergetobt haben, ziehen sie nach einer kleinen Anhöhe

¹) Dies stammt vermuthlich von dem israelitischen Hamannsfeste oder Purim.

unweit des israelitischen Friedhofes hinaus und schlagen hier mit ihren Besenstielen aus Leibeskräften auf den Berg los, mit dem Ausrufe 'Slag Hamann dot!' — In frühern Jahren war um den israelitischen Friedhof noch keine Mauer, sondern nur ein Graben gezogen, der übersprungen ward. Auf demselben angelangt, schlugen sie nun ebenso auf die Gräber mit dem Ausruf 'Slag Hamann dot!' Haben sie hier nun so eine Zeitlang umhergetobt, so ziehen sie mit dem erst erwähnten Gesang 'Hett noch gar keen Buten in 'n Hoat!' wieder zur Stadt herein, und begaben sich dann — wenn auch nicht allemal friedlich — nach Hause.

Bremer S. Mortensen in Grabow.

1379. Das Blocksbergreiten war in Mecklenburg auf dem Lande ganz allgemein; wohl bei jedem Gute war ein 'Blocksberg', auf welchen die Hexen mit ihren Teufeln zogen. Diese Blocksberge waren gradezu Bordelle, wohin die verkleideten Herren mit den jungen Hexen ritten.

Rick. Vgl. Register zu den Kessenb Jahrb s. v. Blocksberg

1380. In der Walpurgisnacht (Mainacht) um 12 Uhr reiten die Hexen auf Besenstielen, Heu- oder Dungforken, Schwingblöcken, Hunden, Katzen u. s. w., auf den Blocksberg, um sich mit ihrem Herrn, dem Teufel, in Tanz und Spiel zu vergnügen. Auch ist den Hexen in dieser Nacht mehr Freiheit gestattet, so daß sie in die Viehställe Anderer eindringen können, um das Vieh zu behexen. Aus Vorsicht macht man am Abend des 30. April mit Kreide oder einer Kohle drei Kreuze an die Haus- und Stallthür; denn über ein Kreuz können die Hexen nicht

Allgemein Vgl. DS Gebräuche Nr. 431, 436 Engelien Nr. 16

1381. In der Nacht vom letzten April auf den 1. Mai läßt man deshalb keinen Besen im Freien stehen, damit die Hexen ihn nicht brauchen.

Aus Hagenow Primaner Kahle

1382ᵃ. In der Mainacht darf keine Wäsche draußen bleiben, damit die Hexen sie nicht beflecken aber besudeln.

Archivrath Masch in Demern

1382ᵇ. In der Nacht zum 1. Mai muß alles Geräthe vom Backofen fortgeschafft werden, sonst reiten die Hexen darauf nach dem Blocksberg.

Aus Dobbelow DS 35

1383. In der Mainacht schneidet man um Mitternacht einen Kreuzdornstock, bohrt ein Stück davon in den Süll (Schwelle) oder ins Butterfaß, dann können die Hexen nichts stehlen und Einem nichts anhaben. Wenn jedoch etwas passirt, so erfaßet man den Stock, den man immer beim Bette stehen hat und ruft den Namen der Hexe, die man als solche erkannt hat. Sie ist dann persönlich da und man kann sie mit dem Stock züchtigen.

Aus Brüz von Küsterwitwe Lübbert. Durch Pastor Baßewitz. Vgl. Engelien Nr. 25.

1384ᵃ. Wer in der Mainacht am 12 Uhr eine Egge, die man von de Oellern griwt hett', an den Weg und sich darunter setzt, der kann alle Hexen aus dem Dorf kommen sehen. Man muß aber erst einen Kreis mit der Egge um das Dorf gezogen haben.

Kloxendin. Vgl. Roost Gebräuche Nr. 30.

1384ᵇ. Nach anderer Mittheilung (von Seminarist Lüth) muß man ein Paar Eggen dreimal um das Dorf ziehen (tragen), sie dann am Wege in Zeltform aufstellen und sich darunter setzen.

1384ᶜ. Wer de Hex'n na'n Blocksbarg rid'n seihn will, dei mütt Maidagsmorg'n vör de Sünn mit 'ne Eg' üm 't Dörp rümme trecken un sik unner de Eg verstek'n. Seminarist Dräwmüller

1384ᵈ. Nach Mittheilung aus Testorf (durch Seminarist G H aus Zarrentin) muß man das Dorf mit einer Erbegge und einem Erbsieb umziehen, sich dann das Sieb auf den Kopf stülpen und sich hinter die auf den Weg gestellte Egge setzen.

1385ᵃ. In der Mainacht zwischen 12 und 1 Uhr muß sich ein von der Krätze Befallener im Roggenthau wälzen, dann wird er von der Krätze gereinigt. Aus Gadebusch. Gymnasiast Thielscholcken

1385ᵇ. Wenn man sich Maitag vor Sonnenaufgang nackend im Thau wälzt, so wird man dadurch befreit von jeder Krankheit, welcher Art sie auch sein mag[1].

Aus Warlow bei Ludwigslust. Seminarist Zengel.

1386. Wenn man Maitag vor Sonnenaufgang stillschweigend drei Hände voll Stroh aus dem Bett nimmt und dies nach dem Gerstenacker trägt, dann sind alle Flöhe weg.

Gegend von Ludwigslust. Seminarist Zengel

---

[1] So bekommt man weder Krätze noch Läuse (Aus Testorf. Seminarist G H.)

1387ᵃ. Wenn man am 1. Mai vor Sonnenaufgang mit einem stumpfen Besen dreimal in der Stube fegt und dabei sagt Luſ, Flöh rut, gat all na 't brübbe Nawerêhns'! und dann den Besen selbſt auf des dritten Nachbars Gebiet in die Nähe seines Hauses wirft, so verschwinden alle Läuse und Flöhe aus dem Hause, sobald der besagte Besen von Jemand aus dem Hause des dritten Nachbars berührt wird. *Gegend von Ludwigsluſt. Zengel*

1387ᵇ. Am Morgen vor der Sonne muß das Haus mit einem neuen Besen gefegt und dabei gesagt werden:

> Flöh un Lus,
>
> Rut ut min Hus,
>
> Ga hen na Nawers Hus;

der Besen wird dann auf des Nachbars Gebiet geworfen. *Archiwath Raſch in Demern.*

1388. Maitagmorgen vor Sonnenaufgang zwicke und zwacke (quitſch un quatſch) man das Vieh stillschweigend mit Quitschenruthen, stecke diese im Kreuz auf den Dung, so hat das Vieh Deg und der Dung Frucht. *Aus Lüberstorf. Lehrer Lübstorf.*

1389. Den Kühen am Maitag mit einem Besen längs dem Rücken streichen, schützt gegen Hexen. *Aus Parchim.*

1390ᵃ. Wenn man am Maitage die Kühe mit 'Spęten' aus dem Stalle und vom Hofe treibt, so gedeiht das Vieh in dem Jahre vorzüglich gut. *Aus Züsow. Franz Rümcker.*

1390ᵇ. Das Vieh wird Maitag ausgetrieben, gleichviel, ob Futter da ist oder nicht. Oft aber muß es auf der Schleif (Slöp') nach Haus geholt werden, so kraftlos und abgemagert kommt es aus dem Stalle. *Aus Fälly Pogge.*

1391. Den Sündag na Waidag gan alle Hexen na de Kirch[1]. Wenn denn Einer dat Ei von en Haun[2] nimmt, wat ſüs noch nich

---

[1] Müssen die Hexen nach der Kirche. (Mittheilung durch Pastor Dolberg.)

[2] Das Huhn muß ein schwarzes sein. (Mittheilung von Küster Schwarz in Bellin.) — Das Ei muß am Morgen dieses Sonntags gelegt sein (Gegend von Ludwigsluſt. Seminariſt Zengel.) — Das nach dem Schlachten eines Huhnes im Leibe desselben gefundene Ei muß Einem von einem Andern, ohne daß man es merkt, in die Tasche gestockt worden sein (Aus Friedrichsdorf. Vogt Eggers. Mittheilung durch Gymnasiaſt Jhlefeld.)

lecht het, flacht dat Hauw un nimmt em dat irste Ei ut 'n Liw rut un steckt dat in de Tasch, sa dat het also en ungeburen Haunerei in der Tasch hett, so kann hei in de Kirch all de Hexen kennen[1]). Dei hebben denn all Immeukümp (Bienenkörbe) un Schenmollen (Mulden aus Span oder gespaltnen Weidenruthen geflochten)[2]) stats Händ uppen Kopp. Äwer hei mot vör den Segen ut de Kirch gan, süs beheren em de Hexen.

Aljermann.

Dat is nu all 'ne allische Tid her, dor güng ok 'ne Fru no de Kirch un hadd ja 'n Ei in de Tasch. Dünntaumalen drögen de Frugens uppen Land noch all so ne blanke Strichmützen. Dor seg sei denn in de Kirch, dat sätle Frugens grote Immeukümp statt der Strichmützen uphadden un dat sei er ganz unheimlich ankäm döben; denn sei markten uf, dat sei er sähn kann. Deßhalb güng sei all vör den Segen ut de Kirch un makt, dat sei na Hus kem.

Aus Parchim.

1392. Auch wenn man durch einen Erbschlüssel sieht, kann man sie erkennen. Man muß vor Beendigung des Gottesdienstes hinaus, sonst blasen einen die Hexen an und die Augen fallen einem aus dem Kopfe

Aus Zeletrow. Seminarist Rohr. Aus der Gegend von Ludwigslust. Seminarist Zengel.

1393. Am Walpurgisabend (30. April) gelegte Gurken erfrieren nicht.

No. 550.

Christiantag.

1394. Am Christiantage (14. Mai) soll man Bohnen pflanzen und zwar, wenn die Uhr elf oder zwölf ist, dann kommen viele Bohnen in die Schoten.

Küster Schwartz in Bellin

---

[1]) Er muß sich aber hüten, daß er das Ei nicht zerdrückt. (Küster Schwartz in Bellin.)

[2]) Nach Mittheilung von der Tagelöhnersfrau Poop in Kreuhoyer (durch Domänenpächter Behm) haben sie Tannenkessel, Siebe oder Bienenkörbe auf; aus letzteren steigen Bienen ein und aus. Nur Sonntagskinder können sie sehen, welche ein todtes Huhn gefunden haben und in demselben ein ungelegtes Ei. — Auch Waschbalgen haben sie auf. (Küster Schwartz in Bellin.)

Urbanitag.

1395ᵃ. Buchweizen (Gerste) muß am Urbanstage gesäet werden,
Lein am Helenentage, wenn sie gedeihen sollen.

Gegend von Schwerin. Präpositus Schenck JG 150

1395ᵇ. Das Lein muß am Urbanstage (25. Mai) gesäet werden,
wenn es lang werden soll.

Gegend von Lübzen

1396. Auf St. Orben (Urban, 25. Mai)
Ist das Getreide weder gerathen noch verdorben.

JG 554.

Fischertag.

1397. Die alten Tagelöhner säen ihren Kohl am sogenannten
Fischtage, dann, glauben sie, kann der Hase ihn nicht abfressen. —
Fischertag ist jeder Tag, der im Kalender mit dem Zeichen der zwei
Fische bezeichnet ist.

Aus Werlendorf Unterofficier Wilberg

1398. Wenn drei Fischtage hinter einander im Kalender stehen,
so regnet es sicher.

Dembrenpächter Behm in Nierhagen

Himmelfahrt.

1399. Kürbiskerne[1]) legt man, wenn am Abend vor Himmelfahrt das Fest eingeläutet wird[2]). Man legt sie stillschweigend in
einen Eimer und trägt sie in den Garten. Die Kürbisse werden dann
so groß wie der Eimer oder wie die geläutete Glocke[3]).

Allgemein Vgl. Glöde im Freimüthigen Abendblatt 1830, S. 456. Manche Hausfrauen haben den Aberglauben, Kürbiskerne dürften, wenn sie Gedeihen haben sollen, nur
an Tage der Himmelfahrt gelegt werden, und zwar nur während der Küster das Fest durch
Läuten anmeldet. Sobald die Glocken aufhören zu summen, ist die Gnadenzeit vorbei. Vgl.
Stier VI, 111, der weiter bemerkt: Um die Kerne zum Keimen zu bringen, legt sie der Bauer
auch wohl ins Bettstroh Schiller 1, 84

1400. Der Maibusch, mit welchem Himmelfahrt ausgemaiet
ist, soll, zwischen die Garben gelegt, ein Mittel sein, die Mäuse von
ihnen fern zu halten; auch zum Räuchern von krankem Vieh soll er
sich trefflich eignen.

Aus Warlow bei Ludwigslust. Seminarist Jarpel

---

[1]) Dasselbe auch von Gurken. (Aus Prosdeln. Gymnasiast Brockmann.)
Von Wurzeln. (Aus Friedrichsdorf. Gymnasiast Ihlefeld.)

[2]) Oder: die große Glocke geläutet wird. (Aus Lange. Seminarist
Tommin. Aus der Schweriner Gegend. Präpositus Schenke.)

[3]) Wie der Klöppel der geläuteten Glocke. (Aus Friedrichsdorf. Gymnasiast Ihlefeld.)

1401. 'Wat an den Himmelfohrtsvörmiddag neiht is, dor schleiht de Blig na', sagen die Landleute. Auf einem Hoffelde waren die Leute in der Ernte beschäftigt, als ein Gewitter mit starkem Blig und Donnerschlägen heraufzog und über den Arbeitenden am Himmel fest stand, und zwar immer mit gleicher Heftigkeit. Da sprach der Gutsherr, der auch zugegen war 'Leute, hat auch Einer wohl ein Kleidungsstück an sich, woran auf dem Himmelfahrtsvormittag genäht ist?' Ein Mädchen antwortete 'Ja min Schört is unner de Predigt an Himmelfohrt neiht.' Da befahl der Herr 'Leg die Schürze von dir, und trag sie eine Strecke weit fort.' Kaum hatte dies das Mädchen gethan, als ein Bligstrahl die Schürze ganz zerfeßte.

Küster Schwarz in Bellin.

1402. Regen am Himmelfahrtstage soll ein unfruchtbares Jahr bringen.

Aus Grüg Pastor Bassewig.

Pfingsten.

1403. Am Abend vor Pfingsten knallen die Knechte mit den Peitschen.

Aus Parchim Ebenso die Pferdejungen. Niederhöffers Kalender von 1866. Vgl. MS. 2, 164, Nr 460.

1404. Pfingsten werden die Häuser und Zimmer mit Maien (grünen Birkenreisern) geschmückt.

Allgemein Vgl. MS. u. a. O Beyer, Mekl Jahrb. 20, 201 Engellen Nr. 90.

1405. Pfingsten werden Kalmus und Blumen vor die Thür gestreut.

Niederhöffscher Kalender 1866.

1406. Wo möglich wird zu Pfingsten auch das Haus geweißt.

Aus Grüg. Pastor Bassewig.

1407ª. Früher würden bei Röbel den 'n iersten Pingstdag Morgens utdreben un wer tauierst sin Räuh utdrewwt heil: Dauschleper; bei tweit: Müggensteker; der brüdd: König, dei krickt von jeden 'ne Pietsch; dei legte heil: Pingstkalf.

Aus Barlow Rehberg. Vgl. MS. 2, 161, Nr 455 Nordd. Gebräuche 51. 72.

1407ᵇ. Unter den Kuhhirten des Dorfes ist der, welcher am Pfingstmorgen seine Heerde zuerst austreibt, der 'Dauschleper' (der den Dau afschlept), der zweite ist 'den Dauschleper sin Knecht', der dritte ist der 'König', der vierte 'den König sin Knecht', der fünfte ist 'de Müggenstöwer', der sechste 'den Müggenstöwer sin Knecht' u. s. w.

Da nun Jeder, um König zu sein, als dritter seine Heerde austreiben will, so entsteht oft großer Lärm und Wirrwarr.

Aus Kl.-Rogahn bei Schwerin. Schulamtscand. N. Brandt.

1408. Pfingsten ist ein 'Fest der Freude', besonders für die
Hütejungen der Eldenaer Gegend. An dem ersten Feiertage muß der
Bauer den Jungen frei geben, und soll das Vieh demnach auf die
Weide, so muß er selber oder Jemand anders es hüten, nur die
Kuhjungen nicht, denn diese feiern am ersten Pfingsttag ihren Fest-
tag. Schon des Morgens früh durchzieht die gesammte Schaar der-
selben mit Peitschenknall das Dorf hier- und darthin. Voran im Zuge
geht der 'König' mit einem hölzernen Säbel an der Seite. Seine
Königskrone, ein großer runder Reif mit Grün bewickelt, auf welchem
zwei andre ebenfalls bewickelte Reifen kreuzweise sich wölben zu einer
Halbkugel, ist zu groß, als daß er sie selber auf seinem Haupte
tragen könnte, es müssen vielmehr vier andre Knaben die Krone wie
einen Baldachin über ihm halten. Hinter dem Könige folgt der
'Mückenjäger', auch wohl 'Poppenspeler', der die Aufgabe hat, von
des Königs Haupt die lästigen Mücken und Fliegen mittelst einer
Ruthe abzuwehren. Dann kommt der 'Dauschleper' mit einem grünen
Busch am Fuß, dessen Aufgabe die ist, alle milden Gaben der Bauern
in Empfang zu nehmen, und hinter diesem der Junge, der am Pfingstmorgen zuletzt herauskam, oder der überhaupt der Letzte war beim
Viehaustreiben in demselben Jahre. Dieser hat den Namen 'Pingst-
kerr' aber 'Pingstkalw' und bekommt von jedem Hütejungen eine Zwicke
für seine Peetsche, hinter diesen vier aber acht Knaben folgt nun die
übrige Schaar der Hütejungen. — Es ist übrigens zu bemerken, daß
die beschriebene Ordnung des Zuges nicht in allen Dörfern die gleiche
ist, sondern öfter Abänderungen erleidet. So z. B. fehlt im Dorfe
Lossen (Amt Lübtheen) der Pingstkalw ganz, auch in Eldena habe
ich von diesem nichts gehört, wohl aber in Bresegard bei Eldena.
Den Namen Pingstkarr hörte ich in Gr.-Laasch. — Des Nachmittags
wandern alle Jungen mit ihren Würsten, Bröten, Semmeln, bisweilen auch Branntwein, alles Steuern, welche sie am Morgen aus
den verschiedenen Häusern eingetrieben haben, auf das Feld hinaus,
und halten dort ein Festessen.

Hülfsprediger Timmermann in Warnemünde. Vgl. WS. 2, 162, Nr. 437. Koch
Gebräuche 72.

1409. Man findet an vielen Orten in Mecklenburg die Sitte in den Familien, daß dasjenige Familienglied, das am ersten Pfingstmorgen am spätesten aufsteht, mit dem Namen 'Pingstekarr' benannt wird, welcher Schimpfname dem Langschläfer gilt.

In ganz besonderer Weise beschimpfen die Hirtenjungen in dem Dorfe Loissow den Jungen, der an dem ersten Pfingstmorgen am spätesten mit den Kühen aus dem Dorfe treibt. Es ist jedoch nicht der Pingstekarr an diesem Tage die einzige Persönlichkeit, die am Abend dieses Tages die Augen der ganzen Jugend, ja selbst die der Erwachsenen auf sich zieht, sondern unter den Hirten wird je nach der Zeit des Austreibens der eine Doogschleper (Thauschlepper), König, Adjutant und Mückenjäger genannt. Diese vier Namen sind aber keine Schimpfnamen, sondern Ehrennamen.

In der ersten Pfingstnacht stehen die Hirten nicht selten schon um 1 oder 2 Uhr auf, nehmen ihre Peitsche, gehen auf die Straße und knallen, um die übrigen Hirten zu wecken. Wenn sie so eine Weile auf der Straße zugebracht und von allen Seiten Antwort erhalten haben, gehen sie nach Hause und wecken das Mädchen, das jetzt schon die Kühe melken muß. Nachdem nun der Junge sein Morgenbrot, das schon am Abend vorher bereitet ist, verzehrt hat, treibt er die Kühe, nicht selten schon in der Dämmerung, hinaus. Der erste nun, der aus dem Dorfe treibt, ist der sogenannte Doogschläper, diesen Namen bekommt er, weil er den Thau von dem Grase abschüttelt, und den übrigen Hirten gleichsam einen trockenen Weg bereitet. Der zweite Hirte, der aus dem Dorfe treibt, bekommt die Königswürde, und der dritte wird sein Adjutant genannt. Der vorletzte ist der sogenannte Mückenjäger und der letzte der Pingstekarr. Der Mückenjäger hat es auch mit dem Könige zu thun, und zwar muß er des Abends beim Umzuge im Dorfe ihm die Mücken mit einem Busche abwehren.

An diesem Tage ist es den Hirten erlaubt, schon um 10 Uhr Morgens das Vieh in die Ställe zu treiben, auch gestatten ihnen die Bauern, nach Mittag eine Stunde später auszutreiben. Diese Mittagszeit benutzen nun die Hirten, um die nöthigen Vorbereitungen zu dem Abendumzuge zu machen. Sie verfertigen aus Feldblumen einen Kranz für den Pingstekarr, der die größte Aehnlichkeit mit einem Bienenkorbe hat. Die Blumen werden mit Zwicken (Klappen) zusammengebunden, die die Hirten zusammenbringen, den Pingstekarr jedoch ausgenommen. Außer diesem Kranze wird noch aus Papier ein dreieckiger Königshut gemacht, sowie zwei Schärpen aus Weidenbast und zwei hölzerne Säbel mit Koppeln, letztere ebenfalls aus Weidenbast bestehend. Mit den Schärpen und Säbeln wird der König und sein Adjutant am Abend geschmückt. Noch ist zu erwähnen ein großer Birkenzweig, der auch schon am Mittag herbeigeschofft wird. Ist nun der Abend gekommen, so versammeln sich alle Hirtenjungen, sowie die ganze Dorfjugend vor dem Hause des Pingstekarr. Jetzt werden alle Standespersonen geschmückt, wobei zu bemerken ist, daß dem Doogschlepper der große Birkenzweig an den linken Fuß gebunden wird. Nachdem nun Alles in gehöriger Ordnung ist, zieht der König seinen Säbel und befiehlt den Abmarsch. Der Zug setzt sich nun in folgender Weise in Bewegung: Voran der Doogschlepper, dann kommt der Pingstekarr und diesem folgt der König, umgeben von seinem Adjutanten und dem Mückenjäger. Während nun der Doogschlepper und der Pingstekarr nur daran denken, ihre Last fortzubringen, ist der König in der besten Laune. Seine größte Freude besteht darin, seinem Adjutanten das Leben so sauer wie möglich zu machen, ihm zu zeigen, daß er sein Diener ist. Kaum hat der Zug sich in Bewegung gesetzt, so stößt der König seinen Hut ab, den der Adjutant ihm wieder aufsetzen muß. Dieses Experiment mit dem Hute wiederholt der König alle zehn Schritte, so daß der Adjutant in fortwährender Bewegung zur Erde sein muß. Vergißt er es einmal, den Hut wieder aufzunehmen, so erinnert ihn der König mit einem Säbelhiebe an seine Pflicht. Hat nun der Zug sich durch das ganze Dorf bewegt, so wird vor dem Hause des Pingstekarr Halt gemacht und jede Standesperson trägt die Ehrenzeichen nach seinem Hause. Aus Poisfow bei Schwaanhaff. Seminarist Offer.

1410. Ein alter fast schon über ein halbes Jahrhundert entschwundener Brauch unter unsern Landleuten ist das Pferdehüten. Die Pferde wurden im Winter zu Fuhren aller Art verwendet, besonders zu entfernteren, im Sommer aber von Hirten auf dem Felde oder in durchforsteten Wäldern gehütet, während die Ochsen an ihrer Stelle zur Bestellung der Ackerwirthschaft verwendet wurden. Die

Pferdehirten hatten vor den übrigen Hirten noch ein besonderes Recht, indem sie sich den besten Weideplatz im Frühjahre aussuchen durften. Am ersten Ostertage nämlich versammelten sich sämmtliche Pferdehirten des Dorfes an einer von ihnen vorher verabredeten Stelle, es wurde eine Anzahl großer Sträucher herbeigeholt und am zweiten Ostertage begaben sie sich auf das Feld nach dem jedesmaligen Weideplatz und steckten für ihre Pferde mittelst der mitgenommenen Sträucher eine Fläche Landes ab, die weder der Ochsen- noch Kuh- oder Schaf-hirte mit seiner Heerde betreten durfte. An der einen Ecke dieses ab-gesteckten Weideplatzes wurde eine schlanke Tanne eingegraben und oben an dieselbe ein Knittel gebunden zur Warnung für die übrigen Hirten. Diese abgesteckte Fläche Landes wurde Pfingsthege genannt. Darauf begaben sich die Pferdehirten wieder ins Dorf und unter-hielten sich bei einer Flasche Branntwein. Vom Mai nun bis zu Pfingsten hin gingen die Pferde auf die Koppel. Am Sonnabend vor Pfingsten aber versammelten sich die Pferdehirten wieder, es wurden einige aus ihrer Mitte ausgewählt, gewöhnlich die ältesten, die mit zwei Pferden zum nächsten Walde fahren mußten, um grüne Zweige und Gesträuche zu holen. Waren diese auf der Pfingsthege angelangt, wurde ein passender Ort auf derselben ausgesucht, eine Hütte von dem Busche gemacht und innerhalb derselben Tische und Bänke aus Brettern. Nach Vollendung der Hütte war auch gewöhnlich der Abend herangekommen. Es versammelten sich nun die Pferdehirten bei der Hütte und mit Peitschen in der Hand gingen sie dem Dorfe zu. Sobald sie das Dorf erreicht, begannen sie mit Peitschenknallen das Pfingstfest anzukündigen. Am Pfingstmorgen noch vor Sonnen-aufgang wandelten die Pferdehirten der Koppel zu, um ihre Pferde nach der Pfingsthege zu bringen. Es wurde nun ein Pferd gegriffen, der Hirte, dem es gehörte, schwang sich auf dasselbe und voraneilend folgten ihm die übrigen Hirten mit ihren Pferden unter heftigem Peitschengeknall. So ging es der Pfingsthege zu. Dort angekommen wurde Bier und Branntwein aus der Hütte hervorgeholt und ein lustiges Zechen begann. Hatten sie sich erquickt, so theilten sich die Pferdehirten in zwei Abtheilungen, die größeren und älteren über-nahmen das Geschäft des Schierens, während die jüngern die Pferde auf der Pfingsthege beaufsichtigen mußten. War es am Pfingsttage gutes Wetter, so strömten die Bewohner des Dorfes zahlreich nach der Pfingsthege, um an den Freuden und Spielen der Pferdehirten theilzunehmen. Jeder, der sich der Pfingsthege näherte oder auch in der Nähe einen Fußsteig, Weg oder eine Straße passirte, wurde von den Pferdehirten aufgehalten und von ihnen geschnürt mit zusammengebundenen Pferdeleinen, wobei sie alsdann folgende Worte sprachen:

> Wi wollen den Herrn wol schnüren
> Bul Freuden und in Ehren.
> Es möch' des Herrn gut Wille sin,
> Dat hei uns bescheer' ein lütt Bierlin.
> Dat mag sin groß oder klein, ·
> So wart dat doch unse Freude sein.

Ueberreichte der Geschnürte eine Gabe, so erwiderte einer der Pferdehirten es mit einem Glase voll Branntwein, sie verabschiedeten sich freundlich und wanderten ihrer Hütte wieder zu. Erhielten sie aber keine Gabe, so wurde der Geschnürte unter Hohngelächter entlassen. Hatten die Pferdehirten zu Mittag gespeiset, ruhten sie ein wenig im Grase und alsdann begann ein Wettreiten von sämmtlichen Pferdehirten, um zu erfahren, welches Pferd am schnellsten laufen und welcher Hirte am besten reiten könnte. Näherte sich der Abend, wurde wieder ein Pferd gegriffen, auf das sich ein Hirte setzen und voranreiten mußte, und im Galopp ging es wieder der Koppel zu, in welcher die Pferde während der Nacht gingen. Die Pferdehirten begaben sich nun unter Peitschengeknall nach dem Dorf. Am Tage nach Pfingsten wurde die Hütte wieder abgebrochen und meistbietend verkauft. Von dieser alten Sitte hat sich nur noch das Schnüren bei den Landhirten erhalten.

Stud. W. Schulz aus Beseritz. Vgl. DS. I, 144, Nr. 441.

1411. Am zweiten Pfingsttage nach Mittag zogen die Pferdejungen früher hinaus aufs Feld und gruben dort eine Tanne ein, warfen von Erde einen Tisch auf und ein paar Bauernmädchen backten Pfannkuchen und kochten Biersuppe, wozu die Bauersfrauen die Ingredienzien hergaben. Dann zog Alles, Jung und Alt, hinaus und verzehrte das Mahl gemeinschaftlich. Unter Scherz und Sang und Tanz mußte Einer der Pferdejungen auf die Tanne, welche 'Bander' hieß, klettern, wofür er ein zusammengebrachtes Trinkgeld erhielt.

18*

Diese Festlichkeit hieß Pfingstbier. Seit Brütz kein Bauerndorf mehr ist, kommt auch dies Pfingstbier nicht mehr vor.

Aus Brütz. Pastor Bassewitz

1412. In frühern Zeiten, als die Bauern noch nicht separirt waren und deren Pferde auf der Communeweide von mehreren Pferdehirten, den sogenannten Pirdhaudejungs, gehütet wurden, war am Pfingstfeste folgender Brauch sehr allgemein. Die Pferdehirten stellten sich mit einem Stricke in der Hand an eine belebte Landstraße. Kam nun Jemand des Weges daher, dann spannten zwei von den Hirten quer über den Weg den Strick aus und versperrten dadurch dem Wanderer den Weg. Man nannte dies 'dat Schnçren'. Hierauf richteten die Hirten an den Wanderer folgende Bitte:

Wir wollen den Herrn schnçren
Mit Freuden und mit Ehren;
Der Herr der möcht so gefällig sein
Und geben uns einen Schilling zum Branntwein

Gab nun der Reisende den Hirten ein Geldstück, dann wurde er, wenn er Belieben daran fand, von den Hirten mit einem Glase Branntwein traktirt. Seitdem auf den Bauerndörfern die Communeweide aufgehört hat, ist auch vorstehender Brauch immer mehr geschwunden und wird heutzutage nur noch hin und wieder von einigen Hirtenknaben ausgeübt.

Küster Schwartz in Bellin bei Güstrow

1413. Wie die Greßler Pferdezungen Pfingsten feierten. Am ersten Pfingstfeiertage wählten sie sich Fünf aus ihrer Mitte, die im Dorfe herumgehen und von den Bauern Eier, Speck, Butter und Mehl erbitten mußten, denn sie wollten am andern Morgen Pfannkuchen essen, die um 2 Uhr auf dem Felde von einem Mädchen gebacken wurden. Von den fünf Jungen hatte jeder sein Amt. Der eine trug die Butter, der zweite die Eierkiepe, der dritte den Speck, der vierte den Mehlbeutel (dieser hieß 'Hannenüte'), der fünfte war der 'Hundpitsker' und mußte mit einer Peitsche die Hunde fern halten. Waren sie nun vor einem Hause angekommen, so machten sie sich an die Hausfrau und sagten gemeinschaftlich folgendes Gedicht auf:

Guun Dag, guun Dag, Fru Wauderin,
Hett jug oll Kau of noch Fauber in?

Ing oll Dßl is so holl un so boll.
Gewt uns 'n por Eier, bei hewt ji noch wol,
Fif in 'n Grapen, fif in 'n Schapen, fif inne Kip',
Denn ward ji selig, un wi ward'n rif.
Stig f' ak in den Bön'n bi dat Speck;
Schnid' f' uns 'n Stück von den Schinken,
Dor kön'n wi gaut up drinken.
Schnid' f' ok gaut rum' (breit),
Schnid' f' fik nich in'n Dum;
Un krah sei mit den Kämmerjahn,
So meint der Bauer: 'Der Kater hat's gethan.'
Der Kater war belogen,
De Buer war betrogen,
Der Speck wurd an die poar Metzer gefahren. —
Ich krieg ein Weib von Havelberg her,
So 'n Weib krieg ich all mein Lebtage nicht mehr;
O Weib, was will ich tragen mich todt!
Juckel du man tau, das hätt' kein' Noth.
Soldaten und Herrn sein böse Gesellen,
Zum Fressen und Saufen sein sie geschwind (schnelle?),
Zur Arbeit kann sie der Deuwel noch kriegen,
Wo solln die Schinder und Weiber sonst bleiben?
Ihr Junggesellen tretet weiter heran.
Unserm lieben Herrn Hauswirth wir wolln wünschen an,
Wir wolln ihm wünschen einen vergülldeten Tisch,
Auf allen vier Ecken gebratne Hühner und Fisch,
Mitten auf dem Tisch einen Becher mit Wein,
Das soll unserm lieben Herrn Hauswirth sein Labung auch wohl
sein. —

Unsern Herrn Hauswirth wir wolln lassen stehn
Und wolln zu unsrer Hausfrauwirthin hingehn.
Unsrer Hausfrauwirthin wir wolln wünschen an,
Wir wolln ihr wünschen ein' vergülldete Kron,
Auf künstig Jahr ein'n jungen Sohn;
Ein'n jungen Sohn mit schwarzbraunes Haar,
Daß all ihr Unglück zum Gebel rausfahr.

Wir wünschen ihr auch die Gesundheit dabei,
Daß ihre Lust und Freude sei. ——
Unsre Hausfrauwirthin wir wolln lassen stehn
Und wolln nach unserm Hausknechte hingehn.
Unserm Hausknecht wir wolln wünschen an
Auf künftig Jahr ein' junge Braut;
Ein junge Braut von achtzehn Jahr,
Daß all ihr Unglück zum Gebel rausfahr.
Wir wünschen ihm auch die Gesundheit dabei,
Daß ihre Lust und Freude sei. ——
Unsern Hausknecht wir wolln lassen stehn
Und wolln nach unserm Hausmädchen hingehn.
Unserm Hausmädchen wir wolln wünschen an,
Wir wolln ihm wünschen ein vergüldetes Lamm,
Auf künftig Jahr ein'n Bräutigam,
Ein Bräutigam mit schwarzbraun Haar,
Daß all ihr Unglück zum Gebel rausfahr. ——
Unser Hausmädchen wir wolln lassen stehn
Und wolln zu unserm Hauswirth und Frau Wirthin hingehn.
Unserm Hauswirth und Frau Wirthin wir wolln wünschen an,
Wir wolln ihn'n wünschen ein'n vergüldeten Wagen,
Damit solln sie beide nach dem Himmel einfahren. ——
Ach Mudder, will ji uns kein Pingstgeld nich gebn?
Hummel den Bummel wol um den Busk,
Hewt ji kein Eier, denn gewt uns Wust,
Lat't uns hir nich lange stan,
Wi mütt'n hüt Abend noch fürder gan.
Gauden Dag.

Hatten sie nun etwas empfangen, so folgte der Segen:
Hier haben wir eine Bescheerung gekregen,
Der liebe Gott läßt euch in Frieden leben,
In Frieden leben wohl ein und aus,
Daß alles Unglück fahr aus diesem Haus.

Hatten sie dagegen nichts empfangen, dann sprachen sie den
Fluch aus:

Hier haben wir keinen Schwanz Hiring gekregen,
Der liebe Gott läßt euch in Unfrieden leben,
In Unfrieden leben wohl ein und aus,
Daß alles Unglück fahr in dieses Haus.

Das Hummeln. Hatte einer von den Grebser Pferdejungen irgend etwas gethan, was von den Andern nicht für recht gehalten wurde, oder hatte Jemand in ihrer Gesellschaft den Anstand verletzt und nicht während der Zeit 'raus'-gesagt, daß einer unter ihnen zehn zählte, dann ward er gehummelt, d. h. ihm ward stark an den Haaren gezogen und auch wohl einige ausgerissen. War dies letztere der Fall, so mußte jeder dem Betreffenden vierundvierzig Haare ausziehen, während die andern ein Gedicht hersagten; konnte Jemand die Anzahl Haare nicht aufweisen, dann wurde er selbst gehummelt. Der Reim war folgender:

Alle rann in alle rann,
Un wer dor nich heranne kümpt,
Denn' warn sive Stangen
Newern Nacken hangen.
De Kiwit un de Krone,
Dei sleugen beid' tau Hone,
De Kiwit nemm den breiden Stein
Un schmeit de Krone an den Bein.
De Krone güng hen Klagen.
Ziewe, ziewe, zagen,
Bicke, backe, bodikom.
De Pap dei schmeit up'n Stein,
De Köster wull en naßdaun,
Schmeit 'n grot Rapphaun,
Rapphaun, Möllerknecht
Stelt 'n Barn dat Mehl weg,
Mehl würd stinken,
Möllerknecht würd hinken.
Didel dumm bei, didel dumm bei,
Vierundvierzig Hor dewis.
Wat wist hebb'n, Hahn odder Buck,
Tuck odder Snuck?

Greveswitz Ostm. Letzterer Gebrauch bezieht sich nicht auf Pfingsten

1414ᵃ. Nachdem nach der Regulirung der Bauerngehöfte das Pferdehüten und folglich auch das Abstecken der Pfingsthage unter unserem Landvolke verschwunden war, trat eine andere Sitte an dessen Stelle, nämlich das Hähneschlagen. Am ersten Pfingsttage traten die Pferdeknechte des Dorfes zusammen bei einem der Knechte, der gewöhnlich der Aelteste unter ihnen war und deshalb Altgeselle genannt wurde und kauften nach gemeinsamer Berathung einen Hahn. Darauf gingen die Knechte in Begleitung einer Anzahl von Knaben und Mädchen aus dem Dorfe hinaus. Es wurde nun ein passender Ort ausgewählt, ein Loch in die Erde gegraben, der gekaufte Hahn in dasselbe gesetzt und ein großer irdener Topf auf das Loch gestülpt. Nun losten die Knechte, in welcher Ordnung sie den Hahn schlagen wollten. War die Reihenfolge durch das Loos entschieden, so stellte sich der Altgeselle in einer Entfernung von ungefähr zwanzig Schritten von dem Loche auf, verband dem, der das erste Loos gezogen, die Augen mit einem Tuche, gab ihm einen Dreschflegel in die Hand und sagte zu ihm 'Slag 'n Hauen dod!' Dieser ging dann auf die Stelle, wo er glaubte, daß der Hahn verborgen sei und schlug mit dem Dreschflegel. Traf er den Topf nicht, entstand ein großes Gelächter unter den Zuschauern, es wurde ihm das Tuch von dem Altgesellen abgenommen und dem nachstfolgenden wiederum um die Augen gebunden. Dies wiederholte sich so lange bis der Topf zerschlagen war. Darauf wurde der Hahn geschlachtet und alle Knechte verspeisten ihn alsdann gemeinsam. Diese Sitte hat sich noch bis auf den heutigen Tag erhalten mit der Abänderung, daß in neuester Zeit nur ein Topf hingestülpt wird und das gemeinsame Essen der Knechte weggefallen ist.

Stud. W. Schulz aus Barkow.

1414ᵇ. Pfingsten herrscht in Liepen bei Serrahn die Sitte des Hahnenschlagens. Die jungen Leute versammeln sich Nachmittags. Unter einen großen Topf wird ein Hahn gesetzt. Der Topf wird so beschwert, daß der Hahn nicht entfliehen kann. Einer der jungen Leute muß mit verbundenen Augen in dem um ihn geschlossenen Kreise den Topf zu treffen und den Hahn zu befreien suchen.

Gemalerätin Brüsewitz.

1414ᶜ. Auch aus Pöhtz (Pogge) und Brütz (Pastor Bassewitz) wird die Sitte des Topfschlagens berichtet.

1415. In Röbel ritten früher die jungen Leute am zweiten Pfingstmorgen nach Speck oder nach Ringen. *Pastor Behm.*

1416. 'Euen laten os 'n Pingstoss' (aussehen wie ein Pfingstochse) wird von Jemand gesagt, der sich in auffallender Weise herausgeputzt hat. *Domänenpächter Behm in Rienshagen*

1417. Am Pfingstmorgen muß man stillschweigend vor Sonnenaufgang einen Apfel verzehren, so wird man immer gesund bleiben. *Aus St.-Megnin bei Schwerin Gymnasiast Brandt Vgl. Nr 1550.*

1418. Plebs nostra, repulsam dans, vel salse spem proximam praescindens, conservit Ceere: je¹ Pingst-Maudag! *Scherzn Juristica Rostoch. II, 290 (1744).*

1419. Das Peitschenknallen bald am Oster-, bald am Pfingstabend ist auch in Mecklenburg Sitte, namentlich in Parchim, wo die Hirtenknaben und Pferdejungen der gesammten Kämmereidörfer am Pfingstabend in die Stadt kommen und mit mächtigen Peitschen knallend die Straßen durchziehen, wofür sie sich eine Gabe erbitten. *Beyer in den Meklenb Jahrb 20, 189 f*

1420. Das feierliche Maireiten in Schweden und Norddeutschland war in älterer Zeit auch in Mecklenburg wohl bekannt. In den Städten Schwedens und Gothlands pflegten im Mittelalter nach alter Sitte zwei Reiterschaaren junger Bürger am ersten Mai zu einem Festspiele anzureiten, der Führer der einen Schaar in Pelz und Winterkleider gehüllt, mit dem Speer bewaffnet, der Andere aber, Blumengraf genannt, unbewaffnet und mit Laub und Blumen geschmückt. Dennoch überwindet der Blumengraf seinen Gegner im Kampfe, an welchem auch das beiderseitige Gefolge Theil nimmt, indem er ihn zu Boden rennt, worauf das umstehende Volk ihm feierlich den Sieg zuerkennt. Das Maireiten und die Maigrafschaft war nun auch im nördlichen Deutschland mit geringeren oder größeren Abweichungen wohlbekannt, namentlich in Stralsund, Greifswald, Hildesheim, Köln u. s. w.¹) Eben so finden wir auch in Wismar unzweideutige Spuren desselben Festes, welches hier in der Pfingstwoche von der sogenannten Papigohengesellschaft, einer schon in der Mitte des

¹) Ueber das Stralsunder Maireiten s. Jahrb. VIII, S 229 ff, wo Beispiele aus dem 15. Jahrhundert gegeben werden. 1804 ward es, nachdem es längere Zeit nicht gehalten, wieder eingeführt Vgl auch Baltische Studien, Jahrgang 1841.

14. Jahrhunderts bestehenden, ziemlich reich dotirten Zunft der wohlhabendsten Bürger der Stadt, gefeiert ward und dadurch noch an Interesse gewinnt, daß damit zugleich ein Papageyen- oder Vogelschießen verbunden war, welches wenigstens in späterer Zeit als Hauptzweck der Innung erscheint. Aus den ältern Zeiten fehlt uns leider jede genauere Nachricht über den Verlauf dieses Festes, allein eine Schilderung des Festzuges aus der Mitte des vorigen Jahrhunderts¹) läßt im Vergleiche mit der angeführten schwedischen Sitte keinen Zweifel über dessen Bedeutung zu. Am Morgen des Pfingstmontags begab sich nämlich die Gesellschaft in folgender Ordnung zu dem Schießplatze vor dem Lübschen Thore hinaus: Voran ein reitender und aufs Beste geschmückter Knabe, von zwei Rathsdienern geführt; ihm folgte zu Fuß der vorigjährige König in der Mitte der beiden Bürgermeister, darauf der ganze Rath, und hinter diesem der sogenannte Maigraf, von zwei Schaffnern der Gesellschaft begleitet, endlich die gesammten Zunftgenossen, sämmtlich zu Fuß. Auf dem Platze angelangt, begann sofort das Vogelschießen, nach dessen Beendigung sich die Brüderschaft in demselben Zuge, dem sich diesmal auch die Frauen und Töchter anschlossen, anscheinend jedoch ohne den zuführenden Knaben, zum Tanze nach dem sogenannten Thiergarten vor dem Altwismarschen Thore hinaus begab, wo zuvörderst zwei Jungfrauen dem neuen König einen silbernen Becher überreichten, demnächst aber der alte und der neue König nebst drei Bürgern und vier Gesellen und eben so viel Frauen und Jungfrauen den ersten Tanz aufführten, den zweiten aber der Maigraf und seine Beigeordneten. Am folgenden Donnerstage oder Freitage gab endlich der neue König, nach einer sehr unvollständigen Aufzeichnung der Statuten der Gesellschaft aus dem Jahre 1379, ein Gastmahl (Kruß), auf welchem auch der neue Maigraf für das folgende Jahr gewählt ward. Ueber den Zweck dieser Wahl gibt weder jene Aufzeichnung, noch irgend eine andere Nachricht die gewünschte Auskunft. Aus seinem Namen erkennt man jedoch mit Sicherheit den Repräsentanten des Sommers, während der allein in der ganzen Gesellschaft berittene

¹) Dietr. Schröder (Diacon. zu Wismar), Beschreibung der Stadt und Herrschaft Wismar, S. 184 ff. (1743) Vgl. Jahrb. VII, S. 179 ff. und VIII, S. 228 ff.

Knabe an der Spitze des Zuges ursprünglich ohne Zweifel den
Winter vorstellte. Beide aber werden schon Morgens auf dem Schießplatze den alterthümlichen, mit der Besiegung des schwächeren Winters
endenden Kampf ausgefochten haben, wodurch die ursprüngliche Veranlassung und die eigentliche im 18. Jahrhundert längst vergessene
Bedeutung des Festes charakterisirt ward.

Beyer in den Mecklenb. Jahrb. 20, 195 f.

1421. Vogelschießen am zweiten Pfingsttage war in allen mecklen-
burgschen Städten althergebrachte Sitte. In Rostock ist es schon
im funfzehnten Jahrhunderte nachgewiesen, indem die 1466 gegründete
Landfahrer-Krämercompagnie daselbst unter Anderem auch ein Vogelschießen hielt. Im siebzehnten Jahrhunderte feierten auch die sogenannten Stadtjunker und selbst die 'Gesellen' in der Pfingstwoche oder
an dem folgenden Trinitatis-Sonntage gleiche Feste. In den kleineren
Städten ward dasselbe wenigstens im Anfange des sechzehnten Jahrhunderts mit den Schützenzünften verbunden, wenn es nicht zu deren
Gründung Veranlassung gegeben haben sollte. Der älteren Maigrafschaft finde ich nirgends weiter gedacht. Wichtig ist aber, daß der
abzuschießende Vogel auch in Rostock als ein Papegoi bezeichnet wird;
und eben so kommt in Brüel 1502 urkundlich ein 'Papegoienbom'
vor. In einer Supplik der Schützenzunft zu Gadebusch vom Jahre
1707 heißt es, ohne Zweifel nach älteren Nachrichten in der Schützen-
lade, daß die Zunft schon vor mehr als hundert Jahren, 'als man
noch mit stählern Bogen nach dem sogenannten Gojen geschossen',
bestanden habe, und noch zu Franck's Zeiten war der Ausdruck
'Gojen-Schießen' im allgemeinen Gebrauche (Altes und Neues Meklenburg III, S. 24). Schon Nic. Gryse, welcher des Vogelschießens zu
Pfingsten mehrmals gedenkt, leitet dasselbe, gleich Franck und Andern,
aus dem Heidenthume ab, betrachtet dasselbe aber sonderbarer Weise
als eine Verspottung des heiligen Geistes, indem er annimmt, daß
der abgeschossene Vogel ursprünglich eine Taube gewesen sei. In
späteren Zeiten war derselbe vielmehr allgemein ein Adler. Der Name
Goje aber hatte sehr wahrscheinlich eine mythische Bedeutung.

Beyer in den Mecklenb. Jahrb. 20, 196 f.

1422. Zu den Frühlingsfesten gehört auch das Austreiben der
Kuhheerde am alten Maitage, woran auf dem Lande und in den

kleineren Städten die ganze Bevölkerung Theil zu nehmen pflegt. Früher pflegten die Kühe wohl auch mit Maibusch, d. h. mit grünenden Birkenreisern, geschmückt zu werden, die letzte aber wird von den Hirten zur Verspottung der wartenden Magd mit einem Strohkranze versehen, und ward früher, wenn ich nicht irre, 'Dauseperich' genannt. Im Felde findet sodann unter großem Zulaufe der Einwohner ein Bollenstoßen (Stierkampf) statt, wobei hie und da auch ein Preis für den Eigenthümer des Siegers ausgesetzt ist. In Dörfern, wo nur ein Stier bei der Heerde ist, pflegt man zum Theil auch ein Stoßen der Ochsenheerde zu veranlassen.

Beyer in den Meklenb. Jahrb. 20, 200 f

1423. Auf dem Lande findet am zweiten Pfingsttage auch noch häufig ein Pferderennen statt, theils bloß unter den Pferdejungen, theils so, daß diese und die jungen Knechte zwei besondere Geschwader bilden, welche neben einander nach dem gesteckten Ziele jagen. Der Preis besteht aber bloß in Eßwaaren und Getränken, welche vorher von den Bauern erbeten, am Ziele auf einer Tonne aufgestellt und gemeinschaftlich verzehrt werden.

Beyer in den Meklenb. Jahrb. 20, 201

1424. Am Donnerstag oder Freitag vor Pfingsten ward früher der Pfingstochse feierlich von den Schlächtern durch die Stadt geführt, mit einem Blumenkranz ums Haupt, die Hörner mit Gold- und Silberschaum belegt und mit einer Citrone auf der Spitze, endlich auch der Schwanz mit Blumen und bunten Bändern geschmückt, welche während des Zuges noch durch die Mädchen vermehrt wurden. In Rostock und Güstrow heißt er Pip-Ochse.

Beyer in den Meklenb. Jahrb. 20, 199. Mit diesem am Pfingstsonntage verzehrten Stier bringt Mannhardt (Wälder- und Feldkulte, Th. 7) das Himmelsbier, wie das Pfingstgelage genannt wurde, in Verbindung. Himmel ist der Spottname des Stiers.

Frohnleichnam.

1425. Tremms, Trems (Centaurea Cyanus). Auch: Kornblom, Tremissen, Trembsen. Colerus Calend 110: Ich werde berichtet, daß, wenn man am Fronleichnamstag zwischen zwölffen und ein die Kornblumen aus der Erden reisset, vnnd die Wurtzel derselben auffkreuget, vnd darnach einem blutenden in der Hand nur erwermen lasse, so sol sich das Blut verstellen. Ich halte es aber für ein

Superstition; es wird vielleicht dieser Gedanke daher kommen, das man diesen Tag auch heiligen Blutstag nennet. Schiller 2, 22

Medardus.

1426. Abens vör Medardus mütten an alle Dör'n schrîben Medardus, denn tûben kein Ratten in 'n Timmer.
Aus Warlow bei Ludwigslust Jensel

Margarethentag.

1427. Regnet es am Margarethentag (10. Juni), dann werden alle Nüsse taub. Aus Warlow bei Ludwigslust Ernterecht Jensel

Johannistag.

1428. Am Tage vor Johannis, Mittags 12 Uhr, muß man sich sieben verschiedene Arten Blumen pflücken und davon einen Kranz binden, und diesen in der Johannisnacht unters Kopfkissen legen, dann sieht man im Traum, was man für einen Mann bekommt.

1429. Am Abend vor Johannis werden Kräuter gegen die Hexen gesammelt, nachher sind sie nicht mehr gut.
Lechrenith Nicht in Demern

1430. In der Johannisnacht geht der von der Gicht Geplagte stillschweigend nach der Grenze der Feldmark, und pflanzt dort einen Alvenstrauch, worauf die Gicht verschwindet.
Aus Kraktoht Von einem Taunerwischen aus Crivitz

1431. Tau Johannis ward dat Johannisfür ansteken un denn es ok dat Hahnschlagen. Dei Schätze in bei Ird brennen in dei Johannisnacht. Dei Wünschelrauh mütt Johannisdag von 'ne Hassel schneden warden. Dei Kinner, bei Johannisdag von dei Bost nahmen warden, hebben Glück. Raabe 228

1432. In der Johannisnacht setzt sich der böse Krebs auf das Johanniskraut, und zieht man dasselbe am Johannistage Mittags 12 Uhr aus, so findet man an der Wurzel einen kleinen Knoten, der rothen Saft, das sogenannte Johannisblut, enthält[1]). Thut man

---

[1]) Oder: Drei rothe Körner (Pastor Bassewitz in Brütz); oder: kleine graue Eier, von der Größe eines Hagelkornes, die mit Blut angefüllt sind

dies Blut vor der Herzgrube ins Hemd[1]), so ist man vor dem Biß toller Hunde sicher.

Allgemein.

1433. Aus dem Johannisblut entwickeln sich kleine Würmer, wie es die Küstersmitwe Lübbert in Brüz bemerkt hat, da sie von den Körnern in einer Nadelbüchse gesammelt hatte.

Pastor Bassewitz in Brüz.

Johannisblut (Scleranthus perennis), an dessen Wurzeln vorzugsweise der Coccus Polonicus lebt. Bauhin 114, der das Thier an Hieracium Pilosella fand, bemerkt: De quorum coccorum superstitioso abusu hoc refero solum, quod credulum ac mobile vulgus et praesertim male feriati fabrorum ferrariorum famuli a meridie illius diei, qui proxime praecedit divini Johannis festum coccos hos (in Megapoli et mea patria Rostochii vocantur S. Johannis-Blut) effodiant, ut sanguineo succo indussa et thoraces suos e cordis regione, nescio quibus characteribus, insigniant, eo animo (sed stollide id credant) ut hac arte immunes sint aut praeserventur a casu, contusionibus, plagis, morsu canum rabidorum et sexcentis aliis cladibus. — Quamvis autem ex superioribus constet, me ob horum granulorum interusum non sine ratione abhorrere: attamen constat, vulgus in Silesia tria grana quotannis devorare, ne febri infestentur; sed pari ut puto vel successu vel superstitione, qua in mea patria Megapoli flores pendulos trium aristarum secale vel hic in Dania, altera mea patria, tres flores ranunculi albi nemorosi Bauhini Anemone nemorosa flore majori dicti rusticolas deglutire observabis. — Wolff: Johannisblut muß am Johannistage zwischen 12 und 1 Uhr stillschweigend ausgegraben und ins Zeug gebracht werden. Wer dieses trägt, hat Glück im Spiel. Am besten ist es, wenn es Jemand einem Andern ohne dessen Wissen in sein Zeug drückt. Ich habe als Knabe öfter dem Suchen des Johannisblut zugesehen (Schiller 2, 26. Vgl. Müllenhoff S. 222.)

1434. Wenn 'n Johannisnacht twischen elben un twölben den alle Ramers er Korn drei Mol utreckt un darbi seggt 'Alle Löhnung in min'n Sack', denn lohnt dat Korn gaud.

Marlow bei Sülze.

1435. Nic. Gryse Spegel: Wenn S. Johannis dach int Land kümpt vnd verhanden ys, so geidt men beuäluen vnder Ogen mit stinkenden Lobbeken, drifft ihne Aperye mit Bisoth, vnd ihne Göselye mit S. Johannis Blode, sampt velen anderen kubischen vnd verrischen alefanzerhen, affgödischer wyse, in deme men S. Johannem alse einen

---

[1]) Oder: in die Unterkleider. (Plate bei Schwerin.) — Man muß sie im Hemde entzweidrücken und dies Hemde tragen. (Aus Gadebusch. Gymnasiast Thiessenhusen.)

Gebt hefft angeropen vnde vnder anderen gesungen: Te deposcimus,
vt crimina nostra et facinora continua prece studeas absoluere,
dat yß, van dy vorbere wy dat du dy wolbest beflytigen dorch dyne
stede bede, vns van vnsern lasteren vnd missedaden tho absaluerende,
vnd daruan loß thospretende. Od hefft men S. Johannes Blomen
gewyhet, vnd de Lüde anerredet, dat desülven gewyheden Blomen
gudt weren vor dem donner, dat dersülwe in dat Huß dar se weren
nicht schlan konde. Od hefft man an dissem dage gewyheden Byfoth
vmme sick gegordelt edder gebunden, vnd gesecht, dat wenn einer den-
sülven by sick hedde, so worde he nicht möde vp der reyse wen he
ginge, were od gudt vor de wededage des rüggen. Ja wenn men
an dissem dage vmme twölssen in de Erde na syner art gröwe vnd
ene Kale vnder dem Byfoth fünde, so were de Kale vor dat Feber
seer gudt. Jegen den anendt warmede men sick by S. Johannis
dode vnd nodtsüre, dat men vth dem Holte fagede. Solckes Für
stickede men nicht an in Gades, sondern in S. Johannis Namen,
lep vnd rönde dorch dat Für, spökende mit demsülven alse Bes vnd
Wolochs bener, richtede men vele affgöderye vth, dreff dat vehe dar-
dorch, vnd yß dussent fröwden vul gewesen, wenn men de Nacht mit
groten Sünden, schanden vnde schaden hefft thogebracht.

Schiller I, 15.

1436. Wer am Johannistage Kraut holt, bekommt den Krebs
und ebenso, wer in der heiligen Nacht die Wäsche hängen läßt.
Dagegen sammelte man die uns schon bekannten Heilkräuter, namentlich Beifuß, Rittersporn, Lattich, Knabenkraut u. a. m., vorzugsweise
am Johannistage, wodurch ihre Kraft erhöhet ward; ja der Rauch
solcher Johanniskräuter, während eines Gewitters entzündet, schützte
das Haus selbst gegen Blitz und Donner und beschwichtigte den
Sturm. Wie im Frühlinge unter dem Fuße dessen, der die erste
Schwalbe erblickte, so fand man auch am Johannistage an der
Wurzel verschiedener Pflanzen eine heilkräftige Kohle, an andern
aber einen Blutstropfen. Zu den Volksbelustigungen gehörte namentlich das gleichfalls schon aus dem Frühlingsfeste bekannte Hahnen-
schlagen. Eigenthümlich sind dagegen die in vielen Gegenden am
Johannistage gefeierten Rosenfeste (R. u. Schw., S. 391), worauf
sich vielleicht auch die Rosengärten, d. h. öffentliche Belustigungsplätze

vor unsern Städten, namentlich Rostock und Schwerin, beziehen mögen[1]). Die Hauptfeierlichkeit war aber das Freudenfeuer, welches noch jetzt in einem großen Theile Europas am Johannisabend zum Himmel emporlodert. Beyer in dem Weltend. Jahrb. 20, 200 f

1437. In der Johannisnacht blüht 'dat For' (Farrenkraut), zwischen 12 und 1 Uhr treibt es Knospen, diese brechen auf, und noch vor Andruch des Tages hat das 'For' Samen angesetzt. Wer in dieser Nacht reist und unabsichtlich das For berührt, so daß ihm ein Samenkorn in seine Schuhe fällt, derselbe kann sich unsichtbar machen. Von einem Seminaristen in Neukloster.

1438. Wenn man in der Johannisnacht um 12 Uhr stillschweigend hingeht, wo Schnakenkrut steht, dann blüht es gerade, länger aber nicht, man legt unter das Kraut ein weißes Taschentuch, steckt einen kleinen Stock dabei, sonst kann man das Tuch nicht wieder finden, wenn es ausgeblüht hat, fällt die Blume auf das Taschentuch, dann geht man gleich wieder weg, darf sich nicht umsehen, auch wenn was hinter Einem geht. Dann ist man unsichtbar.

1439. In der Johannisnacht wird vom Haselstrauch die sogenannte Wünschelruthe geschnitten, welche die Stelle in der Erde angeben soll, wo Geld oder wo Wasser ist. Einen Versuch auf Wasser habe ich selbst hier gesehen, den ein Rentier aus Wismar ausführte. Pastor Bassewitz in Brüz. Vgl. Roeck. Schreiache Nr. 50

1440. In der Mitternachtsstunde der Johannisnacht verwandelt sich alles Wasser in Wein, will aber Jemand davon schöpfen, so erscheint der Teufel und spricht:

Dat Water is Win,
Un du bist min.

Kathenmann Peters in Hinrichshagen. Durch Pastor Dolberg

Mal ist Einer des Nachts aufgestanden, um zu trinken, und hat gesagt 'Das Wasser ist Wein, nu will ich auch tüchtig trinken' Da stand der Teufel hinter ihm und sagte 'Dat Water u. s. w.' Küster Schwarz in Bötin

---

[1]) Sollte in dem bekannten, jetzt allerdings sinnlosen Gesange der im Kreise tanzenden Kinder 'Ringelkanz, Rosenkanz, Kekel hengt up'n Für u. s. w' ursprünglich ein Opfergesang am Johannisfeste stecken? Vgl. Müllenhoff S. 484, wo indeß der erste Vers lautet 'Ringelkranz, Rosenkranz ec.'

1441ᵃ. In der Johannistagnacht zwischen 12 und 1 Uhr fliegt (oder zieht) der böse Krebs ('de böf' Krewt'), der sich sonst in der Erde verborgen hält, durch die Höfe und Gärten der Dörfer, in dieser Nacht darf kein Zeug, das Tags zuvor gewaschen ist, draußen bleiben; läßt man es hängen, so setzt sich der böse Krebs darauf (oder kriecht darüber), und jeder Mensch, der solches Zeug wieder anzieht, bekommt einen Krebsschaden.

Allgemein. Vgl. Mecklenb. Jahrb. 3, 134, 188 Schiller I, 8. Er verschreibet die Leinwand, die er auf der Bleiche siehet Archdeacon Masch in Demern.

1441ᵇ. In der Johannisnacht darf man nichts draußen lassen, weder Wäsche, noch Ackergeräth, weil sonst der Krebs, der dann umherfliegt, kommt und die Sachen beschmutzt, wodurch Unglück entsteht. Aus Sülz Primaner E. Krüger.

1441ᶜ. Mit dem Namen böf' Krewt bezeichnen die Leute die Maulwurfsgrille, den Erdkrebs, er lebt in Torfmooren und fliegt bei Nacht. Er wird als giftig und stechend geschildert. (Mummendorf. Hilfsprediger Timmermann.) Es ist Gryllus Grillotalpa, auch Rit worm, Ritpogg genannt. (Schiller I, 8.) Er behext alle Gegenstände, die im Freien sind. Erst mit Sonnenaufgang weicht der Zauber. Darum darf kein Gegenstand, der Nachts draußen war, vor Sonnenaufgang berührt werden. (Aus Nienhagen. Tagelöhnerfrau Stoll, durch Domänenpächter Behm.) Wenn man am Johannistage an einer Blume riecht, auf welcher der Krebs gesessen, oder über welche er geflogen, so bekommt man den Rasenkrebs. Darum ist es am besten, am Johannistage an keiner Blume zu riechen. (Küster Schwartz in Beßlin.) Was über der Erde wächst, wie Salat, Erdbeeren u. s. w., darf man am Johannistage nicht pflücken, denn der Krebs könnte es berührt haben. (Aus Mummendorf. Hilfsprediger Timmermann.)

1441ᵈ. Wegen des bösen Krebses müssen Flieder, Kamillen und andere Blüthen vor Johanni gepflückt werden, sie können sonst mehr schaden als nützen.

Aus Röbel Pastor Behm, Aus Schwaan C. W. Stahlmann Vgl. dagegen WS. 2, 177, Nr 460 Dasselbe gilt von den Krebsknoten (Trensen). Mummendorf Timmermann

1441ᵉ. Ich weiß mich noch zu erinnern, als ich ein kleiner Junge war, daß meine Gespielen, die Dorfbuben in Dolgen, am Johannistage stets mit bekleideten Füßen einhergingen, während sie sonst fast immer barfüßig liefen, denn ihre Eltern hatten ihnen dies am Johannistage streng verboten, weil der böse Krebs an diesem Tage fliegt und sich unter die nackten Fußsohlen setzt, um Stiche zu versetzen, die den Tod zur Folge haben. Doch meine Eltern sind durchaus nicht abergläubisch und ich verspottete damals meine Kameraden, ja ich war so heldenmüthig, Stiefel und Strümpfe auszuziehen trotz der Warnungen der Dorfkinder, und lief barfuß vor ihnen auf und ab. Die kleinen Buben schauten sehr bedenklich ob meines Leichtsinns, den sie für frevelhaft hielten. Ob ich ihren Glauben aber erschütterte, weiß ich nicht mehr. Dreibthaler 2 Thlr. in Neubrücke.

1442. **Mittel gegen Fallsucht.** Grabe in der Johannisnacht zwischen 11 und 12 Uhr unbeschrieen und stillschweigend eine Schwertlilienwurzel aus und laß sie das Kind so lange an einem Faden um den Hals tragen, bis sich der Schade verliert.

Abgegeb. Lehrer Krentzer.

1443. Am Johannistag wird das Johannisfeuer angesteckt, auch ist dann das Hahnschlagen üblich. Die Schätze in der Erde brennen in der Johannisnacht.

Kirchhöff'scher Kalender 1866. Zum Johannisfeuer vgl. Korbb. Gebräuche Nr. 29, zum Hahnschlagen ebenda Nr. 48, Schätzebrennen Nr. 87

1444. Am frühen Morgen beim Sonnenaufgang findet sich unter den Wurzeln des Johanniskrautes (Hypericum) ein Bluttropfen, der gegen viele Krankheiten schützt. Kechbruch Reich in Demern.

1445. Wenn man am Johannistage Mittags Schlag 12 Uhr eine Beifußpflanze (Bifot) aufgräbt, so findet man unter der Wurzel eine brennende Kohle; sobald die Glocke ausgeschlagen hat, ist sie verschwunden. Wenn man sie stillschweigend wegnimmt und aufhebt, hilft sie gegen allerhand Krankheiten[1]. Allgemein.

1446. Wenn 'n velen Distel hett up 'n Acker un nimmt 's Johannisdag Klock twölw stillschweigend drei Planten un plant't sei up anner Lüd' er Derbeit (Gebiet) so as 'n Klewerblatt in, denn vergeit de ewerig Distel up 'n Acker un wasst dor, war de drei Planten plant't sünd. Aus Warlow bei Ludwigslust. Seminarist Zengel

1447. **Goldschmidt, Volksmedicin 60:** In der Johannisnacht werden die Kinder, die an Brüchen leiden, durch einen vom Blitz

---

[1] Gegen 'Slag' (Epilepsie), wenn man etwas davon eingibt (Küster Schmidt in Bellin); gegen Fieber (Testorff. Seminarist G. P.) Vgl. Schiller, zum Thier- und Kräuterbuche s. v. Bifot.

gespaltenen Baum gezogen. In anderen Gegenden wird in der besprochenen Nacht ein junger Eichbaum (Hester) eigens zu dem Zweck gespalten und das Kind, den Kopf voran, durch diese Spalte im Namen des Vaters u. s. w. gezogen, natürlich unter dem strengsten Schweigen. Es müssen bei dieser Handlung drei Johanns thätig sein, zwei, die die Baumtheile halten, und ein dritter, der das Kind in Empfang nimmt. Nach Beendigung dieser Ceremonie wird der Baum höchst sorgfältig wieder verbunden und wenn er verwachsen ist, ist auch der Bruchschaden geheilt. Heilt die Spalte des Baumes nicht wieder, so war die Procedur ohne Heilwirkung. *Schüler a. m.*

1448. Am Johannistag muß man zwischen 11 und 12 Uhr Tullbill (Bilsenkraut, Hyoscyamus niger) pflücken; wenn das Vieh durch Behexung krank ist und man räuchert es damit, so wird es besser. *Aus Warlow bei Lübtz, Schüler. Seminarist Zengel*

1449. Johannisdag Middag Klock 12 deit sik de Böuken-Blömt (Buchenblüthe) up 'de Mast', un wenn 't denn regent, so wart dat Kurn dof.
Aus Parchim. Dr. Feerte, Sch. MG. 5, 176, Nr. aus Norddeutsche Gebräuche Nr. 61.

1450ᵃ. Am Johannistage muß Johanniskraut und neunerlei Kraut gepflückt werden; ersteres ist gut gegen Wunden, letzteres bei allen Viehkrankheiten. *Aus Röbel. Pastor Behm in Metz.*

1450ᵇ. Johannismittag muß man sich neun verschiedene Arten Kraut pflücken, so hat man ein Schutzmittel gegen böse Leute.
Aus Goldebek, Gymnasiast Thiessenhusen

1451. Am Johannistage Mittags muß man unter dem Klettenbusch, unter dem schwarze Kohlen sind, nach Geld graben.
Aus Röbel. Pastor Behm in Metz Sch. Norddtsch. Gebräuche Nr. 54

1452. Johannisdag Middag Klock twölw ist in dem Poll (Schopf) von dat Snakenkrut odder For (Farrenkraut) ein Blautsdruppen. Dies soll nach dem Volksglauben von Johannis Enthauptung herrühren. *Küster Schwartz in Wesin.*

1453. Johannis-Middag blöht dat Snakenkrut, dat up de Stoppeln wasst, in een' Stunn' wart 't rip, un föllt einen wat in de Schauh, so passirt wat Slimmes. *Aus Parchim. Greyhe.*

1454. Zeug, welches am Johannistage draußen hängt oder gesonnt wird, bleibt vor Motten bewahrt.
Aus Schweriner Seminarist Brandt Aus Teterow, Seminarist Rose

1455^a. Wenns am Johannistag regnet, regnets vier Wochen.

Eggers

1455^b. Wenns Johannistag regnet, gibts gute Buchwaß.

Aus Röbel Pastor Behm in Melz. Vgl. dagegen WMS 2, 176, Nr 486

1455^c. Regnet es am Johannistage, so gibt es eine nasse Ernte.

Aus Brüz. Pastor Bassewitz.

1456. Kinder, die Johannistag von der Brust genommen werden, haben Glück.

Hinstorffscher Kalender von 1801 Vgl. Norrb Gebräuche Nr. 93 Engelien S. 234, Nr 25

1457. So viel Tage vor oder nach Johannis der gemeine Flieder blühet, so viel vor oder nach Jacobi wird der Roggen reif sein.

Domänenpächter Behm in Riesdagen.

1458. Vor etwa dreißig Jahren, als in Passin die Haus-werthe noch in Commune wirthschafteten, war es so gebräuchlich, daß ihre Dienstjungen, welche die Pferde hüten mußten, am Johannis-tage Musik bekamen. Für die Jungen war es ein sehr wichtiger Tag. Am Morgen dieses Tages versammelten sie sich, mit ihren Sonntagskleidern angethan und ihre Mützen mit Blumen und Bändern geschmückt, bei dem Hauswirthe, wo sie am Nachmittage tanzen wollten. Nach altem Herkommen gab ihnen die Hausfrau einen großen Kessel, der von Zweien an einer langen Stange getragen wurde Dann setzte sich der Zug in Bewegung, der von der Dorfjugend, die sich ihm noch anschloß, vergrößert wurde. Von Haus zu Haus wurde gezogen und von den Hausfrauen Milch, die in den Kessel gegossen wurde, Butter, Eier, Fleisch und Wurst erbeten. Waren sie dann das Dorf rund gewesen, wurde Alles, was sie bekommen hatten, nach dem Hauswirthe hingebracht, von dem sie ausgegangen waren. Hier wurde ihnen dann aus dem Allen etwas bereitet Zum Frühstück wurden Kuchen gebacken. Bier, Branntwein und Brot mußte der Hauswirth ihnen geben Auch am Mittage aßen sie hier, so wie am Nachmittage und auch des Abends.

Bei ihrem Rundzuge des Morgens beteten sie in jedem Hause ein plattdeutsches Gedicht im Chor. Es lautet

Gaud'n Dag in dit oll Hus!
Dit oll Hus is holl un boll,
Tein Eier hewwt ji woll,

Tein Tier in unf oll Kip,
Zt ward'n selig, wi ward'n rik.
Wauber schnid't gaut rum',
Schnib't juch nich in 'n Dum',
Schnid't 'n gaut Stück;
Denn hewot ji gaut Glück.
Lat de Katt hing'n mit be lang Mettwust!

Des Nachmittags halten sie sich junge Tänzerinnen und dann ward
getanzt bis spät in die Nacht hinein.   Seminarist Hofer.

Siebenschläfer.

1459. Wenns am Siebenschläfertag (27. Juni) regnet, regnets
sieben Tage lang.   Aus Hohenschwartz. Eggers.

Peter und Paul.

1460ᵃ. Sympathetisch Wundholz zu schneiden. Man soll am
Peter- und Paultage (29. Juni) vor Sonnenaufgang von untenauf
von einem Eschenbaum einige Zweige mit einem Schnitte abschneiden.
Wenn nun Einer verwundet ist, so streiche mit dem Holz die Wunde,
und die Wunde kommt niemals zum Schwören. Heft von De Weiberr.

1460ᵇ. Wenn man Peterstag vor Sonnenaufgang stillschweigend
mit einem Schnitt eine Espe von unten nach oben abschneidet, d. h.
der Schnitt muß von unten nach oben gemacht werden, so heilt ein
Span von derselben alle Wunden schneller und besser, als das beste
Pflaster.   Aus Barlow bei Ludwigslust. Seminarist Zengel.

1460ᶜ Gegen Schnittwunden. In der Nacht auf Petri und Paul
werden stillschweigend Haselruthen abgeschnitten, vorkommenden Falls
dann mit Blut benetzet, mit Leinewand von einem Mannshembde umwunden und bis zur Heilung der Wunde, die regelrecht verbunden
wird, am Leibe getragen.   • Pastor Dolberg in Rednitz

Mariä Heimsuchung.

1461. Es folgen vierzig Tage Regen, wenn es an Mariä
Heimsuchung (2. Juli) regnet.   Aus Brütz. Pastor Bassewitz

Siebenbrüdertag.

1462. Am 'Siebenbrüdertag' (10. Juli) zieht der Drat im Lande umher, daher wird alles Geschirr an diesem Tage sorgfältig ins Haus gebracht.
Gegend von Hagenow. Seminarist Witrock.

1463ᵃ. Wenns Siebenbrüdertag regnet, so regnets sieben Wochen.
Allgemein.

1463ᵇ. Er wird aber zum Lügner, wenn es Ap.-Teilung (d. h. Apostel-Theilung, Divisio Apostolorum, 15. Juli) gutes Wetter ist.
Aus Demern. Archivrath Masch.

Jacobitag.

1464. Die Witterung vor Weihnachten soll sich richten nach dem Wetter am Jacobitage Morgens, und wie sie an demselben Tage Nachmittags ist, so soll sie nach Weihnachten sein. (Aber wie lange vor oder wie lange nach Weihnachten habe ich nicht erfahren.)
Aus Drüsz. Pastor Hasterlich.

Abdon.

1465. Leichdörner und Warzen beschneide man am Tage Abdon (30. Juli), dann vergehen sie.
Heft des D. Weidner in Rostock. Seminarist Zengel aus Warlow bei Ludwigslust.

Bartholomäustag.

1466ᵃ. Am Bartholomäitag soll der Hafer gemäht sein, sonst kommt Bartholomäus dazwischen und knickt den Hafer ein.
Aus Hohenschönau. Siggers.

1466ᵇ. Battelmeß geit dörch den Hawer un treckt em dal.
J.G. 226.

1466ᶜ. Bartholomäi knickt den Habern,
Kümmt he nich vör be Tib, kümmt he doch naher.
Pastor Dolberg in Kröpp.

1467. Bartholomäus soll man Winter-Gerste säen, Kreuzerhöhung Roggen, Lein am hundertsten Tage (10. April), Bohnen am Christianstag (14. Mai) legen.
Domänenpächter Behm in Nienhagen.

1468. Bartholomäus ist im Korn gewesen, sagt der Bauer von dem Getreide, welches nach Bartholomäus gemähet wird, und will damit bezeichnen, daß das Korn sehr verwirrt, auch vielfach eingeknickt ist.
Domänenpächter Behm in Nienhagen.

Aegidien.

1469ᵃ. Regnets Aegidi, so regnets vier Wochen.

Aus Schwaan S. W. Stuhlmann.

1469ᵇ. Wenns am 1. September schön Wetter ist, gibt es einen schönen Herbst, regnet es, wirds ein regnerischer.

Aus Hohenschwarfs Eggers.

1469ᶜ. Der 1. September (Aegidius) ist von den Jägern als der Tag bezeichnet, der auf vier Wochen entscheidet. Geht nämlich der Hirsch trocken bei gutem Wetter zur Brunst, so bleibt es vier Wochen trocken, wenn bei Regenwetter, so bleibt es vier Wochen regnerisches Wetter.

Aus Dölitz. Pastor Dossewitz.

Kreuzerhöhung.

1470. Am 14. September (Kreuzerhöhung) soll man anfangen, Roggen zu säen.

Aus Hohenschwarfs Eggers

1471. Kreuzerhöhung ist gut zum Leinsäen.

Aus Dölitz. Pastor Dossewitz.

Erntegebräuche.

1472. Ehemals wurde in der Umgegend von Mirow die Ernte eingeläutet, und zwar vom Schulzen; ehe er das nicht gethan hatte, durfte Niemand mähen, ebenso mußte am Abend Alles aufhören, sobald er geläutet; doch geschah dies nur am ersten Tage, an den übrigen durfte Jeder mähen, wann er wollte. Auch war es, ehe die Separationen stattgefunden hatten, Gebrauch, daß jede Gemeinde, wenn sie mähen wollte, drei Aehren aufs Amt bringen und um Erlaubniß zu mähen bitten mußte. War Alles abgemäht, so wurde aus der zuletzt fertig gewordenen Garbe eine Puppe gemacht, und von dem Mädchen, welches sie gebunden, hieß es 'Die hat den Alten.'

KR 107

1473. Die Heu- und Flachsernte ist eine gewöhnliche Arbeit; zur Kornernte schmücken sich Mäher und Binderinnen mit einem Strauße und letztere mit weißer Schürze und Brustlatz. Meistens wird Winterkorn hinter der Sense gebunden, Sommerkorn in Schwaden gemäht.

Raabe

1474ᵃ. Beim Anmähen der reifen Saaten pflegt man zu sagen 'so nu help Gott', und wenn man den letzten Schnitt thut 'de Has sall nu woll ruf'. Edewa. Briefgauab. Hilfsvertiger Zimmermann.

1474ᵇ. Wird das Korn angemäht, so gehen die Herrschaften gleich am ersten Tag aufs Feld. Haben sie dort einige Worte mit Mähern und Binderinnen gesprochen, so tritt eines der Mädchen zu ihnen und bindet sie, indem sie Kornhalme mit daran sitzenden Aehren oder ein seidenes Band nimmt und einem Jeden um den Arm bindet, wobei sie spricht:

> Hier will ich den Herrn binden
> Mit lieblichem Dingen,
> Mit fröhlichen Sachen,
> Viele Complimente kann ich nicht machen,
> Sie mögen mir geben groß oder klein,
> Ich will damit zufrieden sein. Allgemein

Die Binderin fragt:

> Ist es erlaubt, den Herrn (oder die Frau ꝛc.) zu binden?

Dann bindet sie und sagt:

> Mit lieblichen Dingen,
> Mit lieblichen Sachen,
> Viele Complimente kann ich nicht machen.
> Ist das Band auch schlecht,
> Ist der Wunsch doch recht.
> Der Herr möcht so gütig sein,
> Beschenken mir das kleine Bändelein;
> Das kleine Bändelein nicht allein,
> Das möcht dem Herrn seine Ehre sein.

Oft streicht der Vormäher die Sense dazu. Aus Grün Pastor Baßweg

1474ᶜ. Bindelied.

> Ich bringe dem Herrn ein Kränzelein,
> Damit sollen Sie gebunden sein,
> Und wollen Sie nicht gebunden sein,
> So lösen Sie das Kränzelein. Raich

1474ᵈ. Beim Beginn der Ernte ist es Sitte, daß diejenigen Personen, welche aufs Feld kommen, von den Binderinnen gebunden, von den Mähern bestrichen werden, wobei folgende Verse gesprochen werden.

1. Bindelied.

Hier kommen wir angegangen,
Den Herrn[1]) zu empfangen,
Ich habe mich erst recht bedacht,
Hab mein klein Bändlein mitgebracht.
Mein klein Bändlein ist hübsch und fein,
Damit soll der Herr gebunden sein.
Ich thu es nicht um der Zahlung allein,
Sondern dem Herrn eine Ehre zu sein.
Der Herr, der möchte so gütig sein,
Und beschenken mein klein Bändelein.

Domänenpächter Behm in Nienhagen

2. Streichslied. Hiebei werden die Sensen gestrichen und die Hüte auf die Sensen gesteckt.

Herr N. de schickt sin Meigers int Feld,
Se willen Brannwin drinken un hebben kein Geld,
Herr N. de möchte so gaudig sin,
Un schenken de Lüd 4 Schilling to Brannwin.
Dat is uns nich üm Brannwin to doon,
Sonder Herrn N. ene Ihr antodoon.

Domänenpächter Behm in Nienhagen

1475. Auf manchen Stellen in Bauerndörfern herrscht folgender Gebrauch in der Ernte. An dem ersten Tage, wenn der Roggen angemäht wird, stellt man vor die Hausthüre einen Stuhl. Auf den Stuhl setzt man einen Eimer mit Wasser. Nun bindet man an die Lehne des Stuhles einen grünen Strauch, und zwar so, daß das untere Ende des Strauches in dem Eimer mit Wasser steht. An den Strauch werden allerlei Gartenblumen und reife Gartenfrüchte, als Kirschen, Johannisbeeren, Stachelbeeren, gebunden. In das Wasser im Eimer legt man Brennnessel, neben dem Eimer aber Kletten. Wenn nun die Ernte-Arbeiter heimkommen, so müssen sie sich von dem Schmutz, der ihnen von des Tages Hitze und dem Staub anklebt, mit dem Wasser des Eimers reinigen, wobei sie sich die Hände an den Nesseln

---

[1]) Oder: die Madame; oder: das Fräulein.

verbrennen. Haben sie sich gewaschen, so kämmen sie sich mit einem Kamm, der ebenfalls auf dem Stuhle liegt. Nun bewerfen sich die Arbeiter mit den Kletten und zielen hauptsächlich dabei nach den Haaren des Haupts. Haben sie sich die Kletten aus den Haaren gezogen, so müssen sie sich von Neuem kämmen. Man brennt sich einander auch wohl mit den Nesseln; und so geht die Neckerei fort, bis endlich die Hausmutter zum Mahle ruft. Den so aufgeputzten Strauch im Eimer nennt man 'bei Ausstruz.' Pastor Schwarz zu Belitz.

1476. In Wolde bei Stavenhagen war vor dreißig Jahren folgende Sitte. Am ersten Tage der Ernte wird ein Zuber voll Wasser auf dem Hofe aufgestellt. In demselben wird ein Bund Dorn angebracht, wie etwa ein Bouquet in ein Glas gestellt wird. Der Dorn wird mit reifen Früchten, Stachelbeeren, Johannisbeeren, Kirschen ꝛc. behangen. Am Abend, wenn die Knechte vom Mähen heimkehren, stellen sich die Mädchen mit Töpfen und Kellen um den Zuber. Die Knechte müssen nun von den Früchten rauben, wobei sie sich in den Dornen reißen, und werden dabei von den Mädchen mit Wasser begossen, welches diese mit ihren Geschirren aus dem Zuber schöpfen. Dem Begießen zu entgehen ist das Bemühen der Knechte, zugleich aber auch, die meisten Früchte zu erhaschen. Dabei Jubel und Gelächter. Man nannte dies 'Bunt Wasser machen'. Demokratischer Bote in Rehhagen.

1477. An einigen Stellen wird, wenn der erste Erntetag verstrichen ist, und die Schnitter und Binderinnen des Abends heimgekehrt sind, noch ein Erntekranz, gebunden aus Aehren und bunten Bändern, zu der Herrschaft gebracht und bei Ueberreichung desselben ein Vers gesprochen, wie etwa folgender:

Glück ins Haus!
Ich bin geschicket aus
Von wegen Vögt und Vormäher,
Von allen jungen Mädchen insgesammt.
Hier bring ich unsrer guten Herrschaft einen Erntekranz
Drauf folget ein lustiger Tanz,
Drauf folget ein Gläschen mit Wein;
Das soll unsre Herrschaft ihre Gesundheit sein!
Wir wünschen unsrer Herrschaft einen vergoldeten Tisch;
Auf allen vier Ecken Brathühner und Fisch;

In der Mitte darein — ein Gläschen mit Wein;

Das soll unfre Herrschaft ihre Gesundheit sein!

Dies Kränzchen ist gemacht von allerlei Blumen und Korn,

Was wächst auf unsrer Herrschaft ihrem Garten und Raum.

Hier will ich das Kränzchen bringen

Mit lieblichen Dingen

Und freundlichen Sachen;

Viele Complimente kann ich nicht machen.

Viele Complimente machen mir kein Wort;

Das liebe Kränzchen, und das muß fort.   Seminarist Grube

1478. Während der Ernte wird ein Kranzbier, nach derselben ein Erntebier gegeben, und dabei eine Krone von Korn, Laub und Blumen gebracht.

Ein Spruch dabei ist folgender:

Hier komm ich von fern,

Und bringe dem Herrn

Zu Ehren ein Kranzlein, schön ausgeführt

Und mit Blumen und Korn geziert.

Wir wünschen gutes Wetter für Korn und Flachs,

Damit künftig Jahr wieder reichlich wachs.

Wir wünschen dem Herrn einen goldnen Tisch,

An allen vier Ecken einen gebratenen Fisch,

Und in der Mitte eine gute Flasche Wein,

Das soll dem Herrn zur Gesundheit sein.

Der Madame eine fette Gans,

Dafür gibt es einen lustigen Tanz.

Wir wünschen dem Herrn so mennig Uhr'

So mennig god Jahr,

So mennig Wapp,

So mennig Daler dem Herrn in sein Schapp.

Hab ich meine Sachen nicht gut gemacht,

So mögen Sie so gütig sein und deuten es besser nach.

Ich bitte nun noch, der Herr möge so gütig sein

Und beschenken uns dies Kranzelein.

Ist die Gabe groß oder klein,

Damit will ich zufrieden sein.

Ein anderer Name als Erntebier, mit dem ein Mittagsessen verbunden ist, und wo Musik, Bier, Tabak und Beleuchtung vom Herrn gegeben werden, ist nicht gebräuchlich und Kuhkost hat man im F. Ratzeburg nicht. In den Bauerndörfern ist das Erntebier ein gewöhnliches Tanzvergnügen.

1479. Kranzbier. Das Kranzbier ist zu unterscheiden vom Erntebier. Das Kranzbierfest findet in der Regel nur auf den ritterschaftlichen Gütern statt, und ist der Feier des Erntebieres gleich, nur daß am Kranzbier die Hofarbeiter den Herrschaften den Kranz 'anbeben'. Diese senden nämlich eine möglichst schmucke, dreiste und beredte Dirne mit dem reichlich mit Bändern und Blumen aufgeschmückten Kranze an die Herrschaften, um ihnen denselben mit einem volksthümlichen Gedichte zu überreichen. Das Mädchen sagt:

Glück zu ins Haus!
Ich bin geschickt aus
Von wegen Vogt und Vormäher,
Von allen jungen Burschen insgesammt;
Ich bringe dem Herrn und der gnädigen Frau einen Aehrenkranz,
Gebratene Gans,
Dann folgt noch ein Ehrenkranz;
Die Tonne mit zwölf Bänden,
Damit haben wir die Ernte vollendet,
Gebratenes Huhn
Kann auch schon was thun.
Ich wünsche dem Herrn und der Frau einen vergoldeten Tisch,
An allen vier Ecken gebratene Hühner und Fisch,
Und in der Mitte darein
Ein Gläschen mit Wein,
Das dem gnädigen Herrn und der gnädigen Frau ihre Gesundheit sein
So manche Roggenohr,
So manches gaud' Jahr,
So manche Hawerwaps,
So manche hunderttausend Daler in den gnädigen Herrn und der
gnädigen Frau ihr Schapp.
Dieses Kränzlein ist gemacht
Inmitten der Nacht,

Dabei sind wir gewesen ganz munter und wacht.
Wir haben uns nichts verdrießen lassen,
Wir haben uns nichts genießen lassen.
Dieses Kränzlein ist gemacht von allerlei Korn und Blum',
Das hat der liebe Gott wachsen lassen auf unsers gnädigen Herrn
und gnädigen Frau ihr Rum'.
Ist dies Kränzlein wohl nicht gut genug geworden,
So werden es die Kranzjungfern zum andern Jahr wohl besser besorgen.
Denn ich weiß, mein Kränzchen ist schneeweiß beschneeit,
Das macht, der Herr ist ganz wohl befreit,
Und sollt' es dem Herrn wohl nicht gelingen,
So möcht' ich wohl wünschen, daß der Herr mi der gnädigen Frau
fröhlich ins Bett rein springen.
Und noch eines ist mir bewußt,
Nach einem Glas Wein steht mir die Lust (se trinkt),
Und eines habe ich noch vergessen,
Einen Apfel möchte ich wohl essen (erhält ihr),
Aus lieblichen Dingen und freundlichen Sagen,
Viele Complimente weiß ich nicht zu mache',
Viele Complimente machen mir kein Wort,
Herzliebes Kränzchen, jetzt mußt du fort

Nach 'Anbedung' (d. h. Anbietung) folgt der Tanz, und dar-
auf theilen die Kranzjungfern an die vornehmeren Gäste Sträuße
aus von künstlichen Blumen, natürlich ebenfalls mit einem Reim,
wofür sie ein Trinkgeld bekommen, das sie gemeinschaftlich vertrinken.
Ich will dem Herren einen Strauß verehren,
Der liebe Gott wollte ihnen eine junge reiche Braut bescheren,
Ein Fräulein von vierundzwanzig Jahr,
Mit blauen Augen und blondem Haar,
Aus lieblichen Dingen und freundlichen Sachen,
Viel Complimente weiß ich nicht zu machen,
Viel Complimente machen mir kein Wot,
Liebes Sträußchen, jetzt mußt du fort.

Aus Mügzamt Lehrer Dewder.

1480 Das Erntebier wird nach Frank, Altes und Neues
Mecklenburg, I, 57, früher Wodelbier genannt, ein Ausdruck, welchen

auch Mantzel, Bützow'sche Ruhestunden 13, 51 (1764), zu kennen scheint, wenn er neben Gilden, Ährenklagen und andern Gelagen auch der Webbelbiere gedenkt. Beyer in den Meklenb. Jahrb. 20 196.

1481. Wenn das Erntefest gefeiert wird, bringen die Mädchen ihrer Herrschaft den Erntekranz, ein kronenartiges Machwerk aus Laub, Moos, den verschiedenen Getreidearten, bunten Bändern und gewöhnlich zwei Puppen, Schnitter und Binderin darstellend. Zwei Mädchen tragen diesen Kranz auf einer Stange, die übrigen Mädchen begleiten sie. Eine der Trägerinnen spricht nachfolgendes Gedicht. Ein anderes der Mädchen präsentirt auf einem Teller Blumensträuße den anwesenden Personen.

Kranzlied.

Hier läßt sich ein neuer Kranz erscheinen,
Der alte soll abgelöset sein.
Hier bring ich Herrn N. und Madame einen neuen Ohrenkranz,
Diese Ohrend ist zeschehen ganz.
Die Garben haben wir gebunden,
Den Kranz haben wir gewunden.
Haben wir die Garben nicht fest gebunden,
Viel fester haben wir den Kranz gewunden.
Dieser Kranz ist gemacht in der Nacht,
Dabei sind die Mädchen gewesen hübsch munter und wacht.
Dieser Kranz ist daum nicht gemacht,
Daß die Mädchen werden veracht.
Dieser Kranz ist blak und fein,
Dabei gehört uns Bier und Branntewein.
Wir möchten wohl sagen römischen Wein,
Es kann ja gar nicht möglich sein.
Wir müssen wohl bleiben auf der Erben,
Damit wir können geloffen werden.
Dieser Kranz ist gemaht von Distel und Darn,
Darum sein die Herrn nicht unverlarn (?).
Dieser Kranz ist von Blumen und Blätter,
Der liebe Gott hat gegeben gut Wetter,
Gut Karn, gut Flas,
Künftig Jahr gibt der lebe Gott uns wieder das.

Der liebe Gott gibt sie den Segen,

Daß sie künftig Jahr mit uns in Frieden leben.

Der Herr hat gelebt in Frieden und Recht,

Ueber ihn hat nicht zu klagen weder Mädchen noch Knecht.

So mennig gar Ohr,

So mennig gar Jahr.

So mennig Garw, so mennig Last,

So mennig hunderttausend Thaler wünsch ich Herrn N. und Madam N. mit ihre Kinder in ihre Tasch.

Ich wünsch Herrn N. und Madam N. ein vergoldetes Hus,

Von Nelken ein Gang,

Von Rosen ein Bank,

Von Demant ein Thür,

Von Rosmarin ein Riegel dafür.

Ich wünsch Herrn N. und Madam N. ein vergoldeten Tisch,

Auf allen vier Ecken ein'n gebratenen Fisch,

Und in der Mitte ein'n Becher mit Wein,

Das soll Herrn N. und Madam N. mit ihre Kinder ihre Gesundheit sein.

Gestern Abend ging ich in meine Kammer und wollte stadiren,

Da kam ein junger Cavalier und thät mich fapiren.

Da hab ich gesessen, da hab ich geessen,

Da hab ich all mein Stadiren vergessen.

Juchhe! Ohrenkranz!

Hier kommen die jungen Gesellen,

Führen die Mädchen auf Tanz.

Sie wollen nicht sparen, weder Füße noch Schuh,

Diese Del hört Herrn N. und Madam N. zu;

Dieweil ich nicht kann kumplamentiren,

So will ichs mir künftig Jahr besser lernen.

Dieweil ich nicht machen kann viel Wort,

Jetzt gehen wir mit dem Ohrenkranz fort.

Hab ich meine Sache nicht gut gemacht,

So hab ich zu bitten, daß ich nicht werde von die ganze Gesellschaft ausgelacht.

Mitgetheilt von Marie Jöhrng in St-Lorenz. Durch Domänenpächter Wehn.

Vielfach wird diesem Gedicht für jeden der Hausgenossen der
Wunsch hinzugefügt, als z. B.

> Der Köksch wünsch ich 'n goldnen Kamm,
> Künftig Johr 'n krummpuckligen Mann.
> Der Erzieherin wünsch ich einen schönen Mann,
> Womit sie fein glücklich leben kann.
> Wir wünschen dem Wirthschafter ein goldnes Pferd,
> So as es nur sein Herz begehrt.
> Wir wünschen Herrn R. einen goldenen Wagen
> Da soll er mit seiner Herzallerliebsten in jagen re.

Sehlen.

1482. Bei Erntefesten ist es im Lande sehr verschieden. Auf
vielen Gütern bekommen die Dorfleute (Tagelöhner) Fleisch, Brot,
Grütze re. Nach alter Weise, wie hier auf einigen Gütern noch jetzt,
werden die sämmtlichen Dorfleute mit den Hofleuten gemeinschaftlich
auf dem Hofe gespeiset, wobei ein paar der Tagelöhnersfrauen das
Kochen besorgen. Einer der Tagelöhner hat die Bier-, ein anderer
die Branntweinschenke. — Gewöhnlich werden mit dem Erntebier
Hochzeiten verbunden. Mit Musik, natürlich alle zu Wagen, kommen
sie Morgens 10 Uhr zur Pfarre, wo die Braut, falls sie eine
Bekränzte ist (solche Hochzeiten sind nur mit dem Erntefest zur Auszeichnung in Verbindung), bekränzt und aufgeputzt wird. Viele lassen
jetzt die Krone schon fahren, und nehmen statt derselben einen Kranz oder
den modernen französischen Schleier. — Mit Musik geht der ganze Zug
bis zum Kirchhofsthor, wo die Musikanten stehen bleiben und den
Hochzeitszug bis zur Kirche spielen, wo der Pastor ihn empfängt.
Nach der Trauung empfängt die Musik am Kirchhofsthor den Zug
und so gehts denn mit Musik und vielem unvermeidlichen Juchen zu
Hause nach dem Hofe. Die Knechte, welche fahren, haben bunte
Tücher um die Hüte gebunden, bunte Bänder an den Peitschen und
auch die Pferde sind damit geschmückt.

Wein und Kuchen bringen sie mit zur Pfarre und verzehren
es während des Aufputzens und natürlich darf der Pastor und
Familie es nicht verschmähen, was davon angeboten wird.

Das Festessen besteht fast immer in Fleischsuppe mit Klößen re.,
in Rindfleisch und Kartoffeln, dickem Reis und Pflaumen. Wenn die

Hochzeit bei Bauern ist, sind noch Fische da und verschiedene Braten und Wein für die vornehmen Gäste. Die geladenen Gäste liefern bei dem Bauern als Hochzeitsgeschenke: Malz zu Bier, trockene Pflaumen, Hühner, Gänse, Butter ꝛc.

Nach dem Essen fängt das Tanzen an.

Beim Erntefest auf den Höfen muß die Herrschaft den Ehrentanz machen, der Herr mit der Braut, die Frau mit dem Brautmann. Gegen Abend kommt der Zug mit Musik zur Herrschaft und tanzt den Erntekranz oder die Erntekrone ab, die vier Hofmädchen tragen, woran Lichter befestigt sind, und die so gleichsam den Kronleuchter im Tanzlocale bildet, und dabei singen sie, indem sie herumtanzen. Ein Mädchen von denselben spricht dann:

Guten Abend! meine Herren und Damen, wohl insgesammt!
Hier bringen wir Sie den Ohrenkranz,
Die Ohrent is geschehen ganz.
Wir haben gebunden, dat dat Sand gestöwt,
All meine Herren lassen Sie auftragen, daß der Tisch sich bögt.
Dieser Kranz ist gemacht hübsch und fein,
Den haben gemacht die Mädchen allein.
Dieser Kranz ist gemacht bei der Nacht;
Dabei sind wir gewesen ganz munter und wacke.
Ich wünsch dem Herrn und der Frau einen vergoldeten Tisch,
Auf allen Ecken einen gebratenen Fisch,
In der Mitte möcht sein ein Gefäß mit Wein,
Das möcht dem Herrn und der Frau ihre Gesundheit sein.
Ich wünsch dem Herrn und der Frau ein schneeweißes Hemd;
Damit soll ihr jung Leben vollendt. — (Musik und Hurrah!)

Dann hält ein Mädchen noch eine Ansprache, nachdem die vier Erntekranz-Trägerinnen wieder gesungen und getanzt, und überreicht Allen Bouquette, soviel sie eben hat, wofür sie ein Geschenk an Geld empfängt. — (Mit Musik und Hurrah ab.)

Im Tanzlocal wird dann das Tanzen bis zum Morgen fortgesetzt, nachdem Nachmittags gemeinschaftliches Essen für die Hofleute und Hochzeitsleute und Abends gemeinschaftlich für Alle noch zum Abendessen angerichtet ist. Das Tanzlocal ist mit Fichten ausgeschmückt und gewöhnlich sehr mäßig beleuchtet. Pastor Passerin.

1483. Früher wurde das Erntefest am Bartholomäustage (24. August) gefeiert, wobei es Sitte war, aus einem Roggenbrote allerlei Figuren und symbolische Bilder zu schneiden. Darauf soll der Vers Bezug haben:

> De mi minen Teller snitt,
> Ut minen Kês maket en Schipp,
> Enen Bartelmann ni min Brod,
> Den heff ik in min Hus unnod.

Beyer in den Meklenb. Jahrb. nach Mantzel, Bützow'sche Ruhestunden 24, 65.

1484. Wenn regnicht Wetter in der Ernte gewesen, hat früher jeder Bauer ein Lechel Bier mitgebracht, und hat man dann Musik machen lassen und getanzt. Pogge in Wölz.

1485. Bei Erntefest, Fastelabend und Neujahrs haben sie in Wölz oft einen Schimmel gemacht, indem zwei kräftige Mannsleute sich mit einem Bettuch mit dem Rücken gegeneinander lose zusammengebunden, ein Betlaken übergehangen, und hat sich zwischen die beiden ein dritter reitend hineingesetzt, als Weib verkleidet (als Tenaefru, d. h. Marketenderin), mit Strohhut, eine Buddel um den Arm hangend, und vielerlei Redensarten gemacht. Sie schlagen, die ihnen zu nahe kommen, mit Ruthen, und marschiren so eine Weile im Tanz herum, allerlei Spaß treibend. Die alte Müllersch in Wölz; durch Pogge. Vgl. Angellen Nr 58

1486. Wenn beim Aufstaken der Garben auf den Erntewagen eine Garbe wieder herunterfällt, so sagt der Staker 'De wir noch nich brög' (die war noch nicht trocken). Doemdorp: Stüter Bohrn in Rienhagen.

1487. Wenn beim Laden des Getreides in der Ernte der Knecht beim Aufstaken das ladende Mädchen mit der Forke sticht, so sagt Letztere zum Ersteren 'Hest mi steken, müßt mi nemen.' (Hast mich gestochen, mußt mich nehmen.) Derselbe.

1488. Bleibt beim Aufhocken der Garben, welche paarweise zu einer Stiege zusammengesetzt werden, eine einzelne Garbe übrig, so sagt man 'Hir hebbens gaut bi lagen.' Nämlich eine der Binderinnen soll gelegen haben, drum heißt die Garbe 'Lœgengarw'. Man nennt sie auch 'Hurkind'. Aus Dreyer und Mammendorf: Timmermann.

1489. Während der Ernte bleibt von jeder Kornart eine Garbe auf dem Felde liegen, und nach Vollendung derselben werden alle

auf einen Wagen geladen und von den Erntearbeitern vor des Haus-
wirths Haus gefahren, wo die Leute dann mit Getränk tractirt werden.

Gegend von Serrahn. Seminarist Krämmer.

1490. Beim Kornmähen ließ man in der Gegend von Hagenow
früher (noch zu Anfang des 19. Jahrhunderts) in einer Ecke
des Feldes einige Halme stehen, damit 'be Maur' Futter für sein
Pferd finde.

Fräulein M. Krüger in Rostock.

1491. Früher allgemein und theilweise noch jetzt ließ man
beim Abmähen des Winterkorns auf jedem Felde einen Haufen stehen
und weihte ihn feierlich dem Wode. Das älteste Zeugniß für diesen
merkwürdigen Gebrauch enthält der ausführliche Bericht des Rostocker
Predigers Nicolaus Gryse aus dem Ende des 16. Jahrhunderts.
'Im Heidendome,' erzählt derselbe, 'hebben tor tydt der Arne de
Meyers dem Affgade Woden umme gudt Koen angeropen, denn wenn
de Roggenarne geendet, hefft man up den lesten Platz eines ydern
Feldes einen kleinen ordt unde Humpel Korns unafgemeyet stan laten,
dat sulve baven an den Aren brevoldigen thosamende geschöret unde
besprenget, alle Meyers syn darumme hergetreden, ere Höde vom
Koppe genamen unde ere Seysen na derfulven Wode unde geschrencke-
dem Kornbusche upgerichtet, unde hebben den Wodendövel dremal
semplick lud averall also angeropen unde gebeden:

<blockquote>
Wode,
Hale dinem Rosse nu Voder,
Nu Distel und Dorn,
Thom andren Jhar beter Korn!'
</blockquote>

Welcker affgodischer gebruk im Pavestdom gebleven, darher denn ock
noch an dessen orden, dar Heyden gewaret, by etlycken Ackerlüden
solcker avergelovischer gebruk in der anropinge des Woden tor tydt
der Arne gespöret wert.'

Diese Erzählung wird vollkommen bestätigt durch einen gleich-
zeitigen Bericht über den auf dem Lande herrschenden Aberglauben,
wovon leider nur ein Bruchstück im Schweriner Archive enthalten ist.
Darin heißt es 'Wan nemblich die Roggen-Erute geendiget, lassen
die Meyer auf dem letzten Stücke Ackers ein klein Plätzlein ober, wie
mans nennet, Humpel roggen stehen. Demfulven vnafgemeyten Roggen
schurzen sie oben an den arndten dreyfach zusammen vnd besprengen

20*

ihn mit Waſſer. Wan das geſchehen, ſtellen ſie ſich ſamptlich mit
gebloßeten Heuptern in einen beſchloſſenen Circul oder Kreyß herumb,
richten ihre Seicheln auffwerts gegen den geſchrenkten Kornbuſch,
rufen vnd ſchreyen ober laut:

> Ho Wobe, Ho Wobe, du gober,
> Hale dinem Roſſe nu vober,
> Hale nu Diſteln vnd Dorn,
> Thom andern Jar beter Korn!“[1]

Eben dieſes Gebrauches erwähnt auch der Prä poſitus Franck zu
Sternberg in der Mitte des vorigen Jahrhunderts, wobei er allerdings den Nicolaus Gryſe als ſeinen Gewährsmann anführt, aber
zugleich verſichert, daß er ſelbſt alte Leute geſprochen, welche ſich
dieſer Feldluſt noch aus ihrer Jugend erinnert hätten. Auch gibt er
den Weihſpruch etwas abweichend ſo an:

> Wobe! Wobe!
> Hahl dinem Roſſe nu Bober!
> Nu Diſtel und Dorn,
> Achter Jahr bäter Korn![2]

Zu Franck’s Zeit war alſo das eigentliche Wobensopfer ſchon außer
Gebrauch, aber gleichwohl haben ſich noch bis auf den heutigen Tag
unzweifelhafte Spuren deſſelben erhalten. Noch jetzt nämlich ſind die
angeführten Verſe in den Dörfern der Umgegend von Roſtock bekannt,
wenn auch nur in dem Munde der Kinder, und noch jetzt iſt es
eben dort Sitte, am Ende des Feldes einen Büſchel Korn ſtehen zu
laſſen, wenn man ihn auch nicht mehr in feierlichem Geſange und
Tanze dem Gotte weihet. Bober in den Meklenb. Jahrb. 20, 147 f

1492. Früher bei der Ernte, wenn die Arbeiter und Arbeite-
rinnen Abends ſpät Gerſte gebunden und es hieß ‘de Waur kümt’,
ſo verlaßen alle die Arbeit und krochen unter die Gerſthocken.
Es erhob ſich dann ein fürchterliches Geſchrei in den Lüften, das aber

---

[1] Der Berichterſtatter hat offenbar den Nicolaus Gryſe vor ſich gehabt,
und vielleicht hat deſſen Erzählung eben Veranlaſſung gegeben, darüber
Bericht einzufordern. Dadurch wird aber dem Gewichte des letzteren nichts
genommen.

[2] Altes und Neues Meklenburg 1753, I, 57.

rasch vorüberging. Es ergab sich, daß es von wilden Gänsen, die im Zuge waren, herrührte.

Mittheilung von Pogge-Pölitz, dessen Vater das noch mit erlebte.

1493. Es pflegten früher die Schnitter von dem letzten Korn des Feldes eine kleine Garbe zu binden, welcher man den Namen 'Erntepuppe' gab. Diese wurde dann auf das letzte Fuder gelegt und in der Scheune an einem bestimmten Orte bis zum Tage des Erntebiers aufbewahrt. Am Morgen dieses Tages wurde sie mit verschiedenfarbigen Bändern festlich geschmückt. Beim Beginn des Tanzvergnügens wurde von dem Wirth des Hauses der erste Tanz mit ihr getanzt.

Gegend von Goldberg. Seminarist Bolzin.

1494. 'In der Roggenaust' wird aus der letzten Garbe eine Puppe gemacht, die die Binderin, die zuletzt fertig wird, ins Dorf tragen muß. Man sagt, daß sie 'den Ollen hett'. In den alten Bauerndörfern wurde früher diese Ernte ordentlich vom Schulzen ein- und ausgeläutet (utlüdd't).

Hanstorf'scher Kalender von 1862.

1495. 'Dei Oll bei kümmt!' Wenn alles Korn gebunden ist, wird eine Erntepuppe, mit Blumen, Bändern und Flittern aufgeputzt, auf den Hof zu der Herrschaft gebracht; früher wurde sie auf die letzte Hocke gestellt.

Gegend von Röbel. Pastor Behm in Melz.

1496. In der Gegend zwischen dem Schweriner See und der Warnow, namentlich bei Bützow, scheuen die Schnitter bei der Ernte sich allgemein, die letzte Schwade, die der Wolf heißt, zu mähen und jeder strengt seine äußerste Kraft an, um nicht der letzte zu sein. Wem aber dennoch das Loos gefallen ist, den Wolf mähen zu müssen, der muß an einigen Orten dieser Gegend mit seiner Binderin eine mit buntem Bande geschmückte Strohpuppe daraus machen, welche gleichfalls Wolf genannt, in eine Garbe gesteckt und mit dieser oben auf die letzte Hocke gepflanzt, später aber häufig mit nach Hause genommen und bei dem folgenden Erntebier aufgestellt wird. Derselbe Gebrauch findet sich in der ganzen Ukermark und den angrenzenden meklenburgischen Aemtern, z. B. in Mirow und Wrebenhagen. Die Puppe jedoch, welche entweder auf dem letzten Fuder jubelnd heimgebracht oder von der letzten Binderin feierlich in das Dorf getragen wird, hat hier allgemein den Namen des Alten, 'de Oll'.

Behm in den Meklenb. Jahrb. 20, 148 f.

1497. Wenn das letzte einer Getreideart gemäht wird, so tritt zuletzt ein Wettmähen, beim Binden ein Wettbinden ein. Niemand will die letzten Halme mähen oder binden. Wer das letzte erhielt, hat den Wolf (Roggen-, Weizen-, Gerste- rc. Wolf) gemäht oder gebunden, und ist jetzt Wolf. An manchen Orten macht der Betreffende dann Anstalten und Grimassen, als ob er die Uebrigen beißen wolle.

Dambergscher Hahn in Nienhagen.

1498. Beim Mähen mäht kein Schnitter gern die letzte Ecke Korn ab, weil, wie gesagt wird, der Wolf darin steckt. Ebenso scheut sich jedes Mädchen, die letzte Garbe zu binden, weil das der Wolf ist, oder weil der Wolf darin steckt. Allgemein Seminarist Stähr.

1499. Das letzte Fuder bei jeder Kornart heißt 'bei Wulf'. Es wurde früher bekränzt und damit der Herrschaft angezeigt, daß es das letzte sei. Dann gab es Bier und Branntwein. Dies hat aufgehört, doch machen sich die Leute untereinander noch den Spaß, daß der, welcher unter vielem Gelächter die letzte Garbe zu binden bekommt, 'den Wulf' kriegt und etwas zum Besten geben soll.

Aus Grätz. Pastor Passerlitz

1500. Wer das letzte Korn abmäht und zubindet, ist der Roggenwolf. Bei Einigen wird die letzte Garbe besonders zugebunden und geschmückt. Gegend von Hagenow. Seminarist Bötrie

1501. In Mummendorf heißt der, welcher den letzten Schnitt thut, 'Roggenwulf', und weil dieser dann einen Schrei oder ein Gebrüll machen muß, so hat man sonst die Redensart, wenn Jemand laut schreit 'he brüllt as en Roggenwulf'. — Anderswo sagt man von dem, welcher das letzte Fuder nach Hause führt 'He führt den Wulf na Hus.' Hülfsprediger Timmermann

1502. Mäher hüten sich, den letzten Hieb zu thun, weil man glaubt, daß der letzte den Wolf habe, wofür er was zum Besten geben muß. Raisch

1503. Wer den letzten Schlag beim Dreschen thut, muß im folgenden Jahr den ersten wieder thun. (Eldena.) — Man hat in Bresegordt beim letzten Schlag die Redensart 'De Flägels worden na 'n Schulten brocht.' Hülfsprediger Timmermann

1504. Von unserem Landvolk hört man bei der Arbeit während der Ernte häufig die Wendung 'Pat bi nich van'n Anstduck (Heuspringer) stöten!' welche, irre ich nicht, die Warnung, nicht stum zu

werden, enthält. Heyse, Punschendörp 231: 'Smidten hett de Auß-
buk stätt'. Schiller 2, 15.

1505. Nachdem der Weizen von den Männern gemäht ist,
wird er von den Frauen und Mädchen in Garben gebunden. Das
Mädchen, welches die letzte Garbe bindet, nimmt von dieser Garbe
eine handvoll Halme und bindet daraus den Weizenwolf. Die steifen
Halme werden zu den Füßen und die Aehren zum Schwanz des
Wolfes verwendet. Die Mähne läuft vom Kopfe bis zum Rücken
und ist auch aus Aehren gemacht, die an einer Seite des Halses
hängen und mit ihren kurzen Stengeln im Rücken des Halses befestigt sind. Der ganze Wolf ist ungefähr zwei Fuß lang und einen
halben Fuß hoch. Das Mädchen, welches den Wolf gebunden hat,
trägt ihn auch der ins Dorf zurückgehenden Arbeiterschar voraus.
Im Hause wird der Wolf auf einen hohen Gegenstand in der
Stube, z. B. auf den Schrank gestellt, und dort bleibt er, bis
er nach längerer Zeit von der Hausfrau in der Wirthschaft mit ver-
braucht wird. Aus Braunschweig. Seminarist Cammin.

1506. Wenn das Einfahren des Getreides beendet wird, so
wird aus den letzten Garben ein großes puppenartiges Gebund gemacht und auf dem letzten Fuder, mit Laub und Kränzen ausgeschmückt,
nach Hause gebracht. Dies Bund wird wiederum der Wolf genannt.
Die Laderinnen bleiben auf dem Fuder und dasselbe wird mit Jubel
vor der Thüre des Herrenhauses darüber gefahren, bevor der Wagen
zur Scheune fährt. Domänenpächter Behm in Nienhagen.

1507. Aus dem letzten Schwaden wird eine unförmlich große
Garbe gebunden, Wolf oder Ornkind, jedoch nur beim Roggen und
Weizen. Raisch.

1508. In der Ernte wird der erste Kornwagen nicht abgehalmt,
auf daß die Mäuse das Korn nicht fressen. Schiller 2, 9.

1509. Wenn die erste Fuhre Korn eingefahren wird, soll man
das ausgefallene Korn, das nach Abladen des Wagens auf den
Wagenbrettern liegt, wieder mit zu Felde nehmen und nicht ab-
schütten oder abfegen; dann kommen in die Scheune keine Mäuse.
Dies Korn heißt auch das Mäusekorn. Aus Karchow bei Grabow. Seminarist Rieck.

1510. Zwischen den ersten eingebrachten Roggen legt man geschnittene Königskerze, um Mäuse und Ratten abzuhalten.

Aus Elvena. Zimmermann.

1511. Wenn, nachdem ein Fuder vollgeladen ist, das an den Seiten abgehackte Heu unter dem Wagen durchgeschoben wird, so wirft das Fuder um. Ein probates Mittel gegen das Umwerfen eines Erntefuders ist es, wenn der Knecht einen getrockneten Maulwurfsfuß in der Tasche trägt.

Aus Dambeck bei Grabow. Pastor Flörcke.

1512. Wenn de Arw' goot stat un de Frugens goot fallt, hett de Bur 'n goot Jor.

Gegend von Dömitz. Wernicke.

Vermischtes.

1513. Wer einem Anderen sein Unglück klagt, der soll hinzusetzen 'Steen und Been to klagen', sonst klagt er ihm das Unglück an.

K S 347.

1514. Wenn man einen Apfel schält, ohne daß der abgeschälte Streifen der Schale zerreißt, erhält man ein neues Kleid zum Geschenk.

Gegend von Rostock. Dehn.

1515. Wenn man einen Apfelkern auf eine Gabel spießt und ans Licht hält, so wird der Wunsch oder Gedanke, den man hegt, wahr, falls der Kern mit einem lauten Knall verbrennt.

Aus Hohenschwarfs. Eggers.

1516ᵃ. Wenn Jemand von seinem Glück oder dem Gelingen einer Sache redet, klopft er dreimal unter den Tisch und sagt 'unverroopen'.

Allgemein.

1516ᵇ. Wenn in Grubenhagen Einer lobt, klopft ein Anderer dreimal unter den Tisch mit dem Worte 'Unverrufen'!

Seminarist Müller.

1517. Ein mit einem Loche versehenes Stück Geld, welches gefunden wird, soll, auf der Schwelle angenagelt, dem Hause Glück bringen.

Aus Hagenow. Telmann Kusel.

1518. Wer sein Geld vermehren will, muß es im Strumpfschaft aufbewahren.

Domänenpächter Dehn in Neuhagen.

1519. Man trage sein Geld in einem aus Maulwurfsfell gemachten Beutel, dann wird es nie alle.

K S 347.

1520. Gestohlenes Geld bringt (im Spiel) Glück, ebenso geliehenes; aber der Leihende hat Unglück.

K S 355.

1521ᵃ. Ein gefundenes Hufeisen[1]) bringt Glück. (Allgemein.) Es wird an die Thür genagelt. Archivrath Malß in Demern.

1521ᵇ. Es wird gewöhnlich dicht an der Schwelle oder an einem Steuber angebracht. Aus Schwerin Seminarist Vitense.

1521ᶜ. Es wird an der Schwelle des Wohnhauses angenagelt. Aus Hagenow Primaner Lehse.

1522. Ein Hufeisen auf die Thürschwelle genagelt, die offene Seite nach innen, wehrt dem Teufel den Eintritt. Domänenpächter Behm in Kieshagen

1523. Ein gefundenes Hufeisen, auf den 'Süll' des Viehstalles genagelt, hilft gegen Hexen. Aus Parchim

1524. Wenn ein Kaufmann sich etablirt hat und am ersten Morgen seinen Laden öffnet, so hat er darauf zu achten, wer sein erster Käufer ist. Ist es eine alte Frau, so hat er Unglück; ist's ein Kind, hat er Glück. Domänenpächter Behm in Kieshagen

1525. Fängt man ein Geschäft an, so darf man den ersten Käufer nicht gehen lassen; dann verkauft man gut. Man muß Handgeld zu bekommen suchen. J S. 840

1526. Jucken des rechten Auges bedeutet Freude, des linken Thränen. Domänenpächter Behm in Kieshagen

1527. Jucken in der rechten Hand bedeutet, daß man Geld ausgeben muß. Dasselbe in der linken Hand bedeutet Geld einnehmen. Aus Schwaan E W Stuhlmann.

1528ᵃ. Wenn die Nase juckt, erfährt man etwas Neues. Allgemein.

1528ᵇ. Nasenjucken bedeutet Fremde. Aus Schwaan. E W Stuhlmann

1529. Wenn Jemand niest, während ein Anderer ihm etwas erzählt, so ist das Erzählte wahr. J S. 961.

1530. Wenn das rechte Ohr klingt, werd gut, wenn das linke, schlimm von Einem gesprochen. Allgemein

1531. Um zu erfahren wie alt man wird, bindet man einen Ring (am besten den Trauring) an einen Zwirnsfaden und hält ihn in ein leeres Wasserglas. Er wird sich alsbald bewegen und so oft anklingen, als man noch Jahre zu leben hat. Aus Hessenschwanz Eggers

---

[1]) Ein gefundener Hufnagel. (Domänenpächter Behm in Kreuthagen.)

1532. Wenn zwei Leute mit demselben Wasser ohne dazuzweimal zu speien sich waschen, so erzürnen sie sich.
Gegend von Schwerin. Gymnasiast Brandt.

1533. Am ersten Weihnachtstage und Neujahr muß kein Wasser
aus dem Brunnen geholt werden; denn der Genuß desselben würde
Unglück in der Familie hervorrufen. Von einem Seminaristen in Neukloster.

1534. Raabe 38: Wer immer bebt un sik wat dorup inbild,
bei bebt sik dörch den Himmel dörch un möt up de anner Sid von
'n Himmel be Gluf' häuben. Schiller 2, 13

1535. Wer im Hersagen des Vaterunsers, der Beichte ꝛc.
stockt oder die Worte verkehrt spricht, der ist in der Gewalt des
Teufels, bis er das Vaterunser, die Beichte ꝛc. Wort für Wort
rückwärts hergesagt hat; dadurch löst er jene Gewalt. S. O. No.

1536. Wenn man das Buch, woraus man lernen will, unter
das Kopfkissen legt und darauf schläft, behält man leichter.
 Aus Hohenschwarz. Eggers.

1537. Wenn in einer Gesellschaft Alle verstummen, fliegt ein
Engel durchs Zimmer. Allgemein.

1538. Wer früh Morgens singt, weint am Abend.
 Aus Hohenschwarz. Eggers.

1539. Leute, die oft von bösen und schlechten Träumen beunruhigt werden, können sich dagegen sichern, wenn sie sich beim
Schlafengehen in der Mitte des Zimmers entkleiden und rückwärts
aus Bett treten. Aus Plate bei Schwerin. Von einem Seminaristen.

1540. Was Einem, der zum erstenmale in einer neuen Wohnung schläft, träumt, geht in Erfüllung. Allgemein.

1541ᵃ. Träumen von hellem Feuer bedeutet Freude, von dunklem — Leid. Seminarist Stübe.

1541ᵇ. Wenn man im Traume brennen sieht, bedeutet es Glück.
 Aus Hohenschwarz. Eggers.

1542. Von einer alten Leiche träumen, bedeutet Regen.
 Domänenpächter Behm in Niendagen.

1543. Wenn Einem von Perlen träumt, bedeutet es Thränen.
 Allgemein.

1544. Träumt man von Schweinen in der Nacht vor der
Reise, so bedeutet das Glück, träumt man von Schafen, Unglück.
 Aus Brüz. Pastor Bassewitz.

1545. Im Traum einen Zahn verlieren, bedeutet eine Leiche.

Domänenpächter Behm in Rienhagen

1546. Wer einen Abwesenden belügt, bekommt Blasen auf der Zunge.

J. G. 547.

1547ᵃ. Wer lügt, hinter dem steigt der Rauch auf (brennt es).

J. G. 542.

1547ᵇ. Dat rökt hinner di! sagt man zu Einem, der lügt.

H. Schmidt.

1548. Wer während des Schlagens der Betglocke lügt, bekommt ein schiefes Maul.

J. G. 533

1549. Wer während eines Sonntags (während der Kirche) lügt, hinter dem schlägt der Blitz ein.

J. G. 537.

1550. Meineidige werden vom Blitz erschlagen (bekommen den Schlag, werden blind). Wenn aber ein Meineidiger, während er den Meineid schwört, seine Strümpfe verkehrt angezogen hat oder die linke Hand in die Hosentasche steckt oder mit derselben einen Knopf seines Rockes anfaßt, so schadet ihm der Meineid nichts. (Richter sollten hierauf Achtung geben.)

J. G. 555

1551. Wenn die Frauen Lichte ziehen, sollen sie dabei lügen, dann gerathen die Lichte.

J. G. 547

1552. Wenn man Blasen auf der Zunge hat, ist man belogen.

Domänenpächter Behm in Rienhagen

1553. Wenn Jemand mit gestohlener Tinte schreibt, so wird die Tinte roth.

Aus Brahlstorff, S. v. Oertzenschen

1554. Es herrscht der Glaube, daß der Segen zum Hause hinausgeht, wenn die Hausfrau die Tische mit Papier, anstatt mit dem Wischtuche abwischt.

Aus Hagenow. Fräulein Krüger

1555. Wenn man ein Gesicht schneidet, und die Uhr schlägt während dessen zwölf oder die Betglocke stößt, so bleibt das Gesicht so stehen.

Domänenpächter Behm in Rienhagen. Renzer

1556. Wenn ein junger Mann gerne bald einen Bart bekommen will, so soll er, gleich nachdem ein junges Mädchen durch die Thür gegangen ist, sich stillschweigend niederlegen und die Schwelle, über welche jene ging, mit dem Kinn und Mund scheuern.

Domänenpächter Behm in Rienhagen

1557. Blut soll man stets in die Erde graben oder ins Wasser gießen, abgeschnittene Haare, Nägel u. dgl. verbrennen. Wenn die

Bögel von den Haaren bekommen und zu ihrem Nestbau anwenden, bekommt man Kopfschmerzen, kann auch sogar verrückt werden.

1558. Die gescheiten Leute haben Haare auf den Zähnen.

Allgemein.

1559. Rothhaarige Leute sind von Gott gezeichnet.

Aus Hohenschwerst. Eggers

1560ª. Weiße Flecken an den Nägeln der Hand bedeuten Glück.

Aus Hohenschwerst Eggers

1560ᵇ. Weiße Flecke (Blumen) auf den Nägeln der rechten Hand, bedeuten Geschenke, auf der linken Unglück.

Tamlnenbächter Bohm in Nienhagen Bgl. Frand L. 287. die weißen Flecke auf den Nägeln hält man für glückliche, die braunen oder schwarzen für unglückliche Zeichen.

1560ᶜ. Weiße Flecken (Blaamen) auf den Nägeln bedeuten Glück. Oder: weiße Flecken auf dem Daumen bedeuten Geschenk, auf dem Zeigefinger Kränkung, auf dem Mittelfinger Haß, auf dem Ringfinger Liebe, auf dem kleinen Finger Ehre.

1560ᵈ. Man zählt die weißen Flecke von Zeigefinger ab: Geschenkt, Gedenkt, Gehecht, Geehrt, Gehaßt.

Neuer.

1561. Wenn einem ein Zahn ausfällt, so soll man ihn so weit hinter sich werfen, daß man ihn nicht mehr findet. Geschieht das, so wächst er nach.

Aus Hohenschwerst Eggers

1562. Wem die Zähne weit auseinander stehen, der kommt weit in der Welt herum, bevor er eine bleibende Stätte findet.

1563. Wenn Jemand kalten Kaffee trinkt, so wird er schön.

Allgemein.

1564. Löcher in den Taschen bedeuten eintretenden Mangel.

1565. Wer die Wäsche, besonders das Hemd, absichtlich zu diesem Zwecke umgekehrt anzieht, ist gegen Hexerei geschützt.

1566. Wer die Strickhose beim Aufstehen verkehrt angezogen hat, der macht am ganzen Tage Alles verkehrt.

1567. Wer sich das Zeug an dem Leibe flicken läßt, verliert das Gedächtniß.

1568. Einen Knopf am Zeug annähen, das auf dem Leib ist, bringt keinen Segen.

H. Schmidt.

1569. Wird Zeug auf dem Leibe genäht, so werden die Gedanken festgenäht.

Erzerd von Ludwigslust. Seminarist Brandt.

1570. Beim Nähen darf man keinen Faden abbeißen, sonst bekommt man die Schwindsucht. *Domänenpächter Behm in Kirschagen.*

1571. Die Schuhe müssen Nachts vor dem Bette so stehen, als ob man fortginge, dann kann der Böse Einem nichts thun. *Domänenpächter Behm in Kirschagen.*

1572. Ebenso brukt men, wenn men verirrt is, blot dee Slarpen (Pantoffel) abber de Schauh umtautrecken, denn weit 'n iebber, wur men is. *Von demselben. Schm.*

1573. Wenn das Dienstmädchen beim Ausfegen mit dem Besen über die Stiefel fährt, fegt sie einem das Glück weg. *Spettmann*

1574. Wer Abends Stiefel schmiert, der hat Unglück. *Aus Lange Seminarist Camin*

1575ᵃ. Ein Funke am Docht des brennenden Lichtes bedeutet einen Brief für Denjenigen, welchem er zugekehrt ist. *Domänenpächter Behm in Kirschagen.*

1575ᵇ. Wenn im Lichte Rosen brennen, ist ein Brief auf dem Wege. *Aus Hohenschwerin. Eggers.*

1576ᵃ. Wenn die Kerze einen großen Putzen hat, bekommt man einen Mann (oder eine Frau) mit langer Nase. *Eggers.*

1576ᵇ. Wer das Licht nicht putzt, bekommt einen Mann oder eine Frau mit einer langen Nase. *Domänenpächter Behm in Kirschagen*

1577. Wenn ein der Kirche geschenktes Licht von selbst wieder erlischt, dann stirbt Derjenige, für den es gegeben war; brennt es aber recht hell, so hat derselbe Glück in der Welt. *Aus Warlow bei Ludwigslust. Seminarist Zengel.*

1578. Man mütt dat Licht nich verkirt up den Lüchter steken, sünst walt in de Nacht keiner in 'n Hus' up, wenn Deiw kamen. *Raabe 31*

1579. Unner 'n Disch, an den Abend Lüd' sitten, dörft men nich lichten, sünst kümt Strit un Laerm. *Raabe 35*

1580. Wenn man an einen Stein stößt und also einen Hopser macht, sagt man 'Da liegt gewiß ein Musikant begraben.' *Aus Hohenschwerin. Eggers*

1581. Wem der Zunder nicht fangen will, der kann keine Kinder mehr zeugen. *JG 558.*

1582. Wenn Jemand ertrinken soll, so ruft es am Abend vorher aus dem Wasser 'Reddt, reddt!' ('Rettet, rettet!') *Aus Dömitz Seminarist Kreuber*

Zauber und Segen, Besprechungen.

Zünke ich weeß nicht wat vor Thöverers, Warsager edder Cristallenkykers, de mit gutem Holde unde Gaven besocht werden, dat se den Krancken van der Thöverye helpen schöllen. Desse geven sonderlyken Rate und Arstedye dem Krancken, dat he nicht anders denn up dreemal solches moth gebruken, und dat erste Deel moth he nennen und by her lesen edder seggen laten, im Namen des Vaders, dat ander Deel im Namen des Söns, dat drübbe Deel im Namen des hilligen Grystes. Wo de dre Namen nicht by den dren Delen underscheedlick genömet werden, so geldt ydt nicht. (Joach. Schröder [1563] bei Wiechmann, Mecklenburgs altn. Lit 2, 80.)

Die Anwendung der abergläubischen Curen bezeichnete unser Volk vormals mit den Ausdrücken 'böten, stillen, segnen, besprechen'. Jetzt hört man nur noch selten den Ausdruck 'stillen', statt dessen man gewöhnlicher sagt 'Jemandem etwas gebrauchen'. Die Worte 'segnen' und 'besprechen' kommen wohl im Volksmunde gar nicht vor; ebenso sagt man statt 'böten' jetzt allgemein 'Wustillen'. Das 'Jemandem etwas gebrauchen' bezieht sich aber auf sehr mannigfache Manipulationen und Zwecke, von welchen wir die folgenden herausheben. Was zunächst die Wortsympathien, das 'Stillen in engerer Sinne', betrifft, so werden dieselben jetzt vorzugsweise nur gegen innere und äußere Krankheiten angewandt, wobei als Krankheit nach dem Volksbegriffe allerdings auch Zustände zu betrachten sind, welche strenger genommen nicht dahin gehören. Früher sind wahrscheinlich auch gegen äußere nachtheilige Zustände und Ereignisse Wortsympathien angewandt, wo man sie jetzt nicht mehr gebraucht oder wo sie sich aus dem Gedächtnisse des Volkes verloren haben. Einzelne uns noch aufbewahrte Wortsympathien dieser Art, z. B. gegen Feuersbrunst, gegen Diebe, gegen böse Pferde u. dgl., welche unten mit aufgeführt sind, geben Zeugniß, daß man ihnen vormals einen umfassenderen Wirkungskreis zugestand, als jetzt. Andere abergläubische Gebräuche, die man noch jetzt anwendet, lassen ihrer ganzen Fassung nach vermuthen, daß sie früher von Worten begleitet worden sind. Die Worte werden natürlich hier, wie in allen übrigen Fällen ihrer Anwendung, lautlos und ohne Bewegung der Lippen hergesagt durch das Gedächtniß wiederholt. Soll die Sympathie helfen, so darf man überhaupt keine ungehörige Bewegung machen, am wenigsten lachen. Häufig ist auch daran gelegen, daß der Stillende genau denselben Weg zurückkehrt, auf welchem er zum Krancken gegangen ist; immer ist es durchaus nothwendig, daß die vorgeschriebene Wortregel buchstäblich richtig, ohne irrthümliche Versetzung oder Zugabe von Buchstaben, gesprochen werde. Es ist auch nicht gut und wohl erst seit neuerer Zeit gebräuchlich, daß der Stillende für seine Mühe Geldzahlung nimmt; früher erhielt er seine Belohnung in Lebensmitteln und ähnlichen Natur-Erzeugnissen, auch jetzt noch fordert er nicht, sondern läßt sich nur schenken. Die Anwendung der Sympathien muß dreimal an möglichst gleicher Tageszeit an drei aufeinanderfolgenden

Tagen oder an den gleichen Tagen der folgenden drei Wochen geschehen ('dreimal hält Recht', sagt das Sprichwort). Auch muß man darauf sehen, daß die Anwendung der Sympathie bei Vollmond oder abnehmendem Monde geschehe, wenn es gilt, Lebendes zu ertödten oder abzutreiben, bei zunehmendem Monde dagegen, wenn es sich um die Förderung und Kräftigung des Lebenden handelt. Ein sympathetisches Mittel, welches nicht gegen eine bestimmte Cur vorgeschrieben ist (Wortsympathien dieser Art kennen wir nicht) hilft gegen Alles. Derjenige aber soll überhaupt nur Sympathien mit Erfolg anwenden können, welcher sie von einer Person anderen Geschlechts gelernt hat. Die Sympathien sind zuweilen so kräftig, daß 'i oentlich fühlen kann wo mi de Kraft ofgeit' (nämlich wenn er sie anwandte), sagte der alte Schöfer zu N. Das Stillen im weiteren Sinne bedeutete, wie schon erwähnt, jede Anwendung eines sympathetischen Mittels, überhaupt 'Jemandem etwas gebrauchen', jedoch mit Ausnahme derjenigen Mittel, welche man anwendet, um das fließende Blut zum Stillstand zu bringen. Dies hieß 'töten' oder 'Blutstillen' und geschieht unter Anwendung verschiedener Manipulationen, (s. u.) vermittelst des Anhauchens oder Bestreichens der Wunde oder auch wohl dadurch, daß man dieselbe blos ansieht und den 'Segen' über sie spricht.

Andere besondere Arten der Sympathien, wie sie das Volk benennt, wobei natürlich die Unterschiede nicht streng gesondert werden, sind folgende:

Das Suchtenbrechen. Dies ist eine Manipulation, welche man anwendet, um bei Zuständen, wo der Mensch mehrere Krankheiten hat, die Zahl der letzteren zu erforschen und zu erkennen, ob er genesen oder sterben werde, wobei denn die Wiederholung dieser Manipulation die Genesung beschleunigend und fördernd ist. Man nimmt nämlich Reiser von neunerlei Bäumen, welche kein Steinobst tragen, und zwar vom Birnbaum, Apfelbaum, Eiche, Buche, Erle, Esche, Tanne, Linde und Weide, von jedem Baume eins, und wirft sie am Freitagmorgen vor Sonnenaufgang stillschweigend in ein Gefäß mit Wasser, indem man dabei fest an den mit Suchten behafteten Menschen denkt. So viele Reiser nun unter das Wasser sinken, so viele Suchten hat jener. Sinken mehr als sechs Reiser unter, so muß er unbedingt sterben. Anderenfalls ist er durch Anwendung anderer Sympathien zu heilen. Um seiner Sache sicher zu sein, muß man den gedachten Versuch dreimal, nämlich an drei aufeinanderfolgenden Freitagen, anstellen. — Der Krankheitszustand, in welchem das Suchtenbrechen angewandt wird, ist die Ab- oder Auszehrung, welche eben nach dem Volksbegriff das Resultat mehrerer im Körper gleichzeitig vorhandener Krankheiten ist.

Das Abschreiben. Gegen mehrere Krankheiten wendet man das Mittel an, daß man dem Kranken ein mit gewissen Namen oder Charakteren beschriebenes Papier eine Zeitlang tragen läßt, das gewöhnlich vor der Herzgrube vermittelst eines Bandes befestigt wurde. Wie lange er dasselbe tragen müsse, finden wir nicht erwähnt; es liegt auch nicht hierin die Bedeutung des Mittels, sondern darin, daß man dieses getragene und beschriebene Papier später an einen Ort bringt, wohin weder der Mond noch Sonne scheinen, und dort ruhig liegen läßt. Die Krankheit vergeht nun allmälig, nach der Volksmeinung wahrscheinlich zu dem Papiere vermittelst der wunderkräftigen Zeichen auf ihm aufgesogen. Aus diesem Grunde muß man sich auch hüten, herumliegende Papierstücke aufzunehmen, da man mit ihnen dann leicht die Krankheit, welche in ihnen verborgen ist, an sich nehmen kann. Eine ähnliche, doch nicht ganz dieselbe Bedeutung hat:

Das Vergraben einer Krankheit, indem man entweder ein Stück von der Kleidung des Kranken an einem dunklen Ort, am liebsten unter einer dichten Rasendecke, und hier wieder am besten unter dem Rasen eines Grabhügels eingräbt, oder einen Gegenstand, mit welchem man die kranke Stelle bestrichen, gleichfalls an einem dunklen Ort vergräbt. Im ersteren Falle, welcher vorzugsweise gegen innere Krankheiten angewandt wird, vergeht die Krankheit mit dem Eingraben, würde aber auch hier auf einen Dritten übertreten, der das vergrabene Stück Zeug an sich nehmen würde, während der Ersterkrankte auch nicht genesen könnte oder wieder erkranken müßte, weil jenes wieder ans Tageslicht gekommen. Im zweiten Falle vergeht die Krankheit mit dem Verwesen des Gegenstandes, welchen man als Mittel gebraucht hat, weßhalb man hieben nicht nur leicht vermesliche Gegenstände (Obst u. dgl.) zu wählen, sondern diese auch an einen Ort zu bringen pflegt, dessen Beschaffenheit die Verwesung befördert (Stehhall u. dgl.) — Die Ansicht übrigens, daß ein Ding, welches man bei sympathetischen Manipulationen aller Art gebraucht hat, den Stoff, welchen man aus einem Körper hinausholen will, in sich aufnimmt, eventuell ihn an einen dritten Körper übertragen kann, ist eine ganz allgemeine und wird deßhalb streng darauf geachtet, daß alle solche vermittelnde Gegenstände für immer beseitigt werden. Es gilt als Regel, daß die zu sympathetischen Curen gebrauchten Gegenstände, wenn sie nicht zum Zwecke der Cur selbst an bestimmte Orte gebracht werden, in Ameisenhaufen gegraben werden müssen, wo sie dann durch die Thätigkeit der Ameisen vernichtet werden. Noch eine andere Bedeutung hat das Abgraben einer Krankheit, indem hiebei ein Theil des Kranken selbst vergraben wird. Es geschieht folgendermaßen: Man geht vor Sonnenaufgang oder nach Sonnenuntergang auf einen Rasenplatz, schneidet mit einem Messer ein rundes Stück aus dem Rasen so heraus, daß dasselbe an der Nordseite nicht durchschnitten wird, sich aber aufklappen läßt. In das entstandene Loch wirft man eine Handvoll Salz, läßt dann seinen Urin darüber und klappt den Rasendeckel zu. Alles dies muß geschehen, ohne daß man ein Wort spricht, und muß an verschiedenen Stellen des Rasens dreimal und zwar an drei aufeinanderfolgenden Tagen wiederholt werden. Es darf kein Tageslicht in das Loch scheinen, sonst nützt die ganze Procedur nichts.

Auf dem gleichen Ideengange beruht das Abbinden oder Stockverbinden, mittelst dessen man eine stark blutende Wunde zu stillen pflegt. Man nimmt nämlich einen blühenden Zweig, am besten von einem Haselstrauch, dann

aber auch von Apfel-, Birn-, Kirschen- oder Zwetschgenbaum, hält die Schnittseite desselben an der blutende Wunde, so daß sie tüchtig mit Blut befleckt
wird, und legt dann den Zweig an einen dunklen Ort im Hause oder unter
einen an dunkler Stelle liegenden Stein. Oder man bewegt auch den Stein
selbst mit etwas Blut aus der Wunde und legt ihn dann wieder an seinen
dunklen Ort. Oder man hält den Zweig unter die Wunde, so daß Blut auf
ihn fällt, während man die Wunde selbst verbindet und trägt dann den Zweig
fort. In allen diesen Fällen, woben natürlich stillschweigend verfahren werden
muß, hört die Blutung aus der Wunde auf, sobald das Blut am Stocke trocken
geworden ist.

Diese und die obengenannten Arten des Aberglaubens, das Ab- und
Bergraken, findet man in allen ehemals von wendischen Volksstämmen be-
wohnten Gegenden Niedersachsens.

Das Uebertragen einer Krankheit u. s. w. kann übrigens nicht nur durch
Vermittelung gewisser Gegenstände geschehen, sondern auch ganz ohne dieselbe
stattfinden, wenn man sich dazu bestimmter Worte bedient. Daß z. B. Einer
dem Anderen sein Unglück anklagen kann, ist allgemein bekannt. Man vermag
nun, im Besitze der hiebei allerdings nothwendigen Worte, eine Krankheit
oder ein geringeres Leiden auch auf einen leblosen Gegenstand zu übertragen
und dadurch sich selbst von ihr zu befreien. Gewöhnlich werden hiezu außer
den nach der Regel festgesetzten Worten auch gewisse besondere Manipulationen
angewandt, und zu Sympathien dieser Art gehören die mehrsten der uns bekannten. Wahrscheinlich sind diese aus alter Zeit kommend und liegt ihnen
die altherbrachte Personification lebloser Wesen, namentlich der Bäume, der
Flüsse und gewisser Gesteine zu Grunde. Man redet in diesen Wortsympathien
die Gegenstände, auf welche man sein Leiden übertragen will, oft persönlich
an und sind jene gewöhnlich solche, welche in der heidnischen Götterlehre
werden von besonderer Bedeutung gewesen sein (Eiche, Flieder — Sambucus
nigra L., Nußbaum, Feuerstein u. s. w.).

Hierzu gehört dann noch das in seiner Anwendung sehr häufige
Durchkriechen durch enge Oeffnungen, namentlich zwischen der Oeffnung des
Doppelstammes hindurch. Bei Bäumen scheint man den Doppeleichen eine
besondere Heilkraft zugeschrieben. Alle uns bekannt gewordenen Wunderbäume waren Eichen. Das Durchkriechen durch den Doppelstamm sollte
hauptsächlich gegen Lähmungen, rheumatische Leiden, Brüche u. dgl. helfen
und gab es Zeiten, wo einzelne Bäume in solchem Rufe standen, daß die
Leute weit und breit zu ihnen wallfahrteten. So geschah es unter Anderem in
den Zwanziger-Jahren dieses Jahrhunderts mit der Wundereiche bei Mühlen-
Eichen, 1829 mit der Wundereiche zu Langsdorf bei Sülz, ferner bei Wunder-
eichen zu Rom bei Parchim (Bezir, Meckl. Jahrb. XX., S. 184), zu Fahrenholz bei Schwaan, zu Lütow bei Gadebusch u. s. w., und daß diese Heil-
methode noch jetzt im Gange, ist zweifellos. Einzelne Wunderbäume wirken
nur, wenn der Kranke nackend durchkroch, andere aber, z. B. die Eiche bei

Mühlen-Eisen, wirkten auch durch die Kleidung hindurch (octennlässig). Das Durchbrechen geschah dreimal, an drei aufeinanderfolgenden Tagen, in besonders schweren Fällen aber dreimal dreimal, also neunmal, zuweilen sogar zwölfmal. Man kann sich eine Vorstellung davon machen, wie es bei solchen Bäumen hergegangen sein muß, wenn zahlreiche Kranke mit ferneren Gegenden sich in ihrer Nähe auf mehrere Tage förmlich einquartieren mußten und oft nach Begleitung Gesunder bei sich hatten. Eine Wirkung fand bloß, insofern statt, als der Kranke, wenn ihm das oft mühsame Durchzwängen gelungen war, durch die seinen rheumatisch-schmerzhaften Gliedern aufgezwungene Beugung und Drehung gewöhnlich eine augenblickliche Erleichterung empfand.

Auch das Bannen oder Festmachen gehört zum Aberglauben des mecklenburgischen Volkes, ist aber natürlich nur einzelnen Personen eigen, welche nämlich die Bannformel kennen. Besonders verstanden die Schäfer ihre Schäferhürden zu besprechen, indem sie dieselben unter Hersagung der Formel nach Sonnenuntergang dreimal umgingen. Kam nun ein Dieb, so konnte er wohl über die Hürde in den gebannten Kreis hinein, aber nicht wieder heraus kommen, bevor ihn der Schäfer durch andere Zauberformeln löste. Das mußte aber vor Sonnenaufgang geschehen. Verpaßte der Schäfer die Zeit so konnte die Lösung nicht mehr stattfinden; der Dieb wurde schwarz und kam elend um'. (Wir erinnern hiebei an die erst in der Neuzeit passirte Banngeschichte in Güstrow, wo ein bisher vielfach bestohlener Garten durch den Bann gegen Diebstahl erfolgreich geschützt wurde.) Uebrigens kann man auch die Elemente, das Feuer, das Wasser und andere bannen, festmachen, daß sie nicht über ihr Gebiet hinausgehen, und ebenso ist es eine, freilich nur wenigen Personen bekannte Kunst, Gespenster zu bannen und an einen bestimmten Ort zu fesseln, gewöhnlich an einen Ellernbruch, dessen Bannkreis sie nicht überschreiten dürfen.

Verschieden aber von diesem Bannen oder Festmachen ist die Kunst, den eigenen Körper fest oder unverwundbar zu machen, was Jeder erreichen kann, der ein Stückchen Nabelschnur, ein Stückchen Nachgeburt und ein Stück von einer Fledermaus in seine Kleider nähen läßt.

Das Kugelfestmachen hat mit der sogenannten schwarzen Kunst, beim Paß- oder Freikugelschießen nichts zu thun. Der Sage unseres Volkes ist letzteres freilich nicht fremd; es gehört aber dem Gebiete der Sage und zwar der Teufelssage an, während die sympathetischen abergläubischen Curen mit dem Teufel in keiner Verbindung stehen, wenigstens in keiner bewußten.

Dagegen verstehen einzelne Schmiede, den Dieben oder auch wohl anderen Personen, an denen sie sich oder Dritte rächen wollen, das Auge auszuschmieden. Durch eine unbekannte Formel bannen sie den Dieb, und muß er stille halten, bis durch eine weitere, von fortwährendem Schmieden begleitete Formel das Auge ausgeschmiedet ist, wodurch er blind wird. Sie

geschehe dies an drei aufeinanderfolgenden Freitagen; die näheren Umstände
sind aber nicht zu erforschen. Ist übrigens der Dieb in der Ferne und zwar
so daß zwischen dem Schmiede und ihm ein fließendes Wasser sich befindet,
so thut ihm das Ausschmieden des Angers keinen Schaden; denn alles fließende Wasser widersteht nicht nur selbst der Zauberei re., sondern läßt sie auch
nicht über sich weg wirken (Framm und Struck im Archiv für Landeskunde
1864, S. 506—509.)

Unter dem Volke herrscht der Glaube, man könne Krankheiten weg-
tragen, wegfahren oder abschreiben. In den Waldungen der Eldenaer
Gegend fand ich als Knabe bisweilen leinene Tücher, so unter andern eins,
das am Rande genähet war, auch beschriebene Blättchen Papier,
die jedenfalls zu dem Krankheitenwegtragen meistentheils in Beziehung standen; wenigstens hatte man mich immer gewarnt und mir gesagt, wenn ich
dergleichen Dinge aufnähme, so könne ich alle möglichen Krankheiten bekommen. (Hilfsprediger Timmermann.)

Die Leute geben Zauberformeln nicht gern her, weil, wenn sie dreimal mitgetheilt werden, dieselben ihre Kraft verlieren. (E. Stockmann aus
Hanstorf.)

Die Mittheilung der Formeln darf nur durch Männer an Frauen und
umgekehrt, niemals aber von Mann an Mann, von Frau an Frau geschehen.
Bei gleichem Geschlecht verlieren sie ihre Wirkung (Hilfsprediger Timmermann. Vgl. KS. XIX.)

Dem 'Arzney Buch für Menschen und Vieh', welches mir Amts-
verwalter Lange in Sülz mittheilte, geht folgende Vorrede vorher:

Diese Mittel sollen nicht aus Scherz und Leichtsinn gebraucht werden,
sondern in rechtem Ernst und Glauben; denn so Jemand die Mittel so leicht-
sinnig gebraucht, so wird er dadurch seine göttliche Kraft verlieren; denn diese
Schrift sagt:

Hilf deinem Bruder in der Noth,
Das ist der Christen erst Gebot;
Schlägt deine Hilfe dann nicht an,
Hast du doch deine Pflicht gethan.

Liebe was recht ist, sag nicht Alles, was du weißt. Stelle dein Ohr nach den Ver-
leumdern und Falschen und mache sie schamhaftig mit süßen Worten. Merke
auf die Armen und Waisen und reiche ihnen deine milde Hand, erbarme dich
der Kranken und erweise ihnen deine milde Hilfe, so wird der Segen des
Höchsten dich reichlich überschütten, denn der Segen des Herrn macht reich
ohne Müh und Arbeit, und dermaleinst wird er dir die Krone des ewigen
Lebens aufsetzen.

In Hinsicht des Ursprungs dürfte man die katholischen Wundermittel
von den protestantischen re. unterscheiden können. Erstere verrathen sich durch
eine unbedingte Verheißung der Hilfe, auch wohl durch das Wort. Buße,
durch Anrufung der Maria und der Heiligen; letztere erscheinen mehr als

21*

Gebet und laſſen die Möglichkeit des Nichtgelingens zu. — Es darf kein Wort, kein Buchſtabe vergeſſen, kein Wort verſetzt werden. Beſonders darum leiſten manche Formeln keine Hülfe mehr, weil etwas davon ausgelaſſen iſt, und die urſprüngliche Formel ſich wohl gar nicht mehr findet. Daher ein pedantiſches Ankleben an dem Hergebrachten. (Muſäus in dem Meklenburg Jahrb 5, 101 f)

1583. Segen.

> Ik rope hude myt ynnygen herten an dat hilge blot,
> Unde unſes heren lycham dat my be ſnelle grymege bot
> Nummer boe alſo grote not,
> Dat my werde dat ghebenebude hemmelsſche brot,
> Dat got ſnen hilgen jungeren beide gaff unde bot.

Jheſus Chriſtus be ſote name iheſu chriſti und ſyner hochgeloveden moder Marien ſy ewichlichem ghelovet gheeret unde gebenediet. Amen.

Roſtocker Handſchrift VI, 1. 7, Bl. 1 Perg 14 Jahrhundert.

1584. Ik bevele my R. gode deme almechtighen vadere in de ſulven gnade, dar unſe here Jheſus Chriſtus ſine moder deme ghaden ſunte Johanſe bevol, do he an deme cruce hanghede, unde an de ſulven hude, dar he ſine alderhillighſte ſele bevol, an de hude ſines hemmelisſchen vaders, do he ſterven wolde.

Ik bevele my gode an de ſulven gnade unde truwe, dar be patriarche ſnen ſone anbevol, an de hende ſines hemmelſſchen vaders, do he ene in Egypten ſende

Ik bevele my in de hillighen hende unſes heren, de dar myt den ſtumpen neghelen werden dor gheboret, unde dat blut dar ut vlot.

Ik bevele my deme truwen ſunte Petere in de ſulven gnade, dar em got ſine ſchap ane bevol, alſo bevele ik my huten unde alle dage in den hillighen ſeghen, dar unſe here Jheſus Chriſtus den bot ane verwan, dat nen myner vyende ſenlik ebber unſenlik my ſchaden mught an lyve unde an ſele, alſo dat my nen oghe an enſee booheyt to denke, noch den munt nicht enhebben my ſchaden to ſprekende, noch dat herte nicht enhebben mi booheyt to denkende an lyve unde an ghude, an eren unde an myneme ruchte, noch de hende noch de vote nicht enhebben to ghande ebber to ſtande my to ſchadende.

† De hillige vorder haut unſes heren be beware my † Nu unde nummer mere, myn lif unde myn ſele unde mine werliken (L. werlt-

liken) ere, dat it sunder schaden in alle tiden, in allen stunden nu
unde jummer mere in vrede besta in godes namen. Amen.

Roftoder Handschrift VI, 1, 7 Verg. 14 Jahrhundert, gegen Ende

1585. Dat is ene seghen. Dat hilge cruce † sy vor my!
Myt der benedighinge sy ik benediet, dar unse here sine junghere
mede benediede unde seghende, do he to hemmel vor. Sunte Elyzabeth
myt ereme sone Johanne benedie my. Also de dre koninghe van unsme
heren Jhesu Cristo ghebenediet unde gheleydet sint, also leyde he my
unde wedderbringhe my. Nu † seghene unde benedie my Jhesus
Cristus, de sone der juncvrouwen Marien sy hute myn halsberch
unde myn beheler De ghude enghel sunte Mychahel sy myn delin.
De truwe sunte Peter sy myn beschermer in alle mynen weghen, unde
myt der segheninghe sy ik gheseghent, dar unse here got de dre
kindere mede seghende, de Nabugodonosor wolde vorbernen laten.

Roftoder Handschrift VI, 1, 7 Verg. 14 Jahrhundert, gegen Ende.

1586. En bet to gode. Here got, ik rope an dine gnade unde
bidde bi, dat du my beschermest wedder alle myne vhende dach unde
nacht in mynen noden unde in allen mynen enden, wor ik my henne
wende, vor alle myne vhende. in godes namen Amen.

Roftoder Handschrift VI, 1, 7

1587. Ene ghude segheninghe Unse here Jhesus Cristus unde
myn vrouwe sunte Maria unde myn here sunte Joseph over velt dat
se ghinghen in Egypten lant; dar en motte en noch rover edder morder
noch def noch ienegherleye quade gheverde: also velich sin hute to
desseme daghe unse weghe unde unse steghe vor rovere unde mordere
unde vor alle arghe selschop, also de hillige juncvrouwe sunta
Maria was, do se des hilligen Kerstes ghenas. Ik bevele my in de
walt des hilligen gheystes. Here Jhesu Criste, dorch dines hilligen
namen craft so nym hute to desseme daghe alle myner vhende macht.
Nu bevele ik my, here Jhesu Criste, in alle de krefte diner hilligen
lidinghe. Ik bevele my in de dupe diner gruntlosen barmeharticheit.
Ik bevele my in de sammekinghe, dar du sulven inne bist. Ik wil
my huten bewinden an deme syndale dines hilligen blodes, dat my
nen vyent seen en mach Ik wil my hutene senken an de dupe diner
hilligen vif wunden, dat my nen myner vhende vorwynnen mach.
Ik wil my huten stellen under den schemen des hilligen cruces,
dat my nen vyent seen noch schaden mach. Do † Jhesus Cristus

gheboren wart, do was noch obel noch arch: dot enfy hute nicht
mont ofte mynen vyenden, wor if my henne kere ebber wenbe. Ik
gha ut in ber vroube, bar Maria gobes mober mebe ghink, bo
fe myt creme leven fone Jhefu Crifto in be kerken ghink. Ghobes
hillighen vif wunben, bo (I. be) moten my bewaren hute in beffeme baghe
unbe to allen ftunben.

Den noch ben ik gha got fy myn hute an live unbe an fele
an ghube unbe an eren
bat if fo wol behut fy alfo Maria was
bo fe bes hillighen Kerftes ghenas.

Nach einem ähnlichen Segen, ber ober nichts Volksthümliches
enthält, fteht: Dit is en ghute fegheninghe be qwam albus van ghobe
unbe weren willighe armen fere bebrobet ban allen luben worpen be
qwemen ens van ber kerken unbe bunben beffe fegheninghe an einer
brebe uppe ber bore eres hufes. Roftocker Handfchrift VI, L. 7

1588. Hir beghinnet ene ghube fegheninge van Thobias.

Thobias be finen fone ut fenbe
myt einem hilligen enghele to einem anberen lanbe.
fin fone was eme lef,
vil brobebes mobes he van eme fchebebe.
he ghink vor eme ftan,
bar wart en hillich fegheninghe over ban.
he fprak: benedictus
dominus deus meus
bes hilligen waren gobes fone,
bes bu fone eghene knecht bift,
be mote bi behoben
borch fine veberliken ghube.
got hebbe biner fchone
vor hungher, vor borft,
vor water, vor vur,
got be mote bi myt finer hilligem craft fulven fturen,
bu flapeft ebber bu wakeft,
an holte ebber an bake.
alle bine vyenbe fin bi webbeghet.
gob be mote bi fenben webber

vrolikes modes
to dinerne heymode.
gheseghenet si din weih
unde steeh,
berch unde dal.
got be sate di nummer wol varen.
alle dine deyne
grot unde cleyne
sin di licht alse en vebbere.
de hilligen enghele
moten di behuden sulven.
Sunte Johannes baptiste
vorleue di ghude liste,
sunte Stephan be sta di bi,
dat di beste beth sy.
Sunte Maria de ghude
be mote di behuden
vor enghestliken noden.
Sunte Maria de ghute
wht ever hute
motestu werden ghesalvet unde ghehelet.
din sele werde des hemmelrikes nummer unbedelet,
din lif der werliken ere.
got mote di feghewen mere:
de mane de sunne
be schinen di be wunne.
dat parabys dat sta di open,
be helle vor besloten,
be helle vorsperet.
alle wapene sin vor be verret,
sunder din alleyne;
dat ik dar mede meyne
dat du dar bi brechst,
dat mote intyben
unde byten,
allent dat du to donde hest.

Nu bevele if my an be hube dar myn brouwe funte Maria wes
an bevolen myomme heren funte Johanfe under deme hilligen cruce.
Dem bevele if hute

> din lif unde dine fele,
>
> din gut unde dine ere.
>
> unfe here ut fineme grave ftunt
>
> be feghene din vlefch unde din blot.

be hillige enghel funte Raphael, deme be ghude Thobias finen fone
bevol, dem bevele if hute din lif unde dine fele. De hillighe
brouwe funte Gherdrut van Reuele be fende dy uppe ghude her-
berghe. Amen.

Roftocker Handfchrift VI, 1, 7 Nach meiner Abfchrift herausgegeben von E. Hofmann in den Sihungsberichten der Münchner Akademie 1873

1589. Dit is vor binen vruut.

If bevele binen fucht leve here .... dat du ene bewarest in
allen fteden up watere unde up lande .. befcherme ene vor alle finen
vyenden feenliken unde unfeenliken .. vor vorghiftlikeme dranke .. dat
he (S. Raphahel) fin leydes man fy an ftunden an ftegen unde lat
ene an nener tid unberweghen.   Roftocker Handfchrift VI, 1, 7

1590. Gerdrut Waken in der Grünen Straße in Rieburs
Gafthaufe. Diefe hat bekant, dat fie los das Blitze und den Menfchen
fegen vnd böten mit diefen Worten:

> If grype dat ahn,
>
> Dat if nicht holden kan.
>
> Sondern dat ift de Mann,
>
> De idt holden kan,
>
> De den Todt am hilgen Crütz nam.

In dem Namen des Vaters vnd des Sons vnd des h. Geiftes.

NB. Die da kunnen fegen, wicken vnd böten, die kunnen auch
gewißlichen zauberen.

Verzeichnis Wismarfcher Kramer u. d. (um 1600) in den Urk. und Urk. in Wismar.

1591. Einige Menfchen befitzen die Eigenfchaft, auf zwei
Stellen zugleich erfcheinen zu können. Wenn nun Jemand feine Gedanken begegnen, wie die Leute es nennen, fo muß man fich hüten,
daß diefelben vorbeigehen, und muß vorher umkehren. Im Falle man

dies nicht thut, muß man in kurzer Zeit sterben. Kehren aber die Gedanken selbst um, so kann man ruhig gehen.

Fl.-Brecker Gymnasiast H. Burmeister.

1592. Wer 3 ✕ 3 Lebern ungeborener Kinder aufißt, kann sich unsichtbar machen.

Fisher Delberg in Nösnitz.

1593. Geister sehen zu können. Stich einer Katze die Augen aus, lege sie dreimal drei Tage in Salzwasser, fasse sie in Silber und trage sie an einem rothseidenen Bande auf der bloßen Brust.

Wismarer Lehrer Krenzer.

1594. Wenn man einen Spiegel hat, bei dessen Ankauf nichts abgehandelt ward, und legt demselben in ein frisches Grab, das am Freitag gegraben ist, und läßt ihn acht Tage drin liegen, und legt ihn dann auf einen Kreuzweg und läßt ihn da auch eine Zeit liegen, und wenn dann der Pastor den Segen über den Spiegel spricht, so kann man drin sehen, was auf der ganzen Erde passirt.

Wörtlich aus Parchim. Behm.

1595. Todte zu befragen. Gehe um Mitternacht an das Grab des Todten, den du befragen willst, mache ein Loch in das Grab, das an den Sarg reicht, und stelle den Todten, indem du den Mund an die Oeffnung bringst, im Namen des Dreieinigen zur Rede. Legst du nach der vorgelegten Frage das Ohr schnell an die Oeffnung, so hörst du leise, aber deutlich die Antwort des Todten.

Wismarer Lehrer Krenzer

1596. Getödtet wird ein Mensch so: Ein todter Vogel — am besten eignet sich dazu eine Krähe — wird gekleidet wie eine menschliche Leiche, in eine Schachtel gelegt und durch eine Art von Taufformel, im Namen der Dreieinigkeit, mit dem vollständigen Vor- und Zunamen desjenigen Menschen belegt, der durch diese Art Hexerei getödtet werden soll. Dann wird die Brust des Vogels mit so vielen Nadeln durchstochen, als darauf Raum finden und hierauf die Schachtel mit demselben begraben an einem Orte, auf den nicht Sonnen- oder Mondlicht fällt. So wie allmälig die Leiche des Vogels vergeht, stirbt langsam der Mensch dahin, dessen Namen man ihm gegeben.

Aus Hagenow Zahlreis Stüber.

1597. Schlägt man in einen in den Erdboden eingedrückten Fußtapfen einen Nagel, so wird die Person, der diese Fußspur angehört, lahm.

Polizeirath Schenck in Plinnow.

1598. Zu machen, daß Einer hinkt. Man verschaffe sich still-schweigend einen Sargnagel und schlage den in die Spur des Fußes.

Kapelle K. Al. in Arholz. Durch Pastor Dellberg

1599. Gelähmt wird ein Mensch, wenn man die Erde, in welche seine Fußspur sich eingedrückt hat, mit einem Grabscheit heraus-hebt und in eine frisch gegrabene Gruft wirft. Hängt man statt dessen diese Erde in den Rauch, so verdorrt der Fuß.

Aus Hagenow Fräulein Krüger.

1600. Ein Simpartie wenn ein Mensch beschrien wäre, so daß er schon lahm danider liege. So sollt du am Donnerstag nach der Sonnen einen unbenetzten Faden spinnen drei bis vier Ellen lang, miß damit dem Krankenn auff der bloßen Haut auff dem Rücken in Kreuz dreimal über, alsdann lege ihn unten in einen Topf, fülle ihn mit Erde und säe neuerlei Samen darinnen und laß dem Kranken dreimall sein Wasser darauff, dann setze es an einen Ort, wo die Sonne nicht kömt bis zum abnehmen des Mondes, laß es wachsen bis es umfällt, dann trage es zum Kreuzweg, da vergrabe ihn, so ist er geholfen.

1601ᵃ. Dar hen under gehören ok be, be wat vorlaren hebben, ebber wenn en wat gestalen ys, so besöken se be Tatern (Zigenner), be Warsager, be Thöverers, be schölen ähl en vorkündigen, wol dat gedan hefft, be moten en dat Seve laten ummelopen, welcker wysen schal up den Deeff, und den melden. Item, be können allen den, be se vordechtlick helden, ethwes sonderlykes tho ethende geven (wat dat sy mögen se weten) unde weme van den Munde schümet, effte be Sepe gefreten habbe, be schal syn be gemeldede Deeff.

Joach. Schröter (1585) bei Wiechmann, Mecklenburgs altn. Liter. 2, 50

1601ᵇ. Gegen Diebe. Man sucht im Garten ꝛc. die Spur des Diebes auf und sticht senkrecht in dieselbe einen Brettnagel in Namen G. ꝛc. Dann bekommt der Dieb die fürchterlichsten Schmerzen am Fuße.

Wossidl. Jahrb. 5, 107

1602ᵃ. Ist ein Pferd gestohlen und hat man noch irgend etwas von demselben, z. B. ein Gebiß ꝛc., so geht man nebst dem recht-mäßigen Eigenthümer Nachts 12 Uhr zum Kirchhof, gräbt am Kopf-ende des letzten Todten ein fußtiefes Loch in das Grab, legt sich auf den Bauch und ruft in das Loch hinein den Todten bei seinem Namen. Nach etwa einigen Minuten antwortet der Todte: 'Was willst

bu?' — 'Dem N. N. ist ein Pferd gestohlen; kannst du es wieder-
schaffen?' — 'Ja!' — Dann legt man z. B. das Gebiß in das Loch
und spricht 'Hier ist das Gebiß des Pferdes'; suche den Dieb auf
und schaffe das Pferd wieder im Namen G. ꝛc.' Das Loch wird
hierauf wieder zugemacht. Der Dieb bringt das Pferd wieder oder
er stirbt am Schlage. Es soll zu Bennett mit Erfolg versucht sein.

Wetterau Jahrb. 5, 107 f.

1602b. In Bentwisch wurden vor mehreren Jahren silberne
Löffel gestohlen. Eine kluge Frau wird geholt; sie macht einen Kaffee-
aufguß, d. h. gießt siedenden Kaffee auf eine Schüssel, und verheißt
das Wiederdringen des Gestohlenen. 'Sieh,' sagte sie darauf plötzlich,
'in B. kommt dies Jahr noch Feuer aus!' — Diese Schreckens-
nachricht läuft schnell durchs ganze Dorf und wird gleichsam der
Träger der Hauptsache· am andern Morgen sind die Löffel wieder da.

Wetterau Jahrb. 5, 108

1603. Sieblaufen. Man nimmt ein von Verwandten geerbtes
Sieb und stellt es auf den Rand hin. Dann spreizt man eine Erb-
scheere aus und sticht die Spitzen derselben so tief in den Rand des
Siebes, daß man dasselbe daran tragen kann. Dann gehen zwei Personen
verschiedenen Geschlechts (confirmirte) mit dem Sieb an einen völlig
dunklen Ort, halten den Mittelfinger der rechten Hand unter den
Ring der Scheere und heben so das Sieb auf. Sehr erklärlich gleitet
bei der geringsten Bewegung der Ring vom Finger und das Sieb
fällt nieder, weil man im Finstern nicht balanciren kann. Hierauf
fragt die eine Person die andere 'Im N. G. d. V. ꝛc. frage ich
dich, sage mir die Wahrheit und lüge nicht! Wer hat das ꝛc. gestohlen? hat es Johann gethan? — Frey? — Peter? — Beim
Nennen des Verdächtigen gleitet der Ring ab, und das Sieb fällt
nieder. Dann weiß man den Dieb. Wetterau Jahrb. 5, 109

1604. Krystallsehen. Der Betrüger hat ein gläsernes Prisma,
auf dessen eine Fläche ein Gesicht eingeschliffen ist Ohne es aus der
Hand zu geben, läßt er für 4 fl. den Bestohlenen durch das Glas
das Gesicht sehen. Derselbe muß nun an der Aehnlichkeit des Gesichts
seinen Dieb errathen. Wetterau Jahrb. 5, 108 f.

1605. Bienendiebe bestraft man dadurch, daß man von dem
Werg des geplünderten Stockes nimmt, denselben in drei Theile theilt

und einen Theil an ein geweihtes Altarlicht, einen Theil an die Unruh einer Uhr und den dritten Theil an das Rad eines Spinnrades klebt. Der Dieb bringt die gestohlenen Sachen zurück aber stöbt aus Unruh und Angst.

Ehgenoß, Ichtere Kreutzer

1606. Dieben kann man ein Auge ausschmieden lassen. Der des Dinges kundige Schmid muß drei Sonntage Morgens hintereinander ganz frühe, einsam in seiner Werkstätte verschlossen, unter gewissen Ceremonien, nichts als Nägel schmieden. Dann kommt in den Augen des Diebes ein Nagel zum Vorschein, der das Auge wegtreibt. Dabei ist es vorgekommen, daß Eltern dem eigenen Kinde ein Auge haben ausschmieden lassen.

Monatsschrift von und für Mecklenburg 1794, S. 480.

1607. Ein diebisches Weib bat um Vergebung, als sie erfuhr, daß der Bestohlene von den Fußspuren des Gartendiebes aufgenommen. Man bringt die von dem Uebelthäter auf dem 'bösen Gange' berührten Gegenstände an einen Ort, wo weder Sonne noch Mond scheint, mit dem Spruche, daß so der Uebelthäter nicht von Sonne und Mond beschienen werden möge, zusehends schwindet er dann hin.

H. Schmidt.

1608. Diebslichter. In früherer Zeit verfertigten die Diebe sich Lichter, die die Eigenschaft besaßen, die Bewohner eines Hauses so lange im Banne des Schlafes zu halten, als sie brannten. Wußten die Spitzbuben, wie viel Leute in dem Hause waren, das sie bestehlen wollten, so zündeten sie ebensoviel von ihren Lichtern an, und Niemand konnte erwachen, so lange diese Lichter brannten. Verfertigt aber wurden sie aus ungeborenen Kindern, die aus dem Mutterleibe geschnitten wurden, daher geschah es auch nicht selten, daß schwangere Frauen um große Preise an Banditen verkauft wurden.

Das trug sich auch einmal auf einer Mühle zu. Bei dem Müller diente eine Magd, welche schwanger war. Ihr Bräutigam kam eines Nachts, um sie zu besuchen, und sah vor der Thüre des Müllerhauses ein Fuhrwerk stehen, das mit einem Laken bedeckt war, unter welchem sich ein unterdrücktes Stöhnen hören ließ. Der Knecht eilte an das Fenster der Wohnstube und sah darinnen einige Kerle, welche mit dem Müller einen großen Haufen Thaler auf einem Tische zählten. Der Knecht schöpfte sogleich Verdacht und machte sich schnell daran, den Wagen zu untersuchen; er zog seine eigene Braut unter dem Wagenlaken hervor, der man den Mund mit einem Tuche umwunden hatte. Der Knecht trug sie in Sicherheit und befreite sie von ihren Fesseln an Händen und Füßen. Die Räuber kamen bald darauf aus dem Hause und fuhren so eilig davon, als die Pferde laufen konnten, in der Meinung, eine gute Beute mit sich zu führen.

Einmal hat sich ein Spitzbube am Tage in das Haus eines Bauern geschlichen und obgleich ihn die Bewohner gesehen haben, so konnten sie den Kerl trotz alles Suchens doch nicht wiederfinden. Abends legen sich die Bewohner schlafen, nur das Dienstmädchen kann nicht einschlafen, sie ängstigt sich noch vor dem fremden Kerl und schaut sich noch einmal gehörig um. Zu ihrem Schrecken entdeckt sie ihn denn auch wirklich im Ofen, wo er sich versteckt hat. Das Mädchen stellt sich nun als schlafend und da im Hause Alles ruhig ist, kommt der Spitzbube aus dem Ofen heraus und zündet ebensoviel Lichter an, als Leute im Hause wohnen, doch eins der Lichter will nicht brennen. Er glaubt, das Mädchen schlafe noch nicht und hält ihr ein brennendes Licht an ihre Füße, doch in ihrer Angst hält sie die Qual aus und rührt sich nicht. Nun beruhigt, geht der Spitzbube, nachdem er sämmtliche Lichter auf den Tisch gestellt, zur Thüre hinaus, um seine Spießgesellen zu rufen. Da springt die Magd schnell hinzu und verriegelt die Thüre hinter ihm; der Versuch, die Hausgenossen zu wecken, ist aber vergeblich, sie versucht die Lichter zu löschen, doch auch das gelingt ihr nicht. Der Spitzbube kommt vor das Fenster und fordert seine Lichter, dann will er auch abziehen. Die Magd aber sagt, sie kann sie ihm nicht brennend hinausgeben, und ausputzen lassen sie sich nicht, wie sie es denn machen soll? Dann, sagt der Kerl, solle sie sie nur in süße Milch tauchen. Das hat sie nur wissen wollen, sie taucht sie in süße Milch und die Lichter sind gelöscht. Nun aber solle er sie doch nicht wieder haben, ruft sie dem Kerl zu, dieser muß sich denn auch eilig aus dem Staube machen, denn so wie die Lichter ausgelöscht sind, erwachen die Schlafenden und das ganze Haus ist alsbald auf den Beinen.

Wortschatzer'l Thile zu Neuhelde.

1600. Wenn in einem Hause etwas gestohlen ist, so glaubt man, den Dieb auf folgende Weise ausfindig machen zu können.

Man nimmt ein geerbtes Buch und steckt in dasselbe einen ebenfalls geerbten Schlüssel, so daß der Ring des letzteren aus dem Buche hervorsteht. Das Buch wird alsdann mit einem Bande zugebunden, so daß man das Buch mit dem Schlüssel aufheben kann. Jetzt stemmen zwei Leute, am besten ein Mann und eine Frau, die Zeigefinger gegen den Ring des Schlüssels und halten so das Buch in der Schwebe. Eine der beiden Personen fragt alsdann z. B. 'Hat A. dem B. das Holz gestohlen?' Auf diese Weise fährt man mit dem Fragen fort. Sobald man den wirklichen Thäter trifft, sollen Buch und Schlüssel anfangen, sich auf den Fingern herumzudrehen und niederzufallen.

Tagelöhner Rehmann in Gruberhagen. Ebenso aus Ribek. Pastor Behm in Belz. Vgl. Nr. 1603.

1610. Das Stehlaufen mit einem (Erb-) Schlüssel oder auch einer (Erb-) Knippbibel, in welche der Schlüssel gesteckt wird, kann man bewerkstelligen, indem man es zwischen den Zeigefinger beider Hände hängt und herumlaufen läßt, ohne damit einen Dieb herausexperimentiren zu wollen, und es wird dieselbe Erscheinung (das Drehen) zu Tage treten, wie bei der Wünschelruthe und bei dem Tischrücken.

Pastor Bassewitz in Prüz.

1611ᵃ. Einen Dieb zu bestrafen. Nimm die frische Erde aus den Fußspuren des Diebes und hänge sie in einem Beutel in den Schornstein, so vergeht der Dieb wie der Rauch.

Ribegend. Lehrer Krenzler. Vgl. Nr. 1606ᵇ

1611ᵇ. Wenn Ein'n wat stalen is, wenn men denn de Fautspar von den Deif upnimt un hängt dat in 'n Lappen in 'n Rok odder smitt 'n dat mit inne Kul, wenn Ein beirdigt wart, denn vergeit de Deif un starwot binnen 'n Jor.

Küster Schwartz in Bellin.

1611ᶜ. Einer muß vergehen wie der Tag, wenn man seine Fußspur aufnimmt und in einem Sack diese Erde in den Rauch hängt.

Pastor Dolberg in Ribnitz.

1612. Wenn ein Huhn oder sonst ein Thier abhanden gekommen ist, so soll man ein Brot verkehrt auf den Tisch legen und einen Besen auf den Kopf stellen; so kommt das Thier von selbst wieder; wird es aber von fremden Leuten eingeschlossen gehalten, so soll es keine Ruhe haben und so lange schreien, bis es in Freiheit gesetzt wird. *Aus Döwitz zu Streuer*

1613. In der Malchiner, Darguner und Güstrower Gegend glauben manche Leute, daß die Diebe bei ihren nächtlichen Einbrüchen ein Licht mit sich führen, welches aus einem noch ungebornen Kinde bereitet ist, das, angezündet, die Eigenschaft besitzt, die Bewohner des Hauses, in dem der Diebstahl begangen wird, in tiefem Schlafe zu erhalten und dessen Flamme nur durch Eintauchen in süße Milch ausgelöscht werden kann. *Küster Schwarz in Berlin*

1614. Wenn ein Dieb Nachts einbricht und will die Hunde beruhigen, so soll er die Hose niederziehen und rückwärts mit dem entblößten Hintern auf den Hund losgehen und derselbe wird sich nicht rühren. *Küsterwittwe Lübbert in Vetiz Durch Pastor Gassenen*

1615. Diebssegen.

Da Maria in den Garten trat,
Begegneten ihr drei Jünger zart,
Der eine hieß Michael,
Der andere hieß Gabriel,
Der dritte Daniel.
Daniel fing an zu lachen.
Maria sprach: was lachst du?
Daniel sprach: ich sehe in der Ruhnacht einen Dieb daher gehen,
Der will dir dein liebe vertrautes Kindlein stehlen.
Maria sprach: das würde nicht sein gut,
Der mir das stehlen thut,
Der muß gebunden sein.
Petrus bind, Petrus bind.
Petrus sprach: ich habe gebunden,
Mit eisernen Banden,
Mit Gottes Handen,
Daß der Dieb muß stille stehen,
Stehen wie ein Stock,
Stehen wie ein Bock,
Stehen wie ein Stein,
Und zählen alle Tröpflein,
Die in dem Meere sein,

Und zählen alle Sternlein,

Die am Himmel sein,

Und zählen alle Kindlein,

Die nach Christi Geburt in der Welt gebohren seyn.

Das gebiete ich dir, es sey Frau oder Mann,

Bis ich ihnen mit meinen Augen gesehen

Und mit meiner Zunge wieder loszähle.

Das lege ich dir auf im Namen Gottes † † †.

Heft des Criminal-Collegiums in Böhren. Vgl. LO. Gebräuche Nr. 374 Wüttenhoff S. 517 f., Nr. 54.

1616. Weil Maria in dem Kindbett lag, die drei heiligen Engel ihm da fehlten, der eine Sanct Gabriel, der zweite Sanct Rahel (= Raphael), der dritte Sanct Johannis. Da kamm die Heiden und wollten Maria ihr liebes Kind stehlen. Sie sprach binde Sanct Petrus.

Ich habe sie gebunden mit Gottes Händen,

Mit Jesu Bänden.

So einer kömmt an meinem Haabe [1],

So soll er stehen wie ein Stock

Und über sich sehen wie ein Bock.

Kann er die Sterne an dem Himmel zählen,

Und die Schneeflocken

Und Regentropfen,

Kann er das thun, so gehe er davon;

Kann er das nicht, so soll er stehen

Bis ich komme und hieß ihn gehen.

Im Namen Gottes u. s. w.   Heft des Criminal-Collegiums in Böhren.

1617. Petrus ging aus zu besehen seinen Samen,

Unterdessen kamen

Die Diebe und stohlen seine kleinen Kinder.

Da sprach Petrus:

Du Dieb sollst stehen wie ein Stock

Und sehen wie ein Bock.

Im Namen des Teufels.   Heft des Criminal-Collegiums in Böhren.

---

[1] Haabe = Hofe.

1618. Einen Dieb los sprechen.

> Stehst du hier in Teufels Band,
>
> So gehe hin in Gottes Hand,
>
> Ich stoße dich von mir mit meiner linken Hand.

Im Namen u. s. w.

Heft des Criminal-Collegiums in Böheim. Wie RS., Gebräuche Nr. 379.

1619. Einen Dieb festzumachen. Gehe nach Sonnenuntergang so lange um den Gegenstand, der nicht gestohlen werden soll, bis du nachstehenden Spruch zu Ende gesprochen hast:

> Unsre liebe Frau ging in den Garten,
>
> Es thäten ihrer drei Engelein pflegen und warten,
>
> Der eine Sanct Michael,
>
> Der andere Sanct Raphael,
>
> Der dritte Sanct Gabriel.

Da sprach Petrus zu unsrer lieben Frau: ich sehe dort drei Diebe herkommen, die wollen dir dein liebstes Kindlein stehlen. Da sprach unsre liebe Frau: Petrus binde, Petrus binde, Petrus binde, bestricke ihn mit frischem Band und Gotteshänden. Auf daß der Dieb, der dieses angreift, muß stille stehen an seinem Stock und bellen wie ein Bock. So unmöglich dir das zu thun ist, daß du alle Stöcke zählen kannst, die auf Erden wachsen, und alle Sandkörner, die am Meer liegen, so unmöglich als dir das zu thun ist, so unmöglich kannst du, Dieb, von dieser Stelle ziehen. Dazu verhelfe uns † † †.

Der Dieb muß aber vor Sonnenaufgang wieder gelöst werden, sonst wird er schwarz und stirbt. Willst du ihn lösen, so umgehe ihn wieder und sprich

> Unser Herr Christus am Jordan getauft ward:
>
> Ging immer hin, ging immer hin, ging immer hin † † †.

Elbingerode Lederer Kreuzer. Vgl. RS. Gebräuche Nr. 378, 379.

1620. Festmachen.

> Die Mutter Maria ging über das Land,
>
> Sie hatte das Kindlein Jesus bei der Hand,
>
> Da kamen drei Diebe und wollten es stehlen.
>
> Sie aber sprach 'Binde, binde!
>
> Seid gebunden mit eisernen Banden,

Daß ihr stehen sollt wie ein Bock
Und gehen wie ein Stock,
Bis ich komme und euch wieder löse.'

Dies wird gesprochen, indem man um den Gegenstand geht, der besprochen wird. Kommt der Dieb, so kann er den Gegenstand nehmen, kommt aber nicht hinaus über die Fußspur dessen, der den Spruch gesagt. Der den Dieb festgemacht, bekommt augenblicklich Nachricht. Er muß den Dieb vor Sonnenaufgang lösen, sonst wird derselbe schwarz.

Losspruch.

Du stehest hier in Diebesband,
Gehe hin in Gottes Hand.

Man nimmt den rechten Fuß und stößt ihn von der Stelle.

Aus Dierkow-Gemkewitz W Grünberg. Andere Fassung aus der Gegend von Barlow und Meterin durch Gemkewitz E Lange, mit folgenden Abweichungen: Z. 1 Sie stehte — Z. 5 fehlt. Der Anwendung fehlt. Im Losspruch Z. 2' So gehe hin. Vgl. 26 Gebräuche Nr. 318. — In anderer Fassung (Küster Schwartz in Berlin) lautet der Losspruch

Was stehst du hier in Diebesband?
Ich ruf dich los in Gottes Hand

1621. Desgleichen.

Unser Herr Jesus ging im Garten
Und wollte alle heiligen Englein erwarten,
Und die Jungfrau Maria war da.
Da kam ein Dieb in der Nacht und wollte das Kindlein stehlen
Das wollten die zweiundsiebzig Männer nicht gestehen.
Ich gebiete dir, Dieb,
Durch des Herrn Jesu Hand,
Daß du sollst stehen wie ein Stock,
Sollst stehen wie ein Block,
Sollst zählen alle Sterne,
Die am Himmel stehen.
So wenig dir das möglich ist zu thun,
Sollst du von dieser Stelle gehen,
Bis meine lieblichen[^1]) Augen dich wiedersehen
Und meine liebliche Zunge dir Urlaub gibt.

[^1]: = leiblichen bei Kuhn.

Dies wird so lange gebetet, bis man rund um den Gegenstand ist, den man vor Dieben bewahren will.

Losmachen.

Geh hin, du Dieb, in Jesu Namen
Und lasse dich nicht wieder sehen,
Sonst mußt du dein Leben
In kurzer Zeit hergeben.

Der Mann, der diese Formel mir erzählte, hat selbst einen Dieb des Morgens bei der Schafheerde gesehen, der mit einem Schaf im Arm dagestanden hat und festgebannt gewesen ist.

Sammelin und Umgegend von Hagenow. Seminarist K. Siberze. Vgl. 1021, Gebräuche Nr. 276 — Z. 5 sehen, den Kuhn verhehlen.

1622. Eine Kunst Jemand zu stemmeln[1], wenn er was stehlen will. Petrus, Petrus, Petrus, nimm die Gewalt von Gott und allen Heiligen, was du hier auf Erden auf- und zubinden wirst, um allen Dieben und Diebin[2], daß sie keinen (Tritt) hinter sich noch vor[3] sich gehen können, es mag sein groß oder klein, sollen sie mit meinen Augen sehe und mit meiner Zunge Urlab gebe.

Von Gott dem Vater gestraft,
Von Gott dem Sohne gehalten,
Von Gott dem heiligen Geist gebunden.

Solches thue ich im Namen Gottes des Vaters, Gottes des Sohnes und Gottes des heiligen Geistes. Dieses dreimal im Rumgehen gesprochen und zuletzt Amen.

A. E. I. O. U. L. M. N. R.
1 2 3 4 5 6 7 6 9

Mittheilung von Präpositus Dr. Schröck in Plenow 'aus einem vergilbten Manuscripte von schlechter Hand, das Referent in einer Erbschaft aus Güstrow erhalten' Die fünf Vocale sind, aber nicht consequent, durch Zahlen (1, 2, 3, 4, 5) bezeichnet, außerdem L, M, N, R durch 6, 7, 8, 9, und aber nur in Bezug auf L theilweise durchgeführt — Vgl. Köhr in Pfeiffer's Germania 1, 300.

1623. Um Diebe zu zwingen, das Gestohlene wieder zu bringen. Man stelle drei neue Teller auf den Herd, fülle den einen mit Brot, den zweiten mit Salz und den dritten mit Schmalz, und dann lege

[1] Stemmeln, vielleicht für stenden 'stehen machen'.
[2] Es steht: den allen däben und däben und däben.
[3] V 45.

Blechdeckel darüber. Auf jeden Deckel lege man ferner glühende Kohlen und spreche kaum hörbar:

Ich lege dir, N. N., Brot, Salz und Schmalz auf die Gluth,
Von wegen deiner Sünd und Uebermuth;
Ich leg es dir auf Lung, Leber und Herz,
Daß dich ankomme ein großer Schmerz,
Daß dich ankomme solche Noth,
Als wäre es dir der bittre Tod,
Bis du mir meine Sach wiederbringst,
Das thu ich dir, N. N., zur Buße.

Solches muß drei Abende hintereinander geschehen, jedesmal neunmal. Doch darf man dabei nicht zu schnell sprechen, weil sich der Dieb sonst zu Tode laufen muß. Auch muß es in der Zeit zwischen 11 und 12 Uhr Abends angewandt werden, sonst ist es nicht wirksam; es wirkt auch nicht, wenn der Dieb schon über ein fließendes Wasser gegangen ist, welches Schifffahrt hat. Ist letzteres aber nicht der Fall, so wird er so argen Schmerz in den genannten Körpertheilen bekommen, daß er das Gestohlene gern zurückbringt.

J. B. 604 f

1624. **Einen Dieb zu ermitteln.** Man schreibe folgende Worte:

† Deus. † Meus. † Max. † Pax. † Virax.

auf einen Bissen Käse und lasse es Demjenigen verzehren, auf den man Verdacht hat. Hat er es gethan, so kann er den Käse nicht aufessen, und wird im Gesichte wie eine Kornblume, auch schäumt sein Mund wie der eines Bären. *Hannover Volks-Arzeiliebuch von 1500*

1625. **Kluge Leute, d. h. die Sympathien wissen, können auch,** wenn Jemandem etwas gestohlen ist, den Dieb dadurch kenntlich machen, daß sie ihm etwas anthun. *Ritter*

1626. C. M. H. REX
F H E X
X. X
X.

Obige Zeichen werden auf einen Zettel geschrieben, in einen Stab geklemmet, und dann so tief in die Erde gesteckt, daß er mit Erde bedeckt ist. Es muß aber Morgens vor Sonnenaufgang geschehen

Dieses ist gut, wenn Jemand etwas stehlen will, daß er stehen bleibt, kommt man dann und sagt 'Was mochst du hier,' so ist er wieder los.

Kaufmann Francke in Tessin.

1627. Einen Verbrecher zu ermitteln. Nimm eine Erbbibel und befestige darin einen Erbschlüssel. Darauf stellen sich zwei Personen einander gegenüber, jede legt eine Seite des Ringes am Schlüssel sich auf den Daumen, so daß die Bibel nach unten hangt. Jetzt fragt der Eine:

Arsbok, ik frag di,
De Worheit sag mi:
Hett N. N. dat un dat verbroken?

Ist der Verdacht ohne Grund, so hängt die Bibel ruhig; sie wird aber zur Erde fallen, wenn man den Namen des Verbrechers getroffen hat.

Elbgegend. Lehrer Kreutzer.

1628. Wer die Furcht verlieren will, muß, ohne daß Andere es wissen, nach Dunkelwerden zu einer Leiche gehn, das Gesicht derselben mit der Hand überstreichen, seine Hand in die der Leiche legen und deren beide Füße mit seinen beiden Händen eine Minute lang halten.

Sparmannsche Druckmann aus Paschen.

1629. Himmelsbrief. Als Manuscript gedruckt. Holzschnitt: Jesus Christus mit einer Strahlenkrone umgeben, nach oben zeigend, steht auf einer Wolke.

Himmelsbrief.

Im Namen des Vaters, des Sohnes und des heiligen Geistes! So wie Christus im Oelgarten still stand, so soll Alles Geschütz still stehen. Wer dieses bei sich trägt, der wird nicht getroffen von dem feindlichen Geschütz und er wird vor Dieben und Mördern gesichert sein, er darf sich nicht fürchten vor Degen, Gewehren, Pistolen, denn so wie man auf ihn anschlägt, so müssen durch den Tod und Befehl Jesu Christi alle Geschütze still stehen, ob sie sichtbar oder unsichtbar, Alles durch den Befehl des Engels Michaels, im Namen Gottes, des Vaters, des Sohnes und des heiligen Geistes. Gott sei mit uns! Wer diesen Segen gegen die Feinde bei sich trägt, der wird von den feindlichen Kugeln geschützt bleiben, wer dieses nicht glauben will, der schreibe ihn ab und hänge ihn einem Hunde um den Hals und schieße auf den Hund, so wird man sehen, daß der Hund nicht getroffen und dies Wahrheit ist, auch wird Derjenige, der an ihn glaubt, nicht von den Feinden gefangen genommen werden! So wahr ist es, als daß Jesus Christus auf Erden gewandelt hat und zum Himmel aufgefahren ist: so wahr ist es, daß Jeder, der an ihn glaubt, vor allen Waffen und Gewehren im Namen Gottes, des Vaters, des Sohnes und des heiligen Geistes unbeschädigt bleiben soll. Ich bitte im Namen unsers Herrn Jesu Christi Blut, daß ihn keine Kugel treffen möge, sie sei von Gold, Silber oder Blei; Gott in Himmel halte mich von Allem frei im Namen Gottes, des Vaters, des Sohnes und des heiligen Geistes! Dieser Brief ist vom Himmel gesandt und in Holstein im Jahre 1724 gefunden worden, und schwebte über der Taufe Magdalenens, wie man aber denselben angreifen wollte, wich er zurück, bis zum Jahre 1791, als Jemand mit dem Gedanken umging, selbigen abzuschreiben. Ferner sagt er, daß Derjenige, welcher am Sonntage arbeitet, von Gott verdammt sei; ich gebe euch sechs Tage, dieselbe zu verrichten, und am Sonntage sollt ihr in die Kirche gehen, so daß Jedermann, Jung wie Alt, für seine Sünde betet, damit er Vergebung der Sünden empfängt; ihr sollt auch nicht boshaft schwören bei meinem Namen, begehret nicht Silber oder Gold und sehet nicht nach fleischlichen Lüsten und Begierden, denn so bald ich euch erschaffen habe, so bald kann ich euch wieder vernichten, Einer soll den Andern nicht tödten mit der Zunge und soll nicht falsch gegen eure Nächsten sein. Freuet euch über eure Güter und Reichthümer nicht. Ehret Vater und Mutter. Redet nicht falsch Zeugniß wider eure Nächsten, so gebe ich euch Gesundheit und Segen. Wer an dieses nicht glaubt und sich nicht darnach richtet, der wird keinen Segen und kein Glück haben. Dieser Brief soll von Einem und dem Andern abgeschrieben, oder auch zum Druck übergeben werden, und wenn ihr so viel Sünden gethan habt, als Sand am Meere, Laub auf den Bäumen oder Sterne am Himmel sind, sollen sie euch vergeben werden, wenn ihr glaubt und Alles thut, was dieser Brief euch lehrt und sagt; wer das aber nicht glaubt, der soll sterben. Bekehrt euch oder ihr werdet ewig gepeinigt werden und ich werde euch am jüngsten Tage fragen, dann werdet ihr mir Antwort geben müssen wegen eurer vielen Sünden. Wer diesen Brief im Hause hat, oder bei sich trägt, dem wird kein Donnerwetter schaden, und ihr sollt vor Feuer und Wasser und aller Gewalt des Feindes behütet werden

Ein Brief an Jedermann!

Ein Graf hatte einen Diener, welcher sich für seinen Vater
B. G. H. das Haupt abschlagen lassen wollte; als nun solches geschehen sollte, da versagt des Scharfrichters Schwert, und er kannte
ihm das Haupt nicht abschlagen, als der Graf dieses sah, fragte er
seinen Diener, wie geht das zu, daß das Schwert dir keinen Schaden
zufügen kann? worauf der Diener ihm diesen Brief mit den Buchstaben B. F. J. K. H. B. K. N. K. L. J. F. H. B. K. M K.
zeigte. Als der Graf dieses sah, befahl er, daß ein Jeder diesen Brief
bei sich tragen sollte. Wenn Jemand die Nase blutet, oder sonst blutigen Schaden hat und das Blut nicht stillen kann, so nehme er diesen
Brief und lege ihn darauf, so wird das Blut gleich stille stehen.
Wer dieses nicht glaubt, der schreibe die Buchstaben auf Gewehr oder
Degen und stelle sich alsdann an einen bestimmten Ort, so wird er
sich nicht verwunden; auch kann Derjenige nicht bezaubert werden
und seine Feinde können ihm keinen Schaden zufügen. Wer diesen
Brief bei sich trägt, ist besser als Gold.

Zu haben bei G. Kühn in Neu-Ruppin. — Mitgetheilt von Frau Pastorin Willebrand in Hagenow.

Frau Pastorin Willebrand fügt der Mittheilung dieses Briefes
hinzu:

Der Bruder unseres Mädchens besuchte dieses und zeigte ihr den Himmelsbrief, welchen er sich aus Neu-Ruppin hatte kommen lassen, weil das
Gerücht im Gange, daß im Mai (1867) eine Anzahl junger Leute zu Soldaten
gemacht werden sollten, um in den Krieg gegen die Franzosen zu ziehen. Da
hatte der arme Mensch sich nicht gescheut, einen halben Thaler für besolgenden
Schutzbrief auszugeben, dem Beispiele mehrerer seiner Kameraden solgend.

1630. Himmelsbrief. Ein Graf hatte einen Diener, den wollte
er für K. G. H. B. das Haupt abschlagen lassen. Wie nun
solches der Graf gesehen hat, daß ihm der Scharfrichter das Haupt
nicht abschlagen kannte, da hat er ihn gefragt, wie solches zuginge,
daß ihm der Scharfrichter keinen Schaden zufügen kannte, so hat ihm
der Diener den Brief gezeigt mit folgenden Buchstaben B. J. F.
K. H. H. H. H. R. Wie nun der Graf diesen Brief gesehen, da
hat er befohlen, daß ein Jeder den Brief bei sich tragen soll. Wenn
Einem die Nase blutet aber blutigen Schaden hat, und das Blut nicht
stillen kann, der nehme diesen Brief und lege ihn darauf, so soll er

das Blut stillen. Und wer das nicht glauben will, der schreibe die Buchstaben auf ein Gewehr oder auf die Scheide des Degens, und stehe auf einem freien Platz, so wird er nicht verwundet werden. Und wer diesen Brief bei sich trägt, der kann nicht bezaubert werden und seine Feinde können ihm keinen Schaden zufügen. Das sind die heiligen fünf Wunden Christi. K. H. F. H. K., so bist du sicher, daß kein falsch Urtheil dir geschehen kann. H. H. B. B. wer sonst diesen Brief bei sich trägt, dem kann kein Blitz oder Donner, kein Feuer oder Wasser Schaden thun. Und wenn eine Frau gebärt und die Geburt nicht von ihr will, so nehme sie diesen Brief in die Hand, und sie wird bald gebären und das Kind wird sehr glücklich sein. Wer diesen Brief trägt, das ist besser als Geld ins Haus, ein Schutzbrief des Vaters, des Sohnes und des heiligen Geistes. So wie Christus im Oelgarten stille stand, so soll Alles Geschütz stille stehen. Wer diesen geschrieben bei sich trägt, dem wird nichts schaden, es wird ihn nichts treffen, das Geschütz und Waffen wird Gott bemächtigen und des Feindes Geschütz auch. Vor Diebe und Mörder soll ihn nichts schaden, es sein Pistolen oder Gewehre müssen stille stehen, alle sichtbaren und unsichtbaren durch den Befehl des Engels Michaelis in dem Namen des Vaters, des Sohnes und des heiligen Geistes Gott sei mit mir. Wer diesen Segen bei sich trägt gegen die Feinde, der wird vor Geschütz und Gewehr stehen bleiben. Wer dieses nicht glauben will, der schreibe es ab, und hänge es einem Hund vor und schieße nach ihm, so wird er sehen, daß es wahr sei. Wer diesen Brief bei sich trägt, der wird nicht gefangen, noch von des Feindes Waffen verletzt werden, so wahr als daß Christus gestorben und gen Himmel gefahren ist, so wahr er auf Erden gewandelt hat, kann nichts gestohlen, gestoßen noch verletzt werden, Fleisch und Glieder Alles soll mir unbeschädigt bleiben. Ich beschwöre alle Gewehre und Waffen bei dem lebendigen Gott, im Namen Gottes des Vaters, des Sohnes und des heiligen Geistes. Ich bitte im Namen Jesus Christus Blut, daß mich keine Kugel treffen thut, sie seien von Gold oder Silber oder Blei, Gott macht mich von allen frei. Im Namen Gottes des Vaters, des Sohnes und des heiligen Geistes. Dieser Brief ist vom Himmel gefallen und in Holstein gefunden worden 1774, er war mit goldenen Buchstaben geschrieben, schwebte über die Taufe gehalten zu Rabena. Wie man ihn ergreifen wollte, wich er zurück, bis 1794 sich Jemand den Gedanken machte, ihn abzuschreiben und der Welt ihn mitzutheilen; zu diesem richtete sich der Brief. In dem Brief stand, von eurem Reichthume sollt ihr den Armen geben, ihr sollt nicht sein wie die unwürdigen jungen Thiere. Ich gebiete sechs Tage zu arbeiten, und den siebenten sollt Ihr Gottes Wort hören, wenn ihr es nicht thut, so will ich euch strafen bei theurer Zeit mit Pestilenz und Krieg. Ich gebiete, daß ihr Sonnabends nicht so sehr arbeitet, Jedermann, er sei wer er sei Jung oder Alt, er soll hier seine Sünden abbitten, daß sie ihm vergeben werden, schwört nicht bei dem Namen Gottes, begehret nicht Gold oder Silber, schämt euch vor Menschen-Lust, Begierde. So geschwinde wie ihr erschaffen seid, so geschwinde könnt ihr verschüttet sein. Sei nicht mit den Zungen falsch, ehret Vater und Mutter und redet nicht falsch Zeugniß wider euren Nächsten, dem gebe ich Gesundheit und Frieden. Wer dieses nicht glaubt und darnach nicht thut, der ist verlassen, und soll keine Hülfe haben Ich sage euch, daß Jesus Christus den Brief geschrieben hat, wer dieses nicht glauben will und dem widerspricht, der ist verlassen, wer diesen Brief hat und nicht offenbart, der ist verpflichtet der christlichen Kirche. Dieser Brief soll immer von einander abgeschrieben werden, und wenn ihr so viele Sünden gethan habt, als Sand am Meer und Laub auf den Bäumen, so sollen sie euch vergeben werden, glaubt gewiß, daß ich den ehre, und wer nicht glaubt, der soll des Todes sterben, belehret euch, sonst werdet ihr vergeblich gestraft, denn werde ich euch bestrafen am jüngsten Tag, so ihr keine Antwort geben könnt, ein jeglicher über seine Sünde. Wer diesen Brief im Hause hat, den soll kein Donnerwetter treffen. Welche Frau diesen Brief bei sich hat, wird lebliche Frucht zur Welt bringen. Haltet meine Gebote, welche ich durch meine Engeln gesandt habe. In Jesu Namen Amen.

Mitgetheilt von Pastor Brockmann in Preetzen bei Wismar.

1631. Haus- und Schutzbrief. Im Namen Gottes des Vaters, des Sohnes und des heiligen Geistes. So wie Christus stille stand am Oelgraben, so soll alles Geschütz stille stehen. Wer diesen Brief geschrieben und bei sich hat, dem wird nichts schaden, es wird ihm nicht treffen des Feindes Geschütz und alle Waffen, denselben wird Gott bekräftigen, daß er sich nicht darf fürchten, vor Diebe und

Räuber, es soll ihm nichts schaden. Geschütz und Pistolen, alle Gewehre müssen stille stehen, alle sichtbare und unsichtbare, so man auf mich los hält, durch den Befehl und Tod Jesu, es müssen stille stehen alle sichtbaren Gewehre durch den Engel Gabriel, im Namen Gottes des Vaters, des Sohnes und des heiligen Geistes. Gott sei mit mir über alle diese Zeichen. Wer diesen Segen bei sich hat gegen dem Feind, der ist für alle Gefahr beschützet, wer es nicht glauben will, der schreibe dies ab, hänge es einem Hunde um und schieße nach ihm, so wird er erfahren daß dieses wahr sei. Wer diesen Brief bei sich trägt, der wird nicht gefangen, noch von des Feindes Waffen verletzt werden, so wahr als dies ist, daß Christus geboren, gestorben, auferstanden und gen Himmel gefahren ist, so wahre er auf Erden gewandelt hat, kann ich nicht geschossen noch gestochen werden noch an meinem Leibe verletzt werden, mein Fleisch, Gebein und Gedärm, Alles soll mir unbeschädigt bleiben. Ich beschwöre alle Gewehre und Waffen auf dieser Welt bei dem lebendigen Gott des Vaters, des Sohnes und des heiligen Geistes, ich bitte im Namen unseres Heilands Jesu Christus, daß mich keine Kugel treffen that, sie sei von Gold, Silber oder Blei, Gott im Himmel mach mich von allen sicher und frei. Im Namen Gottes des Vaters, des Sohnes und des heiligen Geistes. Dieser Brief ist durch den Engel Michael gesandt vom Himmel und in Holstein gefunden worden 1724; er war mit goldenen Buchstaben geschrieben und gesiegelt Lobogina; er schwebte über die Taufe, wer ihn greifen wollte, vor dem wich er zurück bis 1791 sich Jemand ihm näherte, es aufzuschreiben und der Welt mitzutheilen; zu diesem neigte sich der Brief herunter, darauf stand: Wer am Sonntag arbeitet, der ist für mich verdammt, ihr sollt an dem Tage keine Arbeit thun, sondern fleißig in die Kirche gehen und mit Andacht beten und euren Reichthum den Armen geben, ihr sollt nicht sein wie die unverständigen Thiere. Ich gebe in der Woche sechs Tage zum arbeiten und den siebenten Tag soll ihr Gottes Wort hören, werdet ihr das nicht thun, so will ich euch strafen mit Pestilenz, theure Zeit und Krieg. Ich gebiete euch, daß ihr des Sonnabends nicht spät arbeitet. Jeder er sei jung oder alt, soll für seine Sünden bitten, daß sie ihm vergeben werden. Schwöret nicht boshaftig in meinem Namen, begehret nicht Gold oder Silber und schrei euch vor der Menschen Lust und Begierden, so geschwind wie ich euch erschaffen habe, so bald kann ich euch zerschmettern. Seid mit der Zunge nicht falsch, ehret Vater und Mutter und redet nicht falsche Zeugnisse wider euren Nächsten, dem gebe ich Gesundheit und Zufriedenheit. Wer diesem Brief nicht glaubt, nicht darnach thut, der wird verdammt, der wird weder Glück noch Segen haben. Ich sage euch daß Jesus Christus diesen Brief geschrieben hat und wer dem widerspricht, der ist verlassen und wird keine Hilfe haben. Wer diesen Brief hat und ihn nicht offenbart, der ist verflucht und von der christlichen Kirche und von meiner Allmacht verlassen, und wenn ihr so viele Sünden habt, als Sand am Meere und Laub auf den Bäumen und Sterne am Himmel sind, so sollen sie uns alle vergeben werden. Glaubt gewißlich, daß, wer es nicht glaubt, daß er und sein Kind eines bösen Todes sterben werden, bekehrt euch, sonst werdet ihr ernstlich gestraft werden. Wer diesen (Brief) bei sich trägt oder in seinem Hause hat und darnach thut, den wird kein Donnerwetter treffen und soll vor Feuer behütet werden. Welche Frau diesen Brief bei sich trägt, wird eine leibliche Zucht auf dieser Welt bringen. Halte meine Gebote, die ich durch den Engel Gabriel gesagt habe. In Jesu Namen Amen. Gott der Vater ist mein Anfang † Gott der Sohn ist mein Anfang † Gott der Sohn ist mein Beistand † Gott der heilige Geist ist mein Beistand †

Ich gehe durch Wälder, Länder, Berg, Thal und Graben. Gott der Vater ist der Erste † Gott der Sohn ist der Zweite † Gott der heilige Geist ist der Dritte † die Drei bewahren mein Blut und meinen Leib vor Stechen, Schlagen und Schießen.

Gedruckter Segensbogen in Rostock.

Ein vierter Text führt die Aufschrift 'Haus- und Schutzbrief'. Im Namen des Vaters, des Sohnes und des heiligen Geistes. Amen! L. J F K H B K. N. K. die Buchstaben der 'Gnade' und stimmt mit dem Ruppiner Drucke.

1632. Eine Kugel machen, so durch alle Harnisch gehet. Nimm Blei und Kupfer nach deinem Wohlgefallen. Mach eine Kugel daraus und lösche sie in Spiritus vini ab

Präpositus Dr. Schmidt in Plauen, 'aus einem vergilbten Manuscript von schlechter Hand, das Referent in einer Erbschaft aus Güstrow erhalten'

1633. Im Kriege Durst zu vertreiben und seine Feinde zu überwinden. Im Hahne findet sich ein Stein, eine Bohne groß, durchsichtig wie ein Kryſtall. Er wird gefunden in den Caphähnen erſt nach vier Jahren in der Leber des Hahnes. Wenn er bei dem Hahn gefunden, so trinkt er nimmermehr. Diesen im Mund gehalten, bekommt man keinen Durſt und überwindet die Feinde.

Fürfürſtin Dr. Schmidt in Putzow 'aus einem vergilbten Manuſcript'

1634. Wenn Einem ein Rohr verſprochen iſt. Nimm Moos von einem Todtenkopf, lade es zwischen das Pulver. Nimm der Hinterkopf, schieß darnach, es wird kein Versprechen dich hindern.

Eberda.

1635. Kugelfeſt kann man sich machen, wenn man ein Stückchen Nabelschnur, ein Stückchen Nachgeburt und ein Stück von einer Fledermaus in seine Kleidung nähen läßt.

J. K. 500

1636. Kugeln zu machen, die durch Küraſſe und Harniſche gehen. Man nehme ein Stück guten Kernſtahl, ungefähr in der Größe einer Erbse, dies thut man in eine Kugelform und übergieße ſie mit Blei. Diese Kugel durchbohrt die feſteſten Harniſche.

Feldprediger Dr. Schmidt in Putzow. 'Aus einem alten Manuſcript.'

1637. Segen Hieb- und Stichwunden feſtzumachen.

> Gottes Macht die ſtärke mich,
> Gottes Kraft die tröſte mich,
> Seine heiligen fünf Wunden behüten mich,
> Daß mir kein Leids geschehe
> Von allen Augen, die mich sehen,
> Daß mich keine Waffen treffen,
> Hauen, schießen oder ſtechen,
> Es sei im Wald oder im Feld,
> Daß mir kein Leids geschehe
> Von allen Augen, die mich sehen,
> Daß mich keine Waffen treffen,
> Hauen, schießen oder ſtechen,
> Es sei da Mirtahl[1]),
> Blei, Eisen oder Stahl.

---

[1]) Metall.

In Namen Gottes des Vaters, Sohnes und heiligen Geistes. Zum drittenmal Amen. Dann dreimal das Vaterunser und dreimal den Glauben.

Lehrerin Dr. Schenke in Pinnow 'aus einem vergilbten Manuscript von schlechter Hand, das Referent in einer Erbschaft aus Güstrow erhalten' Fgl. MS 1, 185, Nr. 547.

1638. Schutz gegen Verwundetwerden. Gehe des Abends in den Hühnerstall und schwärze alle Eier darin an. Am Morgen wirst du eines finden, das wieder weiß geworden ist. Wirst du dies Ei essen, so bist du gesichert gegen jede Verwundung.

Ebenso wenn du Allermannsharnisch (wilder Alraun, lange Siegwurz) bei dir trägst.

Eine Schlangenzunge in jeden Schuh gethan, macht hieb- und schußfest und den Feind verzagt. Abgegrab. Lehrer Kreutzer

1639. Den Jäger kann man am Schießen verhindern, wenn eine Frau ihn scharf ansieht und dabei ihren rechten Schürzenzipfel dergestalt in die rechte Hand nimmt, daß, wenn sie dieselbe nach links dreht, die Hand ganz von der Schürze verhüllt wird. Alles muß stillschweigend geschehen. Dwelwoch Lehrer Behm in Nienhagen.

1640. Ebenso wenn man in dem Augenblicke, wo der Schießende abdrücken will, die Tasche aus Rock oder Hose herauszieht, so geht das Gewehr nicht los.

1641. Wenn ein junger Mensch losen soll, muß man ihm Folgendes unbemerkt mitgeben:

Herr, hilf und laß Alles wohlgelingen!

N. N. (Name des Losungspflichtigen)

Im Namen Gottes.

Weil ich zum Losen und zum Streite geh,

Mit deiner Stärke mir beisteh;

Bei diesem Streit und Kampf auch sei,

So werd ich N. N. vom Soldaten und allem Unglück frei.

Vater, Sohn und heiliger Geist.

Gegend von Ludwigslust. Seminarist Brandt

1642. Wenn ein Mann sich freilosen will, so geht er die Nacht zwischen 12 und 1 Uhr, nimmt drei Messerspitzen voll Erde von einem frischen Grabe und wirft diese in die Losetrommel: dann lost er sich gewiß frei. C. v. Oertzhausen in Brahlstorf. Durch Oekonomist Schmiegelow

1643. Soll Jemand sich freilosen, so muß man ihm stillschweigend, ohne daß er es weiß, in den rechten Rockärmel eine Erbsenschote, die neun Erbsen enthalten muß, stecken. Zu diesem Zwecke heben besorgte Mütter solche Schoten, weil man sie nicht oft findet, Jahre lang auf, um ihren Sohn mit solchem Talisman zum Losen schicken zu können.

1644. Ein vortreffliches Mittel, sich vom Militärstande freizulosen, ist, daß man dem Losenden vorher drei Stecknadeln, ohne daß er's und Andere wissen, in den Rock, den er während des Losens trägt, steckt oder näht. Die Nadeln müssen von drei Schwestern, die im Alter aufeinander folgen, erbeten sein.

Küster Schröder in Gletow bei Röbel

1645. Wenn ein Militärpflichtiger losen muß, so trifft ihn das Los nicht, wenn ihm heimlich ein Geldstück in den Rockschoß genäht wird.

Eggers

1646. Wenn Einer zum Proceß will.

> Ich gehe über meine Hausschwelle,
> Unser Herr Jesus Christus ist mein Geselle,
> Der Erdboden ist mein Schuh,
> Der Himmel ist mein Hut,
> Da haben wir beide getrunken Christi Blut
> Es begegnet mir ein Mann,
> Der wird mich greifen an.
> Es mag sein Freund oder Feind,
> So ist Gott Vater mit mir,
> Gottes Sohn mit dir,
> So wollen wir beide,
> In Frieden und Freuden
> Von einander scheiden.

Dies dreimal gesprochen, wenn man vor der Stubenthür ist, in die man eintreten will.

Holt von Dr. Werner

1647. Wer 'n Heckdaler hebben will, bei mütt in de Ungst Nacht einen schwarten Kater in 'n Sack steken, den Sack mit 99 Knuppen taubinnen un denn dreimal üm be Kirch gan un jedesmal dörch't Schlartellock den Köster raupen. Bi dat drübb' Mal kümt Einer, dat is awerst de Düwel un nich de Köster; men frögt em, es bei 'n Hasen köpen will un verköfft em be Kalt in 'n Sack vör 'n Hasen. Man mütt ewer irer ümmer Dack un Fack sin, as de Düwel be 99 Knuppen upmakt hett.

Raabe 201

1648. **Wünschelruthe.** Um einen Schatz zu heben, muß man sich in der Johannisnacht zwischen 12 und 1 Uhr oder am Johannistag zwischen 12 und 1 Uhr stillschweigend aus einem Weidenbaume eine Ruthe brechen. Diese weist in die Richtung, wo der Schatz liegt. Ist man auf dem Punkt angekommen, wo der Schatz verborgen ist, so zeigt die Ruthe zur Erde. Während des Grabens darf man nicht sprechen, mag auch vorkommen, was da will. So, erzählt die Sage, haben einst einige Leute darnach gegraben. Wie sie angefangen haben, ist mit einemmale alles taghell geworden. Darauf sei ihnen zuerst der Teufel erschienen und hätte einen großen Mühlstein an einem seidenen Faden über ihrem Haupte ausgehangen, und zwar so dicht, daß es jeden Augenblick hätte ausgesehen, als ob er niederfallen wollte. Die Leute aber hätten sich nicht stören lassen, sondern ruhig weitergegraben. Darauf sei eine Kutsche mit vier Pferden angekommen und sei im Husch vorbeigejagt. Sie aber hätten ruhig weiter gearbeitet. Hinter dem Wagen aber sei eine alte Frau anzuhumpeln gekommen, welche ganz weiß gekleidet gewesen sei. Diese hätte immer gerufen: 'Schal wol mit furtkamen? schal wol mit furtkamen?' Da hätte einer der Gräber nicht mehr an sich halten können und hätte gesagt: 'Du magst den Deuwel mit furtkamen.' Und in demselben Augenblicke sei der Schatz versunken und Alles verschwunden gewesen.

Arbeitsmann Vick aus Rühn. Durch Gymnasiast Krüger

1649. Die **Wünschelruthe** dient, um Schätze oder überhaupt Metall zu entdecken, auch um Wasserquellen aufzufinden.

Cagnes.

1650. **Daß man viele Käufers haben thut.**
Jetzt tret ich über die Schwellen
Und nehme Gott zum Mitgesellen,
Daß die Leute müssen kommen von nah und fern,
Wie zur Zeit, da Sanct Johannis taufte im Namen des Herrn,
Gottes des Vaters, des Sohnes und des heiligen Geistes.

Von einer Frau in Volkhagen. Durch C. W. Stuhlmann

1651. **Daß man das Vieh gleich verkaufen kann, sobald man** es zu Markte bringt. Gehe hin und suche einen Ameisenhausen. In der Mitte wirst du eine schwarze Kugel finden. Mit dieser bestreiche, reibe und beräuchere das Vieh, welches du gedenkst zu verkaufen, so wird es Jeder gewiß gerne kaufen wollen. *F. Stectmann aus Hankorf*

1652. Im Spielen zu gewinnen. Für 6 Heller Retschmyku[?] und drei schwarze Kümmelkörner, zusammen in ein Papierchen gethan und während dem Spielen in die linke Hand genommen
Präpositus Dr. Schrade zu Prozen

1653. Auf welche Art ein Mensch eine große Stärke erreichen kann. Setze guten klaren, rothen Wein in einen Ameisenhaufen, lasse ihn ein ganzes Jahr darinnen stehen an einem Donnerstag im Glas wohl verwahrt, hernach nimm es an dem darauffolgenden Freitag des verflossenen Jahres wieder heraus und trinke selbigen Wein, so wirst du Riesenstärke gewinnen und unerhört Wunder thun
Präpositus Schrade zu Prozen (aus einem alten Manuscript)

1654. Einige Leute haben gegen ihren Willen solche Kraft in Worten und Augen, daß jedes junge Thier, sobald sie es ansehen und loben, gleich darauf todt hinfallen muß.
Monatsschrift von und für Meklenburg 1791, S. 440

1655. Liebeszauber. Eine Person, die zwar guten Standes, aber nicht eben reinen Geruches, wollte sich gerne an einen von ihr geliebten gelehrten Mann machen. Weil aber ihre Anschläge vergeblich, versuchte sie es durch lose Künste. Sie sandte an den Mann einen kostbaren Marcipan. Weil aber die Mutter des Mannes das Geschenk, annahm, und derselben im Nachdenken Alles verdächtig vorkam, ging sie in das Haus und warf einem daselbst sich findenden Schwein den Marcipan zu. Des folgenden Tags kam dasselbe Schwein und lärmte an der Thür des Hauses, worin die Jungfer logirte, um eingelassen zu werden. Als man dann die Thür öffnete, um zu sehen, was davor polterte, drang das Schwein ins Haus, lief gleich auf die Jungfer zu, richtete sich auf, fiel derselben um den Hals, so daß sie sich durch Gewalt und Hülse desselben entschlagen mußte.
Scheva Jurid. Rostock VI, 35 (1710)

1656. Desgleichen. 1619: Hat die N. N. von einem andern Weibe etliche Worte gelernet, dergestalt, daß, wenn dieselbe über eine Person, dero unwissend, in der Stille ausgesprochen werden, daß alsdann selbige Person in unordentliche Liebe gerathen und sich des anderen Willen ergeben müsse, und es hat diese ermeldte N. N.

es in ihren Diener prakticirt und ihn dermaßen bezaubert, daß er eine Zeit lang weder essen, trinken, noch schlafen können, sondern stäts über ihre Liebe gebeten, und denselbigen dadurch zu unordentlicher Liebe gezogen.

Solenia jurid. Rostoch. VI, 8 (1738)

1657. **Liebesmittel.** Ein Frauenzimmer gebe menstruirtes Blut, am besten in einem Bratapfel oder auch in Kuchen, einer Mannsperson zu essen, so ist diese an die begehrliche Person gebannt. Dasselbe geschieht in umgekehrter Weise, wenn eine Mannsperson von ihrem Samen in irgend einer Speise gibt.

Lehrer C. Krohrt in Ludwigslust

1658. **Daß die Frauen nichts verweigern können.** Man trage 'Ewerwöttel' (rad. Karlinae), 'Bullerjahn' (rad. Valerianae offic.) und 'ror'n Waff' bei sich.

Aus Hanshert, Lehrer Lübstorf

1659. **Eine Person in sich verliebt zu machen.** Man verschlucke eine kleine Muscatnuß, suche sie nachher im Stuhlgang wieder auf und gebe sie der Person ein, welche man in sich verliebt machen will.

Meklenb. Jahrb. 5, 118

1660. Wenn man 'n Mäten in sik verleiwt maken will, so mütt man unverworens 'ne Sticknadel un 'n Hor von er tau krigen söken, dat Hor denn üm de Nadel wickeln und hinner sik in een fleitend Water schmiten.

Raske 56.

1661[a]. **'Liebeshafen.'** Man steckt einen Laubfrosch in eine durchlöcherte Schachtel und setzt dieselbe in einen Ameisenhaufen. Bald fallen die Ameisen das Thier an. Man muß sich aber schnellstens von dem Ameisenhaufen entfernen, denn das gequälte Thierchen stimmt ein Geschrei an, daß taub wird, wer es hört. Nach längerer Zeit wird die Schachtel wieder hervorgesucht, und man findet von dem Laubfrosch nur noch einen hakenförmigen Knochen. Wer stillschweigend diesen Haken einer Person an oder in die Kleidung bringt, hat einen Liebesbann über dieselbe gebracht, so daß diese nicht von jener zu weichen im Stande ist, es müßte denn die Entdeckung und Entfernung des Hakens gelingen.

Aus Ludwigslust Lehrer Krohrt

1661[b]. Will men 'ne Frugensperson wat anbann, dat sei ümmer achtern Mannsminschen anlöpt', so fange man einen Laubfrosch, sperre ihn in ein Kästchen, und setze dasselbe, nachdem man seine Löcher hineingemacht, in einen Ameisenhaufen. Die Ameisen werden den Frosch verzehren; das Geschrei des Frosches darf der nicht hören, der den Zauber macht; er muß sich daher die Ohren mit einem Tuche zubinden. In dem Gerippe des Frosches findet man zwei Knöchelchen, eins in Gestalt eines Häkchens, das andre in Gestalt einer Schaufel. Ersteres hake man in das Schürzenband des Frauenzimmers, ohne daß sie es merkt, und ziehe zu sich an, so wird von Stund an das Frauenzimmer Demjenigen in Liebe anhangen, der dies gethan hat. Will man die Liebe wieder von sich abwenden, so nehme man das schaufelförmige Knöchelchen und schiebe das Frauenzimmer, doch wieder ohne daß sie es merkt, von sich und alsbald hört die Liebe auf.   Küster Schwarz in Berlin

1662. Wenn man Leuten, die zusammen leben und sich lieb haben (Freunde, Eheleute re.) in des Teufels Namen abgeschnittene Hundshaare in die Betten legt und sie darauf schlafen, so entsteht zwischen ihnen Unfrieden und Trennung.   H.B. 540

1663. Gegen Unfruchtbarkeit.

a) Man lasse seinen Urin durch seinen Trauring gehen

b) Man grabe die Wurzel der wilden Cichorie vor Sonnenaufgang aus, trage sie an einer Schnur um den Hals, beiße an einem jeden Morgen nüchtern ein wenig davon ab und esse dies auf

c) Man koche in seinem Urin ein frisch gelegtes Ei solange, bis die Hälfte desselben verkocht ist, und schütte den Urin alsdann in ein fließendes Wasser. Bohre das Ei darauf ein wenig an, trage es stillschweigend in einen Wald und lege es dort in einen Ameisenhaufen. Wenn die Ameisen das Ei verzehrt haben, wird man wieder fruchtbar sein.

d) Man nehme ein Schnapsglas voll Muttermilch von einer jungen Frau, die ihr erstes Kind geboren, trinke dieselbe vor Sonnenaufgang, ziehe dann einen Pfahl aus der Erde, schlage in das Loch seinen Urin ab und stecke den Pfahl darauf umgekehrt wieder hinein

e) Eine Person anderen Geschlechts schneide dem oder der Unfruchtbaren von allen Haaren des Körpers und von den Nägeln an Händen und Füßen kleine Theile ab, thue sie in ein neues leinenes Läppchen, bohre ein Loch in einen Fliederbaum (Sambucus), stecke das Läppchen dahinein und verkeile dann das Loch mit einem Pfropfen von grünem Hagedorn (Crataegus). Dies Alles geschehe stillschweigend, drei Tage vor Neumond.

1664. Der älteste Zauber in Mecklenburg ist wohl der in den Jahrbüchern VII, S. 286 ff. ausführlich beschriebene von dem Wachsmännlein = 'manoleken'. (Ao. 1336.)

1665. Das Opferblut goß man an die Bäume. — Mancher gießet noch jetzo sein Blut, wann er zur Ader gelassen, an einen Baum; fragt man warum, so ist es die abergläubische Antwort 'Es soll gut sein.' — Daher auch der Gebrauch des Wund-Holzes entstanden, dessen Wirkung man einer Sympathie zuschreibet. Grimm L, 200.

1666. Wenn eine Frau schwer zur Geburt kommen kann, so nimm Hagedorn, fasse denselben bei der Spitze an und lasse ihn dreimal auf den bloßen Leib der Frau fallen.

§ Stockwurm aus Hartorf.

1667. Um die Milch zu vertreiben, hänge man der Frau einen Krötenstein auf den Rücken.

1668ᵃ. Branntweintrinken verleiden. Man gießt einem Todten den Mund voll Branntwein, gießt denselben nach vierundzwanzig Stunden wieder heraus und gibt ihn dem Branntweintrinker ein.

Aus Hartorf. Lehrer Lübsdorf.

1668ᵇ. Man steckt dem Todten ein Stück Geld vierundzwanzig Stunden lang in den Mund, legt dies dann ebensolange in Branntwein und gibt diesen dem Säufer. Aus Neuklofter. Lehrer Lübsdorf.

1669. Wenn Einer wegen Bezauberung keine Butter bekommen kann. Wenn du keine Butter kannst bekommen, so gehe an eine Scheidung oder Zaun und ziehe einen Zaunpfahl aus und gieße den Milchsahm in das Loch, wo der Pfahl da gestochen hat, nimm den Pfahl und stoße zu dem Sahn, als wenn du butterst, so wird Derjenige kommen und dich bitten, aufzuhören und zu buttern. Wenn man will, so kann man ihn gleich zur Erden niederbuttern.

Heft von Dr. Wilbrandt.

1670. Wenn nicht buttern will, stecke man unter das Butterfaß den Nagel aus einem Sarg. Aus Ludwigslust. Lehrer Lübsdorf.

1671. Feuer zu besprechen. Der Besprechende jagt zu Pferde dreimal im sausenden Galopp um das brennende Gebäude und darauf in ein nahes Gewässer, die Flamme fährt ihm als ein langer Feuerstrahl ins Wasser nach und der Brand ist damit erloschen.

23*

Die Besprechungsformel habe ich nicht in Erfahrung bringen können. Vielleicht ist es die, welche sich in der alten Volksnaturlehre von Hellmuth findet.

Küster Schwarz in Zettin

1672. Früher führte die 'lichte Straße' in Ludwigslust den Namen 'Schäferei'. Diese brannte vor etwa sechzig Jahren ab. Um dieselbe Zeit wohnte auf dem Ludwigsluster Forsthofe ein Oberforstmeister, Namens Laufert. Dieser soll im Besitz des Geheimnisses des Feuerbesprechens gewesen sein. Als das Feuer immer weiter um sich griff, ist Laufert auf einem Schimmel reitend angekommen und hat da einen Ritt um das Feuer gemacht. Als er nun wieder an seinen Ausgangspunkt gekommen, da ist er mit Windeseile nach dem Wasser gejagt und hat sich mit demselben naß gemacht. Das Feuer ist ihm bis an das Wasser gefolgt und da plötzlich verlöscht. Hätte ihn das Feuer eher erreicht, bevor er an das Wasser gekommen, so würde er vom Feuer verzehrt worden sein.

Von einem Seminaristen aus Ludwigslust

1673. Gegen Feuersgefahr. Gehe am Charfreitage vor Sonnenaufgang aus und brich Erlenzweige, die im vorigen Jahre gewachsen sind; verwahre sie das ganze Jahr und mache Kränze daraus. Entsteht eine Feuersbrunst, so wirf einen davon in die Gluth, so wird sie verlöschen. Ein Haus, worin ein solcher Kranz hängt, ist vor Feuersgefahr sicher.

Wismar, Lehrer Kreutzer

1674. Feuer zu besprechen.

> Feuer, du heiß Flamm,
> Dir gebot Christi der werthe Mann,
> Daß du mußt stille stehn
> Und nicht weiter gehn.
> Im Namen u. s. w.

Man muß dreimal um das Feuer herum- und dann ins Wasser gehen.

Heft des Dr. Oberdörffer

1675. Das Feuer steht hier in Jesu Namen:

> Daß du mögest stille stehn
> Und nicht weiter gehn.
> Im Namen u. s. w.

Eberle

1676. Siehst du das Feuer aufgehen, so umgehe oder umkreise es dreimal und sprich

Alla: Liga Loica·
Alla: Liga Loica:
Alla: Liga Loica.   Uhrgend Lehrer Krenger

1677. Gegen Feuersbrunst. Wenn in einem Hause Feuer aus-
bricht, steige hurtig auf ein Pferd, umjage dreimal das Haus und
das Feuer und spreche vor der Thüre des Hauses beim erstenmal:

Füer, Füer, Füer,
Wat blöst un smökst du hier?

Beim zweitenmale·

De Bös' hett di anböt,
De Bös' di dreinen lett

Beim drittenmale:

Gott Vader schall rebben,
Gott Sœn di utpebben,
Gott Geist di utpusten,
In 't Water di pusten.
Kumm mit! Kumm mit! Kumm mit!

Hierauf jage eilends in ein fließendes Wasser, sonst greift dich das
Feuer und thut dir schweres Leid an.   ••• ſoo

1678. Ein sogenannter Brandbrief, mit Veränderung der
Schreibweise von dem Original abgeschrieben:

'Bis (sei) willkommen, du feuriger Geist! Greif nicht weiter,
als was du hast, das zähl ich dir, Feuer, zu eigen.

Bis (sei) im Namen Gottes des Vaters, des Sohnes und des
heiligen Geistes.

Ich gebiete dir, Feuer, bei Gottes Kraft, die Alles thut und
Alles schafft, du wollest stille stehen und nicht weiter gehen, so wahr
Christus stand am Jordan, da ihn taufte der heilige Mann. Das
zähl ich dir, Feuer, zu einer Buße, im Namen der heiligen Dreifaltigkeit.

Ich gebiete dir, Feuer, bei Gottes Kraft, du wollest legen
deine Flammen, so wahr Maria behielt ihre Jungfrauschaft, vor
allen Frauen dieselbe behielt so keusch und rein, drum stell, Feuer,
dein Wüthen ein. Dies zähl ich dir, Feuer, zu einer Buße, im
Namen der heiligen Dreifaltigkeit.

Ich gebiete dir, Feuer, du wollest legen deine Gluth bei Jesu Christ theures Blut, das er für uns vergossen hat, für unsre Sünd und Missethat. Das zähl ich dir, Feuer, zu einer Buße, im Namen Gottes des Vaters, Sohnes und heiligen Geistes. Jesu von Nazareth, ein König der Juden, hilf uns aus diesen Feuersnöthen, und bewahre diese Bauragrenze für alle Scheuch und Pestilenz.' S-k. 100

1679ᵃ. Um ein Hühnerauge fortzuschaffen, sticht man mit einer Nadel, mit der ein Todtenhemd genäht ist, in der aber der Faden nach stecken muß, dreimal vor Sonnenaufgang in das Hühnerauge.

1679ᵇ. Hat man an Hühneraugen zu leiden, und streicht dreimal mit der Hand darüber, wenn eine Leiche begraben wird, der Leiche nach, so sollen die Hühneraugen vergehen.

Aus Grabow, Semiarzt Lorch.

1680. Muttermale, mit einer Todtenhand bestrichen, verschwinden.

Krukenach Mast in Dewen.

1681. Gegen Muttermal schreibe man auf einen Zettel die Namen der drei Männer im feurigen Ofen, nämlich:

'Ananias, Misael, Azarias',

und auf die Rückseite des Zettels die Worte:

'gepriesen sei Gott, der seinen Engel sendet, und die auf ihn hoffen, rettet.'

Diesen Zettel trage man auf der Herzgrube, bis das Mal verschwindet.

H.k. 125

1682ᵃ. Gegen das Mal auf dem Auge bei Vieh und Menschen

Drey Junfern ley'n gerade, gerade, gerade,
Dei eine ley dat Graß uth der Erde,
Dei ander ley dat Loff vam Bohm,
Der brüdde ley dat Mal vam Oge.

Im Namen ꝛc.

Wittenburger Hexenprocessakten von 1680 in Zaber'n Zeitschrift 6, 166

1682ᵇ. Für die Augen zu stillen.

Es gingen drei Jungfern über den grünen Steig,
Der einer pflückt das Gras aus dem Steig,
Der ander brach das Blatt von dem Baum,
Der dritte nahm das Mal van dem Aug.

Heft eines Tagelöhners in Neukloster Bas WS. 442, Nr 388, Bässerhoff S. 16; Engellen Nr 233.

1682³. Gegen das Mal.

Es gingen drei heilige Jungfrauen
Wohl über einen grünen Steig.
Die eine pflückte das Gras aus dem Steig;
Die andre nahm das Blatt vom Palmbaum;
Die dritte nahm das Fleisch- und Blutmal vom Auge.

Im Namen u. s. w.   Gegend von Gesewtühlen Seminarist G Hansen

1682⁴. Das Mal vom Auge zu stillen. (Wenn das Weiße im Auge mit Blut überlaufen ist, sagt man in Testorf und Umgegend man hat das Mal auf dem Auge.)

Es gingen drei Jungfern im Walde:
Die eine pflückt das Laub ab,
Die andre pflückt das Gras ab,
Die dritte pflückt das Mal vom Auge.

Danach wird dreimal gepustet.   Aus Testorf Seminarist G. P

1682⁵. Dor sitten drei Jungfern up einen Stein,
Dei ein plückt Gras, dei anner plückt Moss,
Und dei drüdde plückt dat Mal van dat Og.

Der Name Gottes wird neunmal gesprochen, während welcher Zeit mit einem Messer oder einem Finger vor dem Auge gekreuzt wird. Nach dem letztenmal pustet man dreimal gegen dasselbe.

Von einem Seminaristen.

1683   Da kamen her drei gesegnete Mägd,
Dey ein stohl¹) den Stein aus Weg,
Die andere stohl das Laub vom Baume,
Die dritte stohl den Ruben vom Auge.

Im Namen u. s. w.

Heft im Besitz des Criminalcollegiums in Bützow Vgl WB 1, 107, Nr 540

1684. Wenn eine sogenannte Haut über das Auge gewachsen oder es sonst entzündet und schmerzhaft ist, bedecke man die rechte Hand mit einem weißen leinenen Tuche und fahre damit kreuzweise vor dem kranken Auge hin und her, indem man spricht:

Es gingen drei gottesselige Jungfrauen
An einem gottesseligen Berge:

¹) Stohl = stahl (stiehl)

Die eine pflückte das Gras,

Die zweite den Weihrauch,

Die dritte den Stor.

Nun stößt man mit der bedeckten Hand leise gegen das Auge, breitet die fünf Finger unter dem Tuche aus und thut, als wolle man die Haut vom Auge herunterziehen. Dies geschieht dreimal und jedesmal spricht man dabei: Im Namen ꝛc.

1685ª. Beim Mal im Auge:

Unser Herr Christus fuhr über Sand und Land,

Ueber Berg und Thal:

Davon still ich das Mal.

Im Namen u. s. w.

1685ᵇ. Unser Herr Jesus Christus ging über Sand Land,

Ueber Berg über Dal,

Damit bestreich ich dieses Mal.

Im Namen u. s. w. Hier gebraucht man eine neue Knöpfnadel dazu

1686. Wenn Jemandem eine Gerstengranne ins Auge geflogen und das Auge dadurch entzündet ist, so spricht man, indem man die Hand gegen das kranke Auge ausstreckt:

Herr Jesu Christ, greif eher zu als ich.

Sowie man das Wort 'ich' ausspricht, greift man ins Auge hinein

1887. Gegen das Mal auf dem Auge.

Faul ab, Mal,

Ach stoß ab, Stahl,

Af so hell und klar,

Als Christus von Maria geboren ward.

Im Namen u. s. w.

1688. Spielhaken, ik klag di,

De Heerdram de plagen mi,

Sei plagen mi wol Nacht un Dag,

Dat ik nich ruhen mag.

Zuletzt spricht man den Namen Gottes neunmal und kreuzt mit einem Kesselhaken vor dem schlimmen Auge.

1689. Gegen böse Augen. Wenn eine Haut übers Auge wächst Gehe drei Freitage dorthin, wo der abnehmende Mond recht hell scheint, lasse das kranke Auge den Mond ansehen, fahre mit einem scharfen Messer vor dem Auge hin und her und sprich:

Da gingen drei Jungfern darneben:

Dei ein plückt Gras, bei anner plückt Krut,

Dei drübb' plückt dit Unfahl von dit Og.

Elbgegend Lehrer Kreutzer.

1690. Hillige Kercke, ick klage it dy,

Dit mall dat jaget mi.

Mi verguet unde dir bestaedt.

Im Namen Gottes des Vatters, des Sohns und des heiligen Geistes. Amen.

In einem Exemplar der Policey- und Landesordnung von 1572. Archiv zu Neubukow. Dr. Krull, Wismar.

1691. Gegen das 'Aufwachsen auf das Auge'.

Dor kömen drei Jungfruen den Stig lang,

De ein plück Blomen, de anner plück Gras,

De drübb' nem't von de Ogen raf.

Im Namen Gottes.

Helldorf Lehrer Lübstorf.

1692. Für rothe, trübe Augen.

Es gingen drei heilge Mädchen auf den Weg,

Die eine pflückt Gras, die andre pflückt Laub,

Die dritte das Roth vom Aug.

Im Namen u. s. w. dreimal gesprochen und dabei gepustet

Heß von Dr Werkner.

1693. Gegen schlimme Augen bei Menschen.

Es gingen drei Mädchen wohl auf dem Wege.

Die erste die pflückte das Gras wohl auf (L. aus) dem Wege,

Die andre das Laub wohl von dem Baume,

Die dritte den Staub wohl aus die Augen.

Im Namen Gottes 2c.

Ingelshner Dau in Grbg.

1694ᵃ. Für kranke Augen.

Dort gingen drei Seelen den grünen Steig,

Die pflückten Kraut,

Damit vertrieben sie L. C. C. P.

Im Namen u. s. w.

Sumsarsch L Bremen

1694ᵇ. Bei Augenkrankheiten streicht man mit der Hand rings um das Auge, bläst dann in dasselbe hinein, dreimal, und spricht:

Dor güngen drei Seelen den grünen Stig entlang
Un plücken Krut,
Dormit verdriben sei den Stoar van de Ogen.

Im Namen u. s. w. Gärtnerin Hüllsvordиore Timmermann

1695. Bei Augenleiden, wenn etwas darauf gewachsen ist
Es schießen drei Stern' vom Himmel herab,
Sie schießen wohl auf unsern Herrn Christus sin Grab.
Herr Christus stürben drei Töchter ab,
Die eine am Abend, die andre auf die Nacht,
Die dritte nahm das Laub vom Auge ab.

Im Namen u. s. w. Bei diesen Worten wird mit der Klinge eines offenen Messers über dem Auge dreimal herübergekreuzt, ohne das Auge zu berühren. Schäfer Brackow in Brüh

1696. Gegen alle Arten von Augenübel. Man sehe in die kranken Augen und spreche:

Magret hät makt dant Og,
Lof van 'n Dom,
Doch van Gras † † †. Meklenb. Jahrb 5, 105

1697. Gegen Auswüchse am Kopf. Hole einen Weidenzweig herunter, bestreiche damit dreimal kreuzweis den Schaden und sprich:

De Wen un de Wid',
De gingen beid to Strid':
De Wid' gewünn,
De Wen verswünn. Ehrsamd Lehrer Krasper

1698. Gegen Ausschlag. Man stelle sich mit dem Gesicht gegen den zunehmenden Mond, fahre dreimal kreuzweis mit der Hand über den Ausschlag und spreche:

Wat is ansee, dat nem to,
Wat is strik, dat nem af.

Im Namen ic. Wie oben

1699ᵃ. Gegen Sommersprossen. Man gehe an ein altes Gewölbe, halte die Hand an das Gestein, daß sie feucht werde, überstreiche mit ihr das Gesicht, entferne sich stillschweigend und betret den Ort nie wieder.

1699ᵇ. Man fange das Regenwasser auf, welches sich um Wurzelstamm einer abgehauenen Eiche gesammelt hat, seihe es durch en Tuch, gieße es in eine Flasche, setze diese der Sonne aus und wasche sich täglich dreimal mit dem Wasser, bis die Sommersprossen verschwinden. Auch das Regenwasser, welches auf einem Leichensteine steht, kann man zu diesem Zwecke benutzen.

1699°. Man nehme stillschweigend die ersten jungen Gänse, streiche sich mit ihnen über das Gesicht und lasse sie laufen, so verschwinden die Flecken.

1699ᵈ. Nach dem Volksglauben sollen auch die Sommersprossen (vulgo Sünnenplacken) verschwinden, wenn man einen lebenden Maulwurf in der Hand sterben läßt; desgleichen wenn man sie mit dem ätzenden Safte der Euphorbia, des Chelidonium majus und ähnlicher Pflanzen bestreicht. Dies letztere Mittel soll auch gegen die Warzen helfen. 1699 a—1699 d J.S. 533 f.

1700. Die Bienen zu vertreiben. Man muß stillschweigend hingehen, wenn Einer grünen Kohl kocht und nimmt die Kelle und deckt dreimal stillschweigend auf, dann gehen sie in kurzer Zeit fort
Heft von Dr. Weinge

1701. Gegen Warzen (Wratten).

 Die Wratzen und die Weide,
 Die waren mit einander im Streite,
 Die Weide gewann,
 Die Wratze verschwand.

Gebraucht 1830—40 in Wismar von Drechsler Schwarz. — Z. 1 Weiten; 2 Weite

1702°. Wende dich mit der Warze gegen den Vollmond und sprich:

 De Wratt un de Man'
 Deib'n in Strid' stan.
 De Man' gewinn,
 De Wratt verswinn. Mitgetheilt Lehrer Krœger

1702ᵇ. Der Mond und die Wratze,
 Die waren mit einander im Streite,
 Der Mond gewann,
 Die Wratze verschwand!

Man bindet sie auch ab mit einem 'Twerns-Faden', legt ihn um die Warze mit einem Schurz und sagt dieselben Worte und zieht den Faden zu und legt ihn auf eine andere und macht jedesmal einen Schurzknoten, bis sie alle gebunden sind, den Faden wirft man an einen Ort, wo er vermodert.

Gebraucht von Drechsler Behrens zu Dömitz.

1703. Bei zunehmendem Monde geht man Abends stillschweigend hinaus, sieht den Mond an und streicht dabei dreimal über die Warze oder das Muttermal und sagt dreimal vor sich hin:

Mon', du nimmst tau,

Wort (Wratt), du nimmst af.

Dies an drei aufeinanderfolgenden Abenden gethan.

Aus Mammenhoof. Hülfsprediger Timmermann.

1704ᵃ. Man geht, wenn der Mond voll ist, und stellt sich gegen den Mond und sagt:

Alles was ich anseh, das besteht,

Und was ich anfaß, das vergeht.

Dann wirft man es beim Abwischen dem Monde zu. Dreimal gesprochen und † † †. Heft von Dr. Bolcder Bd. Müllenhoff S. 515 Engelien Nr. 141.

1704ᵇ. Warzen und Wymen wegzubringen.

Alles was ich abstreiche, nimmt ab,

Und was ich anschaue, nimmt zu.

Im Namen u. s. w. Oberdöbern

1704ᶜ. Man sieht den zunehmenden Mond an und spricht, mit der einen Hand die Warzen der anderen bekreuzend:

Wat ik seih, nęm tau,

Wat ik nich seih, nęm af. Neukloster

1705. Im abnehmenden Monde sehe man diesen an, bekreuz mit der einen Hand die Warzen und spreche:

Ik mein, hir wir' wat

Un hor is nicks.

Im Namen Gottes ꝛc. Hauvtmann Lehrer Lübstorf

1706. Ein anderes Mittel ist Bestreichen mit einer Todtenhand; dazu gesprochene Worte finde ich nicht angegeben.

Güstrow Lehrer Krüger

1707. Gegen Schlucken (plattdeutsch Hickup oder Huckup).

Ik un de Hickup lopen tau Strid'

Wol æwer de Wid',

Wol æwer den Sot,

De Hickup blev dot. Küster Schwartz in Bössin

1708. Wenn man den Schluckauf hat, so spricht man, ohne dazwischen Athem zu holen:

Huckup Stuckup Slaberjahn,
Lat den Huckup œwer gan.

Dominenpächter Behm in Klenhagen

1709. Huckup un Stuckup gingen œwern Steg,
Huckup föll rinne und Stuckup ging weg.

Dominenpächter Behm in Klenhagen Bel. Wossidloff S. 413.

1710. Gegen Schlucken. Wenn du 'n Hickup hest, so mößt du an denn' Zippendörper Schulten sinen Schimmel denken, denn geit hei wedder weg. Seminarist O. Drögmöller

1711. Wenn Jemand den Schlucken hat, muß man ihn erschrecken. Allgemein Bgl. Reuter, Stromtid V

1712. Den Huckup vertreibt man, wenn man Wasser über einen Messerrücken trinkt, oder wenn man einen bestimmten Punkt in seiner Hand, ohne etwas Anderes dabei zu denken, betrachtet. Oder man nehme neun Schlucke kalten Wassers und schlage, während man trinkt, den linken Mittelfinger in die Hand zurück. JG 430.

Besprechungen.

1713. Für alle Uebel am Leibe.

Vorderritt, Hinterritt,
Nimm mir dieses Uebel mit.

Im Namen u. s. w. Lehrer Thiede ÷f

1714. Für die schweren Krankheiten zu stillen. Greif mit der Hand auf die Brust und spreche dreimal:

Das Wasser leidet keinen Durst,
Das Brot leidet keinen Hunger,
Damit still ich diesem Kindlein[1] seine schwere Krankheit.

Im Namen u. s. w.

1715. Hier stehen drei Blumen in Gottes Garten,
Der eine der Vater,
Der ander der Sohn,
Der dritte der heilige Geist.

---

[1] Hier wird der Name genannt.

Im Namen u. s. w. Die Blumen sind drei Fürsteine (Feuersteine),
die müssen in der Tasche sein.

Heft eines Tagelöhners in Neukloster; dieser Spruch steht auf einem engen "Zettel",
bei diesem ist die Bestimmung nicht angegeben.

1716.   Maria ist am Kreuz gegangen,
          Damit verbeut ich den Gefangen.

Aus dem Hefte eines Tagelöhners in Neukloster. Bestimmung nicht angegeben, ob
einen Gefangenen frei zu machen?

1717. Schmerzen zu stillen.

          Da gingen drei Jungfern nach das Holz,
          Die eine wälzte Stein aus dem Weg,
          Die andre pflückte Laub und Gras,
          Die dritte spricht: Steht und Fluß vergehn (?).

Es wird heruntergestrichen und gepustet.   Heft von Dr. Wedmer.

1718. Gegen Suchten.

          Es gingen drei Jungfern übern grauen Weg.
          Der eine stillt den Mann die Trenen und die Weidag.

Im Namen u. s. w Heft des Tagelöhners in Neukloster — Scheint unvollständig

1719. Wenn Jemand an der Auszehrung leidet, so geht der,
der sie ihm wegtreiben will, Abends nach Sonnenuntergang, ohne
zu sprechen, nach einem Hollunderbaum, bringt letzterem Wachs,
Flachs, Käse und Brot und redet den Hollunder folgendermaßen an:

          Gun Dag gräun Marte!
          Ik bring' de dat Rig',
          Hie bring' ik di Wass, Flass,
          Hie bring' ik di Kes' un Brot,
          Dat fast du upeten
          Un darbi den Namen vergeten.

Der Flachs wird um den Stamm gebunden, und die übrigen Theile
werden unter den Baum gelegt.   Aus Tessel Gemeinde S. V.

1720. Gegen Auszehrung (Suchten).

          Ik wasche dich mit Christi Blot,
          Dat is för neg'n un neg'nsigerlei gaad:
          Hartspann, Hartkloppen, Schnsucht,
          Gelersucht, Botersucht, Melksucht (Käsesucht).

Un all de ik nich nennen kann,
De nimmt Jesus Christus an.

In Namen Gottes rc.   Helldorf Lehrer Möbeck.

1721. Wird Jemand von den Suchten geplagt, so geht er nach
Sonnenuntergang stillschweigend nach einem Hollunderbaum, faßt den
Baum an und sagt:

>Ahorn, ik klag di,
>De Suchten de'i plagt mi,
>De Geelsucht, de Lëd'sucht,
>De Lungensucht,
>De Jungensucht,
>De Bungensucht.

Dann folgt der Name des dreieinigen Gottes. Aus Tessent Seminarist S P

1722. Gegen die Suchten. Man geht zu einer Linde, erfaßt sie
und spricht.

>Linnbom, ik klag di,
>De Lëwer- un Lungsucht plagt mi.
>De irste Bagel, dei raewer flügt.
>De nimmt sei hoch mit in de Luft. † † †

Boizenburg und Umgegend Lehrer Kreuher

1723. Die gelbe Sucht zu stillen. Der Kranke muß im Liegen
mit einem wollenen Faden vom rechten Arm zum linken Bein, und
vom linken Arm zum rechten Bein gemessen werden und dabei sagen:
Alle neunundneunzig Suchten plagen mich, im Namen u. s. w., dann
damit nach einem Fruchtbaume gehen, da ebenso abmessen wie in der
Stube, und dann mit Korn rund umher abpflanzen und dabei sagen:

>Fruchtbaum, ich klag es dir,
>Die neunundneunzig Suchten plagen mir,
>Der erste Bogel, der hier über fliegt,
>Der nehme die neunundneunzig Süchten mit in die Luft.

Im Namen Gottes rc.   Gegend von Parchin

1724. Für Alles.

>All dat Riten
>Un Stëken un Spriten (Splitten?)
>Un Brennen un Kopfweeh un Hartspann
>Un neunundneunzig Arten Suchten
>Un Reißo un neunundneunzig Arten Rosen,

Dat sall all weg gan
Af de Dod in de Bar
Un Spak im Thurm.

Im Namen Gattes ꝛc. Gegend von Parchim

1725. Gegen Abel. (Eine Entzündung am Finger, die namentlich durch Druck oder 'heit un koll Water' entsteht.)

De Abel un de Wid',
Dei leyen beid' tau Strid'.
De Wid dei gewünn,
De Abel dei verswünn.

Im Namen u. s. w. — Bei jeder Zeile macht man mit dem Zeigefinger der rechten Hand über den kranken Finger ein Kreuz, ebenso bei den drei Namen der Gottheit.

A. Küster Schröder in Slatow bei Röbel, mitgetheilt von Pensionär P. Pechel auf Röbel. — B. Präpositus Schenke in Pinnow bei Schwerin. — C. Dei gingen tau de Strip B. — tau Strid' 'um die Wette' A. — 3. 4. bei fehlt A. — Die Anweisung am Schluß nur A.

1726. Stecke den kranken Finger in eine Pfütze und sprich.

De Abel un de Paul
De gingen beid' tau Staul:
De Paul dei gewünn,
De Abel dei verswünn.

Im Namen u. s. w.

A. Aufzeichnung aus der Gegend von Gammelin und Hagenow — B. Aus der Gegend von Feldberg, Thüring. — C. Eberhöfen. — D. Aus einem von Dr. Bekam mitgetheilten Hefte. — E. Kunst- und Regens-Büchlein. — Die einleitenden Worte nur in BC. — 1. Der Abel der Pol D. Pol BC. — 2. Dei Segen sä deir upen Stel C. beide D. fehlt E. tau Paul D. in die Schanken E, in eine Schul D. — 3. 4. vertauscht D. — 3. bei fehlt E. — 4. Und bei A. dei gäng E. — Das Staul ist wohl nichts als Einstellung, und eine mythische Beziehung darin nicht zu suchen. Das Staul heißt 'zu Gericht'. — Vgl. KS 441. Nr. 556, wo es heißt 'Der Abel und die Huler, Schlagen sich beid um den Schulen.' Vgl. Müllenhoff S. 515 Sympellen Nr. 544.

1727. Gegen Abel im Finger, oder sonst Schmerzen in Hand und Fuß.

Abel heck,
Abel steck,
Abel rang,
Abel ang.

Im Namen Gottes ꝛc. — Bei den Worten wird mit dem Finger über die Stelle im Kreise herumgezogen und bei 'Im Namen' ꝛc. dreimal gekreuzt.

Schäfer Brockow in Pritz.

1728. Die Abel zu stillen.

> Abel, du bulles Ding,
> Du plagst dat Christenkind:
> It will di heiten stille stan,
> Eh it de Sünn seih ünner gan.

Im Namen u. s. w.

Seminarist Angerstein.

1729. Dem Abel zu stillen.

> Abel, ich will dich stillen,
> Du sast nich hebb'n din'n Willen,
> Du sast nich reisen,
> Du sast nich stechen.

Im Namen u. s. w. und dreimal kreuzweis gepustet.

Umgegend von Schwerin. Seminarist Tretreck.

1730.

> Abel und Weibag, sta verga,
> Du sollt nich riten,
> Du sollt nich spliten,
> Du sollt stan wie die Pal,
> Du sollt vergan wie die Tode in Grab.

Helf Gott Vater, Sohn und heiliger Geist.

Heft eines Tagelöhners in Neukloster.

1731. Für die Abel.

> Unser Heiland ackert.
> Was ackert er?
> Er ackert immer hin und her,
> In die Ling und Lang, in die Kreuz und Quer,
> Er ackert zuletzt drei Würmer her,
> Der eine ist schwarz,
> Der andre ist weiß,
> Der dritte ist roth,
> Der Wurm ist todt.

Im Namen u. s. w. Man faßt das Glied an, spricht dreimal diese Worte, und segnet dann mit dem heiligen Kreuz. Drauf nimmt man einen lebendigen Regenwurm aus der Erde, bindet ihn drauf und läßt ihn drauf sterben, so wird der inwendige Wurm auch sterben. Man kann auch etliche Regenwürmer zerstoßen und etlichemal drauf binden; das hilft auch.

Segensch-Buch für Menschen und Vieh. Bgl. John BG 2, 307, Nr 590.

1732. Gegen Bauchweh.

Lifweihdag un Ratel besprek if,
Sei heit,
Sei vergeit.

Im Namen u. f. w. Lehrer Lüddecke in Rabbenfeld.

1733ᵃ. Desgleichen.

Stück van 'n Latt,
Stück von 'n Ratt,
Stück von 'n gauden Mann,
Stück von 'n bösen Wif,
Damit full if dat Weidag in den Lif.

Im Namen u. f. w. Seminarist W. Zengel aus Werben bei Untraschleß.

1733ᵇ. En van Latt,
En von Ratt,
En von baben Wif:
Damit verdriw if bi bei Bukwedag ut dat Lif.

Heft eines Tagelöhners in Kroffelder

1733ᶜ Fahre mit den Fingern über den Umkreis des Schmerzes auf entblößtem Leibe hin und sprich:

'n Stück van 'ne Ratt,
'n Stück von 'ne Latt,
'n Stück van 'n oll Wif:
Darmit fill if bi det Bukweihbag' in din Liw.

Im Namen u. f. w. Küster Schmach in Bellin Oberje Weltrub Jahrb d. 106

1733ᵈ. Für Bauchweh der Pferde.

Pferd du hast Buck in din Lif,
Stück von ollen Sack,
Stück van ollen Ratt,
Stück von ollen Wif,
Bert di get din Buck ut din Lif

Heft des Kriminal-Taglamt in Elsen

1733ᵉ Gegen Bauchweh bei Pferden und anderem Bieh.

Stück van 'n Dack,
Stück van 'n Latt,
Stück von 'n ollen Sack,

Stück von 'n bösen Wiwe,
Dormit still is di dat Liwe.

Wellens Jahrb 5, 104.

1793ᵉ. Gegen Bauchweh des Viehes. Fahre mit den Fingern über den Bauch des Thieres und sprich:

Mit 'n Stück von Katt un 'n Stück van Wif,
Dormit still is bi dat Lif. † † †.

Wogegen Lehrer Kreutzer.

1734. Man kann auch die Hand auf den Schmerz legen und sprechen:

Föck Fack an Husnabel an
Schur gor di Mann
Bös bin Wiw
Dat still dat Bukweh sin Lif.

Wellens. Jahrb 5, 104.

1735. Man sage unter Umkreisung des Bauches mit den Fingern:

Buk, du sast rasten,
Du sast nich basten,
Ihr wi kamen in de Stadt,
Da Christus geburen wardt.

Im Namen u. s. w.

1736. Blutstillen.

a) Man nehme stillschweigend einen Stein, lasse Blut darauf tröpfeln und lege ihn in seine vorige Lage, so steht das Blut.

b) Man schreibe alle Vornamen und den Zunamen des Blutenden an eine nach innen führende Thür und stoße in die Mitte dieser Namen stillschweigend ein Messer, so steht das Blut

c) Man schneide in der Nacht auf Petri und Pauli Haselstöcke, von unten nach oben schneidend, betupfe diese mit dem Blute und binde einen Lappen von einem Mannshembe darum, so steht das Blut. Die Stöcke aber müssen von dem Verbinder so lange am Leibe getragen werden, bis die Wunde ganz geheilt, sonst bricht sie wieder auf.

Durch Pastor Dolberg. a) b) nach Mittheilung des Capitän H. B. in Ribnitz, c) von Holzwärter B. in Küssow. Vgl. Nr 1460.

1737. Blutstillen. Van einem Mannshemd reiße en Stück ab, wo Zwirn drin genäht ist, hänge es auf einen Stock und zünde es an, als wenn man etwas in der Feuerlade brennt, thu das Feuer mit einem Teller aus und lege es auf die Wunde, so wird das Blut stehen. Es muß aber kein Messer oder Scheere angebracht werden. *Kaufmann Danke in Tessin.*

1738ᵃ. Auch ohne Zauberspruch kann man Blut stillen, indem man einen Stein so lange auf der Wunde liegen läßt, bis das Blut steht, und ihn dann wieder an den alten Ort trägt. *Aus Trasun bei Münchenstorf Hilfsprediger Zimmermann*

1738ᵇ. Blutstillen mit dem Stein. Nimm einen Feld- oder Feuerstein, der eine Zeit lang daselbst gelegen hat, in die Hand und mache stillschweigend drei Kreuze auf der frischen Wunde, doch so, daß die Seite des Steines, welche unten gelegen hat, die Wunde berührt und lege den Stein genau wieder so hin, wie er lag. † † † *Heft von Dr. Brüner.*

1739 Blut stillen. Nimm den Goldfinger und schreibe den Namen des Pathen dem Verunglückten vor seine Stirn, aber im Namen Gottes u. s. w. *J. Stockmann aus Hauptwil*

1740. Blaue Kornblumen, am Johannistage um 12 Uhr Mittags gepflückt, stillen das Blut *Schiller 2, 32*

1741. Mittel, um das aus Wunden strömende Blut zu stillen

a) Man stecke das verwundete Glied dreimal in ein Ofenloch.

b) Abkochung aus der Haut eines Bockes mit der Asche seiner Haare.

c) Man legt, um das Nasenbluten zu stillen, ein Kreuz von Strohhalmen auf die Erde und läßt die Blutstropfen darauf fallen.

d) Zur Stillung des Nasenblutens schreibt man dem Leidenden mit einem von der Sense durchschnittenen Stoppelende eines Wetzen-, Roggen-, Hafer- oder Gerstehalmes die Worte 'uhi upuli' auf die Stirn. *JS 647.*

1742. Wenn das Blut stehen soll.

Ich ging einmal durch ein Gäßchen,
Da sah ich Blut und Wasser fließen,
Das Wasser laß ich fließen,
Das Blut das will ich schließen.

Im Namen Gottes ꝛc. *Gegend von Porrentrui Dpl. Kuhn, MS 2, 197, Nr 355.*

1743. Hat man eine Wunde, so hebt man einen Stein auf, macht ein Kreuz von Blut darauf und denkt dabei folgende Worte

Ich ging im Paradies,
Da stand ein junges Ris,
Und wo stärker das Ris wuchs,
Desto stiller das Blut stund.

Darauf legt man den Stein ebenso wieder hin, wie man ihn weggenommen hat. Arbeitsmann Bloß in Rütz.

1744. Des Morgens als ich früh ausging,
Ging ich nach dem Brunnenspring,
Das Wasser war so klar,
Das Blut ist offenbar.
Damit still ich dir auch den Schmerz.

Im Namen u. s. w. Präpositus Dr. Schroth in Pinnow

1745ª. Ober jenen Strom
Steht eine Rose, trage der Baum,
Der hört auf und blut nicht mehr:
Blut, steh still und lauf nicht mehr.

Heft von Dr. Weitner — Z. 2. wohl entstellt aus: steht ein rosentragender Baum.

1745ᵇ. Da blühet eine Blum
An jeden Bom,
De blüht einmal, sein Lebdag nicht mehr:
Blod, sta still und blod nicht mehr.

Dreimal gesprochen. Heft von Dr. Weitner. Vgl. Kuhn. MS 2, 198, Nr 587.

1746.   Dam ist ein Dom,
Dey het ein Bohn.
Dey Bohn dey stund
Und trug nicht Wand
Steh still und blute nicht

Im Namen u. s. w. — Dreimal zu sprechen.
Heft des Erziehungsvereins in Böhow.

1747. Auf unsers Herrn Christus sein heiliges Grab
Da stehen drei Rosen, die eine brich ab,
Die zweite ist geduldig,
Die dritte ist unschuldig,
Dich Herr und dein Wille:
Blut steh stille

Im Namen u. s. w. Seminarist J. Engerstein

1748. Auf meines Gottes Grab

  Wachsen drei Blümelein;

  Die erste die heißt Wohlgemuth,

  Die andre die heißt Demuth,

  Die dritte das ist Gottes Will:

  Liebes Blut, steh du still.

Das zähle ich dir zu im Namen u. s. w.   Heil von Dr. Weidner.

1749. Blut zu stillen.

  Ich ging in Jesu Garten,

  Da stunden drei Jungfern zarte;

  Die eine hieß Sibilla,

  Die andere Gottes Wille,

  Die dritte: Blut steh stille.

Im Namen u. s. w.   Präpositus Dr. Schencke zu Picnow.

1750. Smorgens Früh ging ik in den Dauge,

  Begegnen mich heilige drei Jungfrauens,

  Die erste hieß Blutwolbert,

  Die andre hieß Blutstilbert,

  Die dritte hieß Blut-steh-stockstill.

Im Namen u. s. w. — Dreimal zu sprechen und dreimal ins Kreuz
den Frathen (== warmer Hauch?) drüber gehen lassen.

  Kaufmann u. brauche in Teßlin Bgl. Kuhn, CB 2, 199, Nr. 559 Engelien Nr. 184 f.
3 1 Schmerzens — Dang

1751. Das erste ist Gottes Muth,

  Das zweite ist Gottes Blut,

  Das dritte ist Gottes Will:

  Damit ich deine Wunden still.

  Wogegen u. B. Krenzer — Der Anfang fehlt Bgl. Kuhn, CB 2, 199, Nr. 560, 561

1752. Unser Herr Jesus Christus

  Schlug mit einer Ruthe in den Jordan

  Und hieß das Wasser stille stahn;

  Also thue ich diesem Blute auch.

Im Namen u. s. w.   Seminarist P. Berner.

1753ᵃ. Blut, du sollst stille stan

  Wie das Wasser im Jordan.

Im Namen u. s. w.

  Gammelin, Hagenow, durch Seminarist R. Bitense, ebenso aus Dorotz durch Lehrer
Krenzer, doch Z. 1: du must

1753ᵇ. Blut, du sollst stille stan
　　　Wie das Wasser im Jordan,
　　　Da unser Herr Christus ist in getauft.
　　　Wart, du sollst nicht bluten oder schwären,
　　　Bis Maria den zweiten Sohn wird gebären.

Im Namen u. s. w.

Seminarist J. Kleimann aus Haelterf. — Z 4 schmerzen s schwären.

1753ᶜ. Blut, stehe still,
　　　Wie das Wasser im Jordan,
　　　Wo unser Herr Christus getauft ward.

Im Namen u. s. w.

Grevesmühlen, durch S. Bansler, ebenso aus Wismar, doch: Z. 2 an J,
Z. 3 Da.

1753ᵈ. N. N. sall dat Bloot stan,
　　　As unser Herr Christus in 'n Jordan
　　　So wahr uns Herr Christ is nt 'n Jordan kamen,
　　　Sall N. N. dat Blot stan.　　Aufgezeichnet Lehrer Kreuzer.

1754.　　　Blude, du must stille stan,
　　　　　Wie Jesus am Kreuze stand.

Im Namen rc.

Propositus Dr. Schmidt in Pinnow. J Zwahrschriftlich, 'dat orthan' für dard

1755. Um Blut zu stillen hat man nur dreimal die Worte zu wiederholen:

O Haupt voll Blut und Wunden,

Dat sall stan as unsen Herrn Christus de Athem in'n Munde.

Im Namen u. s. w.

Garlstm Regin bei Grevesmühlen Hülfsprediger Zimmermann

1756.　　　Steh, Ader und Blut,
　　　　　Als Christi Wunden stunden.
　　　　　Sie higten nicht,
　　　　　Sie schwigten nicht,
　　　　　Sie löllten nicht,
　　　　　Sie schwellten nicht.

Im Namen u. s. w.　　　　　　Heft von Dr. Meisner

1757. Zeige mit dem Zeigefinger auf die blutende Wunde, mache drei Kreuze über ihr und sprich dreimal:

Blut, bu sollst stehn in deinen Wunden,

Wie unser Herr Christus in seinen Kreuzes-Stunden.

Im Namen u. s. w.

1758. Verfahre ebenso und sprich dreimal:

Dit Bloot un disse Wunn' sall still stan

Un nich mihr gan.

Im Namen rc.

1759. Man hat nicht immer nöthig, die Wunde zu berühren, sondern dieselbe nur zu sehen und dabei stillschweigend zu sprechen

Blut, steh still in dieser Wunde!

Spricht Christus in dieser Stunde. † † †.

1760. Blut stillen mit dem Stock.

Blut, stehe still und blute nicht!

In Jesus Wunden

Wird dieses Blut verbunden.

Dreimal gesprochen. Man sucht sich einen Stock und drückt ein Kreuz darüber, nimmt einen Lappen mit Blut und windet ihn um den Stock.

1761. Man nehme einen Stein, bestreiche den blutenden und schmerzenden Theil dreimal mit ihm und spreche dreimal dazu:

Bloot sta,

Weihdag' verga!

Du sast nich schwellen,

Du sast nich sellen.

Im Namen u s. w.

1762. Blut steh still in deiner Wunden,

Was unser Herr Christus hat am heiligen Kreuz empfunden.

Im Namen u. s. w.

1763. Mit meinem Blut verbind ich euer Blut;

Blut steh!

Im Namen u. s. w. — Dreimal kreuzweis gepustet.

1764. Bei Menschen und Thieren. Man schreibt auf einen Zettel 'Es ist vollbracht!' und steckt diesen in den Leib. So wie es warm wird, steht das Blut

1765. Man spricht dreimal über der Wunde:

> Diese Wunden
>
> Heilen in Christi Wunden.
>
> Sie ecken nicht,
>
> Sie stecken nicht,
>
> Sie sollen stehen zu allen Stunden.

Im Namen u. s. w.

Belgershorg, Mögerow, durch Lehrer Kreyer — Z. 2. in den Wunden Christi

1766. Frische Wund, heil zusammen

> Als Jesus Christus zum Paradies ist eingegangen.
>
> Du sollst nicht geren,
>
> Du sollst nicht schweren,
>
> Bis Maria ihren zweiten Sohn wird gebären.

Im Namen u. s. w.

Heft des Criminalcollesiums zu Bützow Vgl. Kuhn, MS. 2, 197, Nr. 503

1767. Wunden zu heilen.

Es wurden drei Nagel geschlagen

In des Gottes allmächtigen Sohnes Füßen und Händen,

Sie schwellen nicht,

Sie quellen nicht,

Lassen auch sonst kein Böses dazu.

Selig ist die Stunde der Geburt,

Selig ist die Stunde der Himmelfahrt,

Selig ist die Stunde der Dreieinigkeit,

Der heilt alle Wunden.

Im Namen u. s. w. Vothpostnot Dr. Schenck in Pinnow. — Z. 3, 4 fehlt sie

1768. Die Wehdag' zu stillen.

> Christi Wunden
>
> Sind nicht verschwunden,
>
> Sind nicht verhalten,
>
> Auch nicht gekalten,
>
> Auch nicht geschwollen.

Im Namen u. s. w.

Aus Wismar Z. 7 wohl verbunden Vgl. MS 439, Nr. 313

1769. Unser Herr Jesus Christus hat fünf Wunden,

Die sind geheilt und nicht geschwollen;

Diese Wunde soll auch heilen und nicht schwellen.

Im Namen u. s. w. — Hierbei ist zu merken, daß man von einem Mannshemd ein Stück abreißt und dann dreimal in Kreuz über die Wunde drückt, daß da Blut kommt, und soll es dann bei sich am Leibe tragen.

Heft des Dr. Weiner.

1770. Wehdag' zu besprechen. Leg die Hand auf die Wunde und sprich des Tages fünfmal:

> Christi, durch die Wunden dein
> Füg ich mich allem Unglück mein.
> Fünf Wunden Gottes helfen mir
> Und sind meine Arzenei für und für.

Heft des Dr. Weiner.

1771ᵃ. Glückselig sind die Stunden,
> Heilsam sind die Wunden.
> Christus ist geboren,
> Christus ist verloren,
> Christus ist wieder gefunden,
> Er heilt und stillt dieses Blut und Wunden.
> Ist das dein väterlicher Wille,
> Blut, stehe stille. Heft des Tagelöhners in Neukloster.

1771ᵇ. Glückselige Wunden,
> Glückselige Stunden,
> Glückselig ist der Tag,
> Da Jesus Christus geboren ward.

Heft des Dr. Weiner.

1771ᶜ. Selig ist die Wunde,
> Selig ist die Stunde,
> Selig ist der Tag,
> Da diese Blutwunde geschach.

Allgemein bekann. Kreuzer Sgl. NS S 438, Nr 318.

1772. Schwell nicht, quell nicht!
> Heute ist der heilige Tag
> Der deine Wunde hat gemacht.

Dann nimm den Daumen, drücke dreimal über die Wunde und sage. 'Vater, Sohn und heiliger Geist.' Kaufmann bekannt in Tessin.

1773. Man legt die Hand auf die Wunde und spricht:

> Christus ist geboren,
> Christus ist verloren,

Christus ist wiedergefunden:
Damit stille ich die blutigen Wunden.

Im Namen ꝛc. — Wird nur einmal stillschweigend gebraucht.

Schäfer Krackow in Briltz, durch Pastor Haffenus.

1774. Vierundzwanzig Wunden zu stillen. Man spricht stillschweigend:

Moses nahm den Stab
Und schlug damit in Bach,
Der Bach stand stille:
Das wird dieses Blut auch thun.

Im Namen u. s. w.

Heft des Dr Werdner

1775. Blut stillen. Nimm einen Streifen von einem alten
Hemd und mache damit ein Kreuz über die Wunde, als wenn du
sie zudecken wolltest, und sprich:

Blut, stehe still,
Wie die Sonne zu Gideon
Und der Mond im Thale Azalon.

Dies dreimal gesprochen und der Name des dreieinigen Gottes
hinzugefügt.

Dönitz und Uhzegend Lehrer Krause.

1776. Blut, du solt stehen,
Als in der Zeit zur Höllen gehen,
Det drey Korn,
Aber du mattes Blut, du solst ihn.

Im Namen u. s. w

Kunst- und Arzeney-Büchlein — Z. 4 läßt wohl aus jeren, verdrucken. Vgl. Kuhn,
WS 2, 197, Nr 164.

1777. Blut stillen.

Bloot ga,
Bloot sta,
Bet dat de Möller an de Höll.
Drei Körn ünner dat Matt,
Drei Körn bawen dat Matt.

Im Namen Gottes ꝛc.

Heldvoef Lehrer Allbrecht Vgl. Kuhn, WS 2, 197

1778. Simpartie Blut stillen

Stehe Blut,
Du rothe Fluth,

Und halte ſtand,
Wie eine ſtarke Felſenwand.

Im Namen u. ſ. w. — Alsdann mit der rechten Hand dreimal ins
Kreuz über die Wunde geſtrichen.　Rezepte-Buch für Menſchen und Vieh

1779.　　　Blut, du ſollſt gehn,
Drei Vaterunſer lang ſtehn.

Im Namen ꝛc. — Jedesmal wird ein Kreuz mit dem Finger
gemacht.　　　Seminariſt H Kleemann aus Hohfeld.

1780.　　　Blut geh'!
Blut ſteh!

Dabei dreimal im Kreuz die Wunde beſtrichen und 'Im Namen
Gottes' ꝛc. geſagt.　　　Tagelöhner Dau in Grütz, durch Paſter Baſſewig

1781. Blutſtillen. Man nehme einen Stein von einer kalten
Stelle, ſtreiche damit die Wunde und ſpreche:

Rille, rille, rill'!
Blut, ſtehe ſtill!

Im Namen u. ſ. w. † † †. — Dann lege man den Stein an
denſelben Ort zurück.

Küſter Schwartz in Berlin Oberſr Fiellen. Jahrh 1. 100, nur am Schluß 'an denſelben ſchattigen Ort'

1782. Zeige mit dem Zeigefinger auf die blutende Wunde,
mache drei Kreuze über ihr und ſprich dreimal:

Sanguis, mane in te,
Sicut fuit Christus in se!
Sanguis, mane ru tua vena
Sieut Christus in sua pena!
Sanguis, mane fixus,
Sieut Christus quando fuit crucifixus!

In nomine etc.　　　 J S 547

1783.　　　Wohl an der Eſ, wohl an der Flut,
Damit ſtill ich das Stück Blut.

Im Namen u. ſ. w.　　　Heft des Tagelöhners in Neukloſter

1784. Schreibe folgende Worte auf einen Zettel und leg es
auf die Wunde:

† aro † arca † ult † go †.

Heft des De. Werhorn.

1785. Blutverband:

Aria † mit † Gott †.

Man nehme einen kleinen Zettel, schreibe darauf diese Worte hinter einander oder unter einander und lege ihn auf die Wunde.

Gegend von Ludwigslust. Seminarist Brandt.

1786. Sprich folgende Worte dreimal.

Beumero, beumero, beumero,

und mache mit deinem Daumen drei Kreuze.   Heft des Dr. Beldner

1787. Blutbesprechung.

N. N. (Name).

A. B. C.

T. T.

O. O O.

Man hält ein Messer oder einen Finger, ohne etwas zu sagen, auf dem zweiten O, und alsbald soll das Blut stehen.

NB. Im Nothfall kann man diese Buchstaben auch auf die Erde schreiben.   Von einem Seminaristen

1788. Gegen Blutsturz.

Jesus Christus der Herr sprach:

Es stehen drei Rosen auf meinem Grab,

Die brech' der, so verblutet, ab,

Die erste ist weiß, die zweite roth,

Die dritte soll dir nicht bringen den Tod.

Im Namen u. s. w.   u. s. w.

1789. Der Verband, ein Sympartie.

Klettenbosch kraus,

Ich hebe dich auf,

Ich thue dich fest umfangen,

Erfülle mein Verlangen,

Ich laß dich nicht eher gehen, bis du dem Namen helfest.

Im Namen Gottes. Amen.

Arznei-Buch für Menschen und Vieh — ⁵ Dem Namen, wahrscheinlich ist hier der Name des Patienten beizusagen

1790. Dreimal mit der Todtenhand über eine Wunde, Beule u. dgl. streichen, heilt.   Seminarist Stüde

1791. Beim sogenannten Stillen bedienen sich einige Leute eines Stückchens eschenen Holzes, mit dem sie über der Wunde drei Kreuze schlagen, und können ohne dies Holz die Wunde nicht stillen.

Heilbort

1792. Hat man eine Wunde, und will man die Schmerzen derselben stillen, so geht man stillschweigend an einen Baum und nimmt drei kleine Reiser von verschiedenen Zweigen, alle gegen den Baum hin abbrechend, schneidet dann diese drei Reiser auf dem Bruchende glatt, berührt damit die Wunde, so daß die Reiser blutig werden, wickelt sie dann stillschweigend in einen Lappen zusammen und legt Alles an einen Ort, wo 'weder Mond noch Sonne scheint'.

Frau Doris Nürnberg in Itzehoe. Vgl. M.S. 437, Nr. 30a Engelien Nr. 134 e.

1793. So die Wunde groß ist, so nimm ein Stück Silbergeld und stich in die Wunde dreimal ins Kreuz bis auf den Grund, darnach fahre mit der rechten Hand dreimal rund um das Loch und sprich diese Worte des Verbandes; alsdann nimm einen reinen Leinenlappen und binde den Verband darin und stich am Leibe, so wird die Wunde schon zuheilen, aber der Verband muß nicht eher weggelegt werden, als bis die Wunde heil ist Probatum.

Arzeney-Buch für Menschen und Vieh.

1794. Siebenerlei Oel zu heilen. Peterssöl, Ameisenöl, Spiritus Kampheröl, Spiritus salis, Spiritus Hirschhorn, Siegelöl, Johannisöl. Jedes vor zwei Schilling.

Kunst- und Arzeney-Büchlein

1795. Offene Wunden zu heilen. Siegelsteinöl, Haggolderöl, Johannisöl, Speueeröl. Jedes für einen Schilling.

Kunst- und Arzeney-Büchlein.

1796. Heilpflaster. Roten Bolus, Roten Totenkopf, Silberglit, Weißbaumöl, Bleiweis, Weinessig. Jedes für einen Schilling. Eine Salbe gemacht.

Kunst- und Arzeney-Büchlein.

1797. Hat eine Wunde gewässert und man will das feuchte Verbandsläppchen verbrennen, so muß es in helle Flammen geworfen werden. Verglimmt es langsam auf Kohlen, so hat der Kranke Schmerzen davon.

Gesagt von Hagenow Fräulein Krüger

1798. Hat man sich mit einem spitzen oder scharfen Instrument verwundet, so muß dieses sofort in Oel gelegt werden; dadurch lindert man den Schmerz und macht die Heilung gutartig.

Hagenow Fräulein Krüger

1799. Spinnengewebe und Speck auf eine Wunde gelegt, heilt sie.

Kirchnrath Rasch in Dassow

1800. Ist Jemand zur Ader gelassen und man stellt ein Gefäß mit dem abgelassenen Blute in den geheizten Ofen oder erhitzt es auf andere Weise, so muß der Kranke in der Wunde die heftigsten Schmerzen erdulden. *Hagenow Fräulein Schwer*

1801. Gegen Rothlauf (Entzündung einer Wunde). Damit der Rothlauf nicht zu einer Wunde komme, schreibe man außen an die Stubenthür J. H. S. und spreche dazu:

> Ich höre eine Glocke klingen
> Und alle Heiligen singen
> Und eine heilige Messe lesen
> Du sollst vom Rothlauf genesen!

Im Namen u. s. w. *J.S. 613*

1802. Gegen Brand und Brandwunden.
> Maria ging über Land,
> Einen Brand trug sie in der Hand.
> Brand, du sollst enrügen[1]
> Und nicht einkriegen[2].

Indem man dies spricht, bestreicht man die verbrannte Stelle mit der Hand einer Leiche. *Slsoyend Lehrer Kercher*

1803.
> Maria ging übers Land,
> Was hatte sie in ihrer rechten Hand?
> Einen Feuerbrand:
> Damit stillet sie den Brand,
> Daß er stille steh!
> Und nicht weiter geht!

Im Namen u. s. w. *Sammeln Hagenow Seminarist A. Vitense.*

1804.
> Christus hielt uff seine Handt,
> Damit stille ick Fuer und Brandt

Im Namen u. s. w.
Wittenberger Hexenproceßacten von 1689 in Zacher's Zeitschrift 6, 166

1805ᵃ. Unser Heiland Jesus Christus zieht über das ganze Land
> Mit seiner Hand,
> Damit still ich den Brand.

Im Namen u. s. w. *Heft des Dr. Weßner. Vgl Engelien Nr 187*

---

[1] Var. anrügen. (Meklenb. Jahrb. 5, 102.)
[2] Das sag ich dir zur Buße. † † †. (Ebenda)

1805^b. Desgleichen.

    Die Juden haben den Heiland gekreuzigt.

Im Namen u. s. w.   Heft des Dr. Wehner

1806^a.   Ich ging über Land und Sand,

        Da fand ich eine Todtenhand:

        Damit stille ich den Brand.

             Abgehend lehrer Kreuzer Vgl. Kuhn MS S. 200, Nr 545.

1806^b. Fahre mit dem Finger um den verbrannten Theil
und sprich:

        Ich ging über ein Land[1]

        Da fand ich eine Hand:

        Damit still ich den Brand.

Im Namen u. s. w.   Heft eines Tagelöhners in Neukloster

1806^c.   Ich ging mal durch Sand,

        Da fand ich eine Todtenhand:

        Damit stille ich diesen Brand.

Im Namen u. s. w.   Heft des Schmiedemeisterlands zu Bützow

1807.   Ging 's Morgens früh in den Sand,

        Da fünd ik enen süben Band,

        Damit still ik den Brand.

Im Namen u. s. w. — Dreimal gesprochen

          Kaufmann W. Semde in Dassow — J. L Schmergrob

1808. Gegen Brandwunden und Brandblasen.

        De See bei liggt in 'n Sand,

        Dat Fleisch dat steit in 'n Brand

        In unses Heilandes.

Im Namen Gottes ec. — Dabei wird mit zwei Fingern um die
Wunde gekreist und bei 'Im Namen' dreimal gekreuzt und dreimal
darauf gepustet.

      Schäfer Krohten in Belitz. Durch Pastor Bassewitz. Vgl. Kuhn MS S. 200, Nr 544.

1809^a. Beim Brandstillen.

        De Hebben ist hoch,

        Die Krebse ist roth,

        Still ist die Todtenhand,

        Damit still ich den Brand.

Im Namen u. s. w.   Primaner C Thiessenhasen aus Retewow der Gabelitz

---

[1] Var. Ich ging wohl über Land (Wossidlo Jahrb 5, 102)

1809ᵇ. Der Himmel ist hoch,
Der Krebs ist roth,
Die Todeshand ist kalt:
Damit still ich diesen Brand.

Im Namen u. s. w. — Dreimal gesagt. Heft des Dr. Werboer.

1809ᶜ. Vor Wehtag und vor Feuer.
Der Himmel ist hoch,
Der Krebs ist roth,
Die Todtenhand ist kalt,
Damit stille ich dir das Feuer (die Wehtag) bald.

Im Namen Gottes des Vaters ꝛc.
Gegend von Seeradt: Seminarist Brüwmer

1809ᵈ. De Himmel is hoch,
De Krewt is rot,
Ik nęm mi ne koll Dodenhand
Un still dormit den heeten Brand.

Eilzgegend: Lehrer Kreuther

1809ᵉ. • Die Heben ist hoch,
Die Erde ist breit,
Kalt ist die Todtenhand:
Damit still ich diesen Zeichen Brand.

Im Namen u. s. w.
Heft des Criminalen-Regiment in Büßow. — Z. 4 diesen heißen Brand?

1810. Ein Simparti für den Brand.
Der Himmel ist hoch,
Der Krebs ist roth,
Die kohle Maus
Die holt mir diesen Brand heraus.

† † † in Gottes Namen. Amen. — Wenn du den Brand gestillt und ihn gesegnet hast, so sollst du dreimal deinen Odem darüber gehen lassen. Ist der Brand schon zu einer Blase geworden, so muß er gleich aufgemacht werden; dann nimmt man für zwei Schilling Lindenbaum, einen Schilling gemeines Baumöl, bestreicht den Brand damit zwei bis drei Tage, dann nimmt man Bleiweißsalbe oder zwei Schilling rein Leinöl, einen Schilling Hirschtalg, einen Schilling Jungfernwachs, kocht es zur Salbe und legt es drauf.

Arzeney-Buch für Menschen und Vieh.

1811ᵃ. Gegen Brand.

> Hoch is de Hew'n,
> Rot is de Krew't,
> Kolt is de Dodenhand:
> Dormit still ik den roden Brand.

Im Namen u. s. w. — Indem man diesen Spruch betet, bestreicht man das kranke Glied mit der Hand einer Leiche.

Aᵗ Aus Heibborf durch Lehrer Lüdekorf, b. Aus Gerdeswühlen, durch Seminarist Daneke; Cᵗ Aus Harkstorf bei Doberan, durch Seminarist F Klockmann, Dᵗ Aus einem Buche in Gr-Lukow, durch Cand. theol. H. Hehmann, Eᵗ durch Seminarist L Bremer, Fᵗ Durch Seminarist J. Engelken — Ueberschrift in Aᵗ Gegen franke Brandwarzen — 1 Der Himmel B — 2 Roth Sieh EF — Krew's A, Kerbe BCDEF — 3 Still ist todten Mannes Hand D, Todt ist die Mannshand C — 4 Womit ich stille B, den Brand C, diesen Brand BEF, das Feuer und den Brand D — Der Zusatz nur in E, dafür hat C Diesen Spruch wird dreimal gebetet und bei jeder Zeile mit dem Finger über die franke Stelle gefahren. Vgl Müllenhoff S. 506 Engelien Nr. 117b

1811ᵇ.

> Hoch ist erhaben,
> Kalt ist die Nacht,
> Kalt ist die Todtenhand:
> Damit still ich den Brand. -

Im Namen u. s. w.

Aus Harkstorf, durch Seminarist Klockmann. Erhaben', z 1, enthält auf be Heben

1811ᶜ.

> Hoch am Heben,
> Tief daneben,
> Kalt ist die Todtenhand.
> Damit still ich diesen Brand.

Im Namen u. s. w. — Doch darf kein Amen folgen.

Aus Parchim Lehrer Krüger

1811ᵈ. Wie hoch ist der Heben?
> Wie roth ist der Krebs?
> Wie kalt ist die Todtenhand?[1]
> Damit still ich diesen Feuerbrand[2].

Im Namen Gottes † † †. — Kann man es haben, so nimmt man dabei die Hand einer männlichen Leiche; sonst geht es auch ohne dieselbe. (Meklenb. Jahrb. 5, 102.)

Heft des Criminalcollegiums zu Bützow. Vgl KS 442, Nr 533

---

[1] Var. ist des todten Mannes Hand (Meklenb. Jahrb. 5, 102)
[2] Var. Brand.

1811ᵉ.　　　Wo hoch is be Heben,

　　　　　　Wo krus is de Krewi,

　　　　　　Wo kolt is de Dodenhand,

　　　　　　Dormit still is den Brand.

Im Namen u. s. w.　　　　　　　　　　　Schiller 2c. 2c.

　　1811ᶠ.　　　Wo hoch is de Heben?

Im Namen Gottes.

　　　　　　Wo sid is dat Eben?

Im Namen Gottes.

　　　　　　Wo kolt is de Dodenhand,

Im Namen Gottes.

　　　　　　Dei den Brand stillen kann?

Im Namen Gottes. — Bei jeder Zeile wird mit dem Zeigefinger der rechten Hand der äußere Rand der Brandstelle leise berührt und dabei dreimal gepustet.　　　　　　Paſtor Pollerg in Allenz

　　1812ᵃ.　　　Wie hoch ist die Heben?

　　　　　　Wie blank ist die Degen?

　　　　　　Wie kalt ist die todte Hand?

　　　　　　Damit still ich den Brand.

　　　　　　　　　　　　Kunst- und Arzneu-Büchlein

1812ᵇ. Brand stillen.

　　　　　　Hoch is de Heben,

　　　　　　Kolt is de Degen,

　　　　　　Kolt is de Dodshand:

　　　　　　Damit still ik dissem Brand.

Im Namen u s. w.　　　　　　　Propositus Schenke in Plonen

　　1813. De Himmel is hoch, de Degen is blank:

　　　　　　Damit still ik dinen Brand.　Archiwoth Reich in Droesen

　　1814.　　　Wie hoch ist der Himmel?

　　　　　　Wie tief ist das Grab?

　　　　　　Wie kalt ist die Todtenhand?

　　　　　　Hiermit stille ich den Brand.

Im Namen Gottes 2c.　Süsserwitwe Lübbert in Detz. Durch Paſtor Vaſſewiz

　　1815. Wenn man sich verbrannt hat.

　　　　　　Todt Mannshand

　　　　　　Stillt diesen Brand.

            Der Krebs ist roth,
            Der Brand ist todt.
Im Namen Gottes ꝛc.   *Gegend von Parchim.*

    1816.   Ich stille diesen heißen Brand
             Mit meiner kalten Hand
Im Namen Gottes ꝛc. — Bei diesen Worten streicht man dreimal
um die Wunde.

Maria Hollnagel, Haushälterin bei dem früheren Schäfer J Köselitz in Grütz Durch Pastor Bassewitz

    1817.   Brat hungert nich,
                    Water böst nich,
                    Für löscht nich.
Im Namen u. s. w.   *Seminarist M Stüher*

    1818.   Sta tapper, Für, sta!
             Sta du nich still steist,
             So bi 't nich gaat geit.
             Du fast nich schwellen,
             Du fast nich ritten,
             Du fast nich stinten,
             Du fast sin en heil rein Minsch ¹),
             Wie Mariae Mund.
Im Namen u. s. w. — Dabei wird nach beiden Seiten von oben
nach unten gestrichen. — Auch gegen das Feuer der Schweine
gebrandt.   *Von einer alten Büdnerfrau in Gr-Würtz Durch Pastor Dolberg*

    1819.   Dies ist der innerliche Brand,
             Es steht in Gottes Hand;
             Brand, du mußt bei ihm vergehen
             Und vor mir fest stehen.
Im Namen u. s. w.

    1820ᵃ. Man nimmt nasse Erde, hält sie dreimal auf die
Wunde und legt sie auf dieselbe Stelle hin, wo man sie weggenommen,
und sagt:

        Brand, geh in 'n Sand und nicht in Fleisch.
        Das hilft Gott Vater, Sohn und heiliger Geist
und bläst dreimal über die Wunde.

Maria Hollnagel in Grütz Durch Pastor Bassewitz

---

¹) Resp Swin, Koh, oder was sich verbrannt hat

1820^b. Man streiche mit der flachen Hand dreimal über die verbrannte Stelle, schlagt bei jedem Strich ein Kreuz über der Wunde unter den jedesmal wiederholten Worten:

Brand, fall in 'n Sand,

Fall ut Fleisch,

So beit mi nich mehr weih.

Im Namen u. f. w.

Aus Garlosen Fischwerdiger Immermann Sgl Kuhe, OS 2, 201, Nr 500 Engelien Nr 136 a.

1820^c.　　Brand, Brand,

Fall in Sand

Und nicht in Fleisch † † †.

Hierzu nimmt man einen todten Brand und fährt bei dem Stillen um die Wunde, so daß man bei dem letzten Worte herum ist. Das muß dreimal geschehen.

Heft des Dr Weitauer Sgl Kuhe, OS. 2, 201 Engelien Nr 1274.

1820^d. Daselbst nochmals ganz ähnlich

Für des Brand, fall in Sand und nicht in Fleisch

Im Namen &c. † † †.

1821.　　Hast du dich verbrannt

An deiner rechten Hand,

So thue ich es dir stillen,

So thu ichs dir zu Willen.

Gib du nur Acht,

Es wird dir werden sacht.

Im Namen u. f. w.　　Aus Grossefehlen Durch Seminarist Bonnier

1822. Vor den Brand.

Weich aus, Brand, jage nicht ein,

Du seist kalt oder warm, so laß das Brennen sein.

Gott behüte dir dein Blut und dein Fleisch,

Dein Mark und Bein,

Alle Aderlein,

Sie sein groß oder klein,

Sie sollen in Gottes Namen vor dem kalten und warmen Brand

[muß] alle Zeit [und] bewahret sein.

Heft des Criminalcollegiums in Lötzen

1823.
   Dem Feuer frieret nicht,
   Dem Wasser dürstet nicht,
   Dem Brand hungert nicht.

Im Namen u. s. w.

Aus einem Buche in Gr.-Laslow. Durch Cand. theol. Hoffmann. Bgl. Nr 1817.

1824ª. Gegen kalten Brand.

Unser Herr Christus ging über Berg und Sand und Land,
Was fand er? Eine kalte Manns-Todtenhand:
Damit still ich den kalten Brand.

Gott der Vater u. s. w. — Dreimal gesprochen:

A: Aus Diehnow, durch Pelschner. — B: Aus dem Heft eines Tagelöhners in Neukloster — Z : Bautband A - Die Schlußbemerkung nur in A

1824ᵇ. Unser Herr Jesus Christus ging über Land
   In seinem Namen still ich den kalten Brand

Ehgesandt Lehrer Greuper

1825. Als unser Herr Jesus über den Jordan ging,
   Was fand er da? Eine kalte Todtenhand:
   Daran binde ich den kalten Brand.

Im Namen Gottes ꝛc.

Aus Herddorf Lehrer Lübstorf

1826 Unser Herr Christus fuhr gen Himmel.
   Was fand er? Eines kalten Mannes Todtenhand
   Damit still ich den kalten Brand.

Im Namen Gottes ꝛc.

Gegend von Parchim

1827. Es standen drei Mädchen,
   Die hatten drei Briefe in der Hand,
   Die eine verschwand,
   Die andere verschwand,
   Die dritte stillte den kalten Brand.
   Unser Herr Christus reist durch das ganze Land,
   Damit still ich den kalten Brand

Im Namen u. s w. — Dreimal gesprochen.

Präpositus Dr Schewe in Dianow

1828 Fahre mit dem Finger um die brandige Stelle und sprich
   Mit dieser Gottes Hand
   Still ich den kalten Brand
   Ut ein Hand (Kapp, Foot ꝛc.)

Im Namen ꝛc.

Welland Jakob s. pe

1829. Es ging ein Mann über Sand und Land,
   Drei Briefe trug er in seiner Hand,
   Den einen verlor er,
   Den andern verschenkte er,
   Mit dem dritten stillte er Hitze, Schmerzen und kalten Brand.
Im Namen u. s. w.

1830^a. Ich ging wohl über den Strand,
   Fand eines todten Manns Hand:
   Damit still ich den kalten Brand
Im Namen u. s. w. — Dreimal zu sprechen.
<small>Arznen-Buch für Menschen und Vieh — § 2 fehlt Anton statt Mann</small>

1830^b. Ich ging über Land,
   Da fand ich eine Hand
   Damit still ich den kalten Brand.
Gott der Bater u. s. w. — Dreimal gesprochen.   <small>Aus Wismar</small>

1830^c. Ich reise durch das ganze Land,
   Da find ich eine Todtenhand.
   Damit still ich den kollen Brand.
Im Namen Gottes 2c. — Dabei wird mit der ganzen Hand über
die Stelle gestrichen. Bei 'Im Namen' 2c. wird mit der flachen Hand
kreuzweis übergestrichen. — Das brandige Fleisch soll herausfallen.
<small>Schäfer Drackow in Brüz. Durch Pastor Bassewitz</small>

1831. De Mau' stcit rot an 'n Heben,
   Roll dorneben
   Is de Dodenhand.
   Dormit still ik den kollen Brand
         <small>Aus Prützier. Lehrer Kreutzer.</small>

1832. Hoch is de Heben,
   Rot is de Krewt,
   Kolt is de Dodenhand
   Dormit still ik Hitt, Füer un Berbrand!
Es folgt nun der Name des dreieinigen Gottes, wobei drei Kreuze
gemacht werden.   <small>Von einem Seminaristen</small>

1833. Der Himmel ist hoch,
   Der Krebs ist roth,

Durch Gottes Hand
Stille ich den kalten Brand.

Im Namen Gottes ꝛc. — Dreimal gesprochen.

Sittensittre Lübbert in Brüz. Durch Pastor Bassewitz

1834   Hoch ist der Heben,

Scharp ist der Degen,

Kalt ist die Todtenhand

Darmit still ich den kalten Brand.

Im Namen Gottes ꝛc.   Tagelöhner Dau in Brüz. Durch Pastor Bassewitz

1835.   De Heb'n is lang,

Dat Swert is blank:

Darmit still ik den kolten Brand

Im Namen u. f. w.   Seminarist M Stübe

1836.   Kolt is de Luft, heit is de Brand,

Kolt is de Dodenhand:

Darmit still ik den kolten Brand

Im Namen Gottes ꝛc.   Aus Holzdorf Lehrer Lübbert.

1837. Den kalten Brand zu stillen. Das Kreuz aus einer Wallnuß zu Pulver gebrannt und dem Patienten eingegeben. Wenn erst eine gebrannt wird, muß die gewogen werden, nachdem kann man so viel brennen, wie man will, und so schwer wie die erste gewogen, muß man noch zweimal abwägen, und dem Patienten alle Stunden eins eingeben und dreimal. Auch kann zur Zeit der Noth den Wochenfrauen eingegeben werden.

Aus einem Buch in Groß-Lukow Cand theol Hoffmann

1838. Gegen das Fieber. An einem Freitagmorgen vor Sonnenaufgang gehe man stillschweigend vor die Hausthüre, öffne sie und spreche:

Gauden Morgen, leiß Dag,

Nimm mi dat negenunnegentigste Fewer af.

Dann mache man die Thüre wieder zu, und gehe ins Bett zurück

Lehrer Lübsdorf

1839. Der Fieberkranke gehe vor Sonnenaufgang zu einem Weidenbaume, knote drei biegsame Zwerge desselben zusammen und spreche, während er dies thut:

> Go'n Morgen, Olde.
> If gev di be kolde.
> Go'n Morgen, Olde!

Dann laufe er schnell davon, indem er den Zweigknoten fahren läßt.

H. S. 584 Vgl. Engelien Nr. 128a.

1840. Ein Simparth für das Fieber.

> Du lieber heller Tag.

> Nimm diesem Kranken das siebenundsiebzigste (Fieber) ab.

Im Namen u. s. w. — Dieses wird auf einen kleinen Zettel geschrieben und eine kleine Heuschrecke, welche in allen Wiesen zu finden sind, in dem Zettel verwahrt und dem Kranken um den Hals gehängt, grade wenn die Glocke zwölf schlägt und den anderen Tag grade um dieselbe Stunde abgenommen und in ein fließend Wasser getragen. Dem Patienten muß es aber unwissend sein, was darinnen verborgen ist. Arznei-Buch für Menschen und Vieh

1841. Man gehe vor Sonnenaufgang an einen Bach, und spreche, das Gesicht stromabwärts gerichtet:

> Fleiten Water, it klag di,
> Dat Fewer dat plagt mi,
> Nimm dat Fewer von mi.

Im Namen ꝛc. H. S. 584

1842ᵃ. Am fließenden Wasser zu sprechen.

> Fewer, bliw ut,
> N. N. is nich to Hus[1],
> Dat du nich wedder kamen sast,
> Stek it bi in de Mad' hir fast.

Im Namen Gottes ꝛc. — Dabei wird eine große Stecknadel in die Modde des Baches gesteckt. C. M. Stuhlmann in Schwaan

1842ᵇ. Man geht zum Wasser hin und sagt dreimal, mit dem Gesicht sich darauf legend:

> Fewer, bliw ut,
> N. N. is nich to Hus.

Im Namen Gottes ꝛc. Gegend von Parchim Vgl. Müllenhoff S. 513

---

[1] Z 1, 2 dreimal wiederholt

1842ᶜ. Der Leidende geht Abends nach Sonnenuntergang an ein fließendes Wasser und sagt dieselben Worte.

Aus Teßtorf. Durch Seminarist G. P.

1842ᵈ. Fieber abschreiben. Der Kranke muß ein Butterbrot verzehren, auf welches Jemand mit dem Finger die Worte geschrieben

Fieber, bleib aus,

Ich bin nicht zu Haus.

Aus Penzlatenwerz bei Wanzenvorf. Hülfsprediger Tiesenorweis

1843. Man gehe an ein fließendes Wasser, schöpfe stromwärts mit der hohlen Hand und spreche:

Wasser, ich schöpfe dich

Im Namen Jesu Christi Blut,

Das ist für neunundneunzig Fieber gut.

Im Namen u. s. w.

Lehrer Tidebohl. Bd. XV 499. Nr. 315.

1844. Dieses Wasser und Christi Blut

Ist für neunundneunzig Fieber gut.

Im Namen Gottes ꝛc. — Das Wasser wird mit der Hand geschöpft und getrunken, die Worte dreimal gesprochen.

Aus Heßdorf. Lehrer Tidebohl.

1845. In Christi Namen schöpfe ich ein,

In Christi Namen trink ich ein,

Dies ist das wahre Christi Blut,

Das sei für neunundneunzig Fieber gut.

Dreimal gefüllt und was drin bleibt, mit dem Strom weggegossen.

Aus dem Heft eines Tagelöhners in Neukirch.

1846ᵃ. Man muß stillschweigend unter dem linken Fuß einen wollenen Faden durch den Strumpf ziehen, damit zu einem Flieder-baum gehen und sprechen:

Flieder,

Hier bring ich dir ein Fieber.

Der erste Vogel, der hier über fliegt,

Nehme es mit in die Luft.

Dieses sagt man dreimal, wickelt den Faden jedesmal um eine Rabb und flicht in den Baum, und sagt 'Im Namen Gottes' ꝛc.

Gegend von Parchim Bd. XV 499. Nr 315

1846ᵇ. Man gehe zu einem Fliederbusch, erfasse einen Zweig und spreche

> Gun Dag of, Fleder,
>
> Hir bring ik di min Fewer,
>
> Ik bind di 't an
>
> Un ga dorvan.　Küster Schwartz in Berlin.

1847. Geh zu einem Fliederbaume, schlage stillschweigend in
einen seiner Zweige drei Knoten und sprich:

> Flederbom, ik klag di,
>
> Dat Fewer plagt mi,
>
> Ik klag bi 't an
>
> Un ga dorvan.

Im Namen u. s. w.

Elbgegend, Boizenburg, Schmilz Lehrer Krüger. Superstition daß man Jemand
etwas Böses anklagen, i e communiciren, dertragen könne; e gr das Fieber, die Zahnschmerzen, morra an, werbam referovatiim, kupergere dorovkam, einem Ältern the Rage
brinota zurück Renbach 2, 176

1848 Will man das Fieber abschreiben, so gehe man Morgens
vor Sonnenaufgang stillschweigend zu einem Nußbaum und schreibe
auf einen Zettel die Worte:

> Nußbaum, ich komme zu dir,
>
> Nimm die neunundneunzigerlei Fieber von mir,
>
> Ich will dabei verbleiben. † † †

Diesen Zettel legt man, noch vor Sonnenaufgang, in ein Loch,
welches man vor dem Schreiben nach Zurücklegung der Rinde, in
den Stamm des Nußbaumes geschnitten hat, klappt darauf die zurück-
geschlagene Rinde darüber und pflöckt sie fest.　§ § 804.

1849 Man gieße Milch in eine Schale und trinke dreimal
abwechselnd mit einem Hunde davon und spreche dabei jedesmal
die Worte:

> Prost, Brauder Hund;
>
> Du 'l Fewer un ik gesund.
>
> 　　Gegend von Ludwigslust Seminarist Brandt

1850. Fieberstillen. Der Schäfer Krackow in Brütz, nachdem
er das Hemd des linken Aermels umgekehrt, spricht:

> Kehr dich um, Hemd,
>
> Und du Fieber, wende dich:
>
> N. N. das sage ich dir zur Buß.

Im Namen u. s. w. — Drei Tage nach einander wird es gebraucht.
Der Schäfer Krackow will hiemit eine Frau in Gatow bei Güstrow

und seine Schwägerin, die nun in Amerika ist, geheilt haben. Der
Schäfer Krackow ist ein Mann, der von seinen Herrschaften sehr
werth gehalten wird und sehr vielen Zuspruch von allen Seiten
von Hohen und Niedern hat, da er nicht bloß durch Sympathien, sondern auch mit natürlichen Mitteln heilet, namentlich Vieh.
Er muß daher in den Stammschäfereien bei hohen Herren als Arzt
erscheinen.

Durch Pastor Bassewitz. Dasselbe Normal., aber bloß der Terje, an dem Heile der
Dr. Weihnacht — Z. 7 dieß ist wohl ein späterer Zusatz

1851. Für das Fieber.

Ein Vogel ohne Lung,
Ein Storch ohne Zung,
Eine Taube ohne Gall,
So vertreibe ich die Fieber all.

Im Namen u. s. w.

Heft von Dr. Weihner Vgl. Kuhn, WS. 7, 264, Nr. 570; NS. 435, Nr. 320

1852. Wenn man das Fieber hat, hebt man einen Stein auf
und spricht.

Stein, bewahre M. J. Krisen Fieber ganz allhier,
Daß er es nimmermehr mag kriegen
Stahlwanden zu.

Im Namen u. s. w. — Wenn dies geschehen, spucke dreimal auf
den Stein.

Heft des Dr. Weihner. — Z. 1 Krisen, Z. 3 Stahlm. mit Fragezeichen im W.
— zang allhier Z. 1 ist wohl Zusatz.

1853. Sämmtliche Vor- und Zunamen des Kranken werden
aufgeschrieben.

Ich schreibe dir im Namen Gottes und in der Vollmacht Gottes
das Fieber ab

So wahr der Herr Jesus Christus sein Blut am Kreuze vergossen
und verschwitzt,

Soll dir erlassen sein von den neunundneunzig Fiebern, Frost
und Hitze

Im Namen Gottes u. s. w. — In einem Dreieck zusammengefaltet,
fest zugenäht, mit einem Bande beim Antritt des Frostes um den

Hals gehängt so, daß der Zettel vor der Herzgrube sitzt. Den achten Tag 11 Uhr stillschweigend abgenommen und verbrannt. Dies muß stillschweigend vor Sonnenaufgang abgeschrieben werden, auch darf der Kranke den Inhalt nicht erfahren, indem es sonst nutzlos ist. Mitterleine Lübbert in Brüz. Durch Pastor Bassewitz.

1854. Gegen Fieber. Man gebe dem Kranken an drei auf einander folgenden Tagen je einen süßen Mandelkern zu essen, nachdem man auf den ersten geschrieben hat.

> Rabi,
>> auf den zweiten Nabi,
>> auf den dritten Habi.

Nach einer andern Mittheilung soll man auf die Mandelkerne schreiben in der oben angegebenen Reihenfolge.

> Hasta, Habar, Schava,

und diese Kerne gleichfalls, an jedem der drei hinter einander folgenden Tage einen, dem Kranken eingeben. Dies ist das berühmte Mittel, durch welches eine kluge Frau bei Gr. großen Ruf als Fieberdoctar erworben hat.

Man kann nach einer dritten Mittheilung statt der Mandeln auch drei Bratrinden nehmen, auf jede derselben eins der Worte:

> Rabi, Habi, Gabi

schreiben, in die Rinde Rabi eine, in die Rinde Habi zwei und in die Rinde Gabi drei Kerben schneiden, und nun dem Kranken an drei folgenden Tagen bei abnehmendem Monde, jedesmal Morgens eine Rinde eingeben, wobei man mit der Rinde Rabi beginnen und stets zuletzt die Rinde Gabi geben muß. SO. 634. Bgl Engelien Nr 1544.

1855. Fieber zu heilen.

> Calameris Calem
>> Calameri Cale
>> Calemer Cal
>> Calema Ca
>> C.

Dieser Fieberzettel muß neun Tage auf der Herzgrube getragen werden. Den zehnten Tag wirft man ihn stillschweigend in fließendes Wasser. Seminarist J. Kiechmann aus Hackdorf.

1856. Gegen das Fieber:

A : B : R : A : En : A :

A : B : R : A : En :

A : B : R : A .

A : B : R : A :

A : B : R : x :

A : B : R :

A : B :

A :

Dies muß auf einen Zettel geschrieben und um den Hals neun Tag lang getragen werden. Seminarist Brandt.

1857. Für das Fieber. Man schreibt auf einen Zettel:

     † Veil   † Sebla † † Sebla

     † Sebla † Sebla † † Sebla

† † potak † Sebla   † Sebla

     † Sebla † Veil   † Sebla †

Dieser Zettel wird, wenn der schlimme Tag ist, des Morgen vor der Sonne stillschweigend um den Hals gebunden, daß er recht vor der Herzgrube hängt bis den neunten Tag, dann wieder vor der Sonne abgenommen und übern Kopf rückwärts in laufendes Wasser geworfen. Heft von Dr. Werbner

1858. Gegen Flechten. Man geht Morgens vor Sonnenaufgang stillschweigend zu einem Weidenbaum, erfaßt einen Theil desselben, bestreicht die Flechte und spricht:

     De Wichel un de Flecht,

     De gen beid' gerecht,

     De Wichel be gewinnt,

     De Flecht be verswinnt.

Im Namen Gottes 2c. Helldorf, Stoctkirchen bei Hagenow. Lehrer Lübbert.

1859*. Man nehme drei neue Knopfnadeln und mache mit einer jeden rings um die Flechte einen Kreis und in den Kreis ein Kreuz und spreche bei jeder Nadel:

     De Flecht und be Wid'

     De trakeelten sik (entzweiten sich);

     De Wid' be gewinn,

     Un be Flecht verswinn. † † †

Dann werfe man die Nadeln rücküber weg und nehme drei weidene
Reiser, schlage einen Knoten in dieselben und lasse sie alsdann
fliegen. Am besten ist es, wenn man dies Mittel unter einer Weide
gebraucht. Mecklenb Jahrb 5, 105.

1859ᵇ. Man gehe an einem Freitage vor Sonnenaufgang zu
einer Weide und spreche:

> De Flecht un de Wid'
> Dei waffen beid tau Strid';
> De Wid bei gewinnt,
> Un de Flecht verswinnt.
>
> Luther Schwartz in Berlin Vgl N.S. 441, Nr 395.

1859ᶜ.

> Die Flechten und die Weid,
> Die liegen zusammen in Streit,
> Die Weid gewann,
> Die Flecht verschwand.

Im Namen u. s. w. Hest des Dr Weidner.

1860ᵃ

> Die Wid' und die Fleischflecht,
> Blutflecht, Knochenflecht,
> Die gingen allzusammen recht.
> Die Wid' die gewann,
> Die Flecht die verschwunn

Im Namen Gottes u. s. w.
Semlowitz b Berner — J s lied Die gingen all zu Recht

1860ᵇ. Man bestreicht die Flechte mit einem Weidenzweige
und spricht:

> De Wid' un de Flecht
> De gingen beid to Recht.
> De Wid' gewinn,
> De Flecht verswinn. Alt gegend Lehrer Kreuzer

1861. Man wischt stillschweigend Fensterschweiß auf die Flechte
und spricht:

> De Finstersweet un de Flecht
> Dei gingen tausam tau Recht
> De Finstersweet gewann,
> De Flecht verswunn.
>
> Dolgenburg Alt gegend. Lehrer Kreuzer

1862. Ein Simpartie für die Flechte. Gehe aus bei dem abnehmenden Monde und nimm einen Stein, der grade vor dir liegt, und bestreiche die Flechte damit, und sprich:

> Die Katz und (die) Flecht,
> So streiten sich um das Recht,
> Die Katz die gewinnt,
> Die Flecht (die) verschwindt.

Im Namen Gottes. Amen. † † †. — Alsdann wirf dir den Stein über den Kopf. Dieses muß dreimal stillschweigend geschehen; so wird die Flechte wohl vergehen. *Arzeney-Buch für Menschen und Vieh.*

1863. Auf die Flechten wird die feine weiße Asche vom verbrannten Buchenholz gestreut und dabei gesagt.

> De Fleg-Asch und de Flecht,
> Dei flögen tausam weg,
> De Flog-Asch, dei kem wedder,
> De Flecht dei blew weg.

Zum Schluß wird dreimal auf die Flechte gepustet.
Aus Tessouf. Durch Seminarist G. P. Kgl. Gnarkien Nr. 18??

1864. Flechten zu vertreiben.

> Flechte, du plagst mi,
> Isen und Stahl jagt di.

Dazu nimmt man ein Messer.
Geheurcht 1836—40 von Drechsler Behrens in Wismar

1865. Gegen Flechten.

> Pöte, Pöte,
> Kröienföte,
> Will 't helpen,
> Mag 't gan

Im Namen u. s. w. *Hoff von Dr Werner*

1866. Gegen Flechten und Gicht.

> Ri-Man', ni Licht,
> Still ni de Flecht,
> Benimm mi de Gicht.

Im Namen u. s. w. — Dabei zuerst in die Höhe, dann nach unten gestrichen. Zur Zeit des Neumondes.
Von einer alten Blumeschen in Gr.-Wüknz. Durch Pastor Dolberg

1867. Man gehe mit dem Flechtkranken bei abnehmendem Monde an ein fließendes Waffer, berühre mit der linken Hand die Flechte und spreche:

> De Man' un de Flechten
> Gan awer dat Water:
> De Man' kümt wedder,
> De Flechten nich.

Im Namen u. f. w.

1868. Gegen den Fluß.

> Awthorn, ik klag di,
> De Ritfluß, de Brennfluß de plagt mi,
> Nimm düsse Pin von mi,
> Den irsten Vogel di.

Im Namen Gottes zc.

1869. Flußstillen.

> Es gingen drei Jungfern im Jordan,
> Die eine pflückte Laub,
> Die andere pflückte Gras,
> Mit der dritten stille ich diesen Fluß ab.

Im Namen u. f. w.

1870. Für die Gicht.

> Des Morgens vor der Sonn,
> In Christi Garten, da ist ein Brunn,
> In dem Brunn liegt ein Stein,
> Unter dem Stein liegt ein vergüldeter Wurm.
> Du sollst nicht reißen,
> Du sollst nicht beißen,
> Du sollst nicht gnaul!

Im Namen Gottes u. f. w.

1871.

> De Man' un de Jicht
> Dei gingen tausam tau Gericht·
> De Man' dei gewünn
> Un be Jicht dei verswunn.

Im Namen u. f. w.

1872. Gicht zu besprechen.

> Ach du liebes Morgenroth,
> Nimm von mir nicht das Brot,
> Nimm von mir aber alle Schmerzen,
> Die mir drücken um das Herzen.

Im Namen u. s. w. — Das wird dreimal im Gedanken gesagt vor Sonnenaufgang, auch drei Tage nach einander im abnehmenden Mond. Das Gesicht richtet man gegen Osten. Hest von Dr. Meiers

1873ᵃ. Man stelle sich bei Sonnenaufgang an ein fließendes Wasser und spreche dem Laufe des Flusses nach:

> Ich und der Fluß und die Gicht
> Wir drei gingen zum Wasser.
> Ich trank
> Und der Fluß und die Gicht verschwand.

Im Namen u. s. w. — Dann trinke man sofort dreimal von dem fließenden Wasser. G. S. 344

1873ᵇ. An drei Freitagabenden nach Sonnenuntergang geht man stillschweigend zu einem fließenden Wasser und spricht.

> If um de Gicht un de Fluß gan to Water.
> If drinke, de Gicht un de Fluß verschwindt.

Im Namen Gottes ꝛc. Tagelöhner Rehberg in Holtdorf durch Lehrer Lüdsdorf

1874. Im N. Gottes seh ich das Licht,
> Damit still ich die Fluß- und reißende Gicht.

Im Namen Gottes ꝛc. Bauer in der Wilstmsch. Jahrb. IX, 466

1875. Petrus und Paulus gingen zu Holz und zu Brach[1])
Unser Herr Christus der sprach (de sprok):

> Kehrt um, die Glocken haben geklungen,
> Gesungen, gerungen[2]).

Im Namen Gottes ꝛc. Beyer I, 1 u. Roß 127. Schiller I, 34

1876. Dod, if flag di,
> Dei Jicht bei plagi mi:
> If bibb di brumm,
> Help mi dabun

---

[1]) Petrus Philippus gingen to Holt un to Brok.
[2]) De Klocken de klungen, de Mess' is gesungen, de Gicht is verschwunnen.

Du bliffſt beſtan
Dat 't balb ut Fäut un Hänn'n rut geit.

Schreiber Weinsberg aus Blitz durch Primaner L. Kröger. — Z. 4 wohl ur-
ſprünglich: met gau.

1877. Geh zu einem Apfelbaum, nimm einen Zweig in die
Hand und ſprech:

Appelbom, if klag di,
De Gicht plagt mi,
If heb' bi ſ an
Un ga dervan

Im Namen u. ſ. w.   Oligoprnd. Lehrer Krenher.

1878. Gegen reißende Gicht. Man gehe vor Sonnenaufgang
zu einem ſchwarzen Johannisbeerſtrauch, Gichtbeerbuſch (Ribes nigrum)
und ſprecht:

Buſch, if klag bi,
De riten Jicht bei plagt mi;
Sei plagt mi woll Dag un Nacht
De irſt Bagel, bei erwer bi flücht,
Dei nem bei riten Jicht mit

Küſter Schwarz in Bellin.

1879. Gegen Gicht

Eichbaum, ich klage dir,
Die weiße Jicht plaget mir,
Die ſchwarze Jicht,
Die gelbe Jicht,
Die blaue mehr.
Der erſte Bogel, der über dieſen Baum fliegt,
Nimmt alle meine Jichten mit

Im Namen u ſ. w.

Sammelin Hagemeyer Seminariſt A Blitz Bgl Müllerhoff Z 515 Ingelten
Nr. 157a

1880. Eichbaum, ich klage dir,
Neunundneunzigerlei Arten Zwillen und Jichten plagen mir.
All die Bögel, die über dir fliegen
Die ſollen die Zwillen und Jichten mit nehmen.

Im Namen u. ſ. w.

Sammelin Umgegend von Hagemeyer Seminariſt L Blitz

26*

1881. Gegen die Gicht

Junge Eßhefte, ich muß dir klagen·
Die reißenden Gichte, die thun mich plagen.
So der liebe Gott walle, daß der erste Vagel, der über dich fliegt.
Daß der meine reißenden Gichte kriegt

Bei drei jungen Eichbäumen dreimal gesprochen Donnerstag und Sonntag Morgens vor der Saum.

Gegend von Ludwigslust. Fräulein Boldt

1882. Die Gicht zu stillen. Wenn es ein Mann ist, umfaßt er einen Birnbaum (eine Frau dagegen einen Apfelbaum) drei Freitage vor Sonnenaufgang und spricht:

> Feigenbaum, ich klag es dir,
> Die reißende Gicht, die plaget mir,
> Die gelbe Gicht,
> Die fliegende Gicht,
> Die schwarze Gicht,
> Die blaue Gicht;
> Der erste Vagel, der über diesen Baum fliegt,
> Benimmt dir alle meine Gichte.

Im Namen Gottes ꝛc. und zum Schluß ein Vaterunser.

Gegend von Parchim

1883. Man gehe an drei Tagen hintereinander vor Sonnenaufgang zu einem Fliederbaum (Sambucus), umfasse ihn und spreche dabei:

> Fleder, ik hevv de Gicht,
> Du hest se nich;
> Nimm se mi af,
> So hevv ik se nich.

Im Namen u. s. w. §§ 514

1884*. Der Leidende geht var Tagesanbruch zu einem Fruchtbaum, faßt einen Zweig und spricht:

> Fruchtbom, ik klag di,
> De riten Gicht de plagt mi,
> Se ritt mi, se steckt mi
> De irst Vagel, de œwer flücht,
> Dat bei de riten Gichten kriecht

Gegend von Hagenow. Durch Fräulein E. Krüger

1884ᵇ. Fruchtbaum, ich klag dir,
        Die Gicht die plagt mir,
        Nimm sie mir ab,
        Der erste Vogel der drüber fliegt,
        Der nimmt sie dir wieder ab.
                        Heft des Tageblorns in Neukloster.

1884ᶜ. Fruchtbaum, ich komm und klage dir,
        Die rieten Gicht die plaget mir,
        Die spliten Gicht die plaget mir,
        Fruchtbaum, ich bette dich,
        Benimm mir dies.

Im Namen u. s. w.   *Aus Wismar.*

1884ᵈ.   Fruchtbom, it klag di
          De rieten Ichte, de spliten Ichte.
          It bidd di drumm,
          Help mi davun.
                Schweden Rennsberg aus Küh. Durch Primaner P. Krüger.

1884ᵉ.   Fruchtbom, it klag di,
          Rieten-, stiegen Gicht de plagt mi,
          Benimm du mi mine Pin,
          Un gif den ersten Vogel din.

Im Namen Gottes ꝛc. — Dabei wird der Baum umfaßt.
                    Grubhagen in Heithorst. Durch Lehrer Lübstorf.

1884ᶠ. Man geht an einem Freitagmorgen vor Sonnenaufgang
stillschweigend zu einem Obstbaume, erfaßt ihn und spricht:
          Fruchtbom, ik klag [dat] di,
          De rieten Ichte,
          De stiegen Ichte,
          De steken Ichte,
          De schwellen Ichte,
          De brennen Ichte,
          De gel Ichte,
          De schwart Ichte,
          De blage Ichte, de plagt mi.
          De irst Vagel, de ewer düssen Bom flücht,
          Entnimmt mi alle mine Ichte

Im Namen u. s. w.   *Aus Klinkhagen Lehrer Lübstorf.*

1884ᵃ. Erfaß einen Fruchtbaum und sprich:

Fruchtbom, ik klag di,

De Gicht (bei) plagt mi:

De riten Gicht,

De spliten Gicht,

De Leb-Gicht un gel Gicht,

De brennen Gicht un Nettelgicht,

All de Gichten der ik an mi hevv,

Klag ik di, Fruchtbom, an.

De irste Vagel, bei borœwer flücht,

Nem f' in de Kluft (Klaue)

Und stücht bormit in de Luft

Golpenburg Löwitz Elbgegend Erhart Kreuzer

1884ᵇ. Wer von der Gicht befallen ist und sich dieselbe stillen lassen will, der muß mit dem, der ihn stillen will, an drei Tagen entweder des Morgens vor Sonnenaufgang, oder des Abends nach Sonnenuntergang in einen Garten gehen, in welchem wenigstens neun Obstbäume stehen. Von diesen Obstbäumen muß der Kranke jedesmal nach einander drei anfassen, und beim Anfassen eines jeden Baumes wird die Gicht besprochen unter folgender Formel:

Fruchtbaum, ich klage dir,

Die reißende Gicht, die plaget mir;

Die gelbe Gicht, die schwarze Gicht,

Noch mehre Gichten plagen mir.

Der erste Vogel, der über diesen Baum fliegt,

Nimmt mir alle meine Gicht

Im Namen u. f. w. Seminarist N. Stübe

1885   Ich ging von Paße

Nach Praße:

Fruchtbaum, ich bitte dich,

Benimm mir dies.

Im Namen u. f. w. Aus Wismar

1886ᵃ. Gegen Gicht. Man geht zu einer Fichte, nimmt still schweigend drei Zweige derselben und spricht:

Guden Abend, Fru Füchten,

Ik kam mit minen neggen un neggentig Fichten,

It will juch binn'n,

De Jicht jall verswinn'n

Dann geht man stillschweigend zurück.

Aus Neustadt. Durch einen Seemannsten. Hgl. Wickerhoff S 549

1886ᵇ. Guten Tag, Frau Fichten,

Hier bring ich dir meine tausenderlei Gichten.

Die Fichte soll bestehn,

Die Gichten solln vergehn.

Im Namen u. j. w.   Heft von Dr Werdner.

1887. Gehe an drei Freitagen bei abnehmendem Monde vor
Sonnenaufgang zu einer Weide, die an einem fließenden Wasser
steht, richte das Gesicht nach dem Laufe des Wassers und sprich

Weidenstock, ich fleh dich an,

Berlasse mir meine neunundneunzigerlei Gichter.

Im Namen ze.   AS. 514

1888.   Ik ligg hir vör Gottes Augesicht

Un klag di mein riten Gicht.

De irste Bagel, der œwer flücht,

Denn' gew il mine riten Gicht.

Im Namen u. j. w.   Heft von Dr Werdner

1889. Für den reißenden Gichtfluß

Christi Wunden

Seind nicht verschwunden,

Seind nicht verhalten,

Auch nicht gekalten,

Auch nicht geschwollen

Heft des Tagelöhners in Neukloster

1890. Gegen Gicht

Riten Jicht, spilten Jicht,

Knaten-Jicht, schwellen Jicht,

Fleigen Jicht, paken Jicht,

Nettel-Jicht, brennen Jicht,

Stelen Jicht, Puden-Jicht,

Kolle Jicht, Fluß und Wehdag,

Ik beschwöre dich,

Du sollst von nun an nicht mehr schmerzen oder schwären,

Du sollst vergan un nicht bestan,
Du sollst nicht stille stan, sondern vergan,
Das thu ich im Namen Gottes ꝛc.

Wolff Neukloster Lehrer Wendorf

1891. Gicht zu stillen. Auf die schmerzhafte Stelle legt man die Hand und sagt Hiermit stille ich reißende Gicht, fliegende Gicht, brennende Gicht, schwellende Gicht, dies Alles soll verfliegen wie der Sand im Meer. Im Namen Gottes ꝛc. Dies gebraucht man drei Abende nach Sonnenuntergang.

Anna Holzangel in Parkow Durch Paftor Gottmie.

1892*. Gicht, weich aus.

Du reißende, laufende, kalte, Krampf-, Blut- und 77 Gicht
Das sag ich dir zur Buß
Im Namen der heiligen Dreifaltigkeit,
Weichen mußt im Namen u. s. w.
O Gicht! O Gicht! weiche von mir

(hier folgt der Name des Patienten) in dem Namen Jesus Christus! Du laufende Gicht, weiche von mir — — — in dem Namen Jesus Christus. Christus Jesus herrscht, Christus Jesus gebietet dir mir. B. K. D. 77 Gicht im Namen Gottes ꝛc. † † †. Amen. Gott segne mich — — — — hier zeitlich und dort ewiglich.

L. S A R O R.
v e R A R E P O
K R O E E E R.
v L Z R P V
R A
O E A. S
R

Diesen Gichtzettel muß man neun Tage um den Hals tragen und alsdann in fließendes Wasser stillschweigend den zehnten Tag werfen Solches geschieht auch im Namen ꝛc. Semmerow Küchmann.

1891*. O Gicht! O Gicht! weiche von mir — — — — (folgt der Name des Patienten) im Namen Gottes Jesus Christus, du laufende Gicht, du reißende Gicht, fliegende Gicht, du kalte Gicht, du Krampf-, Blut- und 77 Gicht, weiche von mir (— — — —) in dem Namen Jesus Christ, Christus Herr Gott. Christus Jesus gebietet, Christus Jesus vertreibe von (— — — —) die 77 Gicht im Namen Gottes Pa. †. g. Filius. † g II sanct † ? I. II I. S. sanchis astor. I. II sealsto. I. Tenet opera I. Rotus Gott segne mich (— — — —) hier zeitlich und dort ewiglich Amen

Hilft durch Gottes gnädige Hilfe gegen die Gicht.

Diesen Gichtzettel muß man auf der rechten Seite unterm Arm tragen. Man steckt ihn in ein leinenes Beutelchen, welches aus einem einzigen Faden zusammengenäht sein muß. Knoten dürfen überall nicht geschlagen werden. Das Band, an dem man das Beutelchen trägt, wird, um es nicht zuknoten zu müssen, auf der linken Schulter mit Fäden umwickelt. Dieser Gichtzettel ist in dieser Gegend noch sehr in Gebrauch. Er soll bessere Dienste leisten als der vorige.

Seminarist F. Klockmann aus Hanstorf

1893. Der an der Gicht leidet, geht stillschweigend nach dem Garten oder ins Feld und gräbt stillschweigend ein Loch und setzt einen sogenannten Gichtbaum, den er sich hat holen lassen, in das Loch und tritt barfuß die Erde an den Baum, so wie die Sonne geht von Morgen und Süden nach Westen und geht dann stillschweigend ebenso um den Baum und spricht: Im Namen Gottes ꝛc. Wenn der Baum anwächst, schwindet die Gicht.

Aus Brütz Pastor Bassewitz

1894. Gegen Gicht und Schwindel.

Elkbom, ik klag di,

De negenunnegentig Gichten un Schwindel plagen mi.

Und bi scælen se plagen

Bet an den jüngsten Dagen.

Im Namen Gottes ꝛc. — Wird im abnehmenden Mond gebraucht.

Aus Holdorf Lehrer Lübberof

1895. Gegen Geschwulst (dicke Füße).

Es gingen drei reine Jungfrauen,

Sie wollten eine Geschwulst und Krankheit beschauen.

Die eine sprach es ist frisch,

Die andre sprach es ist nicht;

Die dritte sprach: ist es denn nicht,

So komme unser lieber Herr Jesus Christ.

Im Namen ꝛc. Echter Krakow in Brütz Durch Pastor Bassewitz

1896 Schwulst zu stillen.

Unser Herr Christus ging über Berg und Sandland,
Die rechte Hand,
Damit stille ich den Schwulst in der Hand

Im Namen Gottes rc. Gegend von Parchim.

1897.   Die Adder und die Schlange
Spielten zusammen auf dem Sande,
Die Maus machte Haufen,
Schwulst, du mußt krupen.

Im Namen u. s. w.

1898 Wetag und Geschwulst, ich beschwöre dir,
Daß du sollst stille stan,
Wie das Wasser am Jordan [stille stund],
Als unser Herr Jesus Christus getauft ward.

Heft des Tagelöhners in Neukloster

1899.   Du sollst nicht schwollen,
Du sollst nicht quillen,
Sondern du sollst stille stehn
Und nicht von dieser Stelle gehn.

Im Namen u. s. w.   Geschrieben R. M. in Kiobach. Durch Pastor Delberg.

1900. Gegen Geschwulst
Herr Gott, du bist allmächtig,
Dein Wort ist kräftig
Gib daß die Schwulst steh und vergeh

Im Namen Gottes u. s. w.   Aus Hellbrook Lehrer Lüdersdorf

1901 Den Schwulst zu stillen.
Ich stille den Schwulst in der heiligen Dreieinigkeit,
Ich stille den Schwulst in der heiligen Dreifaltigkeit,
Ich stille den Schwulst in der heiligen Dreigottheit

Im Namen u. s. w. und dreimal kreuzweis gepustet

Gegend von Schwerin Seminarist Spreth

1902 Den Schwulst zu stillen.
Der Schwulst steht hier in Jesu Namen,
Daß du mögest stille stehn
Und nicht weiter gehn.

Im Namen u. s. w   Heft von Dr. Kreton

1903. Schwulst zu stillen
        So du kommst, so du gehst,
        So du verschwindest
Im Namen ꝛc   Seminarist F. Brewer

  1904. Ein Simpartie für den Geschwulst.
        Hieraus frißt Roß und Hund,
        Das ist für die Geschwulst (gesund),
        Die soll vergehen
        Und nicht bestehen.
Im Namen u. s. w.
        Will aber dieser Schwulst nicht schwinden, so nimmt man
Essig und Butter, über ein Kohlfeuer zerlassen und damit gewaschen,
darnach nimm einen heißen Ziegelstein, fahre etlichemal darüber, so
wird er vergehen. Ist es ein Mensch, dann kann man mit Heu-
samen räuchern.   Arznei-Buch für Menschen und Vieh

    1905. Gegen Herzspann.
        Arwbom, it klag di,
        Hartspann hat plagt mi
        Arwbom, sta fast,
        Hartspann, du hast
Im Namen Gottes ꝛc. — Wird an drei Abenden gebraucht, der
Bann beim Sprechen umfaßt   Aus Holzdorf und Belsig, Lehrer Lüdeloff

    1906. Man nehme einen Erbschlüssel, setze ihn vor die Herz-
grube, oder fahre damit kreuzweis über die schmerzhafte Stelle, indem man spricht:
        Arvslötel, it klag di,
        Dat Hartspann plagt mi.
        De Arvslötel sall gewinn'n,
        Dat Hartspann sall verswinn'n
Im Namen u. s. w.   Lehrer Lüdeloff in Rabenstedt

    1907ᵃ. Man geht zu einem Obstbaum und spricht:
Fruchtbom, it klag di,
Dat Hartspann, dat Lewerspann, dat Lungenspann dat plagt mi.
Dor keim en Vagel ut de Luft
Un nem dat mit in sine Flucht   Küster Schwarz in Berlin

1907. Man gehe zum Obstbaum, fasse denselben an und spreche oder lasse den Kranken nachsprechen:

> Fruchtbom, ik klag di,
> Dat Hartspann plagt mi;
> Nim du van mi, nim du up di!
> De irst Vagel, de œwer di flücht,
> Salt wedder van di nemen! Wellner Jahrb. s. 104

1908. Man legt sich auf eine Wagendeichsel und spricht:

> Wagendistel, ik klag di,
> Dat Hartspann dat plagt mi.
> De Wagendistel be gewinnt,
> Dat Hartspann dat verswinnt.

Das die Wagendeichsel nachher zuerst berührende Wesen bekommt die Krankheit. Heilborst Vorny Rabenstort Tetot Dorf Lehrer Schöbort

1909. Setze den Daumen gegen die Herzgrube und sprich:

> Dumen, sta wiß (fest),
> Dat dat Herzspann bist † † †. Eldagsend Lehrer Kreuzer

1910
> Hand, holl fast,
> Hertspann, bast.¹

Im Namen Gottes 2c Gegend von Parta.

1911 Wenn einer dat Hartspann hett, denn bruft hei von blot 'nen Ketelhaken tau nemen un desser an sinen Piw' bi 't Hart ran tau hollen un denn tau spreken:

> Ketelhak'n, sta fast,
> Hartspann, du (fast) bast

und dann noch den Namen Gottes Aus Sehrost Seminarist Schemmet

1912. Setze nach Sonnenuntergang eine Wagendeichsel vor die Brust und sprich:

> Wagendissel, sta fast,
> Dat Hartspann müttt bast'n † † †. Belgenberg Damitz Lehrer Kreuzer

1913.
> Wikenbom, sta fast,
> Dat Hartspann dat bast

Im Namen Gottes 2c Aus Heilborst Lehrer Schöbort

1914 All dat Steken un Riten un Hartspann,
Of Watersucht, dat sall weg gan
As de Dod in de Bar
Un Spök im Thurm.

Im Namen Gottes ꝛc. Gegend von Parchim.

1915. Brusthartspann, du bist bös,
Brusthartspann, werde schwach,
Mit meiner Hand rak ich dich ab,
Mit meiner Hand rak ich dich ab,
Mit meiner Hand rak ich dich ab.

Im Namen u. s. w. Arzeney-Buch für Menschen und Vieh.

1916 Vor das Herzgespann.
Hartspann, packe dich,
Fünf Finger treiben dich.

Im Namen u. s. w. Heft von Dr. Weiduer.

1917. Herzspann verschwann,
Die heiligen drei Jungfrauen gehen voran.

Im Namen u. s. w. Heft von Dr. Weiduer.

1918. Gegen Husten. Morgens und Abends bekreuze stillschweigend den Mund des Kindes und sprech:

Hest du bi verstaken in Weder un Wind,
So help di wedder Marien Kind.

Gegend Lehrer Brockow.

1919. Gegen Krebsschaden. Man nehme Stahl und Stein, schlage dreimal über dem Schaden Funken, hauche ihn dreimal an und spreche dazu dreimal:

Sast nich gripen,
Sast wiken,
Sast nich riten.

Im Namen u. s. w. — Dann nehme man einen neuen Löffel, fülle ihn mit Asche, lege eine Kohle auf dieselbe, fahre mit der Unterseite des Löffels dreimal im Kreise um das Geschwür und hauche es dabei dreimal an. Dies Mittel muß täglich so lange, bis die Krankheit verschwunden ist, wiederholt werden. Das Anhauchen über dem Löffel soll in der Weise geschehen, daß etwas Asche auf die kranken Theile fällt und dort liegen bleibt.

1920. Gegen Nervenfieber. Schreibe auf ein Stück reines, ungebrauchtes Papier

> Das Fieber und den Schluß
> Senk ich in den Fluß.
> Die Krankheit und die Pein
> Sollen heraus und nicht hinein.

Diesen Zettel trage der Kranke neun Tage an einem neuen Zwirnsfaden um den Hals. Am zehnten nimm das Papier und trage es stillschweigend vor Sonnenaufgang in ein fließendes Wasser.

Schanzen

1921. Ein Leiden am Magen, ein Anschwellen unter den Rippen, nennen die Leute 'Rewkau' oder 'Resko'. Wenn man dieses Uebel hat, so muß man sich im Dorfe einen Scheidezaun aufsuchen, sich dann mit dem Magen auf einen Beipfahl desselben legen und sprechen

> Bipahl, ik klage di,
> De Rewkau dei plaget mi.
> De irst Vagel, dei hiröwer flücht,
> Dei nem p mit sik in de Luft.

Seminarist W. Ackermann aus Helm. Vgl. Schiller 1. 14a

1922. Man nimmt beide Hände, streicht damit von vorne nach hinten den Körper entlang und spricht

> Rewkow, zieh aus den Rippen,
> Wie unser Herr Christus aus den Krippen.

Im Namen Gottes u. s. w. — Dreimal nach Sonnenuntergang zu gebrauchen.

Maria Hellnagel in Brütz. Durch Pastor Boßerow. — Z ? 1 aus der Krippen

1923. Resko, von der Rippen,
Unser Herr Christus in der Krippen.

Im Namen u. s. w. Haft des Tagelöhners in Neuklostern

1924. Resko, du sollt basten,
Stock, du sollt wassen.

Im Namen u. s. w. Oberrahmen

1925. Gegen Resko.
Resko, Schwulst un Wehdag,
Harten-Resko-Schwulst un Wehdag,

Inwennig Harten-Reßo-Schwulst un Wehdag,

Dulle Reßo, Schwulst un Wehdag,

Inwennig brennen Harten-Reßo-Schwulst und Wehdag,

Reßo-Schwulst un Wehdag,

Stringen Reßo-Schwulst un Wehdag,

If beschwöre dich,

Du sollst von nun an nicht mehr schmerzen un schwären,

Du sollst vergan un nicht bestan,

Du sollst nicht stille stan,

Sondern vergan.

Das thu ich im Namen Gottes ꝛc.

Weiß, Neukloster Lehrer Lüßdorf

1926ª. Gegen die Rose
    Es gingen drei Jungfern den Steig entlang,
    Die eine pflückt Laub,
    Die andre pflückt Gras,
    Die dritte bricht all die Rosen

Im Namen u. s. w.   Sammeln Hagenow   Seminarist A. Bierße

1926ᵇ Es gingen drei Jungfern über Berg und Thal,
    Sie pflückten alle die Ros'.

Im Namen u. s. w.   Heft von Dr. Weiner

1927. Da saßen drei Jungfern am Wege
    Die eine pflückt das Gras ab,
    Die andere pflückt das Blatt ab,
    Die dritte nahm die Rose weg.

Im Namen † † †.

Heft des Criminalcollegiums in Bützow   Vgl. Nß 440, Nr 302

1928. Johannis und Jacobus
    Gingen über die Straß,
    Sie pflückten ab das grüne Gras,
    Sie pflückten ab das grüne Kraut
    Und holt die Hielg und Ros heraus.

Im Namen u. s. w. — Nimm deine rechte Hand und fahre rund um die Rose und segne sie mit dem heiligen Kreuz dreimal stillschweigend, so wird sie vergehen.   Arznei-Buch für Menschen und Vieh

1929. Petrus und Pilatus
Gingen alle beide übern Weg,
Pflückten sich Blumen,
Die erste war grün,
Die andre war blank,
Die dritte war feuerroth,
Gleich wie Feuer-Rosenroth

Im Namen ꝛc. — Dabei wird mit zwei Fingern über die Rose gekreist und bei 'Im Namen' dreimal gekreuzt und dann dreimal gepustet — Wahrscheinlich bilden Z. 3, 4 einen Reim, Blomen grone
Schäfer Krakow bei Sülz. Durch Pastor Haßewitz

1930. Die Rose zu stillen.
Unser Herr Christus ging über Berg und Land.
Was fand er? eine Rose.
Damit stille ich dir die Rose

Im Namen Gottes ꝛc.
Gegend von Parchim

1931. Unser Herr Christus ging über das Land,
Er hatte eine rothe Rose in der Hand;
Rose, weich von mir!

Im Namen u. s. w. und dreimal kreuzweis gepustet
Gegend von Schwerin. Vgl. Engelien Nr. 135 b

1932. Man macht mit der rechten Hand drei Kreise um die kranke Stelle und spricht:
Christus ging ut
Un plückt sik Krut
Dat bröcht hei tau Ros'.

Im Namen Gottes u. s. w. — Dies dreimal zu verschiedenen Stunden zu gebrauchen.
Maria Hallnagel in Sülz. Durch Pastor Haßewitz.

1933 Maria und Hilgefing [1],
Spielten beide einen vergoldeten Goldring

___

[1] Zu Hilge vgl. Kuhn, KS 440, Nr 324, 325 Müllenhoff S. 544 'Für Erispelas hört man in Meklenburg neben de Ros', Rauf' auch noch aiebocht Dat hillig Ding, bei Hilg' und bei Unbenömt, Unbenennt ꝛc. Mitteln kommen in Rawensburg Blennich-Pojaer, Funken-Schlagen mit Stahl und Stein u. a. Colerus II, 254 b. 'In Mechelborg brauchen die Weiber dritthalbe heete gestoßene Lorbern in warmem Bier, so bekommen sie Flüsse davon Aber es ist eine Superstition mit den dritthalben Lorbern' Schiller I, 17 Vgl. Engelien Nr. 134 a, 135 c, 135 e.

Maria gewann,

Hilgetug verschwann

Im Namen u. s. w.

Helpestlos Dr. Schenke in Pinnow Bgl. Engelien Nr. 135a, 135e

1934. Man spreche gegen die Rose:

'Hillg' Geschwür, is still bi',

nun schlage man mit dem Zeigefinger ein Kreuz; dann spreche man weiter.

'Mutter Maria söcht bi',

nun schlage man ein Kreuz mit einer vollen Kornähre; darauf spreche man wieder:

'Sast still stan, as de Mann, de bi bi

vör be Döp stan hett.'

Hierauf blase man drei Kreuze über die Geschwulst und spreche zum Schluß: 'Im Namen' u. s. w.

1935. Man sehe die Rose an und spreche unter Bekreuzung derselben folgenden Segen:

Ik güng œwer ne Brügg,

Dœr stünnen twei Rosen,

Een witt un een rob';

De rob' verswann,

De witt gewann.

Im Namen u. s. w.

1936. Maria ging wohl über das Land,

Drei Rosen trug sie in ihrer Hand,

Die eine Ros' verwand,

Die andre Rose verschwand,

Die dritte Rose verlor sich aus ihrer Hand.

Und also soll diese Rose auch thun.

Dreimal stillschweigend gesprochen im Namen † † †. Drei Kreuze werden mit zwei Fingern bei jedem Spruch über die Rose gestrichen.

Heft von Dr. Wöhrer Bgl. Engelien Nr. 185b

1937. Hauche auf die Rose und sprich

In Christi Garten da steht ein Baum

Und unter dem Baum da liegt ein Stein

Und unter dem Stein da liegt ein Wurm;

Es sticht nicht, es brennt nicht, es schmerzt nicht.

Im Namen u. s. w.

1938. Es stehen drei Rosen auf Pauli Grab,

> Eine weiße, eine blaue, eine rothe, Rose, nimm ab.

Im Namen u. s. w. — Dreimal † † †   Heft von Dr. Weldner

1939.   Es waren drei Blumen im Garten,

> Der eine war Gottes Gut,
>
> Der zweite war Gottes Blut,
>
> Der dritte war Gottes Will:
>
> Ich sage, stehe still.

Aus Graben und Vergier Lehrer Kreuzer

1940. Ich ging über das Wasser,

> Da fand ich drei Rosen:
>
> Die eine blüht weiß,
>
> Die andre blüht roth:
>
> Die weiße verblüht,
>
> Die rothe verschwand
>
> In des Vaters, des Sohnes und des heiligen Geistes Hand

Kaufmann El Lewde in Trira

1941   Ich ging ins Feld,

> Da fand ich ein Kind:
>
> Damit still ich das bill Ding.

Im Namen Gottes u. s. w.   Seminarist F Flackmann aus Hanhof

1942. Betrachte die Rose und sprich:

> De Ros' un de Wib'
>
> Dei stan in Strib':
>
> De Wib' gewann,
>
> De Ros' verswann

Dann fahre mit dem Finger darüber hin und mache † † †

Altgered Lehrer Kreuzer Ebenso Wessens Jahob S. 102, nur Z 3. 4 umgestellt.

1943. Man legt dem Patienten die linke Hand auf die Ros und sagt stillschweigend

> Hoch ist der Heben,
>
> Weit ist die Rose,
>
> Kalt ist die Todtenhand:
>
> Damit bestreich deine Rose.

Im Namen u. s w. — Dreimal wird Amen gesagt, bei jedem Amen läßt man einen hörbaren Wind fahren, der ungefähr klingt wie Wit.

Heft von Dr. Weldner Vgl. Kuhn, WS. 2, 205, Nr 504 Engellen Nr 1255 — 3 2. weiß? — Z 4 bestreich ich?

1944. Die Glocken klingen,
     Sie müssen singen,
     Das Evangelium Sanct Johannes wird gelesen·
     Damit die Rose wird verwesen.

Im Namen u. s. w.   Heft von Dr Wehner

1945   De Klocken de schlahn,
     De Gesang de singt.
     Peter un Pagel,
     De will'n dat Ding still'n,
     Dat riten Ding, dat spliten Ding,
     Dat ecken Ding, dat flecken Ding.

Im Namen u. s. w.   Schiller 1, 17.

1946ᵃ. En oll Fru geit ut un plückt Krut, [b]
     De Klocken de gungen,
     De Gesäng' würden sungen,
     Dat Evangelium wurde geprebigt.

Im Namen u. s. w. — Dreimal zu sprechen.
             Gebraucht in Wismar 1830—40 von Drechsler Behrend.

1946ᵇ.   Die Klocken die klungen,
     Die Leider sind sungen,
     Das Evangelium ist lesen·
     Das hilge Dinck ist gewesen.

Im Namen u. s. w. — Dreimal gesprochen.
             Derselbe Z. 1 Die Glock die clungen.

1947 Alle Messen währet der Gesang,
     Alle Berangessen werden gelesen·
     Rose, du mußt verschwinden und verwesen.
             Mestlend. Jahrb. 5, 100

1948.   Brennende Hill soll nicht blühen,
     Christus will ehren Marien.

Im Namen Gottes ꝛc.
           Frau Lange in Holdorf. Durch Lehrer Lübstorf.

1949.   Brennend Ros',
     Nebbel-Ros',
     Ritend Ros',

---

[b] Ist der Besprochene eine Frau, so sagt sie: en oll Mann geit ut.

27*

                Du fast nicht riten,
                Du fast nicht spliten,
                Du fast still un framm sein.

Im Namen u. s. w.   Elbgegend. Lehrer Kreuzer

    1950. Alle Rosen unbenannt stehen stille.
                Du fast nich riten,
                Du fast nich spliten,
                Du fast stille stan.
                Mutter Maria gebar ihren ersten Sohn
                In der harten Krippen.

                                        Aus Dütsin bei Grabstorf. Lehrer Kreuzer.

    1951. Man beachte wohl den Gang, den man zum Kranken nimmt, denn auf demselben Wege muß man nach dem Stillen sich wieder entfernen. Man berühre mit drei Fingern den Umkreis der Rose und spreche für sich.

                Rose, du sollst nicht weiter,
                Du sollst nicht hecken,
                Du sollst necken,
                Du sollst nicht heiligen,
                Du sollst nicht schwellen!

Im Namen u. s. w.   Mellensch Jahrb 5, 126

    1952   Is still dei Rauf;
                Sei sall nich swellen,
                Sei sall nich sprellen,
                Sei sall nich sprechen,
                Sei sall noch brechen

Zu stillen mit einer Federpose, einem Stock oder einem Stahl, indem man sie darauf legt und damit das Zeichen des Kreuzes drüber macht.   Arbeitsmann Plath in Plüg

    1953   Rose, ik rad di,
                Dat Ding dat jagt di,
                Du fast nich riten,
                Of nich spliten,
                Of nich weh thun.

Im Namen u. s. w.   Heft des Tagelöhners in Neuklostern. — z. 1 ru bi.

1954. Rose, ik böt di um Christi Bewilligung,
   Maria Reinigung, Christi Glaube,
   Du sollst nicht kesten,
   Du sollst nicht schwellen.
Im Namen u. f. w.   Heft von Dr. Weitner

1955. Ros', Eulzos, du riten Ding,
   Du splten Ding,
   Wik un von Grasewint,
   Wat deist du un den Minsken?
   Wist du rut, Wist du rut, Wist du rut!
                    Fr. Hähn in Süls. Durch Gymnasiast Schmiegelow.

1956.   Rose oder Wehetage,
   Ich beschwöre dich, daß du stille stehst
   Und nicht weiter gehst,
   So gewiß als Jesus Christ
   Geboren ist.
Im Namen u. f. w.
        Seminarist H. Klockmann aus Hanstorf Vgl. Kuhn, WS 2, 203, Nr. 573

1957. Rose, ich beschwöre dich,
   So wahr unser Herr Christus gestorben ist.
Im Namen Gottes 2c.   Seminarist H. Brener

1958. Im Namen 2c.
      Ros', Ros', Ros', du sast stan
      As dat Water in 'n Jordan.
            Bossett in Brunnenborf. Durch Domänenpächter Sohn

1959   Eine Rose, ich binde dich, daß du nicht eher los
kommst, bis daß die Vögel ihr Fliegen lassen.
   Dies in Gottes Namen dreimal gesprochen.
                    Heft des Dr. Weitner

1960.   Ik grip mit siven,
      Darmit will ik dat Ding verdriven.
Im Namen u. f. w.   Seminarist Rogerhein
1961*.   Mit Fiwen besprek ik,
      Hochmuth verdrut ik.
Im Namen Gottes 2c.   Feldborf Tews-Woos Neuborf Lehrer Lüdeborf.

1961ᵃ. Gegen Unberäumt (Unbenannt), dicken Kopf ꝛc.

Mit Fiven bestrek it,
Mit Fiven begrip it.

Im Namen u. s. w. Rathenfort. Trewe-Band Erster Schönheit.

1962 Wider das Unbeknnkt oder Heyl. Ding.

Die Glocken stndt woll geklungen,
Dem Hilligen Dinge ist woll gelungen.
Du schast nicht ecken,
Du schast nicht strecken,
Du schast nicht kellen,
Du schast nicht schwellen,
Du schast still stahn,
Asset Marien Tehren Athen hefft gahn.

Im Rahmen u. s. w.

Wittenburger Hexenprocessacten von 1689 in Zecker's Zeitschrift 6, 160.

1963. Schlangenbiß,

Was sonst noch ist,
Wird Steuer und Wehr,
Spricht Gott der Herr.

Dieser Spruch wird dreimal gebetet. Bei jedem Satz wird mit dem Finger über die kranke Stelle gestrichen, so daß der zweite oder dritte Strich mit dem vorhergehenden ein Kreuz bildet.

Gemeinevorst H. Kleßmann aus Hanstorf.

1964. Ros', schag di,

Min Spruch jagt di,
Fuchs un noch velmehr,
Min Spruch jagt di doch velmehr.

Frau Doris Ronneberg in Zülow.

1965. Gegen Rose und Brand.

Ros', vertreck di, Brand, köul di,
Segg it in Namen Jesu Christ,
Gott Vater, Sohn und heiliger Geist.

Von einer Frau in Dechhagen. Durch G. W. Siebmann.

1966. Gegen Rose und Zahnschmerzen. Mit neun vom vorigen Flieder (dessen schwarze Beeren ja auch heilkräftige Wirkung haben) geschnittenen, zugleich in die Hand gefaßten Holzstäbchen streicht man dreimal über die kranke Stelle hin, jedesmal unter den Worten

Man sindt, wat man sindt;

Dat sall vergahn as be Dau in't Gras

Un be Dodenkopp in't Graw.

Im Namen u. s. w.

Goelofen Regen bei Gnoiendühlen Hilfsprediger Timmermann

1967. Für die Blätterrose.

Rose, it böt di:

All die Feuerflammen

Sollen kommen zusammen,

Sollen fallen up den harten Steen:

Steh du Rose und rönn nich mehr.

Hest von Dr. Weber

1968ᵃ. Wenn Kinder den Schwamm im Munde haben. Mit dem im Schweinetrog enthaltenen Futter wird des Kindes Mund dreimal bestrichen, wobei es sich gleich bleibt, ob man das Kind in den Stall bringt oder etwas Futter ins Haus holt, wenn nur das Futter nach dem Gebrauch wieder in den Trog geschüttet wird. Man spricht beim Bestreichen:

Hir hett ut sapen

De Roß un de Oß,

De Katt un de Hund,

Dormit still is dat Kind den Swamm in de Mund

Im Namen u. s. w. Goelofen Hilfsprediger Timmermann

1968ᵇ. Man nimmt einen zinnernen Löffel, geht nach dem Schweinestall und holt aus dem Troge, aus dem die Schweine gefressen, etwas, nimmt den Finger und taucht ihn dreimal in den Löffel, streicht dies dem Kinde in den Mund und spricht:

Hir hett von sapen

Oß un Roß', Swin un Hund:

Dormit still is di den Schwamm in den Mund.

Im Namen u. s. w. — Dreimal zu gebrauchen.

Marie Hallnagel in Bröl. Durch Pastor Baßewitz

1968ᶜ. Warmgrund zu gebrauchen beim Tränktrog

Herut söp Roß, Katt un Hund.

Dormit still is der Warmgrund

Dreimal im Namen Gottes u. s. w.

Aus Barlow bei Ludwigslust. Emanuel Zengel

1968ᵃ. Den Schwamm zu stillen.

Hieraus trinkt der Hund und das Lamm:
Damit stille ich den Schwamm.

Im Namen Gottes ꝛc. — Nach Gebrauch dem Vieh ins Saufen
zu gießen.

Gegend von Parchim

1969 Beim Boß- oder Schwammstillen keiner Kinder.

Der rothe und weiße Blätterhund
Liegt hier auf diesem weißen Blätterhund,
Den will ich besprechen,
Der soll gleich zerbrechen

Arbeitsmann Bleß in Sülz — Z. 2 ist wohl entstellt, wahrscheinlich ist das andere
Krämerei Band

1970.

Schwamm, schabe di,
Dat Heil Emer jage di.
Will de Schwamm nich schaben,
Mut dat Emer jagen.

Im Namen ꝛc.

Aus Grevesmühlen Seminarist Bannier

1971ᵃ. Schwamm stillen.

Du alte Mutter, du alte Amm,
Damit still ich diesen Schwamm.

Im Namen Gottes u. s. w

Heft von Dr. Meiner

1971ᵇ. Man bestreiche stillschweigend die kranke Stelle des
Kindes und spreche.

If bün din Mutter un din Amm:
Darmit still ik bi den Schwamm.

Elsgegend, Lehrer Brecher

1972. Gegen Schwindel. Der Schwindel muß zwei Freitage
und Sonntage im abnehmenden Mond des Morgens vor Sonnenaufgang mit einem Messer rund bestrichen werden.

Schwindel, du schlimmes Ding,
Was quälest du das Christenkind?
If will bi heiten stille staan
Eh noch de Sünn mag up gan.

Dies wird dreimal gesprochen und dann im Namen Gottes ꝛc. und
dann wiederholt, so daß das erste neunmal gesagt wird.

Gegend von Serrahn Seminarist Brammer

1973. Gegen Schwindel in Füßen. An drei Freitagen Morgens vor Sonnenaufgang, stillschweigend·

    Schwindel, du Bindel, du sast stan
    Ire de Sünne up geit.

Dann wird mit der flachen Hand darüber gestrichen und beim Streichen gesagt 'Im Namen' ꝛc. — Z 2 wahrscheinlich· ire de Sünne mag up gan. Schäfer Drachen in Brüg. Durch Pastor Bassewitz.

1794.   Schwindel, du plagst mich,
        Fünf Finger jagen dich.

Im Namen u. s. w. — Dreimal gesprochen, mit der Hand herunterstreichen, drei Tage; man läßt aber immer einen Tag dazwischen aus, und schmiert mit Ameisenöl und Febberwitt. Ebendaselbst.

1975. Für den Schwindel.

    Der Himmel ist hoch,
    Die Wolken hell,
    So wie sich der Himmel zertheilt,
    Zertheilt sich der Schwindel.
    Morgenblick[1])
    Gehe Schwindel.

Im Namen ꝛc. Heft von Dr. Beltner Sgl. NG. 440. Nr 333.

1976. Gegen Kopfschmerz. Die bei der Rose mitgetheilte Formel 'In Christi Garten' (Nr. 1937) hilft auch gegen Kopfschmerz. Ist der Kopfschmerz stark und mit Schwindel verbunden, so spreche man vor Sonnenaufgang am Sonntag, Montag oder Dienstag (nie am Mittwoch oder Sonnabend), indem man die flache Hand auf die schmerzende Stelle legt:

    Du oll leidig Schwindelfluß,
    Wo quälst du dat Minschenkind?
    Ik will di stillen in Gottes Namen
    Un der hilligen Dreefaltigkeit:
    Sast ston un sast vergan
    Un sast im Leben nich wedder herkamen·

Im Namen ꝛc· HG. 555·[

---

[1]) Morgenblick entstellt aus 'im Ogenblick'

1977. Gegen Schörbuck und Bosse (Scorbut) theilt Lisch, Jahrbücher II, S. 186, aus einem Visitations-Protokoll des Amtes Rehna vom Jahre 1603 bei der Kirche von Lübsee mit:

Friedegesche gehe mit böten und segnen um.
Gegen Schörbuck und Bosse:

Dem leidigen Schörbuck (oder Bosse) schal so wehe geschen,
Wann he dem Minschen sin Fleesch fret,
Sine knaken gnaget, sin blott sücht,
Als idt der Jungfern Marien leiti is,
Wann de minsche uf enen sonnabend de scho schweret,
Uff enen sonndach tor maehlen föhret,
Und uff enen nachmittagl tou eiben schweret. GS 521 f.

1978. Gegen Würmer. Bei abnehmendem Monde spreche moo zu dem Kranken:

It sölt mi führen to Holt,
Dor steit en Bömken köhl un holl,
Darin will ik ju versenken,
Ertränken.

Im Namen u. s. w. — Am besten am Freitag oder Sonnabend anzuwenden, weil an diesen Tagen das Wurmhaus offen ist. GS 522.

1979. Ein unter dem Namen Wasbaumkrankheit bekanntes Uebel (rheumatisches Ziehen in den Beinen, besonders den Kniekehlen, bisweilen mit Anschwellung verbunden) wird dadurch geheilt, daß man an drei aufeinanderfolgenden Freitagen des Morgens vor Sonnenaufgang stillschweigend an einen Obstbaum geht, gleichviel was für einen, und dort, zum Baum gewendet, je dreimal folgende Worte leise vor sich hinsagt:

Fruchtbom, ik klag di,
De Wasbaum dei plagt mi,
De irst Vagel dei dor kümmt,
Dei nem et uner de Flücht
Un steg darmit in de Luft.

Aus Wandendorf Hilfsprediger Zimmermann

1980. Gegen Zahnschmerzen.
Maria und ihr liebes Kind
Die stritten sich um einen Ring.

Der Ring ist verschwunden:
Der Fluß im Zahn soll auch verschwinden.

Elsegrub Lehrer Kreutzer

1981. Gegen Zahnschmerz. Meklenb. Jahrb. II, 187, aus
einem Hexenprocesse vom Jahre 1630.

De hillige St. Jost toch ærwer dat mehr
Und wehnede so sehr.
'Jost, wat schad dy?'
'O here, mine theuen dohn my we!'
Jost, ick wil se dy segnen.
Der worme sind negen:
De söte worm,
De grise worm,
De grawe worm,
De brune worm,
De witte worm;
Alle de ik nicht benömen kan,
De schal de Here Christ benömen.
Nemet jy water in den mundt
Und spyet de worme up be grundt.

Im Nahmen ꝛc. — Auch die heilige Apollonia wurde als Helfe-
rin angerufen. R. Grote Spegel: 'S Apolonia nimpt de wehe-
dage der Tenen wech, wenn se darumme gebeden wert, dat se dyt
höret, wo se nicht schlöpt ebder over velbt gereiset ys mit dem
Baal 1. Reg. 18.' Derselbe 'Im Spegel der Sachtmödicheit Lübeck
Anno 1487 beden se desse Plommen under anderen worden ock
also an:

S. Appolonia vele Gnade hefstu macht,
Du bist welbich doch unde nacht
Aner dat Tenenwehe, in aller gnade,
Sta uns by fro unde spade'   Schiller 1, 18

1982. Man geht dreimal um ein Waſſer und ſpricht dreimal.
It güng um einen Brunnen un wente. Denn kemt Mutter Maria un
frög: Wat weinst du? Denn ſeg' ik: Ik hevv Tenwehd. Denn ſeg'
Mutter Maria: Nimm dre Sluck Water ut deſſen Brunnen un din
Weihdag' is ut.

Kuhlwurth & Weiß in Dreveru. Bgl. Kuhn. OS 1, 205, Nr. 585.

1983. Man spreche leise zu dem Kranken:
 Der Herr Jesus warne die Zahnwüthigen;
 Darinnen waren Würmer,
 Drei weiße, drei schwarze, drei rothe,
 Er nahm die andern zwei und schlug sie damit todt.
 Das sag ich der zu Buße † † †.

Westland Jahrb 6, 104 Bgl z. 107.

1984. Ich fur auf einen Acker,
 [Auf dem Acker] da fand ich drei Wörmer,
 Der einer war weiß,
 Der ander war schwarz,
 Der dritte war roth.
 Deine Zahnschmerzen seien von Stund an todt.

Heft des Tagelöhners in Neukloster Bgl Kuhn. MS z, 207, Nr 500

1985[a]. Willam du neues Manschicht,
 Ich still mi an bi den riten Tenen nicht.
 Es sall nich riten,
 Es sollt nich spliten,
 Es sollt nich fellen,
 Es sollt nich schwellen. Heft des Tagelöhners in Neukloster

1985[b]. Sei mir willkommen du helles Licht,
 Mir riten die Tahmenwedag und die Gicht,
 Sie sollen nicht riten,
 Sie sollen nicht spliten,
 Sie sollen nicht wehthun.

Im Namen Gottes u. s. w. — Dreimal stillschweigend bei Mond-
schein gebraucht Fräulein von Plönnies Grüß.

1985[c]. Gegen Gicht und Zahnschmerzen.
 Du neuer Mond, du neues Licht,
 Du hilfst gegen Zahnweh und gegen Gicht.

Im Namen ꝛc. — Man hat dabei über der kranken Stelle mit der
flachen Hand drei Kreuze zu schlagen.
Aus Brackteleraweut bei Nummerdeck Hülfsprediger Timmermann.

1986. An den Mond gesprochen.

Goden Abend, nige Schin,

Ik klag di mine Qual und mine Pin,

Ik bidd' di, nimm Gott Vater, Sohn und heiliger Geist.

— Dreimal gesprochen. *Heft von Dr. Beitner — S... nebst... Schin*

1987. Ich sehe das neue Licht mit beiden Spitzen·

Gott der Herr gibt, daß meine Zähne fest sitzen.

Dreierlei Fleisch eß ich nicht,

Katzen, Ratzen und Fledermäuse,

Das ist meinen Zähnen keine Speise

Im Namen u. s. w. — Dies wird an den neuen Mond, wenn er scheint, gesprochen. *Heft von Dr. Beitner Vgl. Kuhn. WS 2, 205, Nr. 86*

1988. Man spaltet die Rinde eines jungen Obstbaumes, biegt dieselbe zurück und schneidet dahinter ein Splitterchen weg, stochert mit diesem so lange an dem schmerzenden Zahn, bis er blutet, und spricht:

Aptbom, ik klag di,

Dat Tenweihdag' plagt mi.

Nimm düsse Pin von mi,

Den irsten Bagel di.

Im Namen Gottes ꝛc. — Inzwischen bringt man das blutige Splitterchen wieder an seinen Ort hinter der Rinde und geht dann weg. So bekommt man nie wieder Zahnweh.

Heißbuhl Neubert Lehrer Uhlhorst

1989. Mittelst eines rostigen Nagels ritzt man das Zahnfleisch und spricht:

Mit bi, verrustig Nagel,

Still d dat Tenweth in dat Gagel

Tenwethdag' si still,

Dat is Gottes des Vaders, des Sohns und des heiligen Geistes sin Will. *Von einer Frau in Volkhagen Durch J. W. Stuhlmann*

1990. Die Glocken klingen,

Sie müssen singen,

Das Evangelium Sanct Johannis wird gelesen:

Damit das Zahnweh wird verwesen.

Im Namen u. s. w. *Heft von Dr. Beitner*

1991. Man geht an einen Fluß, nimmt Wasser in den Mund, speit wieder in den Fluß und betet den Spruch:

> Ich gehe zu dem Wasserfluß,
> Still meinen Zahnen böses Blut,
> Die eine ist weiß,
> Die zweite ist schwarz,
> Die dritte ist roth,
> Morgen sind sie alle drei todt.

Im Namen Gottes u. s. w. — Dies thut man drei Abende nach Sonnenuntergang oder drei Morgen vor Sonnenaufgang und jedesmal betet man den Spruch dreimal.

Semnarist Werner

1992. Man nehme einen noch ungebrauchten Nagel, stochere mit ihm das Zahnfleisch blutig und schlage ihn dann in eine Kellerwand gegen Sonnenaufgang, so daß ihn weder Sonne noch Mond bescheinen können, und zwar mit drei Hammerschlägen.

> Beim ersten Schlage spreche man: Zahnschmerz fliehe;
> beim zweiten: Zahnschmerz weiche,
> beim dritten: Zahnschmerz gehe!

E. W.

1993. Zahnschmerzen oder sonst Wehdag zu stillen.

> Dieses, was ich hier gefunden,
> Stille ich in Jesu Wunden.

Mit der Hand niederstreichend: Im Namen Gottes rc.

Schüler Kracht in Brüz. Durch Pastor Vossen

1994. Zahnschmerzen zu stillen. Pereat canis annalis! es sterbe der jährige Hund. † † †

Heft von Dr. Weidner

1995. Hirtensegen[1]. Bevor das Vieh (Schafe) zum erstenmale im Frühjahre ausgetrieben wird, spricht der hiesige Schäfer (Kracht) über das Vieh, welches den Tag herauskommt:

Das liebe Vieh geht diesen Tag und so manchen Tag und das ganze Jahr über manchen Graben, ich hoff und trau! Da begegnen ihm drei Knaben; der erste ist Gott der Vater, der andere[2] ist Gott der Sohn, der dritte ist Gott der heilige Geist, die beschützen

---

[1] Beinahe wörtlich wie WS 2, 208, Nr. 505. Zweite Aufzeichnung in dem Hefte von Dr. Weidner in Rostock, mit folgenden Varianten.

[2] Der zweite.

mir mein Vieh, sein Blut und Fleisch! und macht[1] ein Ring um sein Vieh; und den Ring hat gemacht Mariam ihr liebes Kind, und der Ring ist beschlossen mit siebenundsiebzig Schlössern, das behüt mir Gott mein Vieh, sein Blut, Milch und Fleisch, daß mir kein böser Mensch anschaue, keine böse Hand angreife[2], kein böser Wind anwehe, kein Thier beiß, wie auch kein wildes Thier zerreiß, kein Baum fällt, keine Wurzel stecke und kein Dieb nimme und wegführe[3] das Vieh. Im Anfange des erstenmals sei geschlossen und das ganze Jahr mit Vater, Sohn und heiligem Geist also fest beschlossen[4].

Pastor Bassewitz.

1996. Daß kein Wolf das Vieh beißt. Gib dem Vieh den ersten Maitag dürres Wolfsfleisch, so ist das Vieh das ganze Jahr vom Wolfe verschont.

F. Klockmann aus Parchow.

1997. Wenn Jemand Abends vor Maitag (1. Mai) von einem Quetschenbaume ein Reis schneidet, damit sein Vieh berührt und spricht:

<blockquote>
Ik quitsche bi, ik quele bi,
De leew Gott bei beter bi;
Denn warst du dick un fett un rund
Un denn ok gesund!
</blockquote>

so gedeiht das Vieh gut.

Seminarist Mohr aus Teterow.

1998. Wenn eine Starke zum ersten mahl milchen wird, so gehe rückwärts in den Stall und sprich:

<blockquote>
Rücken rein Unglück raus!
</blockquote>

als gehe rund um sie herum und bestreiche sie mit der rechten Hand vom Kopf bis zum Schwanz dreimal und sprich:

<blockquote>
Hall weg,
Schnell weg,
Du sollst bestehen,
und nicht fortgehen.
</blockquote>

In Gottes Namen † † †. Amen. — Dieses muß dreimal stillschweigend geschehen, dann wird sie sich wohl melken lassen.

Arzenei-Buch für Menschen und Vieh.

---

[1] machen; richtiger.

[2] nicht angreife.

[3] den Dieb wegführet.

[4] mit Vater — Geist fehlt.

1999. Einen Bullen zu besprechen. Man streicht dem Bullen dreimal vom Kopf bis an den Schwanz und spricht:

In Gottes Namen!

Bulle, steh still,

Das ist Gottes Will. Heft von Dr. Weidner.

2000. Man geht zur dem Bollen stehn, streicht ihn mit der Hand von dem Kopf bis über das Kreuz dreimal, spricht diese Worte bei jedem Strich:

Sta Beß

War ein Oß † † †. Heft von Dr. Weidner.

2001. Wenn das Vieh mit bösen Augen angesehen ist

Sie haben dich gesehen mit große, schlechte Augen,

Ich sehe dich mit kleine, gute Augen

Im Namen u. s. w. Von einem Seminaristen.

2002. Ein Simpartie, wenn ein Thier oder Mensch bezaubert ist. Wenn es ein Mensch ist, so faß ihn an seiner rechten Hand, ist es ein Thier, so bestreiche es dreimal ins Kreuz über den Rücken und sprich also:

Feind Satann und du böser Geist, ich beschwere dich im Namen der Hochgelobten Dreifaltigkeit, daß du weichest von diesem Thier oder Menschen im Namen Gottes. Amen. † † †

Wann du in ein solches Haus oder Stall gehst, wo der bezauberte Mensch oder Thier drinnen ist, sollt du dich zuvor segnen mit dem heiligen Kreuz vor die Brust, dann steck dir ein wenig Dill in den Busen auf der bloßen Haut. Wenn gleich der Zauberer selbst dagegen wäre, so kann er dich nicht ankommen; wann du es an ihn verinnertest, daß er da ist, so kannst du ihm ein wenig Salz und Dill unbemerkt auf die Kleider legen, so wird er nicht aufkommen. Arznei-Buch für Menschen und Vieh.

2003. Gegen Zauberei bei Kälbern. Setzt man ein Kalb an, und man fürchtet böse Leute, so schneide man ein kleines Stück vom Ohre desselben ab, brenne es zu Pulver und gebe es demselben in dem ersten Saufen ein. Meklenb. Jahrb. 5, 106

2004. Ein Pulver für Menschen und Vieh zu machen, so bezaubert. Nimm Fünffingerkraut, schwarzen Kümmel, Todtenbein und Holz, das fließend Wasser auswirft, alle diese Stücke zu Pulver gemacht und davon einem Kinde, wenn es beschrien, eine Messerspitze voll, einem alten Menschen ein Quentlein.

2005. Sind deine Schweine bezaubert und stirbt dein Vieh, so kaufe dir einen Topf mit einem Deckel, der fest schließt, reiße dem kranken Vieh, bevor es stirbt, das Herz lebendig aus dem Leibe, thue es in den Topf, klebe den Deckel mit Lehm fest zu und koche das Herz tüchtig, am besten während der Nacht bei verschlossenen Thüren. Springt der Topf, so stirbt die Hexe; wo nicht, wird sie lahm. Sprich aber nicht während des Kochens und laß Niemand ins Haus, sollte die Hexe auch noch so viel jammern.

2006ᵃ. Gegen die 'Blödder' an der Zunge.

De Blödder un de Fedder,
De gan beid to rechten,
De Fedder de gewinnt,
De Blödder de verschwindt.

Im Namen u. s. w.

It still de Blödder an Lewer un Lung',
Unner Hart un unner Tung'.

Im Namen u. s. w.

Diese Stillung geschieht zu drei verschiedenen Tageszeiten, indem man die Formel je dreimal spricht, und zwar in den Mund, unter den Schwanz und auf dem Rücken, über dem Rücken wird das Kreuz geschlagen. Die 'Blödder' bekömmt man, wenn man mit dem Munde, ja ganz gewiß, wenn man mit der Zunge den 'Blödderstein' berührt. Diesen Namen führt der weiße Wasser- oder Glasquarz, wie er als Quarzfels unter den heimischen Felsarten so häufig vorkömmt. Sein glitzeriges, blisteriges Aussehen scheint ihn in den üblen Geruch gebracht zu haben.

2006ᵇ. De rob' Lou, de hett de Blödder,

Woll an de Lewer, woll an de Lung',
Woll unner den Stort, woll unner de Tung'.

Diese Formel wird dreimal im Namen Gottes gesprochen.

2007. **Gegen Fallsucht des Viehes.** Liegt das kranke Thier auf der Erde, so hebe man es auf, stelle es auf die Füße und halte es mit der linken Hand fest. Mit der rechten Hand streiche man ihm dreimal auf- und abwärts über den Rücken und spreche dabei:

> Vieh du sollst stehen
> Und nicht wehen (Schmerzen leiden),
> Du sollst gesunden
> Um unsers Herrn Christi blutige Wunden.

Im Namen u. s. w. — Dies kann man, wenn es nöthig ist, dreimal anwenden.

J. G. 111

2008. **Gegen Harnverhaltung des Viehes.** Man fahre dreimal mit dem Zeigefinger vom Kopfe abwärts über das Kreuz der Thiere und spreche jedesmal dabei:

> Dat Water steit,
> Dat Water sall steeten,
> De Wind de weiht,
> Kann em nich möten
> So segg it nu to disse Koh,
> Mig' man wedder frisch to.

Im Namen u. s. w.

J. G. 111

2009. **Gegen Inschott (Einschuß), d. h. Milchversatz an Brust und Euter.**

> Petrus und Paulus gingen zu Karl,
> Sangen das Evangelium

Im Namen u. s. w.

Präpositus Dr. Schencke in Pinnow

2010. **Ein Simparie für den Einschuß in der Brust und dem Euter.**

> Herr Christe, durch die Wunden dein,
> Verzeihe alles Unglück mein.
> Fünf Wunden Gottes helfen dir
> Und sein ein Arzeney für und für.

Dann segne es mit dem heiligen Kreuz. — Man kann auch den Knospen von Besem nehmen und mit Wasser eingeben oder drei kleine Kugeln Sauerteig mit Branntwein.

Arzenei-Buch für Menschen und Vieh

2011. Einschuß bei Menschen und Vieh. Man streicht dreimal
die kranke Stelle und spricht dabei:

> Im Paradise
> Wachsen drei Rise,
> Im Hauben, im Glauben, im Fluß
> Und dennoch Inschuß.

Im Namen u. f. w.　　　Maria Hallangel in Bretz. Durch Pastor Bassewitz.

2012. Inschott, du büst bor in,

> Du sast bor in verwimmeln und verwesen,
> As de Sprock im Tun,
> As de Dau up dat Gras,
> As de Dod' int Graff.

Im Namen u. f. w.　　　Domanze Wiesenhusen aus Rosenow bei Gnoebusch.

2013. Einschuß der Brüste.

> Fahr herut Inschott,
> Fahr in Gottes Gebot.

Im Namen u. f. w. dreimal gesprochen.　　　Heft des Dr. Weitzer.

2014.　Inschott, pack di,

> De Scham de söcht di
> In 'n brüdden vierten Scheidentun.

Bei diesen Worten wird mit dem Finger um das Euter, wo es dick
ist, herumgestrichen, dreimal; dann bei den Worten 'Im Namen
Gottes' rc. werden drei Kreuze drüber geschlagen und dreimal
gepustet.　　　Schäfer Krockow in Bretz. Durch Pastor Bassewitz.

2015.　Inschott, sweck di,

> Stro, deck di,
> Segg ik in Namen Jesukrist,
> Gott Vater, Sohn und heiliger Geist.

Von einer Frau aus Brüshagen. Durch C. W. Stahlmann.

2016. Gegen Inschott, mit einer blauen Schürze.

> De Inschott bei plagt di,
> De blag Schött bei schad't di.
> De Inschott bei verswinnt,
> De blag' Schört gewinnt.

Im Namen u. f. w.　　　Seminarist Zengel aus Warlow bei Ludwigslust.

2017. Für Inschott im Euter. 9 Schrien hebbn wi, von 9 tell ik bet 8, von 8 bet 7, von 7 bet 6, von 6 bet 5, von 5 bet 4, von 4 bet 3, von 3 bet 2, von 2 bet 1. Im Namen Gottes u. s. w

2018. Gegen das rothe Wasser und Rückblut.

Unser Herr Jesus Christ fuhr über die Fluthen,
Damit still ich das rothe Wasser und Rückblute.

Im Namen u. s. w. *Erbpostrat Dr. Schmede in Plauen*

2019. Gegen das rothe Wasser.

Ich ging mal über die Fluth:
Damit still ich dieses Blut.

Im Namen u. s. w. *Seminarist Engerhein*

2020. Blut und rothes Wasser zu besprechen.

Blut und rothes Wasser, ich beschwöre dir,
Daß du mußt weichen von diesem Vieh hier.

Im Namen u. s. w. *Heft des Dr. Theiner*

2021. Rothes Wasser stillen beim Rindvieh.

Rothwasser schäm di,
De ehrlicher jagt bi,
Der roth Wasser soll still stan,
Lat klar Wasser für en gan.

Im Namen u. s. w.

Aus einem Buche in Gr.-Lessen. Durch cand. theol. Hoffmann. — Z n ehrlicher erstattet; jagt bi] Jagd z n fall fehlt

2022. Gegen Rothlauf. Man streiche kreuzweis dreimal mit der flachen Hand von vorn nach hinten über das kranke Thier und spreche dabei jedesmal:

Stieg, stieg, stieg!
Du sollst stehen,
Du sollst vergehen,
Wie das Wasser im Jordan.

Ich beschwöre dich, Petrus, wie die Mutter Maria dich beschworen hat. Im Namen u. s. w. *H-S St.*

2023 Rothes Wasser, du sollst vergehn,
Als das Wasser vergeht,
So in dem Jordan steht.

Im Namen Gottes xc. *Seminarist L Brant*

2024ᵃ. Gegen rothes Wasser. Es wird der Kuh mit der flachen Hand dreimal über den ganzen Rücken von den Hörnern bis zum Schwanz gestrichen, jedesmal unter den Worten:

> Wat du hest, dat hadd' ik;
> Di sall 't vergan,
> So as mi is dan.

In Namen u. s. w.

Gerlosen Kagis bei Grevesmühlen Höhspröttger Timmermann Bsl. Kuhn DS s. 218, Nr. 604. Hiebei mag noch bemerkt werden, daß man in Gr.-Glaich bei Grabow, um der genannten Krankheit vorzubeugen, das Vieh an den Weihnachts- und Neujahrstagen mit Buchweizenstroh füttert — Andere Aufzeichnung in dem Kunst- und Regenten-Büchlein

2024ᵇ.   Wat du hest, dat hest ik
Wat ik hest, dat hest du.
Di schal 't vergan,
Als min het dan.   Kunst- und Regenten-Büchlein

2024ᶜ. Gegen Rückblut.
Wat du host, dat hef ik hatt
Dot sall di vergan ols mi ist.
Dreimal gesprochen und längs dem Rücken dabei gestrichen.
Hest von Dr Weltner — Aus dem vorhergehenden Spruche erstellt

2024ᵈ. Ein Simparti für das rothe Wasser. So nimm deine rechte Hand und bestreiche das Vieh dreimal von Kopf bis zum Schwanz; dann sprich also

> Was du hast, das hab ich;
> Was sie der haben gethan,
> Ich hab nun all überston.

Dann segne mit dem heiligen Kreuz in Gottes Namen. Amen. — Ist es schon böse und das Simparti will nicht helfen, so gib ihm ein Glas Tinte ein, dreimal des Tages, für die Verstopfung für 4 Sch. Glaubersalz. Für das rothe Wasser, Kolsseuche und Rückenblut: Nimm 2 Loth rothen Bolis, 2 Loth weißen Bolis, 1 Loth Anos, 1 Loth Teufelsdreck, 1 Loth Benedischglas, 1 Loth grauen Schwefel. Einer Kuh drei Messerspitzen voll in einem halben Segel Branntwein eingegeben. Darnach nimm 4 Loth Glaubersalz, kann mit zweimal eingegeben werden, daß sie nicht verstopft werde, den

andern Tag wird ihr wieder noch zweimal von diesem Pulver eingegeben, dann ist ihr geholfen. Arznei-Buch für Menschen und Vieh

2024ᵈ. So as it dat hef, hest du dat of so, als it denn büst
du wedder god. Im Namen u. s. w. Heft von Dr. Wehner

2024ᵉ. Fahre dreimal mit der Hand über den Rücken der Kuh
und sprich:

> Wie du es hältst,
> So hatt' ichs auch,
> Ist mir vergangen,
> Vergeht es auch.

Im Namen ꝛc. Mecklenb. Jahrb. 5, 106.

2024ᶠ. Wenn das Vieh es im Rücken hat.

> Wat du hest, hevv if hatt,
> Und wat if habb' hest du nu
> Min is vergan,
> Din wart noch vergan.

Im Namen u s. w. — Dann streicht man der Kuh mit der Hand
dreimal den Rücken entlang nach dem Schwanze hin. Dazu muß
man jedesmal die drei heiligen Worte im Stillen sprechen.
Gewinnerin Klockmann aus Frankfurt

2025. Streiche mit der rechten Hand dreimal von der Nase
des Thiers über den Kopf und Rücken grade hinüber nach dem
Schwanze hinaus und sprich jedesmal:

> Dies Verstandt Blut (verstautes Blut?)
> Durch alle das Blut
> Stehe stille,
> Um des Herrn Wille!

Dabei gebe dem Thier etwas Erbsilber ein oder das Kreuz aus der
Walnuß, das eben so gut ist. Mecklenb. Jahrb. 5, 105 f

2026ᵃ. Streiche dreimal den Rückgrat nieder mit der Hand
oder einer blauen Schürze und sprich:

> Jungfer, in der Jugend
> Uebe dich in der Tugend,
> Setze rein Geblüt!

Im Namen ꝛc. Eberda 5, 106.

2026*.   Schöner Jugend

Reizende Tugend

Macht das Geblüt rein.

Im Namen ꝛc. — Dabei wird mit der Mütze oder Haube vom Maul über den Kopf und Rücken bis zum Ende des Schwanzes gestrichen. Von einer alten Bauerfrau in Ge.-Mürlig. Durch Pastor Dolberg

2027. Streiche das Vieh dreimal mit der flachen Hand und sprich dabei jedesmal:

Du Rode (oder Swarte, will ꝛc.) klagst mi,

Dat Rückblot plagt di,

Dat Rückblot quält di,

Du Koh, du bist da,

Rückblot, du vergah!

Im Namen ꝛc.   z S. 314

2028 Gegen das Verfangen. Man streiche dreimal mit dem Daumen der linken Hand vom Nacken bis zum Schwanze abwechselnd mit und gegen den Haarstrich, spucke dreimal auf die Schnauze des Thiers, nehme die Mütze vom Kopfe und lasse es dreimal in dieselbe riechen. Schiller 3, 3

2029*. Gegen Verfangen des Viehs. Bekreuze das Vieh dreimal und sprich:

Hest du di verfungen mit Water,

So help di uns' Herrgott sin Vader;

Hest du di verfungen in 'n Wind,

Help di uns' Herrgott sin Kind;

Hest du di verfungen int Fooder,

Help di uns' Herrgott sin Mooder

Allgegend Größer Kreuher. Zu dieser 2 ff vgl. Kuhn, WS. 1, 215, Nr 608, 609, 610 Wüttenhoff S 511, Nr 9.

2029* Mein Vieh, hast du dich verfangen in dem Wasser,

So helf dir Gott der Vater.

Hast du dich verfangen in dem Futter,

So helf dir Gottes Mutter,

Hast du dich verfangen in dem Wind,

So helf dir Gottes Kind

Im Namen ꝛc.   Aus Grevesmühlen. Seminarist Garnier

2029ᶜ. Hast du dich verfangen in Wasser,
    Hilft dir der liebe himmlische Vater.
    Hast du dich verfangen in Futter,
    Hilft dir die liebe himmlische Mutter
    Hast du dich verfangen in Wind,
    Hilft dir das liebe himmlische Kind.

Im Namen u. f. w.

2029ᵈ. Gegen Verfangen eines Pferdes. Man geht für das
Pferd stehen, faßt an die Mähnenhaare vor dem Kopf, zupft dreimal und spricht:

    Voß, heft du dich verfangen von Wasser,
    So hilft dich der himmlische Vater
    Voß, heft du dich verfangen von Futter,
    So hilft dich die himmlische Mutter.
    Voß, heft du dich verfangen van Winden,
    Sa helfen dich die Mutter Marien'schen Kinder.

Im Namen u. f. w.
Heft von Dr. Wossner.

2029ᵉ. Hast du dich verfangen in Futter,
    So hilf dich Gott und Mariens Mutter.
    Hast du dich verfangen in Water,
    So hilf dich Gott und der Vater.
    Hast du dich verfangen in Wind,
    So hilf dich Gott und Mariens Kind.
Heft des Tagelöhners in Reukloster

2029ᶠ. Heft du di verfangen in Futter,
    Help di Gott Vater un Mutter
    Heft du de verfangen in Wind,
    Help de Gott un Minschenkind
    Heft du di verfangen in Water,
    Help de Gott, Mus un Vater

Im Namen u. f. w.
Von einer alten Bühnerschen in Gr.-Würtz durch Paftor Dettberg.

2029ᵍ. Hast du dich verfangen ins Futter,
    So bist du Gottes Mutter.
    Hast du (dich) verfangen (in) Wasser,
    So bist du Gottes Vater.

Hast du dich verfangen in Wind,
So bist du Gottes Kind.

Im Namen u. s. w. *Segen=Buch für Menschen und Vieh*

2029ᵏ. Dat Beih heit sik verfungen in 'n Wind:
Lat helfen Gottes Kind.
Dat Beih heit sik verfungen bi Futter:
Lat helfen Gottes Mutter.
Dat Beih heit sik verfungen bi Water:
Lat helfen Gottes Vater.

Im Namen Gottes ꝛc. *Tageläuner Dau in Brüz. Durch Pastor Holldorff*

2029ˡ. Beih, hest du di verfangen in Fooder,
So help di Gott un Maria Mooder.
Hest du di verfangen in Wind,
So help di Gott un Maria Kind.

Im Namen Gottes ꝛc. *Aus Heikborn. Lehrer Lübbert*

2029ᵏ. Dat Beih heit sik verfung'n in Water und Wind,
De Mutter Maria will dat still'n mit er Kind.

Dann 'Im Namen' u. s. w. und dreimal kreuzweis gepustet
Gegend von Schwerin. Seminarist Gresch

2029ˡ. Dat Höveivei hefft sik verfangen
Im Water undt im Winde.
Wittenburger Hexenprozessakten von 1609 in Bachm's Zeitschrift 4, 159

2029ᵐ. Hast du dich verfangen in Wasser und Wind,
So reiße dich Marien Kind

Im Namen u. s. w. — Dreimal gesprochen und jedesmal vom Kopf
bis zum Schwanz mit der flachen Hand übergestrichen
Präpositus Dr. Schencke in Plauere

2029ⁿ. Vieh, hast du dich verfangen beim Fressen, Saufen
oder im Wind,
So helf dir Jesus, Marien Kind

Im Namen ꝛc. *Aus Garwesmühlen. Seminarist Bauräre*

2029°. Man fasse das Thier an und spreche:
Höwtveih, hast du dich verfangen im Fressen und Saufen, in
Weder und Wind,
So hilf dir Jesus, Marien Kind. *Niekamp. Jahrb. 4, 106*

2029ᵇ. Hast du dich verfangen in Fressen, Saufen, Wasser,
und Wind,
Mutter Maria hat ein ehrliches Kind.
Diese Worte spricht man dreimal im Namen Gottes

Von einem Gemeinrichter.

2030 Für Verfangen
Das Höftvieh hat sich verfangen,
Und Christus ist gehangen.
So gewiß als Christus ist das Hangen los,
So gewiß ist das Höftvieh das Verfangen los.
Im Namen u. s. w. — Dreimal gesprochen.

Heft aus De Weltner Byl Sube, WS. 2, 281, Nr. 678. — Z. 3 sich gefangen

2031ᵃ. Gegen Verfangen
Christus ward am grünen Holz gehangen,
Das Vieh hat sich verfangen.
Wie unser Herr Christus ward gehangen los,
So wird auch das Vieh sein Verfangen los.
Im Namen Gottes ꝛc.

Aus Holstein sichere Lüdersch — Z. 3 weßl. ward das Hangen los. Vgl. Willmbeß S. 81, Nr 3

2031ᵇ. Wenn sich Thiere verfangen haben, streicht man mit
dem vom Ellenbogen bis zur Hand nackten Arm dreimal vom Hals
des kranken Thieres auf dem Rücken nieder und sagt:
Dit Höwveeth hett sik verfangen,
Unser Herr Christus ist gegangen.
Ist unser Herr Christus gegangen los,
So wart dit Höwveeth sinen Verfang of wedder los.

Frau Doris Ronneberg in Jülow. — Z. 3 auch hier verfällt.

2031ᶜ. Dit Höveuwei heft sik verfangen.
Unse H. Christus ist gegangen:
Sobalt alse unse H. Christus ist vom Hangen kamen,
Sobalt schall dem Höveuwei dat Verfangen vergahn.
Im Namen ꝛc.

Hexensprechacten auf Wilkenburg, von 1669 Zeitschrift für deutsche Philologie 6, 150

2031ᵈ Für das Verfangen bei Riodvieh.
Dit Höwveeth hat sich verfangen,
Als unser Herr Christus am grünen Holz hangen.

So bald als unser Herr Christus is Hand los worden,

Ist die Höwweih Verfangen, Rügblaut und Bagg' los worden.

Im Namen u. s. w. — Dreimal gesprochen.

Präparitus De Schende in Namen — Z s brd bel bangen, oder thät bangen —
Z s Hand entfetti aus Hangen

> 2031*. Du rathe[1]) Kuh,
>
>   Ich sprech dir das Verfangen los
>
> Unser Herr Christus ist hangen los.

Im Namen u. s. w.

Ehemalinst Theestenlchten aus Rosenow der Güstrow

> 2032. Verfangen des Viehes.
>
>   Dies Vieh hat sich verfangen.
>
>   Unser Herr Christus war aufgehangen:
>
>   Wär er nicht aufgehangen,
>
>   So hätte sich dies Vieh nicht verfangen.

Im Namen Gottes ꝛc.

Gegend von Parchim.

> 2033. Für das Verbangen.
>
> Christus ist gezüchtigt und gehangen:
>
> Damit still ich das Vieh das Geblüt und das Verbangen.
>
> Im Namen Jesukrist,
>
> Gott Vater, Sohn und heiliger Geist.

Von einer Frau in Vollbagen Durch C W Stuhlmann

> 2034. Gegen Verfangen eines Pferdes.
>
>   Pferd, du bist verfangen
>
>   Vom Fressen und Saufen.
>
>   Christus ist gehangen † † †.

Bei einer Kuh ebenso, nur sagt man 'Thier' zu ihr.

Ellgegend Lehrer Kreuper

> 2035. Das Verfangen des Viehes zu stillen.
>
>   Dat Veih het sik verfangen,
>
>   Christus ist gehangen.

Gegend von Schwerin Seminarist Schecke

> 2036. Wenn du einem Kalbe das erste Saufen gibst, so sprich,
> indem es des erste Maul voll Milch niederschluckt:

---

[1]) Oder eine andre Farbe, die die Kuh hat — Z s steht: hange los.

Du sollst dich nicht eher verfangen,
Bis du siehst unsern Herrn Christus hangen.
Dreimal gesprochen und es wird sich nicht verfangen.

Rostock Jahrb. 5, 106

2037. Gegen Verfangen.

Dat Swin[1]) hett sik verfangen
Dörch Water un Wind un Gras un Wunn'n,
So gew de leiw Gott, dat' t bald verswunn'n.

Im Namen Gottes zc.

Aus Heikdorf Lehrer Bölzdorf

2038. Beim Verfangen der Hausthiere brauchen die Leute folgende Formel, worin aber immer die Farbe und die Gattung des Thieres mit aufgenommen sein muß, sie sprechen nämlich:

Swart Kauh, (oder: Swinbest),
Du hest bi verfangt in Weber un in Wind,
In Weber un in Wind,
Sast weg gan, Qualster, du sast breken.

Aus Helms Gewlewitz Ackermann

2039 Stillen der Kühe, die sich verfangen haben.

Köken, hestu bi verfungen
In Freten adder Supen,
In Water adder Wind?
So fluk geswind.

Im Namen u. s. w. — Bei den letzten Worten der Formel muß man der Kuh dreimal in den Hals pusten.

Gewlewitz Gröhn

2040. Wenn Schweine sich verfangen haben. Man streicht von der Schnauze bis zum Schwanz dreimal über den Rücken und spricht

Ich stille den Verfang
Für Wasser und für Gras,
Für die Mag (Magen) und für den Wind,
Und Maria mit ihr Kind

Im Namen zc.

Maria Hasknagel in Brüt. Durch Pastor Gostewit

2041. Gegen Verfangen.

Brüt, hest du bi verfang'n
Dörch Adder adder dörch Schlang'n,

_____

[1]) Oder ein andres Vieh.

Dörch Weder odder dörch Wind,
Dat still Marien Kind.

Im Namen u. s. w. *Aus Kabberdorf, lehrer Lübbdorf.*

2042. Gegen das Verfangen.
Is still vör Verfang,
Vör Adder un vör Slang.

Im Namen Gottes 2c. *Seminarist Bremer*

2043. Gegen die Blähsucht (Verfang).
De swarte¹) Kooh hett sik verfung'n
Unner de Lewer und unner de Lung',
Unner den Steert und unner de Tung'

Im Namen Gottes des Vaters 2c. *Aus Köchen. Von einem Seminaristen*

2044. Für Verfang.
Du hast dich verfangen,
Verfangen und verschlungen
Und so zerrunnen.

Im Namen 2c.

2045. Gegen Verfangen.
En oll Katt,
En oll Ratt,
En oll Wif,
Darmit hef ik mi verfang.

Heft des Zögelsdorst in Neukloster

2046. Beim Tränken der Kühe pflegen viele Leute dreimal in das vorgesetzte Wasser zu spucken und zu sprechen:
Sluk as 'n Wulf un verfang di nich.

Seminarist Schürmann aus Heisse

2047. Für Verfangen der Pferde einzugeben. Folgendes wird auf einen Zettel geschrieben und eingegeben:
Erod † Puam † Zob †.

Rehburg. Lehrer in Testin

2048. Gegen Verfangen. Man nehme ein Messer und fahre mit der Schneide vom Kopf des Viehes nach dem Schwanz hin, dann mit dem Rücken des Messers vom Schwanz wieder nach dem Kopfe, und so dreimal. Dabei spreche man jedesmal:

---

¹) Oder rothe, bunte 2c.

Mein Messer ist zu gebrauchen,
Das erstemal, die Schneide vor, nach hinten zu bestreichen. Im Namen u. s. w.

2049. Ein Sympathie für die Pogge. Lege deine rechte Hand auf die linke Seite des kranken Viehes und sprich also:

Steh Eichbaum Pogge
Steh Eichbaum Pogge
Steh Eichbaum Pogge.
Du sollst verschwinden
Im Augenblick in dieser Stunden.

Alsdann bestreiche das Vieh dreimal mit dem rechten Pantoffel so hart du kannst von vorne nach hinten über die linke Seite und segne es mit dem heiligen Kreuz in Gottes Namen. Amen † † †. Darauf gib ihm einen Eßlöffel voll Steinöl in einem halben Pott Branntwein ein, und stich ihm den dritten Knen; ist dieses nicht gleich zu haben, so nimm zwei Pott ungesalzte Milch und drei Eier darein gethan, gib es ihm ein; will der Wind dennoch schwommen, so muß man es mit einem Trokar in der linken Seite durchstechen und dem Wind wohlziehen lassen; ist kein Trokar zu haben, so nimmt man ein Federmesser und sticht drei bes vier Löcher in die Bauchhöhle und eine Federkiele hineinschießen, auch kann man ihm ein wenig von der Zunge abbeißen und die Zunge gut mit einer blauen Schürze den Schleim abwischen und ihm Kafferwitte eingeben, alsdann wird es geholfen werden. *Rezepten-Buch für Menschen und Vieh*

2050. Wenn das Vieh dick ist (Pogg' hett).

De Pogg' un de Winn',
Det salen im Namen Gottes verswinn'n.
Im Namen Gottes ꝛc.

Tagelöhner Dau in Sülz. Durch Pastor Gesteritz — Gegen das Aufblähen — de Pogg wie es schon bei Talcraf I, 404 heißt — is u s nach das sogenannte Aufblähen (Aufblasen) vermittelst einer gebrochten Weidenruthe, die man dreimal beschwört oder mit Theer bestrichen hat, ꝛblich. Die Formel lautet:

De Pogg und de Pol,
„ De gingen in de Schol,
De Pol de jung,
De Pogg de sang *Schiller ? s ?*

2051. Wenn ein Rindvieh Aersgras gefressen
Das Rind hat Aersgras gefressen.

Nein, das Rind hat nicht Nerfgras gefressen.
Dafol sein Rind hat Nerfgras gefressen.
Kunst- und Arzenei-Büchlein

2052. Wenn das Vieh nicht recht ist (krank ist), nicht fressen will, schreibt der Schäfer Krackow in Brütz auf einen Zettel Folgendes:

I.

N. R. I.

I.

Sanctus   Spiritus.

I.

N. I. R.

I.

macht den Zettel zusammen und hängt ihn im Stall über das Vieh, oder wenn nur ein Thier krank ist, wird er demselben an den Schwanz gebunden.
Durch Pastor Vossberg

2053. Daß Pferde zunehmen und glänzend werden. Nimm einen Lumpen von einem Erhängten und tauche ihn alle Tage in das Spülwasser einer Köchin und streiche die Pferde damit.
Lehrer Krempzer

2054. Daß Pferde schnell laufen und leicht zu leiten sind. Wenn man die Hufeisen aus einem Eisen schmieden läßt, womit einer umgebracht worden, so macht es behende Pferde, und so man die Gebisse daraus macht, werden sie fromm und geduldig, und wären sie vorher noch so wild gewesen.
Ebendaselbst Lehrer Krempzer

2055. Gegen das Berrufen. Lobt Jemand übermäßig z. B. ein Pferd und fürchtet man, daß es verrufen werde und erkranke, so sage der Knecht oder der Eigenthümer des Thiers, Kindes rc. im Stillen für sich:

lick em krügrois in 'n Ors!
Wossidlo Jahrb. 5, 110

2056. Wenn man ein Pferd besprechen will, daß es still stehe, so spricht man:

Pferd, so wahrhaftig als des Pfaffen Magd des Teufels Pferd ist,
So laß dich beschreiten!

Dies sagt man dem Pferd ins Ohr und streicht es mit der Hand übers Kreuz von der Widerhorst an.
Hall von Dr Weisner

2057. Festbannen der Pferde und Rinder beim Verschreiben.

Komm, Teufel, halt mir dieses Thier,
Ich geb dir Leib und Seel dafür.

Richter Schwarz in Orllis

2058. Pferdesegen. Wen ein gaul sich getretten hatt oder sust wundt ist

Die stunde war gütt darinne gott geboren wardth
Und in der stünde da er seyne marter leth
Und die stünde do ehr tho himel fhär.
Bey diessen drien stünden
Gbüde ich dyser wünden,
Das sye wider schwelle oder schwere,
Bis Maria einen andern son gebere.

Rostocker Zauberzettelbüchlein (Hst. IV, S. 10, 16. Jahrhundert) Bl. 13vo

2059. Man schreibt auf ein Papier die Worte:

bairung. banrior. fluxuel

und steckt das Papier einem Pferde ins linke Ohr. Dadurch erlangt das Pferd eine solche Schnelligkeit, daß es alle andern übertrifft und von keinem überholt werden kann.

Cand. theol. J. Hoffmann nach Mittheilung des Schäfers Busch in Berzin bei Plau.

2060. Bei einem bösen Pferde, welches sich nicht beschlagen lassen will, geht man dreimal im Kreise langsam um dasselbe herum, steht jedesmal vor seinem Kopfe still, macht drei Kreuze mit der rechten Hand und spricht leise dabei:

Caspar te tenet,
Balthasar te ligat,
Melchior te ducet.

(S. 550 Bgl. Zeitschrift für deutsche Mythologie 3 334.

2061 Für die Pfeifel und Darmgicht bei Pferden.

Jerusalem, du Judenstadt,
Die meinen Herrn Jesum gekreuzigt hat,
Du sollst werden zu Wasser und Blut·
Das ist für Pfeisel, Würmer und Darmgicht gut

Im Namen u. s. w. — Dies muß dreimal gesprochen werden. Das Pferd wird mit der Hand dreimal von der Nase nach dem Kopf und den Rücken entlang bis übers Kreuz gestrichen.

Heft des Dr Weidner Vgl. Kuhn, WS. 2, 207, Nr 101.

2062ᵃ. Kommt man des Nachts in ein Dorf und wünscht von bellenden Hunden unverfolgt zu bleiben, so zieht man aus dem Strohdache des ersten Hauses drei Strohhalme, biegt selbige um und steckt sie wieder ins Dach. Es darf aber, während dies geschieht, kein Hund im Dorfe bellen. Selbstlaut Dr. Scherls in Plauen

2062ᵇ. Wer Nachts rückwärts an das Haus hinan geht, drei Strohhalme aus dem Dache zieht, und diese in den Schuh legt, den bellt der Hund nicht an. Aus Zella bei Salzungen Seminarist Thomä

2063. Gegen bissige Hunde.

> Mutter Maria ging über Sand und Land,
> Sie hatte einen Stab in ihrer Hand;
> Sie führte Gottes Wort im Mund,
> Damit schlug sie den bösen Hund.

Im Namen u. s. w. Aus Grenzmühlen L. Fromm

2064. Schreib folgende Worte auf einen Zettel und gib es dem Hund auf ein Butterbrot:

> † Bel † Visa †
> † Cass † Cohro †
> † Homo † Natus †. Heft von Dr. Gräbner

2065ᵃ. Man schreibt auf ein Stück Papier:

> raude † † † vaude † † † naude † † †

Dieser Zettel wird in Brot eingegeben. Aus Heldorf seliger Walshof

2065ᵇ. Wenn ein Mensch von tollen Hunden gebissen ist, sagt man, indem man jedesmal ein Kreuz macht, folgende Worte:

> † raure † graure † naure †
> graure † naure † raure †
> naure † raure † graure †.

Seminarist H. Nachmann aus Hanstein

2066. Gegen das Feuer der Schweine. Man streicht das Schwein von der Schnauze bis zum Schwanz dreimal auf dem Rücken und spricht:

> Hoch ist der Heben,
> Hoch ist der Heben,
> Für soll das.

Im Namen ꝛc. Maria Hallmark in Bröitz Durch Pastor Buskowitz

2067. Wie hoch ist der Heben,

Wie groß ist die Erde beschreben;

Tod, wie kalt ist deine Hand,

Jesus Christus stillt dieses mit seiner Hand.

Im Namen Gottes des Vaters, des Sohnes und des heiligen
Geistes. † † †.

Heft des Dr. Wasser

2068. Gegen das laufende Feuer bei Schweinen. Man bringt
das kranke Schwein an den Tränktrog des Viehes, Morgens und
Abends, übergieße es mit neun Händen voll Wasser und spricht
dreimal:

Hieraus sauft Pferd, Kuh, Schaf und Hund;

Damit still ich das laufende Feuer aus dem Grund.

Abgezeeh scherr Kreutzer

2069ᵃ. Das Feuer bei den Schweinen wird so geheilt: Man
schneidet eine Ruthe von einem Apfelbaume mit süßen Früchten, setzt
dieselbe stillschweigend hinten, in der Mitte und vorn auf das Schwein
und spricht:

Ara Ora Ura

Ura Ora Ara,

an jedem der bezeichneten Orte dreimal und macht nachher über jenen
drei Stellen mit der Hand das Zeichen des Kreuzes.

Präpositus Dr. Schencke in Posen

2069ᵇ. Die Formel lautet auch:

Ara Ira Ora

Ora Ura Ira

Ira Ora Ara.

2070. Damit die Bienen nicht fortfliegen können. Nimm die
Wurzel von einer blauen Lilie, lege sie in den Bienenkorb, so müssen
die Bienen bleiben.

F. Stockmann aus Hanförd

2071. Für Bienen, daß sie nicht fortziehen.

Ihr Bienen und der Wes,

Fliegt nach dem Paradies,

Ueber Land und Gras,

Holet Honig und Was.

Im Namen u. s. w.

Semsherift F. Stockmann aus Hanförd. Vgl. Kuhn, WS 2, 206. Nr. 541 und 5
u.; Hoefer in Gerv 1, 107 ff. — ß i der Wes, deren Wesel

2072. Bienensegen.

Imm inne Wif',

Hill un Parbif,

Fall in das grüne Gras,

Lat mi das Honig un Wass.

Helf Gott Vater, Sohn und heiliger Geist.

<small>Heft eines Tagelöhners in Neuflofter. — Z. 1, 2 sind entstellt: 1 lautete ursprünglich wohl Imme inne Wise. In Hill Z. 2 steckt das Verbum. Oder: Hill un Parbif, Holle und Parabiß. In beiden sollen die Bienen nicht, sondern ins grüne Gras</small>

2073. Desgleichen.

Die Bienen und die Wisen

Die kommen aus dem Paradise,

Sie tragen Honig un Wass,

Sie setzen sich auf Laub und Gras.

Sett bi im Namen u. s. w.

<small>Heft des Dr. Weibner. — Z. 1 Weisen. Z. 3 Wachs</small>

2074. Ein Simpartie, die Bienen zu besprechen, daß sie nicht wegziehen können.

Du König der Bienen,

Du sollst doch hinunter lenken,

Auf das grüne Laub und Gras,

Drans solt du machen Honig Wachs.

Im Namen u. s. w. — Dieses sprich, wenn die Bienen wegziehen wollen, so müssen sie sich niederlassen, wo man es haben will.

<small>Arznen-Buch für Menschen und Vieh</small>

2075. Desgleichen.

Ihr Bienen und ihr weisen Bienen,

Ihr sollt hier bleiben und nicht wegziehen,

Ihr sollt euch setzen auf Laub und Gras

Und tragen Honig und auch Wachs.

Im Namen u. s. w. — Wird dreimal gesprochen.

<small>Heft von Dr. Weibner — Z. 1 Weisen entstellt aus Wisen. Weisel</small>

2076. Daß die Bienen sich setzen sollen.

Die Bienen tragen Honig und Wachs,

Sie fliegen über Land, Wasser und Gras.

Honig ist ihr Speise,

Das Wachs wird gebraucht zum Lobe Gottes und Preise.

Wiser, setz dir.

Wird dreimal gesprochen.

Heft des Criminalcollegiums in Böhmen, wörtlich damit stimmende Aufzeichnung in einem Hefte des Tagelöhners in Neukloster. Nur heißt hier die letzte Zeile. Wiese sei da.

2077. Für Bienen, wenn sie auf einen Baum gezogen sind
Ihr Immen, Wis' und Bienen,
Ihr seid vor mir erschienen,
Ich gebiete euch und beschwöre euch, daß ihr herunter kommt,
Und fallet auf ein grünes Gras,
(Oder wenn ich) so gewiß als Jonas
Im Wallfisch drei Tage saß
Auf Gottes Geheiß.
Dies beschwöre ich euch durch Gott den Vater, den Sohn und den heiligen Geist.

Seminarist H. Klockmann aus Harstorf.

2078[a]. Daß die Bienen nicht fortfliegen.
Weiser, ich beschwör dich,
In den schönen Paradiesgarten
Sollst du dich setzen
Und tragen Honig und Wachs.

Heft von Dr Wesner.

2078[b] Bienen zu besprechen, wenn sie nicht lassen wollen.
Garten | ich beschwöre dich,
Wiese |
Du sollst dich setzen in das schöne Paradies,
Und tragen Wachs und Honig.
Im Namen u. s. w.

Tagelöhn. A. W. in Ulsnap. Noch mehr entstellt als der vorhergehende Spruch, zu welchem auch bereits der Reim fehlt. Hier ist Wis (Weisel) schon als 'Wiese' aufgefaßt und mit 'Garten' zusammengestellt. — lassen in der Nußschrift = sich niederlassen.

2079. Sich gegen Schlangen zu sichern. Nimm einen Hasel stecken, der ein Jahr alt ist und ziehe damit um die Schlange einen Kreis. Die Schlange muß in dem Kreise sterben. Auch fliehen die Schlangen vor dir, wenn du den Stecken bei dir trägst.

Elbgegend. Preußen.

2080. Gegen den Schlangenstich — man hört im Volke nie vom Schlangenbiß — werden folgende Proceduren empfohlen. Der Verwundete suche früher als die Schlange ein fließendes Wasser zu erreichen, um damit die Wunde zu waschen. Gelingt ihm dies, so bleibt der Stich unschädlich, die Schlange aber stirbt in Folge der Giftentladung. — Man bedecke die Wunde mit feuchter Erde. — Um die Geschwulst von denjenigen Körpertheilen, wo sie am gefährlichsten werden kann, fern zu halten, binde man, je nachdem es erforderlich ist, oberhalb oder unterhalb der Wunde einen seidenen Faden oder ein seidenes Band, welches eine Braut an einer Krone gehabt haben muß. — Auch darf der Gebissene nicht in ein Haus gebracht werden, in welchem Feuer brennt. Salzer I, 1 Bd. DS 519.

2081. Gegen Schlangenstich und Spitzmausbiß. Man suche einen Stein vor Sonnenaufgang, nehme ihn aber nicht mit der bloßen Hand, sondern mit der in einem Tuch umwickelten Hand auf, bestreiche damit die Wunde und spreche:

Oll Slang stett,

Spitzmus bitt!

Es gingen drei gottselige Mägde aus, Blumen zu pflücken:

Was fanden sie?

Eine Adder, eine Schnack und eine Spitzmaus.

Du bist mit Gift belegt'

Hiermit still ich dich im Namen u. s. w.

Gift sta,

Treck af un verga!

Dann trage man den Stein wieder an eine Stelle, wohin weder Sonne noch Mond scheinen. DS 519.

2082. Gegen Schlangenbiß.

Adam un Ew gingen an Strand,

Da fünn'n se vel Addern un Schlang,

Adam un Ew gingen to rechter Hand,

Addern un Schlang gingen to linker Hand:

Damit de Gift verschwand. Kaufmann Lewte in Tessin

2083.   Adam ging in ein Wald:

Was fand er da?

Drei Hecke Adder und Schlangen

Als das Hecken verschwand,

Schal Kacken verschwinden.

Im Namen u. s. w. Kunst- und Arzney-Büchlein.

2084. Die Arder und die Schlangen und die Speun
  Bauten alle drei in dem,
  Da kam die heilige Jungfrau Maria gegangen
  Und sagt: Blaset alle drei in diesen Haupt,
  Dies Haupt soll verschlingen, verschwinden.

P. P. im Namen Gottes.   Heft des Criminalserzlrant in Böhmen

2085. Für Adderubiß.

  Der Adder biß,
  Der Schnack der sticht,
  Die Jungfrau Maria bespricht,
  Der Engel des Herrn beschwört,
  Daß der Gift ausfahrt.

Im Namen Gottes u. s. w.   Heft von Dr. Werkner

2086. Die Schnacken, Nattern und Spitzmaus zu besprechen.

  Die Adder beißt,
  Die Schlang die sticht,
  Die Spitzmaus sticht,
  Mutter Maria bespricht,
  Die zwölf Apostel sollen den Gift daraus nehmen.

Im Namen u. s. w.   Heft von Dr. Werkner.

2087. Ein Simpartie für ein Schlangen- oder Adderbiß.

  Die Schlange sprach:
  Maria Schwulst, du mußt schwinden
  Im Augenblick, in dieser Stunden.
  Du sollst vergehen
  Und nicht bestehen.

Im Namen u. s. w. — Dann nimmt man faul Eschenlaub zwischen
zwei Steine, kocht eine Hand voll davon in Bier und gibt dem
Kranken eine Tasse ein, so schadet ihm das inwendige Gift nicht;
das Kraut muß etwas auf die Wunde gelegt werden.

         Arznei-Buch für Menschen und Vieh.

2088*.   Die Adder und die Schlang
     Die ging auf Saun':

Ich still mit meinen rechten Fuß,

Daß es in das Wasser fluß.

Im Namen u. s. w.

Heft des Tagelöhners in Kirchdorf. Wogegen dieser Spruch ist nicht angegeben. — Vgl. Müllerhoff S. 510, Nr. 7

2088ᵇ. Gegen Schlangenbiß.

Sie gehen auf Sand,

Ich stoß sie mit dem rechten Fuß weg.

Im Namen ꝛc.

Von einer alten Schäferfrau in Gr-Müritz. Durch Pastor Dolberg

2089. Man lasse sich die gebissene Stelle zeigen und sag:
stillschweigend:

It güng œwer den Sann',

Dor lag Abder un Schlang;

It slög dor midden mant,

Dat alles van anner sprang. Meklenb Jahrb. 8, 308.

2090. Für giftige Schlangenbisse.

Das Glöcklein hat geklungen,

Das Lieblein ist gesungen,

Das Epistel wird trug läst,

Die Angel soll des Todes sein.

Im Namen u. s. w.

Aus einem Buch in Gr-Lüstow. Durch cand. theol. Hoffmann. — Z 3, 4 erhellt wohl ist gelesen wesen (statt sein).

2091. Schnacken- und Natterstiche zu stillen für Menschen
und Vieh.

Irdi stack, Ardi stack,

In ener Stund her ich dat.

Gift, fahr herut,

Adder und Schlang,

Eh ich hier van di jah.

Heft von Dr Wethner. — Z 5 ursprünglich wohl gung

2092. Wenn das Vieh am Körper eine Geschwulst bekommt,
deren Ursache man nicht kennt, sagt der Bauer: 'Das Vieh ist
gezeichnet'; auch glaubt er, es sei von der Spitzmaus gebissen.

Pastor Behm in Kölz.

2093. Wenn Vieh gezeichnet ist, d. h. wenn es in Folge des
Bisses oder Stoßes einer Schlange oder eines anderen Thieres ein

geschwollenes Euter hat, so hat man mit einem an einem abgelegenen
Orte aufgesuchten Steine das Euter dreimal zu bestreichen, jedesmal
mit den Worten:

> Die danzen dre Jungfern in 'n Sand,
>
> De ene heran, de anne wedder van.

Im Namen u. s. w. Aus Gerlosen Hülfsprediger Timmermann

2094. Wenn Vieh gezeichnet ist. Man streiche mit der Hand
dreimal um die Geschwulst herum unter den Worten:

> Eins güng if ewern Sand,
>
> Dor begegen mi Abbern und Slangn.

Im Namen ꝛc. Aus Wammendorf Hülfsprediger Timmermann

2095. Wenn ein Hauptvieh gezeichnet ist oder von einem
Abberbiß, sowohl für Menschen als Vieh.

> Lindworm du stifst,
>
> Dat Sand dat stilst.
>
> Das sagst du in Marien Namen,
>
> Gott Vater, Gott Sohn, Gott heiliger Geist. Amen.

Die dren ersten Silben müssen dreimal um die Geschwulst herum
gestrichen werden, bei 'Gott Vater' u. s. w. allemal ein Kreuz über
die Geschwulst zu machen. Kaufmann Brodde in Teßin.

2096. Wenn die Kühe Blut geben (gezeichnet sind).

> Ein Lieblein ist gesungen,
>
> Ein Klöckchen hat geklungen,
>
> Evangelium ist gelesen:
>
> Ein böse Angel wird verwesen.

Im Namen Gottes ꝛc.
Tagelöhner Dau in Dröfy. Durch Pastor Oessewitz, Bal. Nr. 2090

2097. Wenn die Kühe gezeichnet sind.

> Amster Vater, werthster Sohn,
>
> Damit besprech ich den heiligen Geist,
>
> Daß das Zeichen von dir weicht.

Im Namen u. s. w. — Indem man die Formel spricht, bekreuzt
man, mit der rechten Hand den linken Pantoffel haltend, mit diesem
das Euter. Die Kühe werden durch Schnittmäuse (Spitzmäuse) und
Aelbizen (wozu auch der kleine gelbbäuchige Triton gehört, dessen
gelbe Farbe Gift ist) gezeichnet. Gegend von Dömitz und Wittenburg. Lehrer Lübbert.

2098. Wenn die Kuh 'triſent' iſt, wird ſie dreimal kreuzweiſe durch die Hinterklauen gemolken; oder einer, der dieſelbe noch nicht geſehen hat, muß dreimal an die Geſchwulſt ſpeien. Von einem Senenniſten.

2099. Sind die Kühe triſent (behext, ſo daß Geſchwulſt am Euter entſtanden), ſo berühre den Geſchwulſt mit einem Stein, den man aber wieder hinlegen muß, wie er gelegen hat. Nachgeweiſt Meſch in Deuern.

2100. Ein Simpartie w. E. Gezeinet oder ein Spitzmaus. Nimm einen Stein, der vor der Sonne verborgen iſt, und fahre mit dem Stein rund um die Geſchwulſt und beſtreiche ſie dreimal ins Kreuz, alsdann ſprich:

Dieſen Fund, den ich find,
Der iſt gut für den böſen Schwind,
Du ſollt vergehen
Wie dem erſten Schnee,
Dem ich jetzt find.
Im Namen Gottes. Amen † † †.

Alsdann lege den Stein wieder grade ſo hin, wie du ihn haſt weggenommen, dann nimm eine Schüſſel voll Waſſer und gieße ſie auf dem Fleck aus. Rezepten-Buch für Menſchen und Vieh.

2101. Vor das Eigend zu ſtillen.

Ich ging in Tannen,
Da begegnet mir Abdern und Schlangen,
Die ſpielen zuſammen im Sande.

Im Namen u. ſ. w. Aus Wismar Durch Dr. Kölling

2102. Den Maulwurf zu vertreiben. Eine keuſche Jungfrau nimmt an drei Sonntagsmorgen vor Sonnenaufgang von drei Maulwurfshaufen, von jedem eine Hand voll Erde, und ſpricht:

Mullworm, folg mi,
De reiden Jungfer brecht di
In brüdd' Nawers Wiſch

Von der Zeit an wird der dritte Nachbar den Maulwurf in ſeiner Wieſe haben. Aus Karſtädt bei Grabow. Seminariſt E. Piek

2103*. Raupen vom Kohl zu vertilgen. Man nimmt Sonnabends nach Sonnenuntergang einen Staubbeſen, fegt die Kohlpflanzen und ſpricht:

Rup'n makt Firabend,
Hüt is 't Sünnabend Abend.

Dann steckt man den Besen an einen Ort, wo weder Sonne noch Mond hinscheint. *Köster Schwartz in Berlin.*

2103ᵇ. Wenn man die Raupen des Kohlweißlings vertreiben will, nimmt man stillschweigend einen neuen Besen am Sonnabend nach Sonnenuntergang, geht stillschweigend zum Acker, auf dem der Kohl steht, geht im Kohl entlang, streicht mit dem Besen über die Köpfe weg und spricht:

Je Sünnabend,
Makt Firabend,

und geht stillschweigend wieder nach Hause
Gegend von Schwerin Volksschul. Schenck

2104. Ungeziefer vertreiben. Am Abend vor dem ersten Mai nimmt man einen Besen und fegt damit in allen vier Ecken des Zimmers zusammen und spricht:

Rut rut rut!
Alle Flöh' und Lüs herut
In drübb' Nawers Hus!

Dann nimmt man den zusammengefegten Schmutz sammt dem Besen und trägt alles stillschweigend über die Grenze zum dritten Nachbar, so hat er all das Ungeziefer. *Aus Karstädt bei Grabow Seminarist E. Lierth.*

2105. Gegen 'Budden'. Nach Sonnenuntergang gehen zwei Leute auf das von Budden heimgesuchte Feld — es muß ein Sonntag oder ein Donnerstag sein — der Vordere, auf der einen Ecke des Ackers stehend, spricht 'In düt Land sünd de Budd'n,' und klopft mit einem zu dem Zwecke mitgenommenen Dinge, etwa einem Wasch-holz, auf das Feld. Der Hintere, auf der entgegengesetzten Ecke des Feldes stehend, antwortet, indem er ebenfalls aufklopft 'Den drübben Dag sœln se rut sin.' Also thut man an allen Ecken des Feldes und zwar dreimal. Dazu an drei aufeinander folgenden, genannten Tagen also: Sonntag, Donnerstag, Sonntag, resp. Donnerstag, Sonntag, Donnerstag. Probatum est

Aus Helldorf, Rehberg u. s. w. Dec. p. Lehrer Mildorf.—Unter Budden versteht man hier und Umgegend die in manchem Jahre Frühjahrs im Hafer- und Flachslande zu Millionen lebende und große Zerstörungen anrichtende Raupe einer Nachteule. Man spricht das Wort auch: Putten, Pudden, Pütten, Pöbben

2106. Daß die keine Laus ins Kleid kommt und auch nicht bleiben darf. Wenn du einen Todtenkopf findest von einem Menschen, der im Kriege geblieben ist oder von einem Mörder umgebracht ist, so nimm das Moos, was in dem Todtenkopf sitzet, thue es in ein leinenes Tüchlein und trage es auf dem bloßen Leibe.

H. Stockmann in Hanstorf.

2107. Gegen Läuse beim Vieh. Man streiche mit dem Daumen und Zeigefinger dreimal kräftig von der Schnauze bis zur Schwanzwurzel des Thieres und zurück und spreche dabei:

> Sall di nich stęken,
> Sall di nich bręken,
> Sall nich mir rugen (rauch machen),
> Sall nich mir fugen.

Im Namen u. s. w. — Dies wende man an drei auf einander folgenden Tagen an.

H. S. 531.

2108. Gegen Würmer und Maden, welche in offenen, nicht gereinigten Wunden oder sonst irgendwie in der Haut und dem Fleisch der Thiere sich finden.

Man knickt drei noch wachsende Stangen der großen Donnernessel (urtica dioica), jede dreimal, und zwar in der Mitte ein, spricht beim Einknicken einer jeden Stange die Worte:

> Nettel knick bi,
> Dat de oll witt Sœg[1],
> De Purril[2] rut geiht.

Im Namen u. s. w.

Aus Gerdshagen. Hülfsprediger Timmermann.

2109. Gegen Würmer in Wunden beim Vieh. Frage den Eigenthümer des Viehes, an welcher Stelle die Wunde sei; gehe dann zu einem Fliederbusch, knicke drei junge Schößlinge desselben etwa eine Hand breit vom Ende um und sprich beim Knicken jedes Schößlings:

Dies Thier, die Kuh 2c., hat Maden in der Keule, Fuß, Seite 2c. Se söhlen der herunter gan, se söhlen der herunter gan, se söhlen der herunter gan. Im Namen Gottes des Vaters, des Sohnes und des heiligen Geistes.

Nieküster Jahrb. 5, 105.

---

[1] resp. swart Schap, oder welches Thier es sein mag.

[2] d. i. der Wurm.

2110. Verwünschungsformel: Ik wil, aber, dat du möst ver-
drögen als een Sprock in dem Thun. Adhiberi solet eadem locutio
etiam a judicibus, rusticos, ante juramentum, avisantibus.

Sodein Jarb. Rostock V, 42

2111. Einen unfruchtbaren Baum kann man dadurch zum
Fruchttragen bringen, daß man zwischen die Aeste Steine legt und
dazu spricht 'Wenn du kein Awt dreg'n wist, denn sast du Stein dreg'n'

Rektor Schwarz in Berlin.

Nachträge und Berichtigungen.

Zu Bd. I, Nr. 47. Der Riese Jörn (Jürn) wollte über den Krakower Binnensee eine Brücke schütten; doch beim Werke zerriß seine Schürze, in der er Erde herbeitrug. Dadurch entstand der Hügel, der als Halbinsel in den See vorspringt und auch heute Jörn- oder Jürnberg heißt. Erzürnt stieß der Riese seinen Besen verkehrt in die Erde, daß derselbe an der Scheide gegen das jetzige Charlottenthal als Baum anwuchs, und verließ die Gegend.

Aus Krakow. Berger. — Ich mache noch auf die Identität des Jörn, Jürn, bei Krakow mit dem Worm bei Groß-Dülzow (Nr. 44) aufmerksam. Worm aber ist = Wehm.

Berger

Zu Bd. I, Nr. 151. Vgl. auch die Erzählung von W. Ah-lers, Historisch-topographische Skizzen aus der Vorzeit der Vorderstadt Neubrandenburg, Neubrandenburg 1876, S. 85 f.

Zu Bd. I, Nr. 492. Die Inschrift lautet nach W. Ahrens Skizzen S. 116, vielmehr

Ich heyte Herman Ranst,

Ich byn tam

Bam eyn tam. Amen.

Sie bezeichnet unzweifelhaft den Gießer.

Zu Bd. I, Nr. 508. Nach Mittheilung von Lehrer Schwarz, in welcher aber kein Ort genannt ist, singt die Glocke

Hanna Sanna, dei mi gat,
Is bob,
Uggt in 'n Kal'ner Lindhalt.

Zu Bd. I, Nr. 537. Aehnliche Sage von einem Wollenweber in Neubrandenburg, der in einer stürmischen Winternacht bei der Heimkehr sich verirrte, dann endlich dem Klang der Glocken der Stadt vernahm, und, glücklich zu Hause angekommen, gelobte, eine Stiftung zu gründen, aus der die Mittel zum Läuten der Wächterglocke der Marienkirche in der Zeit von Michaelis bis Ostern, Morgens 4 Uhr und Abends 9 Uhr, bestritten wurden. Vgl. W. Ahlers, Skizzen S. 113.

Zu Bd. I, Nr. 556. Vgl. W. Ahlers, Skizzen S. 105.

Zu Bd. I, Nr. 608. In anderer Fassung nach Mittheilung vom Steueraufseher Ziegler lautet die Sage folgendermaßen: Die Stadt Parchim besitzt bekanntlich große Waldungen und eine bedeutende Kämmerei. Um briefliche und mündliche Mittheilungen in die Kämmereidörfer gelangen zu lassen, hält die Stadt einen Rathsboten, welcher zur Zeit der Geschichte Bremer hieß. Aus dem Munde eines Nachfolgers desselben habe ich die Erzählung vernommen. Zu den Kämmereidörfern gehört das unmittelbar an der Elbe liegende Kirchdorf Slate. Will man von Parchim dorthin gelangen, so führt der nächste Fußweg durch das gleich bei Parchim liegende Buchholz, welches in dem am äußersten Ende liegenden sogenannten Patenberge zu einer Höhe von mehreren Hundert Fuß ansteigt. Hier fällt der Berg ziemlich steil ab, und man erreicht in etwa zehn Minuten die Elbe. Um nach Slate zu gelangen, wird man in einem Boote über die Elbe gesetzt. Die Fährstelle befindet sich seit undenklichen Zeiten bei der unmittelbar an dem Flusse liegenden Hufe des Hauswirthes Lehmkul. Von dem Patenberge, der mit hohen Buchen bewachsen ist und in dem sich links vom Wege ein freier Platz befindet, wurden von Alters her allerlei Spukgeschichten erzählt, so unter Anderem, daß an einem bestimmten Baume in jeder Nacht zwischen 12 und 1 Uhr eine brennende Laterne hänge. Der Rathsdiener Bremer war eines Tages in Dienstangelegenheiten aufs Land geschickt, kehrte Abends spät in Slate beim Fährmann Lehmkul ein, und bat diesen, ihn über die Elbe zu setzen. Lehmkul, mit Bremer befreundet, bietet ihm Nachtquartier an, um ihn nicht in so später Nacht den vielverrufenen Patenberg und namentlich die brennende Laterne passiren zu lassen. Allein Bremer besteht auf Ueberfahrt, um dem Rathsherrn, der ihn entsandt, einem Kaufmann, der namentlich mit Korn handelte, am frühen Morgen Bericht abstatten zu können. Bremer geht, und kaum hat er die steile Anhöhe erreicht, so sieht er auch die Laterne links von seinem Wege brennen. Entschlossen geht er weiter, nun aber sieht er rechts vom Wege den freien Platz im Hatze hell erleuchtet, und um aufgestellte Tische etwa dreißig verstorbene Parchim'sche Rathsherren, mit langen Pfeifen, in Schlafröcken, Karten spielend um dieselben sitzen. Bremer zieht die Mütze und will mit einem 'Guten Abend' an der Gruppe vorübergehen. Da steht einer der Herren von seinem Sitze auf, geht auf Bremer zu, und beauftragt ihn, den Herren Bürgermeister zu grüßen und ihm zu sagen, er möge sich bereit halten, sein Stuhl wäre bis auf den letzten Stieper (Sprosse), der morgen Mittag um 12 Uhr eingesetzt werde, fertig. Bremer kommt nach Mitternacht in Schweiß gebadet nach Hause, und legt sich, nachdem er alle Anerbietungen seiner Frau, Speise zu sich zu nehmen, abgelehnt hat, ins Bett und schläft bis zum hellen Morgen. Nun geht er zu seinem Rathsherrn, stattet diesem Bericht über seine Reise ab, und erzählt, was er in der Nacht gesehen und gehört hat. Der Rathsherr lacht Bremer aus, und sagt ihm, daß er noch gestern Abend mit dem Bürgermeister Whist gespielt und jenen gesund verlassen habe, er, Bremer, müsse also geträumt haben. Dieser bleibt aber bei dem Erzählten, und weist die Annahme geträumt zu haben, entschieden zurück. Um sich von dem Wohlbefinden des Bürgermeisters zu überzeugen, gibt der Rathsherr Bremer den Auftrag, jenen zum Frühstück einzuladen. Bremer trifft denselben wohlauf an. Der Bürgermeister nimmt die Einladung an und kommt gegen 11 Uhr zum Rathsherrn. Beide Herren setzen sich an den Frühstückstisch und lassen es sich bei einem Glase Weine und heiterer Unterhaltung gut schmecken. Nach längerem Sitzen sieht der Bürgermeister auf, um sich einmal über den Hausflur in den Hof zu begeben. Einige Augenblicke später hört der zurückgebliebene Rathsherr ein Geräusch auf dem Flur, und hinauseilend sieht er den Bürgermeister zerquetscht unter einem schweren, aus der Winde gefallenen Kornsack liegen. In diesem Augenblick ertönen von dem Thurme der alten Marien-Kirche zwölf Schläge

Bd. I, S. 111, Z. 13 l. Malchin.
Bd. I, S. 133, Z. 16 l. Lübz.
Bd. I, S. 168, Z. 20 l. slavischen.

Sagen.

654.
Der Nagelschmied in Neubrandenburg.

In Neubrandenburg war einmal ein alter Nagelschmied, der ein gotteslästerliches Leben führte und sich einst beim Trinken rühmte, daß er sich vor Gott und Teufel nicht fürchte und kein Grauen kenne. Um das zu beweisen, vermaß er sich, in einer Winternacht beim Beginn der Geisterstunde in ein ihm bezeichnetes Grab einen Nagel einzuschlagen. Er begibt sich auf den Kirchhof der Marienkirche und schlägt, wiewohl von Grauen erfaßt, wirklich mit den kräftigen Schlägen den Nagel in das Grab. Wie er sich erheben will, vermag er es nicht, denn er hat in der Eile seinen Rockzipfel mit angenagelt; er glaubt, daß die Hand des Todten ihn festhalte, sinkt bewußtlos nieder und ein Schlagfluß macht seinem Leben ein Ende. So fand man seine Leiche am andern Morgen mit angenageltem Rocke. Auch nach dem Tode fand er keine Ruhe, sondern irrt noch oft um Mitternacht seufzend und klagend auf dem Kirchhof umher.
W. Ahrens, Skizzen S. 117 f.

655.
Der Spuk bei der 'Hand'.

Auf der früheren Landstraße zwischen Dargun und Gnoien, nicht sehr weit vom letzten Orte entfernt, stand ein einarmiger Weg

weiſer. Man nannte dieſe Stelle hier 'der Hand'; und es wurde von
Leuten behauptet, daß es da zu gewiſſen Zeiten nicht recht geheuer
ſein ſollte. Einmal ſpät Abends kehrte ein Fuhrmann aus Gnoyen
von Dargun zurück. Als er mit ſeinem Geſährt bei der ſogenannten
Hand anlangte, kam ihm eine weiße Geſtalt entgegen und verſchwand
zwiſchen den Vorderpferden. Jetzt ſtanden die Pferde mit dem Wagen
auf einmal ſtill, ſchnaubten und waren trotz alles Antreibens nicht
von der Stelle zu bringen. Dem Fuhrmann ſtanden vor Entſetzen
die Haare zu Berge, doch faßte er ſich, ſtieg vom Wagen und
ſchlug in den einen Zugſtrang des Handpferdes einen, in ſeine
Peitſche aber drei Kreuzknoten. Hierauf ſchlug er mit der Peitſche
vor den Vorderpferden dreimal ein Kreuz. Nun ſtieg er wieder auf
den Wagen und hieb auf die Pferde ein. Dieſe ſtürmten jetzt in
raſender Eile vorwärts, ſo daß ſie über und über mit Schaum
bedeckt zu Hauſe anlangten.

Obere Schwarz nach Mittheilung der alten Zimmermannsfrau Schröter in
Hankenthal.

656.
Der Geiſt im Erlenbaum.

In alten Zeiten hat zu Bauersdorf in Pommern ein alter
Mann wegen Grenzſtreitigkeit einen falſchen Eid gethan. Als er
geſtorben, konnte er im Grabe nicht ruhen. Da fand ſich ein Geiſter-
banner, der den Geiſt in eine 'Patibuddel' einfing. Der alſo ein-
geſchloſſene Geiſt wurde über die Trebel nach Mecklenburg gebracht
und ihm im Holm in dem Babbiner Forſt eine Erle übergeben.

Ende der Zwanziger-Jahre dieſes Jahrhunderts erhielt ein
Tagelöhner in Boddin vom Gutsherrn die Erlaubniß, ſich am
Sonntag ein Fuder Brennholz zuſammenzuſuchen. Als er wohl ein
Fuder zuſammen hatte, traf er auf eine alte, trocken gewordene Erle
(es war dies die Erle, welche dem Geiſt überwieſen war). Da ſagte
der Tagelöhner zu ſeiner ihn begleitenden Frau 'Dieſe Erle will ich
noch abhauen.' Die Frau rieth, die Erle ſtehen zu laſſen, weil das
Fuder wohl ſchon voll werden würde. Der Mann aber ließ ſich
nicht von ſeinem Vorhaben abbringen, ſondern ſprach 'Ich will ſie
nur noch in Gottes Namen abhauen.' Als er eben mit dem Um-

hauen beginnen wollte, läuteten im nahen pommerschen Kirchdorfe Rehringen die Glocken zur Kirche ein. Beim ersten Hieb, den der Mann that, prallte die Axt zurück, beim zweiten flog sie ihm gar aus der Hand. Da sagte der Mann im Aerger 'Willst du nicht in Gottes Namen ab, so sollst du in Teufels Namen ab.' Jetzt konnte er mit Leichtigkeit die Erle umhauen. Als Nachmittags das Holz angefahren wurde, warf man die Erle oben auf. Sie fiel sogleich wieder herab, und dies geschah unterwegs noch zu wiederholten Malen, doch brachte man sie endlich ans Haus. Gleich in der folgenden Nacht erhob sich auf dem Holzhofe des Tagelöhners ein furchtbares Klopfen und Rumoren. In den folgenden Nächten kam es näher, ins Haus; zuerst in die Kammer, dann in die Stube. Mit dem Toben allein aber ließ der Geist es nicht bewenden, sondern quälte auch den Tagelöhner, so daß derselbe, wenn die Zeiten kamen, laut aufschrie und rief 'Nun fährt er wieder in mich.' Der Mann verging wie die Tage und lag zuletzt fast immer zu Bette. Der Gutsherr ließ die Asche und das noch vorhandene Holz von der Erle wieder nach dem Halm fahren, aber der Geist ließ nicht eher von seinem Treiben ab, als bis der Tagelöhner todt war.

Nach Erzählung einiger Leute soll ein Geisterbeschwörer den Geist befragt haben und hätte derselbe geantwortet 'Der Mann hat mich beunruhigt, ich werde auch nicht eher von ihm ablassen, bis er todt ist.'

Andere berichten, der Geist hätte auch nach des Tagelöhners Tode noch fortgetobt, bis man ihn wiederum in eine Flasche gefangen, nach Pommern zurückgebracht und unter einem Dornbusch vergraben habe.

Lehrer Schwarz.

657.
Werwolf im Hohen Dorn.

Bei dem Bauerndorfe Gützow befand sich noch vor wenigen Jahren ein Wald, 'Hoher Dorn' genannt. In diesem Walde hüteten früher die Bauern, als sie noch nicht separirt waren, gemeinschaftlich oft Nachts mit einander ihre Pferde. Schon zu wiederholten Malen waren ihnen bei diesem Hüten Füllen weggekommen, ohne daß sie

troß alles Suchens je eine Spur wieder von ihnen entdeckt hätten.
Sie wandten sich dieserwegen an eine alte Wahrsagerin, welche ihnen
rieth, sie sollten, wenn sie des Nachts gewahrten, daß Einer von
ihnen sich heimlich entferne, ihm durch drei gleichartige Bäume,
welche im Kleebloß ständen, nachsehen. Diesem Rathe folgten sie.
Da sahen sie denn, wie der Eine unter ihnen, als sie sich gelagert
hatten, ganz leise aufstand und eine Strecke seitwärts in den Wald
schlich. Hier spannte er sich einen Wolfsgürtel um, wurde dadurch
in einen Wehrwolf verwandelt und verschlang nun das beste Füllen
in der Heerde. Nachdem er wieder seine menschliche Gestalt an-
genommen, kehrte er leise zu den Uebrigen zurück, welche sich aus
Furcht verstellten, als wenn sie schliefen.

Am nächsten Morgen sagte der, welcher das Füllen gefressen
hatte 'Fi! mi is so wibbel wabbel.' Da konnte der Bauer, dem
das aufgefressene Füllen zugehört hatte, nicht an sich halten und
sprach 'Ja, di möt wol wibbel wabbel tau Maud sin, du heft jo
min ganzes Fahlen in'n Liw.' Der Füllenfresser antwortete 'Dat
süllst du man irer tau mi seggt hebben, denn hadd ik di noch tau
in, nu æwer is dorvan, dat ji mi sehn heft, min Kraft braken.

Lehrer Schwartz nach Mittheilung des Großvaters seiner Frau.

658.

Teufel als Frau.

Ein vornehmer Herr, welcher ein großer Damenliebhaber war,
fuhr öfters aus, um sich eine Geliebte aufzusuchen. Als er nun eines
Morgens wieder ausfuhr, sagte er zu seinem Kutscher 'Heute muß
wieder Eine her und wenn sie auch vom Teufel wär.' Wie sie nun
durch einen Wald fuhren, sieht der Herr am Wege eine sehr schöne
Dame stehen. Er eilte auf sie zu, herzte und küßte sich mit ihr.
Der Kutscher, welcher dies vom Wagen mit ansah, bemerkte, daß
die Schöne, welche der Teufel war, einen Hühner- und einen Pferde-
fuß hatte und rief seinem Herrn zu 'Herr, sehen Sie nicht nach dem
Kopfe, sondern nach den Füßen.' Da riß sich der Herr aus der
Umarmung des schönen Frauenzimmers, so sehr ihn dasselbe auch
festzuhalten und mit sich in den Wald zu ziehen suchte, los. Er

sprang rasch auf den Wagen und befahl seinem Kutscher, so schnell
wie möglich nach Hause zu jagen, was derselbe auch that. Die
Schöne folgte ihm und war immer dicht hinter dem Wagen. Zu
Hause angekommen, sprang der Herr rasch vom Wagen und eilte
auf sein Zimmer. Hier riß er ein Waldhorn vom Nagel an der
Wand, stieß das Fenster auf und blies aus demselben Gesang
Nr. 210 'Herr ich habe mißgehandelt ꝛc'. Da der Teufel dem Herrn
nun nichts anhaben konnte, so wandte er sich nach dem Stall, wo
er den Kutscher dafür, daß er den Herrn gewarnt hatte so 'buck-
pumpte' (= mit der Faust ins Genick stieß), daß er seinen Tod
davon nahm

<small>Lehrer Schwarz nach Mittheilung der alten Zimmermannsfrau Schober in
Finkenthal</small>

659.
Die Wäscherin am Wallbach.

Zwischen Gelbensande und Hirschburg fließt durch den Gelbensander Forst ein Bach, dessen beide Ufer sich auf einer Strecke wall-
artig erheben, weshalb der Bach da 'Wallbach' heißt. Hier auf einer
Brücke traf vor Jahren ein Mann aus Hirschburg eine Frau, welche
wusch. Als er ihr 'guten Tag' sagte, antwortete sie 'Gibt es denn auf der
Welt kein Helf-Gott mehr?' (Man pflegte früher häufig hier zu Lande
die bei der Arbeit Beschäftigten mit 'Helf Gott!' zu begrüßen.) Dann
fuhr sie fort 'Wenn eine von den Eichen, welche jetzt auf den
Wäschenberg (genannter Berg liegt unweit des Baches im Forste)
gepflanzt werden, groß ist und aus derselben eine Wiege gefertigt
wird, dann kann das erste Kind, was in derselben gewiegt wird,
mich erlösen, bis dahin aber muß ich hier noch waschen.' Bei diesen
Worten verschwand sie

<small>Lehrer Schwarz nach Mittheilung seines Dienstmädchens, das die Geschichte von
seiner Großmutter in Hirschburg gehört hat</small>

660.
Unterirdische bei Schadow.

Vor vielen Jahren haben die Unterirdischen in einem Berge
bei Schadow ihr Wesen gehabt. Zu Zeiten öffnete sich der Berg,

und aus der Kluft stieg ein lieblicher Geruch empor. Einer von den Unterirdischen mit einem rothen Jäckchen hatte auf dem Hofe in der herrschaftlichen Küche das Bratenwenden. Einmal kamen etliche von den Leuten in die Küche und sagten 'Die Unterirdischen klappen in die Hände und rufen immer: O Jemine! o Jemine!' Wie das der Kleine beim Bratenwenden hört, läuft er spornstreichs aus dem Hause; und mit den Unterirdischen ist es seit dieser Zeit vorbei gewesen.

Lehrer Schwarz nach Mittheilung eines alten Herrn v. B in R

661.
Weißes Kalb.

Mein Vater, so erzählt der dreiundsiebzigjährige Arbeiter Fretwurst in Klockenhagen, fahrt einmal von Dändorf nach Rostock. Als er in der Gelbensander Forst bei der Barkheidenschneese ist, scheint es vor seinen Augen, als wenn vor ihm in dem Weg ein Wasserteich ist. Die Pferde stehen mit einemmale bumsstill, schnarchen und sind trotz alles Antreibens nicht von der Stelle zu bringen. Er muß da wohl an eine Stunde halten. Darauf verschwindet der Teich und ein großes, weißes Kalb geht aus dem Weg ins Holz. Jetzt stürmen die Pferde mit rasender Schnelligkeit vorwärts und sind erst in der Nahe des Schwarzen Pfostes zum Stehen zu bringen.

Lehrer Schwarz

662.
Der Blüser bei Ribnitz.

Körkwitzer Fischer behaupten, daß sich im Herbste bei stürmischem Wetter auf der Ribnitzer Binnensee nach der pommerschen Seite zu ein Blüser einfindet. Ein kleines Boot, in welchem neben dem Blüsenfeuer ein schwarzer Pudelhund liegt, fährt pfeilschnell dahin; einen Menschen aber hat man noch nicht dabei gesehen.

Arbeitsmann Fretwurst in Klockenhagen. Durch Lehrer Schwarz.

663.
Dreibeiniger Hase.

1. Etwa ums Jahr 1800 lebte in Dändorf ein Bauer mit Namen J. Voß. Dieser bemerkte, daß alle Abend von Dändorf nach

Dierhagen ein dreibeiniger Hase trabte. Da denkt Voß 'Wart, dich soll der Tausend kriegen.' Er lud seine Flinte und setzte sich hinter einen Zaun am Wege.

Als nun der Hase kam, schoß Voß nach ihm, traf aber nicht, und der Hase humpelte ruhig weiter. Am folgenden Abend lud Voß in seine Flinte einen silbernen Erbknopf und setzte sich in einen Backofen, nahe am Weg. Der Hase kam und Voß brannte ihm die Ladung auf den Pelz. Da rannte der Hase, all was er konnte, hinten um, darsein. Voß hatte gut getroffen; denn als der Arzt der Schifferfrau, welche sich in den dreibeinigen Hasen verstellt hatte, den silbernen Erbknopf und die Hagelkörner wieder aus dem Körper zog, sagte er 'Der, welcher geschossen hat, hat wie ein Kerl geschossen.'

Arbeitsmann Freimark.

2. In Klockenhagen hat früher eine Frau gelebt, welche sich in einen Hasen hat verstellen können. Einmal sagt diese zu ihren Kindern 'Kommt mal der Jäger hier, dann sprecht zu ihm, ihr wolltet ihm einen Hasen zum Schießen zeigen, wenn er euch ein Geschenk gebe. Geht der Jäger hierauf ein, dann will ich mich in einen Hasen verstellen, ja daß er nach mir schießen kann. Er wird aber nicht mich, sondern sich selbst treffen und erschießen.'

Die Kinder thaten so. Der Jäger aber hatte einen weißen Hund bei sich. Da riefen die Kinder, welche für ihre Mutter fürchteten, in ihrer Einfalt 'Mudder, de Witte (d. i. der weiße Hund) kricht di!' Als dies der Jäger, der auch mehr als gewöhnlich verstand, hörte, vermerkte er Unrath und steckte eine andere Ladung ein, womit er denn den Hasen erschoß.

Lehrer Schwarz nach Mittheilung der Erbpächterefrau Nie.

664.

Freischütz.

Der frühere Oberförster Böcler in Gelbensande nahm sich einen neuen Jäger und gab ihm den Auftrag, am nächsten Morgen früh einen Hirsch zu schießen. Der Jäger, welcher ein Freischütz war, lag bis gegen 9 Uhr im Bette und machte dann seine Teufelskünste. Da kam ein Hirsch gelaufen, welchen der Jäger vom Fenster aus erschoß.

Arbeitsmann Fertwurst.

665.

Schatz gehoben.

Im Blankenhäger Holze verbarg während der Kriegszeit ein Mann sein Geld. Als er dasselbe vergraben, gebot er dem schatzhütenden Geist 'So, nun läßt du es nicht eher fahren, bis dir ein Topf mit steifer Grütze gebracht wird.' Hierauf entfernte er sich, in der Meinung, daß Niemand ihn beim Vergraben beachtet hätte. Es hatte aber doch Einer in der Nähe Alles gehört und gesehen. Rasch begab sich derselbe zu seiner Frau und befahl ihr, Grütze recht steif zu kochen und damit einen Topf anzufüllen. Diesen Topf stellte er neben die Stelle, wo das Geld vergraben war und hob den Schatz. Als er am andern Morgen wieder nach der Stelle ging, um mal nachzusehen, war der Topf mit der Grütze nicht mehr da.

Arbeitsmann Freimuth.

666.

Das Todtenhemd.

In Klockenhagen ist mal ein Mädchen gestorben, welches nach dem Tode immer wieder gekommen ist. Man hat deshalb den Prediger kommen lassen, um den Geist zu befragen. Da hat der Geist gesagt, er könne nicht ruhen, weil ihm das Todtenhemd nicht angezogen wäre, welches er hätte anhaben wollen. Sie sollten das Hemd Abends auf den Thorpfost vor dem Hof legen, damit er es sich in der Nacht holen könne. Am andern Morgen ist das hingelegte Hemd fort gewesen; und der Geist hat sich nicht wieder sehen lassen.

Arbeitsmann Freimuth.

667.

Bettelnde Hexe.

An der alten Landstraße von Ribnitz nach Rostock zwischen dem Landkrug und Haidekrug hat früher ein Haus, so 'ne Art Capelle gestanden, in dem ein Mädchen gewohnt hat, welches vorüberziehende Fuhrleute um eine Gabe angesprochen

Einmal fährt ein Bauer aus Klockenhagen nach Rostock. Als er bei der Capelle ankömmt, bittet ihn das Mädchen um einen Schilling. Der Bauer, welcher nur arm ist, antwortet 'Meine Tochter, gern wollte ich dir einen Schilling geben, wenn ich bloß einen in der Tasche hätte,' und hiermit fährt er weiter. In der Nähe des Schwarzen Pfostes (ein Wirthshaus nicht weit vom Wege) stehen die Pferde still und gehen, so viel auch der Bauer anpeitscht, nicht vom Fleck. Der Bauer sieht nach, ob vielleicht ein Hinderniß im Wege liegt, kann aber nichts entdecken. Da kommt ein Kärrner des Wegs und ruft dem Bauer zu 'He, Bauer, fahre er aus dem Wege!' Der Bauer sagt 'Mein lieber Herr, ich kann nicht weiter kommen.' Darauf antwortet der Kärrner 'Vier tüchtige Pferde und ein leerer Wagen und doch nicht weiter kommen; das muß nicht mit richtigen Dingen zugehen.'

Er zieht nun des Bauern Leinpferd und Sattelpferd so von einander, daß er zwischen beider Ohren in einer geraden Linie durchsehen kann. Da bemerkt er denn, was er und der Bauer so nicht sehen können, daß die Dirne, welcher der Bauer vorher keinen Schilling gegeben hatte, mit einem Buchsbaum am Rade den Wagen festhält. Der Kärrner zieht seinen buntgestreiften Rock aus, legt ihn auf die Erde und schlägt mit einer Wagenrunge, welche der Bauer hatte ausziehen und ihm hinlangen müssen, so lange drauf los, bis der Rock zu schreien anfängt 'Soll ich sie (die Hexe) ganz todtschlagen?' fragte er den Bauer; und als dieser es verneinte, hört der Kärrner auf zu schlagen und steigt zu Wagen. Nachdem er eine kurze Strecke gefahren war, sieht er am Wege die Hexe sitzen und kläglich wimmern. 'Wenn du infahmte Hexe nicht augenblicklich machst, daß du fortkömmst,' sagte der Kärrner, 'dann will ich dich noch ganz anders kriegen.' Da macht die Hexe, daß sie fortkömmt.

Arbeitsmann Fretwurst.

668.

Chimken.

1. Früher haben oft Knechte und auch Andere, die Pferde zu füttern hatten, einen Chimken gehabt. Wer einen solchen Chimken

hatte, dessen Pferde waren immer glatt und fett. Man konnte aber den Chimken nicht wieder los werden. Auf einem Hofe in der Rostacker Gegend dienten zwei Knechte, von denen der eine, als ein eben Angehender, sich noch nicht recht auf die Wartung und Pflege der Pferde verstand, weshalb auch seine Pferde nur mager waren. Weil er nun vom Chimken gehört hatte und ihm, da er sehr ein= fältig und leichtgläubig war, eingebildet worden war, daß er zu Kauf zu haben sei, so gab er seinem Mitknecht, als derselbe einmal nach Rostock fuhr, den Auftrag, ihm einen Chimken mitzubringen. Auf dem Rückwege fing der Knecht eine Brummfliege, welche sich auf das eine Pferd gesetzt hatte, sperrte sie in die ihm für den Chimken mitgegebene Schachtel und steckte sie in die Tasche. Zu Hause angekommen, überreichte er die Schachtel dem Auftraggeber mit den Worten 'Dor hest du en Chimken!' Von jetzt ab wurden die Pferde des einfältigen Knechts in kurzer Zeit dick und fett, die des andern aber brandmager, was davon kam, daß der Chimken, denn ein solcher war die Brummfliege gewesen, den letztern das Futter entzog und den andern darreichte.

2. Ein früherer Bauer in H. hat auch einen Chimken gehabt, daher seine Pferde immer wohlgenährt gewesen sind. Einmal, da der Knecht des Bauern Abends spät zu Hause kömmt und nach seinen Pferden noch eins umsehen will, hört er dieselben 'gnatschen' (stark hörbar fressen). Als er in die Krippe fühlt, ist dieselbe mit den schönsten Erbsen angefüllt. Der Knecht aber bekömmt eine solche Ohr= feige, daß er vierzehn Tage krank zu Bette liegen muß.

Nebelstern Hartwust

669.

Entstehung des Fischlandes.

Das Fischland ist der Sage nach folgendermaßen entstanden. Einmal bei einem sehr heftigen Sturme ist von Dänemark oder einer dänischen Insel ein großes Stück Land abgerissen und herübergetrieben und hat sich an die Nordküste von Mecklenburg als Halbinsel angelegt. Diese Halbinsel wurde das Fischland genannt. Auf dem angetriebenen Landstrich stand ein dänisches Schloß oder Kloster, in welchem noch lange ein altes Fräulein, nach Anderen eine Fürstin oder Prinzesin lebte. Die Stelle, wo das alte Schloß gestanden, wird noch auf dem Dierhäger Felde bezeichnet. Das Dorf Dändorf hat seinen Namen von den Dänen erhalten.

H. Burmeister-Ribnitz nach Mittheilung des Stallhalters Gieraß

670.
Der Steinort in der Ribnitzer Binnensee.

In der Ribnitzer Binnensee, besonders nach der pommerschen Küste zu, liegen eine Unmasse großer Steine, welche das Fahrwasser unsicher machen und vielfach von Fischern heraufgeholt werden. Einer alten Sage nach hat ein Mecklenburger Herzog, der den Rostocker Hafen begünstigte und außerdem der Stadt Ribnitz nicht grün war, diese Steine ins Fahrwasser versenken lassen.

H. Burmeister-Ribnitz nach Mittheilung von Herrn Albrecht Treffentien

671.
Die Teterower mit dem Pferde-Ei.

Einst verlor ein Bauer, als er durch Teterow fuhr, einen großen Kürbis vom Wagen. Da Niemand wußte, was für ein Ding dies sei, so trug man den Kürbis aufs Rathhaus, um dort auszumachen, was damit beginnen. Nach vielem Fragen und Streiten kam man überein, daß dies ein Ei sei, welches des Bauern Pferd dort verloren. Nun aber mußte es ja auch ausgebrütet werden und dazu ersah man sich den Bürgermeister aus, derselbe sollte auf dem höchsten Berge, wo die Sonne am wärmsten scheint, dies Geschäft besorgen. Das Brüten ging nun auch vor sich, der Bürgermeister setzt sich auf das Ei in dem heißesten Sonnenschein. Nicht lange währt es, so schläft er ein und der Kürbis fängt an zu kollern, immer bergab, bis er in einem Dornbusch verschwindet. Zufällig aber saß ein Hase darin, der eilig die Flucht ergriff, als das Pferde-Ei in den Busch rasselt. Als das der Bürgermeister sah, lief er hinter dem Hasen her und rief 'Husching, Husching, kumm her, kennst denn din Mutter nich!'

H. Burmeister-Ribnitz

672.

Tangerort auf Fischland.

Zwischen Dierhagen und Wustrow tritt das Land etwas weiter vor in die Bunnensee und bildet einen Vorsprung, der mit Schilf und Rohr bewachsen ist. Dieser Haken heißt der Tangerort. In früheren Zeiten soll die Verbindung zwischen dort und der pommerschen Küste so schmal gewesen sein, daß man einen Eselskopf in die Rinne geworfen und darauf tretend die Wasserrinne überschreiten konnte.

H. Burmeister-Ribnitz nach Mittheilung des Lehrers Genetz-Dierhagen

673.

Von de Marlower Borenstekers.

Kein Marlower Börger kann dat verdragen, wenn man em Borensteker nennt, wat ok sinen natürlichen Grund hett, wenn man de Geschicht hürt, wo sei up de Borenjagd utwest sünd. As dat Gerch mal ging, dat in den Marlowschen Holt en groter swarter Bor sin Wesen drew, un em un de anner em ok all sein hadd, dann rüsten sik de Marlowschen Börgers tau ne grote Jagdpartie. Sei leten sik ne grote Lanz maken an 'n langen Stel un togen dormit ut. Wil sei nu æwerst all ansaten deden un dat Ding verdwaset vör sik drögen, kunnen sei nich ut den Dur herutkamen. As sei noch so judeziren wo dat wol antaugan is, dat sei dat Ding dörchkrigen, röp ne Kreih 'Scharp vör! Scharp vör!' Dat lücht' er ok glik in, sei nemen dat scharp Enn' vör un kemen glücklich dörch dat Dur. As sei nu in dat Holt kemen, kunnen sei den Boren nich finnen, bet tauletzt en Snider, dei am allerdristlsten wir, em utfinnig maken deh. Wil hei nu de Moosdigste wir, müßt hei dörn an de Spitz un richten de Lanz un de annern föten achter an, un nu ging dat los. Mit 'n groten Anlop up den Boren los un bohrten dat Unbiert de Lanz hast na den Liw rin. As sei nu recht taukeken, wir't æwerst man 'n ollen verrott'n Stamm'.

H. Burmeister-Ribnitz nach Mamer Willen aus Ribnitz

674.

Der Lindwurm.

Vor etwa 20 Jahren wurde nachstehende Erzählung in Mecklenburg und Pommern als ganz neu und durchaus wahr verbreitet. Es trat selbige mit solcher entschieden glaubhafter Umständlichkeit auf, daß sogar die derzeitigen Zeitschriften davon Notiz nahmen. Jedenfalls ist es eine ältere Sage, welche mal wieder aufgefrischt ist und dadurch, daß selbige an einen jetzt noch lebenden Herrn und dessen Gut angeknüpft wurde, das Interesse des Publicums so sehr beschäftigte. Die Sage aber lautet so. Der Herr v. H. in T. (es wurde der Oberlandmundschenk v. Heiden-Linden auf Thypap genannt) erzürnte sich mit seinem Kutscher (nach Anderen mit dem Statthalter), und ließ selbigen in einen alten, seit langer Zeit unbenutzten Keller sperren. Gegen Abend hörte man den Eingesperrten in dem Keller laut um Hilfe schreien. Die Leute berichteten solches dem Herrn und baten ihn, den Menschen zu befreien. Aber der Zorn des Herrn war noch nicht verraucht. Es wurde der Befehl ausgegeben, den Keller nicht vor dem nächsten Morgen zu öffnen. Noch spät in der Nacht hörte man das Klagen und Wuseln des Gefangenen. Am nächsten Morgen aber, als man den Keller öffnete, fand man nur die abgenagten Knochen des Menschen dort. Ein Thier, welches selbigen verzehrt, war nicht zu entdecken, jedoch wagte man auch nicht, die hinteren verfallenen Räume des Kellers genauer zu durchsuchen. Um nun sich Gewißheit über das dort etwa hausende Thier zu verschaffen, warf man am nächsten Tage ein vergiftetes Kalb in den Keller. Es fand sich nun anderen Morgens ein todtes Ungeheuer mit Schuppen, Ringelschwanz, Flügeln, vier Beinen und ungeheuren Rachen im Keller. Selbiges Thier ist nach Neu-Brandenburg gekommen, dort ausgestopft und auf dem Markt zur Schau ausgestellt worden.

H. Burmeister-Kücken.

675.

Scheidengänger.

1. Die Dörfer Vogtshagen und Volkenshagen, zum Rostocker Distrikt gehörend, führten vormals einen Proceß mit einander wegen

eines zwischen beiden liegenden Gehölzes, genannt 'de Eikkenwig'. Da schwur ein alter Mann aus Volkenshagen, welcher sich Erde vom Volkenshagener Grund und Boden in die Schuhe gelegt hatte, daß er auf Volkenshagener Grund und Boden stehe. Indem er aber diesen Eid ablegte, verwandelte sich die Erde in seinen Schuhen in Blut, welches aus den Schuhen hervorquoll. Die Volkenshagener erhielten das Gehölz zum Eigenthum. Nach seinem Tode fand der alte Mann im Grabe keine Ruhe. Man hat ihn schon oft in alterthümlicher Tracht als Scheidengänger wandeln sehen; und Leute, auf die er zugekommen, sind dadurch krank geworden.

2. Wo die Feldscheiden von Gresenhorst, Dänschenburg und Volkshagen im Holze, dem sogenannten 'breiten Kämel', bei dem mit drei Kreuzen bezeichneten Grenzpfahl zusammenstoßen, streiten und schlagen sich mit Säbeln in der Mittagsstunde die drei Geister der Landmesser, welche die Feldmarken vermessen haben, weil bei der Vermessung Unrichtigkeiten vorgekommen sind.

3. Eine Strecke weiter, zwischen der Gresenhorster und Dänschenburger Scheide, trug der Geist des Landmessers, welcher die Grenze falsch vermessen hatte, vormals den Grenzstein und rief dabei 'Wo soll ich den Stein hinthun?' Oft schon hatten Leute diesen Ruf gehört, aber Keiner hatte den Muth, darauf zu antworten. Einmal zur Nachtzeit aber kam in einem angeheiterten Zustande ein Scheerenschleifer mit seinem Karren dahergezogen. Als dieser den Ruf vernahm, antwortete er 'Thue ihn wieder hin, wo du ihn aufgehoben'. Da bedankte sich der Geist dafür, daß er erlöst sei, ließ den Stein fallen und ging zu seiner Ruhe ein.

Lehrer Schwach nach Mittheilung der Weberfrau Thiel in Stockhagen.

676.

Todte beschwören.

Das fürstliche Amt, welches jetzt in Ribnitz ist, war früher in Hirschburg. Damals fungirte in Hirschburg ein Candidat, welcher die Kunst verstand, Geister zu citiren. Einmal wollte derselbe die zwölf Apostel citiren. Als er bereits drei herangelesen hatte, da sagte der dritte, welcher Petrus war 'Ich ruhe nun schon viele Jahr-

hunderte in der Erde; warum störst du meine Ruhe?' Da hielt der
Candidat für diesmal mit dem Citiren inne. — Um diese Zeit
starben einem Bauer in Danschenburg zwei Töchter, worüber der
Vater sich viel grämte und späterhin den Wunsch hegte, die Kinder
noch einmal sehen zu können. Als er dies dem Candidaten mittheilte,
machte derselbe um sich und den Bauer einen Kreis und fing an zu
lesen. Da erschienen die beiden Töchter. Sie hatten sich beide an der
Hand gefaßt und sahen so recht bös aus. Nachdem der Bauer sie
genugsam beschaut, las der Candidat sie wieder weg. Der Bauer aber
hat darauf geäußert, er verlange die Kinder in diesem Leben nie wieder
zu sehen. Lehrer Schwartz nach Mittheilung der Weberfrau Thiel in Klockenhagen.

677.
Waur.

In Benekenhagen ist 'de Waur' einmal des Abends durch ein
Bauernhaus, als eben die Hausfrau den Brodteig einsäuerte, gezogen.
Die Hunde machten sich an den Teig, als wenn sie ihn auffressen
wollten. Als die Frau sie zu verscheuchen suchte, sagte der die Hunde
begleitende Jäger zu ihr 'Die Hunde thun nichts.' Darauf ging's
mit 'jiff, jaff!' weiter.
Lehrer Schwartz nach Mittheilung der Weberfrau Thiel in Klockenhagen.

Märchen.

39.
Dümling.

Ein Bur mit sin Fru, de kein Kinner hadden, æwer gïen ein
hebb'n wulln, kemen up den Gedanken, sik en Krad tau botern.
Se schlub'n Rohm in dat Botterfatt un fang'n an tau botern.
Als se 'ne Tid battert hebben, kiken se tau un seihn in dat Botter-
fatt 'n lütt'n Jung, dei æwer nich grötter wir und würd as 'n
Dumen un dorüm den Namen Dümling kreg.

Einmal ging de Lütt up 't Feld tau sinen Babber, de eggen
deh'. As de Babber Middag eten wull, beb de Lütt, em ümmer
de Malksch dat Eggen tau œwerlaten. De Babber sett' den Jungen
in dat linke Ümpird sin Ur, un dvn hir ut lenkt Dümling dorch Tau-
rupen de Pird' un sung un flautt' lustig. Donn kem 'ne Kutsch, in
de 'n vörnem Herr set, de sik wunnert, dat de Pird' ol' Knecht
un Lin' un Tœgel so schir un eben eggen. As de Bur den Grund an-
gew und sinen Sœn herbör kamen let, beb de Herr, de an den
lütten un muntern Jungen Gesallen funn, em denn' tau verköpen.
Hirtau wir œwer de Bur upt irst nich tau bringen; as œwer de
lütt Jung den Babber taufluster't 'Verköp mi man, Babber, ik
kam wol wedder,' denn verkösst em de Bur üm 'n hogen Pris.
Abends kem de Kutsch dörch 'n Holt. Dor sprung Dümling lising
von 'n Wagen un verkröp sik in dat hoge Gras. In de Nacht
kemen Röwers den Weg entlank dörch dat Holt. Dümling hürt se mit
einanner sik bireden, dat se bi einen Hollänner inbreken un steßlen
wulln. He rep er tau 'Nemt mi mit, süs ward dat niks.' To-
irst versirten sik de Röwers, as œwer Dümling ümmertau so
rep, donn seßen se, he sall mal hermebber kamen. Dümling treb
vor de Röwers und sed tau er 'Nemt mi mit un steßt mi dörch
dat Slœttellock, denn will ik juch bi dat Steßlen behülplich sin.' De
Röwers deben dat. As nu Dümling up den Sœn wir, schrigt he
lubhals' 'Wat will ji vör Kes', lütten Kes' obber groten Kes?' De
Röwers täschten, he sull sill swigen, œwer Dümling rep ümmer
luber. Dorœwer walt de Hollänner up. De Röwers nemen Rit-ut;
Dümling œwer verkröp sik in ein Bund Stroh.

Des Morgens led de Deinstdirn dat Bund de Kauh taum
Freten vör, un de ein Kauh fröt Dümling ganz un gor œwer.
As de Dirn tau melken anfäng, rep Dümling in de Kauh er'n
Magen 'Stripp, strapp, strull! Hest du olle Wßderheß din Emmer
noch nich bald vull?' Donn mein'n de Lüd, de Kauh wir beheßt,
un se würd slacht un Wust von er makt. Dümling kem mit in de
Wust. As sei grad' de Wust farich habb'n, kem 'n oll Mann un
bed sim 'ne Gaw. Se schenkten em 'ne Wust. Dit wir œwer grad'
bei, in bei Dümling rinne stoppt wir. De Bßdelmann stek de Wust in
sin Kip un hängt de Kip œwern Nacken. As he 'n lütt Eun'

gan wir, rep dat achter in fin Kip 'gbelmann, du Bedelmann!'
Donn nem de Bedelmann de Wust un fmet fe hinn'n na'n Acker rup.
Hir fünn' 'n Boß de Wust un fret f' up. Dümling, be webber
heil in den Boß fin'n Magen kamen wir, fäng an tau raupen
'Teheß! Teheß!' De Boß wüßt in be Angst nich, wur he fik hin
wenn'n fall. Enblich lep he up denn' Hof, be Dümling's fa'n
Babber hürt, un let der fin Lofung. Dümling kem faans webber
an dat Dagslicht, güng tau fenen Babber un feß 'Süst du, Babber, dor bün il webber.'

Letter Schwurk nach Mittheilung eines Arbeitsmannes in Finkenthal. Aus Teßtn,
Mengen. Nach der Teßtner Variante entwischt Dümling dem vornehmen Herrn, indem er
von des Kutschers Hutspitzel auf einen freifenden Zwerg springt. Von dort herab redet er
die Steghufen an. Die Knechte an die Pflferren lautet 'Strupp, ftrapp, ftrull! Düm, wu
bi dat? Jk bin Dummer noch nich vull?'

40.

Bur Kiwitt [1].

Dor is mal 'n Bur west, be hett Kiwitt heten. As diffe Bur
eins hakt, ftücht baben finen Kopp 'n Kiwitt un fchrigt ümmer
'Kiwitt, Kiwitt!' Dit wart den Burn argern, wil he meint, de
Vagel hett em tau'n Narren. He nimmt 'n Stein un fmitt na den
Kiwitt, fmitt œwer vörbi un fmitt finen beften Offen vör den Halm
bot. Donn treckt he den Offen dat Fell af un geit dormit na de
Stadt, üm dat Fell tau verköpen. Dat is œwer fir warmes Webber,
Kiwitt leggt fik dal, wart müd un flöppt in. Dat Fell liggt bi em.
Donn kamen Kreihn, fetten fik up dat Fell un piden doran. Kiwitt
wöltert fik in den Slap herüm, dröppt mit finen Ellbagen en
Kreih un bedöwt fe. As he upwakt, fpakt be oll Kreih bi em
rümmer. He nimmt fe ünnern Arm un dat Fell uppen Nacken un
geit na de Stadt. He verkößt dat Fell för fif Daler un de Kreih
as Wohrfegger an einen Burn för 100 Daler. Den Burn wir
nemlich inne Kunt kamen, dat be Pap, wenn hei nich to Hus wir,
na fin Fru güng. To diffen Burn feß Kiwitt, de Kreih wir 'n
Wohrfegger un würd em dortau verhelpen, den Papen wol mal to

[1] Andere Faffung des Mährchens 'Ütt Jacob' in Bd. I, S. 488 ff.
aus dem nordöftlichften Theile von Meklenburg.

faten; he sall de Kreih man baben up den Schostein setten, mit 'n
longen Bant an'n Bein, un denn' an den Kętelhaken fastbinn'n. De
Bur deb' dat un trock mit Hansen, sinen Knecht, to Fell. As se
dor wören, sęd he to Hansen, dei ol Bescheid wüßt 'Hans,' sęcht he,
'nu giß man Paß, wat de Kreih uns 'n Tęken gißt.' De Burfru
ærwer sęd to den Papen, as dei richtich wedder ankem 'Male, bet
He fortkümt, min Mann hett 'n Wohrsegger baben in den Schostein
sitten.' De Preister kel in den Schostein to Högt, un as he de oll
Krei seg: 'Oh, dat is jo man 'ne oll Kreih, sęd he, dei will wi
ball lapp'niren!' un torickt' an den Bant un woll de Kreih dal
striwen un er den Hals ümbreken. Ærwerßen de oll Kreih will sik nich
na den Schostein rin halen laten un sluddert up den Fast (First)
herüwer. Dat segen dei in 'n Fell un de Bur sęd 'So, Hans, nu
is dat Tit, un is de verdömde Pap dor.' Se settten sik swinn' to
Pird' un jägen all wat se können na Hus. 'Dunnernaßen!' rep de
Fru, as sei s' na den Meßhof rappebæweln seg, 'dor is min Mann,
versick bi doch!' De Pap steg inne Angst up de grot Dęl na den
Bäunerwimen rup; æwest de Bur seg em dor sitten, so as he in
de Dör tred, un baff! smet he sik up den Irdbodden dal, as kreg
he Slach un Unglück, un rep 'Mudder, ik bün ol gor to krank, ik
läw, ik bliw sik dot; schick swinnig na 'n Preister, ik wull em noch
bichten.' De Fru sęd 'Vadding, wi willn di doch un de Stuw rinne
helpen.' Ne, sęd de Mann, lat mi hir man liggen, dat is doch ball
vörbi.' Na, von den Preister kem so de Bad' trügg', dei wir nich
to Hus. 'Denn so schick na 'n annern,' sęd de Bur. De anner
Preister kem, un vermaut' den Burn taum Globen. Daun antwurt
de Bur 'Jo, min leiw Herr, ik läw allens, wat to löben is, æwer dat
man nich, dat dat de rechte Hnohan is!' un dorbi wiß he na den Papen
up den Bäunerwimen. — Sa kem Bur Kiwit to de hunnert Daler för
de Kreih. Tau Hus æwer vertellt he de anmern Burn, dat he 105 Daler
för sin Ossenfell kreggen hett. De Burn slan all er Ossen dot un
bringen de Felln na de Stadt. As se dor 105 Daler förrern,
lachen se er wat ut. De Burn kamen tau Hus un beraben sik, dat
se in de Nacht Kiwitten in sin Bedd' datslagen willn, wil he se
so anschmit hadd. Dit kricht Kiwitt tau weiten und seggt Abends
to sin oll Großmudder, se sall sik in sin Bedd' leggen un sin Slap-

mütz uppen Kopp setten. De oll Fru seggt 'Min Sœn, wat krihst
du för Infäll.' Aewer Kiwitt seit nich na, bet se dat deh.
Nachts kamen de Buru un slagen Kiwitten sin Grohmudder dot.
Den annern Morgen bi gaud' Tit, sett't Kiwitt sin oll Grohmudder
un einen Korf mit Eier un einen mit Botter uppen Wagen un fährt
na de Stadt. As he in de Stadt is, sett't he de oll Fru mit den
Rüggen stur an 'n Ledderbom un gist er up den einen Arm den
Korf mit Botter un up den annern denn' mit Eier, dormit se sich
up de Sid wegfallen kann. He stellt sik von firn, achter 'ne Eck.
Donn kümt 'n Student un fröcht de oll Fru 'Mutter, wie theuer
is die Butter?' As se em hirup nich antwort, fröcht he 'Mutter,
wie viel Eier gibt sie für einen Groschen?' Un as se ok hir nich
up antwurt, wart de Student bös un seggt 'Altes Weib, kann sie
mir nicht antworten?' un dorbi stött he se bi den Hals, dat se kopp-
hester von den Wagen uppen Straten-Damm schütt. Donn kümt Kiwitt
antospringen un seggt 'Se hebben min oll Mudder dotslagen, it
ward se verklagen.' De Student biddt, he sall doch man still swigen,
he will em of 200 Daler geben. Dit nimt Kiwitt an. As he
na Hus kümt, seggen de Buru 'Kiwitt, wi meinen, wi hebben
di dotslagen?' Kiwitt seggt 'Ne, ji hefft min oll Grohmudder
dotslagen, un för dei hebb it hüt in de Stadt 200 Daler krygen.'
Dit leuwt de Buru. Se slagen all er oll Grohmudders dot, un de
kein Grohmudders hebben, slagen er Mudders dot un führn se na
de Stadt un willn s' ihr 200 Daler verköpen. Dor kamen s'
awer schön an. De Gerichtsheru willn se all in 't Lock smiten un
uphängen laten un se möt'n man maken, dat se ut de Stadt kamen.
Nu willn de Buru Kiwitten verköpen. Se stek'n em in ne grot
Tunn' un dragen em an 'n Sünndachmorgen na 'n See. As se bi
den See mit Kiwitten ankamen un em rin smiten willn, seggt
Kiwitt 'Ji sülln juch doch woat schämen, dat ji sonn' grote Sünn'
daun willn un mi verköpen un dat noch taun an 'n Sünndachmorgen.
Irst gat doch wenigstens hen na de Kirch un bedt för juch Sünn'
ein Vaderunser.' De Buru seggen unner einanner 'Dat is ok wol
wohr' un gan hen. As se nu weg sünd, süt Kiwitt dörch de
Reten von de oll Tunn', dat 'n Scheper dor an den See
hött, de üm den Schulten sin Dochter frigt. Donn röppt Knoitt

ümmer in de Tunn' 'If fall Schultengreit hebben, un if will
se nich.' Dit hürt de Scheper, kümt van na Kiwitten un seggt
'Je, if will se gern hebben un if fall se nich.' Doan antwurt
Kiwitt 'Lat mi ut de Tunn' un denn krup du her in un segg
ümmer, if will Schultengreit, denn kriggst du se.' Hir geit de
Scheper up in. As nu de Burn ankamen un hürn den Scheper sin
Raupen, seggen se tau den Schulten 'Hür mal, Brauder Schult, hir
hett Kiwitt bi noch baben in mit din Dochter karm Narrn; na,
täuf, wi willn bi wol krigen' und hirmit smiten se den Scheper
mit de Tunn' in dat Water un versöpen em. As de Burn weì tau
kamen, sehn se Kiwitten dicht an den See Schap hauden un seggen
to em 'Kiwitt, wi meinen, wi hebben bi versöpt.' 'Ja, ji glowt
wol,' seggt Kiwitt, 'all disse Schap heww if mi ut dat Water halt.
Dor sünd noch naug in, willn ji juch nich of weck ruter halen?' un dorbi
wist he up de Schatten van de Schap in dat Water. Dor springen
weck van de Burn, de ann' drist'sten sünd, in den See. As de
nu unnen so buddeln, seggt Kiwitt 'Hürt mal, wo dei sik dor mit
de groten Hamel all rümmer wräuschen, dei krigen de besten; makt
doch of, dat ji henkamen.' Dann sohrn de annern Burn ok in dat
Water un versöpen sik all tausam. Nu hett Kiwitt all eren Acker
tau kregen un is so 'n riken Mann worden.

41.

Der Teufel als Mäher.

Eis kem de Düwel bi 'n Burn as dei di 't Klewermeihn wir.
He snackt ok Klauk æwert Meihn un sed tau den Burn wat sei
nich eis tau Strid' meihn wullen. De Bur was æwer ok nich
bæsig, he wüßt gut wen he vör sik hebben ded un sed 'If heww man
disse ein Seiß hir, kumm æwerst morgen webber, denn will if uns
noch ein' besorgen.' De Bur let sik swinn' von 'n Klempner ne
blecfern Seiß maken, dei orig blinkert, un ssög dei in 'n Bom, för
sik sülfst æwest halt hei sik somm'n recht ollen verrusteten Degen uten
Dack un stell sik denn' in. As de Düwel nu den annern Dag ankem, wis't de Bur em de beiden Seißen un frücht 'Na, nu söuk di
ein' ut, wecker du hebben wist.' De Düwel langt sir na de blank

31*

Seiße un seggt 'Ik ęm de ein', du kannst mi de anner mehn, de
blank dei sall wol sniden.' Nu güng dat Mehn jo los. De Bur
süng in de Wibb' von dat Stück an un meiht ümmer rund herüm,
de Düwel achter an. As sei ne lütt Tit meiht hadden, rep de
Düwel 'Holt still, Vadder, willen eis striken' 'Ne,' rep de Bur,
'dat is mi mi nich afmakt, dor is ok kein Tit tau.' De Düwel blew
ümmer wider trügg', tauletzt kemen sei vör 'n ollen Wibenbusch. De
Bur putzt sin Halft fein weg, dat's ne Lust wir. As de Düwel nu
ankem, halt hei ok recht dull ut, kreg æwer nich of Dunn smet
hei de Seiße hen un lep weg un holt ok in sinem Leben nich wedder
meihn wullt.

Nach der Erzählung des Tagelöhners Carl Rath aufgeschrieben von H. Burmeister-Kletzin

Zu Bd. II, S. 129, Nr. 532 ff. Wenn ein Zaun gemacht
wird und die Arbeit fast vollendet ist, heißt es: Ja de Tun is nu
æwerst noch so rug (rauh), wer halt nu de Tunschir? Die älteren
Leute blinken sich einander zu und wiederholen ab und zu diese Frage,
bis sich gewöhnlich aus der jüngeren Generation Jemand findet, der
den Spaß nicht kennt und durch sein Fragen verräth, daß er noch
nicht eingeweiht Selbiger bekommt nun den Auftrag, die Zaunscheere
zu holen von irgend Jemand, der ihm bezeichnet wird. Letzterer aber
ist ein Eingeweihter und der packt nun heimlich einen Sack voll
allerlei Geräth, auch einige Steine mit hinein, bindet selbigen zu
und übergibt ihn dem Boten mit der Weisung, ja recht sorgsam damit
umzugehen, daß das Instrument nicht zerbreche. Hauptsache dabei
ist nun, den Sack recht unhandlich und schwer zu machen. Kommt
nun der Bote keuchend mit seiner Last an, so wird er verhöhnt und
muß als Lösegeld Branntwein geben. H. Burmeister-Kletzin

Zu Bd. II, Nr. 865. Die Blindschleiche nennt das Volk
Hartwurm, wegen ihres Vermögens, sich steif zu machen. Wird eine
Blindschleiche in diesem Zustande geschlagen, so zerbricht sie in zwei
Theile, welche sich fortwährend hin und herkrümmen. Diese Bewegung
der beiden Theile währt nach Aussage der Leute bis Sonnenuntergang
Von der Ringelnatter (Snak) sowie von der Kreuzotter (Adder) be-
haupten sie, daß sie mit der gespaltenen Zunge, welche sie Angel

nennen, stechen. Den Stich der Natter, welche nur in die Ferse sticht, halten sie mit Recht nicht für gefährlich, denn sie lassen selbige von sich sagen:

Ik stek, ik stek in 't Hackenledder,
Wat ik stek, dat heilt ball wedder.

Hingegen halten sie den Stich der Otter, welche nur ungern sticht, für tödtlich, wenn er nicht gleich gestillt wird. Die Otter sagt von sich selbst.

Ik stek, ik stek ut grote Not,
Wat ik stek, dat is ball bot.

Alle Schlangen bekommen zuletzt eine Krone auf dem Kopf und heißen dann Schlangenkönig. H. Burmeister-Röbbetz

Zu Bd. II, Nr. 1169. Das Spiel ist so zu verstehen. A hält in der geschlossenen 'Göps' (den aneinander gelegten hohlen Händen) eine Anzahl Nüsse und meldet sie mit den Worten. Hollen Röbber! B. Lat em riben! A. Kann nich riben. B. Lat em draben A. Kann nich braben. B. Lat em ankloppen! A Klopft mit der Göps auf seine Knie, so daß die Nüsse gerüttelt errathen lassen, ob ihrer viel oder wenig sind. B. Lat em lopen! (nennt eine Zahl). A. öffnet die Göps und zeigt, wie viel vorhanden sind. Vgl. Brinkman's Kasper Ohm S. 18 f., wo das Spiel Höltenbratsl genannt wird. Hier lauten die drei Befehle: Lat 'n drawen; lat 'n röteln, lat 'n runscheln! und werden durch dreimaliges Schütteln ausgeführt. Zu errathen ist 'grad odder ungrad'. In dem Namen 'Höltenbratsl' wie in dem 'Rübber, Röbber' steckt ein mit 'rütteln' zusammenhängendes Wort. Berger

Zu Bd. II, Nr. 1397 f. Es muß wohl 'Fischetag' heißen, wenigstens in Nr. 1398. Darauf deutet die Angabe 'der Tag, bei dem Fische stehen', was auf die Kalenderzeichen des Mondlaufes geht. Berger.

Zu Bd. II, Nr. 1441". Es gibt unter den Insecten kein Thier, vor dem der gemeine Mann solche Furcht hat, als vor dem bösen Krebs. Derselbe wühlt in der Erde herum. Wer ihn berührt, bekommt den Krebsschaden und muß sterben — Alles was an ihm ist, ist schieres Gift. Schon lange begierig, einmal einen solchen bösen Krebs zu sehen, war mir endlich das Glück günstig. Die Leute waren beim

Torfstechen und in der obersten Schicht saß ein böser Krebs. Entsetzt rief man mich herbei, das Unthier zu sehen und siehe da, es war eine unschuldige Maulwurfsgrille.

¹) Gemeiner-Rörtwig Bd. auch Lauremberg ed. Lappenberg II, 275.

Zu Bd. II, Nr. 1474. Sobald der Roggen angeschnitten ist, beeilen sich die Mädchen, ihre Herrschaften, oder auch wohl sonst fremde Leute, welche ihnen in den Wurf kommen, zu binden. Es ist dies ein so fest eingewurzelter Brauch, daß viele Herrschaften es als eine Mißachtung betrachten, wenn die Binderinnen dies unterlassen, andererseits aber auch ist es für letztere die größte Kränkung, wenn man es ihnen verweigert, sich binden zu lassen. Der Hergang dabei ist folgender. Das Mädchen, welches nur eine unbescholtene Jungfrau sein darf, naht sich mit einem aus Kornhalmen geflochtenen, oft sehr geschmackvoll mit künstlichen Blumen und Bändern geschmückten Seile Demjenigen, welchem diese Ehre zugedacht ist, und bittet um die Erlaubniß binden zu dürfen. Wenn ihr dies gestattet ist, tritt sie näher und befestigt das Seil um den linken Arm desselben, wobei sie dann einen kleinen Vers hersagt. Die Belohnung für das Binden besteht gewöhnlich in einem kleinen Geldgeschenke. Der bei dem Binden gesprochene Vers lautet:

Hier komm ich angegangen
Den Herrn (die Frau u. s. w.) zu empfangen,
Ich habe mich dabei aber anders bedacht,
Hab mir ein klein Bündelein mitgebracht
Mit lieblichen Dingen und fröhlichen Sachen,
Ich hab nicht viel Zeit Complimenten zu machen.

Der Anfang lautet an einigen Orten:

Hier komm ich angeschritten,
Doch hätte ich ein Pferd,
So wär ich hergeritten u. s. w.

Bei jungen Damen wird noch gerne eingeflochten:

Ich denke dieses Band
An Ihre schneeweiße Hand.

Das Streichen besorgen die Mäher, es ist jetzt aber hiesigen Ortes nicht mehr gebräuchlich, in andern Landestheilen setzt der

Mäher seine Mütze auf die Sense, streicht mit dem Streichbrettchen (Schärfer) die Sense und singt dabei ungefähr Folgendes:

Wir Mäher, wir mäßen ins Feld hinein,

Wir Mäher, wir trinken gern Branntewein;

Drum möchte der Herr doch so gütig sein

Beschenken uns mit einer Gabe klein,

Mit lieblichen Dingen und fröhlichen Sachen,

Ich hab keine Zeit Complimenten zu machen.

H. Burmeister-Köckwitz.

Zu Bd. II, Nr. 1476. Den Tag, an welchem der Roggen angeschnitten wurde, bereiteten die Mädchen den Schnittern das bunte Wasser. Kamen die Mäher Mittags oder Abends nach Hause, so fanden sie vor der Thür des Herrenhauses eine große Waschbalge mit Wasser. Aeußerlich war selbige sehr hübsch mit Blumen bekränzt und in dem Wasser schwammen Kirschen und Stachelbeeren, auch eine Flasche Branntwein. Die hinzueilenden Mäher beeilten sich nun, das Obst und den Branntwein zu erhaschen, wobei sie einander durch Bespritzen mit Wasser von dem Zuber abzuhalten suchten.

H. Burmeister-Köckwitz.

Zu Bd. II, Nr. 1496ᵃ. Der Wolf spielte früher eine große Rolle bei der Ernte. Sobald die Mäher die letzten Schwaden des Roggens oder auch des Weizens niederzuhauen begannen, kam eine große Aufregung in die Schar, jeder beeilte sich, so gut es anging, sich so einzurichten, daß er nicht den letzten Hieb mit der Sense zu thun brauchte, sondern daß sein Hintermann noch etwas behielt. Derjenige, welcher nun den letzten Hau that, hatte den Wolf bekommen und mußte ihn auch bis zum nächsten Feld behalten, oftmals auch wohl etwas zum Besten geben. Kamen nun die Binderinnen, so formten sie aus der letzten Garbe einen Strohmann, welcher mit Blumen und Bändern aufgeschmückt wurde, auch wohl eine Flasche in die Hand bekam, und setzten ihn rittlings auf die letzte Hocke. Hier saß der Wolf so lange, bis er mit dem letzten Fuder Korn nach Hause gebracht wurde. Sein Platz war dann entweder oben auf dem Fuder oder auf einem der Pferde. Unter Jubel und Kreischen wurde nun vor das Herrenhaus gefahren, dort angehalten und der Herr-

schaft ein Hoch gebracht, wofür selbige sich durch eine gute Be-
wirthung, auch wohl stellenweise durch ein Geschenk revanchirte.
Herrschaften, welche solche Gebräuche besonders begünstigten, ließen
auch den Wolf durch Musik empfangen und gaben den Leuten Abends
Tanzmusik.   H. Bacmeister-Schwerin.

Zu Bd. II, S. 318 ff. Das Stillen wird möglichst stillschweigend
und ernsthaft vorgenommen, auch ist es nicht gut, wenn mehr Personen zugegen sind, zumal solche, welche nicht daran glauben oder
brüber lachen. Selten wird etwas dabei angewandt, als Arzeneien
oder Umschläge, zuweilen bedient man sich eines Hilfsmittels, als
Stein, Strohhalm, Stock oder Band. Der Stillende verlangt etwas
für seine Hilfeleistung, wenn es wirksam sein soll, und wäre es auch
nur eine Knopfnadel, jedoch fordern darf er sich nichts. Von einem
Mann darf es nur eine Frau lernen und ebenso umgekehrt, sonst ist
es unwirksam. Auch an Hunden darf man seine Kunst nicht ausüben,
sonst wird sie bei Menschen und Vieh unwirksam. Der Hergang dabei
ist ziemlich überall derselbe. Der Stillende streicht dicht über dem
leidenden Theile mit der Hand oder drei Fingern herum, ohne den
Körper des Leidenden selbst zu berühren, beschreibt Kreise oder Striche
oder Kreuze und murmelt dabei die Formel halblaut, jedoch unverständlich
hin. Die Formel ist bei allen Krankheiten verschieden, endigt jedoch meistens mit 'im Namen des Vaters, des Sohnes und des heiligen Geistes.'
Blutstillen:

> Christi Blut floß am Kreuzesstamm
> Christi Blut floß in den Jordan,
> Der Jordan der rannt,
> Das Blut das stand. Im Namen u. s. w.

Gegen Bauchweh (vgl. Nr. 1733):

> 'R Stück von 'ne oll Latt,
> 'R Stück von 'ne oll Matt,
> 'R Stück von 'n oll Wef
> Schafft bi de Weibag ut dat Lif u. s. w.

Gegen Gicht (vgl. Nr. 1871):

> De Wib un de Gicht
> Dei gingen tau Gerücht;

De Wîb bei gewünn,
De Gicht bei verwüün.

Bei kaltem Fieber verfährt man folgendermaßen. Man binde dem Patienten in der fieberfreien Zeit einen wollenen Faden um einen Fuß. Wenn nun der Kranke in der Fieberhitze liegt, nimmt man den Faden ab und geht zu einem Fliederbusch (Hollunder). Indem man nun den Wollfaden an den Busch bindet, spricht man (vgl. Nr. 1846[*]):

Gun Dag ol Fieber,
Ik bring di 't Fewer,
Ik binn't hir an
Un ga dorvan u. s. w.

Mittel gegen Warzen. Man nehme eine schwarze Schnecke, bestreiche damit die Warzen und werfe die Schnecke rückwärts fort, ohne sich umzusehen. — Oder man zerschneide einen sauren Apfel, bestreiche mit der Schnittfläche die Warzen, binde den Apfel wieder zusammen und verberge ihn an einem Ort, wo weder Sonne noch Mond hinscheint. Auch mit einem Strohhalm, welcher im Pferdestall hinter den Pferden liegt, die Warzen stillschweigend umfahren und wieder dorthinlegen, vertreibt die Warzen. — Alles jedoch nur bei abnehmendem Mond.

H. Burmester-Kirchwerder

Gegen Hexerei. Man gießt jedes Jahr stillschweigend unter einen bestimmten Stein, den man erst entfernt und dann wieder genau hinlegt, wo er gelegen hat, etwas 'schwarten Däg' oder Franzosenöl, eine Flüssigkeit, welche überhaupt bei Wundercuren großen Werth hat. Pferdeknechte klemmen heimlich einen Krotenstein hinter die Krippe, damit den Pferden Niemand etwas anhaben kann.

Stirbt der Besitzer von Bienen, so muß es sofort den Bienen kundgethan werden, indem man an die Stöcke klopft und sagt: Euer Herr ist gestorben. Sonst gehen die Bienen ein.

Wer seine Pantoffeln so vors Bett stellt, nachdem er hineingestiegen, daß sie hinters Bett sehen, der muß wegen Krankheit das Bett hüten.

Wenn man Leinsaat sät, werfe man den leeren Sack hoch in die Luft, sonst bleibt der Flachs klein.

Kutscher fahren nicht gern Katzen, weil das den Pferden schadet.

Unter einem angespannten Wagen darf man nicht durchkriechen, sonst wirft der Fuhrmann um.

Eine verspätete Blüthe an Obstbäumen bedeutet einen Todten.

Hühner mit gelben Beinen sieht kein Landmann gern auf seinem Hofe, weil dann die Pferde keine Art haben. H. Burmeister-Görslow

Am 1. Mai fand in Woldegk das sogenannte Bullenstoßen statt, an welchem Tage die Kühe zum erstenmal ins Freie getrieben wurden. Dann gab es ein förmliches Stiergefecht, woran sich Alt und Jung belustigte und wozu sogar die Schule freigegeben wurde. Lehrer F. C. W. Jacoby in Neubrandenburg

Der untere Theil eines Weizenkorns, welches in der Aehre steckt, zeigt einen Abdruck, der Aehnlichkeit mit einem Gesichte haben soll. Man sagt 'Der Weizen ist das edelste Korn, welches uns der liebe Gott gegeben hat; darum findet sich auf jedem Weizenkorn das Gesicht Christi'. Lehrer Schwarz nach Mittheilung des Arbeitsmanns Fretwurst.

Die Zaunrübe — plattdeutsch 'hilg Kruut' — wird im Volke sehr geschätzt. Man sagt 'Ein Wenig von der Wurzel dieser Pflanze dem Vieh eingegeben, schützt dasselbe vor Hexen.' Lehrer Schwarz nach Mittheilung des Arbeitsmanns Fretwurst.

Der Volksmund sagt: Von der Taube Noahs, welche er aus der Arche hat ausfliegen lassen und die nicht wieder zu ihm gekommen ist, stammen die wilden Tauben ab. Lehrer Schwarz

Zahnschmerzen zu stillen.

Ich grüß dich lieber, neuer Mond!
Ik klag di, de Tahnweihdag, bei plagt mi † † †.
Lehrer Schwarz

Wenn eine junge Mannsperson (Frauensperson) wissen will, was für eine Frau (einen Mann) sie bekommen wird: dann muß dieselbe in der Neujahrsnacht auf einem Besenstiel nach dem Schweinstall reiten und mit dem Stiel an die Thür klopfen. Antwortet hierauf eine alte Sau mit ihrer Stimme, dann bekommt er (sie) eine Witwe (einen Witwer); antwortet ein Ferkel, dann bekommt er (sie) eine junge Frau (einen jungen Mann). Lehrer Schwarz nach Mittheilung des 80jährigen Erbpächters Alm in Neubrandenburg.

Register.

Im Verlage von

Wilhelm Braumüller, k. k. Hof- und Universitäts-Buchhändler in Wien

sind erschienen:

Alpenburg, Joh. Nep. Ritter von. Deutsche Alpensagen, 8. 1861.
3 fl. — 6 M.

Schröer, K. J., Professor an der technischen Hochschule in Wien. Deutsche Weihnachtspiele aus Ungarn. Neue Ausgabe. 8. 1862.
1 fl. 50 kr. — 3 M.

Silberstein, Aug. Denksäulen im Gebiete der Cultur und Literatur. gr. 8. 1879. 3 fl. 50 kr. — 7 M.
Inhalt: Abraham a Sancto Clara, Vorstadtmönch und Humorist. — Ulrich von Lichtenstein, der ritterliche Minnesänger und seine Abenteuer. — Teufel und Hexen in Geschichte und Sage. — Reinhard Fuchs, der Bauernfeind. — Der Holzmeister vom Nußwald und seine protestantische Colonie in den österreichischen Alpen.

Spieß, Balthasar, in Meiningen. Volksthümliches aus dem Fränkisch-Hennebergischen. Mit einem Vorworte von Reinhold Bechstein. 8. 1869. 1 fl. 50 kr. — 3 M.

Svátek, Jos., in Prag. Culturhistorische Bilder aus Böhmen gr. 8. 1879. 3 fl. — 6 M.
Inhalt: Die Hexenprocesse in Böhmen. — Die Alchemie in Böhmen. — Abenteuer und Betrüger in Böhmen. — Ein griechischer Abenteurer in Prag. — Die Guillotine in Böhmen. — Bauern-Rebellion in Böhmen. — Schiller in Böhmen. — Die Rudolfinische Kunstkammer in Prag. — Die Zigeuner in Böhmen.

Vernaleken, Theod., Dir. des Lehrer-Seminars in Wien. Mythen und Bräuche des Volkes in Oesterreich. Als Beitrag zur deutschen Mythologie, Volksdichtung und Sittenkunde. 8. 1859. 3 fl. — 6 M.

Weinhold, Dr. Carl, o. Professor der deutschen Sprache, Literatur und Alterthümer an der Universität in Kiel. Weihnachtspiele und Lieder aus Süddeutschland und Schlesien. Mit Einleitungen und Erläuterungen. Mit einer Musikbeilage. Neue Ausgabe. gr. 8. 1875. 3 fl. — 6 M.

Witzschel, Dr. Aug., weil. Professor in Eisenach. Kleine Beiträge zur deutschen Mythologie, Sitten- und Heimatskunde in Sagen und Gebräuchen aus Thüringen. Erster Theil: Sagen aus Thüringen. 8. 1866. 2 fl. 50 kr. — 5 M.
— — Zweiter Theil: Sagen, Sitten und Gebräuche aus Thüringen. Herausgegeben von Dr. G. L. Schmidt, Professor in Eisenach. 8. 1878. 3 fl. — 6 M.

www.ingramcontent.com/pod-product-compliance
Lightning Source LLC
Chambersburg PA
CBHW032004110726
47901CB00004B/966

* 9 7 8 3 7 4 1 1 0 5 1 4 2 *